U0495706

大象学术书坊

播芳馨集

——曾镇南文艺论评选

大象出版社

图书在版编目(CIP)数据

播芳馨集:曾镇南文艺论评选/曾镇南著.—郑州:大象出版社,2010.5

ISBN 978-7-5347-5847-8

Ⅰ.播… Ⅱ.曾… Ⅲ.文艺评论—中国—当代—文集 Ⅳ.I206.7-53

中国版本图书馆 CIP 数据核字(2010)第 048420 号

责任编辑 吴韶明

责任校对 毛 娟 安宁远

封面设计 美 霖

出版发行 大象出版社(郑州市经七路 25 号 邮政编码 450002)

发行科 0371-63863551 总编室 0371-63863572

网 址 www.daxiang.cn

印 刷 河南省瑞光印务股份有限公司

版 次 2010 年 5 月第 1 版 2010 年 5 月第 1 次印刷

开 本 640×960 1/16

印 张 30.75

字 数 422 千字

定 价 54.00 元

若发现印、装质量问题,影响阅读,请与承印厂联系调换。

印厂地址 郑州市二环支路 35 号

邮政编码 450012 电话 (0371)63955319

曾镇南

1946年3月16日生，福建省漳浦县人。

中国社会科学院文学研究所研究员，原《文学评论》副主编、当代文学研究室主任。曾任全国短篇小说奖、茅盾文学奖评委，“五个一工程奖”论证专家。北京大学中文系研究生毕业，从事文艺理论研究与文艺批评。已出版的著作有《泥土与蒺藜》(1983)、《生活的痕迹》(1985)、《王蒙论》(1988)、《缤纷的文学世界》(1988)、《蝉蜕期中》(1988)、《思考与答问》(1991)、《文学、人生与法》(1992)、《曾镇南文学论集》(2001)、《平照集》(2002)、《微尘中的金屑》(2004)，均为文艺评论、文学研究方面的专著或论文集。《泥土与蒺藜》与《王蒙论》两书曾获中国当代文学研究会第一、二届科研成果奖。1997年，以《论鲁迅与林语堂的幽默观》一文获中国作家协会首届鲁迅文学奖。

目录

第三辑

第四辑

第五辑

题记

已经是寒冬了。这本从入秋就动手编集的文艺论评选，终于接近竣事了。刚开始归拢文稿、排比编次时，我伏案工作的窗外，只见彩叶密织，深林垂帷，触目都是斑斓浓艳的秋色。不知不觉间，现在却是一派木叶尽脱，疏林如束，空旷萧索的冬景了。又到了年节迭至，残年急景的时候了。旅美已经两年多尚未归去的我，触景生情，心中是不无感喟的。我的工作进行得这样缓慢，一是因为携带出来的箧中存稿太少，重新搜寻裒辑，颇为不易；二是出国后与国内文坛睽违已久，声息不通，理董自己的旧稿，也会时时产生一种陌生感，工作的热情也几度淡漠下去，处于时紧时松、或作或辍的状态。记得2007年初夏我出国前，应尚未谋面却愿意相助的友人之约，答应尽快编出这部书稿。倏忽两年多过去了，由于生活的变动和心绪的转换，我一直没能着手做这件事，可内心的惶恐不安，却是始终相随的。现在，当我检视、抚摸案头堆积起来的这摞书稿，觉得终于可以把它付邮寄远的时候，这种惶恐愧恧的心情才稍感平复了。从已逝的荒疏的岁月里，捡枝拾穗，终于还能有如许的得获。它所带来的欣悦，多少挤走了一直压迫着我的空虚感，使我又找回了一些充实和宁静。

收在这本集子里的文章，是我在过去的10年里所写的文章的一部分。其中绝大部分是文艺论文和文艺评论，只有少数几篇是与我的生活道路和批评生涯有关的散文。现在对收入各辑的文章，依次说明如下：

第一辑中的文章，是描述和评价中国当代文学的几篇带点综合性的文学论文。其中，有从自己的阅读感受出发的对中国当代文学主潮的总体观感和对近年来中国文学变化和发展的几个主要阶段的概观，也有对近10年来中国当代文学发展中最突出、最具实绩的重要文学现象——长篇小说的勃兴和影响的若干概述，还有对我曾参与评奖工作的几届茅盾文学奖获奖作品的巡礼，最后几篇是以中国当代文学中较有意味的现象和议题为主旨的演讲稿。这些文章的内容，虽说带点综合性，但却远远谈不上是全面和周密的。因为，随着当代文学创作资源的涌流，创作视野的开拓，创作数量的喷发，创作趋向的多样，任何仅仅基于个人的阅读和研究立论成文的观察者，已经很难对它进行包举万象、穷尽殊方、周延无漏的概述了。所以我的这些文章，虽然主观上也想握取主潮，统摄全局，纵论源流，但所观所论，终究也只是记读一得、观潮一瞥罢了，确实是卑之无甚高论。这是要请读者谅察的。差可告慰于自己的，是这些文章中我所论列的，都是我真正看到的文学现象。目接神遇，有会于心，论必己出，言必有据，这是我从事文学评论写作以来为自己私悬的文则。虽未必能至，但努力践行的本心，却是不敢懈怠的。睥睨文坛，河汉其言，惊听回视，厚诬前贤，是我竭力规避，时时自警的。

第二辑中的文章，相较于其他各辑，数量最多，也可以说用力最勤，写法上的尝试也最为多样。这里收入的，全都是对近10年来出现的各种各样的长篇小说的评论。自从20世纪90年代以后，我的文学批评的视野，渐渐集中到当代长篇小说创作的领域中来。进入新世纪以后，我感到自己几乎成了长篇小说的专职的阅读者和评论者了。这当然是由于时代潮流与文坛风气的推动。我所跟踪评论的，有名家杰作，也有新秀试笔，更有不少是文坛以外的业余作家投注心力、熔铸有年的作品。这些作品，未必都能成为反映这些年来中国当代长篇小说创作潮流的实绩和声势的代表作，但却能从一个侧面，让我们看到长篇小说林苑中参差错落、杂花生树的一隅，所以在编集时，我并不以评论对象的重要性或名气为取舍，而是尽量搜寻，兼收并蓄，敝帚自珍，存以备览。有些发表时因篇幅限制有所删节的文章，也都找出原稿，予以补全。这些文章，有几篇是长论，大多数是短评，下笔的时候，都是用了些心思的。照拂文情，体贴疏解，但又不粘滞于文本；时有点染生发，在指出作品思想内容和艺术表现上的“有意义之点”（鲁迅语）的同时，也发挥一点自己在一般文艺学方面的一得之见——这是我从中外古今批评家前辈那里师法来的文评作法。学生时代，在披览很多大批评家的批评专著或文集时，我常常慨叹，他们在彼时彼地所评论揄扬的作家作品，有许多在后人看来已经非常陌生，有些简直早已被流光所湮没了。但他们的批评文章，却依然以其思想和文采，吸引着我们的目光，启沃着我们的心智。从这里我领悟到，文艺批评文章的价值和分量，并不完全是以其评论对象的价值和分量为转移的。真正做到"平理若衡，照辞如镜"的文艺批评文章，虽然追蹑于作品之后而产生，就发生学而论总体有赖于创作，但它其实是自有其不依赖于作品而存在的独立价值的。批评家面对它所处的时代提供的缤纷杂沓、层出不穷的文学新作，务先博观，而后置评，经历一个"操千曲而后晓声，观千剑而后识器"的砥砺磨淬的过程，最终得"圆照之象"（均为刘勰语），成一家之言——这是一个需要孜孜矻矻，锲而不舍从事之的工作过程。多年以来，我一直踵武前修，沉浸在这个辛劳的工作过程之中。这些评论长篇新作的文章，可以说是我在这个工作过程中留下的行踪吧。记得别林斯基曾经说过，对刚刚问世、未经评论的文学新作的评论，是检验批评才能的最重要的试金石。检视这些长篇小说新作的即时评论，我是有些诚惶诚恐、惴惴不安的。我把它们不计工拙、妍媸毕现地存录下来，其实是并没有多少自信的，只是想为这一时期中国长篇小说的发展，留下些雪泥鸿爪；同时也为有志于从事文艺批评的读者，存一点借镜趋避的材料。

第三辑收入的，大部分是散文评论，也有几篇诗和电视剧评论。这里，有综括鸟瞰式的概评，试图为中国20世纪散文历史性的变迁勾勒出一个脉络，提摄出涵盖整体的文心；更多的则是对我所遇见的个别散文家和散文作品的评论，从这评论中升华出我对散文创作的一些偏于传统的艺术见解。散文一体，仪态万方，触处有作，向来被视为一个作家能否（够格不够格）进入文苑大门的通行证。中国是一个散文大国，有深厚绵远的散文创作的传统。在"五四"以后的新文学中，散文创作的成就，被认为骎骎然前出于其他各种文体。1994年以后的当代文学史上，散文名家名作层出不穷，指不胜屈。新时期思想解放运动带来的个性的清扬、人的本质的重新发现，更把散文创作引入一个浩浩荡荡，略无崖涘的大洋，各种趋向、流派、风格，纷呈杂出。散文的为文、衡文准的，也出现了弯弓控弦，各瞄一端的局面。我的这几篇评论，只是一隅的观照，微弱的轻响，连“弱水三千，我只取一瓢饮”都谈不上。存录下来，也就是使散文艺苑之内，知道还有此一说罢了。

第四辑收入的文章，在本集子里显得有点特别。这里的前6篇散文体的艺术评论，全是我为家乡文教界的前修和时俊的文集、作品集写的序、跋文。乡梓文翰，记录的是乡贤的懿行嘉言，裒辑的是当地才艺之士吐辉焕彩之作，虽不能说已号洋洋，却富有地方色彩、别样神韵，对于生于斯育于斯而后走向远方的游子，自然具有特别的亲和力与吸引力。我每次披览观赏，都会产生“于我心有戚戚焉”的共鸣感。我得忝为序、跋，是引以为荣的。在这些序、跋文中，不仅记下了我研味的会心，含其英兮振其秀，同时也片断地写下了我童年的记忆，少年的歌哭，青春的遗响。这些与故乡的风物交织在一起的纯真感情的丝缕，永远牵系着一个挚爱乡梓的远行游子的心——不管我走得多么远，离开多么久，也放不下、拂不去、扯不断。

本辑里的后4篇文章，在集子里也是有点特殊意味的。它们是比较本真意义上的散文，但又是与我的生活与文学批评的路有些关联的。它们和前6篇乡梓艺苑观览记的共同点，就是较多地存有了我的生活和心路的留痕，有比较鲜明的个性的印记。这也是使它们归为一辑的原因吧。

第五辑的文章在排序上虽然列在最后，作为殿军，其实倒是可以和前四辑的总和平分秋色，为我自己比较看重的。因为前四辑的文章都是“评”，都是附丽于具体的作品之上的。而这一辑的文章，长的近2万字，短的是千字文，却都属于“论”，都是对一般文艺理论问题的阐发，足以反映我从开始批评生涯迄今一以贯之的文艺思想。“评”文中当然也有“论”，从具体作品的评析鉴别中生发出来的议论。这些议论也会涉及一般的文艺理论问题，但往往是触及即发，点到为止，无须也无遑展开。而纯粹的“论”，就可以谈得比较舒展、从容、深入了。“评”从具体的文学现象中产生，又为反映评者一般文艺理论观点的“论”所统驭，据“论”作“评”，“论”“评”一体，编为一书，成章顺理，这也是“论评选”这一书名副题的由来吧。由此观之，这里所说的“论”，也即鲁迅所说的凡是文艺批评家都会有的衡文的“圈子”，作评时操持的“枪法”，其重要性岂可轻忽哉！

遗憾的是，自从我于1980年开始发表文艺评论文章以来，就一直以“评”为主，以“评”为业，在研读文学作品、观察文学现象、深入评论对象上投入了大部分时间和精力，把自己系于文艺批评这一“运动着的美学”的磨盘之上，转动不息；而对于一般文艺理论的思考和研究，则有些怠慢、荒疏了。关于基础文艺理论、一般文艺学规律的研究，我写的文章很少，谈不上有什么成绩。这从本辑所收论文的驳杂与失衡的外观，也可以看得出来。这里，既有谈论全球化背景下中国文学与文艺理论的发展问题的虽堂皇却有些空泛的长篇大论，也有学习、呼应中国特色社会主义核心理论体系，应时而作的虽短促但确系有感而发的发言，还有关于文艺批评工作者如何讲求自己的“枪法”，提升自己的能力的思考。说它们是“论”，是因为这里所谈的，是离开具体的文学现象的一般文艺理论问题。但是，如果以文艺理论论文的严整周密的理论形态来要求，则它们作为“论”，却是有些僭妄的。我自己知道，与其说它们是“论”，毋宁说它们是“感”，是一些带理性色彩的感觉、感兴而已。在长期荒疏于系统的、持续的基础理论研究、思考的情况下，我所能提供的“论”，也只能是这样。这是我自己也深感不安的。

这就要说到本辑最后一篇文章《胸中海岳梦中飞》了。这是我悼念我的业师吕德申先生并全面介绍他研究马克思主义文艺理论工作的一篇长文。从中不仅可以见出我的学术师承、了解吕先生在文艺理论研究方面所做的工作的概况，也可以看到我的文艺思想的形成，以及它与我的批评实践的关系。在文章中，我还表达了自己离开北大后长期荒疏旧业的愧疚心情和自期有以重振的愿望。这篇文章，可以说是我对我的求学生涯的一个回顾，也是在我基本上离开了国内评坛后，筹思重理旧业用以自策自勖的一个展望。鲁迅在编完

《唐宋传奇集》后写的“序例”中感叹道:“顾旧乡而不行,弄飞光于有尽,嗟夫,此亦岂所以善吾生,然而不得已也。”这几句话,真是深获我心,契合我境我感了。

在编集的过程中,我就一直想给它起个好的书名,这心情就像当父母的为即将出生的孩子想个好名字一样。斟酌再三之后,我决定名之曰“播芳馨集”。“播芳馨”,取自屈原和鲁迅的诗意。屈原《九歌·湘夫人》:“合百草兮实庭,建芳馨兮庑门。”又《山鬼》:“被石兰兮带杜衡,折芳馨兮遗所思。”这里的“芳馨”,即香草之代指。鲁迅有一首咏屈原的《无题》诗:“一枝清采妥湘灵,九畹贞风慰独醒。无奈终输萧艾密,却成迁客播芳馨。”它刻画出一个手持“清采”,身浴“贞风”,处浊世而独醒,避萧艾而播芳馨的优美的诗人形象,寄托他自己播芳馨遗远者的情志。吐清采,播芳馨,在任何时代、任何情况下,都应该是每一个想以笔墨问世的作者毕生追求的美好夙愿,更是以徜徉在文艺花卉园里撷芳揽秀洒向人间为职志的文艺评论工作者所从事的工作的美丽象征。书名“播芳馨集”,既明文心于往昔旧文,又申素志于未来新作,良有以也。

最后,在序例上略作说明:每一辑所收文章,以写作或发表时间为序,只有两篇写于上世纪八九十年代的旧作例外。

2010 年 4 月 15 日

记于美国罗得岛州林肯城寓所

第一辑

在人民生活的历史变迁中创造、发展

——中国当代文学主潮一瞥

中国当代文学从1949年开始，至今已走过了57年的历程。这是出现在世界的东方，在人民生活的历史变迁中探索前行的生气勃勃的文学。它在自己发展的不同阶段，都产生了大量优秀的作家和作品，在人民的精神生活中发挥了巨大的影响。它的丰厚的、不竭的创作资源，它的形象和画面、活力与灵感，它的特殊形态和艺术风貌，无不来自中国人民创造自己的新生活的艰难曲折的历史进程。中国当代文学的发展史，从一个敏感的特殊的侧面，形象、生动地反映了中国人民为建设幸福和谐、理性健全的新生活，为实现国家的现代化和民主化而艰苦奋斗、不懈探索的历史。它植根于我们民族的现实生活的土壤，伸展在我们人民的精神世界的天空。

中国当代文学的发展与中国人民生活进程之间的契合，是中国当代文学最重要、最基本的特色，也是它可以独立于当代世界文学之林的最大特色。要认识这种特色，最平正、最可靠的途径就是直接去阅读、接触一些标志性的作品，获得一些亲身的阅读感受、审美经验。这里我想谈一点自己的体验。

就我个人来说，对中国当代文学的喜爱和大量阅读是从青年时代开始的。1960年前后，正是中国当代文学中一批脍炙人口的长篇小说陆续问世的时候。那时，我和很多同学读《风云初记》、《创业史》、《青春之歌》、《林海雪原》、《红旗谱》、《红日》、《红岩》，简直都入了迷。这些作品，从不同的角度描绘了中国革命波澜壮阔的伟大进程，活生生地展现了处于革命大波中的中国人生活形态、心理面貌的细微的变化，在我们眼前打开了一片新鲜的、广阔的、令人陶醉的生活天地，吸引、召唤我们走向沸腾的生活。我们是把它们当做“生活的教科书”来读的。在我们心目中，写出这些优秀作品的作家，不愧是“人类灵魂的工程师”。他们用艺术的灵指，轻轻地触摸、点化我们的灵魂，牵引我们向上，把我们提升到崇高的境界，成为新生活的自觉的创造者。我想很多同时代人都会有和我相同的阅读体验。中国当代文学作品，伴随着我们这一代人走向人生。这种青春时代产生的阅读迷恋，几乎会温柔亲切地伴随着我们这一代人的整个人生旅程。记得1978年，我在“文化大革命”结束后走入研究生考试的考场，有一个作文题目是“我喜爱的一本书”。我毫不迟疑地写了读《创业史》，回忆了在煤油灯下通宵读这本书，前额头发被烧焦都不知觉的往事。当时我虽然是县城里的学生，对农村的事情也不太明了，但我被梁生宝和他的事业深深吸引，对他创大业的眼光、胸怀和勇气深为佩服，为他和改霞有所爱而无所终的悲剧感到难过、惋惜。同时，这本书也使我结识了农村那么多有意思的人物，知道了农民对合作化也不是都很高兴，梁三老汉就痛苦、惶惑得几乎寝食俱废；富农也不像表面上那样低头就范，充满强烈欲望的姚士杰就敢把内侄女素芳揽到自己怀里……总之，《创业史》精描细绘地创造了中国农村合作化过程中各种类型的农民心理变迁的图画，为中国大地上曾经发生过的这一巨大的生活变动留下了一份深刻的、独到的艺术记录。柳青为了写《创业史》，在渭南的皇甫村扎根生活了整整八年。他是忠实于他所看到的生活的。他观察生活、描绘生活的深刻、细腻和严谨，是有口皆碑的。但是，柳青不可能完全认识到中国农村这一生活变动先天带有的不成熟性和悲剧性。他不可能看出，农村合作化这一生活变动乃是急于改变自己贫穷面貌的中国农民在一种躁进的、主观的社会思想影响下所做的探索农村生产力发展道路的巨大的悲剧性尝试。当时全部的生活现实和社会的心理状况都没有向他提供达到这种科学认识的感性材料——为了得到这种科学认识，中国农村经历了漫长的经济停滞时期，付出了巨大的历史代价。柳青能够在梁三老汉等人物身上，深邃地观察到这一生活巨变在农民中引起的不同的心理反应，造成的不安和痛苦，这已经很不容易了。他的局限是他所目遇神接的活生生的社会生活和社会心理现象造成的。《创业史》作为当时农村生活变动的一份真实的、有的方面异常深刻又具有艺术独创力的艺术证词，其艺术价值是不可抹杀的。它为人们留下了那个特定时期中国农村人心的变迁史。即使是它的局限，也昭示着中国人探索自己的发展道路时所带有的那种巨大的悲剧性，留给后人深深的回味和思索。

不仅是《创业史》，整个"文化大革命"前的中国当代文学中那些和生活有着深刻的联系，灌注了作家真情实感和艺术才气的成分，都应该有分析地予以评价。现实主义的文学创作是从生活出发的，是现实生活的升华和结晶。观察和估量这种文学现象的眼光和尺度也应该从生活出发，从文学与生活的关系来着眼、衡鉴。

任何一个历史阶段的人类社会生活，都有正面和负面、表面和内面。"文化大革命"前的中国社会生活当然也是这样。但是，"文化大革命"前的文学对生活的反映，就整体而言，是有些片面和表面的。它总是从生活的正面，去认识和掌握生活表面上那种热气腾腾的锐进的潮流，它总是陶醉于指导社会潮流的人们为生活编织的梦境，唱出对生活的空泛的赞歌。当整个社会沉浸在超越现实的光明梦境中的时候，当人们的心理被盲目的"革命"自豪感和优越感制驭的时候，文学多少也是带着梦意的。虽然在 1957 年前后、1960 年前后，也有少数比较清醒的作家试图干预生活，深化对生活复杂矛盾的反映，发出一点不同于空泛的光明颂的忧患和激愤之声，但很快被判定为反叛，被批判的雷声淹没了。挣扎出梦境的尝试，无不被更热昏、更荒诞的梦幻吞没。这样，文学整体的某种单调性和趋同性与生活整体的复杂性与多面性形成了巨大的反差。由于生活被一层"光明"、"革命"观念的胞膜包裹着，人们无法意识到文学与生活的这种反差，因此文学整体的这种轻飘和乏力也就悲剧性地迁延下去，以致在"文化大革命"中走到瞒和骗的伪浪漫主义的绝路上去。

"文化大革命"后的中国当代文学则反是。"文化大革命"是中国空前的民族灾难，但也激成了中国人空前的民族觉醒和人的意识的觉醒。从 1978 年开始的思想解放运动，很快就超逸出预想的格局，发展为对全部当代史和全部"革命"价值观念的重新审视和合理扬弃，发展为对世界现代文明与文化潮流的追求。这一思想解放的过程一直延伸到现在。包括科学发展观的确立，建设和谐社会的目标的提出，以人为本的观念的强调，都是思想解放运动的发展和深化。这一切极大地改变了文学与社会生活的关系，赋予文学以反映人民生活的更大的自由空间和主动精神。不但“文化大革命”前被视为禁区的现实生活的阴暗面的反映和描写现在已经不再成为问题，即使是那些以反映生活的前进的、光明的、正面的潮流为主的作品，其风貌也和“文化大革命”前同类的作品大不相同。在锐敏地发现生活前进的、积极的因素的同时，作家不再回避生活中沉重的东西，不再回避复杂的矛盾，不再回避正面发展中的悲剧性因素。例如张洁的《沉重的翅膀》，描写了改革的生活，表现了中国人处于社会蝉蜕期的痛苦和希望。在这部描写生活的正面发展的小说里，作家着力描写了改革的先驱者负荷着的现实压力和精神痛苦，希望之光是从对现实的冷峻、清醒的描写中透射出来的。这是敢于直面人生者的希望。这样的小说达到了“文化大革命”前那些正面描写社会变革的作品所达不到的深度。

作家对生活的认识和把握发生了这样的变化，创作上当然也就走出了梦境的狭小而通向了真实的广阔，题材上的禁忌和苦恼基本上解脱了，出现了“文化大革命”前所不可比拟的题材的多样性和广阔性。1980 年前后，在思想解放运动的强劲推动下，中国当代文学在恢复现实主义传统的旗帜下达到了前所未有的活跃与繁荣，形成了新时期文学的一个高潮。那时候，人民生活巨大的历史性的变迁，汹涌澎湃地冲进了当代文学的所有领域，发出了雷鸣般的声音。那时候，时代的客观要求、读者的心声、作家的主观情绪，这三者达到了空前的契合。这是中国当代文学史上最令人难以忘怀的篇章之一。就我个人来说，这也是我大量阅读当代文学作品，并把评论和研究当代文学作为我选择的职业的决定性时期。记得我当时正在北京大学中文系读文艺理论专业研究生，身处宁静的燕园之内，目遇神接的是古色古香的旧籍，心却被当时沸腾的文坛吸引。我用很多时间，耽读中国当代文学作品。我感到，这种直接来自生活的深处的当代文学作品对我的冲击和吸引是很强烈的，几乎是不可抗御的。这不仅仅是被文学所吸引，而且是被这些作品中沸腾着的生活、搏动着的时代的脉搏、激荡着的思想感情所吸引。那些当时风靡一时的当代文学作品，也许艺术上还不够圆熟、完整，但就是有一种泼辣的声势，有一种新鲜的刺激，使你看了后想起来行动，想参加到社会生活变革的洪流中去。这也就是说，中国当代文学作品，由于它和社会生活关系的密切，对身处于中国社会生活变革进程之中的当代中国人，有一种特殊的生活的魅力。它所描写的痛苦，会引起读者的切肤之痛；它所描写的喜悦，会使读者喜极而泣；它所描写的希望，正是读者魂牵梦绕的；它所展开的生活，正是读者六神所注、命运攸关的。

进入20世纪90年代之后，生活的长河有如冲出三峡的江流，变得流深浪平，水阔天高。有志于大规模地描写社会现象、有头有尾地描绘生活的长河、营造时代精神所居的大宫阙的长篇小说作家，获得了较为平静地观照生活整体的流向，较为广阔地吸纳生活丰富的印象，从容地进行艺术熔铸的客观条件，出现了一个持续时间较长，创作成果丰硕的长篇小说创作的高潮。继承柳青《创业史》的优秀现实主义艺术传统并在新的生活条件下予以新的发展的路遥和陈忠实，分别以《平凡的世界》和《白鹿原》，成了这一长篇小说创作高潮的代表性的标志。

路遥的《平凡的世界》完整地描绘出1975年至1985年这10年间在西北一个城乡交叉地带所发生的中国社会生活变迁的历史长卷。在中国农村城市化、工业化初见端倪，中国农民进城打工、重铸自我的潮流刚露苗头的时候，路遥就敏锐地意识到发生在孙少安、孙少平身上的重新选择人生道路的变化所具有的历史意义和人类普遍性，并予以饱满深厚的艺术表现。这是令人惊叹的。问世于1993年的陈忠实的《白鹿原》以宏伟的气势、雄浑的艺术力量，描绘了激荡、冲刷宗法制度统治着、渗透着的黄土高坡上的白鹿原的一层层的历史波涛，刻画了白嘉轩、鹿子霖这两个各具个性的地主形象和环绕着他们的儿女、长工、仆妇等人的悲剧命运，揭示出历史前进的趋向。小说具有突破“五四”以来的现当代小说描写农村生活的已成之局和固有思路的冲击力，它带给读者的那种强烈的艺术震撼力令人久久难忘。从《创业史》到《平凡的世界》、《白鹿原》，中国当代文学在反映人民生活方面向深度和广度掘进所取得的进展是巨大而鲜明的。这是中国当代文学在人民生活的历史变迁中探索前行所留下的意味深长的脚印。

2006 年 5 月

溯洄从之，宛在水中央

——岁末记读

近几年来，我阅读并评论当代文学作品的重点，似乎已经渐渐转移到长篇小说上去了。这并不只是凭个人兴趣自我选择的结果，而更多的是创作发展进程所决定的：不管文坛内外的种种或扬或抑的议论，我国长篇小说的创作还是有了长足的进步，它正在吸引越来越多的读者和评论者的目光。即以过去的一年而论，阅读并评论长篇小说，几乎构成了我的研究工作的主要内容。我的日子好像被对一部部长篇新作的阅读所填充，所记录。出于敬业精神的自律，我要求自己在如今常见的研讨会上的发言和所写的评论文章，都必须立足于认真的阅读和真切的感受。所以，我敢说自己对繁生茂长的当代长篇小说之林，并不是远远一瞥，仅存肤廓的印象，而是确曾走入林间，有一些切实的观察和探究的。

但是，个人阅读面对不断增加的长篇新作，有如独木小舟之于浩渺大海。即使不舍昼夜地阅读，一个人一年下来，所能读完的长篇小说的数量也是很有限的。因此，那种对长篇小说综览综评式的扫描或巡礼的文章，如果是出于记者之笔，那大约是集合了多方面的阅评信息的结果，自然是不妨看看的（但也不可太当真）；倘若是专家的一家之言，而且又言之凿凿，不容置疑，那倒是不一定可靠的。

所以，我下面所要说的，绝不能冠以1999年长篇小说创作如何如何的名目，仅仅是我所确实看到并读过的一部分作品的印象而已，故名之曰“岁末记读”。

在这一年所读到的十来部长篇小说中，给我印象最深的有两部：一部是我的北大同班同学、贵州师大的教授郑君华穷三十余年之心力写成的章回体长篇小说《芙蓉风》（重庆出版社出版），另一部是浙江女作家王旭烽历时十载沏成的一杯“功夫茶”——三卷本长篇“茶人三部曲”（由《南方有嘉木》、《不夜之侯》、《筑草为城》三部组成，浙江文艺出版社出版）。前者通过广西西江畔一个叫芙蓉胥的傍城农村发生的生活故事，概括了中国城乡从60年代到90年代的深刻的历史变迁，为邓小平理论产生的历史依据作了深刻的艺术辩证法的演示和论证，也为新中国一代新农民的历史命运、性格类型、心理轨迹提供了生动多姿的艺术显影。小说丰富的社会生活内容，意识到的历史深度和思想理念，与场面、情节、人物的生动性、丰富性这三者得到了较为完美的融合。大胆采用的化陈腐为神奇的章回结构方式与小说内在的充满现代感甚至前卫性的思想、艺术观念得到奇妙的结合，文学语言的雅俗皆宜、泼辣强悍、独特漂亮更使小说作者追踪曹雪芹的宿梦现实地在文苑中留下了深痕。总之，这是一部博大精奇而又云遮雾绕之作，它的价值还有待于更多的读者的发现、研读、评判。

后者则描写了杭州杭氏茶商世家的兴衰更迭的故事，将四代人百余年间的家族历史和盘托出。这一家族繁衍出来的子孙后代的种种人物的生存状态、生活方式、性格心理、命运变幻，构成了小说的主要骨骼和血肉。小说对中国近现代史以及新中国成立后的当代历史的脉络和灵魂作出了史诗性的概括。波澜壮阔的历史内容与浓郁幽深的茶文化色彩、韵味的恰当的调配、熔铸，是此作的最鲜明的特色。而对历史脉络和灵魂的清晰而深沉的把握，对民族精神、心性的酣畅淋漓的绘状，峻烈而纯洁的道义感以及对气节、道德的严肃的绝不含糊的强调，则是这位近代史专业出身的作家明显的思想优势。理直、气壮而文雄，使得小说中人物之间的思想交锋、性格碰撞、心理较量、语言应答，往往有出乎意料的艺术冲击力。比如《不夜之侯》中有些戏剧性强的场面，其给予读者的心灵震撼，并不亚于《雷雨》、《日出》中紧张的人物对白。三部曲中，《南方有嘉木》早获佳评，入选过“五个一工程”奖；评论者曾忧虑其后两部不能完璧并超出，现在看来已经无须过虑了：《不夜之侯》与《筑草为城》都有超越前垒之处，尤其是《不夜之侯》，写得更为浑和紧凑，宛曲幽深，天衣无缝，洵为难得的杰作。

篇幅较短，内容不那么浩瀚，气势也没那么宏大，但在长篇小说不断涌来的层波排浪中仍然像突兀扬起的浪花一样给人留下较深的印象的作品，则有项小米的《英雄无语》（作家出版社出版）、阿宁的《天平谣》（花山文艺出版社出版）、张平的《十面埋伏》（作家出版社出版）、罗珠的《大水》（人民文学出版社出版）等。《英雄无语》以独特的现实与历史穿插对接的写法，描写了一个革命干部家庭中孙子孙女一辈对祖父祖母一辈的隔代观察与探寻。小说成功地塑造了奶奶和爷爷的形象，对他们经历、命运、气质中的英雄和传奇的因素作了开掘，也对他们人性中的负面缺陷作了透视。前代的艰辛、荣辱已随逝波而去，任是无语也英雄。作者的探寻、感叹是深刻的，解剖和拷问是严峻的，而且这一切，又都和作者的寻根意识——对客家文化、语言的研究与解读——交融在一起，构成了小说的历史苍茫感和文化深邃感。阿宁的《天平谣》第一次在当代文学画廊中描绘了县级市检察干部的英雄形象。这是一些平凡的、物质生活有点寒碜的英雄，他们执行着正义的使命，精神是高洁而富有的。而他们的潜在的对手是那些手中有权，囊中有钱，颐指气使，花天酒地，为一般世俗眼光所艳羡的腐败分子。作者通过一个国有化肥厂被侵蚀蛀空，经由广大工人奋起揭发，检察干警顶住压力立案追捕，终于使罪犯落入法网这样一个似乎再寻常不过的案例的展开描写，有力地显示了腐败分子在精神上的虚弱、道义上的穷乏，以及注定不配享有平常人所有的安宁与幸福的可悲下场，从而为我们的时代吟唱了一曲淳朴而警策的天平谣，在反腐倡廉题材中别弹殊调。张平的《十面埋伏》则展开描写了在监狱中工作的刑警所面对和进行的特殊的斗争。庇护罪犯的种种关系网竟是在我们监管机构内部无形中编织起来的。透过挖出罪犯的曲折斗争中面对的“十面埋伏”，张平以他特有的峻烈的正义感和锋利的社会解剖刀对现实作了深透的剖示，留给了人们深长的思索。罗珠的《大水》是一部十分浓缩的黄河儿女英雄传。此书演示了我们的母亲河百余年的苦难史和抗争史，叙写了在黄河岸边落户的三个家庭几代人生生死死、恩恩怨怨、爱爱仇仇、离合聚散、兴替浮沉的人生故事，塑造了一些义烈而妩媚的黄河儿女形象。作者颇具才气，艺术描写的腕力与其艺术想象力相埒，笔下多奇情异调，有时还带出点魔幻色彩，使作品兼备写实的浓厚与浪漫的奇思。

还有几部运用中国古典小说的写实与传奇交融的写法叙写历史生活、绘状历史故事的小说，也构成了一道值得关注的艺术风景线。这里有曲直的《瑞蚨祥与孟洛川》、袁一强的《皇城旧事》（均为作家出版社出版）、刘育新的《古街》（北京十月文艺出版社出版）、张黎明的《濠镜是家》（群众出版社出版）。这是一些写得又好看又干净而且颇有一些深意，有益于世道人心的好小说。曲直所写的是创建瑞蚨祥近代商业集团的少年奇商孟洛川的传奇故事。作者可贵之处，在于不过分醉心于传奇，而能通过孟洛川的行藏吐属、举措兴亡，现实地展开环绕孟洛川的社会环境，给中国民族商业的尴尬而无奈的处境留下一个真实的写照。袁一强的长处，则在取景于北京历史上已消亡的杠房业，在把从事杠房业的小人物的生存状态绘状成风俗画的同时，展示了支配这些小人物命运的行业上层人物之间的激烈竞争乃至搏斗。曲折动人的爱情故事、精悍传神的市井语言、独具色调的风俗画，这种种艺术要素交融而成的《皇城旧事》，当会吸引各个层面的读者的兴味。刘育新的《古街》，则是以琉璃厂的市井传闻为底本组织、升华而成的一部清末民初古玩商人的传奇故事。作者熟谙他所描写的生活，又有相当的文史修养、文物知识和雅洁清顺的语言，加上白描功夫的运用，所以写出的人物栩栩如生，声态并作。他既写忠义之士，寄托家国兴亡之感；也写奸邪小人，暴露黑暗旧中国的渣滓。爱憎分明，是非清楚，使他的《古街》升腾激荡着凛然正气；但这一点也没有使小说带上直露的说教色彩，展现在读者面前的，是一幅幅情趣盎然、充满悬念、引人入胜的连环画图。深圳女作家张黎明在澳门回归祖国前夕出版的《濠镜是家》，取材更为独特，色调更为奇绝。她把笔伸入18世纪的澳门渔村，描绘了一群澳门儿女的英雄故事，展示了这个中西文化交汇点上独特的民俗风情。作者善于构思而又运笔轻灵，精于写人且能不粘滞于史。她给我们讲述了一个宛曲有致、清奇隽永的澳门历史故事，却处处唤起当代读者期盼澳门回家的民族感情。这是一部及时问世应运而生的书，却绝无匆促草率之弊，作者为它是投注了多量的心血的。

很多读者受一种不太负责的舆论的影响，觉得当代文学似乎正处于无序和衰败之中。肯放低一下高贵的审美目光，耐心地看几本当代长篇小说的学者或读书人，似乎越来越少了。但是，这一年来的阅读，使我对当代文学提高了信心。还是鲁迅说得对："文坛是无须悲观的。"中国的当代文学，尤其是具有社会主义思想倾向的进步的、人民大众的文学，始终是存在着、发展着的。古诗云："所谓伊人，在水一方。溯洄从之，道阻且长。溯游从之，宛在水中央。"如果说我们寻觅的好作家、好作品就是诗人心向往之的"伊人"的话，那么，这几句话便很恰当地表达了我这个当代文学的追踪者岁末的感受。

1999 年 12 月 23 日

营造时代精神所居的大宫阙

——20 世纪 90 年代以来中国长篇小说一瞥

20 世纪 90 年代以来，在中国当代文学发展的历史进程中，长篇小说创作的勃兴和提高是一个特别突出的现象。尤其是 1995 年以来，长篇小说创作呈现出一片繁茂、斑斓的景观。产量的逐年怒长，反映生活面的空前开阔和多样，探掘历史的深长和多面，作品艺术风格和创作手法的千姿百态，作品文学水平的日渐提高；出类拔萃之作的历历可数；对长篇小说创作的艺术规律之探讨、对长篇新作之评论、对长篇创作实绩估量之讨论的日趋活跃……这一切都给人留下了深刻的印象。在长篇小说创作的产量和规模远远逸出了读者和评论界的阅读容量和视野的情况下，对这一时期的长篇小说的实绩和面貌作出精细而准确的描绘是有些困难的。但是，对这一风起云涌、方兴未艾的文学景观作一番寻根探源、梳理脉络、指点精彩、催生优秀的工作，却是必要的。

一、热风吹雨洒江天

文学作为人类社会生活的一种特殊的反映形式，在任何地方、任何时候，都不能不是一种社会现象、一种人文景观、一种精神花朵。长篇小说，作为一种擅长"有头有尾地描绘了生活的长河"（茅盾语）而成为"时代精神所居的大宫阙"（鲁迅语）的文学体裁，它的勃兴与发展，就更是一种时代现象，一种集纳着大时代的群体众生的思想、情绪，反映着人类的生存状态和生活方式的特殊的精神现象。它归根结底，总是社会生活变化和发展的精神衍生物。探寻它繁茂勃兴的根源，不能不把它放到我们所生活所呼吸的大时代的变动中去考察。

在长期社会主义建设的基础上展开的改革开放的新时代，“如同一幅透迤而又气势磅礴、雄浑而又绚丽多彩的画卷，展现在世上面前”（江泽民语）。这幅现实生活的画卷，为中国当代文学，也为长篇小说的繁兴，提供了丰饶的生活土壤。特别是进入20世纪90年代以后，生活的长河有如冲出三峡的江流，变得流深浪平、水阔天高；有志于大规模地描写社会现象的长篇小说作家，获得了较为平静地观照生活整体的流向、较为广阔地吸纳生活丰富的印象，进行艺术熔铸的客观条件，长篇小说创作的数量在不太为人注目的情况下，开始出现了逐年增长的势头。据有关部门统计，这一阶段长篇小说的数量是:1992年，出版了370部;1993年，出版了420部;1994年，出版了450部。这一增长的势头，也推出了一些有影响的优秀作品。但从总体上看，应和时代精神节拍，直面现实生活进行深沉而有力的艺术概括的力作较少，它所获得的社会关注和推动也较平弱。

生活的土壤里，天然地接纳着、孕育着大量的文学的良种。但这些良种的生根发芽，长叶伸枝，还有待于适宜的节气天候，有待于热风的吹拂、阳光的照临、雨露的滋润，一句话，有待于这一切所形成的精神气候。

一贯把文学艺术的发展纳入建设中国特色社会主义文化、纳入社会主义精神文明建设的全局予以关注的党的第三代领导集体，抓住了长篇小说创作发展的新的契机，为长篇小说的繁茂吹来了阵阵热风，送来了遍洒江天的时雨。

早在1991年3月，江泽民在首都元宵节文艺界座谈会上就表达了他对文艺界的一个希望。他说:“历史上每一时代都孕育并且产生了与这一时代相应的精神产品。……现在，我们处在人民自觉地创造自己新生活的伟大社会主义时代，更应该出现伟大的作家、艺术家，更应该创造出与这一伟大时代相称的精神产品。”他认为，这是“文艺界为国家大局作贡献的表现”。

1991年10月，江泽民在浙江视察工作时更加具体地指出:“我们的重点应放在现实主义作品的创作上。要写出反映现实的好作品不容易。……就是要运用文艺作品反映广大人民群众推进建设和改革的伟大创造活动和创新精神。这样的现实主义作品一旦创作出来，就会极大地激励和鼓舞人民更加奋发地创造自己的新生活。”

1993 年 3 月，江泽民在与政协文艺界委员座谈时再次表达了他对文艺界的希望：“希望作家、艺术家投入到时代生活的激流中去，反映新时代，发现新题材，塑造新人物，开拓新领域，创作出更多内容健康向上、具有艺术魅力的优秀作品。同时，还要注意雅俗共赏。”

1995 年年初，在全国宣传部长会议上，江泽民在讲话中明确提出，要重点抓好长篇小说、电影和儿童文艺的创作。这一指示简称抓好“三大件”。在“三大件”中，长篇小说的创作，不仅对整个文学创作的全局有着举足轻重的作用，而且可以为一部分影视作品提供进行二度创作的丰富的文学资源，促进儿童文学创作中较大型、较完整的作品的产生（如少儿题材的长篇小说）。抓好“三大件”的指示，极大地鼓舞了广大文学艺术工作的组织者、创作者，大大加强了组织、规划、促进长篇小说创作的力度，使长篇小说的创作迅速形成了一个有声势、有后劲的热潮。

1995 年 7 月，中国作协在长沙召开了全国文学创作工作会议，具体部署、落实抓好“三大件”的指示。会议制定的创作规划中，各省市报上来的长篇小说创作选题即有 624 部之多。同年 10 月，中宣部关于繁荣长篇小说、电影、少儿作品“三大件”座谈会在上海召开，提出了少儿题材长篇小说 100 多部的创作规划。同时在中国作协提出的 600 多部长篇选题的规划中，确定了 50 多部重点作品的选题。1996 年 4 月，中宣部出版局和新闻出版总署图书司在福州召开了有 12 家重要文艺出版社参加的繁荣长篇小说出版专题研讨会。会上披露的统计资料显示，抓好“三大件”的指示提出后，1995 年长篇小说的产量迅速攀升到 600 多部。会议提出繁荣长篇小说的当务之急是提高作品质量的看法，对长篇小说的出版加强了总量控制。此后至今的每年，长篇小说的产量大致保持在 500 部上下。汇拢起来，这仍然是一个惊人的产量。我国当代长篇小说创作的勃兴和提高，正是在这样一个“庞大的作品堆积”的基础上实现的。在这里，由长篇小说的产量的巨大所显现出来的文学生产力的高涨，文学创作资源的开掘之广，文学大军的动员和组织之得力，都是有积极而深远的意义的。没有相当的数量就不能结晶出较高的质量，没有创作规模的形成就推衍不出具有文学史意义的新的局面。一道洪流，撇去浮沫，滤却泥沙，还有供龙潜鱼跃的丰沛的活水在。对我国当代长篇小说这种爆炸性的数量膨胀，不妨以比较乐观的态度估量之，以辩证的观点评析之。

为了引导长篇小说创作按照艺术规律健康而坚实地发展，文学评奖和评论作为重要的环节被紧紧抓住了。近 13 年间，分别于 1991 年、1997 年、2000 年揭晓的第三、四、五届茅盾文学奖共推出了 15 部优秀长篇小说，它们是：路遥的《平凡的世界》，凌力的《少年天子》，孙力、余小惠的《都市风流》，刘白羽的《第二个太阳》，霍达的《穆斯林的葬礼》，萧克的《浴血罗霄》与徐兴业的《金瓯缺》（这两部为荣誉奖）；王火的《战争与人》，陈忠实的《白鹿原》（修订本），刘斯奋的《白门柳》，刘玉民的《骚动之秋》；张平的《抉择》，王旭烽的“茶人三部曲”第一、二部；王安忆的《长恨歌》，阿来的《尘埃落定》（以届次和每届获奖作品排序排列）。中宣部举办的“五个一工程”奖，从 1995 年开始，在图书类获奖作品中，增添了长篇小说项，每届都有作品获奖，其中较彰著者，有周而复的《长城万里图》，柳溪的《战争启示录》，王旭烽的《南方有嘉木》，周梅森的《人间正道》、《中国制造》，邓一光的《我是太阳》，蔡敦祺的《林则徐》，姜安的《穿过硝烟的女神》，向本贵的《苍山如海》，殷慧芬的《汽车城》，曹文轩的《草房子》，秦文君的《男生贾里全传》，等等。此外，1999 年新中国成立 50 周年献礼作品等中，都有一批优秀的长篇小说被遴选入列。对这些作品的评论，有关方面还组织了有奖征文，出现了一批有一定深度的评论文章，产生了较大的社会影响。

各个重要的文艺出版社是长篇小说创作的具体的组织者和推介者。除了大量分散出版的作品之外，各出版社竞相推出各种名目的长篇小说创作丛书，努力以整齐的阵容、富有艺术特色的标志吸引读者的目光。如人民文学出版社除茅盾文学奖获奖书系、人民文学奖获奖书系外，还设有“探索者丛书”、“行人系列”等长篇小说新作丛书。作家出版社设有“作家珍藏版”长篇小说丛书。上海文艺出版社设有“小说家文库”长篇小说系列。北京十月文艺出版社设有“十月长篇小说创作丛书”。中国青年出版社设有“红宝石长篇小说丛书”。华夏出版社设有“中国当代作家文库”。各个地方文艺出版社所设的这类长篇小说丛书,更如雨后春笋,不胜枚举。从内地北岳文艺出版社的“山西作家长篇小说丛书”、“大槐树丛书”到特区海天出版社的“特区前卫长篇小说系列”;从百花文艺出版社的“新支点长篇小说丛书”到春风文艺出版社的“布老虎”丛书、长江文艺出版社的“九头鸟长篇小说文库”、黑龙江文艺出版社的“火狐狸”丛书;从长春出版社设立的“新生代长篇小说丛书”到经济日报出版社最近出版的“新生代都市爱情小说”丛书……这些长篇小说丛书,有的是一次性推出,闪亮登场,有的是常年出版,蔚为大观(如上海文艺出版社“小说界文库·长篇小说系列”已出版一百多部),虽不能说入列者皆佳作,但相当多有影响的长篇小说由此而出,却也是不争的事实。

总之,在以江泽民为核心的党的第三代领导集体的亲切关怀和具体指导下,我国长篇小说创作获得了前所未有的繁荣滋茂的时代契机和精神气候。“热风吹雨洒江天”的培育,已经催生出“喜看稻菽千重浪”的景观。

二、应和着时代精神的节拍

在我们的文学长河中,长篇小说创作正出现百舸争流,锦帆耀彩,水平风正,虹烂霞明的喜人景象。如果有人觉得这样的描绘近乎美文学的虚辞,那就请看下面在列举评述作品中呈现的实证吧。

这一时期的长篇小说创作的第一个也是最鲜明的特色是时代精神的强烈。一般地说,长篇小说并不是便于迅捷地反映现实生活的流向、敏锐地应和时代精神的节拍的体裁。但是,自 20 世纪 90 年代以来,这个“一般”却被“特殊”突破了。和同时期中、短篇小说创作中直面现实、振聋发聩之作相对萎缩的情况相反,长篇小说创作中却出现了一批追踪现实生活变动,充满强烈时代精神的优秀作品,把改革开放的时代大波尽摄笔端,使立于时代潮头的弄潮儿的各种姿影即时显现。这样的作品,往往是甫一问世,就使广大读者心弦立应,形成很大的心灵冲击波。

在这些执著于现在,为着中国人现在的生存、温饱、发展而奋斗、而呐喊的作家中,张平、周梅森、陆天明无疑处于最突前的位置。他们用自己大量有影响的作品,显示了自己作为人民的赤子、时代的尖刺、正义的木铎的战斗热忱和敏捷、犀利、明快地剖析社会现象的艺术才能。他们的创作,承继了鲁迅倡导的"文学,是战斗的"现实主义传统,在新的时代条件下予以发扬。张平的《天网》、《抉择》、《十面埋伏》等广受读者欢迎的作品,以敢于触及现实生活中错综复杂的矛盾,展开正义与邪恶的曲折而悲壮的斗争,并在紧张的冲突、激烈的碰撞中写出真正的共产党人的心灵之光见长。代表作《抉择》把笔深入处于矛盾漩涡中心的市长李高成形象的心灵世界中,步步紧逼、丝丝入扣描写他在大义与私情对决的关头怎样作出了艰难而正确的抉择,给读者以灵魂的震撼。周梅森的《人间正道》、《天下财富》、《中国制造》、《至高利益》等广有影响的作品,"几乎是一种年鉴性的写作","反映出社会发展进程最新的动态和思想脉络"(贺绍俊评语)。这些作品描写领导着城市改革开放进程,以执政兴国为己任的领导干部的活动和思考、奋斗和追求、业绩和挫折,同时展开了城市现实关系、人民生活的广阔而斑驳的画面。《人间正道》气势磅礴、沉雄悲壮的打破因循滞后旧局的开拓精神,《天下财富》艰难纡曲、跌宕起伏的经济改革进程,《中国制造》成熟稳健、敏锐深邃的政治体制改革的思索,《至高利益》对党的执政之基、力量之源、兴国之本的形象的探索和切迫的呼吁,都说明了周梅森是一个思想严肃的作家。他先天下之忧而思,使自己的作品始终站在时代的思想制高点上。而且,他的思想才能结合着艺术才能,结合着对人民生活的体验,并不是凌虚蹈空的。他的小说,具有情节和细节的生动性和丰富性,结构精致而严谨,落笔很有气势又能控驭自如,周梅森的确是一个思力与才禀兼备的作家。陆天明的《苍天在上》、《大雪无痕》、《省委书记》则善于摄取现实生活中与改革开放伴生的腐败现象对人际关系的渗透,对人的灵魂的锈蚀,从而编织出富有启示性和戏剧性的人生故事。像他那样贴近地描写党的较高级别的干部,努力塑造出真实可信的活的人物形象的作家,在创作界还是比较少的。所以,说他的作品(尤其是近作《省委书记》)在丰富当代小说人物画廊方面具有另一种探索意义或先锋性,大概也不算过誉吧?

以一系列富有现实感和生活气息的中、短篇小说在文坛上形成了"现实主义冲击波"(雷达评语)的河北作家谈歌、关仁山、何申,号称"三驾马车",也颇有声势地驶入了长篇小说创作的领域。谈歌有《城市守望》、《家园笔记》之作。无论是对当前城市改革"支点"的探寻,还是对农村家园历史积淀的开掘,谈歌都表现出他对现实关系的较深的理解和与民族精神相通的骨鲠之气。关仁山有《风暴潮》、《福镇》、《天高地厚》等作品,倾注着他对农村、农业、农民在现在的发展方向和未来远景的关注,显示着他对30年来农村改革全程的逐步深入的思考和日益广阔的反映。改革大潮冲击中的几代农民命运的浮沉,人和土地、人与人关系的微妙变化引起的悲剧感,农民变更生存状态和生活方式的现实可能性所带来的理想的光照,都并存在关仁山的小说中,形成了其特有的历史感。何申的《多彩的乡村》则以他一贯的旷达风趣的笔调,描绘出一幅20世纪90年代北方农村绚丽多彩的民情乡风图。在一幅幅生活气息浓郁的、明快而清新的村居图的深处,流动的仍是乡村改革、前进的脉息,浮现出来的则是有智慧、有公心、有毅力的乡村英雄形象。

同样执著于从改革开放的大时代着眼,从现实生活的丰饶的土壤取材创作长篇小说的作家还有柳建伟、向本贵、侯玉鑫。他们的创作视野和文思显得更加开阔,具有一笔并写城乡的特点。柳建伟的"时代三部曲"包括描写北方小县及乡村的改革进程的《北方城郭》,反映军队内部现代化进程中思维方式更新的《突破重围》,刻画城市国有企业改革攻坚战中具有智慧风貌和坚忍毅力的改革者形象的《英雄时代》等三部长篇。作者纵横历览于乡村、部队、城市三个不同的生活领域,分别构筑起颇可观览的长篇小说建筑物,吸纳时代风云,感受共时温热,使这些不同材质、不同结构、不同形貌的建筑物彼此勾连贯通，显示了不俗的才力。向本贵的《苍山如海》、《盘龙埠》、《遍地黄金》或写正处于走上现代化的艰难路途中的县城与乡村，或写一时陷入困境的矿山，不管作家的笔触伸到哪里，我们都能感到他的心和正承受改革带来的生活压力和精神压力的基层干部和底层民众的心一起跳动。在朴素切实的生活流程的绘状中，在那些忘我地、无私地工作着、奋斗着的普通干部身上，时代精神自然而然地流露出来了。侯玉鑫的《好风好雨》、《好爹好娘》也同样把描写的重点放在县、乡普通干部的形象上，但他更倾向于把内地偏僻山村和东南沿海特区城市这两种反差巨大的生活，作大的空间跨度的对接，造成小说兔起鹘落、悬念迭起的奇特结构。如果探寻到作者想引入改革前沿的现代观念，来冲击、改变、丰富内地干部相对封闭的思维方式这一潜伏的文心，那么理解这样的艺术结构也就比较容易了。而且，更深入地看，小说所提出的县、乡、村基层党组织和基层政权的建设问题，也就获得了一种现代的、与时俱进的观照，变得有新意了。

描写处于深刻而广泛的改革进程中的中国现实生活而又能注入时代精神，揭示社会生活的某些本质方面，提出人们关注的社会课题，并对决定改革命运、流向、前途起重要作用的先进的社会力量予以较充分、较有力的表现的好作品，还有很多。如反映上海汽车工业的发展进程，关注普通工人命运的《汽车城》（殷慧芬）；抒写南方特区改革开放前沿的生活故事并展示其筚路蓝缕的艰辛历程的《大风起兮》（陈国凯）、《傍海人家》（李兰妮）、《走出边缘》（张黎明）、《顺流逆流》（燕子）；描写珠江三角洲城乡在改革开放进程中的相互激荡，揭示乡村城市化的艰难进程和讴歌处于改革前沿的共产党人风骨神采的《大江沉重》（吕雷、赵洪）与《红莲·白莲》（赵江、朱榜明）；讴歌核电站建设者的英雄业绩和奉献精神的《蓝蓝的大亚湾》和礼赞为国有企业改革呕心沥血、作出悲壮的牺牲的纺织工人的《走进夏天》（蒋杏）；刻画公正执法、刚直不阿，具有现代化法制观念的大法官形象的《大法官》（张宏森）和表现基层检察院干警的斗争生活和高尚品质的《天平谣》（阿宁）；透视乡村改革者从苦土中挣扎出来却又陷入难以自拔的精神裂变的悲剧的《苦土》（宋聚丰）和揭示西北小城生活变动中人性在欲壑中陷落的《欲壑》(李斌魁)等。这类作品数量很多,不胜枚举,重要的一点是,它们在当前长篇小说创作中,已经汇成了一股现实主义的热潮,形成了规模和气候。这深刻地反映了长篇小说勃兴的进程与现实生活的源泉深刻而紧密的联系。只要这条为长篇小说创作输送鲜活养料的生命的纽带不断强固起来,伸展开去,无愧于"时代精神所居的大宫阙"之称的"巍峨灿烂的巨大的纪念碑底的文学"(鲁迅语),就一定会出现。

三、思掣鲸鱼碧海中

迅速地感应时代精神的节拍、反映现实生活进程的长篇小说大量出现,这是我们所处的剧变的大时代对长篇小说艺术功能的一种展延,一种改造。这样的作品虽然能够满足当代人从长篇小说中照见现实、照见自身的需要,也能尽文学参与改革进程的战斗使命,但由于它创作周期短,来不及与瞬息万变的现实拉开一个便于艺术观照的距离,作者也不容易获得一个使滚烫的生活素材冷却、沉淀并进行熔裁的从容的时间,因此这些作品大都存在着思想锋芒的新锐与艺术容量的深广的不太平衡,生活内容的新鲜与艺术形象的圆融不很配称的情况。而长篇小说这种文学体裁,就其天性来说,对概括生活的完整性和人物塑造的典型性,有着更高的美学要求。根据这种合理的审美理想和审美口味,人们要求长篇小说创作在已经取得长足进步的基础上,向更高的美学境界提升,呼唤大气磅礴、厚重精美的民族生活与心灵的史诗出现,渴望高度的艺术真实与高度的认识价值统一的典型人物出现,就是势所必然的了。这并不是对取材于当前现实生活的作品的贬抑,而是对长篇小说在一个大的时代里所能达到的高度的展望。列宁曾经为列夫·托尔斯泰的作品(主要是他的长篇小说)能"在世界文学中占有第一流的地位","成了全人类艺术发展中向前迈进的一步"而自豪,毛泽东也曾举中国小说有《红楼梦》作为中国对世界文化的一项拿得出手的贡献,这都说明了人们对长篇小说的美学天性的直觉性的认识。只有在这样一个艺术共识的基础上,我们才有可能更客观也更科学地评价我们的长篇小说创作业已取得的成就和进一步发展所预留的天地，也才能对我们长篇小说的整个面貌作更突出重点也更全面的描述。

别林斯基指出："长篇小说也可以采用有积极现实性的生活或当前的生活作为内容。一般说来，这是新艺术的权利，其中个人命运之所以重要，与其说在于他对社会的关系，不如说在于他对人类的关系……作为艺术作品，长篇小说就必须从日常生活和历史事件中剔除一切偶然的东西，透视到它们隐秘的核心——透视到那生气勃勃的思想里去，使表面和分散的东西成为精神和智慧的容器。长篇小说的艺术性之高低即赖于小说基本思想的深度以及这一思想在个别部分中的组织力量。"我理解别林斯基在这里说的正是长篇小说对典型环境中的典型人物的创造的高度要求。长篇小说当然有权从当前的生活中取材，当然借人的命运浮沉表现他对社会的种种现实关系；但如果要达到高度的艺术性，那就要进行去粗存精、去伪存真、由表及里的艺术概括，摒弃非典型性的一切关于人与社会的芜杂关系的描写，而集中注意力于开掘人与人类的内在关系的那些具有高度典型的东西，"透视到它们隐秘的核心"中去，获得不但与时代、社会有关，而且与整个人类生存攸关的那些"生气勃勃的思想"，洞悉那些深湛的哲理，生活的不可抗拒的规律，提炼为小说的主题，也即拓深"小说基本思想的深度"，并把这一主题溶化在小说各个部分的组织中去，体现到典型环境的营造、典型人物的雕绘中去，体现到典型环境与典型人物之统一的熔铸中去。

如果这样的理解大体不差，那么，站在这样一个美学高地鸟瞰一下我们这 13 年来的长篇小说创作，我们看到怎样的景象呢？

我们看到了连绵的远近布列的长篇小说的群山，感到无论在哪个题材领域里，无论在采取哪一种艺术形式作生活内容的容器的作品中，作品的人类生活的容量和历史容量都扩大拓深了。有生活丰沛感和历史厚重感的作品还是很不少的。逶迤群山就总体观之，还是很有些阔大的气势的。

但是，如果想寻找像"横空出世"的莽莽昆仑那样雄浑浩大的作品，想观赏像庐山一样具备"一山飞峙大江边"的独拔气势的作品，那会不会多少有些失望呢？“文绝一体，天才孤诣；参天者多独木，称岳者无双峰。”（孙犁语）瞩望这样的独绝盖世之作，也许会有云空回首、天高抚膺之叹吧？

还是把睥睨古今的目光收近一点，俯低一点，那我们就会满意地看到，就生活和历史的容量而言，就典型创造的普遍性和精确度而言，高出一筹的杰出作品还是有的。我这里想举路遥的《平凡的世界》（1—3 部）和陈忠实的《白鹿原》为例。这两部作品，可以说是 13 年来我国长篇小说创作提高到一个新的艺术高度的明证。

路遥的《平凡的世界》起笔于上世纪 80 年代中叶，告竣于 90 年代之初，完整地描绘出 1975 年至 1985 年这十年间在西北一个城乡交叉地带所发生的中国社会生活变迁的历史长卷。辛苦而又转徙于这一城乡交叉地带的孙少安、孙少平兄弟及许多青年伙伴的命运，不仅有特定时代、社会甚至地域的投影，而且有更深邃的与人类处境和精神相通的东西。在这部作品问世后又过了十几年的今天回头再看，我们不能不为路遥的历史预见性，为他对生活发展规律的洞察而惊叹：在中国农村城市化、工业化初见端倪，中国农民进城打工、重铸自我的潮流刚露苗头的时候，路遥就意识到发生在孙少安、孙少平身上的重新选择人生道路的变化所具有的历史意义和人类普遍性。《平凡的世界》这轴朴素而浑厚的现实主义艺术长卷的奇崛和光彩正是在这里。小说所达到的典型概括的深度和高度也体现在这里。这是只有对生活的整体流向有所把握，对生活含蕴生气勃勃的思想有所发现才能做到的。

陈忠实的《白鹿原》问世于 1993 年。小说以宏伟的气势、雄浑的艺术力量，描绘了激荡、冲刷宗法制度统治着、渗透着的黄土高坡上的白鹿原的一层层的历史波涛；在 20 世纪初到世纪中叶一阵阵革命风雷的震荡中，展现出白鹿原众生族人的生存状态的剧变；刻画了白嘉轩、鹿子霖这两个个人品格不同的地主形象和环绕着他们的儿女、长工、仆妇等人的悲剧命运，揭示出中国农民从自己的生活条件中萌发的民主主义意识的顽强以及它和同样顽强的农村宗法思想的相互较量，相互交绥。在表现中国农村宗法关系掩盖下的阶级关系的全部复杂性方面，在理解并显示提供发人深思的历史经验、揭示历史发展趋向方面，在塑造具有鲜明个性和深厚的社会生活内容的典型形象方面，小说都取得了突出的成就。作者某些主观观念上的缺失（主要表现在对朱先生这个人物的历史观念的展示上）并不影响作品总体正确的思想倾向和深刻反映历史真实的艺术效果。实际上，《白鹿原》是具有突破"五四"以来的现当代小说描写农村生活的已成之局和固有思路的冲击力的。它带给读者的那种强烈的艺术震撼力迄今还留在很多人的记忆里。

《平凡的世界》出现后，在反映并概括中国农村30年来的改革进程方面，似乎还没有在描写规模上、艺术功力上与之相埒的力作出现。获第四届茅盾文学奖的刘玉民的《骚动之秋》，虽然颇有生气地描绘了农村最早出现的企业领导者岳鹏程、岳赢官父子的冲突，力图揭示在生活的转折点上农村人物内心的骚动，但受作品格局的限制，这一新旧观念冲突的主题未能充分展开。未能得到充分注意的京夫的《八里情仇》，在展开西北偏远小镇"文革"前至"文革"后这一段很少有人正面着笔的生活进程方面，在揭示那个动乱年代仍然存在的善良邪恶的人性冲突，刻画具有正常是非感和伦理情的普通人的悲剧命运方面，达到了颇可称道的艺术深度。

另一方面，从《白鹿原》开始的在一个较长的历史跨度下描绘波涛滚滚的完整的生活长河的艺术思路，却在尔后出现的不少多卷本长篇中得到回响（有的作品不见得受到《白鹿原》的影响，只能说它们不约而同地践履此路吧）。王火的《战争与人》从一个国民党的清要大员童霜威一家在八年抗战历程中的命运浮沉和人性嬗变入手，揭示了抗战中两种力量、两条路线的较量及由此显示的不可抗拒的历史流向，把这一场关乎民族生存之战对中国人灵魂的淘洗、重铸描写得淋漓尽致。大约同期出现的两部展开抗战全史的长河式小说是周而复的《长城万里图》和李尔重的《新战争与和平》。前者几乎是不以演义形式出现的抗战全史、正史演义，它所塑造的蒋介石形象给人以很深的印象。后者熔铸进了作者个人在抗战前后某些特殊的生活经历和亲身感受，在抗战全史的展示中增加了较少有人着笔的日本一方的本土描绘。小说集中刻画了几个集历史重要性与命运传奇性于一身的历史人物的形象，予以绘声绘影的绘状。其中写得比较精彩、鲜活，且有一定性格深度的人物是张学良。这三部长篇在纪念抗战胜利50周年之际前后问世，成为现代史题材的比较重要的作品。

取材于抗日战争的历史生活写成的优秀作品还有宗璞的《东藏记》。它和20世纪80年代末出版的《南渡记》共同构成待完成的四卷本长篇《野葫芦引》的头两部。小说描绘了原在北平的明仑大学的人文知识分子"南渡"到昆明后开始的新的"东藏"流亡生活，笔墨的重点也转移到日渐成长的青少年在特殊环境下心理成长的过程上。宗璞以淡雅蕴藉之笔，写颠沛流亡生活，抒亲民爱国之情。她的这部志存高远、精美如织锦的倾注心血之作，是要"引"出一部激荡而又澹定的中国人文知识分子精神发展史，也是要"引"出民族的心灵秘史。小说高远的精神境界，因作者青少年生活经验的注入而变得亲切，充盈着生活的血肉，跳动着青春的脉搏。作者严肃而艰辛的艺术劳动不能不引起我们深深的敬意。

柳溪的《战争启示录》和于敏的《风雨人华年》也都从不同的角度沉入了对抗日战争的回忆和再现，并呈现出不同的艺术风采。前者富于思想的沉思，生活画面绚丽而开阔；后者更多华年的激情，人生故事慷慨而宛曲。

故事展开的历史跨度几乎长达一个半世纪的"茶人三部曲"以第一、二部获茅盾文学奖，显示了这位女作家恢弘的艺术气魄。小说以忘忧茶庄的几代茶人的命运史为中心线索，远远近近敷布了杭城的地方史、中国的近现代史的烟尘风云，有较深的历史感。写得最为浑和匀净的第二部《不夜之侯》展开的，也是抗日战争时期的生活。民族存亡的严峻，大节操持的磊落，使偏于柔丽静穆的第一部《南方有嘉木》，在这里闪现了金刚怒目式的一面，也使小说的艺术风格变得遒丽深沉，动人心魂。

取材于党史和现代文化史的《日出东方》（黄亚洲）和《北大之父蔡元培》（陈军），演绎史事，颇多新意，各见神采。从残酷而雄丽的革命战争中取材的《英雄无语》(项小米)与《穿过硝烟的女神》(姜安),在表达对前辈革命英雄的复杂命运和沉而不露的人生遭际、内心情感的新发现、新理解的同时,都把关注的目光投向了女性的命运。而邓一光的《我是太阳》、《想起草原》,写的都是对父母一辈人的独特命运与心性的探寻,前者充满了男子的阳刚之气,后者流露着对女性的柔韧生命力的礼赞。所有这些都是有独特的穿透力和接近历史的角度,也有鲜明艺术个性的作品。

把三代女性的无字可书、无语可诉的艰难的生活历程和令人震怖的精神磨难置于整整一个世纪的革命、建设、改革的宏阔背景上予以描绘的长篇小说《无字》,是极有个性的女作家张洁的呕心沥血之作。这部作品的第一、二卷我以为是更有丰富的时代内容和更见精彩的。女性命运的特殊性和作家的愤激之情,在神州板荡、魔怪蹁跹的历史背景的描绘中,在对时代情绪的客观把握中得到了某种平衡,小说的艺术天地也显得开阔;作家以孤峭的、并世无双的笔所刻画出来的母亲、姥姥的形象,也具有较高的典型性。

在论及长篇小说的历史容量与典型人物的塑造的时候,对近13年来佳作迭出、呈云蒸霞蔚之象的历史小说投以深沉、激赏的目光,我以为是适宜的。倾注全力绘状中国近代史人物的唐浩明以卷帙浩繁的《曾国藩》、《杨度》、《张之洞》三书独成历史题材长篇小说的重镇。此三书,或沉郁有悲剧氛围,或雄奇有疏宕之气,或俊逸有现代感,都在人物传叙中,熔铸进作家对历史时代的认识和艺术的掌握。也就是说,作者是在意识到的历史深度的基础上安置他的时代典型人物的。蔡敦祺的三卷本的《林则徐》,是我见到的艺术地再现这位近代伟大的爱国者、民族英雄,具有远见卓识的政治家的形象的诸多作品中最为饱满细致、最为生活化与个性化的翘楚之作。历史小说领域里的新秀、诗人熊召政的《张居正》第一、二部,则成功地塑造了中国封建社会后期出现的这位政治改革家的形象,展现了他在获得宰辅治国之权之前之后与皇权相依相争的复杂斗争,侧重描写他关注国计民生,力推触犯皇族与权豪势要利益的经济改革的故事。以诗人之笔写经世济民之业,没有深刻广博的史识是不行的。《张居正》一书，史识与诗感并驾齐驱，骨架与血肉黏结密贴，十分配称，洵为长篇历史小说的一大收获。

凌力的《少年天子》、《暮鼓晨钟》，一写福临，一写康熙，都是沉潜清史多年精心结撰之作，早已誉在人口。尔后的《梦断关河》，文体一变而为底层艺人颠沛坎坷的人生传奇，而将鸦片战争前后真实的史事和人物作为主要人物的背景，其中寄寓了作家对历史的新的思考。二月河以《康熙大帝》、《雍正皇帝》、《乾隆皇帝》三书12卷的巨幅鸿篇，对康、雍、乾三朝一百多年的历史作了全面的、生动的艺术写照。他不太拘泥于具体史事的真实，而是抓住历史的大关节，突现历史的神魂，尽展说部的奇观，吸引了最广大的读者。在把史事故事化方向，这位作家的才能堪称独步。此外，叶文玲的《秋瑾》之写近代革命女杰，余松岩的《地火侠魂》之写辛亥前驱陆皓东，高嵩的《马嵬驿》之写李、杨爱情悲剧，霍达的《补天裂》之写香港史事，范稳的《清官海瑞》之写廉威良吏，都各有可以观览之处。

值得注意的是，随着现实生活中商品经济、商业活动的日渐为世所重，出现了一批以中国近现代工商业的萌生、发展为题材的作品，除前举的“茶人三部曲”外，尚有写丝织业的《第二十幕》（周大新），写井盐业的《银城故事》（李锐），写晋商的《白银谷》（成一）、《大盛魁商号》（邓九刚），写徽商的《徽商》（季宇），写古玩业的《古街》（刘育新）等，这些历史小说，风貌不同，神情各异，大抵出于有经验的作家之手，都是有思想内涵、历史容量和鲜活人物的扎实之作。

对新中国成立后中国知识分子的心灵历程作淋漓尽致的披露和绘状的长篇小说，似乎只有王蒙的“季节”系列（包括《恋爱的季节》、《失态的季节》、《踌躇的季节》、《狂欢的季节》）了。肯对当代知识分子明与暗纷披交织的心灵史作如此坦率而客观的剖露的作家，是需要直面错综的历史和矛盾的内心的勇气的，也是需要历史感和现实热忱的，而这一切非王蒙莫属。思想的丰赡略胜于艺术形象的圆融，这就是王蒙的小说，也是这部气象万千、才思横溢的力作引人入胜和值得研究之处。

在这篇以一瞥的眼光描绘出来的长篇小说鸟瞰图里，我所按类列举的作品的名目已经够多的了。在即将歇笔的当儿,我又想起还有不少曾经寓目而未曾提及的作品,如方方的《乌泥湖年谱》,毕淑敏的《红处方》、《血玲珑》,孙惠芬的《歇马山庄》,马瑞芳的《天眼》、《感受四季》,南翔的《南方的爱》、《大学轶事》,刘醒龙的《痛失》,王跃文的《梅次故事》,张宇的《软弱》,曹文轩的《红瓦》,彭东明的《天边的火烧云》,张之路的《第三军团》、《非法智慧》,郑君华的《芙蓉风》,刘育新的《红菱》,罗珠的《大水》,张雅文的《盖世太保枪口下的女人》,夏挚生的《船月》,黎汝清的《安娜一家》……林林总总,五光十色,在我的印象和记忆里浮沉幽显。这使我意识到自己这"一瞥"的局限性和无力。好在一切进入了读者阅读视野的作品,都会获得它存在的时空。时间这个严正而公平的批评家,自然会对一切有价值、有特色的作品作出最终的抉择。这是无待于我的唠叨词费的。重要的是,我们的作家队伍这样浩大,我们的作家写得这样多,我们的长篇小说创作形成了如此大的规模和格局,这终究是值得庆贺的!这是政治清明、经济宽裕、文思自由、精神气候适宜、印刷科技发展的结果,是党的"三个代表"重要思想和三代领导人的一以贯之、与时俱进的文艺路线、方针正确实施的结果。长篇小说创作的这种空前的勃兴繁茂,显示出我国作家攀登文艺高峰,营造"时代精神所居的大宫阙",构筑"巍峨灿烂的巨大的纪念碑底的文学"的集体的努力和奋斗。也许现在我们还没有堪称伟大的作品问世(也不一定,中国人衡文贵古贱今,由来已久),但把这种集体奋斗持续下去,期以时日,伟大的、足以传世的、能够代表我们中国当代文学成就和水平的作品是一定会出现的。

杜甫在《戏为六绝句》中曾经这样慨叹:"才力应难跨数公,凡今谁是出群雄?或看翡翠兰苕上,未掣鲸鱼碧海中。"杜甫自己没有意识到,他和与之并世而出的李白,正是掣鲸于碧海之中的大才。我们的长篇小说,需要的也是这种掣鲸于碧海之才。意识到的历史深度和巨大的、浩瀚的生活容量,就是"碧海";而具有高度典型性的能获得古今中外共识、共鸣的典型人物,就是我们的作家要竞相擒掣的"鲸鱼"。也可以说,"碧海"是"典型环境","鲸鱼"是典型人物。掣鲸鱼于碧海，就是创造典型环境中的典型人物。这条艺术道路，这个艺术目标，乃是长篇小说创作最根本的美学特征和艺术规律的集中表现。我们的前人罗贯中、施耐庵、吴承恩、吴敬梓、曹雪芹、鲁迅、茅盾，已经沿着这条道路、这个规律，攀上了他们那个时代的艺术高峰，创作出了无愧于中华民族伟大文化的作品。让我们踵前人之步武，继前人之气魄，沉潜到艰苦的、长期的、专注的艺术劳动中去吧，直掣鲸鱼碧海中，以回报我们这个如此丰富、复杂、生动的伟大时代。

2000 年 11 月 5 日

中国20世纪90年代以来的长篇小说

——在美国明德学院的讲演稿

一

我很高兴有机会向各位同学和老师介绍一下中国当代文学的发展状况。我首先想起最值得一谈的话题就是中国20世纪90年代以来的长篇小说。为什么选择这样一个题目呢？这是因为，中国20世纪90年代以来长篇小说创作的繁荣与成就，是一个重要的、带有标志性意义的文学现象。对中国当代文学的发展历程略有了解的人都知道，“文化大革命”结束后，中国当代文学进入了一个叫做新时期文学的发展阶段。作为这个新阶段开端的标志性的作品，是刘心武的短篇小说《班主任》。在整个20世纪80年代，中短篇小说的创作，成了整个文学发展中最活跃、最强劲的部分，真是新人群起，名篇迭现。不少作家凭借一个短篇或中篇，便蜚声文坛，赢得成千上万的读者。中短篇小说因为它反映社会生活巨变的及时、敏锐、深刻，艺术形式的精短多样，成了当时有才华的作家最乐于采用、最得心应手的文学体裁。20世纪80年代中国当代文学日新月异的变化，主要是由中短篇小说担纲领衔的。那时也出现了一些较好的长篇小说，如张洁的《沉重的翅膀》、刘心武的《钟鼓楼》、姚雪垠的《李自成》等，但从作品产生的实际影响来看，从长篇小说创作的总体状况看，还是远不如中短篇小说创作。

到了20世纪90年代，特别是20世纪90年代中期以后，小说创作领域里的这种状况发生了很大的变化。由于整个社会生活的变革和发展趋于稳定和深化，容纳文学潮流的生活河床大大拓深、加宽了，河宽流缓，水深浪平，文学发展中那种激溅的、引人注目的浪花少了,而那种从河流深处缓慢涌起、强劲推进的大波和巨涌便多了起来。有才华、有潜力、有远图的作家不再争做立于涛头的弄潮儿,而是藏锋敛锷、避嚣离俗,各自潜心于自己的长篇巨制,甘于一时的寂寞,以"十年磨一剑"的大匠精工自期,呕心沥血,先后拿出了自己较有分量的长篇力作。这样,长篇小说的创作就一年胜过一年地活跃、繁荣起来了。

20 世纪 90 年代以来长篇小说创作的繁荣,表现在产量的巨大和质量的优异上。从 1949 年到 1966 年"文化大革命"之前,17 年间共出版 376 部长篇小说;但从 1995 年以后,长篇小说却以每年 300—500 部的数量飙升,有一两年达到了 600 部左右。也就是说,几乎每天都有近两部长篇小说问世。当然,这样多的长篇小说,平庸之作居多,以至于有的评论家发出了花多果少的感慨。但是,没有一定的数量就没有质量。长篇小说创作普遍的活跃也造成了水涨船高的结果。经过广大读者和评论家的选择,每年都会出现一些名实相符、面目各异的有光彩的优秀作品。年复一年,好的和比较好的长篇小说的篇目也就成长起来了。

一个民族的文学,就像一座森林。有散文的芳草织成的绿坡,有诗歌的山花点缀的芳甸,有中短篇小说长成的参差掩映的灌木丛,也有喧响激射于崎岖山石间的山泉演出的悬念起伏的戏剧,更有像把游人引向各个林间景点的通衢小道、路标碑志一样的文艺评论。但如果少了参天拂云的高大的乔木,这座森林就很难说得上是有气派、有纵深的森林。长篇小说,就是一座文学森林里必不可少的乔木,而且是具有标志性的,能让人仰之弥高、望之神旺的乔木。因此,要了解一个国家、一个民族文学的全貌和前景,只读一点中短篇小说,只读一点散文和诗,而对长篇小说茫无所知,那是不行的。

随着中美文化交流、文学交流的发展,美国文学在中国拥有越来越多的读者。中国的翻译家、出版家不仅翻译出版了许多美国文学的短篇作品,而且翻译出版了许多美国作家的长篇小说。中国读者的文学欣赏的视野是日渐开阔的,审美口味也日渐丰富多样。他们通过阅读美国最优秀的作家的长篇巨制,了解美国的历史和特性,了解美国人的灵魂和心理。从马克·吐温到杰克·伦敦,从霍桑到梭罗,从斯坦贝克到海明威、福克纳,都在中国拥有大量读者。这种通过阅读文学经典作品来了解美国人的精神生活和感情生活的方式,它所能达到的深度和引起的心灵感应,是新闻媒体、旅游观光等了解方式所不及的。有很多在美国居住了十几年甚至几十年的中国人都有这样的体会:如果不阅读那些影响美国历史的经典著作,不阅读美国作家的那些伟大作品,即使在美国人中间生活了多年,也很难说窥见了美国人的灵魂,了解了美国的国家特性。我们中国的普通人对美国人民的友好感情,有很大一部分是美国那些伟大和杰出的作品帮助培养起来的。所以,中国的伟大作家鲁迅说过:"文学是达成民族和民族之间交流和了解的最平正的道路。"

相对于中国读者对美国文学的阅读和了解而言,美国一般读者接触和了解中国文学特别是中国当代文学的机会和兴趣,似乎要少一些。比如说小说吧,中国新时期中短篇小说在美国还出版过一些选本,有过一些零星的介绍;而中国当代作家的长篇小说,则很少为美国读者所知。特别是中国20世纪90年代以来一些重要的长篇小说,更是来不及或不可能得到译介的机会。因此,我更觉得对中国20世纪90年代以来的长篇小说作一个介绍,哪怕是最简略的介绍,也是有助于大家对中国当代文学的了解的。

二

上面说到,中国20世纪90年代以来的长篇小说,在外观上表现为一个庞大的数量的堆积。这不仅造成评论家阅读和研究的困难,也造成读者选择和欣赏的困难。为了使优秀作品从平庸之作的拥挤中脱颖而出,人们想出了种种办法,作出了很多努力,其中一个最常见和有效的方法就是文学评奖。在中国,遴选最优秀的长篇小说的工作,主要是由每四年进行一次的茅盾文学奖的评奖工作来承担的。所以,我要向各位简单介绍一下茅盾文学奖的情况和不久前评出的几部获奖的优秀作品。

茅盾是中国现代文学史上最伟大的小说家之一。他在中国文学界和文学读者中，是威望很高、备受尊敬的前辈作家。茅盾文学奖是他在1980年逝世前立下遗嘱设立的。他从自己的稿费中提出20万人民币设立这个奖，以奖励那些在长篇小说创作中作出了优异贡献的作家。这个奖的评奖工作具体由中国作家协会承办，每四年评一次，由著名作家、评论家组成评委会，用无记名投票的方式，每届选出四至五部获奖作品。获奖作品获得的票数，必须达到总票数的三分之二以上。整个评奖的程序和方法，还定有许多周密的规则，以尽可能确保评奖工作的公正性。

这里我想着重介绍的，不是茅盾文学奖评奖的种种细则，而是这个文学奖的根本精神。因此，回顾一下茅盾一生的文学活动与中国现当代长篇小说的关系，是至为必要的。

茅盾是在长篇小说创作中取得了多方面成就的伟大作家。中国现代文学史上最负盛名、最具宏伟规模和气魄的长篇小说《子夜》的作者，就是茅盾。他的长篇小说还有：反映中国北伐战争前后的社会矛盾和时代风尚，细致地勾勒形形色色的大革命参加者的心理变幻起伏的曲线，大胆展现其灵与肉的心理矛盾的长篇小说《蚀》（《幻灭》、《动摇》、《追求》三部曲）；描写中国现代知识女性在冲破封建家庭追求解放的过程中的勇敢和尴尬、前进和后退、清醒和困惑的长篇小说《虹》；以最成熟、最高妙的艺术手法描摹四家庭生存状态的长篇小说《霜叶红于二月花》；等等。可以说，在开创中国现代长篇小说"大规模地描写社会现象"的优良传统和发展中国现代长篇小说反映社会生活、塑造人物形象的艺术表现力、探索长篇小说多彩多姿的艺术表现形式方面，茅盾以自己的创作实绩，作出了无与伦比的贡献。

茅盾又是中国现当代文学界经验丰富、热情细致的文学评论家。作为文学评论家，他一生都在关注、扶植优秀的长篇小说创作。中国现代文学史上第一部长篇小说《倪焕之》（叶圣陶）的第一个评论者就是茅盾。他称这部在时代的激流中表现中国普通知识分子的进步要求和精神苦闷的长篇小说为"扛鼎之作"，称小说主人公倪焕之将占据中国现代长篇小说人物画廊的起点的位置。他又是中国现代文学史上第一部在艺术形式上带有探索意义的散文体长篇小说《呼兰河传》(萧红)的敏锐而热情的评论者,他在评论中战胜了自己对长篇小说的艺术范式的定见,几乎无保留地支持了最富才华的女作家萧红在长篇小说形式上的积极探索。

茅盾这种支持有才华、有创造性的作家在长篇小说创作中的开拓、试验的坚定立场,一直延续到1949年以后对中国当代作家的长篇小说的评论和研究中。他肯定了孙犁带有抒情长诗韵味的长篇小说《风云初记》;他挡住了某些评论者对描写中国知识女性在追求光明的路途中遇到的曲折和苦闷的长篇小说《青春之歌》的粗暴的、全盘否定式的批评。"文化大革命"刚刚结束,他立即以老到细腻的艺术分析,对姚雪垠的长篇历史小说《李自成》第一、二部作了令人折服的评论。

总之,无论在长篇小说的创作实绩方面,还是在长篇小说的评论与研究方面,茅盾都当之无愧地站在第一小提琴手的位置上。体现在他的长篇小说创作和长篇小说评论中的关于中国现当代长篇小说的艺术风范和审美理想,是茅盾文学奖的灵魂,也是历届茅盾文学奖评委会努力遵循的根本精神。

三

现在我要介绍最近一届即第五届茅盾文学奖评出的四部获奖作品。这届茅盾文学奖评奖期限是1996—1999年四年间出版的长篇小说。按较保守的估计,这四年出版的长篇小说在1600部左右。由各个文学出版社、各省作家协会推荐参评的长篇小说有140多部。中国作家协会茅盾文学奖评奖办公室组织有经验的编辑和评论家组成初选组,分头进行阅读,经过集中讨论选出30部备选作品,供评委会评委阅读评选;在有3位评委联名推荐的情况下,也可在30部备选作品之外另选作品直接进入备选作品名单。这样,最后有33部作品组成备选作品名单,经三轮投票后选出4部获奖作品。这样经过层层筛选评出的获奖作品,虽然不能断言就是1996—1999这四年间产生的最优秀的作品,但说它们是集中了各方面的共识而产生的最有代表性的长篇佳作,却是大体不错的。借一斑可以窥全豹。透过这四部获奖作品,大体是可以看到中国20世纪90年代以来长篇小说创作发展的趋向和收获的实绩了。

这四部获奖作品是:

(一)张平的《抉择》。张平是山西省的一位有着全国性影响的作家。他的小说,以大胆、尖锐地揭示中国现实生活中的矛盾,表现处于变革激流中的当代中国人的心理、情绪,为中国普通老百姓吐露心声著称。他的一系列长篇小说,从《天网》、《法撼汾西》、《孤儿泪》到《抉择》、《十面埋伏》,几乎每出一部,都如巨石落入深潭,引起巨大的社会反响。他是中国目前最畅销书的作家之一,每出一书,都不胫而走,洛阳纸贵。《天网》曾因为描写了中国乡村政权机构中顽固的恶势力,受到那些被触疼的人的围攻,甚至被告上法庭,酿成轩然大波。在张平官司缠身的时候,有几百个农民联合起来,为他捐献诉讼费用,终于使他胜诉。在第四届茅盾文学奖评奖中,《天网》仅以一票之差落选。这次《抉择》获奖,对于张平和喜爱、支持张平的读者,是很大的精神鼓励。

《抉择》的故事讲的是:中国北方一个中等城市的市长李高成,在处理一次纺织厂工人到市政府前静坐示威的事件中,发现自己亲手提拔起来的纺织厂干部相互勾结,暗中组成了一个腐败集团。他们假公济私,利用国有企业的资金,开办地下工厂,经营娱乐行业,牟取暴利。为了得到李市长的保护,他们把李市长夫人、市反贪局局长吴爱珍也拉下水,向她贿赂30万元。这些人过着骄奢淫逸的生活,而因工厂亏损、倒闭而失业的工人,有的被迫到他们开的地下工厂做工,在极其恶劣的劳动条件下挣扎求生;有的到他们开设的娱乐场所充当"三陪女"。正直的干部、工人对此敢怒不敢言。李高成市长在深入下层的调查中发现了这些情况,灵魂受到很大震动。卷入腐败漩涡的,是他一手提拔的干部,是和他同床共枕、比他年轻十来岁的妻子。如果大义灭亲,铲除这些腐败势力,他的仕途和家庭,都会受到影响。但如果和腐败势力沆瀣一气,充当他们的保护伞,他自己也会成为罪人。就这样,李高成陷入了深深的内心矛盾和苦闷之中,处于一个艰难抉择的人生关口。小说以紧张纷繁的情节、一触即发的场面、尖锐泼辣的语言、饱满畅酣的激情，揭开了中国内地社会生活中阴暗腐恶的一面，展示了领导改革和建设的人物面临的压力和精神苦闷，描绘了不失良心和正义感的李高成作出正确抉择的艰难过程。这部长篇小说，以充沛的现实主义精神，注入一个浪漫主义、理想主义的故事框架，在善与恶、是与非、美与丑、真与假的鲜明尖锐的对比中，给了经受着改革阵痛的当代中国人一次强烈的心灵震撼。它像一阵社会思潮酿成的急风骤雨，落在当代中国读者的心海上，卷起了阵阵波涛，使全社会都受到一次精神的洗礼。

根据小说改编的电影《生死抉择》，在中国放映后，引起巨大的震动，票房收入超过一亿元，获得了巨大的成功。

像《抉择》这样直接从当代中国现实的社会变革中取材，大胆触及中国的政治、经济、文化和人民生活的各个方面的作品，在中国还有很多，可以说汇成了中国 20 世纪 90 年代长篇小说创作中的一个巨大的潮流。同时期较优秀的作品还有周梅森的《人间正道》、《天下财富》、《中国制造》、《至高利益》，陆天明的《青天在上》、《大雪无痕》，周玉鑫的《好风好雨》、《好爹好娘》等。

（二）王旭烽的“茶人三部曲”第一、二部（即《南方有嘉木》、《不夜之侯》）。王旭烽是浙江省一个新进的女作家。她在大学学习的是中国近代史专业，曾在杭州市茶叶博物馆工作多年，对中国茶业史和茶文化有独到的研究。王旭烽在 20 世纪 80 年代即开始小说创作，写过一些反映知青生活和都市生活的中短篇小说，不曾引起注意。“茶人三部曲”从 1990 年开始构思创作，到 2000 年出版第三部《筑草为城》，历时十年之久。因第三部出版年月超过第五届茅盾文学奖评奖年限，所以仅以第一、二部得奖。但这两部其实已是一个完整的、可以独立的史诗性创作，没有第三部也不影响其独特的思想艺术价值。

“茶人三部曲”第一、二部描写了江南茶都杭州城里一个经营茶叶的儒商家庭三代人近百年的变迁史。第一、二部故事的历史背景起自 19 世纪 60 年代，终于 20 世纪 40 年代抗日战争胜利前夕。小说以大规模描写社会现象、长跨度展现历史风云的艺术魄力，把中国近现代史的波涛，杭州城城市史的史影，以杭天醉、杭嘉和为代表的杭家家族史的脉络，浑然一体地交织在一起，塑造了一整个茶人形象的人物画廊。小说在中国茶业的兴复起落中，展示了中国茶人不屈不挠为振兴茶业、充实国力而艰苦经营、苦心孤诣的卓绝努力。它不避讳中国封建性的毒素对软弱而敏感的茶人的腐蚀，但更着重表现有血性、有毅力、有民族尊严感、有国家责任心的中国茶人的深邃的灵魂。杭天醉的轻弱和杭嘉和的坚毅就代表了作家这两方面的立意。小说对沈绿爱等识见远大、才禀过人、节操凛烈的女性的描绘，尤其悲壮感人。这种绘状巾帼英魂的笔墨，往往是和揭示女性在爱情和婚姻中的苦闷和积郁的大胆笔致交汇在一起的，给人以深刻的印象。

这部篇幅浩大的作品以其结构的宏大而严整，刻绘人物的功力，语言的优美含蓄和对复杂历史过程和人性底蕴的成功把握，赢得了评委们的高度称誉。

在 20 世纪行将结束的时候，中国作家中不少人试图用长篇小说的形式，对中国近百年来的历史作出艺术概括，出现了一大批历史跨度长、社会场面大、情节复杂、细节丰富、人物众多、篇幅浩大的作品，形成中国 20 世纪 90 年代长篇小说创作的又一个潮流。曾获第四届茅盾文学奖的王火的《战争和人》、陈忠实的《白鹿原》，就是这一类作品的先行者。王旭烽的“茶人三部曲”，便是这一类作品中后起的佼佼者。此外，周大新的《第二十幕》，也是一部较为重要的作品。

（三）王安忆的《长恨歌》。王安忆是中国新时期出现的最优秀的女作家之一。她的创作，以沉稳严谨、丰富多产著称。20 世纪 80 年代她便以众多优秀的中短篇小说奠定了她在文坛的地位，同时也开始了长篇小说创作。在《长恨歌》问世之前，她已出版了 6 部长篇小说，积累了丰富的艺术经验。

《长恨歌》是关于一位美丽、单纯、不幸的上海女性的凄婉的故事。故事的主人公叫王绮瑶。少女时代她是一个单纯但又有些虚荣的中学生，因了某种机缘，在 1948 年参加上海小姐竞选，获第三名，成了略有名气的“三小姐”，被一个政界大员李主任看中，纳为外室，安置在高级公寓中，过着笼中金丝雀的优裕而空虚的生活。李主任在飞机失事中死去，王绮瑶也只好饮恨隐居苏州乡下邬桥，过了一段岑寂的乡居生活。王绮瑶的少妇生活是在20世纪五六十年代的新时代背景中展开的。这时她是一个以挂牌注射护士为业的里弄孀居妇女。她已洗去铅华，但尚留过去繁华旧梦的残片，装点她寂寞的日子。她和一个吃定息的资本家二太太的儿子康明逊相爱，但她的“三小姐”的底细和康明逊的独生子的身份，决定了他们有所爱而无所终。迫于社会压力，她曾一度想把他们的私生女儿移花接木地赖在国际革命烈士子弟、混血儿萨沙头上，这显示了王绮瑶不乏心机但终归还是善良的天性。尽管有世俗的冷眼和压力，王绮瑶还是坚忍地把女儿生下来并独自养大了她。这大概是她的少妇时代最充实也最可称道的人生内容吧。

接着小说展开了王绮瑶的老妇阶段的生活，写她与长大的女儿薇薇的相依为命和不断冲突，写女儿的男友小林与女儿的女友张永红，写张永红的男友长脚与男青年老克腊的畸恋，这些构成了王绮瑶暗淡的老年的主要生活内容。在这个人生阶段，王绮瑶少女时代经历的繁华生活及养成的优雅气质，似乎成了她吸引新时期上海少男少女的新出土的“财富”；而她的优雅、精致、经验，还有李主任给她留下的一盒金条，同时也成了围绕着她的少男少女嫉恨她、抛弃她、离开她，甚至最终杀害她的一个诱因。她最后是死于见财起意的歹少年长脚之手的。小说是在对王绮瑶遭到惨杀的恐怖之夜的描写中结束的。

王安忆用一种半是同情、欣赏半是讽喻、玩味的笔调，描写了这个曾经繁华、失却繁华又死于繁华的不幸的上海女人的一生。这是旧时代的上海宝贝毁灭的一生。这是大时代风暴所造成的废墟边沿一朵惨白的小花，在岁月中憔悴萎黄终于陨落的故事。作者把一般中国读者关注政治、关注大时代风云、关注社会变革的审美趣味收拢来，引向对一个置身于大时代之外但命运又不免受大时代变动的牵引，用大时代的边角料裁剪自己的人生的纯女人的命运的关注。作者指着她精心描绘出来的王绮瑶,仿佛用几分悲悯、几分沉思又略带叹息的口吻对我们说:这种几乎被遗忘的人生中的恨和怨、悲和欢、爱和死,也是不应该被忽略的。疾速前进的时代飓风,吹落了多少这样带病斑的残叶啊!这些残叶的堆积,似乎也是社会大变动的一个带宿命意味的代价。这样的长恨,也可以深长思之。

因此,小说带有王安忆特有的那种深思细析、委婉回环的叙事笔调。对上海高级公寓、花园洋房、里弄的生活的一枝一叶,王安忆都不惜笔墨,掰开揉碎地反复吟味,这使小说细部的节奏十分缓慢,使性急的读者颇感不耐。但在摄取王绮瑶三个大的人生段落作概括的描写时,小说的跨跃步伐是大而快的。这显示了王安忆独特的结构艺术和概括能力。

王安忆的《长恨歌》,是女性作家所写的反映中国女性外在生存状态和内在心灵世界的一系列小说中最成熟、最浑和的一部。女性问题、女性生活和心理题材,也是中国20世纪90年代以来长篇小说创作中一个突出的潮流。从陈染的《私人生活》到张洁的《无字》,中国作家,特别是女作家在这个领域里的开拓是前后相继的。王安忆《长恨歌》的获奖,对这种创作倾向是一个无声的鼓励,也是对中国当代长篇小说题材领域的拓展和艺术情调的多样化的一个首肯。

(四)阿来的《尘埃落定》。阿来是来自中国四川西部的一位藏族青年作家。他是以诗人的身份步入中国文坛的。20世纪90年代初出版过一个短篇小说集《旧年的血迹》。《尘埃落定》是他的第一部长篇小说。这部小说的获奖,使阿来一鸣惊人,成为中国目前最受瞩目的、微带神秘色彩的青年作家之一。

《尘埃落定》用一种非常奇特的叙述角度,借一个已经死去却灵魂飘荡、回首往事、旧地重游的藏族贵族青年——麦其土司的傻儿子的眼和口,叙述描写了康巴地区藏族土司制度衰落、灭亡的历史过程。作者用充满诗情画意、富有灵性的笔触,既无情地展示了土司制度下的种种野蛮、残暴的基本事实:土司之间的相互争夺与残杀,土司制驭奴隶和自由民的种种规矩和手法,血淋淋的刑具和尸衣,汉族统治者对藏族淳朴的生产方式和生活方式的破坏(带来了鸦片和妓女），等等，使我们看到了这一在历史上已过时的制度的阴暗的一面；同时，作者又满含温情，以挽歌的悲悯情调，描写了土司制度下独特的藏族文化和风情，独特的家庭伦理和爱情，对那些值得怀念而且通往未来的民族文化因子，作了饱含诗意的绘状。小说中的主人公，麦其土司的儿子，被认为是一个傻子，其实是一个意识到土司制度的朽腐，具有新头脑，跟得上新时代，有某种建设新生活的眼光和能力的清醒者。他置身于土司制度给予他的优裕的生活之中，却对土司内部的矛盾争斗置身事外。他只是看起来像个傻子，实际上是一个观察独到、眼光锐敏的历史事变和文化形态的目击者、亲历者。他的形象，是在和周围的一群活生生的人物的关系中刻画出来的。麦其土司及其二太太、汪波土司、茸贡女土司、拉雪巴土司、黄初民特派员、济嘎活佛、侍女桑吉卓玛、行刑人尔依、小厮索郎泽郎、银匠曲扎，这些人物着墨不多，却鲜活生动，不仅衬托了傻子的形象，而且有独立的审美价值。

这部小说，充满藏族文化的奇异色彩，笔调飘逸，笔触细腻，充满清新别致的艺术情趣，但也不失严肃苍劲的笔力。它在艺术上的新颖和特异，得到了评论界和读者的激赏。

《尘埃落定》的获奖，代表着20世纪90年代中国长篇小说中那种着力描绘地方风情、民族文化并探索其历史沿革、兴衰更迭的因由的创作倾向。这种倾向从20世纪80年代的寻根文学开始，到20世纪90年代长篇小说创作中，已汇成一股艺术激流。

以上对第五届茅盾文学奖的四部获奖作品作了介绍和分析。那么，综括地看，这届茅盾文学奖具有哪些新的特点呢？或者说，从获奖的四位作家和作品上，我们可以看到中国当代长篇小说发展的哪些趋势呢？

第一，这次获奖的四位作家，全部是新时期出现的优秀作家，他们在20世纪80年代是青年作家，20世纪90年代刚步入中年，正是创作力旺盛的时候。过去，获得茅盾文学奖的是老作家居多。不熬到五六十岁，似乎就与茅盾文学奖无缘。现在这种情况已经起变化了。

第二，这次有两个女作家获奖（王安忆和王旭烽），显示了女作家在中国当代长篇小说创作领域的实力。

第三，这次有一个藏族青年作家获奖，这也是藏族作家第一次获茅盾文学奖，它在中国各民族文学的共同发展中，也是具有标志性意义的。

第四，这次获奖的四部作品，在题材、风格方面，是比较多样的。这反映了中国文艺界观念的开放和审美口味的趋于多样化。这对于中国长篇小说的进一步繁荣和发展，是有深远意义的。

2001 年 7 月

于美国佛蒙特州明德学院

描绘生活长河的斑斓画卷

——第六届茅盾文学奖获奖作品巡礼

4 月 10 日,举世瞩目的第六届茅盾文学奖获奖作品揭晓了。熊召政的《张居正》、张洁的《无字》、徐贵祥的《历史的天空》、宗璞的《东藏记》、柳建伟的《英雄时代》获此殊荣。这是文艺界内外广大读者、出版社、作家、评论家热情推荐;评委会认真阅读、充分讨论、反复遴选,按照评选规则形成合力、达成共识的结果。作为参加这次评奖工作的评委之一,我对这些终于通过极其严格的筛选的获奖作品,是比较喜欢和满意的。可以说,它们在相当大的程度上,代表着我国长篇小说在 1999—2002 这四年间的重要收获,反映了我们的长篇创作达到的成就和水平。五部获奖长篇小说,虽然描写的题材各不相同,反映的历史时代也不一样,思想主题的提炼各有侧重,艺术风格更显殊异;但它们都有一个共同点,即都着力于大规模地描写社会现象,多方面地凝集时代精神,深广准确地反映生活的本质,精心塑造具有一定典型意义的各种各样的人物,当之无愧地成为生活的教科书和时代的镜子。

五部获奖长篇小说依其反映的历史时段的先后次第排列下来,恰好构成一条上溯自明朝万历年间,下延至 21 世纪初年的波澜壮阔、风起云涌、气象万千的历史长河。茅盾曾精辟地指出,长篇小说的最重要的特征是“有头有尾地描绘了生活的长河”。获奖作品在体现长篇小说的基本审美特征方面,正好契合了茅盾生前的期许。

一

四卷本的长篇历史小说《张居正》(包括《木兰歌》、《水龙吟》、《金缕曲》、《火凤凰》四卷)在这次评奖中,几乎全票通过(21 位评委，获20票），位居获奖作品得票数第一，真可谓稳坐皋比，众望所归，毫无悬念。

《张居正》这部书，在我们的文坛上，尤其在长篇历史小说创作领域里，可以说是横空出世、睥睨一时的大制作。它洋洋百余万言，笔涉明代中、后期社会生活的各个方面，塑造了上至皇家巨宦，下至贩夫走卒，三教九流，妍媸善恶的各种各样的人物，“复活”了一个已经消逝了四百余年的时代的面貌。在它所描写的那一段历史长河的波涛之上，张居正这个精于治国、勇于担当、特立独行、磊落嵚奇的封建社会改革政治家形象，始终被置于艺术的追光之中。

在长达两千多年的中国封建社会中，早期的商鞅变法、中期的王安石变法、后期的由张居正主其事的万历新政，堪称中国古代改革史的三大奇峰。比起商鞅、王安石，显得不太为大众所知的张居正及万历新政，是一片尚未有文学犁铧触及的原生荒地。20世纪80年代曾以政治抒情诗《请举起森林一般的手，制止》而获得全国首届新诗奖的湖北作家熊召政，在有了一段暂离文学、搏浪现实、沉思人生的经历之后，沉潜乡土，罗掘故实，覃思精撰，把活泼泼的生机注入古人的躯壳，现其形貌，予其精魂，终于塑造出“这一个”目光如炬、手腕似铁、血脉偾张、謦欬可闻的张居正形象。这一形象具有很高的认识价值和艺术价值。

张居正在成为首辅之前，长期沉潜政事、考察世情，蓄势待发。当他得到首辅之位后，立即开始大刀阔斧，除弊兴利，涉及政治、经济、文化诸多领域的改革。他主政十年，政绩昭然。改革从经济入手，革新赋税，梳理财政，丈量土地，抑制豪强。同时整饬吏治，刷洗颓风，直捣腐败。改革渐及文化教育、军事举措、社会风尚等方面，掀起了席卷整个社会生活的新的潮流。万历新政的“新”，不在于它立时掀起除旧布新的大波巨澜，而在于它是一场渗入社会生活的各个角落的渐行渐变的切实琐细的改革。而张居正，也正是在日常生活的细波微澜中显现其形象的。作者把自己对近二十年来中国改革进程的观察与思考，感动和关注，全部注入到有关张居正和万历新政的历史素材之中，使张居正的精神生命和我们所处的改革开放的时代之间,有了一种呼应,一种联系。也就是说,张居正形象的原型虽然是历史人物,但他的精魂却烙有现实的印痕。这一形象使我们受到思想的启迪,又受到情感的激荡,产生极大的兴味。

在艺术上,张居正形象是我们的历史小说人物画廊中出现的具有较高艺术真实性,在概括性与个性化方面取得比较匀称的成就的艺术典型。作家忠实践行在充分展开的典型环境中刻画典型性格的现实主义创作方法,既充分写出了是怎样的社会条件、历史形势,呼唤并造就出张居正这样一个人物,又充分写出了他是在和什么样的同时代人相呼应、相斥拒之中,以什么样的特定方式,上演了由他既当导演又当主演的改革戏剧;既突出地表现他独战凡庸、排除阻力,"知我罪我,在所不计"的勇于担当的仁者勇者智者的风采,又深沉地展示了他性格中的阴鸷、忮刻、疏于防身而终至倾覆的悲剧一面;既有声有色地写他身历自为的外部的起伏跌宕的行事状,又钩玄探隐地细画出他神感情注的内在的心理变迁、情绪涨落的"心电图"。

在现实主义的基调之上,作者又能以飘逸的笔致,随处布置、点染一些浪漫主义的情节与人物,并用精心自撰的词曲,总摄各卷的情调与韵味,使全书平添了一种苍凉悲壮的诗意,这也是《张居正》一书的显著特色。

二

张洁的三卷本长篇小说《无字》的获奖,是分外引人注目的。张洁曾以最早反映都市工业战线改革的长篇小说《沉重的翅膀》(1984年修订本)获得过第二届茅盾文学奖,这次《无字》的获奖,是她经过二十年之后第二次折桂。虽然说茅盾文学奖的评奖规则并没有规定一个作家不能两次或多次获奖,但显而易见的是,如果和作家本人已获奖的作品比较起来,没有较大的超越的话,新参评的作品想要得奖,几乎是不可能的。也就是说,这是一个难度很高的横杆;但是张洁凭借其呕心沥血、极具独创性和震撼力的《无字》,一跃而过了。

《无字》以女作家吴为的人生历程和心灵史为主线,在交织着革命、战争、动乱、改革的20世纪中国近现代历史大波中,分劈出由主人公及其家族四代女性的婚姻爱情、生存挣扎、人生选择所汇聚而成的一整条波谲云诡的生活长河。在对墨荷、叶莲子、吴为这三代有血缘关系的女性的生存史的真实、惨酷到令人战栗的描绘中，作者以血代墨，以智驭情，冷隽地透视了死而不僵、形灭魂存的宗法家族制度及其种种现代乃至当代的遗蜕形态，活画出了叶莲子与顾秋水、吴为与胡秉宸等典型人物形象。作者以犀利的笔锋，决绝的心态，对笔下的人物的灵魂进行穷追不舍、严审不恕的拷问，对人物心理积淀中传统文化腐恶的病灶进行无情的剖析与透视，把人类两性关系中的种种绮梦与迷思，人类难免耽于其中的种种“神话和童话”（张洁语），以及人们在社会生活中习焉不察的形形色色假面，不论新旧，不管整条还是碎片，全部予以扫荡。幻化的霓光虹彩散去，在伟大的清冷的寂光映射下，凸现的就是这一部澄明无尘、至哀无言、极痛无字的人性的史诗。

处于小说的艺术结构中心的，是女作家吴为和老干部胡秉宸这两个具有独特典型意义的艺术形象。这是两个取自作家亲历亲见、遭逢际遇中的有着生活原型但却又具有高度艺术概括力，注入了作家的心血，获得了独立的艺术生命的文学典型人物。我们只能用文学的、审美的眼光来评析他们。

吴为是一个有着很高的文学天分，但命运坎坷、遇人不淑，在爱情与婚姻的路上屡遭幻灭又苦苦地思索、咀嚼着幻灭，从中窥见世情的真相、爱人的真面真魂，并由此对自己的生存发出穷根究底的究诘的女作家。她的最后结局，是成了心性迷失的疯者。但她却从此毫无顾忌地展开了自己作为一个历尽沧桑的智者的心路历程。吴为的性格中，“上下而求索”的高华的诗人气质，疾恶如仇、不容纤尘的孤峭的个性，高翔远翥的理想追求，与她在实际的人生路上表现出的依存性与忍从性，与她不得不曳尾于其中的艰窘困顿的人生泥途，形成了有巨大反差的两极，但又错综密致地织入她的统一的生存史中。如果说前者是来自天性和文学的熏染，后者却出于历史的传承积淀和现实的抟炼压铸。鲁迅曾深刻地指出，中国的女性，有母性，有女儿性，但没有妻性，妻性是男权社会造成的。吴为的妻性，也即她的依存性和忍从性，既与母亲和姥姥一脉相承，又为现实生存的型范所铸就。她因爱文学而生下私生女，为回京城又在冷眼与打骂中生下婚生女，最后又为了特殊年代与特殊环境中产生的那一缕不能忘记的情愫，在社会的重压下步入了一场使她领略并悟到自己的妾侍地位，历尽恩怨，终告仳离，转了一圈又回到出发点的婚姻。一个心比天高、性比玉洁、智比月明的性情中人，却屡屡为情所伤、所困、所误，受制于现实中困窘的物质生活和无爱与失爱的婚姻的桎梏，这是中国女性具有相当普遍性的悲剧。

与吴为后半生的生命历程与感情历程互相纠结在一起的，是老干部胡秉宸的形象。这是一个出身世家，投身、追随革命多年，有过自己辉煌的前半生，受过"文革"的播弄，也赶上了改革开放的新时期，一度仕途很有希望的老干部。他在公众生活中的社会角色是令吴为敬仰的，受世人尊敬的，但他在私人生活中的家庭角色却是另一个样子：自负、自私、冷漠、专制，内多欲而外示仁义，貌君子而实小人，长于权术而陋于爱人之心。胡秉宸虽然是追随共产党的革命者，但他和吴为的亲爹——那个无情地抛弃叶莲子母女、毫无责任心、在私生活中寡廉鲜耻的旧军人，在灵魂上其实倒是一气的。胡秉宸形象的典型意义在于，他身上附着的，其实是中国几千年封建宗法家族制度的鬼魂。这个在历史的战斗中亲自参与了推翻封建主义大山的革命者，却不免于旧魂的控驭与缠扰，在两性关系和家庭生活中表现得如此不情与不堪，这不是很发人深省吗？暴露旧宗法家族制度的弊病这个"五四"新文学揭橥的启蒙主义的文学主题，到了张洁的笔下，有了新的忧愤深广的开掘和更具现代眼光的处理。

《无字》具有幽峭峻切的艺术风格。情节曲折跌宕，回环往复；人物复杂逼真，肺腑尽显；语言犀利透明，灵动洒脱；结构纵横开合，恢弘严整；给人以强烈的艺术震撼和悠长的人生回味。小说结尾，与文字打了一辈子交道的吴为与世决绝，什么字也没有留下就疯了。这一诡异幽深的悲剧处理，也许会有人微觉不安。但是，诚如鲁迅所言："绝望之为虚妄，正与希望相同。"小说孤愤决绝、凄艳悱恻的色调与氛围，难掩作者一贯葆有的高华超迈、上下求索的理想主义气质。

三

宗璞的《东藏记》是她计划中的四卷本长篇小说《野葫芦引》的第二卷，是《南渡记》的续篇，也可以作为故事有始有终、结构有开有合的独立的长篇小说看待。

总标题为“野葫芦引”的多卷本长篇小说，在抗日战争宏阔动荡的历史背景下，描写明仑大学史学教授孟樾（字弗之）一家，包括其上下三代、远近姻亲、师友同仁等各种人物在流亡中的生活故事。《南渡记》是这个漫长而曲折的生活故事的第一卷。它细致入微地描写了抗日军兴、北平沦陷、南京被屠等历史巨变对孟家人以及一般民众的心理震荡，展开了大学校园和孟家居所内的生活情调、家庭伦理、人生纠葛的绘状，浓墨重笔地完成了吕清非殉国、凌京尧投敌这两大事件的描写，同时也勾勒出了孟家年青一代童年的绮梦，并借着时代的风涛，把他们送上了南渡昆明，寻找失落的祖国的人生之旅，流亡之途。

《东藏记》的故事和情节，承《南渡记》而来。孟家和它的儿女们，已经南渡到了昆明城郊，开始了物质生活清苦匮乏，精神生活却充实昂扬的生活。小说仍然用孟樾的二女儿孟灵已（嵋）清亮澄澈的少年眼光作为叙事记人的引线，同时展开了大人们的世界和孩子们的世界，并使二者交叉融汇。在大人们的世界里，教授们的各种形象、气质和心态，构成了一个个独具风采与韵味的生活故事。孟樾兼有传统文化道德修养和西方民主人文理想的精神内涵，得到更深的开掘和更生动丰富的表现。超脱而沉着的庄卣辰，优雅而潇洒的萧子蔚，豪放而旷达的江昉，拘谨自苦的李涟，虽遭际、性格不同，却都具有追求独立人格的精神气质。青年知识分子卫葑，则退去了在《南渡记》中的神秘色彩，从延安又回到昆明，陷入了理性和感情的矛盾：“他信他所不爱的，而爱他所不信的。”他突遭亡妻之痛，最后向玄子托孤，这是小说最让人心弦震动的一笔。以吕碧初为代表的一群教授家属，勤俭持家，相夫教子，脱去贵族气，更显平民化，这也让人感到亲切，可敬。

小说笔墨投入最多的是孩子们和年轻人的世界，展开了一个个关于青春的美丽、成长的困惑、纯真的友谊、朦胧的爱情等等的生活故事，这些日常小事又无一不远远近近地牵连着抗日这一特定的时代氛围。李之芹的因病痛惨死，凌雪妍的偶然坠塘溺水，把哀痛长久地留在伙伴们的心底。峨的古怪、矫情和她出人意料向萧子蔚示爱的行动让人感到突兀、神秘。善解人意、聪明多思的嵋，对美好生活的向往和对接踵而至的灾难的震惊、困惑与忧伤，使这个文学少女的内心世界显得特别丰富。玄子由高傲任性、从不关注他人的公主变成了降心静气、勇于担当的侠女。澹台玮则开始了由纯真少年向有志青年过渡的青春期……

无论是成人们的世界，抑或是孩子们、年轻人的世界，人物的人生波澜都通向烽火连天的祖国大地，脉动着无远弗届的抗日洪流。宗璞以沉潜严谨的笔触，优雅蕴藉的语言，时寓玄机和暗示的情节和细节，有意预留的悬念与空白，描绘着流亡师生们的东藏西躲的生活行踪和内心固守、深藏弗失的精神家园。中华民族的文化与精神在炮火硝烟中延续传承，爱国知识分子的操守、气节、情怀在民族灾难的磨淬中凸现，一代在战火中成长的祖国的孩子们的坚贞的灵魂已经挺立起来。救亡的主题和启蒙的主题就这样浑和难分地得到了统一而有力的表现。和《南渡记》一样，《东藏记》也兼有着一代知识者的心灵史、历史的写真图和人性的显色谱这三个方面的艺术风貌。宗璞以清纯强烈的童年经验和穿越了大半生的人世沧桑后形成的成熟史识和人生智慧来书写《东藏记》的故事，所以她能写得那样真挚细致，又能那样抽丝绵长，开掘深广，具有超迈于一般作家之上的人类视野和历史眼光。

《东藏记》的艺术风格是清雅秀颖的，带着更浓郁的平民生活气息和更丰富的乡土色彩。中国古典小说细针密缕的叙事，古典诗文典丽朗润的文采和西方现代小说的结构技巧，被宗璞巧妙地融汇在一起，艺术地传达了小说的生活内容和思想内涵，对读者形成了含蓄而持久的吸引力。

四

柳建伟的《英雄时代》，是一部深刻反映我国城市改革进程中种种复杂的矛盾和问题的作品。小说以高干子弟陆承伟、史天雄两兄弟在城市改革深化的关键时刻作出的不同人生选择为故事线索，表现他们不同的性格、气质和精神境界，提出了攸关社会进步、经济发展、人性改善的诸多法制、伦理问题，堪称最准确意义上的主旋律作品。环绕着陆承伟、史天雄的对峙、冲突，作者展开了从京城高干家庭生活到内地边远城市的普通女工的生存挣扎等多层次的生活场景，刻画了这个迅速变化的时代里形形色色的人物，把他们的奋斗追求、悲欢离合、生老病死、爱恨歌哭尽纳其中，和盘托出。这是一个时代的斑斓的图卷，也是一段历史的见证、碑记和路标。

陆承伟的全部商业和金融活动，他在短时间里积累起来亿万财富，为我们现实生活中的“权力寻租”现象提供了活生生的艺术标本。在法律尚不健全的情况下，陆承伟利用自己的巨额财产，收买他父亲故乡的国有企业，控制金融市场和股市，企图鲸吞更多的国有资产。他精神空虚，包养情妇；投资影视，制造明星；施展阴谋，窃取竞争对手的商业机密；煽起风潮，企图搞乱金融秩序。为达到自己卑鄙的目的，他不但惯于钻现有法律的空子，而且铤而走险，不惜以身试法。这个人物盛气凌人，舌绽莲花，以当代英雄自居，连自己的娘老子、亲兄弟也不放在眼里。他和他的民企，是有形无形的官手扶植、力捧起来的。他自以为可以永远这样巧取豪夺下去，肆无忌惮，气焰冲天。但是，我们这个时代的根本性质和发展方向，决定了陆承伟们的“事业”逃不脱“其兴也勃，其败亡也速”的历史铁则。小说结尾，陆承伟的金融犯罪伎俩、行贿手段均已败露，他以罪愆之身，临近了自己的地狱之门。

与陆承伟这种靠权力寻租起家的所谓民营企业家不同，史天雄则是另一种民营企业家的典型。他不愿在高层机关做无所作为的庸官，自愿到内地基层，帮助下岗女工合资组建经济联合体，试图引进现代化的大规模连锁经营模式，以提高真正民营的商业零售企业的品位。史天雄这个人物的特点是，他在经济活动的实践上，绝不超越现阶段的经济政策，是摸着石头过河的务实求真者；但在精神上，在宇宙观、人生观上，他又是一个能够抬起头看青天，放开眼观未来的共产党人，有操守有作为的革命者。毛主席曾经指出，宣传和发扬共产主义精神，用马克思主义的立场和方法去观察问题、研究学问、处理工作、训练干部，这是共产党人的本分，毫无疑义是必要的。但要把这种宣传、学习和使用，同严格遵行党在现阶段的方针政策区别开来。要把握好这两者既有联系又有区别的关系。史天雄就是这样一个既有崇高理想、高尚情怀，又有务实精神、政策观念的优秀的党的工作者。他主动到下岗工人集资创业的民企中去，是要为民解困，为党分忧，为国操劳。最后，当党召唤他的时候，他又勇于担当，到最困难的国有大企业中去了。史天雄和他的几个志同道合的战友的行动、实践、理想，是《英雄时代》的思想亮点，也是"英雄"二字活生生的真解。

柳建伟是一个对当代生活充满热情的作家。他思想敏锐，善于学习，几乎是用写中短篇的那种一触即发的敏捷来写长篇。他的小说，生活的积淀、沉潜容有不足，但思想和社会知识的丰赡，生活视野的开阔，提炼素材、结构作品的敏捷，却罕有其匹。他的语言，色彩和韵味稍淡，但高强利飕的叙事能力，人物在特定场景的对话，却是有板有眼、有声有色的。如果我们对艺术性、语言的文学性的标准有更宽广的看法，那么应该说，《英雄时代》也是有它独特的艺术吸引力的。

当然，柳建伟是这次获奖作家中最年轻的一位。他前面的路还很长。我们希望他在深入生活和艺术探索的路上不断前进，为读者奉献出更多更好的作品。

五

徐贵祥的《历史的天空》，也是这次获奖作品中艺术风格比较鲜明、读者反响比较强烈的一部。小说的故事和人物是从抗日战争展开和起步的，而且人物性格的发展变化的许多"重头戏"也是在抗日战争中就完成了的。但不能简单地把这部小说看成描写抗日战争的新英雄传奇。因为从小说情节和人物命运的实际看,小说一直写到解放战争、抗美援朝、五六十年代的和平时期、“文化大革命”,直至新时期我军现代化建设,主人公梁必达主动引退让贤。所以这部小说的故事和人物一直延伸到我们今天的现实生活中。它是关于一个将军的波澜壮阔、千回百曲的一生的生活故事。这既是一个无意的偶然的加入者怎样在革命队伍中,在血与火的淬炼中变成一个自觉的必然的革命者的故事,也是一个鲁莽任性的草莽英雄怎样成长为一个智勇双全,具有较高政治、军事素质的我军高级指挥员的故事,当然也是一个功成名就的将军怎样在和平的日子里打磨熬炼、反思自身、与时俱进的故事。而所有这些故事,又都和他独特的粗豪可爱的个性与妙趣横生、催人泪下的婚恋故事穿插纠结在一起。总之,这是以独特的大刀阔斧的方式、跳跃式地推进的关于人的变化与成长和社会历史的大气候与小环境相互依存、相互改变的故事。这个故事充满人们喜闻乐见的传奇性,也蕴涵让人们默契于心,反思及己的形而上的启悟性。

小说的主人公梁必达即梁大牙极富个性的传奇经历,主要是在抗日战争的残酷环境中展开的。在抗日战争中,环境对梁大牙的改变和重铸,历史对梁大牙社会角色的设定,是充满偶然性和戏剧性的。但作者对偶然性和戏剧性的渲染和强化,并没有从根本上冲淡抗日战争、革命军队对人的伟大的改造与启蒙。在梁大牙的成长史上,救亡与启蒙这一历史命题,统一而浑和地被生灵化、具象化了。历史的天空为人的发展、成长提供了无穷无限的可能性,而不同性格和气质的人在同一历史时空下的殊途同归的发展,反过来又印证了具体时空环境对人的雕塑力。当然,在这里,人的主观条件和努力,机运和天分,也是参与人的成长史的不可或缺的要素。徐贵祥以其特具的文学才分,独具的战场经验和军人体验,把梁大牙威武雄壮、有声有色的性格简直写活了。这个形象使人想起茅盾60年代激赏过的短篇小说《潘虎》,那也是一个质本粗豪可爱但不无鲁莽,后来才成长为优秀的革命者的人的成长故事。《历史的天空》未必和这个故事有什么干系,但两者都以鲜明雄劲的性格描写受到人们的喜爱。这样有力量、有血性、有义勇的人是美的,是看了令人神旺的。徐贵祥为我们当代长篇小说人物画廊增添了虎虎有生气的一位,这也许就是他独特的贡献吧。

徐贵祥富有原创性的故事叙述力和人物雕绘力。他的语言,明朗劲爽,干脆利落,音响和色彩都不错。但于时代氛围的烘托,则稍有未逮。长篇小说的情节、人物、氛围三要素,是一个也不能少的。少了氛围的绘状,就会给人粗疏之感。这是需要在今后的创作中注意的。

2005 年 4 月 13 日改定

近年来中国文学变化和发展概观

五年前，当21世纪刚刚掀开帷幕的时候，新世纪的中国文学将呈现什么样的面貌，曾经是人们纷纷作出预测的热门话题。但那时的各种预测，不免像黎明前等待日出的热心人描绘各自心中的日出景观一样，带着空濛迷离的幻想色彩，没有多少切实具体的内容。五年后的今天，所谓新世纪的中国文学，已经经历了一段虽然不长但却积累了许多变化和发展的事实的路程。就像旭日照临，风清景明，山川历历，墟烟依依的眼前景观一样，它已经是可以感性具象地去进行勾勒、描绘的了。现在已经有条件对近年来中国文学的变化和发展，作出一个视野较为深广、实证多于空言的概观了。

一、近30年中国文学阶段性演进概述

要全面、准确地观察和评述近年来中国文学的变化和发展，首先要从纵观的历史的视角去着眼。也就是说，近年来中国文学的新变化、新发展，并不是突然发生的，而是其来有自的。它是此前近23年中国社会与中国文学发展、变化的历史轨迹的一个延伸。其次，也要从综览的世界的视角去着眼。也就是说，要从世界不同区域（西方与东方、北方与南方）社会经济、文化与文学发展、变化的地缘差异比较中，去鉴识近年来中国文学发展、变化的独特性，去认识它的区域特性与民族特点。

近30年来，中国一直处在剧烈的、复杂的、似乎没有止息的社会大变动之中。以改革、开放、发展为主潮的社会大变动，带来了国家面貌、人民生活、民族精神、社会风尚的极大变异。与文学的变化、发展息息相关的社会的精神气候的巨变，对这一时期中国文学的风貌的影响是显而易见的。

近30年来中国文学最基本和最常见的题材与主题就是紧密地追踪历史的轨迹，敏感地反映社会的巨变，展现生活的各个发展阶段里中国人的生活方式、心理情绪、道德伦理观念、风俗习惯的变化，描写当代中国人在复杂的社会矛盾、激烈的社会动荡中的不同命运，揭示当代中国人面临的各种复杂的人生课题，描绘他们深邃地发展着的精神生活历程，刻画各种各样、五光十色的中国人形象。与人生贴近，与社会紧邻，从现实生活中产生又反转过来影响现实生活，这样一个最大的、最基本的特色使这一时期中国文学的发展、变化轨迹，与中国社会的发展动向，历史的发展进程，呈现了鲜明的契合。这一特色贯穿在近30年中国文学自身的阶段性演进的全过程中。

近30年来中国文学的变化和发展，大体上可以分为五个阶段：

（一）70年代末和80年代前半期（1976—1985）

这一阶段最富有标志性的文学倾向是：在改革开放的历史车轮启动，思想解放运动兴起的背景下，“五四”以来中国新文学的现实主义传统、人道主义精神得到恢复和发扬，体现这一文学倾向的新时期文学蓬勃发展，达到了前所未有的活跃和繁荣。

（二）80年代后半期（1985—1989）

这一阶段最富有标志性的文学倾向是：改革开放后西方哲学、社会思潮的涌入，中国的社会大变动所造成的动荡不宁的社会精神氛围和迷惘情绪，这两者共同催生了形形色色的带有现代主义色彩的文学试验。这种现代派文学（或叫先锋派文学）的探索迅速兴起又很快退潮，为这一阶段中国文学勾画了一道绚丽的新异色彩。

（三）90年代前半期（1990—1995）

这一阶段最富有标志性的文学倾向是：90年代初一度缓滞的改革浪潮，很快以更大的势头漫卷中国大地。改革的漩涡中心由乡村移向城市。市场经济体制处于诞生的阵痛期中，改革触及的社会深层次问题渐渐呈现出来。在这样的社会背景下，乘着先锋派文学的退潮留下的空白，以“新写实”为标榜的现实主义文学再次由舞台深处走向前台，并造成了新的冲击波，为乡土文学和都市文学开了新生面。这一波现实主义的浪潮，不仅改变、丰富了现实主义的艺术形态,而且为这一阶段的中国文学,添加了一幅幅色彩斑斓、人物鲜明、洋溢着人间活气的城乡世俗风情画。

(四)90 年代后半期(1995—1999)

这一阶段最富有标志性的文学倾向是:市场经济体制的确立和完善与中国经济持续的高速发展,使中国与经济全球化的世界发展趋势的联系日益紧密。新时期文学中长期存在的现实主义与现代主义对峙争雄、递相消长的格局日趋淡化,现实主义文学和现代派文学的诸多变体应时问世,同生共荣。其中,在多种社会文化合力的推动下,长篇小说的繁兴,尤为引人注目。反映面涉及现实及历史生活的各个领域的、主题和艺术风格各异的长篇小说呈逐年递增的趋势,为这个阶段中国文学的发展营造了一个缓缓上升的高坡。已经可以望见一些峻茂挺拔的大树开始在高坡上出现。

(五)新世纪发轫期(2000—2004)

这是新世纪发轫的第一个 5 年,又是一个现在尚未结束的发展新阶段的开始。它承继前四个发展阶段而来,但又已经显示出许多由社会的急剧变迁带来的新的特征、新的变化。

二、新世纪发轫期中国文学发展、变化的新趋势、新特点

中国文学从 1976 年到 1999 年这一时段的阶段性演进的状况,已如上述。作了这样的纵观回溯之后,我们再来看新世纪发轫期中国文学发展、变化的趋势和特点,就可以在比较中获得一个较为连贯、切实的看法了。

(一)时代、社会背景中的新因素

进入新世纪之后,20 多年来改革开放积累起来的经验和问题(如环境问题,“三农”问题,两极分化、贫富悬殊问题,东西部发展不平衡问题,政府官员腐败问题,社会道德滑坡、精神失范问题以及政治体制改革迟缓滞后问题等),加入世贸组织后中国经济与世界经济体系的对峙与接轨、冲突与融合问题,汇成了巨大的历史性的挑战,促进了中国人用科学的全面的发展观来审视自身,反思既往,洞

悉国情，清醒务实，走上一条更加稳定扎实的发展之路。这次在发展问题上的反思同80年代前半期在政治、历史问题上拨乱反正的反思一样，已经和正在文学创作领域里产生着巨大的影响，极大地提高了广大作家认识现实、认识生活、认识社会的能力。

（二）文化、文学图景的新色调

在这样的社会背景之下，近年来中国文学的演进赓续着前述四个阶段一以贯之的贴近生活、反映社会、关注人生、深入人心的基本特色，同时也逐渐显现出新的最富有标志性的文学倾向：第一，在文化经济产业迅速发展中形成的新的文学生产机制开始支配文学作品的出版、发行和传播、评介。第二，影响作家创作过程的文艺理论的指导作用和影响读者接受过程的文艺批评的抑扬功能似乎开始逐渐淡化。第三，文学图谱出现驳杂的色调。“主义”与“派别”的分界日渐消弭，文学与影视的联姻愈发频繁，网络文学更加活跃，“事件”与“话题”此起彼伏，新进的青年作家的阵容迅速扩大，创作倾向和风格的多样化更加发展。这一切为近年来的文学绘成了一幅变幻不定的图画，谱成了一支变奏迭出的奏鸣曲。也可以说，近年来的文学图景，就像一个飞转不停的七巧板，呈现出难以言状的杂色来。

（三）稳定的底色和变幻的虹彩

总之，随着“文革”的结束而开始的新时期文学，以紧密迅捷、生动丰富地反映改革开放所引发的中国社会大变动为自己最大和最基本的特色。这一特色贯穿在近30年的文学自身的阶段性演进的全程之中，几乎可以说是映衬着各个发展阶段不断添加的新画图、新色彩的一个不变的底色。在这一当代文学史的历史行程的演进中，在发展和变化的不同阶段上，在数量庞大、林林总总的文学作品的平庸的混交林中，总还会有一些秀出于林的乔木成长出来，总还会有一些优秀的作家、作品产生，它们都在中国人的精神生活中发挥了深刻的影响。这些风靡一时的中国当代文学新作，也许艺术上还不太圆熟、完整，也许其熔铸、涵纳的生活内容、倾向、格调方面还存在较大的争议，但它们就是有那么一种泼辣的声势，有那么一种新鲜的刺激力，引起共鸣或反拨。就其总体而论，这个时段的中国文学，可以说是一面巨大的镜子，照出了变革中的中国的活的姿影；也可以说是一面精神的荧屏，错综地叠映出当代中国人的面目和神情。这镜子和荧屏也许会在转动中变换角度，在时序和天候的变化中吸纳不同的天光和云影，变幻出不同的形与色，但它作为时代的透镜、社会的缩图、人生的映象的基本功能是不会改变的。不管中国文学在现在和今后会发生怎样的喧哗和骚动，呈现怎样的怪影和魔彩，摆出怎样的迷局与幻境，它们都或远或近、或隐或显地与这一无法抹去的底色、不能移易的基本功能存在着一线联系。这是中国当代文学的最大特点，也是中国当代文学的基本优势。这是我们在观照当今及尔后中国文学的一切发展、变化时必须牢牢把握的。

（四）发展、变化的焦点在文学内容而不在文学的形式

从世界文学的视角来看，东与西、北与南社会、经济、文化发展的极大差异性，也造成了文学发展、变化的差异。在发达国家和地区（西和北），经济的高度发展，资本主义制度在自我调整中趋于完善和稳固，使社会形态、社会生活呈平稳的状态，一切都定型化了，一切都太稳定、太有序了。在这样的发达国家和地区，文学的发展、变化往往侧重表现在观念和形式的花样翻新上，文学所反映的时代、社会的视野较窄，文学作品生活内容方面的变化较为平缓。文学主题往往更多地集中表现在揭示当代人类精神的困境以及人类精神家园的探寻与营构上。而发展中国家和地区的情况则有些不同。在当代世界文学中，人们常常看到，发展中国家和地区的作家，在欧美学习、接受了那里的文学新观念、新花样，回过头来表现自己本土的生活，往往获得了不同程度的成功，产生了一些内容深刻厚重、形式新颖瑰奇的作品，在世界上产生了很大影响。比如拉丁美洲的“文学爆炸”和魔幻现实主义文学，比如近年来获诺贝尔文学奖的诸中、小发展中国家的作家的作品等。

中国作家精通英语等外语并有机会到欧美接受文学教育和影响的极少。他们对欧美文学新观念、新形式、新技巧的学习和借鉴，往往要通过译本，毕竟隔着一层。因此，他们学习欧美文学的新观念、新花样，常常是雾里看花，只停留在皮毛上。如果一个作家的文学创

新，只从纯形式试验着手，缺乏充实而新鲜的生活内容，往往会像无本之木、无源之水一样避免不了昙花一现的命运。中国作家必须更加倚重对中国本土、本民族生活源泉的吸纳。只有在与生动、丰富、复杂的社会生活变动的紧密联系中，他们才能找到自己作品艺术生命的培养基和营养源。因此，中国文学的发展和变化，往往集中表现在题材、主题和生活内容上。它的强烈的、给人深刻印象的变化，与中国社会生活大变动的深度与广度是相配称的。这个特点，也表现在近年来中国文学最新的变化和发展中。

三、一个必须首先关注的创作领域——长篇小说创作

新世纪发轫期最引人注目也最重要的文学现象，是长篇小说创作的勃兴和持续发展。

从 90 年代下半期开始出现的长篇小说持续高产的态势，一直平稳地延续到现在。据最新统计，目前全国年产长篇小说一千多部，而且还在以每年 7% 的增长率稳步增长，这个年出版量据说几乎相当于世界上其他国家的总和。产量的“大爆炸”必然造成数量与质量极端不平衡的状态。据多年来一直追踪长篇小说创作发展的评论家雷达估计，在平均日产 2.5 部的长篇小说中，“每年大概有 50—60 部新作会有一些评论给予关注”。而评论家和读者在出版后予以好评的作品，一年有 10 部左右就不错了。尽管这样，长篇小说仍然是我们考察文学发展和变化时首先必须关注的领域。

从小说体裁的艺术功能来看，一般说来，中短篇小说，尤其是短篇小说，是最便于敏捷而又多侧面地反映社会生活的发展和变化的，而长篇小说则擅长描述生活的一整段河流，反映一整个历史时代，描写、概括广泛而多样的社会现象，在对当下现实的变动作出反应方面则比较迟缓。但是，现在中国长篇小说似乎取代了中短篇小说敏捷地反映现实的功能，成为文学迅速地接纳社会的新信息，反映社会新变动，与社会进行“对话”的主要形式了。近年来，文学发展变化的主要动向，文坛的主要话题和信息，文艺评论的主要对象和主要关注点，大多集中在长篇小说领域里。那么，足以代表新世纪中国文学新

发展、新变化的长篇小说领域，出现了哪些突出的重要的新现象呢？下面按题材分类，择要作些介绍。

（一）反腐败题材小说的新变化

第一个引人注目的新现象是反腐败题材小说持续升温，主题的开掘也出现了新的倾向。

从90年代下半期开始，反腐败问题成了中国现实生活中社会矛盾集中的焦点，也成了许多关注现实，关注国家前途、人民命运的作家创作长篇小说的重要题材，由此产生了一批有影响的反腐败题材的作品。这些直面现实、刺破腐恶、刮疮疗肌、振聋发聩之作，往往是甫一问世，就使广大读者心弦立应，形成强烈的心灵冲击波。各阶层读者乐见，影视改编者垂青，使这类题材的作品成为最有市场效应和社会效应的小说类别。在创作这类题材小说的作家中，张平、周梅森、陆天明无疑处于最突出的位置。张平继荣获第五届茅盾文学奖的《抉择》之后，又有《十面埋伏》、《国家干部》问世；周梅森继《人间正道》、《天下财富》、《中国制造》之后，又有《至高利益》、《国家公诉》和《绝对权力》推出；陆天明继《苍天在上》之后，隔了五年又出版《大雪无痕》、《省委书记》。这三个坚持现实主义创作倾向的中年作家，用自己大量有影响的作品，显示了自己真正艺术家的勇敢和敏捷、犀利、明快地剖析社会现象的艺术才能。他们以一系列燃烧着社会热情的战斗的作品，证明了自己作为人民的赤子、时代的尖刺、正义的号角的社会形象。他们各有自已的创作个性，如张平笔下富于不可遏抑的激情，一心要为人民代言；周梅森小说中透射出精悍的政治眼光，坦言自己写的是改革深化阶段的政治小说；陆天明则在沉思中探索着反腐小说的突破，善于从人物的命运浮沉中透视现实关系、现有体制的积弊，不断磨砺手中的社会解剖刀。他们共同的特点是：在小说中注重描写信抑与私欲的较量、正义与邪恶的冲突，并着力表现出鲜明的倾向性：让信仰制伏私欲，使正义最终战胜邪恶。为此，他们笔下的主要正面人物，往往在精神冲突中求助于传统的信仰和理想，透出与物质主义的现实颇不合拍的理想主义的亮色来。

应该指出，反腐败题材的长篇小说，从整体上看，目前还处在一个初级阶段，还需要在思想上、艺术上进一步熔铸、提高。较晚出现的《大雪无痕》、《绝对权力》、《国家干部》，已经显示出某些新的发展变化。例如，在揭示腐败现象产生的根源上，从孤立地强调个人品质恶劣为肇因，到现在注重于复杂的社会关系中揭示现存体制的问题，引起人们对改革更深层的思考；从写一个案件的过程，到综括广泛的社会现象，写出一段社会生活的演进过程；从着重写繁冗的事件、杂沓的人群，到集中笔力写人，写有更高典型性的主要人物。总之，从浅表层的梳理、缕述，到深层次的集中概括，从主观义愤的燃烧，到客观冷静的烛照，这是一个现实主义的深化问题。这既有待于作家个人思想艺术修养的提高，更有待于反腐败问题在改革进程中实际的发展和解决，有待于生活进程提供的社会矛盾展开达到的程度及解决矛盾的现实可能性。

（二）“官场小说”人性蜕变主题的鄙俗化与深化

第二个引人注目的新现象是“官场小说”人性蜕变主题呈现不同的开掘方向，出现了鄙俗化与深化两种倾向。

以描写官场的政治生态和官员的精神蜕变为主要内容的小说，一般称为“官场小说”。这也是长篇小说取得较好的市场效应的一个品类。它在所反映的生活内容方面，在所处理的社会问题上，与反腐败题材的作品有相同之处，然而思想上却有鲜明的分野，主题取向大相径庭。这种“官场小说”，近年来也有一些微妙的发展、变化。

“官场小说”的代表性作家有王跃文、阎真、许春樵、邵丽等。王跃文的《国画》是早几年的作品。小说描写主人公朱镜我由洁身自爱到甘于堕落的精神蜕变过程，突出官场的腐败环境、卑污习气对人的熏染毒化作用。在一个特别丑恶、交相逐臭的官场的映衬下，朱镜我灵魂锈蚀的过程及其腐败行为变得似乎情有可原了。对环境过分的贬责和对主人公过分的宽宥使小说的道德底线沉入模糊混乱的泥淖中，使它在一定程度上重蹈了晚清谴责小说的窠臼。王跃文后来又有《梅次故事》，试图对《国画》的缺失有所匡正，让小说中的生活和人物透出若干亮色，但终因艺术表现的平弱与无力，并不为读者所注意。阎真的《沧浪之水》描写青年大学生池大为进入官场后，开始因勇于建言反对特权与腐败而屡遭排挤，后来渐渐顺应官场污浊的环境，不择手段爬了上去，变本加厉躬行自己先前所反对的恶德败行，其灵魂迥速滑落。小说以池大为第一人称视角展开叙事，对主人公的前后性格分裂和种种劣迹多所回护，似乎他的灵魂的滑落是在举目皆浊的官场的教唆下不得不如此，不能不如此选择，是一个被迫同流合污的过程。池大为振振有词的自我辩护和一边作恶一边在内心呼吁正义和廉洁的声态，不免给人以虚伪夸饰之感。小说在艺术描写上也处处可见违背生活逻辑的破绽，以意为之，有违情理。

许春樵的《放下武器》（2003 年出版）和邵丽的《我的生活质量》（2004 年出版）显示了"官场小说"题材和主题的新的拓展，在艺术上也有新意。《放下武器》中的主人公郑天良是一个颇有改革进取精神和实际施政能力的县级领导干部。他不但务实创新、政绩突出，而且一度拒贿赂、不徇私，获得了许多荣誉称号。但是，他在仕途上一直受到曾经是他下属但后来居上的同僚黄以恒的压制和捉弄。在屡争屡败、有虚名而无实权的情况下，这个失志的英雄在金钱、美女的进攻下放下了武器，肆无忌惮地受贿索贿，终于掉进了黄以恒精心设计的政治陷阱，走上了彻底毁灭的末路。小说塑造了郑天良这样一个集改革功臣和历史过客于一身的复杂的干部形象，深刻地揭示了他由上升到堕落的悲剧命运。作者虽然悲悯于他的毁灭，愤慨于播弄他的命运于股掌之上的阴险政客，但并不为他的罪行辩解。对郑天良严峻的道德的、人性的拷问，因小说特殊的叙事角度（由郑天良当自由撰稿人的外甥大宝的调查展开）而带上了家庭伦理悲剧的色彩，使小说在情感格调上别开生面。《我的生活质量》的主人公王祈隆则是另一种类型的官场中人的形象。他身世独特，由农村进入大学，又回到县城，开始了自己不无波折却大体上平稳顺遂的仕途。他作风务实，识大体顾大局，也有开拓事业的能力；他不贪不腐，颇能自我克制，堪称德才兼备的干员能吏。从表现上看，这个王市长仕途顺利，事业成功，气质高贵，风度儒雅，是生活的幸运儿，时代的骄子。但是，作家却从他的家庭日常生活、婚姻爱情经历等私生活领域入手，剥露出他猥琐、麻木、劣怯、盲目的灵魂，显现出他身上固陋、土气、狭隘的“大王庄人”习气，指出他一生没有真正的爱情，没有自由的个性，没有高尚的精神生活，没有尊严也没有情趣的本相。王祈隆青年时代因与一高干儿媳许彩霞私通并负责地娶她为妻，从此一生都在恨这个庸俗的女人但又离不开她的日常生活泥淖中度过。他爱上了北京来的洋派、现代女性安妮，但在她面前却失去了爱的能力。即使许彩霞因车祸丧生，王祈隆面对安妮的爱的呼唤，也只能徒呼负负，在忏悔中拷问自己的生活质量。王祈隆，这个在公生活和私生活的巨大反差中意识到自己低劣的生活质量的官员，是一个既富有时代特征和地域属性，又有普通人的七情六欲、喜怒哀乐的悲剧性的人物典型。小说结尾，他那一篇反思自己一生的舛误、痛悼自己的精神生命的流逝的自白，是会引起广泛的共鸣的。这个官场人的忏悔无疑具有相当大的普遍意义。

（三）农村题材小说的边缘化和妄诞化

第三个引人注目的现象是农村题材的长篇小说创作陷入低潮，处于边缘化和妄诞化的双重困境。

农村题材的长篇小说，历来是中国文学的重镇。20 多年来，在各个发展阶段都产生了一些浑厚有力的作品，在读者中享有很高的声誉，如《黄河东流去》、《许茂和他的女儿们》、《平凡的世界》、《白鹿原》等。这与当代中国农村生活矛盾尖锐复杂、农村变动深刻剧烈有密切的关系。中国作家中不少人有丰富的农村生活积累，历来有描写和反映农村生活，刻画、塑造农民形象的深厚传统和艺术经验。但是，近年来，由于农村发展的滞后，世道人心的变化以及都市文学的兴起，“时尚化”写作的风行，农村题材的长篇小说备受冷落。农村题材的长篇小说不仅在文坛上、社会上边缘化了，在取材的趋向和主题的确立方面也走偏锋，趋极端，甚至出现某种妄诞化倾向。

早在 90 年代前半期，贾平凹的某些中篇小说和李锐的《无风之树》就把某些乡村特殊地域的特殊的病态地生存的人群写进了小说中。《无风之树》以“文革”为背景，展示了矮人坪在那个特定年代艰难悲惨的生存状况。小说着重刻画了矮人村中的富农拐叔和矮人光棍们的“共同媳妇”暖玉的苦难命运，表现了他们超越苦难的坚韧的生命力和博大的爱心。但由于对病态、愚昧和苦难过度的渲染和小说叙事方式的多变造成的割裂和闪烁，小说并没有产生预期的艺术效果。近年来，阎连科标举写“受苦人的绝境”，连续推出《日光流年》、《坚硬如水》、《受活》等三部长篇。这些小说极写偏僻地区农民的病态、愚昧、落后的生存方式，把身体和心理集体残疾的农民挣扎求生的惨酷，极左政治和官僚权力的昏聩、专横、残暴，性格极度漫画化、妄诞化的人物形象缠扭在一起，形成了一幕幕审丑溢恶、狂野怪乱的荒诞剧，颇为引人注目。《日光流年》描绘一个叫“三姓村”的村庄，全村人患有一种怪病，注定都活不过40岁。短促的寿限，不治的疾患，闭塞的环境，漠视的冷眼，使三姓村的全体村民求生的挣扎显得特别无助、酷烈。这里的“日光流年”处于停滞状态，艰苦卓绝的生存努力并不能撕破宿命的绝望之网，与世隔绝的宗族社会关系中仍然不可避免地注入了外部世界现实政治的腐败毒素。《坚硬如水》的社会政治背景则安置在“文革”动乱时代，主人公高爱军和夏红梅这一对青年农民倒是身体健全，但他们的扭曲的政治意识和性心理却是疯狂的、残疾的。他们健旺的生命力完全扭曲、变形为政治歇斯底里，野蛮语言大宣泄和如患狂疾的性淫乱。闹剧性的“革命”和猫叫春式的“爱情”，残暴无人性的“政治”和完全裸裎、毫无顾忌的“性”，用一种谵妄的、污秽的语言表现出来，简直令人作呕和窒息。出版于2003年年底的新作《受活》，描写耙耧山深处的一个残疾人村——独活庄庄民怎样在一场政治闹剧中被推上主角的位置，最终又怎样成为牺牲品的故事。小说由两个主要人物、两个场景、两条故事线索组成。以茅枝婆为政治和精神领袖的独活庄人走过了一条残忍而荒谬的苦难堆积的历史道路，他们被组织成两个绝术团演出挣钱，为建造所谓的列宁纪念堂的闹剧捧场，在挣了一大笔钱后又横遭劫掠，敲诈，蹂躏。最后，茅枝婆虽然最终实现了奋争几十年的“退社”的梦想，四个如花似玉的孙女儿却惨遭圆全人轮奸，她也以身殉难。另一条故事线索是与独活庄有着特殊关系的柳鹰雀柳县长（他也是茅枝婆四个孙女儿槐花、榆花、桐花、四蛾子的生父）的生活道路和政治履历，以及由他决策，集资并派人去俄罗斯购买列宁遗体，在耙耧山区深处的魂魄山修筑列宁纪念堂以招徕游客，以图实现双槐县经济腾飞的大胆之举。这一异想天开的举措在闹得沸反盈天之际突然被省里制止，柳鹰雀制造政绩扬名一方、永世不朽的美梦破灭。他在批准独活庄退社，还了历史宿债之后，还没来得及到古墓博物馆去履新当馆长，就被汽车轧断了双腿，从此就不得不置身残疾人行列，也与独活庄人为伍了。《受活》的情节和故事荒谬妄诞之至，毫无现实可信性。虽然有人为它大力吹嘘，用什么“超现实主义写作”为它做护符，作者自己也以为劳苦人写作为标榜，但在“超现实”的妄诞形象下，却充满着偏执的对现实的愤怒宣泄；极写“劳苦人的绝境”，实际上却表现为对残疾农民并无悲悯心的丑化和嘲谑。在极度夸张和变形的语言万花筒中，生活的狭隘和苍白是显而易见的。但这样的小说，却被某小说研究组织推举为2003年位列第一的最佳小说。这也是当今长篇小说评价极为歧异的一个适例吧。

农村题材的长篇小说中，董立勃的两部篇幅不太长的小长篇《白豆》和《烈日》，是2003年引起较大反响的作品。这两部作品，都是作者对新疆生产建设兵团往昔生活回忆的结晶。《白豆》写一个既矜持固执又软弱善良，虽平淡朴素但也不乏感情追求的乡村女子白豆的命运，着重展示她一次次身不由己的婚恋经历，把她生活中的诗意和遭逢的残酷，把她女性的魅力和对权力的屈从和盘托出。小说下笔冷静，却又不时迸射激情；语言简洁，倒也不乏细腻入微的绘状。艺术上的本色，境界的不隔，结构的单纯，使小说颇有叙事诗的韵味。《烈日》则更突出权力对性爱的支配力量，以恣肆的笔力叙说几个政治地位悬殊的男人对一个不可多得的美丽女子的争夺。人物之间的戏剧性关系和情节发展中的悬念、突转，构成了小说一波三折、宛曲有致的艺术结构。诗化的、散文化的第二人称倾诉式的叙事方式，更增强了小说感情冲击的力量。语言的诗性的柔美和故事的野性的惨烈相融合，构成了董立勃小说独特的艺术韵味。

2004年7月

（本文为作者在美国佛蒙特州明德学院演讲和主持文学讨论会时的讲稿）

新世纪初中国长篇小说的繁荣和发展

很高兴有机会在这里向大家介绍新世纪初中国长篇小说的一些情况。记得五年前,我曾向当时明德中文学校的师生介绍过20世纪90年代以来的中国长篇小说。今天讲的题目,可以说是五年前讲的题目的继续和深化。

这五年来,我的阅读、欣赏和研究的重点,始终放在跟踪中国长篇小说的发展上;所写的文章,也大多与此有关。这是因为,我认为长篇小说的繁荣与发展,已经成为中国当代文学中最重要、最具标志性的文学现象。它不但是学习和了解中国当代文学的窗口,也是通向中国社会、中国历史、中国文化、中国民魂深处所无法回避的精神隧道。一个国家伟大的、优秀的作家所创作的好的长篇小说,常常是这个国家社会生活的镜子、民族文化的载体、典型人物的画廊、人民心灵的诗篇。中国现当代文学中优秀的长篇小说也是这样。这些作品因其深广的内容和优美的形式而备受一切研究中国问题,学习中国语言和文化的有识之士所看重。因此,了解一点中国长篇小说的情况,有条件的话读一点中国当代有代表性的长篇小说,我相信是会开卷有益的。

一

下面讲第一个问题:长篇小说的文体特征。

也许有人会觉得,这个问题是不成问题的问题。长篇小说,顾名思义,它最基本的特征不就是它有一个足够的长度吗?在中国文艺界,一般把20万字以上的小说叫做长篇小说。其实,这只是长篇小说最表面的特点。作为一种重要的文学体裁的长篇小说,它还有一些内在的更重要的特征。

（一）生活容量广大

中国现代最伟大的长篇小说作家和研究家茅盾曾说过，长篇小说的特点是“有头有尾地描绘了生活的长河”，“大规模地描写社会现象”。也就是说，它应该有广大的生活容量。

（二）思想内涵深广

鲁迅给长篇小说下的一个定义是：时代精神所居的大宫阙”。这就是说，长篇小说的主题要有历史的深度，它要多方面地凝集时代精神，深刻地反映特定历史时代社会生活的本质，揭示时代潮流的方向。

（三）主要人物性格有发展

小说艺术的成就，集中表现在人物形象的塑造上。长篇小说的艺术，在某种意义上，可以说就是在一段特定的生活流程中，在一个特定的社会背景上，创造出相互关联的各种各样的人物形象的艺术。其中，主要人物形象的性格要有一个发展过程，也就是说，要写出它的生活史、命运史、心灵史，在典型环境充分展示的基础上，创造出典型环境中的典型性格。典型人物首先是充分个性化的，鲜活生动的；但只有个性化还不够，还要有普遍性，要有时代色彩和社会价值。要在人物性格的发展过程中，映射历史的方向，时代的流程，人性的归趋。这样既有个性又有普遍性的人物，就是小说艺术中的典型人物。

（四）艺术结构宏伟完整

长篇小说因为生活容量大，描写人物多，情节错综复杂，主要人物性格发展曲折多变，因此特别讲究熔裁铸范，谋篇布局。因此，长篇小说的艺术有时就被叫做结构的艺术。结构问题和语言问题一样，虽然属于艺术形式方面的问题，但这两大形式要素又是从生活的机体上长出、从生活的血脉里流出的。内容决定形式。从作品内容的生命律动中自然形成层次、节奏、跌宕、开合，这些东西的凝定就是作品的结构。长篇小说艺术生命最突出的外观就是作家精心营造出来的艺术结构。

体现上述四个特征，自然需要较长的篇幅、足够的长度。但是，如果缺乏这些内在的特征，徒具长度，那只不过是一副没有骨肉灵魂的皮囊罢了。这种体大中空、形存魂灭的长篇小说,不在我们的论列范围之内。

二

现在来谈第二个问题,即新世纪初中国长篇小说的热潮。这里所说的新世纪初,是一个约指的时间术语,大约指 1999—2005 年这六年。

请大家注意,在描述这六年中国长篇小说发展态势时,我用的是"热潮"而不是"高潮"。"热潮"之谓,着重的是创作风气之热,而"高潮"所指,往往着重于创作实绩之高。我认为,这短短的六年间,长篇小说创作的繁兴、活跃、热闹,是有目共睹的。但其实绩如何,在中国当代小说史上,是否形成了一个高潮,则尚有待于历史的考量评判,现在还不能轻下断语。

(一)长篇小说创作热潮的表现

首先是作品产量居高不下。从 20 世纪 90 年代中期开始,中国长篇小说产量逐年激长。到新世纪初,已稳定在每年 1000 部上下。也就是说,这六年间,每天几乎有 3 部长篇小说出版。而 1949 年到 1966 年上半年,中国总共才出版了 327 部长篇小说。也就是说,现在一年的长篇小说产量,是"文革"前 17 年长篇小说总产量的三倍。这是一个相当惊人的产量。

这样巨大的有些反常的产量,有正负两个方面的意义。正面来说,它反映出文学生产力的高涨,文学创作潜力的涌流,文学出版的活跃和文学市场的开拓。没有相当的数量就不能结晶出较高的质量。一瓶净水,蒸发之后,什么也剩不下;而一道洪流,撇去浮沫,滤却泥沙,还有供龙潜鱼跃的丰沛的活水在。负面的意义,则反映了创作界对长篇小说的文体特征认识不足、把握不稳,对创作的难度估计不够。轻率为之、以创作丰富自娱的创作心态相当普遍。出版界对长篇小说的出版,或降低标准,或任由市场牵引,捡到篮子里就是菜,有贪多务得的心理。而评论界、读书界,多年来也形成了过于宽容大度的风气,只量其长,不较其短。在这种温度太高、雨量太足、日照太烈的情况下，长篇小说虽然繁滋茂长，但其中很多都如无果之花，弱干之树，存活期都不太长。综合正面、负面的意义，统而观之，居高不下的数量带来的积极成果还是主要的。

在大量出版后不为世所知或影响范围很小的一般平庸之作的衬托下，长篇小说的佳作总还是有的。经过读者的选择、评论的抑扬，评奖的推举，中国新世纪初的长篇小说，优秀作品还是历历可数的。好的长篇小说，最终总还是会脱颖而出，入于识者之眼，流传于读者之间，成为一时之选。

这里需要提醒大家的一点是，并非所有成为畅销书或被评论家追捧的作品，都是好作品。现在的中国文坛，是有许多既交叉重叠又各不相同的圈子的。这些圈子有不同的衡鉴标准，它们列出的年度优秀作品排行榜也各不相同。各评各的奖，各出各的选本，各推各的佳作，让人感到眼花缭乱，莫衷一是。即使是像茅盾文学奖这样比较严肃、代表性比较广泛的评奖，推举出来的作品，也不可能是人人都心悦诚服的，也会有人认为是官方评奖，不屑一顾。在这种情况下，更需要大家放出眼光来，自己来欣赏、鉴识。

长篇小说创作热潮的表现，还在于它的影响已大大超过中短篇小说，成了文学反映现实，表达时代情绪的最有力、最迅捷的一种文体。在上世纪 80 年代，中短篇小说因其具备迅速、灵活地反映生活变化的艺术功能，成为当时最具影响力的体裁。但从 90 年代中期开始，中短篇小说的影响力开始下降。到新世纪初，长篇小说已经取而代之，成为中国文坛上最热门的体裁了。现在中国的长篇小说几乎成了文学迅速地接纳社会新信息、反映社会新变动、与社会进行“对话”的主要形式了，出现了一批擅长反映当代生活，敢于也善于直面现实，用长篇的形式迅速、敏锐地反映现实的作家。他们对生活充满热情，几乎是用写中短篇的那种一触即发的敏捷来写长篇，产量高，影响大。这也是一种前所未见的新的文学现象。

长篇小说创作热潮，还表现在长篇小说创作与电影、电视剧制作的互动共荣上。电影导演张艺谋说：“文学驮着电影走。”小说家刘震云则说：“电影带起小说飞。”这种现象是文化市场愈加扩大，艺术生产体制中市场机制的作用增强的结果。

（二）长篇小说创作热潮出现的原因

新世纪初中国长篇小说创作热潮的出现，其原因是多方面的。首先是社会历史的发展为它作了铺垫，提供了丰富的、相对而言较完整的创作资源。中国“文革”结束后到现在，已有近 30 年的历史。改革开放与思想解放所引起的社会震荡与思想激荡，在 20 世纪 80 年代中后期表现得最为强烈。从 90 年代开始逐渐趋于稳定，到新世纪初以来，更趋于定型了。站在新世纪初回顾中国在整个 20 世纪走过的历史道路，其各个发展变化的阶段，愈加清晰分明；各个阶段的历史的本来面目，也前所未有地明朗起来；中国未来的前途，包括长远的目标和近期的目标，更加具体明确地展现出来。社会的发展，已为现在的人们，提供了一种历史的眼光，可以透视百年来以及上溯更远的社会历史时代的全貌及底蕴了。而这种历史的眼光，正是创作规模宏大的长篇小说所必须具备的。这也就是说，中国社会历史的发展，已为中国长篇小说创作的繁荣准备了客观的条件。它赋予了一代中国作家以创作真正伟大的长篇小说必须具备的史识与史感，也为中国作家提供了从社会生活和历史变迁中产生出来的空前丰富、复杂、生动的素材。正是在这个意义上，我们可以说近 30 年来中国社会的发展、进步，中国历史的新局面的出现、形成，为新世纪初中国长篇小说热潮的出现，作了有力的社会生活条件方面的铺垫。

社会精神气候适宜，也是长篇小说创作热潮出现的重要原因。在持续多年，不断深化的改革开放的推动下，中国这个世界上最大的发展中国家各方面的发展都取得了长足的进步。社会经济的持续高速发展和现代的科学发展观的形成和实践，现代国家观念的推广和国家体制建设的更新，都为整个社会的精神气候的改善创造着条件。文学思潮更加开放。作家的文思更加活跃。原来伏藏的各种创作潜力充分涌流。迅速形成并急剧扩大的文化市场成了激发中国作家的创作能量和推动中国长篇小说创作热潮的最有力的引擎。

（三）长篇小说创作热潮的意义

艺术生产的繁荣不仅表现在生产出大量美的艺术作品，也表现在生产出大量能欣赏这种美的审美大众。长篇小说的热潮吸引了广大读者,培养了一代热心于读长篇小说的读者,提高了他们鉴赏长篇小说的艺术美的审美能力,从而提升了一个时代的文学审美水平。同时,长篇小说为影视剧的改编提供了丰富的原创资源,从而影响整个社会的文化生活。

三

现在接着谈第三个问题,在新世纪初举行的第六届茅盾文学奖的特点与影响。

(一)茅盾文学奖在中国当代文学中的地位

茅盾文学奖是中国作家协会根据茅盾先生的遗嘱,用茅盾先生捐献的稿费于20世纪80年代初设立的。它已经走过了25年的历程,逐渐成为中国长篇小说的最有权威的大奖,也成为整个中国当代文学的最高奖。在文学创作的价值取向呈驳杂模糊状态,文学评价体系呈多元化趋势的情况下,茅盾文学奖越来越成为推举优秀长篇小说的举足轻重的奖项。它的特点是:规格高,标准严(每届只评3—5部作品);历史长,影响大(已经评了六届);间隔久,有悬念(四年一次);重评论,有评语(从第五届开始)。

(二)第六届茅盾文学奖评选结果

第六届茅盾文学奖评奖范围是1999—2002年间出版的长篇小说。评奖工作从2003年初启动,历时两年半,于2005年4月10日揭晓,共有五部作品获奖,即熊召政的《张居正》、张洁的《无字》、徐贵祥的《历史的天空》、宗璞的《东藏记》、柳建伟的《英雄时代》。

(三)第六届茅盾文学奖的特点

第六届茅盾文学奖的揭晓,在中国是举世瞩目的。由于事先有过一个被人在网上公布的23部入围作品篇目,2005年1月25日,中国作协又正式公布了一个26部进入终评的备选书目,两个书目互有参差,排序不同,因此引起了一些猜测,使这届茅盾文学奖成了悬念很大的一次评奖。评奖揭晓后,外界的反映是“意料之外,情理之中”,大多是正面的。所谓“意料之外”,是因为有几部在初评组评出的23部入围作品中排名靠前的作品(如莫言的《檀香刑》,原排名第一;贾平凹的《怀念狼》,原排名第四;孙惠芬的《歇马山庄》,原排名第六)在终评中落选。初评出的入围名单里没有的《英雄时代》,却在终评中获奖。这多少有些出人意料。但如果细察一下,最终获奖的《东藏记》、《张居正》、《无字》、《历史的天空》,在初评组评出的入围名单中的名次分别为第二、第三、第五、第九。这说明最终评奖结果其实与初评结果并没有太大的差异。唯一引起诧异感的是《檀香刑》的落选与《英雄时代》的入选,而这种结果,只要是认真读过这两部作品的人,也会觉得是在情理之中的。这次评奖结果,是文艺界内外广大读者、出版社、作家、评论家热情推荐,评委会认真阅读、充分讨论、反复遴选,按照评选规则形成合力、达成共识的结果。作为参加这次评奖工作的评委之一,我对这些终于通过极其严格的筛选的获奖作品,是比较喜欢和满意的。获奖作品题材比较广泛、均衡,古代、现代、当代题材的作品都有。获奖作家中,有现在的老作家张洁、宗璞(80年代她们还是中年作家),有现在的中年作家熊召政(80年代他是青年诗人)、徐贵祥(80年代即开始创作的青年作家),也有现在的青年作家柳建伟。

第六届茅盾文学奖获奖作品,在相当大的程度上,代表着中国长篇小说在1999—2002这四年间的重要收获,反映了新世纪初中国的长篇创作达到的成就和水平。五部获奖作品,虽然题材不同,思想主题的提炼各有侧重,艺术风格更显殊异;但它们都有一个共同点,即都着力于大规模地描写社会现象,多方面地凝集时代精神,深广准确地反映生活的本质,精心塑造具有一定典型意义的各种各样的人物形象,当之无愧地成为生活的教科书和时代的镜子。

五部获奖长篇小说依其反映的历史时段的先后次第排列下来,恰好构成一条上溯自明朝万历年间,下延至21世纪初年的波澜壮阔、风起云涌、气象万千的历史长河。获奖作品在体现长篇小说的基本审美特征方面,正好契合了茅盾生前的期许。

四

下面讲第四个问题:第六届茅盾文学奖获奖作品简评。

(一)《张居正》。这是一部长达130万字的四卷本历史小说(包括《木兰歌》、《水龙吟》、《金缕曲》、《火凤凰》四卷)。小说在中国明代中、后期社会生活的广阔背景上,描写了封建社会改革政治家张居正推行万历新政,力图振兴大明王朝的历史故事。在长达两千多年的中国封建社会中,早期的商鞅变法、中期的王安石变法、后期的由张居正主其事的万历新政,堪称中国古代改革史的三大奇峰。比起商鞅、王安石,张居正及其主持的万历新政,在中国较少为人所知,也从未被作为文学描写的题材。但实际上,万历新政是一次从经济改革入手,渐及政治、军事、文化、风俗,最终席卷整个社会生活的深刻改革。张居正主政十年,顶着压力,推行新政,呕心沥血,不遗余力,不留退路。最终的结果是悲剧性的——未竟全功而身已获罪,人亡政息,遗尘谤于后世,留悬案于人间。《张居正》的作者熊召政,原先是个富于政治激情和社会正义感的诗人。上世纪80年代末之后,一度退出诗坛,浪迹商场,观览世情,沉思人生,而后回归故乡,决心把乡梓前贤张居正其人其事复活起来,于是搜访故实,精研史料,历时十余年,完成了这部作品。小说成功地运用在典型环境中创作典型人物的现实主义创作方法,塑造出张居正、高拱等一批封建社会政治家的形象。作品力求再现历史的真实,同时又注入了作家在当今改革时代获得的生活经验和情感,使小说展开的历史故事有浓重的当代改革进程的投影。

(二)《无字》。这是一部长达百万字的三卷本长篇小说。小说在中国近百年来交织着革命、战争、动乱、改革的社会大变迁的复杂背景上,描写了三代中国女性的悲剧命运。小说主人公吴为是一个心高志洁、追求爱情幸福但又命途多舛,屡遭挫折颠簸的女作家。年轻时她因爱好文学与一作家相恋生下私生女,又为调回北京草草结婚生下第二个女儿。在遇人不淑,终告仳离的情况下,遇到当时下放干校的高级干部胡秉宸,和他有了一段刻骨铭心的爱情。但当这爱情历尽磨难,克服压力进入婚姻以后,吴为才发现自己在家庭生活中,实际上处于旧社会那种妾侍地位。出身于传统世家子弟的革命干部胡秉宸,在公生活中不失为一个有思想、有担当、有魄力的改革者,但在私生活中却是一个霸道、矫情的旧式宗法家族意识浓厚的丈夫。小说把吴为的爱情与人生悲剧和她的母亲叶莲子(一个旧军人的弃妇)、外祖母墨荷(典型的封建旧家庭的牺牲品)的悲剧命运交叉描写,相互比照,有力地透视了形灭魂存的中国封建宗法制度及其种种现代乃至当代的遗蜕形态。作品从头到尾,激荡着人性的呼唤,是一部女性心灵的史诗。

(三)《历史的天空》。小说描写抗日战争时期国共合作坚持敌后抗日游击战争的悲壮故事,着重塑造梁必达、陈墨涵、石云彪等包括国共双方在内的一代抗日将领的英雄形象。作品蕴涵着同一历史的天空下、同一战争环境中人的变化和成长的深刻启示。

(四)《东藏记》。这是总题为"野葫芦引"的四卷本长篇的第二部。第一部《南渡记》早已出版,时隔13年后,《东藏记》才问世。第三部《西征记》,第四部《北归记》尚未写出。

小说以明仑大学历史教授孟樾(字弗之)一家三代及远近姻亲、师友同仁等一大群知识分子南迁昆明,藏身东郊,在日军轰炸、战云笼罩中仍然弦歌不辍,安贫乐道,为国育才,为民请命的生活故事为线索,展开了中国抗日战争时期内地风情独特的生活图卷,塑造了各种各样的人物形象,彰显一代学人志士固守精神文化家园的高尚情怀和弘毅气度。作品凝集着深沉博大的民族精神。

(五)《英雄时代》。作者曾把它列入总题为"时代三部曲"的系列长篇之中(另两部为描写军事改革的《突出重围》,描写北方农村改革的《北方城郭》),但三书所写故事并不相属,人物也各不相同,实际上仍是完全独立的长篇小说。

这是一部迅速地反映当前中国社会现实生活的非常及时的作品。小说错综有致地交替展开两种不同的生活画面——北京高干家庭生活及部委机关的生活与四川内地城市下层人民的生活,揭示了当前中国城市改革进程中复杂、尖锐的矛盾,描写了两类不同背景的民营企业的不同命运。小说的主人公史天雄与陆承伟是两个性格、志趣相反的改革弄潮儿形象——他们虽然是同父异母兄弟，却具有完全不同的气质、个性、志向，有着不同的人生选择。他们的对峙、冲突、纠缠，演出了惊心动魄的人生戏剧。作品跳动着强烈的现实生活脉搏，充满着时代精神，富于人生的启示。

五

最后一个问题:《历史的天空》与《东藏记》的比较分析。

《历史的天空》与《东藏记》都是以中国人民艰苦卓绝的抗日战争为题材的小说。《历史的天空》的主人公梁必达、陈墨涵的生活故事虽然延伸到“文革”结束，军队开始改革以后，但刻画他们性格的“重头戏”，都是在抗日战争时期即已完成了的。因此，把这两部同类题材却具有完全不同的艺术风格的小说作一下比较，是很有意思的。

《历史的天空》的故事情节，是围绕着主人公梁大牙(即梁必达的绰号)极富戏剧性的命运而展开的。他原是蓝桥埠药店的小伙计，性格粗犷率真，豪爽鲁莽。蓝桥埠被日军占领、焚毁之后，他和同村的一群青年人——陈墨涵、韩秋云、朱一刀等，仓促逃出，奔往凹凸山抗日根据地投奔抗日队伍。这凹凸山抗日根据地是由国民党军队刘汉英部和共产党八路军杨庭辉部共建合守的。国军驻山北，八路踞山南。梁大牙、朱一刀等想投奔国民党军队，却阴差阳错，一头撞入八路军的地盘，只好参加了八路军。陈墨涵原是思想激进的青年，一心想到山南去投八路，却撞入国民党军的营地，差点被枪毙，最终和韩秋云一起，成了石云彪部的士兵。他们在命运的捉弄下，走上了同一历史天空下的不同道路。小说以梁大牙的命运史和性格发展史为主线，以陈墨涵的命运史和性格发展史为副线，展开了凹凸山抗日根据地错综复杂的战争生活图景。在国共合作抗日的大局下，国共双方的斗争始终存在。同时，国共双方内部又都各有“内耗”——八路军内部发生过伤害同志的所谓“纯洁运动”，国民党军队内部则或明或暗地进行着嫡系部队排斥、算计非嫡系部队的争斗。梁大牙、陈墨涵的命运始终和这些错综复杂的斗争交缠着，为这些斗争和矛盾所牵制。

梁大牙误投八路军后，本来并不想留下来，但当他一眼瞥见魅力非凡的八路军女干部东方闻音之后，便改变主意留下来了。由于对日伪作战勇猛机智，屡立战功，梁大牙很快由士兵升为小队长，又升为大队长、分区司令员……这个参加革命的动机是由偶然性的个人动念触发的小店员，先是表现得像一个行事鲁莽、语言粗俗的草莽英雄，最终成长为一个智勇双全、胸有大志和全局观念的高级抗日将领。这个过程充满了偶然性和匪夷所思的摩擦、碰撞。东方闻音在帮助梁大牙进步的过程中发挥了独特的、无可替代的作用。她和梁大牙的爱情也在这种接触、碰撞中渐渐产生、发展、成熟起来。

投奔国民党军队的进步、左倾青年陈墨涵，则是在石云彪团长的训练、感召下才成长为合格的抗日将领的。小说在陈墨涵的人生故事线上，展开了国民党军队中石云彪部所进行的惊天地泣鬼神的812 高地血战。石云彪壮烈殉国和他的爱犬雪无痕的忠勇不屈的故事，成了小说中感人泪下的英雄乐章。陈墨涵的极高的军事素质、钢铁般的意志，正是在残酷的战火中炼成的。

《历史的天空》写的是金戈铁马的战争生活，然而也不乏战地浪漫曲、诙谐剧的穿插。小说故事进展是大刀阔斧式的，悬念迭生，胜景频现，有强烈的吸引力。在梁大牙的性格发展史中，蕴涵着关于战争环境与人的发展变化之间的辩证关系的启示。

《东藏记》也是抗日战争题材的作品。但它的主要生活场景，是南渡到昆明，暂驻于东郊凤尾村的明仑大学师生的教学活动和日常生活。这里有孟弗之一家、严亮祖一家、澹台勉一家的故事。有卫葑、凌雪妍的凄婉动人的爱情故事和命运悲剧。有流浪的犹太人米先生与米太太的故事。有庄卣辰、江昉、萧子蔚、秦巽衡等学人志士坚守精神文化家园，在不断搬迁躲藏中坚持培养民族的有生力量、人文精神的故事。这里也有耽于婚外恋的钱明经；有吸鸦片，好骂人，弃学生于不顾，径自跑到大土司家当食客终于被解聘的甲骨文专家白礼文；有天性刻薄，出口伤人，自负矜高，同仁敬而远之的外国文学专家尤甲仁、姚秋尔夫妇等形形色色的教授们的故事。在这个成人的世界里，还穿插着青少年们的故事：孟弗之的女儿嵋与庄无因的感情默契，澹台勉与殷大士的美丽而多舛的爱情，孟弗之的另一个女儿峨的奇怪的少女心事和她对萧子蔚的单相思，仉心雷的悲剧性的订婚和惨死……所有这些人生故事的细波微澜，又都或隐或显地连通着抗日战争的时代大波。

《东藏记》的故事节奏悠徐缓进，缺乏紧张性，却有浓郁的生活韵味和时代与地方色彩。故事的穿插、推进是从容舒缓的，若断若续的，宛如行云流水，只有细细品味，才能得其真髓真味。如果说，《历史的天空》充满阳刚之美，粗豪中也不失柔细之笔；那么，《东藏记》的艺术风格则是婉约的，但也透出一股昂藏义勇之气。

2005 年 7 月 6 日

（本文为作者在美国佛蒙特州明德学院的文学演讲稿）

都市生活题材长篇小说发展的新趋势

——以徐坤、慕容雪村的长篇新作为例

近几年,反映都市生活题材的长篇小说创作十分活跃,产量急剧增长,内容和艺术形式也呈现许多新的变化、新的特色。其中,以描写大都市里白领阶层的动荡生活和感情悲欢、心理变迁的小说最引人注目。这类小说往往敏锐地反映现代都市白领青年骚动着的心理、情绪,映射着起伏跌宕的社会思潮,直率地剥露现代都市生活中的社会众生相,揭示人性中的种种畸变与冲突,带有强烈的刺激力。这里,我想简略介绍一下两部刚刚问世的、既有鲜明的艺术个性又有犀利的社会剖示力的长篇小说,即徐坤的《爱你两周半》和慕容雪村的《成都,今夜请将我遗忘》。这里必须坦率地指出,这两部作品在思想倾向、感情格调和艺术品位上,并不是不分轩轾的,而是有着很大的差异。下面我所谈的看法,并不是对作品全面的评价,而是说出我读后直接的真实感受,意在引起大家的讨论。

女作家徐坤的第一部长篇小说,是问世于2002年的《春天的二十二个夜晚》。这部自述传色彩浓厚的感情历程小说,却是截取了一个躁动不安的春天里二十二个夜晚的惊心动魄的感情波澜写成的。全身心投入的淳朴炽热的青春之恋的追忆;在首都北京展开的虽有动荡却终于复归平静的小家庭生活和扬起风帆的追求事业之旅;突如其来,无可告诉的分居和婚变;在苦闷的春夜中如雷鸣电闪般骤然爆发又猛地撕裂、熄灭的爱情;在失望中因再次邂逅而开始的半麻木半清醒的同居生活及其平淡的收束;酒吧地图上的夜之漫游,郊区游憩地的寻觅和沉思,稠人广众中蓦然回首看到的一个背影……这种种人生遭际和场景,就是主人公毛榛与丈夫陈米松,情人庞大固埃,短暂同居者、所谓儒商汪新荃等形形色色的都市男人在那

个春天的那段只有二十二个夜晚的日子里所经历和体验的。这是一场冲击心灵的内心风暴,这是一段椎心泣血的感情历程。徐坤用带血的心灵倾诉将这一切和盘托出,既浓缩又奔放、既执著又洒脱、既迷惘又明白地写出了一个渴求爱也能够爱的都市知识女性的“爱之梦”,终于撞碎在无爱的对手突然永遁的冷酷现实上。这是一个实用主义的理性估量和算计在都市人婚姻爱情生活中早已占据了上风,单纯朴素的、忘我投入的爱早已踉跄失路的时代。徐坤用毛榛的失爱的悲剧,为这样一个时代作了痛定思痛的印证。当然这也不过是小儿女的悲欢,似乎无关乎时代大的变局。可是,当社会这条大鱼在不断翻滚转身时,它被碰伤的伤口处掉下的鳞片,不也牵着血的丝缕吗?毛榛的感情悲剧,正是这样一片带血的鳞片,细细辨析和指认,是可以看出它的社会精神生活悲剧的属性的。这不仅是鲁迅所说的那种“几乎无事的悲剧”,简直径直可以说就是无事无波的悲剧。陈米松突然人间蒸发,撇下毛榛在感情的泥淖中踽踽独行,这使那么多的读者感到了揪心的痛和无可奈何的茫然与空虚,这就是它的社会意义和艺术冲击力的证明。

2004 年上半年,徐坤出版了第二部长篇小说《爱你两周半》。这是一部非常时期的爱情故事,或者更准确一点说,是徐坤借助艺术的透镜,截取了“非典”流行时期“两周半”日子的一段时间框架,透视了顾跃进和于珊珊、梁丽茹和董强这四个男女无意中为自己安排下的性爱生活的种种情状,予以定格曝光,立此存照。在这两周半里,处于内景地北京疫区并突然遭到隔离的一对情人,是成功男人、社会中坚、房地产商顾跃进和怀着出人头地的欲望、颇有心计但也还不失单纯的电视台记者于珊珊。他们在“非典”时期一次兴之所至临时约见的幽会中被突然隔离了,不得不在一起过起了临时夫妻的日子。而进入外景地云南丽江的另一对情人,是顾跃进的分居而未离婚的妻子、大学教授、系主任梁丽茹和青年教师、大龄青年董强。他们以夫妻的名义登记参加一个旅游团,开始了首度性爱之旅,没想到遇到了“非典”,遭遇到另外一种形态的隔离——外地人如临大敌、像躲避瘟疫一样的过度紧张反应所造成的隔绝与疏离。梁丽茹不得不提前结束这趟半秘密半公开、半推半就的性爱之旅，直接转机沈阳回到家里，百感交集地浸润在久违了的亲情的温水里。顾跃进与于珊珊、梁丽茹与董强这两对情人在各自经历了“爱你两周半”的悲喜剧之后，对生命、社会、世界，对人生、爱情、婚姻、家庭、伦理、亲情等等，便有了新的感悟和体会。顾跃进解除隔离，在一场高烧的虚惊中，悟到了自己真正的牵挂所在；于珊珊为了冲破憋闷申请去抗“非典”第一线采访，拓展了自己的精神天地；梁丽茹被女儿的作文感动得流泪，决定化解与顾跃进的僵局，同意离婚。她和顾跃进相会在女儿参加高考的考场外，而以记者身份出现的于珊珊则平静地对这一家三口进行了采访，小说到此戛然而止，给人们留下了长久的回味。小说题目叫“爱你两周半”，这是从女性角度发出的对非婚姻的性爱的感慨：它是如此短促、脆弱、易逝。而女性所渴盼的，则是可望而不可即的永生永世的爱情。在这永恒的爱之寂光的照临下，徐坤不但对顾跃进这一类处于中年危机中的、情欲膨胀的、“黄金壮起荒淫志”的新富作了淋漓尽致的无情剥露，对梁丽茹这一类人到中年、事业功名都有却失去婚姻爱情的知识女性陷入短暂的性爱的窘态，也投以温婉的微讽。这一对在经历“非典”时都下意识地浮起给对方打电话的念头又终于没有打的分居夫妇，他们的结局会是怎样的呢？在留给读者的猜测里，在于珊珊作为局外人冷静地对他们进行采访的戏剧性场面里，作家对永生永世的爱情的期盼，对家庭夫妻恩爱的珍存和忆念，已经含蓄而隽永地流露出来了。对于徐坤来说，爱你二十二个春天的夜晚或爱你两周半，这都是爱滞留在现实中必然要无奈面对的命运。在其现实性上，人是一切社会关系的总和，是社会巨网上的一个结、一个点。作为人的社会行为和生活欲望的一种，爱自然也绝难超出社会之网而纯粹诗意地存在。超越这一段被隔绝的短暂的时间的栅栏，向永生永世的爱情投出渴盼的目光，这才是徐坤向茫茫人世发出的真正的信号。这是有些微茫的信号，有如脉息，需要屏息静气才能“把”到。在这个意义上，《爱你两周半》是都市人现代性爱放佚的探索终于又触碰到人类传统爱情伦理底线的一个标志。爱，真正纯洁的爱，终究还是不能忘记的。而且，这样的爱的私人性和社会性，也都比人们自己想象的要丰富得多、重要得多。难道不正是一场社会性的灾难，一场对人际关系、情感质素的普遍考验，才逼使顾跃进、梁丽茹、于珊珊（也许还有董强）有了一个直面自己内心真实的机会吗？

当然，《爱你两周半》在剥露顾跃进、于珊珊的性爱生活的本相时笔力的强悍、恣肆泼辣，在绘状梁丽茹、董强的性爱之旅时的温婉、洒脱、清丽、细腻而又略带讽刺的笔触，的确是才华横溢的。而那些仓促地表现这些人物在“非典”过后对人生有所顿悟的言行和心态的文字则未免有些相形失色，造成了小说前大半部分非常生活化并具有强烈的艺术冲击力而后小半部分却有些理念化，这也是显而易见的缺点。不过，造成这一缺点的因素——不论是社会生活源泉方面的还是作家主观条件方面的，都有某种天然性，不是短时间可以移易和改善的。值得称许的是，即使是在小说后半比较单薄的部分，也有一些精彩的、与小说旨趣有关的细节，显示了作家的智慧和才情。比如，在经历了“非典”流行期的煎熬之后，顾跃进、梁丽茹都不约而同地想起给对方打个电话，但又都终于没有打。刚刚有过那么亲密接触的情人他们想不起来，却惦记起已经分居多年的妻子和丈夫来，这个细节无意中泄露的人物心灵深处的秘密，是多么耐人寻味啊！又如于珊珊装作与顾跃进毫不相识，从容自若地采访了顾跃进一家，细心的梁丽茹看出了破绽，但也不予点破。这个细节蕴涵的丰富意味，也是颇可演绎的。

慕容雪村的《成都，今夜请将我遗忘》，先在网络上流传，2003 年才正式出版。小说以在一个公司当销售部经理的白领陈重的自述为叙事角度，展开了他从大学毕业到被黑社会歹徒殴打致死的人生历程。主人公陈重的形象，是在他的自述、描绘与倾诉中完成的。故事的中心线索是他和赵悦爱恨恩仇交织的婚姻爱情生活，从中派生出的两条副线使小说反映的生活面大为拓展，生活内容也变得丰富复杂起来。一条副线是陈重和他的大学同屋们不同的生活道路和不同的命运；另一条副线是陈重在他供职的公司里的生活，他和上司、同事错综复杂、各各不同的相互关系。其中落笔较多较重的人物有：因生活不幸、婚姻失败而沦为吸毒犯的诗人李良；大学时代显得平庸毕业后却变得有头脑、有心计，既放得开又谨守底线，对朋友既利用也仗义，平稳上升为派出所所长的王大头王林；并无才干却装得像道德之神，貌似憨厚实则善出阴招，最终借刀杀人，置陈重于死地的董总董胖子；明知李良有隐疾却仍与他结婚，新婚前夕却和陈重睡在一起，离婚后一无所获的包工头之女叶梅；等等。这些人物，加上和陈重有染的那些形形色色的女人，导致陈重与赵悦婚姻破裂的小老板杨涛，组织对陈重施行报复性群殴致死的"换妻俱乐部"主任、黑社会头目刘哥等，共同组成了一个环绕着陈重的恶浊而动荡的人欲横流、光怪陆离的都市世俗社会。这个都市世俗社会，像一个裹挟着浮尸和垃圾急速旋动，危险、陷阱四伏的漩涡，把陈重浸臭、泡朽，然后无情地吞没。陈重的故事，是一个有自毁自污倾向的青年被都市荒淫无耻的生活方式毁灭的悲剧故事。这个故事带着邪性的坦率、裸裎的情色、沉沦的煎熬，用一种爽利、泼辣、肆无忌惮又略带抒情的苦涩苍凉味道的语言，由陈重之口滔滔流出，的确会使对这种情色凶险生活陌生或保持距离的读者感到震悚和不安。尤其是陈重的那种淫乱生活的绘状，用了大量欢场淫词、流氓切口，写得极态穷形，虽为刻画人物性格所需要，但也易招社会诟病。

陈重这个人物形象的认识意义何在呢？这可能是一个有争议的问题。陈重年轻时，也曾有立志当一名科学家的理想；他也有不失单纯的时候，曾因听到姐夫有情人而怒不可遏。但是后来，在恶浊的成长环境中，在都市生活糜烂腐恶、荒淫无耻的那一面的影响下，他的自我约束力和道德感逐渐瓦解崩溃。从大学时承包录像厅公开放映黄碟开始，他走上了一条怀疑一切道德和良心，放纵自己的情欲的道路。为了玩女人，他在公司里挪用、借占了20多万公款；他在婚前和婚后，都拥有大量情人和性伴侣，从油条情人、市井悍妇、川大女生、"黑牡丹"、妓女到娥眉豆花庄的老板娘，甚至还有朋友李良的女友叶梅，因此得了一个"摧花和尚"的诨号，真是浓盐赤酱，甘此不厌。赵悦决然离他而去，虽然有杨涛插足的因素，但主要还是因为不能忍受他的放佚无度。陈重的父亲骂他是"狗脾气难改"；陈重的朋友警告他会“死在女人肚皮上”；他自己也承认人生路上许多罪孽的山是自己造出来的；清夜扪心自问自审，他也不得不承认自己是“一个又丑又脏的家伙”。他最后的自蹈死地，跟着形色可疑的黑社会刘哥一伙走，也是因为受了“换妻俱乐部”的淫乐的色诱才上钩的。这些描写，客观上流露出作者对陈重的某种批判态度。但作者却又反驳李良对他们这一类人堕落生活的坦白承认。他一则借陈重之口说：“蹚着生活之水前行，我们没有变高也没有变矮，浮沉不定的只是生活的水面。而升华或沉沦，我们身不由己。”二则在创作谈中说：“跟一般人的理解不同，我认为陈重的苦难不是出自他的性格，而仅仅缘于生存本身。因为苦难如此深重，所以生存越发可疑。”其实，这些自辩或回护之辞，本身倒是可疑的。我们可以因为陈重还没有坏到家、还不失善良而对他保留着同情，也可以因陈重对赵悦的感情不失真挚而为他们婚姻的解体感到惋惜，还不妨对陈重那种既放纵又自虐、既悲悯众生又困于只爱自己的道德煎熬、叹老嗟卑、伤逝悼往等情绪时有共鸣，但这一切不能遮蔽了我们对陈重耽于肉欲的享乐主义人生态度的正视。陈重自己说得多么明白无误：“我点上一支娇子，心想这辈子委屈谁也不能委屈自己，风流趁年少，能快活一刻就快活一刻。”这种对“人生在世、食色二字”的服膺与躬行，可是丝毫也没有怀疑主义厕身的余地的。

在我看来，慕容雪村的《成都，今夜请将我遗忘》，在文学血缘上和卫慧的《上海宝贝》有某些相通之处，都代表了都市题材小说中滑向放佚、自恣的那种倾向。不过，慕容雪村笔下的陈重，是一个男性的成都宝贝。它生存直至毁灭的背景，比《上海宝贝》远为闳放、开阔、复杂、动荡。陈重的自述口吻，也含有更多的自我批判、自暴自弃的成分。当然这个形象也就更富有认识价值。我们希望，《成都，今夜请将我遗忘》的出现，也许会预示着都市文学滑向放佚、自恣的那种颓靡的文学倾向的一个终结。

2004 年 8 月

（本文为作者在美国佛蒙特州明德学院中国当代文学讲座上的一个导读性发言稿）

中国当代小说与电影的关系

——以张艺谋的电影为例

今天我演讲的题目是“中国当代小说与电影的关系”。一般研究电影的都有一个共识,即电影是导演的艺术。观众也认同这种看法,提起一部电影就会说这是张艺谋的电影,陈凯歌的电影,或说这是李安的电影,侯孝贤的电影。这种说法很自然,也有相当的合理性。当然,电影是一门综合艺术。演员、摄影、音乐、美工、编剧都很重要。导演的强大作用,就在于他善于把各门艺术的因素、手段综合成一个完整的、集中的、浑和的艺术品。他对一部电影的成败,总负其责。他的人生观念、艺术理念、生命激情、个性、风格等等全部倾注在电影作品里。因此,研究、评价电影,把着眼点主要放在导演上面,这是无可非议的。

但是,这是就电影创作过程开始以后的情形而论才是正确的。电影是综合艺术,也是一门二度创作的艺术,即它是在有了文学剧本的基础上,才能开始各个门类的艺术家们共同进行的二度创作。中国戏曲界有一句老话,说是“剧本,剧本,一剧之本”。我想这也适用于电影。寻找和发现能激发导演创作冲动,点燃导演、演员创作激情,使他们的才华得到充分发挥的好剧本,这是导演在开始电影创作之前最重要的准备工作。我们常常听到导演、演员感叹遇不上好剧本。没有好剧本,他们就会感到“英雄无用武之地”。

而好剧本是从哪儿来的呢?这里有两个来源:一个是专门的电影剧作家的作品,另一个是剧作家从别的门类的文学作品(包括戏剧、长诗、散文等作品)改编而来的。其中,由于小说具备的人物、故事、细节三要素比较契合电影的要求,它最常被选为改编的对象。

在我们研究中国当代电影的时候,特别在研究中国“文革”后开始的新时期电影的时候，会发现这样一个现象，即很多优秀的电影都是根据当代小说改编的。即以张艺谋以导演的身份出现在中国影坛之前的情形而论，我们只要略一回想，就会举出许多中国非常有名的电影，如《天云山传奇》、《小花》、《枫》、《被爱情遗忘的角落》、《许茂和他的女儿们》、《赤橙黄绿青蓝紫》、《牧马人》、《人到中年》、《如意》、《张铁匠的罗曼史》、《没有航标的河流》、《女大学生宿舍》、《青春万岁》、《高山下的花环》、《红衣少女》、《今夜有暴风雪》、《人生》、《黑炮事件》、《青春祭》、《野山》、《芙蓉镇》、《笨人王老大》、《老井》等，都改编自中国当代小说，涉及的中国当代著名作家包括鲁彦周、郑义、张弦、周克芹、蒋子龙、张贤亮、谌容、刘心武、张一弓、叶蔚林、王蒙、李存葆、铁凝、梁晓声、路遥、贾平凹、古华等等。应该说，当时（1979 年至 1987 年《红高粱》问世前）更多的电影还是由电影剧作家创作的剧本改编的，只是这些电影除少数比较成功之外，似乎总体上比不上上述根据中国当代小说改编的电影有深度，有风格，有扣动社会大众心弦的力量。这大概是因为那些被改编成电影的当代小说，都是当时文坛上出类拔萃之作。它所能提供的文学基础比较浑厚，经由导演再创造，能够注入电影作品的文学因素也就比较丰沛。

张艺谋以执导《红高粱》加入导演行列，而《红高粱》也是根据当时刚刚发表的中国小说改编的。在张艺谋迄今为止的导演生涯中，共执导了 14 部电影（不包括已接近完成的新作《满城尽带黄金甲》），其中除 1988 年执导的《代号美洲豹》和 2005 年执导的《千里走单骑》之外，全部是根据中国当代小说改编而成的（见附表《张艺谋电影、原著、编剧一览表》）。而且，如果仔细考察一下张艺谋选择中国当代小说的取向，就会发现他和在他之前的那一代导演（主要是第四代导演）选择当代小说的取向有很大的不同，改编的方法也有很大的不同，形成的艺术风格更是有绝大的殊异。由于张艺谋一贯地、大量地而且是以独特的取向和方法改编中国当代小说，以此作为他的电影创作的丰富的取材资源，于是就形成中国当代小说与电影互动齐驱的独特现象。这种现象中，有很多值得研究的东西。所以我们考察中国当代小说与电影的关系，便可以以张艺谋的电影为例来切入这个话题。

和许多曾因改编而得益于中国当代小说的电影导演不同，张艺谋从不讳言他的电影对当代小说的依赖性。他不止一次说，中国有好电影，得首先感谢中国作家们写出了好的文学作品。他承认，他的电影是被小说驮着走的。他对记者说："我首先要感谢文学家们，感谢他们写出了那么多风格各异、内涵深刻的好作品。我一向认为中国电影离不开中国文学。你仔细看中国电影这些年的发展，会发现所有的好电影几乎都是根据小说改编的。……小说家们的作品发表比较快，而且出来得容易些，所以它们可以带动电影往前走。我们谈到第五代电影的取材和走向，实际上应是文学作品给了我们第一步。我们可以就着文学的母体看它们的走向、它们的发展、它们将来的变化。我们研究中国当代电影，首先要研究中国当代文学。因为中国电影永远没离开文学这根拐杖。看中国电影繁荣与否，首先要看中国文学繁荣与否。…… 如果拿掉这些小说，中国电影的大部分作品都不会存在……这是我个人的看法，并不是要否定电影编剧们的功劳。电影编剧们自己创作的剧本拍出好电影的也不少，但那成就不算太高。就我个人而言，我离不开小说。"记者问他："你的电影大多数都是取材于在全国发表的小说，我感到你有一种依赖性，你怎么认为呢？"张艺谋坦然回答："其实，这是我的优点，这不是依赖性啊。你认为依赖文学吗？文学是所有创作的母体，只有文学的繁荣才有各个门类艺术的繁荣。不是我们依赖文学，而是文学是整个的'基座'。有一天，我们的观众的文学素养也到了一个较高的位置的话，我们的水平还要好，我们的电影还要好，不仅仅电影，甚至整个国家可能都会更好。"

张艺谋的这些话，不仅道出了他的电影取得别人难以企及的成就的一个很少为研究者和新闻媒体提及的"秘诀"，而且显示出了他作为一个真正的艺术家的文化胸怀和文学修养。这些话，如果出于中国当代作家或中国当代文学的研究者之口，我不会觉得惊讶，因为我们都难免会有点"老王卖瓜，自卖自夸"的毛病。但这是张艺谋，一个蜚声国际影坛的大导演说出来的，这就让人感到佩服了。张艺谋关于文学与电影的关系的这种见解中，含有哪些重要的，值得我们特别予以注意的东西呢？

我认为，它反映了张艺谋对电影的内在基础——或者说文学、文化要素，有深刻的了解和认识。他关于“文学是所有创作的母体……是整个的‘基座’”的看法，是别有见地的。一切种类的文学艺术，归根结底是人类社会生活的产物。这是像几何公理一样无待乎证明的文艺学的“公理”。电影虽然具有强烈的梦幻性，好莱坞就有“梦工厂”之称，但这种梦幻性仍然是人类生活之湖蒸发而成的云霓，是离不开电影内在的文学天性的。中国历来有“戏台小天地，天地大戏台”的说法。天地，这里可理解为人类社会生活、人生、人世间。戏台，可理解为包括戏剧在内的一切文学艺术作品中所展开的虚拟、幻设的人生场景。中国当代文学，由于受到中国社会生活在“文革”结束后的大变动的冲击，在上世纪最后20年间，有了类似地质学上的造山运动那样的拱起或隆起，形成一片高坡。中国电影，包括张艺谋电影在内的艺术之花，就是烂漫地开放在这个高坡上的。中国社会生活深处的一些变化，中国人心灵中的一些敏感微妙的变化，也是经由中国当代小说的“魔镜”而折射到中国电影中的。在张艺谋电影特有的大胆、越轨的构图和色彩、音响和律动后面，在他与众不同的艺术构思、艺术风格的变幻中，我们总能触摸到社会生活的内容、人类感情的脉动。要想真正认识张艺谋的电影，它的特征、它的风格、它的深度，小说原著是一个必不可少的研究参照系。同样对张艺谋电影的某些弱点、缺失，也可以与其原著小说作比较来认识、分析。我们总能触摸到电影形式背后的社会生活内容、人类情感脉动。张艺谋那些据以改编的小说原著比较优秀、被公认为改编得比较成功的作品，如《红高粱》、《大红灯笼高高挂》、《菊豆》、《活着》，或者《秋菊打官司》、《有话好好说》、《一个也不能少》、《我的父亲母亲》等等，都从历史中和现实里透视了中国人生活和精神的各个侧面，在不同程度上引起观众的震撼、感动、思考、顿悟。我们会觉得这是一些反映了人类生活、人类精神的普遍性，具有较深的文化内涵、文学内涵的影片。而其他一些电影，如《摇啊摇，摇到外婆桥》、《幸福时光》、《英雄》、《十面埋伏》,虽然在电影艺术手法上也各有异彩,但其生活性、文学性给人感觉就差一些。这与它们所据以改编的小说原著本身基础就较弱有关。在小说改编为电影这个场合里,局部的触处生春、神来之笔是有的,而整体上的化腐朽为神奇的事是不会有的。所以张艺谋总是慎选作品。例如,在拍《秋菊打官司》之前,张艺谋原先已经买下了刘震云的中篇小说《一地鸡毛》的版权,编好了剧本,并把故事发生的地点从北京改成了重庆,成立了摄制组,把大队人马拉到了重庆准备开拍。有一天,他在街上闲走,路过邮局,在《中国作家》上看到了一篇名叫"万家诉讼"的小说,觉得小说的题目很怪,一万家老百姓一齐打官司,这是怎么回事?他被吸引住了,就站在邮局把小说看完。原来是农村一家姓万的人家的青年主妇何碧秋要打官司。他买了20本杂志带回去给摄制组人手一册。张艺谋和大家作出了一个重要抉择:改拍《万家诉讼》,放弃《一地鸡毛》。这个抉择导致了优秀影片《秋菊打官司》的诞生。按说,《一地鸡毛》是一篇更有名的小说,但它调子灰暗,没有什么提得起来的故事情节,有点像小说中那块引发一场家庭战争的变馊的豆腐,很难提起来。本来张艺谋选择了《一地鸡毛》,心里就有点不踏实的感觉,这下子看到了《万家诉讼》,他的创作激情才真正被点燃了。

张艺谋在选择当代小说上,和他选择演员一样,有一双慧眼。他这双慧眼,是从小练就的。张艺谋从小就喜欢看小说,他说他酷爱文学,经常通宵达旦地看小说。他和新时期文学保持着声息相通、脉搏相连的关系。他穿行于当代小说之林,不断地寻找,选择。他对小说和剧本的选择,几乎达到了严苛的程度,《有话好好说》是青年作家述平根据他自己的5个中篇改编成的。一年的时间内,他在张艺谋的要求下,写了七八稿,累计八九十万字,相当于四部20万字的长篇的字数,最后才定稿。为了筹拍武则天,张艺谋同时约了苏童、北村、格非、赵玫、须兰、钮海燕等六个青年作家写同题材的小说,最后因为对改编出来的剧本不满意而放弃了。有人问他为什么花这么大的工夫搞剧本,他说:"我认为剧本是一剧之本,如果剧本不到位我宁肯不拍,剧本基础不打扎实了,电影即使拍出来也不会是精品,所以这一关要把牢。”这种严谨的创作态度，是张艺谋电影成功的一个重要的保证。

张艺谋公开说中国当代小说是中国电影的一根拐杖，说这些年是小说驮着电影走，而且不讳言他的电影对小说的资源的依靠。这是不是说他的电影对于小说原著特别依赖、特别忠实呢？其实，张艺谋一旦选定了小说原著，便亲自介入将它改编为剧本的创作过程，以他独特的改编取向、改编方法开始从小说到剧本的再创作。在这个创作环节上，张艺谋表现出极大的创造性和对小说原著最少的依赖性。张艺谋独特的改编取向、改编方法有哪些特点呢？为什么张艺谋的改编比别人的改编更成功、更有异彩呢？他有下面的特点：

第一，张艺谋作为第五代导演的代表，他进入导演行列，是与1985—1987年间中国当代小说中文学新潮的涌现同步的。他与莫言、刘恒、苏童、余华、述平等新潮作家的社会观念、文学观念相近，可谓同声相应，同气相求。他们的具有创新、探索精神的小说作品正好可供张艺谋这样求新求变的导演借题发挥，创出新路。而当时还在影坛上驰骋的第四代导演或第三代导演，往往更钟情于传统的现实主义规范下的作品或经过岁月洗礼的现代作家作品（如老舍、沈从文、艾芜等的小说）。

张艺谋的改编取向，开始阶段着重于从文学新潮中汲取文学资源、创作灵感，但他在社会思想上，并不完全凝滞、拘牵于文学新潮的相对狭小的眼界，而是逐渐多方寻找，把陈源斌、施祥生、鲍十等作家的现实主义作品也吸收进来，而不管其名气大小。

第二，当电影理论界还在讨论电影改编小说是否应该“忠实原著”以及“应忠实到何种程度”的时候，张艺谋却坚持电影艺术独特的艺术规律，坚持导演作为电影的“主讲”所应拥有的改编自由度，对小说原著进行大刀阔斧的改动，并且越到后来改动越大，几乎对原著进行彻底的改装。张艺谋谈到他想当导演的动机时说，他要自己说话，因为导演才是一部影片的“主讲”。他说：“电影说到底是导演的艺术。只有当导演，才能更充分地在作品中表达自己的人生见解和艺术追求。所以，我觉得非改当导演不可，并且坚信会成功。”所以，当张艺谋从吴天明那儿得到一次独立当导演的机会并读到《红高粱》时，这个非职业导演便把他天性中那种对感性生命的热烈而又狂放的忘情追求释放出来了。他要拍一部浪漫主义的单纯而浓烈的本真生命的赞歌。《红高粱》的内容、意蕴、故事、人物都比较复杂，当时被认为是“寻根文学”的代表作。张艺谋不想像拍《一个与八个》、《黄土地》那样，将其拍成一部挺深沉也挺累人的探索性电影，也不想“拿《红高粱》说特别多的事，不太想把它弄得有各种各样的社会意识、人类意识”，而只全神贯注于一点，即集中地、强烈地传达出莫言小说中那种感性生命的骚动，活得简单、活得有声有色、想折腾就折腾，把一个男人和一个女人自由自在的世界表现出来就行了。“弱水三千，我只取一瓢饮”，这就是张艺谋“但取一点，不及其余”，以单纯简洁为指归，不惜把电影的表现手法推向极端的改编方法。《红高粱》的改编把原作作了很大的变动，如主人公由“我爷爷”余占鳌变成了“我奶奶”九儿，故事线索由多条线时空交错变成简单的顺叙，从“我奶奶”出嫁的线索顺叙下去，直至“我奶奶”被日本人杀死。而打日本则变成一段插曲或一个结局，其中“我爷爷”和“我奶奶”在高粱地里的激荡的爱情成了主要情节线、叙事的中心。电影对主要人物的性格也作了单纯化和浓烈化的处理，把“我爷爷”的土匪生涯、杀人细节删掉了，把“我奶奶”性格中风流放荡、刁钻阴狠的那一面也给删掉了。小说中的社会环境在电影里被简化到近于零的程度，蛤蟆坑改为青杀口，酒坊从村庄里搬到前不着村、后不着店的十八里坡，农民种的红高粱也变成了野生的红高粱。这样“我爷爷”与“我奶奶”便被放置到一个与世隔绝的荒野环境中，尽情地发挥其元气淋漓的生命的冲动。顺乎自然，力求简单，这个在《红高粱》中第一次践行的张艺谋电影的美学规则，或者说张艺谋电影对小说进行改编的独特改编法的精蕴，便就此确立了。它成了张艺谋电影最重要的美学特征。

当然，电影的主题、主线的自然和单纯，并不排斥电影场景、细节的某种有意识的复杂化与强化。颠轿的细节描写，在小说中不过几行字，到了电影中则变成了一大段“荒野狂欢”，酣畅淋漓地表现了山野之民的那种生命折腾的欢实劲儿。又如造酒，电影为了强化酒神精神，整整虚构了一整套祭酒仪式，编出了一段“酒神曲”。“野合”也一样，小说中寥寥数行字，在电影中演绎为一场大戏，创造了一种被电影评论家称赞不已的“经典性场景”。就这样，张艺谋摆脱了原作的所谓“深度”、“复杂性”的羁绊，以主旨的简单，画面色彩及感性表现的强化取胜。这部电影就这样震撼了中外观众，为张艺谋赢得了世界声誉。

这个以简驭繁，抓住一条情节线、一个主要人物强化其特定的主调、特性的改编原则，在张艺谋其他电影中也屡见不鲜。《菊豆》中婶侄偷情的故事，《大红灯笼高高挂》中四房争宠的局面，《秋菊打官司》中的一个村妇执著地告官的故事，《活着》中一个人经历的宿命般的传奇生涯及其面对悲剧人生的喜剧态度，《我的父亲母亲》中从“一见钟情”跳到“百年相依”的乡土淳朴爱情，都是这样。

2006 年 7 月 9—10 日

（本文为作者在美国佛蒙特州明德学院的演讲稿）

附表

张艺谋电影、原著、编剧一览表（曾镇南编制）

张艺谋导演的电影

	电影片名	小说原著	编剧
1	1986 年《红高粱》	莫言《红高粱》、《高粱酒》	陈剑雨、朱伟、莫言
2	1991 年《大红灯笼高高挂》	苏童《妻妾成群》	倪震
3	1992 年《菊豆》	刘恒《伏羲伏羲》	刘恒
4	1992 年《秋菊打官司》	陈源斌《万家诉讼》	刘恒
5	1994 年《活着》	余华《活着》	余华、芦苇
6	1995 年《摇啊摇，摇到外婆桥》	毕飞宇《上海纪事》、李晓《帮规》	毕飞宇
7	1996 年《有话好好说》	述平 5 个中篇	述平

续表

	电影片名	小说原著	编剧
8	1998年《一个也不能少》	施祥生《天上有个太阳》（中篇小说）	施祥生
9	1999年《我的父亲母亲》	鲍十《纪念》（中篇小说）	鲍十
10	2000年《幸福时光》	莫言《幸福时光》	鬼子
11	2002年《英雄》	李冯《英雄》	张艺谋、王斌、李冯
12	2004年《十面埋伏》	李冯《十面埋伏》	张艺谋、王斌、李冯

	电影片名	文学原著	编剧
13	1988年《代号美洲豹》	无	程十庆
14	2005年《千里走单骑》	无	邹静之
15	2006年正在拍摄中《满城尽带黄金甲》	曹禺《雷雨》	张艺谋等

张艺谋任摄影的电影

	电影片名	文学原著	编剧
1	1983年《一个与八个》	郭小川长诗《一个与八个》	王吉呈、张凤良
2	1984年《黄土地》	柯蓝散文《深谷回声》	张凤良
3	1986年《大阅兵》（纪录片）		

张艺谋任演员的电影

	电影片名	文学原著	编剧
1	1986年《老井》	郑义《老井》	
2	1989年《古今大战秦俑情》		

中国当前罪案小说发展的新趋势

——兼谈《天下无贼》从小说到电影的改编

今天我演讲的题目是"中国当前罪案小说发展的新趋势",顺便还会谈到《天下无贼》从小说到电影的改编。

一、谈谈罪案小说

我这里所讲的罪案小说,简单地说,就是以人类社会生活中的犯罪现象、犯罪案件为题材的小说。这种小说,世界各国文学中,无论古代和现在,到处都有。马克思就曾经说过,犯罪这种社会现象,"不仅生产这方面的立法者,而且还生产艺术、文艺——小说,甚至悲剧;不仅缪尔纳的《罪》和席勒的《强盗》,而且《奥狄浦斯王》和《查理三世》都证明了这一点"①。在文学理论中,有一种所谓"永恒的主题"的说法,如爱情和死亡、战争与和平、英雄和英雄崇拜等,都被认为是"永恒的主题"。我看,犯罪与惩罚,也可以算一个,也是文学"永恒的主题"之一吧。所以,罪案小说在各国文学中都要算很大的一个类别。

文学中"罪与罚"的主题,虽然常见,但其实是很难写好的。写得好的,可以写成雨果的《悲惨世界》、列夫·托尔斯泰的《复活》、陀思妥耶夫斯基的《罪与罚》、霍桑的《红字》、爱伦·坡的《莫尔街谋杀案》那样的名著;写得不好,写得平庸,那就成了各地书市中满坑满谷的涉案通俗读物了。

在中国小说史上,罪案小说有着一个很长的传统,其中包括:宋代话本中的公案小说,明清小说中涉案的世情小说,清末的公案侠义

---

① 《剩余价值理论》,《马克思恩格斯全集》第26卷(1),第416页。

小说等。近六十年来,中国当代小说中,承接这一传统的,有20世纪50年代至60年代中国大陆的反特公案小说,新时期以来的探案推理小说等。接着兴起来的,便是近年来大量出现的罪案探源小说了。

在20世纪80年代到90年代,受西方和日本推理小说影响,中国作家创作了大量探案推理小说。这类小说,以表现刑警侦破奇案、疑案、大案的超常毅力和智慧,满足读者的好奇心,提高读者分析推理能力为指归,社会现实内容比较稀薄,罪犯和刑警形象偏于类型化。比较有代表性的作家作品有:王朔的"单立人探索"系列小说,汤保华的"大侦探"系列小说,张策的积案追踪系列小说,还有陈玙的长篇小说《夜幕下的哈尔滨》(曾由赵宝刚改编为电视连续剧),李迪的《傍晚敲门的女人》,海岩的《永不瞑目》等。

进入21世纪之后,由于中国进一步扩大开放,深化改革,中国经济获得急剧发展。但这种发展与伴随而来的各种社会问题,同样引人注目。城乡差别、贫富两极分化有进一步加剧的趋势,"三农"问题的解决一度长期滞后,社会道德水准下降,各种社会矛盾加深,群发事件与犯罪现象错综交织,愈加突出。在社会生活发生这种剧烈变化的基础上,中国作家本着强烈的社会责任感,以敏锐的社会洞察力和人性透视力,开始用小说的形式,对日益繁多的犯罪现象、日益多样化的形形色色罪案,进行描写、剖析和表现。这是近期罪案小说大量出现的社会原因。这类新形态的罪案小说,大都以探究酿成罪案的社会原因,分析犯罪者的犯罪心理,表现在社会失衡状态下人们内心深处的动荡和倾侧为指归,社会生活内涵比较丰富,人性化的现实关注比较强烈,人物个性的描写更深化也更带普遍性。它们的出现,反映了罪案小说从重推理到重社会心理剖析的发展趋势,可以帮助我们了解中国社会现实的新问题和新矛盾,认识当代小说反映现实的深度和敏锐性。因此我称之为罪案探源小说。

近期出现的罪案探源小说很多,以中短篇小说居多,较有代表性的如赵本夫的《天下无贼》、陈应松的《马嘶岭血案》、乔叶的《锈锄头》、田耳的《一个人张灯结彩》、胡学文的《命案高悬》、熊育群的《无巢》等。现在,我就这些小说中三篇最有代表性的作品作些分析、介绍。

二、陈应松的中篇小说《马嘶岭血案》

在湖北和四川交界的神农架大山里,在一个叫马嘶岭的地方,发生了一件十分血腥的案件:两个被地质踏勘队雇来当挑夫的山民,用开山斧砍死了七个踏勘队队员,抢劫了他们所有的钱物后逃跑。在逃跑过程中,那个叫官九财的首犯,又凶残地用斧背砸昏了他的犯罪同伙,想独吞全部劫来的钱财。这两个杀人重犯很快被捉住了。被官九财砸昏的那个年轻同案犯,一个名叫治安的山民,在被抢救苏醒后,讲述了他和官九财起意杀人的经过。小说故事就是用治安的第一人称讲述出来的。

治安是官九财的表侄儿。他的妻子快要临产了。他需要挣钱养家。听说当挑夫一个月能挣 300 元,他几乎不假思索地就答应了官九财的邀请,去给寻找金矿的地质踏勘队当挑夫。这两个贫困到了家徒四壁地步的山民,也由此开始接触到和他们社会地位、文化教养、工资收入、生活待遇完全不同的另外一群人。原来他们以为一个月挣 300 块就很不错了,来到马嘶岭后才发现,踏勘队里工资最低的刚毕业的小谭,一个月也能挣 2000 多块。至于祝队长,听说他在好几个金矿都有股份,光是"龟子车"(小轿车)就有两辆。这种社会地位、物质生活的悬殊,不能不引起官九财和治安内心极大的不平衡。这种不平衡又因踏勘队的知识分子对贫困挑夫的冷漠、蔑视,对"知识值钱"的自傲而加剧,终于在一系列工作和生活的矛盾冲突中失控了。官九财对祝队长的怀恨是从被罚去两天工钱(20 块)开始的。官九财为了减轻因生病而累得便血的治安所挑担子的分量,扔掉了两块石头,而这石头却是一块也少不得的矿样。祝队长因此罚了他两天工钱。官九财一再恳求他通融,他却毫无商量余地地拒绝了。严格到刻板程度、拒人于千里之外的祝队长没有意识到,对于孤身一人养着三个女伢儿,连 2 元钱特产税(按:现已全部取消)也交不起的官九财来说,20 元罚款意味着什么。后来,当官九财因为和炊事员老麻打架被辞工时,他也不能体察官九财为什么留恋这份一个月

300 块工钱的艰辛工作，苦苦要求队里让他留下来。祝队长、博士小王等人的冷漠、轻蔑和无情，有意无意地进一步刺激了官九财的恨意和杀心，终于酿成了惊天血案。

中国有句古话说：“饱暖思淫欲，饥寒起盗心。”饱暖和饥寒并不是人们干坏事、触法网的必然条件和正当理由，但是，人们所处的物质生活的状况，在一定的主客观条件配合、促使下，却容易成为诱发某种犯罪的客观动因。例如，因饥寒而引发的不平情绪，如果受到近在眼前的贫富悬殊感的刺激，就会导致人性中的残忍的攻击性突然恶性发作，酿成盗心和杀机。官九财的犯罪心理发展过程就是这样的。在马嘶岭这样一个特殊的封闭的小社会环境中，处于弱势地位的官九财和治安的严重心理失衡，不仅缺乏更大范围的社会保障体系的调剂和制衡，而且也缺乏人际关系中应有的平等和善意的调适、润泽和消弭，这就导致了悲剧的爆发。小说写的虽然是一个极端的罪案，但它对罪犯官九财、治安的生存状态和心理变迁过程的描写，却是有透视社会、警醒人群的普遍意义的。它是个案，也是典型的。

三、乔叶的中篇小说《锈锄头》

“文革”中下过几年乡的李忠民，多年以后，已经变成了一个拥有自己的食品连锁企业的民营企业家了。成了社会成功人士的李忠民，虽然发迹变泰，但仍葆有很深的知青情结。他不但偷偷养了一个被他的知青生活回忆感动得流泪的姑娘小青当情妇，而且在他为小青买的豪华套间里，用农村的牛槽做沙发架子，用马槽当金鱼缸。特地保留的红砖墙面上，挂着一顶重回插队的农村找来的旧草帽和一把锈锄头。这锈锄头凝结着他在农村学锄地的艰辛而又美好的记忆，因此特别受到宠爱，每有朋友来总要拿出来炫示一番。有一次，他安排小青去欧洲旅游，自己出门去机场，要飞往杭州参加一个食品行业的年会。他刚出门，在这个城市以收废旧物品为业同时捎带干点入室盗窃勾当的石二宝就不失时机地撬开了他的家门，开始了地毯式的搜索。这一番搜索，把李忠民和小青日常生活的方式、隐私通通展示了一番。正当石二宝带着赃物和现款准备离开时，李忠民却因看错了机票日期又返回了家中。主人和窃贼迎面遇了个正着。在石二宝抽出弹簧刀发出的命令下，李忠民力循“破财免灾”原则，乖乖地把自己捆了起来，而且还卑顺、亲切地和石二宝拉起了家常，回忆起了他在乡下当知青的趣事。石二宝在这个聊天过程中，对挂在墙上的锈锄头发生了兴趣，他甚至拿下锄头模拟地做了一番锄地的动作。他一度还想解开李忠民腿上的绳子与他和解，但想到李忠民一定会报警，他就改变了念头，弯腰到工具箱里取绳子和胶条，准备把李忠民的手捆上，嘴也封上，好让自己在李忠民报警前有更充裕的逃脱的时间。正当他弯下腰的一刹那，李忠民拿起了石二宝无意中放在边上的锈锄头，在他头上锄了两下，把石二宝锄死了。小说是这样结尾的：“然后，浑身颤抖的李忠民握着这把锄头，嚎啕大哭起来。”李忠民哭什么呢？是为自己侥幸脱险而哭，还是为自己防卫过当打死石二宝而哭？也许更深一点想，他是为自己知青生活回忆的凝结物——锈锄头竟成了杀人凶器而哭？也许三者都兼而有之吧。这真是一个意味深长的结尾。

小说写的这个案件的发生及其突转、结局，很有戏剧性。小说的结构采取了双线平行发展，最后交会的写法，对李忠民和石二宝两人的过去的生活经历、现在的生存状态，以及两人突然面对面时表面上的从容平和、内心活动剧烈起伏等，都有细致入微的描写。石二宝本来是只想干点“入室盗窃”的勾当的，他竭力避免自己陷入“入室抢劫”的境地，但偏偏就摊上了这种境地。他本来是可以按照盗贼自我保护的“规则”把李忠民捆牢封死，然后从容退出，但他却被李忠民亲切、有趣地唤起他共鸣的乡村生活回忆，并最终栽在这种回忆和共鸣之中，被锈锄头锄死了。李忠民也并不是有意锄死石二宝，处在那种你死我活的对决情势下，他很难掌握自己下手的轻重。他没想到凝结他知青回忆的锈锄头，虽然锄死石二宝时没有沾上鲜血，但却成了今后回忆中永远带血的凶器。社会的鸿沟，不是这把挂在墙上当饰物的锈锄头所能弥缝、掩盖的。小说在这里透出了讽喻的意味。它的笔触，探入了人的内心的深层，揭示了社会心理的冲突。

四、赵本夫的短篇小说《天下无贼》——从小说改编为电影

《天下无贼》是一篇一万字左右的短篇小说，1999 年发表在《作家》上，当时并没有引起多大的反响。2005 年，由小说改编而成的电影《天下无贼》作为冯小刚品牌的贺岁片问世，赵本夫的名字也一夜之间在媒体上频频出现。有记者开玩笑说，作家和小说是沾了电影的光。赵本夫的回应是：电影的成功，的确扩大、提高了作家和作品的知名度，对此，他既不吃惊，也不感到兴奋。他说："我的小说没有沾电影的光，反而是电影沾了小说的光。小说是'本相'，是'母体'，电影是从小说派生出来的。基本情节、主要人物、主导倾向、人物语言等等，小说都作了艺术规定。电影'演'小说，虽有补充、再创造，但小说毕竟是基础啊。"赵本夫认为，电影艺术家改编小说家的创作，进行的永远是"二度创作"。没有"一"，就没有"二"。因而小说家的自豪应是缘于艺术的自信。

赵本夫的这些话，大概是有感于现在关于电影的评论、研究和宣传基本上忽略了小说原作的存在的现象而发的，有一定的道理。但是，就小说本身产生影响的过程看，离开读者的阅读和喜欢，离开有眼力的评论家的评介和鼓吹，离开有眼力的电影艺术家的选择和再创造，它是不可能自然而然产生社会影响的。小说家再有艺术的自信，作品的红火与否，知名度如何，还是离不开一定的机遇。就《天下无贼》得到冯小刚的鉴识和选择，并以之为本，培育出电影《天下无贼》这朵银幕奇花而言，说小说《天下无贼》沾了电影的光，也不是全无道理的。一部小说的成功，和一个人在事业上的成功一样，大概天分、勤奋和机遇都各占三分之一吧。

小说《天下无贼》是一篇文字简洁、内容深邃、情节奇特而多变、人物单纯而执著的很合乎规格的短篇小说。这篇小说分为六大段，头两段集中写傻根，写他在大沙漠里为新发现的油田盖房子；写他是个孤儿，年年冬天都留下来看工地，有五年没回村了；写他夜间守工地时因太孤单、寂寞而与狼相守，跟狼对话的纯真；写他突然向带工

的副村长问年龄,21岁的傻根开始"有心思"了,他的青春开始觉醒,终于他提出回家盖房子娶媳妇的要求;写他从油田小镇取出了五年的工钱六万多元,舍不得花六七百块汇费,执意要带在身上带回去。从小就没碰到过贼的傻根,在民风淳朴、道不拾遗的封闭的大山里长大,又在大沙漠深处打了五年工,养成了他不太灵醒、有点傻劲的性格,养成了他只一根筋、固执己见的脾气。傻根在副村长派的民工护送下上火车的情节,把傻根的单纯、固执的傻劲刻画得淋漓尽致。

从第二段末尾王薄和王丽出现开始,小说的笔墨便从傻根身上移开集中在这一对大学生出身的流窜作案的窃贼身上了。小说写这两个高智商的窃贼的盗窃活动,一是为自己行踪遍及全中国的旅游敛钱,二是搞些带叛逆性、戏谑性的恶作剧。如用王丽"色诱"的办法,从一个处长保险箱里敲了两万元;又如他们用"星月"的假名,给某省希望工程办公室寄了一万元;等等。在大沙漠里的火车站上,他们意外地听到傻根对人群发出的天真的叫阵声,意外地看到这个从大沙漠里走出来的傻小子对世界的那种天真、善意的信赖。傻根那种"想对每一个人都笑笑,对每一个人说我挣了六万块钱,要回家盖房子娶媳妇了"的兴奋和亲切感,感动了家里也有一个傻里傻气的弟弟的王丽。王丽故意坐到了傻根身边,她决定暗中保护傻根,不许任何窃贼挨近傻根。她"不想让傻根发现真正有贼,她宁愿让那个傻小子相信天下无贼"。王薄在看出王丽的意图之后,很快就决定成全王丽,帮王丽和傻根圆了这个"美丽的梦"。从第四段开始,小说的艺术追光始终打在已达成默契的王薄和王丽身上,悬念迭出地展开一场场三岔口似的暗斗场面:王薄、王丽是一方,盯住傻根钱包的各种窃贼是一方,刀疤脸的"瘦子"即便衣刑警是又一方。三方斗智斗勇斗毅力,出现了极富戏剧性的场面。王丽想成全傻根对世界的善意和梦想,王薄想成全王丽暗中护卫傻根的好心,"瘦子"刑警则想成全王薄和王丽的改恶从善的举动。最后,王薄因与窃贼搏斗而负伤,王丽也意识到自己已落入"瘦子"刑警手中。她和即将收捕她的刑警一起,将受伤的王薄送往医院。这时,王丽在把装六万块钱的帆布包交乘警转交傻根时,还交代了一句"别告诉他刚才发生的事”，也就是说，她希望傻根永远待在那相信“天下无贼”的美梦中。

小说《天下无贼》显然充满着理想主义或者说浪漫主义色彩。生活在底层的淳朴而善良的傻根，以他固执地相信“天下无贼”的信念，感化了良心未泯的窃贼王丽和王薄，让他们以贼的身份负起防贼、追贼、捕贼的正义、善良的使命，使他们在落网之前就迈开了由“贼”向“非贼”即向正常人转化的步子。“贼”的道德良心的苏醒，“贼”在傻根对世界、对人的信任和善意的感召下弃邪归正的行动，是赵本夫小说主题的最大亮点。在现在的世界上，当然不可能做到“天下无贼”，我们只能与“贼”同在，与“贼”共舞。但是，向世界投射温暖的光辉，传递信任和善意，表现理想主义的诉求，帮助“贼”减轻罪愆，改造成善良的正常人，将一切已萌或将萌的贼心驱赶出每个人的心灵，这却是可以做到的。毕竟，天下不都是贼的天下，净土就在我们每个人的心中。

把小说和电影对照，就可以看出，冯小刚改编的剧本和据此拍出的电影，基本上是忠实于小说原作精神的。这是一部带黑色幽默色彩的有浪漫主义、理想主义倾向的电影。为了适应电影艺术的要求，电影剧本对小说原作作了以下几点改动和添加：

1. 把傻根的打工地点移到了西藏的寺庙，他在那儿的庙墙上描金线，感受着宗教净化人心的圣洁氛围。同时增加了傻根帮助在那儿旅游的王丽的情节。结尾又设计了王丽怀着身孕回到西藏佛寺朝拜的镜头。

2. 增加了对王薄和王丽之间的爱情关系的渲染，删掉了可能污损王丽形象的“色诱”处长的情节，改为他们偷到一辆宝马去长途旅行，留下了自己可供辨识的形影。增加了王丽怀孕，她想让无罪的孩子纯洁地问世，清清白白地做人的情节。增加了王薄和王丽关于是让傻根继续做梦好呢还是让傻根早点醒来，面对这个残酷的世界好的争论。

3. 最大的增添是设置了黎叔、小叶和盗窃集团其他成员的戏，由此增加了许多艺术上非常夸张的情节、细节，开拓了可供电影特技驰骋的艺术空间。例如，黎叔和王薄剥鸡蛋壳的斗法炫技场面；黎叔故作正儿八经讲的那些关于“盗亦有道”，加强“组织纪律”，要有“宽广的胸怀”和“远大的目光”等黑话正说的台词；黎叔与小叶之间的暧昧关系，小叶故意纵火的情节，小叶与王薄共舞时碰蹭出的似有似无的情感火花等；王薄和老四在驰近隧道口的火车顶上比赛勇气的场面；王薄在车厢顶的隔层里与黎叔决斗并死去的场面；黎叔最后被捕的戏剧性场面；等等。这些都是为增强电影的观赏性、娱乐性而增设的。这些添加，一方面加强了电影的反讽色彩、黑色幽默况味，另一方面使王薄、王丽替傻根之梦护航的旅行少一些冥思的成分，多一些动作的紧张性和丰富性，便于电影艺术的表现。

2007 年 7 月 11 日

（本文为作者在美国佛蒙特州明德学院的演讲稿）

第二辑

我所看见的《幻化》

对张俊彪的《幻化》的评价，实际上是有不同的意见的。这些不同意见，有涉及创作思想的，也有涉及创作方法的，情况比较复杂。在《幻化》研讨会上，我曾对作家创作思想方面的缺失提出了自己坦率的批评，同时，又试图对作家所采取的基本上是浪漫主义的创作方法进行描述和分析，试图探讨一下作家的社会历史见解和人性观念的探索与其创作方法、艺术形式方面的探索之间的相互关系。我想，这样一方面可以多少缓和一点我对小说思想内容方面的批评，对自己的初步印象持一种不固不必的存疑态度；另一方面对当代长篇小说创作中较少采用的浪漫主义创作方法的成功要素作一些探讨。由于是即席发言，我的意见表达得很不充分。

研讨会开过之后，张俊彪同志不以我的也许有些偏颇的直言为忤，一再表示他尊重评论家对自己的作品见仁见智、畅所欲言地进行学术研讨的权利，希望我能将研讨会上的发言修改、补缀成文，公开发表。开始我颇为"作家、艺术家无不以为自己的作品是美的"固有成见所囿，也缺乏在群体评说中独持异议的勇气，所以一再婉辞。后来，我感觉张俊彪同志确实不像一般常见的视评论家为吹鼓手的作者，而是有容纳批评意见的雅量的，因此，踌躇再三，决定还是为自己的言论负责，率尔直言，把与师友们不同的看法扼要地写下来，供大家进一步批评指正。

在谈到《幻化》的不足和弱点时，有的同志认为："《幻化》三部曲最大的弱点正在于结构和技巧。"我的看法与此不同。我认为，尽管我不太能够适应作者那种浪漫主义的小说创作方法，但我不能不承认作者在试验、运用这种文学史上固有而目前创作界较少出现的创作方法时，表现出了相当大的艺术勇气和进行总体艺术构思以营造统一的艺术结构、驾驭各种艺术技巧以尽呈自己的艺术个性的才能。而且，我还认为，就作者想要表达的社会历史见解和人性见解、审美理想而言，他营造的艺术结构虽然也有某些如蔡葵先生指出的破绽，但大体上是与小说的整体内容配称的；他采用的艺术技巧虽然也有某些"过犹不及"的缺点，但总体上还是足以胜任作者描写世象人心、叙述事件情节、刻画场面人物、渲染色调气氛等要求的。也就是说，他在运用艺术技巧的船桨来划动小说之巨舟以驶向预定的彼岸方面，是有一定才力的。

在那次《幻化》研讨会上，我对作者的这种喷薄而出、铺天盖地的艺术气势和出虚入幻、洋洋洒洒的艺术想象曾有这样的描绘——

《幻化》在我们面前展现为一个庞大的心理现象的堆积。作者按照他对人物的把握和理解，深入而又透彻地剖析、披露了人物的心理世界。人物丰富而又复杂的内心独白，像滚滚洪流，滔滔于小说的篇幅之间。隐身于人物背后的作者，看来涉猎并存贮了丰富的政治、经济、军事、外交、宗教、哲学、美学、文学、艺术、音乐、建筑、绘画等等知识，他在用一根看不见的魔棍任意驱遣人物的同时，把这大量知识连同各种美文华章的片断，全部注入人物的心灵空间之中，一触即发，不可阻遏，使读者感到他具有一种包罗万象的文化涵容。小说文笔纵横捭阖，语言酣畅淋漓，情感起伏跌宕。在阅读这部近一百五十万字的作品时，我感到作者有能力在一个很大的时空中驾驭众多人物和头绪纷繁的故事线索，下笔挥洒自如，没有丝毫勉强。作者在一部作品中描绘了那么繁复的社会层面和那么丰富的社会知识，以一种激情和气势，控驭了整个叙事过程，并驱遣一系列符号化、类型化的人物，赋予他们以幻变万端的心灵活动，借以表达他对社会历史、社会发展趋势和人性幻变趋向的一系列认识。这部作品自始至终充满着激情，可以说是激情澎湃，如长江大河奔涌，似无尽滔滔的海浪，一排排汹涌而来，简直是一道昼夜不息地奔流、无休无止地喷涌的文思藻饰之洪流，让你一眼望去会觉得有点眼晕。我承认在这样的作品面前，阅读起来感到有点困惑，甚至让你有点厌倦,但你却也无法拒绝,身不由己地被裹挟而去,产生跟踪下去一探究竟的兴味。

在这样描述了作者独特的艺术气势和艺术风格之后,我提出了一个疑问。我说:"问题在于:你既然采取了象征化、浪漫化、抽象化的写法,使笔下的人物多少有些成了善与恶的符号,美与丑、真与假的类型,并驱遣他们随意幻化,但是,你概括和反映的历史内容,却又是非常严峻的、具体的;你塑造的霍士斌、何人杰、黎可夫三个主要人物,又都是肩负一方领导责任的党的高级干部,他们的社会实践、言动举措,也是非常严峻的、具体的。这样就产生了一个矛盾:你所采用的比较自由、洒脱的主观色彩浓重的浪漫主义的创作方法,与你所要概括和反映的沉重的、严肃的、现实客观性很强的社会内容和政治人物,会不会产生矛盾呢?"

现在看来,我提出的这个问题并不能很好地表达我对《幻化》的根本缺点和弱点的看法,可能会有一些引起误解的地方。

在世界文学史上,即使在大型的叙事体文学作品如长篇小说和戏剧中,也存在着一种主要运用浪漫主义创作方法写成的作品,这类作品往往以传奇性的曲折情节,善恶分明的非凡人物,丰沛喷涌的激情,强烈的主观色彩和瑰奇的艺术想象给人留下鲜明的印象。例如雨果、乔治·桑、莫泊桑、梅里美等人的浪漫主义的小说创作。进入20世纪初年,更有乔依斯的《尤里西斯》、普鲁斯特的《追忆似水年华》这样更加遁入主观世界,以写幻设之境,写心灵空间和潜意识活动取胜的作品。这类作品,不像现实主义创作方法创作的小说那样,以"设身处地"的临场逼真感和具有高度典型性的人物形象见长,而是另辟艺术创造的蹊径,以"借箸代筹"的主观控驭力和灵活性与具有丰富的心理内涵的人物类型,来传递作者对社会、人生、人性的看法。这种浪漫主义的创作方法,也同样可以写出具有丰富严峻的历史内容和具备现实的时代主题的伟大作品。雨果的《悲惨世界》即是这方面的艺术典范。

那么,为什么《幻化》用浪漫主义的创作方法去驾驭三个省委书记的生活史和心灵史的时候,经常引起我在阅读时的幻灭感呢?

这里,我想直率地提出几个问题供作者和广大读者思考:

第一,与时代的脱节和错迕。

《幻化》以三个省委书记即霍士斌、何人杰、黎可夫之间的矛盾纠葛和心灵幻化历程为故事主线,并着重揭示了这三个人物思想品质、性格心理的消极的一面,这本来是无可厚非的。在现实生活中,高级干部队伍里并不乏像霍士斌这样强横恣睢、权大欲高、目无党纪国法的人物,也不乏何人杰这样工于心计、卑鄙污浊、害人害己的人物。如果作家意在揭示这样几个负面的类型人物的思想蜕变逻辑和心理特征,鞭挞这些虽然在革命队伍中混了一辈子、身居高位却丝毫没有共产党员气味的人物,以引起人们的警醒,那么,小说内蕴的锐利的批判锋芒,不但可以为广大读者接受,而且会在一定程度上引起共鸣,深化人们对当前党内出现的愈演愈烈的腐败现象的认识。

但是作者似乎赋予了他的小说更广大的主题。他想借这三个人物的命运变化和心路历程,达到对发生在20世纪内的中国革命的发生、发展、胜利、停滞乃至动荡、"文革"结束后的拨乱反正、改革开放等全过程的艺术概括。由于这三个人物是先后在一个西部大省任省委书记的掌握全局的人物,他们的命运史和心灵史同中国革命的整个进程和全部成果与缺失,不能不紧紧地扭结在一起。这样,仅仅凸现这三个毫无党的理想信念的卑鄙、庸劣的人物和与其荣辱相共、进退相依的一大批尔虞我诈、勾心斗角的附属人物,只能导致与时代的脱节和错迕,导致对生活的片面、褊狭的反映。小说时代跨度近八十年,几乎涵盖整个20世纪(三个主要人物都活到九十岁左右);小说借人物命运起落涉及的,几乎是中国革命的每一个阶段。然而这一切重大的社会历史内容,在小说中却被抽象地处理了,仅仅作为一个模糊的背景晕染了一下。这不能不使人感到小说故事的生活基础、历史和现实基础有些凿空了。

而且,在这样一部广阔地反映社会生活的作品中,几乎遇不到一个稍稍具备人的正常的善恶感、是非感和美感的心理健康的人物,一气读下来也太沉闷、太压抑了。我们并不惮于直面中国革命的负面后果、党内的蜕变现象、人性的畸变和堕落,但我们也坚信,生活并不仅仅是这样,尘世间也不仅仅是这样。即使是以描写下层人民的悲惨命运为主题的雨果的《悲惨世界》,也塑造了不少善良、正直、纯洁、优美的人物。这是人类社会的任何发展阶段都会有的,更何况在革命引起了巨大的社会进步和生活变动的20世纪的中国呢?

第二,人性幻化归趋何处?

也许有的朋友会说:"你把霍、何、黎三个人物一股脑儿视为邪恶庸劣小人,这看法太简单了,并不符合作品实际。作者所想写的是美丑杂糅、善恶兼具而且不断随时幻变,最终达到人性的幻化和复归的人物。"这样的责难并不是没有根据的。

我承认,作者是有写复杂的性格组合这种创作意图的。霍、何、黎三个人在革命胜利前,出生入死,与人民保持着一定的联系,虽然个人品质不怎么样,但还不失为对革命有功的人物。霍被打击后,沉入底层,多少有些乡土之思、忏悔之意;何被逐出省府之后,更是幻化为另一种悟道向善的人物;黎则无大恶大过,无非平庸一些,在霍的女儿受到不公正对待时,他不也发出愤怒的声音,出面干预了吗?

问题是,这种美丑杂糅、善恶并存的描写,并没有改变这三个人物在整体审美感受上给予读者的负面印象。善而知其恶,爱而有所憎,这本来是人物性格描写上的辩证法。但这种辩证法的运用,应该有一个度。不能因为追求复杂的性格组合,便可以轻忽对人物整体的道德评价和审美判断。雨果在解释他的浪漫主义的小说艺术时,提出"夸大事物的比例,但却保持事物的关系","始终严守在自然之中,但有时也越轨而出"的艺术原则,这是值得一切有志于探索浪漫主义小说艺术法则的作家深思的。我觉得,在《幻化》中无论是霍、何、黎三人之间的关系,抑或是这三个人与其他众多人物的关系,都过分变形了,以致没有保持住事物固有的关系及事物固有的恒态,自由幻变,了无依据,常常让人在阅读时有一头雾水之感。

至于霍、何、黎三人临死前不同程度的反思和幻化,是带有总结其一生(其实也就是总结中国革命的进程及后果、教训)并启示未来人性发展的归趋的命意的。何人杰是放下狡智,立地成佛;霍士斌是强梁至死,在孤独中才稍有悔意;黎可夫是晚年浪漫,得其善终,但也畏死求生，归于迷信与谵妄。总之三人虽各有不同，其幻化的归趋却是告别自己投身官场尘寰的一生，归于所谓人性的净化、道家的超脱。作家借这三个人物人性之幻化的结局，开出的摆脱人世间邪恶争斗的药方，实在是虚妄的。这里更谈不上用马克思主义的世界观，用共产党人的人生观来剖析人物，提出稍积极一点的人生取向了。

第三，人物蜕变堕落的潜因何在?

作者对他笔下霍、何、黎这三个高级干部人性蜕变的原因，是试图进行一些剖析的。他的思考结果主要有二：一是这些人带着农民小生产者固有的劣根性；二是这些人没有多少文化，是粗鲁愚昧的土包子。这样的剖析，我认为仅得皮毛，而且有很大的片面性。我以为近些年来，中国的知识界中，有些人加之于中国农民身上的诬辞，实在太多太重了。农民是有一些小生产者的缺点，但中国某些知识者的性质之坏，也有些是令人摇头的。鲁迅先生之遭众嫉，大抵是因为他的批评中国国民的劣根性的言论，更多地触痛了会叫唤、善狡辩的挂着知识者徽章的“领头羊”们罢了。《幻化》一边大谈农民性之愚昧恶劣，一边却又安排霍士斌、何人杰到农村去，借助淳朴乡民的保护，才获得某些人性幻化的催化剂，这岂不有些矛盾？至于文化高低，向来难以作为人性优劣的评判根据。20世纪的中国，被革命所吸引的人群中，具备高度文化水准的民族精英有的是。而有高度文化的人，堕落为民族败类、革命叛徒的，也有的是。历史上的秦桧、汪精卫、周作人、张国焘等等，缺少的并不是文化，而是另一些东西。研究人性之幻化，离开人的社会性和历史发展，仅从抽象的观念入手，往往是南辕北辙的。

以上三个问题我认为才是《幻化》最大的弱点和缺失，也是《幻化》社会生活内容和人性内容与其艺术形式形成矛盾的深层原因。

当我写下上面这些批评意见时，我不禁有些惴惴然了。为着艺术的真理，也为了对得起张俊彪同志的信任，我讲出了这些相当尖锐的批评意见。也许有些话言重了，在这里要请作者原谅，也欢迎作者和持不同看法的师友反驳。我是愿意随时修正错误、服膺真理的。

2001年2月16日

中国乡土小说三家略论

收入这套中国乡土小说丛书中的三位中国大陆作家——李佩甫、刘醒龙、何申——的中短篇小说集的书稿，放在我的案头已经很久了。一篇在读者的阅读上多少能起些导引作用的序言，应该是在全部读完这三部书稿之后，才能写得比较切实中肯的；但由于时间的限制，我只能从这三本集子中每本依目录顺序选读头三篇，就这九篇已读过的小说和作家的风格谈一点管见，供有兴趣的读者参考。

一

李佩甫是从河南中原大地的田野深处走出来的一位认真而执著的作家。他的小说，以剥露农村生活的真面，尽显笔下人物的妍媸，运思幽深，立意孤峭见长。“乡土小说”这名目并不能范围住他的创作畛域，因为他也能写城市。但即使他写到城市，他的忧愤的，有时甚至有点愠怒的眼光，也往往是从田野这个参照物上折射出去的，更不用说他那些描写农村生活和人物的小说中沉重地跳动着的乡土血脉和郁盘着的乡土情结了。

就我这次读过的《败节草》、《黑蜻蜓》、《无边无际的早晨》这三篇小说而论，最便于我们一窥作家的乡土情结而且透露出了些许自述传色彩的小说，不能不首推《黑蜻蜓》。这篇小说从一个长大后成了作家的“小脏孩子”的童年回忆展开叙述，把一个一生只知勤劳苦做，耳聋心不聋，人穷志不穷，言寡情不寡的普通农妇二姐的形象，活脱脱地刻画出来了。那个似乎成了“精气”的缓缓移动过来的大草垛下用细腿支撑着的8岁的小妮子；那个“日子过得艰难，人又撑得极大”，十几年不到姑家走亲戚，送礼一出手就是半扇猪的“死妮子”；那个也有着自己青春的秘密，在鞋底上绣着黑蜻蜓，有主见也有情义的女孩子;那个为国家奉献了儿子,把老式织布机使用到坍塌破碎为止,只活了47岁的农妇……这一个个影像在我面前交混叠印成一个无声无息却形神毕现,无怨无悔却情义兼备的二姐形象。这个人物是深深地浸润在作者的感情里的。当小说里“我”的新婚妻子讶异于二姐衣领上的虱子并流露出避之唯恐不及的神色时,“我”不禁愤然而斥了。在这里,二姐的存在,成了“我”生命中的根基,成了“我”的社会伦理热情和道德感的一种触媒。在这篇小说中,隐伏着一条通向李佩甫的心灵世界和创作心理的密室的可靠通道。

而且,《黑蜻蜓》也丰赡地展示着这位作家湛深的观察力和曲达的表现力。试读二姐的未婚夫借别人的一身新的蓝衣服来相亲的情景和二姐退钱却留下红纸包儿的描写,是多么有力而蕴藏丰厚啊。这个情节和后面二姐一家人穿上自己缝制的“一色蓝”,组成“蓝色小分队”到姑家参加“我”的婚礼的场面,形成了绝妙的前后呼应,产生了强烈的艺术效果,实在是神来之笔。一斑可窥全豹。即使在艺术上,《黑蜻蜓》也无愧为李佩甫的代表作。

当然,如果就情节的丰富性和生动性,人物性格的社会生活内涵,作品的社会意义而论,也许有的读者会更喜欢《败节草》和《无边无际的早晨》。这两篇小说有一个共同点,即都着力于刻画那种从中国农村多年来的沧桑变幻中历练出来的、带点“贼”气和戾气的农村干部形象。李金魁也好,李治国也好,他们都是从极度贫穷的乡野底层挣扎出来,迂回地在所谓“仕途”上攀援上来的。在他们身上,带着生存环境逼成的种种生存拟态,也带着某种于连式的无情无义和不择手段。作家在剥露这些的时候,笔锋真是锋利无比,足以穷形尽相。但这种剥露的内里,似乎为一种孤愤所驱动,所控驭,有时就不免有点刻意了。两篇小说中,《败节草》中的李金魁,更多一些知识者的狡智,其经历的大起大落,其判断形势以决行藏的天然直觉,被描写到了出神入化的程度。但李金魁升到市长位置之后的种种描写,和他无意中掌握了市委、市政府班子中37人受贿记录之后抛硬币以决定自己下一步举措的小说结尾,给人以仓促之感,并且和小说前面的大部分篇幅中浑和的农村生活故事、情调、氛围不太协调。而

《无边无际的早晨》中的李治国，则更带有农村“贼”娃子的精贼和戾气。这个吃百家奶长大的孤儿在当上乡长后硬撑出来的冷面和铁腕，以及这冷面和铁腕后的内心冲突，的确写得很深刻，但有的地方略有张扬之感。倒是那个小金魁的监护人三叔的形象，真是绘声绘色，无懈可击，笔墨不多，却意味深长，给人的印象似乎比李治国的形象更深切持久一些。作家在不经意中以俭省的文字勾勒出的次要人物，往往比他刻意突出、浓墨重彩描写的主要人物形象更鲜活、更自然，这在小说创作中屡见不鲜。这是很值得留心艺事者深思的。

二

刘醒龙是生活在湖北，有长期农村基层生活经验的作家。他擅长通过对农村基层干部的生活、心态、言动的精妙描写，来表现他对农村现实关系的深刻了解，使像我这样对农村情形、农村干部只有远远粗粗地一望的印象的人看了之后恍然大悟，大为叹服，并生出无限的感慨来。他也钟爱乡土乡风，对城里人城里事颇有微词，但他的情绪却是和缓的，讽刺是略偏于轻嘲的，故事也往往带些喜剧色彩。

置于卷首的《路上有雪》，最能见出刘醒龙乡土小说的这种老到而轻快的特色。小说讲述了一个通过考试被提拔任命的乡书记安乐履新之初的一段生活故事。这故事从县三级干部大会上安乐所辖的一群村支书的不太正常的举动开始，然后场景移到乡里、村里，渐渐掀开帷幕，突然爆出意外，屡屡在一筹莫展之时发生急转直下的变化，最后平和地把你引渡到真实的乡土生活之流里，让你不无忧虑也颇觉宽慰地感受缓缓变革中的中国农村蹒跚前行的步履和生活变化的脉动。刘醒龙很会讲故事。他把只有小波小澜、有惊无险的农村基层工作和平淡无奇、琐碎零乱的农村日常生活，组织成了悬念迭起、兴味无穷的套中有套的故事，吸引你不嫌絮叨而欲罢不能地读下去，这里有着怎样的魔力呢？我想，首先是由于对生活内情的了解之深而给出的新鲜感。使我们一听就会拊掌称善的治乡良策——比如翻修校舍，兴办乡村企业之类——原来也会在一定条件下变为秕政；而让我们一提起来就蹙额叹息的乡村干部催征逼讨的强硬粗暴，在某种境况下却又是以邪制邪的有效办法;在一般情况下需竞争竞选上任的村干部,在特殊情况下也会来一次集体大逃亡;而往往是面和心不和的乡书记和乡长的关系,在安乐和高天元的故事里,却是如此配合默契、心领神会。在这些出乎意料、略带荒诞的故事的进展中,我们看到了真实的农村生活和农村工作。"正因写实,转为新鲜",这真是小说艺术的不可移易的铁则。其次,这篇小说吸引我的,还有安乐和高天元这两个一新一老的乡干部身上那种真的人的活气息。年轻的安乐的机敏善悟和他对高天元的善解人意的呵护,他的果断处事和柔情缱绻,他的上进心和幽默感,都描写得恰到好处;而高天元奇特的被默许的"重婚"生活,他的伪造车祸的狡智和痛斥村里那些在外游子们的气势如虹,也写得入情入理,或脉脉含春,或虎虎有生气。最后是作者对乡村生活的那种乐天的也不回避矛盾的态度,这大概也是中国最大多数读者所乐于接受的。乡路上是有雪,也许还有深的雪坑,但已经有像安乐、高天元、毕建成这样一些踏雪而行的早行人,雪是会化的,路是会拓宽、延展的,生活在迟缓而迂曲地进步着——这不正是中国整个的现实的缩影吗?

《大树还小》和《白菜萝卜》从两个独特的角度,表现了作家对淳朴正直的乡下人的赞美和对浅薄自大的城里人的嘲讽。前者是关于"文革"中知青生活的再咀嚼,弥漫着悲剧的氛围;后者是现在乡村的人事与城里的人事的交融与碰撞,微带轻喜剧的色调。如果说,《大树还小》中秦四爹的重情尚义与白狗子的无情无良(他竟在不知情的情况下纳有恩于他的农村朋友之女为"小蜜"!)形成了鲜明的对蹠,如果说这种安排使得小说的道德谴责的意思过于直露的话,那么,《白菜萝卜》中的农村汉子大河与进城经商的弟弟小河、寡居的卖服装女商人佩玉之间发生的冲突、纠葛,则表现得比较含蓄微妙,只是客观地把两种不同的人生样态和文化心理相映成趣地展示出来罢了。其实,农村虽然有愚昧落后的一面,但中国农民的血性、正气并不能被掩盖;城市是藏龙卧虎、引领社会潮流的处所,但八方杂处,九流交汇,却也较多藏污纳垢之地。更何况随着社会的发展,城乡接合部的扩展、小城镇的兴起使得城乡生活、城乡人物之间的界域不再那样犁然两剖了。作家的恋乡拒城的情绪,原也无须那样强烈偏执了。白菜萝卜可以各有所爱,也不妨兼爱并取。大河虽然不能全部接受佩玉,但不也终究一度睡在一起了吗?

三

倘若说刘醒龙带着些江北江南的聪颖气,李佩甫严守着中原大地的古道风,那么,身处燕北的何申,则更多一些北方汉子的豪爽劲道,这在他的小说中是看得很清楚的。

何申的小说我读过很多,每一把卷,就读得津津有味,常有"没事偷着乐"的时候。这次读了《乡村英雄》、《村民钱旺的从政生涯》、《富起来的于四》这三篇,又感受了一番这种读小说的愉悦和开心。

《乡村英雄》是一篇关于"文革"乡产政治闻人赵德印的逸事录。因为特定的时代机缘,发明了大粪高温发酵法的老农赵德印,一度被提拔到县革委会常委、"九大"代表的高位,由此引发一连串在那个时代习以为常,如今看来却是荒唐可笑的故事。像这样的人物,因其属于那个被否定、被唾弃的时代,大抵带着滑稽的悲剧色彩沉没到历史的烟尘中去了。但何申写他,却不止于嘲笑揶揄,而是较深地写出了造成这样的人物的社会环境、时代风气,使我们看到了是怎样的时代条件使一个朴实粗豪、勤劳耿直的乡下能人扮演了力不能胜、身不由己的政治点缀角色,弄出了诸如让乡民躲原子弹,咬定林彪乘坐出逃的"三差鸡"是被导弹打出个大洞才坠毁等让人哭笑不得的喜剧。同时,何申还更深刻也更真实有力地写出了,是怎样的现实农村生活条件和农民固有的传统智慧,使这样一个被抹上可笑的政治油彩的老农,在当时的社会矛盾的境况中,终究显露出了正直仗义、颇具远见的英雄本色。在生产实践和乡间生活中形成的朴素的眼见为实、实事求是的农民思维方式,在初步的文化学习的滋润下,便从政治乱云浊雾的间隙,伸长出了嫩绿清新的思想枝条。在赵德印那些用俚俗粗鄙的语言表达出来的"远见卓识"(如"历朝历代的嘎咕人,都没好下场","难说呀,能把船翻过去,就兴许能把船翻回来","庄稼人,首先得吃饱肚子,毛粮一年三百六,拿啥实现机械化"等)中,的确有着一种任何情势下都恒定的对世间万事万物的真知灼见。而在赵德印的公道直行的行事（如对刘四海的防范与教育，对骂过他的知青的大度处置，对仗势“撬行”的梁玉华、周强的强硬反击等）中，更可见出这位宁折不弯、敢作敢为的老劳模的草莽英雄气概。这位粗豪可爱的赵德印，使我不禁想起鲁迅说过的一段话：“老百姓虽然不读诗书，不明史法，不解在瑜中求瑕，屎里觅道，但能从大概上看，明黑白、辨是非，往往有决非清高通达的士大夫所可几及之处的。”喝中国农民的“狼奶”长大的鲁迅对中国老百姓的这一判断，和何申笔下的赵德印身上正直、求实的英雄品格，对于我们认识今天乃至将来的中国社会和中国民众，仍然是可靠的、屡试不爽的指针。何申在小说标题下引“温故而知新”牟其端，看来是不为无故的。

《村民钱旺的从政生涯》中描写的经村民大会选出来的葫芦峪村民主理财领导小组组长钱旺的有趣故事，则是何申从当前中国农村人民民主的新发展中，从活生生的现实生活中切割下来的一个“活体切片”，它所具有的时代意义和艺术意味都不能不使我们刮目相看。实际上，钱旺在执行其理财监督职责的过程中表现出的咬定死理不放松的较真劲儿，软硬不吃随机应变的柔韧劲儿，不怕鬼不惧邪的硬气劲儿，都是和《乡村英雄》中的赵德印一脉相承的。但他的“从政”，是民选而自愿的，和赵德印当年由上头指定不太情愿不同。而且他的从政内容，是有法为据、具体可行的，和赵德印当年参加常委会却茫然无所措手足也大异其趣。但他从政遇到的复杂情况，却也是赵德印那会儿不可同日而语的了。新的时代条件和社会情况，使钱旺看起来有点像摇摇晃晃独战风车的堂吉诃德一样。正如同情并协助他的村会计钱素霞所说的那样，如今像钱旺这样的人太稀少了。物以稀为贵，人以正为宝，正气的确是在钱旺这一边。当妻子请进屋来诱迫钱旺为他们的非法开支条盖戳子的村干部“多担待，别生气”时，小说是这样写的：“钱旺瞪了她一眼，他想横竖也是个中华人民共和国公民，就得公公正正像戳子那么立在那儿活。再有就是纸里包不住火，肚里盛不下屎，啥事都有个真相，没权没势受气是暂时的，早晚有一天还得天是天地是地，人间有正气……”这是多么硬朗澄澈的想头！作家把支撑钱旺灵魂的支柱竖出来给我们看，最后又让钱旺挺身而出报警捉赌扫黄，暗下决心竞选村主任……这也许是有些理想化了。但是，把生活中还那么稀少的这一粒民主的良种撒入自己艺术构思的苑囿，多浇一些作家主观感情的雨露，以促其发芽，成长，伸枝，展叶，使它的无限生机和光明前途展现出来，这不也是力促生活前进，力求人生改善的作家应有的艺术权利吗？

还有一篇《富起来的于四》，读来更是令人忍俊不禁。于四原先是个穷得上不起学、父亲临终想吃口肉也吃不上的农民。改革开放后，"箍得跟水桶似的"政策松了，他也就可着劲儿往富里折腾。这个人精力旺盛，脑筋灵活，心眼儿活泛，很快就先富起来了。作家着重写他富起来后的一次次折腾：给儿子举办的张扬而尴尬的婚礼，为确保木材供应强迫女儿嫁入大山沟，给媳妇的塌鼻子整容，闹起往松树坡给父母迁坟的风波……这于四"好像一颗火星子，跑到哪儿，哪儿就得燎起点火来。而他自己像是水火不怕的孙悟空，翻来覆去伤不着他一根毫毛，周围的人却水呛火燎地被折腾个够呛"。中国农村中像于四这样能量大、胆子大、不安现状、不循常规的能人奇人还真有一些，在他们的折腾故事中，最能见出改革开放后农村生活的无限发展的可能性和斑驳奇特的多样性。作家能和于四这样的拔尖人物保持朋友关系，在接触给予有限的教育、影响和帮助，使他后来多少也认识到自己没有文化的局限性，哪怕自费也要逼儿子上学，这当然也很有一些意味。但这小说的价值却不在于作家想含蓄地提出的对富起来的农民的教育的必要性问题，而在于何申在于四的折腾中客观地写出了中国农民的合理的生存、温饱、发展的种种欲望怎样以荒唐可笑的形式出现。即使在最令人发噱的强迫妻子做隆鼻手术的故事里，不也隐含着令人有些心酸的人的爱美的潜意识吗？

何申的小说充满了有趣的故事、谐谑的语言、民间的智慧、乡土的气息，而且时代感强，常常写出一些别人笔下所无的新鲜人物（如钱旺）。但他有时往人物身上堆垛了太多的笑料，有时难免有把人物漫画化的油滑倾向。这是在今后的创作中应该力避的。

2001 年 4 月 18 日

一枝清采妥湘灵

——评刘育新的长篇新作《红菱》

刘育新的长篇新作《红菱》，以史意与诗情浑融，哀艳与雄奇杂糅的地道的稗官笔墨，描绘出一幅辛亥革命初年中国社会生活的色彩鲜秾的图画，讲述了一段发生在先觉独醒者与顽冥醉生者之间相隔膜、相憎厌、相搏杀的扣人心弦，惊天地、泣鬼神的故事，刻画出一位刚刚从乡间草莱中醒来，质洁气清，静美刚烈，初见曙色便惨遭扼杀的中国女性形象，给我留下了难忘的印象和深长的回味。

在辛亥革命发生已 90 周年，中国已经历几度天翻地覆的巨变的今天，读这部老中国最早的新儿女的英雄传奇，我仍然能触摸到作者隐伏在虬枝交错的故事丛林中的现代文脉，并为之萦思牵魂，激动不已。这是为什么呢?

书名“红菱”显见是以来自河北清水县东蒿庄的农家女儿红菱为主人公的一部小说。这个异常美丽、柔弱善良、无依无靠的女孩子的命运和故事，无疑是小说情节辐辏拧结的中心。但小说并不是单线孤行地写红菱，而是充分运用了烘云托月的艺术手段，深广地写出了诞育红菱、限制红菱、激醒红菱、毁灭红菱的那一个特定的时代和社会，绘状了处于红菱周围的或远或近、或隐或显地操纵着红菱的命运的诸色人物。借人物以描写社会、显现时代，这种较高的旨趣使这部初看起来野史艳情味道很浓的小说逸出了一般溺于渲染侠骨柔情的世俗作品的范围，而进到具有较高美学品味和文学价值的优秀作品的行列。

就人物塑造的艺术功力而论，《红菱》中写得最为老到和圆熟的人物，当数称霸一方的土台岳府主人岳云龙和同光市粮店掌柜符思润了。

岳云龙是一个世代相传的大地主家族的最显赫、最自信也最有力的传人。他继承了父亲岳振中留下的三进深的大宅院，凭借雄厚的财力，把它扩建为正宅七进深，包括书房院和牛院在内的一个城堡式的建筑群；他利用河南的几次黄河泛滥，低买高卖，兼并聚敛土地，在兽头衔环的油黑大门上，挂上了双千顷的金牌；他可以捐官却无意捐官，鄙视捐官，昂然出入官府，过着比封疆大吏还要舒适、滋润的生活。他把自己所得到的一切，都看成是上天赐给的，皇上恩眷的。在清末民初那样一个鼎革的时期，他以顽固的保皇党面目出现，自觉地把自己的身家性命和封建皇权制度联结在一起，为清室的倾覆而哀叹，为袁世凯的窃国称帝而鼓噪，本能地仇恨推翻帝制，建立民国，护国护法的革命民主派人士，成为同光市新市长厉慕兄的死对头。尽管辛亥革命实际上未曾触动岳云龙的任何利益，岳家地租房租照收，商号当铺照开，甚至连岳云龙脑袋后那一根粗大油亮的辫子也照留，但他仍然恨死了革命，恨死了民国。像岳云龙这样拥有并享受着中国最落后最反动的封建性生产关系所带来的既得利益的大地主阶层的存在，是民国时代社会生活中一个不能淡忘和轻忽的事实，是民国社会结构中最坚硬的内核。要推动中国社会的变革和发展，是不能绕过岳云龙这样的大地主阶层的。

在小说展开的民国初年革命民主派与顽固保皇派的斗争中，岳云龙对皇权的拥戴，对革命的仇视，经历了一个从本能到自觉，从维护自己的面子到捍卫本阶级的利益的发展过程。本来，对于岳云龙这样一个过着穷奢极欲的生活，18 年内已经换了三百多个梳辫子的贫家少女，“设想在有生之年，用上五百个梳辫子的”大老爷来说，能不能得到传闻中的乡间美女红菱，不过是一段可有可无的“闲情”罢了。王六儿下乡碰壁回来后，大管家张福堂提出派人去把红菱“请”来（“请”，即“抢”之雅称也），岳云龙不是大度地劝止说“我不能因为一个小女子落个抢男霸女之名”吗？但当他后来渐渐知道红菱的来历及其与戴本诚、厉慕兄的关系，索要红菱事关他的面子，也间接关联直隶省选皇帝的大事时，他对得到红菱就变得在乎起来，执著起来，把这一段猎艳闲情，和他争代表席位，上天津勾结、贿买督军，积极参与武力胁选等政治斗争活动连成一片了。这个平时慈眉善目，笑起来如同笑眯眯的弥勒佛的岳云龙，在与厉慕兄相遇时，再也没有送礼被拒时的隐忍，而是出言不逊，满脸杀气了。小说并没有正面明白地写出匪徒吉桂对厉慕兄的两次行刺是岳云龙操纵策划所致，但枪声突兀，骑影诡秘，也掩不住其中隐伏的玄机。不屈服于岳云龙淫威的女农奴红菱的命运，就这样被卷入了岳云龙与厉慕兄之间保皇与革命的生死斗争之中。在小说情节的安排中，岳云龙与红菱一次面也没见过，他和厉慕兄的词锋相击也只有那么两三次，但他的浓重巨大的阴影却一直笼罩在红菱和厉慕兄身上，笼罩在整部小说展开的生活画幅之中。只要厉慕兄们的革命、护国、护法等活动不能从根本上触动岳云龙们的根深蒂固、盘根错节的势力，不能改变既有的现实社会关系，那么，软弱而孤立的民国初年的革命派们就只能历史地充当悲剧的角色。

曾经存在过的铁铸一般的历史事实、社会势力，并不会因为一些时髦的史论的淡化和涂饰而消失。历史是不能假设的，革命是无由勾销的。刘育新塑造的岳云龙的形象，与其说是他观照民国时代社会生活的一个新发现，毋宁说是他远离喧嚣的时髦史论的影响，平心静气地再现历史的一个平实的结果。岳云龙的形象在当代文学人物画廊中竟会显得那样新鲜，那样有力，他的略带雄辩性的存在，是多少有点适逢历史机遇的。“正因写实，转为新鲜”。鲁迅所指出的这一现实主义作家在艺术上取得成功的平实途径和艺术规律，在这里又一次应验了。

岳云龙这一个人物形象的特出之处，还在于作者对他的极富个性指征而又纵控裕如、分寸惬当的描写。岳云龙骨架高大，身材魁梧，极端自负，自以为膺承天命，动不动以“就凭我这副骨架”自许自勖，但这句牛气烘烘的话却放在肚子里，从来没有对任何人说过。他凭着这句话，纵横捭阖，创业敛财；他凭着这句话，娶妻纳妾，玩弄贫女，不知餍足；他凭着这句话，操控商会，威凌市府，直接上津趟省，与督军、巡按使平起平坐。但他平居端坐，却又能依礼行止，绝不盛气凌人，给人和善可亲的印象。他出言金贵，言慎行谨，不识几多文墨，却熟谙应对路数。试看他携字画第一次上市府见厉慕冗的情景:猜测文字古雅的对联的意思,展开刘墉的中堂与何绍基的对联,受到婉辞后仍然平淡地说出索要红菱的"小事",领教厉慕冗的堂堂正正的说论之后的嘿嘿冷笑与接过字画后的那一句强硬的"我应该拿走"和大声呼叫张福堂来接画盒的放肆,这些细节把岳云龙的气性、心理和言动刻画得纤毫毕现。再看他听到厉慕冗被刺的消息后带商会人马去市府慰问的心机以及一天之内周旋于金濂源父亲的寿筵和符思润儿子的喜宴之间的周到,这个人物城府之深与其酬酢之娴,也是栩栩如生,令人叹为观止的。

与岳云龙相比,符思润是更直接造成红菱悲剧命运的人物。正是他从拍花的侯登山那儿花 120 块大洋买下红菱,准备给儿子当媳妇,才推衍出尔后追赶红菱引出的讼事;又继发了因献红菱把岳云龙拉入讼事,加剧了岳云龙与厉慕冗的矛盾,也使他自己成为岳、厉选举之争中的一个小小筹码。但作为一个俭啬成性、胆小怕事的粮店掌柜,符思润其人,可以说是有小恶而无剧毒,虽圆滑却尚不至于奸诈。他和他的一家,包括撒泼护犊的老婆和不成器的儿子,在作者带喜剧色彩的笔墨的渲染下,真是妙趣横生,活灵活现。作者选炼出许多精妙绝伦、颇堪玩味的细节,完成了这个粮店掌柜形象的刻画。一想起符思润,就不能不想起他对粮店里略带沉闷的米糠的甘甜气味的特殊反应,想起他那粮店里的六个黑色的斗和刮斗插指等坑人的绝技,想起他点大洋的娴熟动作和听大洋落掌的声响时那种陶醉和敏感,想起他夹在悍妇和痞儿之间的那种无奈和气急败坏,也会想起他被岳云龙委以所谓"皇上代表"之后请账房先生吃饭的那一副得意忘形的神气和抠抠缩缩的鄙态……总之这个人物的艺术结晶化的程度是很高的。在这个次要人物身上,作者的艺术才能得到了充分表现。

与岳云龙、符思润形成对蹠的一组人物是厉慕冗、戴本诚和红菱,这是一些富有时代新意和新的人性内涵的人物,他们是上世纪初出现在旧中国黑沉沉的天幕上稀疏的晨星,光芒虽然微弱,却预告着新生中国行将出现的辉煌曙色。这些先觉独醒的人物,或陷在"无奈终输萧艾密"(鲁迅诗句)的孤立处境和新旧交绥的内心痛苦与矛盾中，或一旦觉醒便义无反顾地勇蹈惨烈的死地，为所敬所爱者献身。他们的形象虽然写得还不很精熟，但却注入了作者的热情和赤血，焕发着人性的辉光，具有更强烈的撞响当代读者心钟的冲击力。

戴本诚是厉慕兄市长的卫队队长。他出身孤苦，父母双亡，要过饭，当过学徒，最后当了兵。在厉慕兄策动的通州起义失败后，他毅然跟随厉慕兄参加推翻帝制、恢复中华的革命。他从符思润手中，救出了逃跑被截的红菱，又奉命送红菱回家，目睹了红菱家破人亡的悲惨遭遇。在红菱坚拒村长冀锡忠要她去大土台岳府的安排时，他挺身而出，支持并且保护了红菱，开始了护送她回同光市的行程。这个农家出身的下层士兵，以他独特的方式，断断续续对红菱自述生平，其实是迂回地倾诉他对红菱萌生的爱。可惜这时的红菱还是惊弓之鸟、受伤之兔，还不能对戴本诚的呼唤作出回应。一直到戴本诚为追击行刺厉慕兄的刺客而遭受飞弹，喋血而死的时候，他在弥留之际迸发的一声“红菱”的呼叫，才深深地撼动了红菱的心。戴本诚送红菱回村、返市之旅，是描写得异常朴实动人的爱之旅，他的笃实自律，他的尊重女性，他的藏之愈深、发之愈殷的爱，是注入红菱心灵的一缕甘泉。这个人物落笔不多，却勾勒得异常有力，使我们看到了最早受到革命民主思潮浸润的一代辛亥青年的朴实执著、忠勇诚挚的面影。

厉慕兄是追随孙中山先生奋起投身推翻清朝帝制的革命志士形象。他原名厉其盛，因追慕通州起义失败替他而死的兄长而改名。民国创立后，他当过常景县知事，因捕杀歹徒吉富、吉桂而种下仇因；升任同光市市长之后，他努力想在政事上有所作为，修路赈灾，减赋苏民，也颇获清廉的名声。但他在绝大部分前清旧吏都“咸与维新”的政局下，实际上如旧屋寒瓦上孤立的瓦松，处高危之势，而缺乏根基和援手。他和一帮同道者为抵制筹安会操纵的选举而作的斗争，不可谓不慨当以慷，壮怀激烈，但终以失败告终。在国事殷忧、家事萦愁的处境下，他吟哦诗词，寄情书法，对朝夕侍奉于侧的红菱产生了感情。开始他还在理性的藩篱中挣扎，清夜扪心，自谴自责，旅进旅退，后来便纵情忘我，一发而不可收。作者大胆地在心理矛盾中披露厉慕兄自我交战的内心世界，详赡而透辟地写出了“这一个”处于特殊时代背景,有着特殊身份,循着特殊心理径路卷入身不由己的爱之漩涡的先觉独醒者的内心痛苦。作者借红菱的心理活动,含蓄地指出了厉慕兄对红菱多少有些以妾侍视之,用“欣赏”她来弥补自己戎马倥偬、政事繁剧而亏待自己的“损失”,对她召之来驱之去,不尊重她的意愿,不顾及她的前途的自私心理。不过,当红菱的爱情被唤醒,她对厉慕兄产生强烈的依恋感,她对性爱的态度由被动转入主动之时,厉慕兄也在她的大胆主动的激励下意识到了自己的怯懦和自私。他终于不顾流言的压力,带着男装打扮的红菱一起到源平乡下去了。厉慕兄毅然决然的源平之行,在他的性格的发展和感情的升华上有着双重的含义:一是他已挣脱袁世凯政权体系中一名官员身份的钳束,不再害怕策动乡民反袁会沦为逆匪的罪名,而是豁出去到民众中去寻找支持的力量,开始试图改变自己孤危软弱的处境了。他正朝投荒大野变成一个真的猛士的路走去。二是他已挣脱世俗的流言物议的蛛网,尊重并支持红菱果决的选择,带着她走上了追求真的现代意义的爱情的道路。当红菱以身为他遮挡杀手的子弹,倒在他怀里时,厉慕兄“在众多人的注目之下”,用深深的“殊吻”,回报了红菱的“殊情”。这时的厉慕兄,不仅成了革命的斗士,而且成了浴着“血的蒸气”的获得了爱情的真的“人之子”(鲁迅语)。厉慕兄的形象,使我不禁联想起鲁迅《孤独者》中描写的魏连殳。他由愤世嫉俗、特立独行的教员,变成什么“杜师长的顾问”,终于在无爱的孤独中,说着以“真的失败”为“胜利”的反话死去了,他是死于庸众的簇拥,死于最后一个他所萦怀也为他痛心的亲人也失去后的寂寞。而厉慕兄虽然也是官员身份的孤独者,虽负着对兄、对嫂、对妻、对红菱的诸多心债,但他幸运地得到了红菱这个来自乡野的红颜知己的爱,这使他有力量挣脱官身,获得爱和恨的自由,走向了新的民众奋起的怒潮。魏连殳是幽深而又惨伤的,厉慕兄是清峻而又洒脱的;前者罹官网而速死,后者脱仕途而方生。这使我们看到同是民国吏员的人的不同的思想特征和命运。

现在该谈到小说的主人公红菱了。如果不是有一个在农民贫苦妇女中较为多见的“取得对于家事的发言权以至决定权”(毛泽东语)的母亲,如果不是在逃跑的过程中遇到戴本诚的搭救,后来又受到厉慕兄的善待和收留,那么俊美超群的红菱,恐怕不是成为岳云龙玩弄的几百个梳辫子的农村女孩中的一个,就是成为符思润买来的儿媳或转手卖入妓院的风尘女了。但她却在命运的播弄下,走着一条惨苦而终能渐醒,初醒旋即为所爱者喋血的独特的人生之路。在她的人生之路上,除了那些善于摆人肉筵宴,贪占子女玉帛永不餍足的岳云龙们窥伺着之外,还有一辈辈传下来的祖传老例从小就开始摧残她。小说里描写红菱3岁时在姥姥操持下裹脚那一段文字,真是惊心动魄,让人毛骨悚然。把红菱视为心肝宝贝的亲娘,在谈起裹脚时却那样平静自然,一副理所当然的口气,这就可见这种带血腥气的陋习,这种使女性自残自虐以更好地侍奉男人的陋习,是怎样顽强而普遍了。更有讽刺意味的是,造成红菱命运逆转、使她被拍花贼侯玉山弄去贩卖的契机,竟是辛亥革命后民国政府"查放脚"的一项善政。"查脚队"在农村引起的骚动以及造成的客观效果,恐怕是脱离民众、不教而施、越俎代庖的为政者所始料不及的。

尽管遭遇惨苦,但红菱的性格,终于在族人的威压下放出了具有现代意识的异彩。母亲在世时,替她挡住族人的威胁利诱的,是有主见又决断的母亲:"我家穷是穷,可不卖闺女!"父母不在了,村长冀锡忠以为他可以轻易地为红菱做主,让红菱就范,没想到红菱对他的回答是:"我的事你说了不算——大土台我不去!"她再三再四地重复这句干脆利落的峻拒之词,但她对自己的事该由谁说了算却还没有明白有力的说辞。这时,护送她回村的戴本诚瓮声瓮气地替她说了:"她的事情,她自己说了算!"这一对下层社会的儿女,在对女性的解放和自主权的朴素的认识上,就这样达到了与当时都市里渴求爱情、争取婚姻自由的知识青年同样的水准。试想想鲁迅《伤逝》里的子君,在回击族人对她婚姻的干涉时说的话吧:"我是我自己的,他们谁也没有干涉我的权利!"这种果决地说出来的"彻底的思想",和戴本诚、红菱在落后的乡村小院里说出的话,其内涵和口气,是何等酷肖啊!《伤逝》里的涓生说,子君的"这几句话很震动了我的灵魂,此后许多天还在耳中发响,而且说不出的狂喜,知道中国女性,并不如厌世家所说那样的无法可施，在不远的将来，便要看见辉煌的曙色的”。这些话移用于红菱身上，也是完全合适的。

红菱性格的另一次异彩的闪现，是在她经历了戴本诚的死，干娘蓝梦月的病，目击了厉慕兄为国事奔波呼号的劳瘁，并从内心矛盾中挣扎出来，明白地意识到自己对厉先生的爱之后。她是如此坚决地执拗地要求随厉慕兄到源平县去，一声比一声响亮，一声比一声不留回旋余地。她这样坚决，这样义无反顾，也是为一种高于爱、大于爱的模糊的对伤害爱人的凶险的抗拒。她终于成行了，也终于为爱，为高于爱的家国大义而舍身成仁了。她让自己觉醒了的爱、青春、生命，化成了一簇即燃即灭的电火花。

鲁迅在《记念刘和珍君》中，曾经为“中国的女性临难竟能如是之从容”感到意外。先生肃穆地写道：“我目睹中国女子的办事，是始于去年的，虽然是少数，但看那干练坚决，百折不回的气概，曾经屡次为之感叹。至于这一回在弹雨中互相救助，虽殒身不恤的事实，则更足为中国女子的勇毅，虽遭阴谋秘计，压抑至数千年，而终于没有消亡的明证了。倘要寻求这一次死伤者对于将来的意义，意义就在此罢。”这是多么剀切精当、意味深长的“刘和珍颂”，说它也是“红菱颂”，也未尝不可吧。

红菱是上世纪初年最早觉醒的老中国的新的、勇毅的女儿。现在来重塑这样的女性形象，其意义不在于溯往，而在于前瞻，这也自不待言——只要想一想现实中某些角落里中国女性解放的状况和自主意识发展的程度就足够了。尽管这只是部分沉渣的泛起，部分回流的重现，不足以论大局；但红菱年轻生命的一闪，照亮了中国女性的勇毅刚烈的面容，这也是足以使今人为之一震，并深长思之的。

鲁迅有一首《无题》诗，曰：“一枝清采妥湘灵，九畹贞风慰独醒。无奈终输萧艾密，却成迁客播芳馨。”读完《红菱》，我觉得这首诗绝妙地勾摄了小说的精魂，遂偷得首句，作为这篇评论的题目，算是对刘育新画出的光彩照人的红菱形象的礼赞，也算是对辛亥革命 90 周年的一个小小的纪念吧。

2001 年 12 月 3—7 日

寒凝大地发春华

——李荣身的长篇小说《秋寒花红》读后

每一个真正有些阅历、见过些世面的人，他们的一生经历中，都蕴藏着构成一部或多部长篇小说的素材。对于没有意识到这种文学创作资源的存在也缺乏文学兴趣的一般人来说，这些素材只不过是未被唤醒的旧梦残片罢了，它只具备可能性而不具备现实性。只有那些在自己的一生中保持着对文学的热爱，历尽沧桑、久经风雨仍不失赤子之心，对人生有着深深的感情和执著的热望，不懈地追求真理的人，才会提起笔来，开掘自己身上的文学富矿，努力创造出自己一生也许是唯一的成篇小说，来奉献给时代和后人。他们的文学自觉，驱使他们覃思竭虑，把旧梦的残片编织成新的文学壁毯。他们的技艺可能还不精良，艺术的经验也有些欠缺，但他们孜孜矻矻，专注劳动，结果就织出了有着独特的画面、斑斓的彩条、可触的质感的文学壁毯来了。这样的壁毯悬挂起来之后，我们很快会发现某种原生性、草创性，挑剔其缺失也不难；但这样的壁毯，仍然会给我们一种感情上的冲击，它所呈现出的历史漩涡状的图案，仍然会从深处辐射出生活的吸力，把我们卷将进去……

上面这些有点闪烁、游离的感想，是我在两次读了李荣身先生的长篇小说《秋寒花红》的书稿之后产生并萦回于脑际的。是的，李荣身先生织出的这幅结构尚不太严谨，头绪也还有些纷纭的文学壁毯上，清楚地呈现出了一个巨大的星云状的漩涡，也装点着沐了秋霜在寒风中抖动着青春的火焰的朵朵红花。这是一幅图案奇特的文学壁毯，对于现在的青年，它的内容和含义似乎太遥远了，太陌生了；但对于大部分成年人，这段历史风云，这样的历史漩涡，这种历秋寒而色愈妍的生命的花朵，却保存在他们的一生中最重要的册页中。这是一些太熟悉也太牵挂感情的册页，是想翻动又怕翻动的册页。

《秋寒花红》这部小说，描绘的是从1957年的“反右”运动起到1959年的“反右倾机会主义”的斗争止的一段社会生活。虽然取材主要是校园——江城湖河大学的一段校园生活，所写的人物也大抵是大学里的师生和领导干部，但因为作者把校园生活和社会风雨连成了一片来写，并通过笔下的人物与社会多方面的接触和联系，展开了较为广阔的社会生活背景，触及了很多社会现象，勾连出更深刻的社会网络。这样，也就使小说脱出了单纯的校园小说的限制，成为对那一段历史波澜、时代悲剧的艺术的观照和统摄。

这部书稿对那段生活的一些方面的描写，给我留下了较深的印象，有的还深深牵动我的感情和思考。

对小说所反映的那段历史和当年的几次“运动”，早已有了明确的史识，写在《关于建国以来党的若干历史问题的决议》里，这应该是作者写作此书凭借的重要理念的来源。但是，作者在展开小说所描写的特定时代的氛围、场面、趋势时，并没有生硬地演绎理念，而是让自己正确、周延的史识，溶化在艺术的具象、生活的细节之中。新生的共和国在1957年的国际国内的形势下，既要试图用整风的形式解决积累起来的人民内部矛盾，推进民主格局的构建、社会的进步和发展，又要对突然出现的社会动荡和某种敌对思潮作出自卫性的反应，于是仓促间陷入形势判断的误区，防卫过当，导致了“反右”运动的扩大化。作者借一群青年学生、大学教授对时局的情感和心理反应，相当真实地写出了当时人们热爱和维护社会主义新生政权的普遍社会情绪，对某些极端的言行的反感和疑惧，对陡然紧张起来的斗争气氛和很快出现的不近人情的“左”的做法的困惑和趋从。他不是从时髦和现成的一些对1957年“反右”简单地全盘否定的理念出发去剪裁生活，而是尽量忠实地写出了当时确实存在的历史情势、社会思潮和各种人物心理的复杂性、生动性和丰富性。小说展开了“东湖春早”学社里一群青年学生议政论世的民主热情和不无偏激的大字报，也正面写出了几个教授搞起来的“揭诉会”的剑拔弩张的场面；既写了新上任的校党委书记徐光在全校党员积极分子大会上的讲话和人们的反应,也勾勒出了左继宗等“左”而阴鸷的人物的言动与心态。一大群青年学生的不同性格、不同心理和对“运动”的不同反应,如李华的忠诚、慎重和多情,邵琼的直率、热忱和冲动,葛家树的理智、深思和喜谈善辩,杜辉的诗人般的热情和脆弱,林成的富于同情心和含蓄内敛,春生的激昂、透明和黑白分明的思维方式,张荣和敏锐的善良、勤学和对“运动”的疏离,吴俊杰的浅薄、自私、好表现,杨树德的邪曲、歹毒和冒险……都被作者或浓或淡或写实或写意地一一勾画出来,和盘托出。作者对“反右”运动的这种存其本真,还其原态的写法,我认为是需要一定的直面历史的艺术勇气和全面地感知物态的观照能力的。

当然,在小说中,“反右”运动仅仅是把湖河大学的师生们卷入连环状的历史漩涡的开始。在接着展开的一系列教育改革运动乃至1959年的“反右倾机会主义”运动的生活画面中,作者对因“反右”扩大化而造成的种种社会生活恶果,予以了毫不隐讳、层层剥笋式的剥露,从而确立了这部书全面总结各种历史经验教训,特别着重总结“左”的错误的基调。他生动有力地写出了,愈演愈烈的“左”的思想理念和社会情绪,动辄无情斗争的种种不成文法,形“左”实“右”、毁灭教育、贻误青年的教改思路,党内急剧发展的“一言堂”作风,人们谨小慎微、惧祸躲灾的心理是怎样造成了一代青年学生的命运悲剧,把人们追求社会主义的热情引向虚耗和失误。这些描写汇集起来,便构成了这部似乎带着自述传色彩的小说的凝重而犀利的主题,达到了为历史存本真,为时代作见证,为现实留教训,为未来开前路的目的。

作为长篇小说,这部书稿在人物的设置、塑造和刻画方面还存在着一些不太集中,有些单薄,意到笔不到等毛病,这是有经验的编辑和读者很容易就能看出来的。但是,如果比较耐心地披览下去,就会发现,在小说前头部分出现的有些凌乱和影影绰绰的人物,随着生活册页的翻动,故事的进展,细节描写的丰富,就变得越来越清晰,越来越显出彼此不同的个性来了。应该说,小说的后半部比前半部写得好,显得更充实、更生动、更有力,这主要表现在人物形象的塑造更趋于完整、传神上。

就以小说的一个重要人物江城湖河大学党委书记徐光的形象而论吧。这个人物刚出现时，是一个“反右”斗争的沉着、细致、成熟的领导者。他善于接近青年学生，比较体察下情，似乎较有人情味，为人也和蔼可亲；但问题涉及他心目中的“原则”时，他仍然毫不留情、毫不手软地把包括邵琼在内的许多有为青年打成右派。但随着“反右”的结束，教改的展开，有志为党的教育事业施展才能，实现抱负的徐光，由于比较实事求是，比较尊重教学规律，比较重视社会实践和书本知识的结合，比较尊重知识分子、尊重科学，却渐渐成了左继宗等极左的野心家的攻击目标，最终被打成了右倾机会主义分子，成了戕害自己亲生女儿李华及其苦恋的情人邵琼的“罪人”。社会的悲剧和个人命运的悲剧交织在一起，熔铸出一个富有警示意义的人物形象，相信会给读者留下较深的印象。

作者还比较善于在青年儿女的爱情生活中，一笔并写两面地刻画出成双成对的人物，谱写出感人至深的爱情之歌，镌刻出铭心贯腑的人生殷鉴。比如李华和邵琼的苦恋，梁志超、梅兰菊之间的生死恋，春生和舒秀的纯洁、美好、向上的热恋，林成、张荣的性格相投的心灵契合，陶红等待江辉、沈静之等待梅兰菊的忠诚，都描写得生动、细腻，有较强的感染力。这一对对青年人的爱情，又都与时代的阴影、社会的压力、世俗的偏见发生这样那样的冲突，在冲突中闪现出青春的美好的光华。当然，作者也写了吴俊杰的喜新厌旧，弃桂芝而追杨赤；写了杨树德的不择手段，心狠手辣，为了控制敏锐不惜走上犯罪的道路；等等。在青年人的爱情、婚姻的生活中，也折射着人生百态，人性的善与恶。这方面的描写，在小说中如散金碎玉，所在多有。如果作者在写作时具有较强的结构意识，把这一对对恋人的不同的命运线，编织得既井然有序又交叉巧妙，使他们各个人的性格得到更完整更丰满的刻画，那么这本书在艺术上便会跃上一个新的境界。

值得指出的，本书还有很重要的一个优点，即能在悲剧的展示中写出人间的正道、社会的正气、生命的力量和青春的美好。在一个历史悲剧的漩涡里，被卷进去的众多热血青年，其命运也都或多或少地带有悲剧性。但这些担负着时代的苦难的青年，却洋溢着那么一种对社会主义理想的热情，对美好、纯洁事物的追求，那么富有道德感和责任感，那么富有生命的韧性和春花般的青春光彩。全书升腾着一股正气和热气，并没有丝毫回顾往事时万念俱灰的寂寞感。这在老年人的写作中，是尤为可贵的。

临末，谨以七律一首，略抒我读完此书后的感怀。诗云：

绛帐春风枉自多，龟蛇无奈大波何。
新生政权惊风雨，民主格局费蹉跎。
"反右"迅雷伤多士，争先舟舸误一舵。
最伤儿女柔情断，老去抽毫写逝波。

2002 年 1 月 9—10 日

近代变局中的艰难蝉蜕

——读陈小萍、胡小远的历史小说《末代大儒孙诒让》

《末代大儒孙诒让》，是一部题材独特、内容充实的长篇历史小说。它以晚清浙江瑞安籍的一代学术大师、爱国志士孙诒让为主人公，以朴素清晰、端翔雅正的笔触，把孙诒让一生的行止吐属、气性情志连同环绕着他的时代风雨、历史机运和盘托出，纤毫毕现。展读此书，我看到中国近代变局怎样催生、铸塑出一个艰难地蜕去旧壳，勉力与时俱进的鸿儒学者，也从这个学者的人生轨迹、命运浮沉中印证了那个风雨如晦、神州板荡的时代。

孙诒让出身于儒宦世家，自幼聪颖，才禀过人，一生力学苦读，潜心经籍，取得了超乎前人的学术成就。他所著的《周官正义》、《墨子间诂》、《札迻》等书，至今仍是研究国学必不可少的经典著作。不过，考其一生，仕途不显，行踪不广，除童年和青年时代有过短暂的京城生活经历外，大部分岁月，都蛰居于故乡瑞安，过着著书立说的生活。"到老不离文字事，所居合在水云乡"，这是俞樾赠孙诒让的一副对联，形象地概括了孙诒让相对平静的一生。这种平静也为后人出了一个艺术上的难题：怎样在孙诒让看似平静的一生中，绘状其形神，谛听其心音，使这一考据家的形象令人信服地稗官化，塑造出一个具有时代意义和艺术血肉的典型人物？

当今之世，最为流行的捷径便是所谓"戏说"一途，摭拾一星半点真伪难辨的历史因由，戏说古人以博今人一笑。但《末代大儒孙诒让》的两位作者不蹈此途，而是选择了我国史传文学追求"信史"、"实录"的传统笔法，把"其言信，其事核"、"不虚美、不隐恶"奉为圭臬，把文人难自掩抑的生花妙笔，尽可能地限制在"按实而书"、连缀接榫的史笔的铁门槛内，给人以真实、饱满、骨格清挺、气韵生动之感。

该书在观察、估量、透视孙诒让这个近代历史人物时，表现出了巨大而深刻的历史感。孙诒让出生于中国近代史的帷幕刚刚揭开的1848年，卒于辛亥革命爆发前夕的1908年。整整一个甲子六十年，他和他的家族，他的师友，他的乡梓父老，一起经历了中国几千年历史旷古未有之惊天变局。正如孙诒让椎心泣血感受到的那样："窃谓今日事势之危，世变之酷，为数千年所未有，中国神明之胄，几不得齿于人类……"中国人民，特别是那些先感先觉先知先奋的先进的中国人，开始了寻求救国振兴的真理、使中华民族重新获得立于世界民族之林的国力的伟大的历史性奋斗。作者把孙诒让的一生，孙诒让的形象，置于这一伟大的历史性奋斗之中予以刻画。小说从孙诒让澄怀明志、入宫应对，得到慈禧太后赐予的"江南才子"的令誉开始，展开了广阔而绵长的历史背景，把鸦片战争以降的一幕幕历史风云和瑞安孙家的家族命运交织起来描写，用相当多的篇幅，描写了对孙诒让的一生有重大影响的父亲孙衣言、叔叔孙锵鸣的形象。孙衣言、孙锵鸣兄弟在清廷中，都是正直耿介、关心国运民瘼的官员，但官场的倾轧却使他们仕途蹭蹬，几乎身家不保。面对历史危局，时势巨变，他们几度奋袂而起，执干戈以卫社稷，同时精心呵护、培育孙诒让这一棵读书苗子，希冀他兴儒救国，重铸国魂。正是在父、叔影响下，托命于文字生涯的孙诒让，也在中法之役、中日战争、庚子之变这三个时代滔天巨浪中，挺身而出，成了披挂上阵的短暂武士，扬起了绚丽奇目的生命浪花。这三次临战而未战的实践，使孙诒让读到了时代展开的伤心惨目的无字之书，对耽于苦读的书生了解国计民生，筹划切实的救国之策，是非常重要的。把孙诒让和他交游深广的家族紧紧地联系在一起写，这就大大增加了孙诒让相对平静的生活的时代动荡感，增加了小说情节的丰富性和生动性，增加了表现孙诒让和时代风云相吐纳、相濡染的机会。尤其是甲午之战对孙诒让和他的父亲的震动，在小说中，展开了惊心动魄的一幕。一生主战、宁折不弯的孙衣言，正是死于甲午惨败之时，而孙诒让在得知战争最终结局之后，也几乎投池自杀。这一变局，部分地轰毁了孙诒让的旧思路，促成了他从理想化的古文经学的殿堂中走出来，开始探索新学的效用的一大历史契机。在这些大的时代关节点上，孙诒让和他的时代血脉相连的关系，是揭示得异常鲜明的。不管孙诒让的学术灵魂的家园曾经是多么古老、多么典雅，但就人物的现实生命来说，就人物的生存意义而言，孙诒让仍不失为近代中国变局中孕育出来的一个时代之子，是石破天惊中从坚硬的古老岩层隙缝里奔逸而出的迎向新时代的精灵。

孙诒让毕生的学术生命，凝注在他写了20多年始成书的《周官正义》上。这部书和奠定他经学大师地位的《墨子间诂》，都反映出他学术生命的根本。《周官正义》是中国儒家理想社会的象征——周朝的政教人文百科全书。孔子梦周公，孙诒让则通过《周官正义》对周公之政作了疏证阐发，使孔子陶醉其中却语焉不详的梦，变成了详赡赅博，事核言信，可以稽查、审视、援引的经典，而且打上了时代的现实的烙印。但是，在孙诒让接受时代的召唤，应盛宣怀之约，写出自己的新政蓝本《周礼政要》之前，孙诒让的《周官正义》不过是柏拉图的《理想国》的近代东方版罢了。只是在孙诒让受了戊戌变法失败的刺激，蛰居玉海楼，狂草《周礼政要》之时，这部耗尽孙诒让毕生心血的《周官正义》，才从现实的需要中获得新的生命、新的激情，成为孙诒让独特的“托与改制”的政治学、经济学资源库，他不知不觉地和他一度深恶痛绝的康有为“殊途同归”。

尔后，孙诒让以他那狂放的天性和学术上务求彻底的冲动，起草《兴儒会略例并叙》，欲取代在现实中已解体的《强学会章程》。他甚至还计划浮槎海上，率领家小友人，去寻找海中的乐土、理想的天地。一个以谨守儒家经典之章句为使命的学者，竟在时代的巨浪推送下，一再蝉蜕，一度几乎变成了头脑发热、天真得有些呆傻的探险家（当然，他最终变成了造福乡梓的乡土教育家和实业家）。这是多么耐人寻味啊！

这样的知识分子的典型，在当代历史小说的文苑中，我似乎还没有看到过。

2003年1月

邝健童与我们的时代

——读吕雷、赵洪的长篇小说《大江沉重》

吕雷、赵洪的长篇小说《大江沉重》，是一部及时而深刻地反映处于日新月异的发展中的当代中国现实生活，气势磅礴地奏响了时代乐章主旋律的不可多得的扛鼎之作。这部小说，无论在概括社会生活的广度和深度方面，还是在揭示历史时代的本质和趋势方面；无论在长篇小说艺术结构的营造方面，还是在众多人物形象的塑造方面；无论在文学语言的提炼和创新方面，还是在南方生活色彩和神韵的敷设和展示方面，都取得了突出的、值得认真圈点和阐发的成就。其中，小说的主人公邝健童这个年轻的县委书记形象就很具有典型意义。

邝健童是广东珠江三角洲毗邻特区的一个新设置的贫困的山区县的新任县委书记。他在一种阴差阳错的安排下不太情愿地从广州来穷山县履新，却破釜沉舟地开启了沧宁县超常规跨越式发展的沉重而又充满风险的闸门，把自己推上了立于中国新一波发展巨浪的涛头的历史性角色的位置，演出了一出酣畅淋漓、奇峰迭起、新意四射的快速发展的时代戏剧。这个当官一心谋发展、敢把乌纱等闲看的县委书记，是那种作派有些另类、行事让人啧啧称奇的“鬼马人精”，是那种勇于任事、娴于谋略、幽光狂慧、歌哭率真的产于南方之南的开放型干部的典型。这样的典型既逼真又神奇，在我国当代文学的人物画廊里可谓得未曾有，弥足珍贵。它的典型意义，也即它的时代历史价值和文学创新性，究竟何在呢？

邝健童形象的典型意义，最突出地表现在这个形象的时代新鲜感和概括性上。在经历了20多年的改革开放的历史进程之后，进入新世纪的中国，迎来了新一波大发展的浪潮。中国经济快速发展的奇迹，吸引了世界的眼光。探究这种发展的独特道路，解读这种大发展的奥秘，对于判断当代中国的历史走向，了解中国共产党人执政兴国的思路，洞察时代的本质和最新的行进姿势，把握中华民族的民族精神的固有底蕴和新添质素，都具有极其重要的意义。这也是一切关注、支持、同情中国的伟大复兴的人们所渴望、所思索的。自从中国进入近代史以来，伴随着古老而又年轻的中国的一幕幕巨变，伴随着中国革命、解放、改革开放的历史进程，“秘密的中国”或“中国的秘密”始终是一个充满魅力的历史话题和文学母题。关注中国的发展和前途的有思想深度的一代代进步作家，无不为回答这个历史话题、完成这个文学母题而殚思竭智、奉献才情、倾注心血。邝健童形象的横空出世、光彩耀世正是这一文学的可持续发展势头的最新成果，是行进中的文学史留下的新的足印。

邝健童实现其发展宏图的历史舞台，只是珠江三角洲的依山一角，只是一个小小的新设置的沧宁县。这个县刚刚失去了直接并入特区、搭上特区发展快车道的历史机遇，它必须走独特的道路来解决自主发展问题。这样的县城在中国是更有普遍性的，邝健童的全部生活和实践，都是他和他的团队所选择的打破常规自主发展的新思路、新举措的形象化显现。焚烧乡镇干部的“送钱黑账”以试炼人心，聚拢意志；用“瞒天过海”方式更易县治，掌控土地资源；为筹集建造过江大桥的资金闯荡香港炒楼花；劈开鹰嘴崖、圈占静水湾及沿江滩涂以谋地利；向香港谢氏集团敞开门户，千方百计拉住各种民间资本，搞“你发财，我发展”的 AA 制；打通中线走廊搞活搞旺待开发的死角……这一切惊世骇俗、令人眼花缭乱的思路和举措，汇成了邝健童这个认准发展这个硬道理，硬是冲决网罗，突破陈规一往无前的典型人物的性格内涵。邝健童在思谋发展方面，站到了时代的尖端，获得了一种普遍性的性质，超前地实践着“一切妨碍发展的思想观念都要坚决冲破，一切束缚发展的做法和规定都要坚决改变，一切影响发展的体制弊端都要坚决革除”（十六大报告语）的思想。他那玩命的大胆、匪夷所思的想象力、挑战世俗的激情和时时流露出的顽野气，使他成了林中的响箭、江里的腾蛟、时代的尖刺、历史的骄子。他有隐痛也有过失,有局限也有弱点,但在历史给予他的舞台和条件上,他创造了发展的奇迹,得到了人民的认可。就其个性和行事方式而言,他可能是生活中的异数;但就其思想的新鲜活力和敏感,就其报国为民的热忱和在市场经济的复杂环境中有所不为的尊严感而言,他又是与时俱进的中国共产党人中的常数和恒数。透过这个典型,可以看到清新、刚健、有力、有为的新的共产党人的良好形象。这也就是已经创造了并且还在创造着中国发展奇迹的中国人的活的灵魂。

从吕雷创作于上世纪80年代的短篇名作《火红的云霞》中的梁霄到《大江沉重》中的邝健童,作家把自己的文学追求、审美理想的透镜始终对准推动时代前进、社会发展的真正的共产党人的形象,这是别具胆识的。这是真正的文学创新的胆识。梁霄、邝健童所代表的是一些为中国的进步勇于自我牺牲但又充满智慧和活力、充满自信、背负希望的人们。在他们的性格定力和智慧风貌中,始终闪耀着理想的光芒、浪漫主义的神采。这在认定鄙俗化已是天经地义的论者看来,简直是不可思议的。但生活的真实、社会的真实、历史的真实不断昭示我们,内心葆有理想的光又能直面现实奋然排污前行的纯洁的勇士是始终存在着、成长着、成熟着的。只要中国在大的方面朝着一个正确的方向发展着,这样的人的声音、形象和气息是掩抑不了的,他们要求在我们的文学画廊里有一个位置。他们不会永远只配享有沉重的命运。他们扼住命运的咽喉攀上人生的峰巅的机遇是越来越多了。在《大江沉重》的结尾被免职的邝健童,不是透露出在新的岗位上再展身手的希望了吗?他是拥有未来的。

2003年3月8日

时代的风与人物的魂

——读张克鹏的长篇小说《吐玉滩》

张克鹏的《吐玉滩》写得很简劲，文字俭省，只有16万字，但它容纳的内容却很丰富：它浓缩而跌宕地展开了黄河边上一个小村的现实的变迁；鲜活地刻画了五六个性格突出、颇有神彩的人物；着重地从细微处表现了时代的季风对农村社会心理的影响，对各色人物灵魂的梳弄。

小说的故事发生在吐玉滩。吐玉滩在黄河母亲明亮的眼睛旁黏附着，小得像一点"眵目糊"。它贫穷，僻远，历史悠久，传说神奇，土有三色，人归三族。作者从"文革"在吐玉滩引起的动荡开始，展开了主人公高景富与另一个主人公诸大旺之间起落浮沉、相崎相斥的人生故事。高景富借"文革"的时势崛起，高踞吐玉滩，威震一条街，其专权的威势一直延续到新时期，成了阻挠、迟滞吐玉滩发展的力量。而聪明、刻苦、能干的农村知识青年诸大旺，则在改革开放时代浪潮推动下，走上了办纸厂、兴工贸，带领村民富起来的新路，终于使吐玉滩真正变成了聚金吐玉的宝地。作者显然和那种有意淡化社会、时代背景，有意突显农村的蒙昧闭塞，农民的苦难麻木的时髦写法保持距离。他执著地坚持从现实生活出发进行典型概括的现实主义创作方法，引时代之线，穿小村人物、故事之珠，连缀出一条曲折有致的艺术珠串。这不是我们已经看到得太多的那种蛮荒和黑暗、愚昧和专权一统天下的农村故事，而是光明与黑暗交绥、方生与已死搏斗、富裕与贫困消长变化、专权与民主移形换位的故事。这是发生在中国社会最底层的真实的发展的故事，布局虽小，却颇具延伸性。吐玉滩人求生存、求发展、求富裕、求进步的挣扎和苦斗，连同他们的灵魂在这个过程中发生的艰难蜕变，正是中国人近20年来亲历并见证的历史的一页，它是值得远远近近想了解现在中国的巨变所由发生的"秘密"的人们一顾的。

《吐玉滩》的笔力，集中地专注在人物性格和心理的刻画上。作者特别善于从时代的风吹拂和梳弄中，去显现人物灵魂深处伏藏着的变化幾微。这在高景富形象的塑造上最能见出。高景富身世复杂，少年失教，胆大心狠，善于见机行事，有着超乎年龄的成熟，渐渐地在村里树立了自己的威信。"四清"、"文革"这些大抓阶级斗争的运动一来，敏于跟风、精于玩人的高景富，得到了广阔的用武之地，很快蹿红，取代老书记诸世宝坐上吐玉滩第一把交椅。

作者对高景富性格的刻画，是入木三分、惊心动魄的。在那个月光特别亮的夜晚，高景富先后造访了王春旺、诸世杰和狗狗王一文，他的举止谈吐、手腕心态，绘状入微，纤毫毕现，令人难忘。他在"文革"中养成的登塔以寻找自豪感和自信心的习惯，精确地揭示了他的伏藏很深的内心世界。"文革"结束，他差一点失势，却又能运用心机，稳住王春旺，拢住"小瘦孩"和狗狗，显出在极左路线得势的岁月里陶冶熏染出来的农村政治人物特有的生存、保权的狡智。

时代的风向变了。吐玉滩上出现了新的经济力量、新的年轻有为人物、新的人心动向。高景富再也不能借助时代逆风玩人、整人了。这在他的灵魂中引起了不安和痛苦。他眼睁睁地看着诸大旺渐渐以自己办厂创业有成的实绩赢得了人心，赢得了上级的支持，最后在党员的民主选举和上级支持下取代他成了吐玉滩的新带头人，虽不断设卡使绊，不断封堵压制，却终于无效，这使他不能不滋生出绝望阴暗的心理。最后，在"文革"中就入踞他的灵魂的邪恶的"魔鬼"终于把他引向犯罪毁灭的道路。

《吐玉滩》的主要笔墨，几乎都用在对高景富这个反面人物的塑造上，特别是用在对这个人物在新时期逆时而行、违世而动的种种祸心和劣迹的表现上。作者为这个人物的充分"表演"设计、编组了许许多多的故事，其情节的曲折与细节的丰富、氛围的渲染与心理的揭秘，都是很出色的。作者从两个方面把握住了高景富性格发展的脉络：一是他在新时期始终处于与时代的风向相左的位置。"这风向咋越刮越不对哩”，这是他常常在心里浮现的怀疑，也是他为自己冷视、压制、破坏诸大旺的事业的种种倒行逆施寻找出的正当理由。二是他实际上又无法拒绝现实的钱与色的诱惑，他在极左思潮长期影响下形成的道德上的正义感与纯洁感在现实的社会潮流冲击下变得像鸡蛋壳一样薄脆。一方面是在自我感觉上拼命提升自己，用自己是在坚持“社会主义”来鼓励并安抚自己的灵魂；另一方面是无法刹车、不能自抑地在私欲中沉溺。这两条性格发展轨迹形成了高景富的灵魂之旗上的深深的皱褶——在时代之风的吹刮下形成的别具意味的皱褶。这个人物的典型意义正是曲包在这种皱褶之中的。

2003 年 3 月 18 日

评林深的长篇小说《天经》

读林深的《天经》，近乎经历柔道比赛般的较劲：你必须在撕掳、揪扯、寻隙中才能感到它的发力点，看清它的奇招，从而制驭它，掀翻它而得分。读这样的小说，是不能企望轻车熟路，顺流而下，径情直遂的。我怀疑现在的读者，会有多少耐心在作家所设计的迷宫般的艺术结构中穿梭到底；但我毫不怀疑欲追寻人生与文学的真味者，费点心力把《天经》读到底，是值得的。这不是俗滥的广告评论，而是真挚郑重的推荐。

先不谈小说奇诡的外观，尝试一下概括它的内蕴吧。山东那个地面，孕育过一部叫《水浒》的古典小说，以108将的传奇英雄故事，演绎普通中国人朴素的"替天行道"的社会幻想，把中国人酷爱自由、渴求平等的天性写得何等英豪妩媚，遂成震古烁今的名作、实至名归的经典。我不敢妄自牵强比较，但观林深的笔意，似乎也有这样的企图：写天尽头海之角的老岸树一带几十位在人间烟火笼罩下，受着历史浪涛冲刷激荡的新旧交替、妍媸互见、良莠不齐的活的人物，在这些人物纠缠碰撞中扮演出的几十个老老新新、不老不新、熬岁月、历世纪的故事中，展现现代中国与古老中国的交错，历史迷误与现实坦途的因缘，中国智慧与西方哲思的融汇，突显在时代的漩涡中挣扎、弄潮的中华好儿女的姿影和心气，寄寓作家对浩浩荡荡的世界思潮的回应和对浑茫勃郁的时代变动的思考。小说中以助女娲补天的神犬变幻而来的石狗"身首合，天经出"为收束，以中国真正的"乡土精神产品"道教的奇妙玄机为指归，那"替天行道"的意味也是很浓郁的。——不过，这里的"道"却没有《水浒》里的"道"那样带着鲜明的社会平等的幻想和强烈的政治实践性，而是更多地寄寓着人类的自处自制之道，人类与自然关系中的返璞归真之道。所谓"天经”,最终仍是不著一字,尽得天真而已;但其隐括全书的统摄作用,在书里的人物、故事中是历历可见的。

当然,小说并不是传教布道之书。对于林深津津乐道的“天经”及槎山的传说、王玉阳与全真镜的故事、归原道人的行藏与全真寺的大预言等,读者也不必过于当真,姑且当做小说家招数观之可也。但作家生活于孔教肇始之乡而颇有非儒倾向(从其指点世情、臧否人物中不难窥见),不谈佛理而一味悟道,对道教这一“乡土精神产品”情有独钟,这是不能不影响到他对故事和人物的处理的。在林深看来,“道成德本”,对人与自然之道参透悟彻,这才是人类最根本的道德修持,这一看法不免有过于天真单纯的弱点,然而却赋予了作家一种衡鉴世事和人物的充满激情的尺度。

透过道教传说的云山雾罩,让我们贴近几个《天经》中的人物,一觇其情伪吧。

《天经》里的人物,若论其现实意义、政治价值、人格内涵,自然首推下文还要谈到的老岸村现任村支书高一;但如果从人物的历史蕴涵、人生启示、性格魅力去着眼,写得最好、最有特色的却是桃家大院的顶尖人物,英雄了一辈子的桃铁杆。桃铁杆靠精良无欺的制蜡烛技艺立身兴业,他对传统工艺和传统家风的固守都达到了执拗拒变的地步,这使他在电灯与蜡烛的历史性对抗中扮演了一个悲壮而又可笑的角色。他最终以惨烈的自焚去点燃桃家祖传的防风蜡烛,临死时的遗言却是“你们点电灯吧”,承认了自己在现代科技导引的声光化电组成的物质新世界面前的落伍。然而,在亲与仇共同发出的哭悼声中,石岛全镇燃起一片飘飘的烛光,祭奠这位终究失败了的老英雄。弄烛竟自殒,抗世为世钦!桃铁杆这传奇色彩很浓的命运不能不引起读者深思。综观桃铁杆的壮举,在于他与石岛镇工商巨族五大堂主的三次紧张的对抗。而这三次对抗,又都是与小儿媳桃红生命交关的富有戏剧性的大突转:第一次是他顶住“五大堂主”的淫威,救下被诬为“乱党”的青年学生陶虹,成全了她和小儿子的自由恋爱,使她成了桃家最具活力和见识的儿媳桃红。古道热肠的桃铁杆,却敢破犯“花案”必沉海的乡俗旧规,足见其勇于担承的肩胛骨和庇护青年人的赤子心。但第二次他与“五大堂主”的对抗，却扮演了一个僵守家规，逆理悖情的角色。当桃红的发家大计和桃铁杆的发家方略发生冲突时，她便被救过她命、接纳了她的公爹视为“乱党分子”了。桃铁杆派乡丁到威海卫绑回桃红，发狠要把她沉海。桃红哭求，高美克等劝，似乎都挽不回桃铁杆惩治忤逆犯上的儿媳的决心，后来还是高美克以断交讨债相逼，才使气壮如牛的桃铁杆服了软。第三次他与“五大堂主”的对抗，是发生在桃红报复“五大堂主”背约弃义，坏了高美克的腌鱼，毁了苏罗衫的盐垛而受审受刑的时候。他毅然以自己焚臂点天灯来换得桃红免于“下天罗地网晒人干”的酷刑，使得整个老岸都“敬重他那铁一样的精神和气概”。这三次冲突，桃铁杆的作为，似乎颇有自相抵牾之处；但细加品味，其秉承于家族的血性，其泥旧而又守正的处世之道，却是一以贯之，符合其性格发展逻辑的。至于他的略带“愣充大头蒜”味道的赈济穷人的义举，因这义举而意外得到疯孤居士孟仕雨的遗产和海匪海佛爷的财产，暴得外财后上槎山见云机道长问用财之道，从此熄了与“五大堂主”的争斗之心，大做善事等充满悲喜剧意味的人生故事，更是作家编织出来的映射人物性格的一串闪动着奇光异彩的珠玑了。桃铁杆，这个已经消逝了的老岸老人物身上，有一些美质是属于未来，属于值得自豪的中国人的。

桃铁杆的大儿子桃一则是一个颇有警世意味的人物。桃一在桃家遭了倭寇抢劫败落之际，成了当家人，在他重振家业的那些卧薪尝胆的日子里，他身上尚有桃家辈辈相传的血性。祭祖时敢于剔肉敬祖，以血祀宗；长途贩粮时不惜大雪埋身，拼命苦干；家庭生活中破了老爹吃小锅的规矩，团结一家人，克勤克俭，终于套上了胶轮大车，跻身于县长召去同庆的乡绅之列，大有和放正族长比家势的心劲。但桃一的人生哲学是“与其穷苦一生，倒不如富贵一时”。他不乏乃父兴家的狠劲，却没有桃铁杆刚正义烈之气、怜贫恤苦之心。他生逢民族存亡的关头，却渐泯血性，奴性陡长。在高美克以壮烈的死，坚拒日寇逼他就任维持会长之后，桃一却卑躬屈膝地接受了。他奉迎日登少佐，最终沦落为吃喝嫖赌抽大烟之徒，田产卖尽，却意外地划成了贫农。此人虽得遐寿,与日登重逢后九十而终,然而终究是尸居余气,有玷家族,不足为训。

桃一的儿子桃星,在小说的绝大部分篇幅中,以下台的村支书、留用的村长、高一的团结对象这样一个配角的身份出现在老岸的改革和建设生活中。言谈举止,唯高一的马首是瞻,看不出他有什么特立独行之处。一直到小说行将终卷之际,才在“桃星的危船”里,让我们一窥这个桃家第三代身上的血性和毅力的一面。他买报废的危船冒险出海,遇风暴几乎送命,最后和高音漂到海岛,被高一当水手长的外轮搭救逃生。这一番遭劫历险,还有与隐姓埋名的打鱼人的对话,使桃星正视了自己,从内泯灭历史恩仇,与高一同心同德,振兴了老岸,也一同在海啸中为老岸民众献身。盖棺论定,桃星有觉今是而昨非的悟性,也可说承乃祖之若烈,洗乃父之污垢而自显其一丝星光吧。

与桃家的故事和人物相比较,老岸另一大姓高家的故事和人物,在老岸改革发展大业中的重要性,似乎更显赫一些,但落笔却有些虚飘矫饰。那个在这一家庭背景中,在外轮生涯中成长、成熟并获得别一种智慧、别一种襟抱,又在老岸的改革、发展中创出老岸老一辈人物所不敢梦想的新故事、新天地、新业绩的高一,成了《天经》一书最耀眼的亮点,成了作家祝福乡梓、寄托理想的主要人物。倘若我们理解了作家化怨为爱,化剑为犁,和衷共济,向统一了老岸、上岸、下岸三村的大岸村的未来,向世界化大乐园急驰的高尚心愿,理解了他要让人类生存得更好的希冀,那么,对他在写高一时的传奇手法,浪漫笔墨,状其多智则近于神、叙其权威则类乎君等弱点,也就无遑苛求了。

要之,这是一本恢弘见真力、疏荡有奇气的好书。它有些独具的深度,有点奇诡的魅力,历史感现实性兼有,沧桑意贤人心毕备。虽然读来有曲径通幽、支离明灭的迷茫和头绪难梳、兔起鹘落的惊疑,但还是值得有心的读者来坚忍地反复寻绎的。掩卷之余,你会恍然大悟:石狗身上镌刻的“天经”乃是幻设之辞,老岸新老人物的各各不同的经历——包括足迹与心路,才是真正的天经,写在大地上的天经。

2003 年 3 月

新世纪的士兵之歌

——读陶纯、陈怀国、衣向东的长篇小说《我们的连队》

怀着浓厚的兴味读完了《我们的连队》。我感到，这是一支应和着时代的节拍的连队生活的进行曲，是一组意境高远、情感激荡、格调清新、文字匀净的战士成长的诗篇，是展现我们军队建设的新风貌、新成就，绘状我军基层指战员的优良形象和素质的一轴色彩鲜明、气韵生动的画卷。我聆听它、吟味它、观赏它，感到心情非常愉快，对我们的军队和战士，产生了深深的感激之情。

《我们的连队》描写了华北地区我军一个连队——有很深的历史根基和崇高的荣誉的钢八连——一批新兵从入伍到退伍的两年间的生活历程。新兵役制实行后，战士两年的服役期是短暂的，但它是战士们生命中最重要的驿站，是贯穿他们一生的结实的锤炼，是引领青春向人生的美好境界飞翔的导航。作者们的心和战士们是相通的。他们怀着和战士同样的自豪感和上进心，从连队生活、日常训练中汲取诗情，把他们的战友们成长的故事，朴素而真切地讲述出来。小说透过部队基层生活的描绘，在开掘、展示指战员们不同的命运、不同的内心世界的过程中，深深地触及时代的脉搏、社会的风云，使有畛域的军营和无涯涘的时代贯通起来。这就赋予小说以强烈的时代感和开阔的社会背景。

我们看到，在硕士生毕业的八连新指导员江一帆和他们的工作环境中，在一群新入伍的战士的成长历程中，出现了许许多多只有在现时代才会有的新的问题。比如部队基层建设、普通士兵的状况几乎淡出了社会关注的视野；社会上流行的不良风气对部队的影响和渗透；大学生保留学籍入伍、老板雇工冒名顶替儿子入伍、单身家庭娇宠的子女入伍、大款的宝贝儿子入伍等带来的新兵状态的多样化；干部家属下岗问题、战士参与炒股问题、老兵转士官问题等引起的部队基层工作的新困难。这一切都被纳入了作者笔端，予以了正面展开的、生动有趣的描写。这样，指战员们生龙活虎、忧乐与共的军旅生活，便展现为大时代的社会生活的一个特殊的部分；指挥员的艰辛工作，战士们的成长历程，便织入了现时代的种种复杂交错的社会现象之中。小说的艺术天地开阔了，生活的内容丰厚了，艺术真实性也大大加强了。比较单纯和平凡的战士们成长的故事，却蕴涵了在新的时代条件下军队建设，尤其是基层连队建设的途径和特性问题，具有了更丰富、更带普遍性的意义。

《我们的连队》在描绘部队基层指挥员形象方面，取得了十分突出的成绩。读完小说，掩卷回思，一个个鲜活、可爱的当代军人形象重现眼前，仿佛可扪可触，似乎謦欬可闻。指导员江一帆，是新时代军队培养出来的具有很高政治素质、军事素质、文化素质的基层干部形象。他既敏于发现部队基层建设中的问题，善于思考，勇于建言，而且也有实际承担基层繁重工作的献身精神和工作能力。更重要的是，他有一颗尊重战士、理解战士的爱心。在连队荣誉室里处理战士送来的礼品的动人情景，用特殊的方式处理逃兵事件，给予来队探访儿子的姚桂萍以特别的礼遇，在战士们因受欺诈而与军营门口的挑衅者打了一架时，他那种既执行纪律又激扬士气的教育方式，都是令人感动也发人深思的。在军队的纪律和规定中，的确有许多合理合法却不太合常情之处。江一帆对自己的战士，既严格要求，又照拂兵情，有很高的带兵艺术，但他对自己因下岗而心理失衡的倔犟妻子黄丽菲的态度，却未免有些合理而不近情了。尤其是他处理妻子几乎要发生的外遇时的那种冷静和大度，似乎过于理性和高尚了。些许微疵，无损于这个指导员整体形象塑造的成功。这个智而勇、武而文、理而情的江一帆，不失为让人可目一新的部队基层指挥员形象。

更令人喜爱和难忘的，是八连战士们的群像。这里有冒名顶替老板的儿子参军的肖立金(真名李大庆)。那么出色的一个兵，怀着精神负担和心灵隐痛，却对战友黄强、王晓关爱体贴，无私帮助，其胸襟何等开阔！他在训练场上的过劳猝死，对我们是一个震撼。娇生惯养的大款儿子黄强，从几乎当了逃兵、念念不忘炒股到成了合格的战士，有正义感和荣誉心的男子汉，他成长的故事，简直是一个奇迹。羞怯、柔弱、离不开妈妈照料的张玉忠，在艰苦的磨炼中刚强健壮起来，人生中突然的打击，使他更加成熟。他是在获得独立驾驭人生之舟能力的状态下退伍的。带着学籍入伍的大学生新兵王晓，怀着继承爷爷的遗志，一偿父亲的夙愿的"秘密"，忍受着失去女友的痛苦，坚定地走上了自己选择的军旅生涯。还有那个淳朴宽厚、技艺高超的"枪王"，一班班长张家林，虽然永无提干的希望，却无怨无悔、兢兢业业当好士官，成为部队培育、生长战斗力的骨干。他忍痛拒绝中学老师杨玲纯洁的爱情的情节，简直就是一首忧伤而美丽的诗篇。这些可爱可敬的战士，在涉及个人荣辱进退的问题上，更表现出高尚的情操和纯净的心地。八连转士官评议会上出现的既严肃认真评选又顾全大局互让的一幕，集中地反映出军队内部人与人关系中健康和美好的一面。这是有理想光彩的，也是更高的真实。

以高尚、纯洁的情思，爱抚的笔意，来描写我们军队基层的指战员形象，按照生活中本来的样子去写出他们真实的面目神情、丰富的内心世界，这是《我们的连队》具有强烈的艺术感染力的主要原因。像这样去写军队基层生活，写普通的战士形象的纯净的笔墨，似乎已经有些久违了。久违之后复见，我的惊喜和激赏，我的感动，就分外强烈了。希望我们的军事文学有更多这样的作品问世。

2003 年 4 月 5 日

秀出的青枝　奋争的精灵

——读关仁山的长篇小说《天高地厚》

中国农村近三十年来发生的改革和变动，中国农民在这一天地翻覆的历史进程中所发生的命运浮沉、心理变迁、歌哭悲欢，在我们上世纪的新时期文学中，曾经有过敏锐、强烈而又持续、执著的表现，产生过一批广有影响的作品。但是，近年来，由于社会状况、文学思潮的变化，农村题材的文学创作渐渐转入了暗弱停滞的状态。在这种情况下，关仁山的长篇小说《天高地厚》，以其深沉有力的主题内涵、绚丽多彩的生活画面、鲜活新颖的人物形象和淳朴浓郁的土风乡情，引起了文坛内外的广泛关注。就小说反映的社会生活的厚重，概括的历史跨度的巨大，捕捉生活中新的经济形态、新的社会关系、新的弄潮人物的敏锐而言，《天高地厚》显示出了不同流俗的艺术器识和艺术魄力。它及时而新颖地为我们带来了关于农村发展、农业振兴、农民命运的新消息，引发了我们对正在我们眼前展开的一场更深刻的农村社会大变革的积极的思考和热情的期待。

长篇小说的思想和艺术成就，往往集中表现在那些富有社会生活内涵和时代意义、具有较高的艺术真实性和艺术魅力的人物形象的塑造上。《天高地厚》塑造了各种各样的众多性格鲜明的人物形象，其中最重要的，是荣汉俊和鲍真这一对在特殊的社会关系和社会角色中互相联系依存也互相矛盾斗争的父与女形象。这两个人物在不同时代条件下求生存、求发展的生活道路，他们各自在感情生活里演绎的形似而神不似的有所爱而无所终的爱情悲剧，构成了全书主要的情节线，自然地形成了人物命运与爱情两重奏的艺术结构，使小说具有了一种相互映带、相互生发的复调小说的韵味。

《天高地厚》以华北平原上具有丰厚的历史承传和诡谲的风土

人情的蝙蝠村为生活舞台，在我国近三十年来农村大变动的广阔背景上，展开了鲍家、荣家、梁家三个家族三代人升降浮沉、盛衰进退的生活变迁史，把中国农民在时代潮汐的牵引掣动下求生存、求温饱、求发展的坚忍的意志、不息的奋争和所遭逢、所承受的曲折、挫败、困顿、辛酸和盘托出。主人公荣汉俊和鲍真这一对特殊形态的父与女的人生故事，在前后连接又各自分岔、相互疏隔又不时交缠中生发、漫衍、飞动、突转；他们的形象，也从历史的雾霭和生活的烟尘中渐次凸显、清晰、定格、丰厚起来。

青年时代的荣汉俊是蝙蝠村的生产队副队长兼民兵连长，改革开放后脱颖而出，成了蝙蝠村显赫一时、说一不二的实权人物。他是乡里、县里器重、保护的村支书、省劳模，又是财力雄厚的乡镇企业家，得风气之先先富起来的领军人物。尽管这个人物在现实的发展和个人的感情生活中越来越表现出招人嫌憎的恶的品性，我们还是不能不承认，如果从历史的角度来估量他，在中国农村第一波改革浪潮和发展高潮中，这要算一个不可多得的机敏而有力的弄潮儿。荣汉俊的父亲荣爷，是看重政治荣誉却穷得家徒四壁的复员军人，他在乡村里说得上话，却吃不起饭，为儿子办不起一个像样的婚礼。他和战场上的生死之交姚喜贵结成亲家，实行儿女换亲，铸成了荣汉俊一生的婚姻悲剧。荣汉俊不满于妻子姚来香婚前的失身和婚后的冷漠，爱上了老队长鲍三爷的女儿鲍月芝。他们的爱情是如此炽热、大胆，如此具有抗争性、先锋性。他们共同开荒种黑地的故事，成了荣汉俊生命史上最耀眼、最出彩的篇章。因种黑地被判刑八年的荣汉俊，一朝平反出狱，立即释放出自己被压抑已久的求生存的智慧和力量。他第一个走出蝙蝠村放眼看外面的世界，回来办起乡里第一个乡镇企业汉俊皮包厂，开始积财攒力，乘时奋飞。

荣汉俊的人生哲学是："男人要活出个人样儿，就得有权有势，权势还要有财力做后盾。"这个颇有心机的乡土政治家一面利用醉鼓节，借梁家鼓主之力为自己的"汉俊皮包"做广告，一面玩弄鼓里藏赌资的计谋，打击梁家势力，挤开梁罗锅，当上了村长。尔后，他就开始了在蝙蝠村创业经营的奋斗历程。他在这个历程中的每一步，似乎都伴随着随机应变的狡智、精明善谋的心计。从当众焚烧假冒伪劣皮包，到适时转产办红星轧钢厂，到成立红星农工商公司自任经理；从借回乡农民索地压力挤兑种粮大户梁罗锅、梁双牙一家，到在稻田污染事件中打击另一个新崛起的种粮大户鲍三爷，再到在轧钢厂的经营中先发制人夺了亲弟弟的权，在豆奶厂的发展中阳奉阴违给梁思华、梁炜下绊子；从用行贿的手段控制宋书记，不惜利用女儿色相讨好冯经理到雇歹徒打不听话的垦荒包工头，教训想和情人鲍月芝谈婚论嫁的情敌……这一切伴随着蝙蝠村的发展、荣汉俊的上升而发生的丰富、生动的情节和细节，鲜明地雕镂出了荣汉俊这一不惮于行恶弄邪的乡土能人的奸雄性格，表现出他咄咄逼人的霸气和不可估量的能量。正是在这一人物性格的内涵中，凝聚了中国农村的政治、经济、文化、宗族等错综复杂的现实关系。中国农村改革和社会发展的全部复杂性，几乎尽展在这个人物的行事状和谋事的心机里了。当然，在某种意义上，恶，即人的恶劣的情欲也是历史发展的杠杆的历史辩证法，也在这个道地的农村之子的巨大生命能量中生动地得到了验证。

我们能够感觉到作家对荣汉俊这样的乡土政治家和经济强人的态度是复杂的。一方面，他满怀着同情描写了荣汉俊最早起来向农村极左政策抗争、大胆追求爱情的过去，并由此展开荣汉俊对农村新一波改革发展浪潮中涌现的新人物鲍真、梁双牙这些晚辈的呵护（这种呵护既出于他辨识社会潮流的本能，也是他已逝的爱情的一份特殊的遗产）；另一方面，他带着道德的义愤和纯洁感，借着对荣汉俊在爱情方面的失败，在鲍月芝、鲍真母女心中引起的幻灭和鄙视的描写，严厉地鞭挞了这个人物的灵魂。荣汉俊不但坚拒承认自己是舍己救人的好少年鲍豆子的生父，而且卑劣地审问那些光棍以证明自己的清白的情节，是有艺术震撼力的。“顶天立地的一个男人，没了。”这是鲍月芝内心的宣判。而他为达到离婚的目的对姚来香的感情折磨和他设法让姚来香“自愿”到红螺寺出家的“心计”，简直让人触目惊心了。恶是令人惊悚的，当恶又蒙上一层伪善的皮，就令人恶心了。在这里，荣汉俊的性格中，竟有了某种和《雷雨》中的周朴园相通的东西。这一笔是非常深刻的。尽管荣汉俊在晚年又攀上了事业和荣誉的高峰,在蝙蝠村建成小别墅群的同时,他也当选为县政协副主席;但是,社会形象的光环并不能掩盖他个人生活中的失败。有所爱而无所终,有亲生女儿却不能相认,荣汉俊陷入了茕茕孑立的人生末路。这位应运而生的中国乡村实力派人物的人生悲剧是发人深思的。改革的新机运与生活的旧形态的交错,社会的发展与人的发展的失衡,爱情的追求与私欲的贪求的分界,这一切外在的和内心的冲突全部会聚到荣汉俊的身上,使这个人物成了中国农村改革与发展的真实情状的一面敧侧变形的镜子。

比起荣汉俊这一类更多地带着中国农村社会生活的旧痕的实权人物来,《天高地厚》把更多的关注和同情投向了鲍真、梁双牙、梁炜这些农村新一波改革浪潮中涌现的新生代的艺术形象。这是一簇正在生发、舒展的青枝,一群正在奔突、奋争的年轻人。在他们身上,固然也能感受到历史负累的沉重,现实人生的艰辛,农民处境的无奈,但更真切、更强烈地吸引我们的则是农村青年新生代寻路的执著,探索的大胆,志趣的高远,以及从中透露出来的中国农村社会发展和人的发展的新的希望。正是在这一点上,小说和已经出现的许多暗晦沉闷的农村老故事迥异其趣,为人们吹送来了一阵清新强劲的时代之风。

在这些蝙蝠村年轻人的艺术形象中,最脱俗最亮丽最有朝气的,自然是已经经历过一段进城打工生活的历练又回到乡土上寻求新的发展之路的女青年鲍真了。鲍真是荣汉俊的私生女,但由于荣家拒不承认,她是由倔犟能干的单亲母亲鲍月芝一手拉扯大的,而且在蝙蝠村始终保持着普通村民的身份,与荣汉俊的权势基本上了无关涉。她高考落榜开始与梁双牙恋爱,两人双双进城打工,梁双牙炸了一阵油条就回村务农,和父亲一起一度成了种粮大户。她则南下广东、深圳,当过保姆,买原始股发了点小财才回到蝙蝠村。鲍真回村后的经历表现为一连串的寻求生存与发展之路的努力,这种努力往往是略有小成便遭大挫,愈挫愈奋,奋争不已。她搞过开垦荒地,办过奶牛场、酱菜厂,试验过水稻田养鱼,当过经营棉田的“女庄主”。后来又和鲍三爷一起，利用土地转包的机会成为继梁家衰落之后而崛起的种粮大户。最后又搞绿色生态农业，办农村经纪人协会，闯北京市场，创农产品品牌……她当过村长助理，竞选村长横遭打击后又到乡里当土地管理员，参与了推倒"空心村"的工作，继而又复归于土地，拒绝了荣汉俊要她接任的要求。这一连串让人眼花缭乱的经历背后，透露出的是经历了改革开放的第一波发展之后的农村渐渐又陷入发展滞后的困境，农民求生存、求温饱、求发展仍然是一个严峻的现实课题的消息。鲍真谋生的艰难和经营方式的多变，折射着农村、农业、农民问题的严重，也反映着已被改革开放释放出来的农村社会潜能在奔突、奋争中寻求出路的不息的努力。

对于鲍真这样的农村女青年来说，她对人生之路的探索，还要承受中国农村落后的旧习惯势力、狭隘的偏见的中伤和打击。她在竞选村长时遭到荣爷和冯经理的暗算，也受到未来丈夫梁双牙的误解。她在保护"红苹果"大米品牌时，既受到来自上面的压力，也受到来自乡亲的敌视。在她求生存、求发展的一次次奔突中，无形的束缚、禁锢几乎与有形的风险、挫败相随相伴。她这只奋争的蝙蝠，左冲右突，身与心都留下了血痕。她的事业并没有什么奇崛之处，她的成功暂时也还只是荣汉俊、宋书记们的"政绩"的一个点缀；但是她求索奋斗的精神，却是属于未来的，传递了中国农村在新一波的大变动中将有一代新人涌现的信息。鲍真是一个为农民、为乡土求福的奋争的精灵，她的形象使我们眼前一亮，看到了一片孕育蓬勃生机的厚土，一片高远辽阔的蓝天，一排葱茏抽条的远树，一群洒下清唳、高翔远翥的鸽子。荣汉俊这一代人毕竟已经老去。试看未来的中国农村，必定是鲍真、梁双牙、梁炜们的天下。

鲍真追求爱情的故事也是耐人寻味的。她和梁双牙分分合合的爱情婚姻之路，从表面上看，也和父母辈一样，浸淫着有所爱而无所终的忧伤。但实质上，这是别样的失爱的优伤。在鲍真的爱情痛苦中，蕴涵着她对合意的人、幸福的爱情的新的更高的要求。不要说荣汉俊替她撮合的崔振广不中她的意，即使是她苦苦爱恋的梁双牙，最后也在她心目中退色了。小说结尾处，梁双牙远走海外打工去了，鲍真也悟到“梁双牙并不适合自己”。她心目中的男人是怎样的呢？前面的路途中能不能碰上这个男人呢？——这是鲍真心灵中和命运里的一个令人忧伤的悬疑，但这个悬疑象征的不仅仅是过去的寻求和呼唤的终结，也是新的寻求和呼唤的开始。谁能说时代的变动、农村的发展不会给鲍真一个找到真爱的机会呢？让我们为她的事业，也为她的爱情祝福吧。

2003 年 5 月

透过人的命运所触摸到的

——读毕四海的长篇小说《黑白命运》

近20年来中国农村发生的广泛而深刻的社会变动，不仅促成了农村经济、社会的发展，农民生产方式、生活方式的新形态的出现，而且造成了作为“一切社会关系的总和”的人的命运、性格、心理、情感等的复杂、生动、丰富的变化。形形色色、千变万化的农村人物命运的交织、碰撞，为中国作家“观察、体验、研究、分析一切人，一切阶级，一切群众，一切生动的生活形式和斗争形式，一切文学和文艺的原始材料”，从而“创造出各种各样的人物来，帮助群众推动历史的前进”(毛泽东语)提供了最难得的社会生活前提和历史契机。以反映农村社会变动、描写农村生活发展为职志的中国当代作家，其创作成就的高下，在一定程度上可以说，端赖其对这一历史契机的把握的时代敏感和艺术功力如何而定。对毕四海的整个文学创作及其长篇新作《黑白命运》的评价和分析，也可以从这个角度进行。

小说的主人公王南风，是农村社会变动中涌出的诸多杂色的农民企业家中的一种社会类型。他的命运，正如他的外号老W的字形象征的，老是处于大起大落的跌宕之中，老是处于黑白的不断交替、重叠之中，不能为他自己所掌握。他原是一个志存高远、学业不错的高三学生，和女友黎苇都想报考大学新闻系，却赶上“文革”爆发、高考取消，只好回乡当了农民。初恋如朝露蒸发，现实安排给他的妻子是善良而信教的藤嫂。在“文革”十年中，他不甘心贫困的生活，三次为求生存、求温饱、求发展而入狱，“罪行”则荒唐可笑：第一次是因从邻县往家乡集市倒腾粮食，挣了140元钱；第二次是因为要救助成了孤儿寡母的黎苇，到牲畜集市当了一回卖驴子的牙头儿，挣了150元手续费，一判五年；第三次则是在村支书王占吉安排下，按协议为村里卖煤提成了一笔钱。在极左的僵化的农村政策的高压和禁锢下，头脑活络，有一定文化和经营意识的王南风，度过了他苦涩多难的青年时代。

“文革”结束，农村改革开放的潮流骤起，那些或恶意或顺潮流而加害于王南风的人们，不得不悻悻地接受王南风无罪释放的事实。但这些高高低低站在官位上手里有权的人，却又开始用另一种方式播弄起王南风的命运。心有余悸，不敢接受他平反后应得的补偿款的王南风，把4万元捐出去为村里盖了一所小学，此举被好大喜功的记者鲁成章发现并报道出来，从此王南风成了日月县著名的有远见卓识的农民企业家。在热情支持、推动农村改革的县委书记黎行千的扶持、鼓励下，王南风的事业令人眼花缭乱地发展起来了。村支书王占吉把砖厂承包给他，又贷给他6万元，使他顺利盖成了村小学，还用他的名字为小学命名，让他当了名誉校长。接着，半是领导安排半是顺水而凫地，王南风先后经营起运输车队，办起了花木公司，还筹划起大葱经营公司，贷款越来越多，摊子越摊越大，成了远近闻名的致富能人、改革开放的标志人物，甚至成了村、乡、县各级官场明争暗斗中被移来挪去的一枚筹码。后来，在头脑发热的黎行千的拍板和想进常委的乡党委书记单子中的着力促成下，王南风贷款20万办起了苍蝇养殖厂和与之配套的养鸭厂、面包厂，想另辟蹊径地创造致富奇迹，结果因所购蝇种有误，所用非人，闹了个蝇飞鸭死，面包厂黄了，妻子也死了的可悲下场，差点儿跳下舍命崖自尽。他像一只人为操纵的气球，升腾到了天上，倏忽之间，又跌落到监狱的边缘。那些利用他、勒索他、嫉妒他的有权势者，已经把他当成破产负债逃逸者要发通缉令了。亏得黎行千没有在官场倾轧中下台，头脑也稍稍清醒，才从舍命崖上救下了王南风，并把发错蝇种的日本厂商赔偿的6万元交给了他，为他日后的东山再起下一转圜，留一悬念。

王南风这样一种农民企业家的类型虽然不能说具有很高的典型性，却也有一定的普遍性和认识价值。透过这个人物的命运，我们可以触摸到变动中的农村社会关系、政治体制、干部作风、社会心理中那些相当恒定的滞后的因素，触摸到农民和大量带有农民气质和烙印的干部思想和心理素质中的积垢，触摸到农村、农业、农民的发展和进步正在和将要经历的历史性的曲折，从而触动人们对社会现实与人的命运的思考，为农村、农业与农民的命运的新一轮更深刻也更扎实的变动，为他们的前途和福祉，开出清醒的反思之路。这种以农村人物的"人之命运"为中心的反思，无疑是更具现代人文色彩也更具理性光辉的。它将托出我国农村政治文明和经济腾飞的新的一片曙色。

孙犁曾经指出："人的遭遇不是他自身可以决定的。……命运可以说是客观的规律，不是什么唯心的东西。我们生活在这个世界上，是受这个客观世界，受时代推动的。"他又说："人生于必然王国之中，身不由己，乃托之于命运，成为千古难解之题目；圣人豪杰或能掌握他人之命运，有时却不能掌握自己之命运。至于凡俗，更无论矣。"此千古难解之题目，也是文学永恒的命运主题，其中所蕴涵的社会生活的内容与信息是极其丰富的。毕四海写王南风的命运，亦不失为解古难题之一试。他在王南风的上下左右，安排了从黎行千、王火、梅汉三到张森、单子中、鲁成章、王占吉等政治性人物各具内涵的命运，还安排了黎苇、藤嫂、李桂英等诸多女性的悲剧命运，使成为小说故事主线的王南风的命运浮沉史，延伸、扩展到中国农村社会生活和人生舞台的各个方面，小说也因此带有一定的历史纵深感和生活的丰厚度。但因为头绪太多，叙事又有意闪烁其词，藏头去尾，事中套事，节外生枝，也就给认真的读者带来艰于阅读的苦恼，或许还会给一般希望畅谈无碍的读者废卷他顾的可能——这可能是在叙事风格上偏于繁涩的毕四海没有想到的吧？

2003年5月14日

斑驳史影　险巇人生

——读吴民民的长篇新作《“海狼”事件》

曾以《世纪末的挽钟》给读者留下深刻印象的旅日华人作家吴民民，最近又完成了新作《“海狼”事件》。这是一部以第二次世界大战及战后的冷战时代为背景，以远东中、日、韩三国为舞台展开的现代史题材的推理小说。这部新作，不仅显示了吴民民创作的新的进展，也为当代推理侦破小说的创作开了新的生面。我相信它一定会受到关注现代世界史和现代推理侦破小说的广大读者的喜爱。

吴民民的创作，不论其为报告文学，抑或为推理小说，都以开阔的国际视野、鲜明的历史意识、深沉的悲剧格调和犀利的人性剖析见长。《“海狼”事件》很好地秉承了他这些一以贯之的创作特色，并且有了与时俱进的发展。

《“海狼”事件》讲述了一个已经湮灭在历史的尘埃中的没有最终结果的跨国追捕故事。追捕者是二战刚刚结束，冷战即将开始的日本、韩国的警方及在背后操纵追捕的美、苏两大国的势力。而被追捕者却只是一个普通的日本宪兵高桥秀义。这个入伍两个多月即遭逢日本战败的日本陆军大学学生，由于一个偶然的机缘，被聘任为英语译员，得以获悉日本七三一细菌战部队与美国军方之间一项秘密交易的内幕，掌握了一份有关生化武器的试验和生产的资料及标本的清单。他的这一特殊经历，使他无意中卷入了正在进行的远东国际军事法庭审判战犯的争端之中，成为美、苏大国冷战开始阶段的一个筹码。美国军方驱动日本警方，急于追捕到这个绰号叫“海狼”的逃犯，掩盖美日双方进行细菌战材料的交易的真相；而苏联则指使自己的间谍，拦腰介入这场国际性的追捕，竭力要把高桥秀义掌控在自己手里，以便在远东国际军事法庭之外对美、日提出新的指控，在刚开始的冷战棋局中下出一着制胜的妙棋。于是,这一场对普通的逃犯的追捕,便成了美苏双方在一个广阔的地域里以特殊方式进行的暗中角力。追捕的过程,既是现身第一线的日、韩警方运用奇智、显示毅力的扑朔迷离的推理过程,也是隐身幕后的苏方法官、间谍施展手段、行间贿买的谍战过程。同时,高桥秀义和路影、山崎幸子的惨苦的人生悲剧和悱恻的爱情故事,也在这一个充满推理悬念和谍战诡计的追捕故事的疑云中渐次清晰地浮现出来,凸显出来。

演绎这样一个近60年前发生的、积满了厚厚的历史烟尘的追捕"海狼"的故事,使它具有吸引当代读者目光的现实意蕴,并赋予它以现代推理小说的新的艺术格式和质素,这无疑是一个艰巨的文学使命。吴民民是怎样完成这一文学使命的呢?

首先,作者大胆地突破了推理侦破小说相对狭窄和专业的体式框架,赋予它比较开阔和比较生活化的艺术容量和色彩,以便容纳作者多方罗掘所获的历史材料,确立了与当代世界政治、现代社会思潮有一定关联的主题。《"海狼"事件》从"海狼袭击渔民"事件的疑云入手,展开了"海和号"惨案的调查、远东国际军事法庭的内外攻防战、"东京蔷薇"猎取情报的圈套、扎里季耶夫将军的"海啸"作战计划等奇崛的情节,把这场涉及美、苏、日、韩四国五方,头绪纷繁、波谲云诡的国际大追捕演绎为一部包含着或明或暗的国际政治搏斗、残酷险巇的人生悲剧的多幕连续剧,绘状为一轴翻滚着历史烟云,迸发出人性战斗的凝重画卷。小说的情节推进,从表面上看,似乎是紧紧追踪着被追捕者高桥秀义这个聚焦点而移动的;但从内面看,却是始终环绕着日美之间在七三一细菌战部队的命运上达成的秘密协议而编织的。如果说,高桥秀义只是一只不时跃出海面的"海狼",那么,决定了他的悲剧命运的,则是一个在海面下形成的国际政治漩涡。对这一暗暗涌动并把高桥秀义及"海和号"难民等活生生的大量生命吸卷进深渊的政治漩涡的显现和揭示,才是作者的艺术追光的聚焦所在。追捕"海狼"的推理小说的情节线,在作者笔下,变成了一具缚长鲸、钓巨鳌的开口极大的拉网。在网中闪动的鲸影鳌背,就是在二战结束、冷战肇端时期控驭国际政治全局的美、苏政治势力。这样的气魄与布局，是以作者的历史意识和现实感为依托的。

其次，作者把推理小说展示警方智慧风貌、侦破手段，揭示罪犯深层心理及逃逸狡智以吸引读者的艺术质素置于相对次要的地位，而用几乎是全部的心力，描绘高桥秀义与路影、山崎幸子的命运悲剧，并由此织入西川正人与金顺姬，周海龙与刘思虹（失去记忆的路影），山崎幸子与中村直也、野坂英治，日本下关警察署署长池田雄一与韩国釜山市警察署署长金井泽，高丽别动队头目“大猎”与杀手李树哲、李树民兄弟，“东京蔷薇”森利娅与日本东京警察总部刑侦部部长大谷泽、副部长伊藤文夫等多组人物的生活、命运、性格、心理，从而展开战后中国东北、韩国、日本的生活风貌和时代情绪。这众多的人物，或以其生离死别的命运使人关注，或以其缠绵悱恻的爱情使人低回，或以其职业性的无情与执著自取灭亡，或以其颠沛流离、无辜殒身的遭遇令人感慨。虽然不能说作者笔下的人物都有让人印象深刻的性格刻绘，但通过这众多人物及其相互间的繁复的关系，作者的确描绘出那个时代远东人民的共同的苦难和多重的史影，触及了人性的种种样态和不同侧面，使推理小说与历史世情小说的艺术质素调和起来，为现代推理小说的一个分支——国际题材的推理小说尝试着践履出一条新路。当然，作者能这样做，和他对人类社会，对人权、人性、人情等现代人文思潮反复冲刷激荡的问题有了比较开阔和新颖的理解有关。而这种理解和认识，则是与作者长期在日本生活和工作的经历联系在一起的。

最后，作者显示出了比较出色的结构意识、手段和叙事才能，充分发挥了推理小说所固有的隐事悬疑、伏脉千里、兔起鹘落、扑朔迷离的种种艺术手法，营造了一个让读者一旦进入，就紧随曲径，回环往复，欲罢不能的艺术迷宫。这一艺术迷宫，以离奇惊怪的“海狼袭击渔民”事件为导入口，先引你进入“海狼”高桥秀义在日本坛之浦的潜逃之路。然后笔锋一转，回头倒叙“海和号”惨案的线索，引出通往汉城钟路区平安道里的凶杀案和巨济岛“高丽三号”渔轮上的惨剧这两条岔路。接着出现的，是东京审判的明修栈道和暗度陈仓，“东京蔷薇”设下的美人陷阱和大谷泽的破镜摘花。在这种爱情与罪恶的花纹交错的花砖砌成的通向地狱之路上，大谷泽殒身于前，伊藤文夫丧命于后。而刘思虹的突然恢复记忆，把小说的叙事幽径，转向了中国东北的乡间山路，引向高桥秀义的逃亡和复仇之路。同时，离开坛之浦来到东京，又来到热海的山崎幸子追寻爱情和恋人的路，却把追捕者和被追捕者双方，引向热海真鹤岬这个死亡之地，这也是小说迷宫的结穴之地。……这样的艺术结构，可以说是极尽“山重水复疑无路，柳暗花明又一村”之妙了。作者的叙事才能，既畅达又严谨，虚实相生，明暗互映，析史决疑，鞭辟入里，言情寄慨，墨意淋漓。虽然也有沉冗重复之处，终究能收大含细出之功。读着此书，在欣喜于“云霓明灭或可睹”的同时，又会坠入“烟涛微茫信难求”的惶惑之中；在“爱而欲其生”的期待中，又不得不惊悚震怖于“魑魅喜人过”的人类厄运。凡此种种，都说明这部题材独特的推理小说，也是有其独特的艺术吸摄力的。

2003 年 10 月 30 日夜

于美国普罗维登斯

各分半面旗　坚守一生志

——读卜谷等的长篇历史传记小说《经略赣西南》

《经略赣西南》这部作品，虽然在外观上取了影视剧本的形式，但从它的内在实体，它描写的生活画面和刻画的人物形象观之，却明明白白是一部写得饱满细致、结实有力的长篇革命历史小说。或者也可以说，这是一部可供案头阅读的具有浓郁的文学意味的长篇电视文学剧本，它有不依赖于拍摄成片的独立的文学价值在——这与一般只存人物对话与动作的粗略梗概的电视剧剧本是完全不同的。

根据以往的经验，我是不大愿意读电视剧剧本的。但这次打开《经略赣西南》，我就渐渐被吸引住了。我感到它对读者有很强的维系力和冲击力，读完之后觉得颇可回味，于是又细读了一遍——这是我自己也没有预料到的。

这本书的主人公，是31年前即1972年4月就已逝世的老一辈革命家、江西苏区的创建者之一的曾山。对于现在许多年轻人来说，这个名字已经很陌生了。诚然，他的不朽的英名和功绩，早已砌入了人民共和国的础石，镌刻在人民革命胜利的丰碑上。但他的形象、风神、言行，却主要存在于他的战友、亲人和同时代人的记忆中，随着岁月的推移，逐渐变成需要搜罗、考辨的“放失旧闻”，有待于历史学家的访求和记录，有待于历史文学作家的分析、体验、概括、集中，才能重新活起来，重新获得与现时代的生活相通的脉息。此书的作者水根、辛华、卜谷，正是在这一方面，做了史学家和作家兼备的很好的工作。

革命历史题材中的人物传记小说，因为离现实近，传主的生平事迹又往往涉及党史、军史中的重大关节，政治性、思想性很强，一向被认为较难措笔，一直是我们历史文学创作中的薄弱环节，较少成功的可资借鉴的经验。尤其是描写江西苏区的革命历史人物的小说，更是难得一见。因此，《经略赣西南》的创作，颇有一点筚路蓝缕的意义。

郁达夫曾指出："现在所说的历史小说，是指由我们一般所承认的历史中取出题材来，以历史上著名的事件和人物为骨子，而配以历史的背景的一类小说而言。""历史小说，既然取材于历史，小说家当创作的时候，自然是不能完全脱离历史的束缚的。"这些话指出了历史小说之为历史小说最基本的要素，即它要忠实于历史，以真的史事和人物为骨架，自然而然地乐于接受真实的历史的束缚。也就是说，历史小说首先要从历史着眼，尊重历史，尊重客观，不能任意颠倒历史事实，把历史当做任人打扮的奴婢。大的历史事件及其轮廓，重要的历史人物所经历的事实，所采取的行动，以及伴随行动而发出的关键性的言谈，这些是不能遗漏或虚构的。对历史事件和历史人物的评价，有所轩轾，有所褒贬，也应遵循史学长期研究得出的公论，不能任意作惊听回视的主观妄评。尊重史实与公论，虚心学习并发挥良史之才，这是好的历史小说作家创作准备中的最基本的功课。如果不想下史学的苦功，那就不必作历史小说；或自作小说，却不必冠以历史的名目。历史是沉潜凿实的功夫，容不得镂虚空、妄月旦的主观逞臆的态度。

水根、辛华、卜谷写曾山，并不是写他一生的全史，而在于截取曾山在江西苏区参加革命，参加苏维埃政权的建设，参加红军反"围剿"斗争的一段历史，这就抓住了曾山之为曾山的最富特征性的一段生活。毛主席曾说过，曾山在江西苏区是有功的。曾山在人生盛年建树的革命功勋，不仅对他个人的历史，而且对江西苏区、中国革命的历史，都有较大的意义。曾山这一段历史经历了外部的诸多起伏的事实，也经历了内心深沉的变革。这是一个不断建功也不断成长的历史过程，也是一个历史时势、契机造就、催生时代英雄的过程。《经略赣西南》的主要的故事情节线，就是顺着曾山在江西革命斗争的洪流中留下的姿影、足印和声音展开的。

我们看到，原名曾如柏的青年曾山，这个"裕丰泰"丝线作坊里的学徒，锦原村街上开“合顺店”卖肉的穷屠夫，是怎样在大哥曾延生的影响下，不堪忍受恶霸地主曾和苟的欺辱，走上了追求革命的道路的。从此展开了他富于传奇色彩和“稳而有实，有始有终，任重而道远”（毛泽东评语）的征战历程：他参与发动了威震赣西的以“人多为王”作号召的官田暴动；他从农村实际、农民利益出发，参与制定了正确的、立竿见影的土地政策，造成了吉安东固地区一片“分田分地真忙”的红火景象；他在九打吉安的战斗中任总指挥，创造性地执行毛泽东的战略战术，取得了工农红军战史上辉煌的大捷；他亲自参与用计谋把张辉瓒牵到龙冈加以围歼，充当了一回摁死活老虎的“新武松”；他在兴国、长冈乡创造了第一等的群众工作，促成了朱德与粤军师长李振球的江口谈判，使苏区与白区的地下贸易开展起来，一定程度上缓解了红军和苏区人民的燃眉之急；最后，他忠实执行党的指示，在红军北上抗日后，留下来坚持南方游击战争，拖住了敌人，掩护了红军主力，一直到失败后沉着、机智地脱险，只身下赣江经南昌到上海去寻找党组织。这一个个重大历史事件，像色彩丰富、层次分明的画卷一样，烘托出曾山挺拔丰满的形象。

在展开曾山这段经历时，作者很注意把曾山的形象置于与其他真实的历史人物的关系中进行刻画。与朱德、毛泽东、彭德怀、陈毅、黄公略，与罗炳辉、曾炳春、陈正人、蔡畅、胡海，曾山都有独特的交往和情谊。他是朱、毛、彭、陈、黄无私的臂助，独当一面的战友，勇于任事的干才，也是罗、曾、陈、蔡、胡生死与共、志同道合的朋友。在对经略赣西南有着重大意义的吉安陂头圩“二七”会议上，在经过激烈争论最终说服中央代表周以栗，使毛泽东的主张占上风并引向吉安大捷的罗坊会议上，曾山或默默地做工作，或公开发言表态，都以实事求是的态度，支持了正确的路线，显示了他在政治上逐渐走向成熟的过程。在吉水似续堂开会时遭敌人突袭，曾山急中生智，口衔黄麻秆，身埋草灰堆，在战友们的掩护下化险为夷的经历；在错综复杂的富田事变中，在被疑为 AB 团险遭不测的危急时刻，曾山得到陈正人挺身相救，躲过一劫。——凡此涉及曾山一生命运的重大历史关节，都被作者紧紧抓住，予以浓墨重彩、有声有色的生动描绘。尤其动人心魄的是，曾山与黄公略的结识、交往，在黄公略壮烈牺牲后的情感激荡和联翩回忆，使我们看到了革命者丰富的内心世界和珍贵的友情。而曾山与胡海“各分半面旗，坚守一生志”的真实故事，则表现出他们坚定的革命信念，“艰苦奋斗”以迎胜利的信心。

历史小说，在主要历史事实上，在历史人物的基本面貌、总的估量与评价上，要尊重、忠实于历史，不违公论，这是进行艺术创造的前提和基础。《经略赣西南》正是这样做的。但历史小说作为小说的一种，作为文学创作，它也给作家留下了想象和发挥的余地。正如郁达夫指出的：“小说家当写历史小说的时候，在不至于使读者感到幻灭的范围以内，就是在不十分的违反历史常识的范围以内，他的空想，是完全可以自由的。”这里所说的“空想”，乃是指在刻画人物、描写场景方面种种艺术细节的虚构、想象。历史小说，它的功能效用，并不在事实的记载上（这是史学的专擅），也不在道德、思想的引例宣教、示人善恶正邪上（这是励志劝善书的职分），而在引人入胜、带有历史传奇色彩的情节的生动性和丰富性的营构上，在一个个活泼泼而且整个的人声态并作、颦笑毕现的描写与刻画上。这就用得上历史小说作家的文学才情了。在这方面，《经略赣西南》所取得的艺术成功，也是非常突出，有点超乎我的预期的。

首先是作者在历史事实、人民生活的基础上，大胆地驱策自己连缀、想象、生发的本领，把历史故事化、生活化、戏剧化了，收到了引人入胜、生动逼真、如在眼前的绝佳效果。如写曾山去与“白皮红心的共产党”罗炳辉接头的故事：先是路遇一个“方面汉子”，与之比武过招；接着是被仇人刘仁山认出，在靖卫团陷入危境；然后是彩香楼接头、安排接应……真是一波三折，煞是好看。又如写曾山接到小学生来信，前往乡里调解李书记与刘乡长的矛盾的故事；写曾山陪朱德前往江口与粤军师长进行秘密谈判并安全返回的故事；还有不敢革命的刘教化被逼被激变成坚决革命的骨干以及他的英勇牺牲；地下交通员小兰在几个关键时刻的出没以及她血洒半面旗的壮烈一幕……都写得绘声绘色，生动传神，令人难忘。

其次是作者善于用艺术的彩笔，专诚的心血，精心的熔裁，复活历史人物的生命，写出一个个鲜明的人物的性格。主人公曾山，是质朴无华，聪明内秀，笃于行而讷于言，严自律而宽待人的一种性格。在党的会议上，他倾听多于发言，但却是“夫人不言，言必有中”，如攻打吉安的决策讨论，他只说一句：“如果打南昌会上蒋介石的当，就不要打了。”但在下面做了大量工作，使周以栗、彭德怀作出“不打南昌为妥”的结论。而对博古要他写文章批邓、毛、谢、古时，他沉默以对。他对蔡畅说：“为人处世，我可以让很多人；原则问题，我寸步不让；阿谀奉承，就不是我曾山了。”这些地方，颇能见出说话不露锋芒的曾山的政治识见与操守。又如写他在打下吉安后把搜集到的金子、银元、财物悉数交给朱、毛，不给自己的地方政权留半分；写他当内务部长，经管钱财，却舍不得花钱给自己看病，让母亲为他刮痧。凡此种种，记行记言，记大节细节，写成功失败，写优点短处，都能兼顾，令人信服。

不只主人公曾山的形象刻画得丰满细致、鲜明生动，其他着墨不多的历史人物，也都写得活灵活现，呼之欲出。毛泽东才气逼人、识见卓远、谈吐幽默又富有哲理，透着“腹有诗书气自华”的深沉与儒雅；朱德质朴厚重，沉雄实诚，也不乏机敏和风趣；彭德怀开诚布公而又倔犟执拗，他痛哭黄公略的声口和方式，使天地也为之变色；陈毅豪放多情；邓小平沉稳忍耐；蔡畅活泼自然；曾昭藻骨鲠气与书卷气并重……这些与曾山在同一个历史舞台活动，在同一片土地上征战、呼吸的历史人物，都被描写得栩栩如生，各具个性风神。作家写人物，十分注意节制主观的议论、空泛的赞语，而着重于对人物在历史活动中的客观表现、实际状态的描写，使人物的客观环境与主观意志紧密结合，互相辉映，尤重揭示人物言行与时代、环境相触发相关联的契机。这实际上是结合典型环境创造典型人物的现实主义艺术方法的运用。

最后还应该提出来予以赞赏的是作者在博采口语提炼成文学语言方面下的工夫。作者熟悉江西的乡风民俗、山歌谣曲和群众富有生活形象感、艺术表现力的语言。作者笔下的人物，无论是声名赫赫的历史人物，还是默默无闻的村夫野老，一旦开口，绝少苍白无味的话,几乎随处随时可见简练传神、生动形象、巧于设譬、妙于曲达的文学语言。语言上的珠玉,真是俯拾即是,不胜枚举。如曾山说的“穷户人家,招扶不起”,“眼睛软,嘴巴刁,我吃个试试”,“胡海抓土地革命,更有一手,船家本事,一竿子插到底”,古柏说的“风雨凶,晴天到”,胡海说的“不像一些人,高高在上,就像八哥骑在牛背上唱歌”,公秉藩说的“将星在肩之人,血腥味重……”一老人说的“这世道,清朝不清,民国不民,一国三公,老百姓苦啊”,一老大爷说的“这个李添富,天天肃反,打蛇缠棍转,一供一大串……”还有“老百姓见着兵牯佬,就像撞见麻风佬”,“蓑衣再大也是在箬笠下”,“大胆,敢抢我们东西,刀头舔血呀!”……随手摘下,俱见精彩。这样的语言多了,密集了,就形成了一种文学语言上高的格调、美的质地。这种对语言的讲究,在当前的小说创作中,也是不多见的。

希望这篇不像序而更像评论的文章,能引起读者接下去阅读这本书的兴趣,使革命历史题材的创作遭遇的冷落能略有升温,那我就感到欣慰了。

2003 年 5 月 23 日

毛主席《讲话》发表 61 周年之晨

封建社会改革政治家的典型形象

——读熊召政的长篇历史小说《张居正》

2003 年 6 月，长篇历史小说《张居正》最后一卷《火凤凰》问世，至此，包括前三卷《木兰歌》、《水龙吟》、《金缕曲》在内的四卷本长篇巨著《张居正》，以完整、伟丽的姿容出现在读者面前。如果说，三年前小说第一、二卷问世之际，我在感到耳目一新之余，不免有些“神龙见首不见尾”的感觉，那么现在全豹跃出，灼然在眼，操觚置评，也就比较有把握了。

我以为，《张居正》这部书，在我们的文坛上，尤其在历史小说创作领域里，可以说是睥睨一时的大制作。它的价值和意义，随着时间的推移，评说的蜂起，读者的接纳，当会渐渐显露出来。这里，我仅就小说的主人公张居正艺术形象的塑造谈点看法。

《张居正》一书，洋洋百余万言，笔涉明代中、后期社会生活的各个方面，塑造了上至皇家巨宦，下至贩夫走卒，囊括三教九流，包举妍媸善恶的各种各样的人物，复活了一个已经消逝了四百余年的时代的全貌。在它所描绘的那一段历史长河的波涛之上，一个劈波斩浪、履艰蹈险的弄潮儿，一个特立独行、磊落奇伟的改革政治家，始终被置于艺术的追光之中。它就是作家用铁线金钩、浓墨重彩刻画、绘状出来的张居正形象。分析并估量这一有深广背景、有跌宕命运、有幽深心路、有奇崛个性的典型人物的价值，是评价《张居正》的关键。这是我们历史小说领域里少见的封建社会改革政治家的艺术典型。它的原型虽然是历史人物，但它的精魂却打着现实性的烙印，有着时代的启示意义。一般骄示、艳称或戏说帝王将相、才子佳人、高士奇侠的历史题材的作品，是无须来此作比方的。

在长达两千多年的中国封建社会中，早期的商鞅变法、中期的王安石变法、后期的由张居正主事的万历新政，堪称政治、经济史的三座云遮雾绕、俯瞰千古的奇峰。关于这三大变法的历史的记录，虽谓云烟满纸，聚讼纷纭，但在大多数头脑明晰的历史家的辨析梳理之下，在时间的过滤作用下，大抵已是雾散峰青，水落石出，成为万世不可磨灭的典型的事件与人物。但是，以这些历史的记录为素材，以古今中外人类生活、社会人生的核心为枢机，敷以历史的色彩，注入时代的精神，凭借艺术想象的飞翔，来推演成斑斓雄奇、血肉丰盈、回肠荡气的文学作品，似乎还比较鲜见。特别是不太为大众所知的张居正及万历新政，更是一片尚未有文学犁铧触及的原生荒地了。在这种情况下，一向怀着灼热的现实诗情的诗人熊召政，在有了一段暂离文学、搏浪现实、返溯历史的人生历练之后，潜入乡土，罗掘故实，覃思精撰，把自己从近20多年来中国改革开放的时代进程中获得的闻见感思，真知灼见，情愫梦想，全部注入到有关张居正和万历新政的历史素材之中，把活泼泼的生命的气息吹嘘到古人身上，把自己的人格融合于古人，生其人而肉其骨，得其神而现其魂，终于塑造出这样一个既目光如炬，手腕如铁，又血脉偾张，謦欬可闻的张居正形象，使我们通过这一座艺术的桥梁，见知历史，扪触古人，烛照现实，推断未来，感到思想的启迪，受着情感的涤荡，产生极大的兴味。这种艺术典型的审美绩效，既得于题材的历史蕴涵之丰之巨，也得于作家主观的艺术开掘之深之广，还有足以极微尽致、气韵生动地传达这一切的艺术功力。而所有这些，归根结底，还得说拜时代之所赐。一个历史题材作品的作家，其创作的价值与意义，和他对于自己所处的时代的脉动的感应，精神的把握之间，有着一条隐隐约约但又确凿无疑的联系的线。这是研究者不能不注意的。

这是我们历史小说人物画廊里出现的具有较高的艺术真实性，在概括性与个性化方面取得比较匀称的成就的艺术典型。它的基本的创作方法是，循着在充分展开的典型环境中刻画典型性格的现实主义艺术思路，既充分写出了是怎样的社会条件、历史形势，呼唤并造就出张居正这样一个人物，又充分写出他是在和什么样的同时代人的相呼应、相斥拒之中，以什么样的特定方式，上演了由他既当导演又当主演的改革戏剧；既充分写出了张居正改革事业的历史独特性在这一艺术生命中的投影，又充分写出了张居正“这一个”独特的性格打在他的改革事业上的鲜明烙印；既充分写出张居正生命中的光彩，也充分写出他性格中的阴翳，并把这两者都展示为一个发展的过程。总之，作家写张居正，立足于揭示他与时代的关系，与同时代人的关系，着眼于他所身历的外部的起伏跌宕的事件与他所心感的内部的心理变迁的交织。把他的优点、长处与缺点、短处，公生活与私生活，兼举而出之；一颦一笑，一死一生，择其大要，尽情展布、绘状。可以说，按迹循踪，求真责实，素敷白描，不取粉饰，这是张居正形象取得较高的真实性的一个“秘诀”。即以第一卷写张居正取高拱首辅之位而代之的过程而论，作家并不是肤浅地把张、高之争简单化地处理为改革者与守旧者、志士仁人与权臣势要的斗争，而是用冷峻深刻的笔触，写出两个各怀治国之志的干练大臣在特定政治体制内的碰撞，写出了他们各自的性格强项与弱点。他们的成败的关键，与其说是由于个人的气性使然（高之躁急与张之阴鸷），毋宁说是他们在主少国疑的特定情势下对皇权的认识和态度的不同所致。又如第二卷写张居正与借胡椒苏木折俸起而反对新政的高拱一派的魏学曾、王希烈的斗争，第三卷写“夺情风波”中反对张居正“夺情”留任的众言官的惨烈举措，也都避免了对参与其事的历史人物作简单的道德评价，而采取客观循实的现实主义描写手法。王希烈担心高拱余党被裁汰净尽，反对京察，搞了些阴谋，但他也希冀通过京察得到迁升（在高拱的叙升名单中，本来也有他，只因他行事鲁莽灭裂才自毁前程），这也透露了他与新政妥协的可能。心直口快、明火执仗反对新政的魏学曾，在作者笔下，却也是一个与贪墨无沾、见义勇为的血性汉子，最终得到张居正的调职留用。作者的笔意，并不像有的论者所说的对这些人一味贬损那么简单，对高拱，对魏学曾，与其说贬抑，毋宁说流露了对失败的能臣的悲凉的同情。这是细心一点的读者当能领略到的。

在现实主义的基调之上，作者又能以飘逸的笔致，随处布置点染一些浪漫主义的情节与人物，并用“木兰辞”、“水龙吟”、“金缕曲”、

“火凤凰”等词曲，总摄各卷的情调与韵味，使全书平添了一种苍凉悲壮的诗意，这也是《张居正》一书的显著特色。但这些诗意的成分，在注入张居正形象时，并不总是那么熨帖的。

2004 年 3 月

莽荡雄奇写大荒

——读老屯的长篇小说《荒》

老屯的长篇小说《荒》，虽然长达65万字，但读起来却生动泼辣，爽利痛快，略无窒碍，说得上是引人入胜，不忍释卷。我远电脑，不上网，无从领略它以网创小说的形式吸引众多网民点击赞叹的盛况；但作为专读纸质文本的评论者，我很庆幸自己没有错过这一部好看且有风格、有品位、有深度、有魅力的优秀作品。

这部小说所描写的农村生活故事，起于新中国成立初期垦荒建屯，终于改革开放后为开发、利用荒原而招商引资，时间跨越半个世纪，但重点放在"文革"那个荒芜岁月、动乱年代。这些在荒山草野之民中间发生的故事，是在处于松花江支流之支流、完达山余脉之余脉的松河平原上展开的：环绕着牧牛地的垦荒开发，笼罩着牧牛石的精灵怪异，牵引出穷窝棚与南岗子两个毗邻村屯的恩怨兴衰，纵横交错，闪回摇滚，历历可见，宛曲有致。故事的主要人物，是志存高远的拓荒者吴震宇、王均、牛建连同和他们一气的、与他们共浮沉的韩高丽、老顾、小盼儿、吴瑕等"荒男荒女"。当然，还有与这些正直血性的荒野儿女对峙并立，曾得意一时、播乱不已的反派人物马天驰、郑启峰、黄飞虎和追随他们的白大褂子、欠舌头，受其控驭、一度被慑服、最终却觉醒的宋军生、惠小林，等等。林林总总，五光十色。其时，其地，其事，其人及其变幻形态，在我们反映农村社会生活的小说中，应该说并不罕见。但是，《荒》却以强烈的新鲜感和生猛味撼动了我，其创作上的神技高招何在呢?

把描写和反映的重点放在那个动乱失政的年代，但又能突破现成的流行理念，穿透一般的政治层面，直面当时民众生活的真实形态，感受彼时彼地生聚抗争的"荒男荒女"的歌哭悲欢，对特定时代远天远地的乡土社会生活，作血肉饱满、入情入理的绘状和表现，这是《荒》迥异于那种只会搅和那个年代的政治泡沫，肆意歪曲、丑化那个年代的农村生活，一味玩味农民的愚昧、狂野、悖乱，对那个时代作颠倒灭裂的胡涂乱抹的平庸劣作的地方。我认为，这是一个根本的、给《荒》带来真实的艺术生命的"神技高招"，文学理论上管它叫现实主义的创作方法。它立足于人民的现实生活，从它的善恶美丑相比较而存在、相斗争而发展的原生形态入手，写出它不可抗拒和逆转的发展趋势，对人民的主体，对民族的生力，对社会的健康、正直的力量，予以有力的表现和灼热的爱抚。文学上真正的现实主义者，都是有宏阔的历史视野和充沛的民众感情的。《荒》的作者正是这样。他在自己描写的荒山野屯里生活了大半辈子，经得多，见得广，知之深，爱之切。他深刻地把握住了生活的主脉。虽是荒时乱政的"文革"，穷窝棚和南岗子屯的乡亲们在大体上还是明是非，辨黑白，扶正气，斗奸邪的。他们受迫害，被摧残，遭诬陷，但他们的劳动和生息，挣扎和奋斗，拓垦和建设的努力，从来也没有停止过。他们追求进步、发展及对美的事物、幸福的生活的向往和创造的热情，从来也没有熄灭过。

《荒》所描写的牧牛地、穷窝棚、南岗子屯，真是远天远地、荒林荒野。虽说是"天高皇帝远"，但国家的政治风云，还是在这块土地上投下了浓厚而斑驳的影子，影响着这块土地上人们的命运，甚至渗入这块土地上的风土人情中。吴震宇、王均、牛建所遭遇的灾厄，小盼儿、白枚的爱情悲剧，乃至杨福夫妇、孟仙儿的惨死，都无不打着动乱年代的烙印。作者并没有避讳这一切，更没有回避马天驰、郑启峰、黄飞虎乃至丁造反、刘三尖子、马四猴子等奸邪人物鸱张一时的恶行败德。但他对这所有的时代缺陷、人性丑态的描写，都是准确精当，按迹循踪，穷形尽相，褫皮见骨的，做到了不溢恶，不渲染，不狂泄，这也是现实主义艺术真实的美学原则使然。这一原则在确立主题，提炼情节，塑造人物，展开环境诸创作环节中的一以贯之，保证了《荒》整体上的艺术生命。它确实复活了一个已逝而未远但已被涂抹得眉眼扭曲的时代的真实的神情面目。

作者的现实主义的艺术功力在小说的人物描写上得到了酣畅淋漓的表现。《荒》里主要或比较重要的人物有二十几个,几乎是写一个活一个,掩卷之余,又一个个复现在读者脑际心屏上,形神可即,謦欬可聆,举止可接,这实在太难得了!

《荒》的人物描写可圈可点之处甚多:一是人物性格鲜明,刻画粗中有细,映带同中有异。以拓荒者的群像而论,农村知识青年牛建朝气蓬勃,志气昂扬,宁折不屈,愈挫愈奋,逃入深山,遭厄历劫,终于守护开发牧牛地的书稿而浴血再生,拨云见日,成为新的时代来临的先驱。他性格单纯,少年锐气,情感丰富,慨而慷,理而情,是那个动乱荒芜年代并不能完全埋没的一粒良种,似乎是历史为尔后改革开放时代的展开而预留的一种力量。激赏、支持牛建的吴震宇和王均,一个文雅深沉,藏锋敛锷,硬骨铮铮;一个粗豪可爱,敢骂敢打,正气凛然。爱恋、追求牛建的青年女性小盼儿和吴瑕,一个是农村少女,感情外露,之死靡它,像一只折翅啼血仍思奋飞的深山俊鸟;一个是城市姑娘,爱得深沉,思致悠远,像一只冲出凡尘的高天云雀。同情牛建和小盼儿的村支书韩高丽和老顾,一个勇于任事,敢于承当,疾恶如仇,却又命途多舛;一个老成稳重,立身持正,似乎有点木讷软弱,关键时刻才显出行动的力量。物以类聚,人以群分。上述群像同声相应,同气相求,在人生舞台上相互映带,俱见精彩,但又各具面目气性,各有独特的生命,不容混淆。

二是极善于写亦好亦坏、亦正亦邪的性格比较复杂的人物。这类人中写得最成功的是宋军生(宋老斜)。他是烈士遗孤、转业军人,性格内向,思路粗直。在"文革"的特殊环境中,被树为"讲用"的典型。他的到处"讲用",虽然为穷窝棚村带来肥实的经济利益,但也成了郑启峰打击韩高丽,在南岗子翻案夺权的工具。这就使他陷入良心不安的痛苦之中。他从这种"讲用典型"的社会角色中挣扎出来,恢复本我的过程,是非常艰难的,时有反复,屡进屡退,写得真实极了。和他类似的人物,还有背着家庭历史问题重负,被郑启峰控驭、折磨得失去了"小子骨头",想要爱又不敢爱,终于辜负了恋人,不免于尝味爱情悲剧的苦果的惠小林;短期得志,逼着小盼儿定亲,不惜迫害牛得海、牛建父子的孙坚；充当白大褂子的情妇，有时也让他当枪使的寡妇李大吵吵；等等。他们虽然有时与坏人沆瀣一气或屈服于坏人的淫威，但终究流露了善良的天性。惠小林的痛苦内疚，孙坚的扪心自责，李大吵吵对临产的小盼儿的同情照看，都写得真实可信，可谓"恶而知其善"，深得人物描写个中三昧。

《荒》在人物描写和塑造上取得较高的成就，是和作者善于在生动丰富的故事情节和场景细节中刻画人物的艺术手法分不开的。《荒》是由 108 个环环相扣的故事组成的。所有人物的性格，都是在有声有色、跌宕起伏的故事中浮现、闪露，然后在故事的推进中渐次清晰、鲜明、丰富起来的。作者真是讲述故事的行家，同时自然也就是刻画人物的里手。我以为，他的故事的好看，人物说话的好听，细节描写的精确，骎骎乎已在并世同时的许多小说家之上了——虽然他似乎还是一个播声未远的业余老作者。经过十几年来的试验、探索，创作实践的检验，人们对小说艺术的天性的认识近来又渐渐趋同了。小说就是故事。小说家有没有生活，有没有才力，艺术功力深浅高低，端视其讲故事的能力如何，视其小说中情节和细节的生动性、丰富性怎样。过分的"向内转"，沉溺于繁冗的心理描写，是中国传统小说美学最忌讳的。老屯生活在底层，接纳的中国古典小说营养看来不少，而对文艺理论界的新潮理论大概听之藐藐，所以他才能心无旁骛地经营他的 108 个故事，把《荒》写成了吸引听众的连场故事会，在一片弱于讲故事的语言烂泥塘里，矗起一座纯由故事的青铜坚石构筑的小说丰碑。

最后不能不称赞一下《荒》的语言。在东北最北一带的荒村野山中流行，在荒男荒女口头上跳脱而出的口语，经过提炼，大量地注入了《荒》开拓的文学语言的河床里，浩浩荡荡，洋洋大观。叙述语言也好，人物对话也好，都写得那么泼辣强悍，虎虎生风。尤其是人物语言，极富个性，声口逼肖，声出人现，人走语随，简直令人叫绝。精彩的例子，书中俯拾即是。不必说那些用了很多笔墨的主要人物了，就说爱喝酒的杨福和病歪歪的杨孙氏在家里争吵时的日常对话吧，不但可以读，简直是能够"听"的。一个又骂又疼，一个又忍又辩,在口角咒骂的粗野的形态里,不也有他们那种特殊的“贫贱夫妻百事哀”的苦涩味的夫妻情深藏其中吗?

《荒》的这种泼悍生猛的文学语言风格,我以为是更接近《金瓶梅》那种汪洋恣肆的市井语言的。而它的讲故事的本领,却带几分《水浒》的影响。只是它没有《水浒》的集中和连贯,却有些《儒林外史》的散漫和断续罢了。在故事线头的游走穿插,小说结构的营造弥缝方面,《荒》显现出某种榛楛弗翦的原生林形态,这是需要再下一番工夫的。

2004 年 4 月 24 日

心灵的试炼

——读卜谷的长篇小说《少共国际师》

卜谷花费十几年艰辛、倾注了大量心血创作的长篇小说《少共国际师》，是一部用特殊材料写成的具有特殊的格调和意义的作品。它带着战争年代赣南大地特有的红土气息和铁血史迹，以真实到令人战栗的酷烈，严肃地、执拗地出现在我们面前，像是对我们的心灵的一个试炼，对当今生活的一个叩问。

对于这种用特殊的材料写成的书，也应该有一个特别的回应。

“少共国际师”是中央红军在第五次反“围剿”时成立的一个特殊的部队建制。从 1933 年 9 月 3 日誓师成立，到 1935 年 1 月遵义会议后取消建制，前后也就存在了一年多。这支平均年龄不到 18 岁的红军队伍，是在“左”倾路线支配下第五次反“围剿”节节失利的败局下进行艰苦卓绝的战斗的。尽管有萧华等杰出的红军青年将领的具体灵活指挥，有全师战士的英勇机智的奋战，仍不免于几乎全军覆没的悲剧命运。“少共国际师”经过短暂而酷烈的血战消失在历史的烟尘里，但是，它写下的红军战史的特殊篇章，是不会湮灭的。卜谷作为当年“少共国际师”战士的后代，作为赣南红土地哺育出来的作家，怀着庄严的历史感，承担起了为“少共国际师”形象地写史，为当年还是小青年的红军英雄、红军先烈真实地画魂的艺术使命。我认为，他的小说很好地完成了这样一个拨亮历史、告慰先贤、启迪当代的使命，在艺术上，也为当代文坛带进了一阵凛冽而清新的风。

这部小说的第一个特殊之处，是以异常朴素而真切的笔触，绘状了第五次反“围剿”时期红军将士身处的严酷、复杂的环境和悲壮、无奈的心理，塑造了萧华、吴高群、邱德新、“侉佬”等“少共国际师”各级指挥员别具个性的形象。这些年轻的红军将领，在残酷的革命战争熔炉里快速地冶炼成钢、压铸成材。他们一面与占优势的白军浴血苦战，一面承受着红军队伍中“清除 AB 团”，实行“顶对”、“短促突击”等错误的做法带来的伤害、挫折，在革命理想的激励和现实环境的刺激中渐渐走向成熟，有的过早地献出一腔青春热血，浇灌了尔后开遍中华大地的自由、解放之花；有的幸存下来，成长为新中国的一代将才。作者大胆地毫不隐讳地披露了这些青年将领在抗争中承受挫折，在苦闷中产生怀疑，陷入茫然、无奈的内心世界，同时也赞美了他们矢志于革命，在僵硬的总体败局中保持灵智的战斗姿态，在暗淡的逆境中保持坚定的革命信念的真金一样的品格。结合着当时特殊的典型环境，用简劲而准确的线条勾勒出来的“少共国际师”指挥员的形象是令人难忘的。“少共国际师”不满 18 岁的“一把手”、师政委萧华，集政治智慧、指挥才能与诗人气质于一身，同时又是一个鲜活可触的不失青春朝气的青年。他就任“少共国际师”政委之初，就受到父亲在“清除 AB 团”中被冤杀的噩耗的打击；在反“围剿”战斗中，“少共国际师”伤亡惨重的“胜利”带来的困惑，党的领导人博古生硬而武断的“启迪”，军事顾问李德的僵死不变的战术和鲁莽的指挥，部队屡战屡败的严峻处境和怀念红军灵活机动的战略战术传统的将士呼声……这一切都在萧华的内心世界中播下了怀疑的种子，使他在辨析、沉思中获得了沉潜的政治耐受力和卓荦的器识。作者生动、传神地描写了萧华和狗嫌、三观保这两个年轻的小战士之间的几次遭逢：从盱江里假装水精鬼到山路上被两个小鬼算计“调理”，从描写狗嫌捉逃兵不怕鬼的小故事到明断两小鬼当“逃兵”被罚的冤屈，把萧华亲近战士、了解战士、同情战士、珍惜战士的生动的生活小景栩栩如生地画了出来。最后的一次大败仗中，萧华要警卫员小黄保住生命的叮嘱，更是把这个红军政治思想工作能手的仁者情怀敞露无遗。用这样刚柔相济的笔墨去描绘一位红军高级指挥员的形象，反映了作者艺术上的勇气和胆识。这种集革命英雄主义精神和人文关怀于一体的艺术勇气和胆识，也同样表现在对邱德新、“侉佬”、吴高群的形象刻画上。邱德新对萧华坦露了内心秘密后的疑惧心理，他和秀秀在“扩红”和战场鼓动时的对歌，他处理陈团长与狗嫌、三观保冲突时的冷静和公正，他在袭击“瘟神堡”和邱家镇时表现出的机智和应变能力，都丰富并凸显了这个胜利团政委的形象。吴高群在阵地上讲井冈山的故事和“顶对”的故事，生动地展现了这个年轻的高级指挥员在政治和军事上的远见卓识和文化不高却富有智慧、十分“内秀”的特点；而“侉佬”作战的勇猛和为人的温厚，他和狗嫌互学互助的友谊，他对小战士的呵护，则把一位红军基层指挥员的可敬可亲的形象真实可信地绘状入微。残酷的战争环境使吴高群、“侉佬”在流露内心感情方面似乎比较俭啬，但吴高群对待来红军部队寻亲的两个村妇的态度，“侉佬”听到“妈妈”两个字时流露的思母情感，读来都是催人泪下的。“无情未必真豪杰”，在年轻的红军将领中，也不乏人子之思、人夫之情、乡土之恋、青春之梦。善于用精心选炼的富有艺术意味的细节来绘状这一切，是卜谷在艺术上让人感到比较扎实的“秘密”。当然，这种扎实的艺术功力的背后，肯定有着作者对亲历过那个战争年代的人们的长期采访、亲炙、体察而后形成的形影相契的熟稔在心。

《少共国际师》的第二个也是最为特殊之处，是他在真实的人物原型的基础上，运用朴素无饰的白描手法，集中地塑造出了狗嫌这个粗豪可爱、聪明勇敢、不断上进的红军小战士形象。正是这个运用典型概括的方法虚构捏塑出来的红小鬼形象，集中了作者创作才能的华彩，使这部悲壮、沉重、压抑的“少共国际师”战史，演绎成了一个灵动、风趣、活泼的少年英雄成长的故事。注视着这个少年英雄的身影，我常常会在感慨当年环境的残酷的同时，为他的顽皮的“恶作剧”和可爱的孩子气莞尔一笑。在书里，也可以说在“少共国际师”里，他是一个永远闪动腾挪的光点，是一条穿缀生活细节的珠子的丝线，是使沉重的生活具有飞动之势的一枚梭子，是别号“狗嫌”实乃“人爱”的一个好男儿、好战士。

狗嫌加入“少共国际师”之前，是个顽劣得出奇的“鸭司令”。他捉弄人、虐待狗的举动，惹得一村人都嫌，连狗也嫌，所以得了个“狗嫌”的绰号。然而他对妈妈和家人，却是有爱心的。东家在他的午餐中加了两个小粽子，减了一根小番薯，他便耐着饥饿，把小粽子留下来,“他要亲手剥去粽叶,把粽子一只一只塞进妈妈嘴里”。结果这两只小粽子成了当红军负重伤牺牲的大哥坟前的祭品。当二哥因恋着秀秀开小差回来时,他便自告奋勇顶替二哥报名参加了“少共国际师”。这个顽劣与诚挚兼而有之的赣南农村少年当了红军战士,虽然有时也顽劣如昔,干些如自酿南瓜酒,把酒吸食大半,再撒尿添上之类的勾当;甚至混到白军里去做“生意”,开起汽车把白军司令陈诚撵得像兔子一样奔窜;打下“瘟神堡”闹出了吃机油拉肚子的笑话……但他的这种顽劣举动中透出来的正义感和斗争智慧渐渐占了上风:用尿盆子惩罚好色的陈团长,玩一回“飞机犁田”的高级游戏,吃一席别具风味的草蜢宴……这些都显豁地让他的顽劣派上了正当的用场。而他特别勇敢、特别能战斗的本领,则使他在小战士中脱颖而出,很快就成为班长、排长,最后竟成了“少共国际师”短枪队的新队长。在残酷的环境中,狗嫌以他特别的方式学习着、磨炼着、摔打着、前进着。这个看似粗粗拉拉的小战士,也有他自己丰富的感情。他和小伙伴三观保的友情,是多么诚挚,又是多么孩子气呀。三观保梦见自己和爸妈一起吃喷喷香的豆腐渣,狗嫌一听梦里没有他,就不乐意了,埋怨三观保说:“你看你看,和你说过多少次,你就是小气,连做梦吃东西也一次都不肯捎上我。”(看到这里,你能不哑然失笑吗?)他和秀秀的关系,从因为恶作剧惹得秀秀一声不响拎起锄头要追杀他,追不上了就用锥子般的眼光扎他,到得到写着“亲亲的狗嫌”这五个字的情书,这种懵懂的感情,又是描写得多么真实而动人啊!狗嫌这个少年英雄的形象,比起大家已经熟知的小兵张嘎、头顶闪闪的红星去战斗的潘冬子、小英雄雨来等形象,似乎更有梁山英雄的粗豪本色,更有草野中蓬勃的生命力。他性格中的赣南红土地的地域特色与在节节失败的大局中迸发出勇武和灵智,但又终不免于失败的悲剧命运与时代投影,也是独一无二的。

与狗嫌的形象形影相随、相得益彰的,是在父母疼爱和庇护下长大的独生苗三观保的形象。这个绰号意味着有三个观音保佑的少年,是在邱德新、秀秀领着“扩红队”围着他家唱山歌,硬唱出来才加入了“少共国际师”的,舐犊情深的爸爸道生因为舍不得儿子也随军当了炊事员。这样一个初上战场便吓得尿湿了裤子，当了战士还天天吃父亲省下的饭团的“宝宝仔”，在“少共国际师”的熔炉中，在周遭“铁的人物和血的战斗”（鲁迅语）的陶冶下，也很快成长起来了。他和爸爸道生获准探亲后，自觉地捧着豆腐渣归队；狗嫌拼刺刀时，他默契配合，在水枪里灌上石灰水从一旁喷射敌人的眼睛；对从白军里过来的恶习未改的陈团长，他也敢于抗争，最后他壮烈地死于白军密集的枪火中。这个少年的善良和稚气，明理和勇毅，也是写得形神毕肖的。他收养小乳狼又终于把它放归狼群的故事，和狗嫌身上带着的那根虎鞭的故事一样，都是小说中的神来之笔。还有着墨不多却也性格鲜明、气韵生动的女战士秀秀的形象，堪称“少共国际师”众多人物中一枝独秀的鲜艳的铁一般的花。她本是狗嫌父母从逃荒者怀里抱养来的女儿，是预备长大后和狗嫌三兄弟中无论哪一个“圆房”的。这种身世决定了她成为最积极“扩红”的模范。在她把狗嫌三兄弟都“扩”进了红军后，她也就无法在家里容身了，只好把自己也“扩”进了红军。在战场上救护伤员时，她目睹了战争的残酷，才渐渐知道了狗嫌妈妈和村民当初为什么会恨她，对牺牲和受伤的战士生出怜惜和同情，自己也有了内疚之心。她很善于唱山歌，那么热爱生活，于此可见她内心热烈的感情和温柔的女儿气。她递给狗嫌的那封最短不过也最直最真不过的“情书”，显豁地表达了她内心爱的苏醒。从“老妹哇句直爽话，圆房就圆红军郎”的山歌到“亲亲的狗嫌”这五字情书，秀秀是全身心地把自己交给了红军的事业的。这样的少女情怀也许不那么细腻、婉转，但却是热烈、美丽的。借用郭小川的一个名句，这真是“战士自有战士的爱情”！即使因吃了虎鞭而受本能掣动和狗嫌在草地上翻滚的那真实到让人不能不发出苦涩的笑的情节，也毫无碍目之感，只让人觉得天真无邪。

《少共国际师》的第三个特殊之处，是它描写生活时那种毫无饰词、存其本真的笔致，或者说，是全书中一以贯之的真正的革命现实主义的创作方法。这使得小说的生活画面和各种各样的人物，都弥满了真实。作者不讳言红军在反“围剿”失利、战争越来越残酷的情况下开展的“扩红”宣传遇到了村民的心理抗拒，也不回避红军里逃兵现象的存在和处理逃兵的残酷方式引起的不安和疑惧。战争的伤亡给指战员的心理冲击，红军、白军长期“顶对”形成的特殊的盐烟交易，红军干部中军阀习气的存在……这些实际生活的阴暗面都在作者笔下一一凸现。然而，这阴暗的一面在艺术描写中更凸显了赣南一角的光明，那是在当时黑暗的中国燃起的一个火炬透出的光明，是十五年后诞生的新中国的曙光。作者准确地、辩证地用艺术的笔把握着这光明与黑暗的关系，故能把冷峻和热烈融汇于笔端，把真实的生活和人物和盘托出。例如，那个嘴馋色饥的陈团长的种种不堪入目的行为，在小说中要算是比较触目的存在。他和邱德新、狗嫌、三观保的冲突，也是别有意味的描写。但这一切给披上某种荒唐戏谑的衣裳后，几乎就真实到了可笑的地步。陈团长被降职为连长，最后勇敢地牺牲了。生命的册页合上，他终于不失为“少共国际师”的一员——而这是多么真实可信的一员啊。还有三观保的爸爸道生的形象，他那一双时时盯着自己的“宝宝仔”的母狗一样的眼睛，他那从泔水里捞食以省下饭团给儿子补充营养的良苦爱心，他想为儿子请假探亲又不敢开口、偶有违规的念头就自己把自己吓得够呛的纯良心性……都是让人过目不忘的。作者简练的几笔，就把书中的这个很次要的人物也写活了。尤其感人而且具有震撼力的是他后来与儿子死在一起的情景：“……道生去拽宝宝仔的尸体，那尸体很重很重，已与大山连成一体，拽得东倒西歪，拽着拽着，一串流弹飞过，他也中弹倒下，双手还紧拽儿子不放，就这样停止了呼吸。”这里掺进了一点点浪漫主义，却更加强了现实主义，真是精彩之至。

鲁迅在评论法捷耶夫的《毁灭》不避讳描写游击队渐濒危境时的种种“解体的前征”、不避讳血和污秽时，曾经这样说：“但当革命进行时，这种情形是要有的，因为倘若一切都四平八稳，势如破竹，便无所谓革命，无所谓战斗。大众先都成了革命人，于是振臂一呼，万众响应，不折一兵，不费一矢，而成革命天下，那是和古人的宣扬礼教，使兆民全化为正人君子，于是自然而然地变了‘中华文物之邦’的一样是乌托邦思想。革命有血，有污秽，但有婴孩。这‘溃灭’正是新生之前的一滴血，是实际战斗者献给现代人们的大教训。虽然有冷淡，有动摇，甚至于因为依赖，因为本能，而大家还是向目的前进，即使前途终于是‘死亡’，但这‘死’究竟已经失了个人底的意义，和大众相融合了。所以只要有新生的婴孩，‘溃灭’便是‘新生’的一部分。中国的革命文学家和批评家常在要求描写美满的革命，完全的革命人，意见固然是高超完善之极了，但他们也因此终于是乌托邦主义者。”这一长段话，我一直认为是革命现实主义表述最准确、最漂亮的真解，也是对至今仍有孑遗的乌托邦主义者（即伪现实主义者）的针砭和良药。读《少共国际师》时，我重新翻出这段话看了看，更有一种“于我心有戚戚焉”的共鸣感，不觉为之动容。这并非要拿名著来和这质朴但尚存粗粝的新作来作比方，而是被鲁迅的精辟而又常被怠慢的评论和卜谷在摸索中向这真的革命现实主义靠拢的脚印打动了。

中国的人民的、革命的文学，以一向紧密地贴近中国的现实，贴近现代中国革命错综复杂、血战前行的历史进程而著称于世。北伐战争、抗日战争、土地改革、抗美援朝、社会主义改造和建设、农业合作化、三年严重困难时期和国民经济调整、“文革”以及“文革”后开始的新时期以改革开放为特征的现代化进程……这些大的历史阶段和历史事件，在我们的文学作品中都有丰富而生动、广阔而有力的反映。我们的文学史几乎就是一部形象的中国革命史。这是我们文学的尊严和光荣之所在，也是我们的文学屹立于世界文学之林，吸引世界人民的目光，受到别国的读者和研究者尊重的根本原因之所在。

与别的历史阶段相比，反映井冈山时期和中央苏区时期的生活、斗争、事件、人物的作品，似乎还比较薄弱。在我的印象里，当代作家黎汝清、杨佩瑾、罗旋及萧克将军等，都写出一些反映红军时期的斗争和生活的作品，产生过一定的影响。现在，比较年轻的赣南本土作者卜谷，执著地拿出了这本《少共国际师》，这是让人感到欣喜的。这部书在一个特殊的题材上，填补了我们文学创作的一个空白，也积淀了相当不错的艺术经验。它的价值是会被人认识的。

写到这里，我环顾一下文坛，也窥探一眼文学书籍的市场，不禁为这本书出版后的命运感到担忧了。当代读者，特别是青少年读者，会怎样看这本书呢？我又想起鲁迅评高尔基《争自由的波浪》的话来了：

> ……将这些写在纸上,血色早已轻淡得远了……然而翻翻过去的血的流水账簿,原也未始不能够推见将来,只要不将那账目来作消遣。

就把这话移赠给愿意读读《少共国际师》的读者吧。

2004 年 9 月

新类型旅美华人移民小说的奇葩

——陈谦小说集《覆水》序

旅美华人作家陈谦的小说我是陆续读到的，每读一篇，都会给我带来沉重而又愉悦的复杂体验。沉重，是由于作者所揭示的在异域的当代华人的命运和感情悲剧，有一种揪心的压迫感；愉悦，是因为作者展露给我们的小说艺术的新鲜、有力及精致，为她所写的真实到令人战栗的人生而思索，为她刻画这人生的非常特异的才华与技巧而愉悦、而兴奋。这就是我读陈谦的感受。我由此觉得，在北美华文文坛上，一个来自中国大陆的有良好潜质的、可以与广大读者预约的文学才智之士正待我们认识。

最令人产生惊才绝艳之感的自然是《覆水》。《覆水》展开了旅美二十年的女主人公依群独特的人生历程和不为人知的内心悲剧，是一部有巨大的艺术冲击力又耐人寻味的作品。沉静舒缓的叙事节奏与时时收紧的心理弦线的对比，今昔交错的闪回结构与绵远深厚的生活容量的相容，老德与依群的恩怨难分的婚姻与一个移居美国的家庭的命运转折的关联，准确有力的人物性格刻画和精细严谨的细节描写的互映，逼现人性暗陬的真相的大胆笔触与谨守承诺、报恩尽职的人生自律的并现……这一切使我们看到：一个有深度也有激情，有天分也有功力的作家出现了。充满哲理意味的《鱼的快乐》与弥漫悬疑氛围的《残雪》，更显示了作者生活经验的丰富多样和艺术表现形式的灵活多变。前者写一个甘受比自己大七岁的女性控制、罔顾别人的飞短流长、只为自己获得安全感而感到快乐的男子——橡皮鱼的形象，后者刻画了永远带着阴凄的表情、报复的心理、追寻前夫的女性形象——丹文。作者捕捉自己所见到的心理异象并作深刻社会人性剖析的能力令人叹服。两篇小说，一掐头去尾，下笔俭啬,读来回味深长;一层层铺垫,酣畅淋漓,引人推理演绎。风格笔法虽不同,而紧紧绷着读者的神经,令人欲罢不能,却是魔力同具的。

陈谦是发表作品还不多、内地读者尚感陌生的新进的旅美华人作家。她的长篇小说《爱在无爱的硅谷》也好,中篇小说《覆水》、《残雪》也好,都以深刻展示旅美华人中的高科技人员的感情缺憾和心灵悲剧独树一帜。新移民小说曾经普遍触及的中西异质文化的交融与冲突的最初的一波,在新出现的陈谦笔下似乎已经退去;直面彼岸特定环境与特殊群落的生存状态、人生挣扎、灵肉冲突的新类型移民小说的超越一般文化冲突意义之上的命运主题、人性主题,看来是被陈谦捉住了。这是旅美华人小说创作的一个值得注意并研究的新的动向、新的消息。

2004 年 11 月

高华英挺　朴茂清深

——评方南江的长篇小说《中国近卫军》

方南江的长篇小说《中国近卫军》(解放军文艺出版社 2005 年 1 月出版),反映了中国组建 20 年的武警部队的现代化建设历程,塑造了各种各样的武警官兵形象,富有思想、激情和文采地描写他们的奋斗和追求,表现他们的血泪和梦幻,是一部不可多得的准军事题材作品。

题材的特殊性不仅未曾限制住这位大器晚成、才禀丰厚的作家的身手,反而为他深入开掘、提炼升华、自铸伟辞、独采瑰宝提供了独特的生活富矿,使他的这部力作从人生的深处盘旋飞扬而上,循通向普遍性与典型性的现实主义艺术之途,一窥时代与民族的堂奥,成了现时代先进的中国人求生存、求发展、求强大的搏击图卷,背负着民族的希望的中华儿女树理想、扬正气、振精神、讲美善的灵魂大纛。它是真实而清越动听的改革时代进行曲,也是朴素而沉雄阔大的民族精神显示屏。

1982 年重新组建的中国武警部队,是一支执行公安任务的武警部队。她的骨干来自解放军,但自成建制,不属于解放军,只从解放军那儿分得了一个“武”字,即她是一支武装力量,永远是战斗队。她的任务和职责是执行公安任务,维护社会稳定,处理突发事件,承担反恐重担,具有公安职能但又不是警察,只从警察那儿分得了一个“警”字,并不在警察序列里,而是自立门户。中国武警部队是一支发展迅速、现代化建设任务紧迫、在和平的日子里为共和国保驾护航的职责日见着重的武装部队,称之为中国近卫军,既贴切又庄重。方南江的这部长篇小说,展开的只是 K 省武警总队的一段改革和建设的历程,描写了一群武警官兵的成长和奋斗,工作和生活,爱情和婚姻，情操和感情，但却相当完整、丰满、雄伟地描绘出整个武警部队，也即中国近卫军的真实形象。小说以K省武警总队组建特种警察部队，积极争取建立直升机大队，发展警用航空事业的建设过程为背景，既广又深，有条不紊地写出了一条虽有波澜但毕竟平稳前行的武警日常生活之流，刻画了一群上至将军、校官，下至特警队员、一般战士的人物形象。这个活的武警官兵群像中的各个人物，来自不同的家庭背景，走过不同的生活道路和军旅生涯，和五光十色、斑驳动荡的中国社会生活有着千丝万缕的联系，有着不同的性格、气质、命运、心理。他们被纳入共同的进行武警现代化建设的历史性追求之中，与共和国的稳定和发展、繁荣和富强共命运；但这共同的追求，却是个人追求发展和进步的种种隐秘的欲望、心愿合成的。他们共命而异秉，相知又相争，有上也有下，时合又时分，在日常的训练、考核、考学、升迁或突发的种种事件（如围歼盗枪作案的犯罪嫌疑人、保卫被请愿农民冲击的省委机关、农村械斗、车祸等）中，凸显、雕塑、描画着自己的面目神情乃至个性、灵魂。作者是武警部队行伍生活的亲历者，是这支部队的高级指挥员之一。他写这支中国近卫军的优势，不仅仅在于他对武警部队生活的熟悉（尤其是对部队上层机关生活的那种纤毫无遗的熟悉），更在于他对武警部队的爱，对武警部队神圣使命的充满历史感的正确认识。因此，他才能不是表象而是内在地把握武警部队生活的内涵，深入武警官兵的内心世界，析丝分缕、感同身受地写出笔下人物最隐秘的那些心理波澜，捕捉那些难以定格的心灵辩证法的幽光微闪。正是根于这种爱，他的创作才能那样清醒地和种种可能歪曲、损害我们部队形象的倾向与笔墨保持着距离，呈现出一种兀然独立、高华英挺的思想风貌和严谨准确的艺术节度感，保持着正常而健康的美感和纯洁而充沛的伦理热情。《中国近卫军》在丰满的艺术血肉中显现出的崇高的思想格调和汩汩流淌的饱满热情，使它在我们的长篇小说创作中反而有一种别开生面，令人耳目一新的艺术效果，这是非常值得我们的作家、艺术家们深思的。

作家在世界观和思想感情上的这种优良素质，显然也极大地帮助了他运用现实主义的创作方法，准确、细致地刻画、创造小说中的人物形象。K 省武警总队参谋长贺东航与副参谋长甘冲英，是小说中两个着墨最多，也最突出、最有特点的人物，在小说中构成双峰对峙、两水分流却又相映生姿、比照焕彩的艺术景观。贺东航是将门之子，他在军队和武警部队中的成长进步，自然有很多别人所不具备的或明或暗的条件和机遇，但主要的决定性因素，却是他从基层做起，在长期的军旅生涯中形成的素质、能力和品质，献身于武警部队现代化建设的热情和自豪感，身为参谋长所具有的建言、实施、协调能力，丰富广阔的内心世界和跌宕、细腻的感情生活，最重要的还有他在立身处世、衡鉴干部上表现出的严肃公正、善良正派的道德感，这一切构成了贺东航这个人物形象的丰富内涵和完整性格。使这个人物具有较高的真实性和鲜明特点的是，作者把他完全放置于武警部队上层机关的日常生活和错综复杂的种种人际关系、工作规则之中，同时又展示了他的幽昧难明的家庭历史和波折频仍的婚恋生活，深入地写出了他多方面、多角度的感觉、感情、情绪的变化，包括最细微的明暗转换，最难言的知行冲突，最隐秘的心曲私念等。作家并不回避复杂的人生、真实的社会、现实的情境在他内心的暗陬自然映出的某些阴影，但这一切不但没有造成人物完整、鲜明、稳定的性格触目的裂痕，反而丰富和增强了这一艺术生命来源于生活的天然属性，排除了或写成通体光明或有意造成性格分裂这两种理念化的倾向。与贺东航同为三礁岛上走出来的战友却与他恰成对蹠的甘冲英，则是出身农家，从底层一个台阶一个台阶地拼搏熬炼过来的指挥员。在军事素质和技能上，在实践指挥能力上，也许正如他自我感觉的那样，要比贺东航略胜一筹。但在升迁上，他却总是比贺东航慢半拍。甘与贺 20 年相知相争，最后他落了个“阶段性的失败”，差点在庇护同为农村苦出身的房地产开发商兼恋人罗玉蝉的问题上栽跟斗。但他并没有由此引出教训，开出反省的路，却仍然为自己在仕途上缺乏奥援，怀才不遇，不会来事，只知实干而恼恨不已。他和贺东航最大的差距不在能力、背景上，而在人品和道德感上。年轻时对堂兄甘越英的似有意似无意的揭发，后来对大东公司和罗玉蝉的偏袒，都见出他的褊狭和自私。对甘冲英这样的人物,作者并没有用漫画化或极端的笔法,夸大他的所谓劣根性和恨世不平之态,而是恶而知其善,充分写出了他作为优秀的军事指挥员和终于要做一回"性情中人"的一面。

这种严谨的现实主义的雕镂人物的功力和技巧也体现在宁丛龙、叶三昆、龙振海等塑造得相当成功的武警高级干部形象上。这几个高级将领的形象落墨虽不多,却写得细致入微,活灵活现。叶三昆在处理甘越英的冤案上的不动声色的"策略",在教训甘冲英不懂工作条例和规则时那一连串的"你懂不懂";宁丛龙在向龙振海作工作汇报时的声情并茂,在处理夏若女拳打麦宝时的高度"原则性"和"灵活性"……这些都是不可多得的现实主义的细节绘状,而这也是沉潜有力的性格刻画。对上述四位武警部队高级干部的性格刻画,是《中国近卫军》现实主义的艺术质地最为彰明也最为深刻的部分。作家真是把他的人物吃透了,烂熟于心,才能有这样手挥目送、出神入化的艺术表现。小说中其他几组活的人物,也各有特色,互有参差。

读到《中国近卫军》这样文坛鲜见(也许可以说几成广陵绝响)的颇能激动人心、净化灵魂的作品,我感到作为读者和评论工作者的幸运和喜悦。我读这部长篇,开始只觉得眼前一亮,心头一热,读下去就渐渐被卷入到小说激荡起伏的人生故事中和一个个性格完整鲜明的人物中去了,歌哭与俱,情志共燃。这样的好作品甫一问世,就成为中国作协《长篇小说选刊》创刊号的首选压卷之作,不亦宜乎?

2005 年 1 月 25 日

照彻世情望月圆

——读陈继达的长篇小说《圆月》

五年前,陈继达的第一部长篇小说《宦海孤帆》问世。小说描写了改革开放的时代大背景下发生在佳东县的一场革除弊政、深化改革的特殊斗争,塑造了务实求真、打假捣虚、执政为民、不怕孤立的县委书记王志海的形象;在深刻揭示现实深层的各种矛盾的同时,突显了真正的共产党人的思想光芒和个性魅力。小说的结局是悲剧性的:王志海虽然洗去了泼在他身上的污水,却难逃被免职调离的命运。但是,宦海孤帆远去,历史的潮流却是不可逆转的。公道自在人心。生活的发展为王志海这样的真的改革者预留了广阔的天地。小说响彻着警钟,也燃烧起了希望。

五年后,沿着《宦海孤帆》所标示的现实主义的创作道路,陈继达以新作《圆月》迈出了新的更坚实也更深入的一步。

小说以江南滨海地区在田野荒滩崛起的未名市的一群民工的生活遭遇和悲惨命运为故事主线,深入揭示了被迅速的发展、炫目的繁荣所掩盖着的触目惊心的社会问题和深层矛盾,把举世关注的民工潮被忽视的另一面——民工恶劣的生存状况和劳动条件,被贱视、被侮辱、被损害的社会地位,他们对社会改革、发展、进步作出的巨大贡献、付出的牺牲与获取的福利之间触目的反差等,以及由此积累、引发的局部性的社会危机、社会冲突,都毫不避讳地和盘托出。作家怀着对社会底层劳苦大众的深挚的同情,为民工们的生存、温饱发出了强烈的呼吁。这是对社会正义的呼唤,也是对社会和谐的展望。小说中一再用抒情诗的笔意描写的那轮照彻未名市世间种种不平事的圆月,正是作家所向往的美好和谐社会的象征,也是《圆月》这部尽显世情的小说的积极主题的一个凝聚的意象。从讽喻世情颂孤帆的

《宦海孤帆》，到照彻世情望圆月的《圆月》，陈继达小说创作中所贯穿着的一条现实主义的思路是朴素的，也是鲜明的。向社会现实贴近，向生活真实贴近，写出默默劳作却也难掩其不平的愤怒和不息的奋斗精神、难掩其善良的人性诉求和美好的精神向往的一整个民工群的形象，从这群像中升华出渴求和谐社会的一片暖光——这，就是《圆月》的现实主义"风人之旨"，也是这部在情节的安排、人物的雕镂、语言的打磨方面尚留着某种稚拙痕迹的小说却有一股冲击人的感动力的深层原因。那些静穆圆熟、超然高蹈、镂虚雕空之作，是无须来这里作比方的。

小说在塑造民工群像的同时，用相对集中的笔墨描写了来自山区的农家女丁娟娟的苦难多舛的命运，美好善良的天性和不屈、自尊的性格。丁娟娟是深山里飞出来的俊鸟，她本来可以在乡间过着慈父呵护、辛勤劳动的虽清贫却自尊的生活，但不幸为丈夫所抛弃。丁娟娟为了寻找负心的丈夫讨个说法，来到未名市的茫茫人海中。她在因美貌而被层层转送的过程中，始终机智沉着地保护着自己，以凛然的自尊震慑住邪恶的欺凌。当金山工地上的电视大楼发生坍塌事故的时候，她负伤逃生，为了揭发钱良臣的罪行，她从医院出走，艰难爬行，终于爬到热恋着她的罗维纲医生身边，在他怀里永远地合上了眼睛。

丁娟娟的命运，既是一个普通民工生存条件和社会地位的写照，又是一个处于弱势地位的刚强的女性抗争和追求的实录。她是那样美，又是那样善良；她是那样穷苦，又是那样自尊。她和恶势力抗争的故事，她那至死不屈的形象，具有一种冷艳凄厉的美。这样的美被毁灭了，这是社会的悲剧，也是人性的悲剧。面对悲剧的刺激，我们不能不对社会发展中突显的民工问题、女性问题进行深思。

造成丁娟娟苦难命运和悲惨结局的原因，虽然有一些个人的偶然因素，但更重要的，是由市长施福民、公安局长李绅、大老板钱良臣、包工头包云山、保安队长周阿大等组成的一张社会关系的大网所导致的。这是一张权力和金钱结合织成的黑网。在这张网上，缀满了种种闪闪发亮的象征社会地位和荣誉的种种名目的彩珠。"改革的功臣”呀,“经济发展的顶梁柱”呀,“人民代表”呀,“劳动模范”呀,不一而足。陈继达熟谙这一切世情的真伪,一一抖落了这网上的各种彩珠,把这张蛛网的阴暗尘结的真相揭开给人看,而且把盘踞在蛛网上的形形色色蜘蛛的吸血的丑态也暴露出来,足见作家对现实认识的深刻。小说最后贪墨无能的施福民市长虽遭巨创却又受到保护、安然过关的情节,真可谓笔有藏锋,发人深省。作者认为:“文艺应该成为时代的警钟、醒木、进军号,应揭露生活中被掩盖着的各种深层次的矛盾和种种政治弊端……只有这样才能完成自己的使命。”这是一种战斗的现实主义的文学观。这种文学观在现在的文学市场上大概不会有太大的销路,但它在我们的文学队伍中的影响却是既深且固的。持这种文学观的作家真是所在多有,并不是罕见的。陈继达的《宦海孤帆》和《圆月》就是我们随时遇到的很坚实的例证。

“文学是战斗的。”看来鲁迅 70 多年前评论叶紫的小说时发出的声音至今也还有不绝如缕的回响,足见我们的文坛是无须悲观的。

2005 年 12 月 29 日

显示人的灵魂的深

——读陆天明的长篇小说《高纬度战栗》

陆天明的长篇新作《高纬度战栗》，以处于高纬度的北方省份发生的一起涉及代省长这一高层人物的腐败大案为背景，从一个独特的角度，深刻剖析了我们现实的社会关系，剖露了一群在当代政治生活、经济生活和社会发展中起着特殊作用，堪称“一切社会关系的总和”的人物的面目和灵魂，展开了非常规、逾程序的惊心动魄的反腐败斗争的复杂、严酷进程，怀着敬意和感动地塑造了劳东林、邵长水等当代护法、执法的共和国卫士的英雄形象。这部新作，在思想上、艺术上都有一些新的东西。它既是陆天明对自己近十年来一直执著垦辟、开掘的反腐败题材长篇创作的一个新的探索，也为我们当代小说创作中最富有政治性和社会性的一个门类怎样沿着现实主义深化的道路，取得与其内容的重要性相称的艺术魅力，提供了新的经验。

《高纬度战栗》的“新”和“深”，表现在哪些地方呢？

首先是它所大胆采取的独特的切入题材的角度。小说始终从两任省公安厅刑侦总队大要案支队负责人——劳东林与邵长水先后赴陶里根市进行秘密侦查的行迹和心踪入手来展开故事，在头绪纷繁、悬疑迭出、扑朔迷离的情节演进中，有条不紊地拨开层层迷雾，掀起重重帷幕，逼现出发生在代省长顾立源、省城副市长祝磊、民营大老板远东盛唐集团总裁饶上都之间的一宗交织着腐败和堕落、阴谋与死亡的惊天大案的真相。祝磊的杀人案牵动了顾立源的受贿案，引发了劳东林的被谋杀案。邵长水在省公安厅领导袁厅长、赵总队长支持下，在复杂、微妙的政治形势下，抓住劳东林被谋杀案不放，终于使这个案中有案、案外套案的连环大案内里隐藏着的侦破和反侦破斗争的严酷本质水落石出地呈现出来。至于顾立源和饶上都的发迹史,他们在改革、开放、发展的时代条件和社会格局中兼具功罪的双重作用,顾立源隐蔽的受贿经过,饶上都巧妙的行贿手段,他们陷害祝磊、谋杀劳东林的罪行等,则不正面展开叙事,只是在各个涉案人——曹楠、劳东林、寿泰求、曹月芳、余达成等人在不同场合的叙述、证词中随处点染、异词互见,使之渐渐清晰、明朗起来。一直到故事终了,被刑拘的饶上都指使亲信谋杀劳东林的确凿罪证也还没有完全呈现。但这一场以特殊形式进行的侦破与反侦破的殊死搏斗的社会深层意义和人性深层蕴涵却已纤毫毕露地揭示出来了。所有这一切使从事刑侦工作的当事人心灵战栗,也使读者震惊战栗。这铁铸一般的社会事实告诉人们:在伴随着改革开放的历史机遇而出现的一代改革弄潮儿、闯将、风云人物中,不可避免地也出现了一批投机牟利者、蜕化变质者。他们凭借自己社会地位、经济实力的优势,不择手段,罔顾法纪,贪婪地攫取私利,形成了我们社会中共荣互保的高级犯罪、腐败团伙。他们的腐败劣迹一旦面临暴露,代表私人利益的仇神就会把他们心中最卑鄙、最凶残、最冷酷的情欲激发出来,驱使他们投入杀人灭迹、负隅顽抗的血腥战场。这真是一场殊死的战斗,其酷烈的程度,远远超乎一般善良的人们的想象。

陆天明在这部新作中选取的这一新的、独特的叙事角度,看起来似乎只是反映了他在长篇小说的结构艺术、叙事手段方面的新探索,但实质上却是他对严刑峻法也难以遏制的社会腐败现象产生的土壤、根源的新的认识的艺术升华。他下笔解剖这一社会现象时,不再把重点放在所谓官场的清浊斗争上,也不放在对腐败现象内部的溃烂过程的揭示上,而是放在对特定历史时代社会关系、世风时潮的演进变化的揭示上,放在对人的灵魂的深度透视上,放在对人心、人性的深刻而微妙的艺术掌握上。

《高纬度战栗》所选取的这种独特的叙事角度,自然使它有了一副刑侦故事、推理小说乃至悬疑小说的框架或外观。但究其创作方法的实质,却是与一般公安或法制题材的侦破推理小说迥异其趣的。小说在典型环境中的典型人物的塑造方面,着重刻画、显现人物的不易捕捉的精神状态,致力于“将人的灵魂的深,显示于人的”“高的意义上的写实主义”的艺术境界的营造，在现实主义的深化上作了不同凡响的尝试。这是使《高纬度战栗》一书显得“新”和“深”的更为重要的一个方面。这方面的成就，主要集中表现在对两个主要人物——劳东林与邵长水的灵魂的绘状与剖露上。

劳东林原是省公安厅刑侦总队大要案支队的副队长，出现在小说里时他已经辞职、脱警服，到陶里根市当了民营老板饶上都的远东盛唐集团的保卫部经理。故事开始时，他已被发现“擅自”在陶里根市对曾在这里任过市长兼市委书记的顾立源代省长的受贿问题进行秘密调查，而且成了省公安厅要派人前往劝阻的对象。在省公安厅以非正式途径派出的邵长水与劳东林作了第一次不得要领的谈话后不久，劳东林就死于一场人为的车祸，而且是死在邵长水怀里，只留下了“谋杀”这两个血字和两件东西——难以索解的小记事本儿和形状有点怪异的钥匙。这个在小说第三章就终结了生命的劳东林，这个神秘莫测、疑云重重罩身的老刑警，却在邵长水展开的执著的侦破工作中，在各种各样的涉案对象的回忆、描绘、记叙中，逐渐清晰地显示了自己的真的面目与神魂——原来这是一个负有特殊使命，有理想，有血性，有担当，面对挫折和危险仍然不失舍身求法的义勇和热忱的男子汉。劳东林是经验丰富、多谋善断、屡建奇功的省“十大神探”之一，又曾获得过“全国二级英模”的称号，虽然一度因“为人太耿”、敢于犯上、交友不慎而犯了错误，受到撤销“英模”称号、开除党籍的严厉处分（后来又恢复党籍），领悟到“夹起尾巴做人”的重要性，但他在骨子里并没有因人生道路上的挫折而磨灭了自己追求理想、忠诚于事业的那股精气神儿。所以，当省里已退休的老书记的秘书余达成以非常规的方式把秘密调查顾立源的任务布置给他时，他在震惊战栗之余，还是慨然受命，毅然辞职脱警，只身潜往陶里根市，开始自己最乐于从事的堪称“伟大”的事业。正如劳东林的人生道路呈现为一条充满波折的曲线一样，通往他的灵魂深处的路也是弯弯曲曲的。邵长水在侦破劳东林被谋杀案的曲折过程中，终于拨开种种假象和疑云，找到了通往劳东林灵魂深处的暗路的入口处。

如果说劳东林的灵魂在大多数情况下始终是在暗昧骚动着，战栗着，亢奋着，后来才以形灭神不灭的方式重生、复现在人们的叙述、回忆之中，鲜明地显现在继任者邵长水的眼前的话，那么，邵长水的灵魂，却是始终置于这一场侦破与反侦破的较量的第一现场上，用作家的艺术追求予以照亮、凸现的。邵长水不愧为劳东林力荐的大要案支队队长一职的继任者。他不仅肩负起了侦破劳东林被谋杀案的使命，而且也承继了劳东林对当前社会生活的思考，承继了他的隐忧和困惑，最重要的是，承继了他的理想和激情。他原是个更严谨、更持重的人，但在劳东林的影响下，在他的自我拷问下，他的灵魂、血脉竟也渐渐劳东林化了，以至于接任后队友们说他和“劳爷”越来越像了。他和劳东林一样，显示出的灵魂的深也即是灵魂的真。正是灵魂深处的那么一股子热情、冲动，那么一种近乎于赤子的天真，凝成了这两个人物灵魂的光，照亮了他们的整个人生故事，给了我们久违了的感动和暖意，使我们在战栗之余振作起来，直面人生而奋然前行。

2005 年 11 月 1 日

画出现代的我们国人的魂灵来

——读宋清海的长篇小说《猿山》

近一个多月来，我一直时断时续地反复咀嚼着宋清海这部40多万字的长篇小说《猿山》。这是作家酝酿、增删、润饰了20多年才写成出版的作品。我感到这是我们当代文学曲折、顽强的发展进程中出现的具有重要思想价值和文学意义的作品。它的问世，一定会得到广大读者和评论界越来越多的关注。

《猿山》在广阔漫长而又错综复杂的历史背景上，塑造了一个具有普遍意义而又高度个性化的时代典型形象——英雄赵天丰。自从读了《猿山》，这个独特的带着现代的我们国人的普遍弱点，或者说带着具有浓郁时代特征的精神病象的人物就浮现在我的脑海里久久挥之不去。有一次他甚至出现在我的梦境中，让我感到尴尬无奈。他那交织着英雄气与鄙俗气的性格，他特有的一发疯就强烈起来的迷离梦幻的神色和恢复清醒后的质朴、平凡、正直甚至带几分义勇的农民天性，他那颇具夸张的喜剧色彩的言行和令人忧戚揪心的悲剧命运，他那与阿Q精神胜利法血脉相通但在不同时代条件下形成完全独特的异秉的间歇性精神谵妄症，都是耐人寻味、发人深省的。

东北地区猿山屯的猿山和山地，是产生英雄赵天丰这样人物的土壤。这个小山村住着以丁、赵两姓为主的几十户人家。赵天丰和丁承禄是打小一块儿长大的小伙伴，又是一起参军的战友。他们参加了解放战争和抗美援朝战争。一个成了挂上大军功章的英雄，一个虽负了伤却未立战功。两人一同复员回来。赵天丰是英雄荣归，万人空巷，虽未当官，却“得地”（猿山俗语“得势”之谓也）飞天，魂系金牌，晕晕乎乎，忘了自己是谁，干出许多荒唐颟顸的事儿来。他依靠组织说亲，强娶了订了婚的马凤英；带着尚老五等混混儿，在山阳镇集市上强拿贱买;他住进公家给盖的高出邻居一头的大海青砖房,在四邻八村大做其报告,几乎成了瘾。当然,他毕竟是个善良的农民,凭借大金牌的成功,也干些如解放叫花子、照顾小瘫子、震慑小毛贼、平息地界纠纷、支持瞒产私分等好事。三年严重困难时期,在一帮饥民的激将撺掇下,头脑发昏的赵天丰竟被拥戴为"后宋"国的皇帝,边喊"毛主席万岁"边登基当了"猿皇",差点引发粮库被抢事件。事败之后,英雄虽未受到刑拘,却从天上一跌到地,成了犯错误、蜕化变质的反面教员。不过这一跌,却也使他跌出了英雄梦境,重新开始了一个勤劳朴实的庄稼人的生涯。

在此后近半个世纪的历史风云变幻中,赵天丰载浮载沉,时邪时正,周期性地又经历了几次一得金牌就疯、一失金牌就醒的痛苦而漫长的蛇蜕过程。他的每一次"疯"和"醒",都涵括了丰富的时代和社会内容。重当庄稼人时驾辕拉犁的劳苦和屈辱,"文革"时两次挺身而出作证帮助丁承禄、丁文广父子的义勇,再次要求参军、两次送儿参军和自己修碉堡的"壮举",改革开放后独战腐恶的戆直脾气,一直到最后在"我一手榴弹"的吼声中震慑隐瞒矿难的罪犯的神武,这一连串似谲而正的赵天丰"逸事状"的精彩绘状,深化细化了、丰富发展了这个独特无两的当代英雄的形象,使之成了一个概括现代的我们国人的精神状态的艺术典型。

与赵天丰的命运变迁史或性格发展史相纠结又相分离的,是他的战友丁承禄所走的一条由民而官的生活道路。受赵家挤兑、欺负的丁承禄,发愤图强,捐出复员费,带头办起农业合作社,成了劳动模范。他凭借"吹而优则仕",跃升为县委书记。对落魄失势的英雄,他一面充分利用这个"反面典型"的教育作用,一面暗中保护,倒也没有落井下石,始终不失战友之情。丁承禄升迁之途虽然不太正,但他清廉为政,不忮不求,谨言慎行,堪称当代循吏。最后,在目击了赵天丰勇于反腐斥邪的义举后,他肃然起敬,挥毫连书"英雄"二字,表达了他内心的正义感和英雄气。这个形象虽然与赵天丰相映衬相比照,但在小说中只是一个虚写浅绘的影像。真正写得结结实实、生龙活虎、真力弥满的人物,是环绕着赵天丰而生存着、爱恨着、争斗着的一群猿山农民群像。正是这些与赵天丰撕掳不开的猿山农民形象之间的复杂的现实关系和命运变化，构成了赵天丰这个典型性格所依存的典型环境，使赵天丰这个因艺术夸张而鲜明强烈的典型性格获得了丰厚的、质朴的、真实的社会生活基础。

在这个令人一见就难忘的中国农民人物形象的画廊里，艺术个性化程度最高的当属猿山奇女子马凤英的形象了。她是英雄的妻子，却是猿山唯一不迷信英雄，对大金牌的魔怔性和虚妄性有着最稳定、最清醒的认识的民间智者。她深知"自古有天大的功劳，就有地大的罪"。当英雄处于极盛的顶点时，只有她敢于挫其锋、犯其怒，指出他闹着当"猿皇"是"嫌头重不想要了"。可是当英雄处于虎落平阳被犬欺的处境时，又是她挺身而出，使出"咬钢嚼铁的性子"，智斗要账的尚老五，独挑用下作手段"玩人"的群氓，辣骂越界占垄的兄嫂，成了家里一根挺硬的柱子，保护了赵天丰作为一个勤劳的庄稼人的尊严。她坚信"能在春天发芽，就不怕冬天挨冻"，在生活的磨难面前永远是那样沉着应对，决不悲观。她口快如刀，情柔似水，至真至烈，确是"蒸不烂煮不熟捶不扁炒不爆响当当一粒铜豌豆"。但在英雄儿子英民面前，这粒铜豌豆却熔化了，开出了世界上最慈柔、最质朴的母性之花。小说中所写她和失去一条腿的英民相见的场面和她洗鞋、藏鞋、埋鞋的细节，使人读了为之洒泪。马凤英，这个因特殊经历而痛恨"英雄"名号、痛恨"大金牌"的农村女性，其实是猿山唯一没有杂质的真英雄！说她是我国当代文学画廊中写得最好的女性形象之一，我看并非过誉。

《猿山》中塑造得有声有色、呼之欲出的人物，还有集混混儿和邪疯子于一身的农村天才喇叭手尚老五，他那"一支曲儿在心里养三十年"的至情至性和已臻化境的乐声是猿山人间喜剧中悲怆的诗，是苦难人生中析出的盐晶。此外，猿山仁且智的长者丁老爷子；诡而恶的隐霸丁文玉；挖祖坟，看生葬，终于被儿子活埋的官迷丁承祥；仗势欺人，心窄眼红，但又确实是养猪好手的赵老爷子；在猪场当个组长也神气十足，走路甩同边手的苗老六；直性子，敢告状，要为民做主的二驴儿……最后，还有在小说中从童年写到成年的猿山干部子弟丁文广。小说中赵天丰及其命运浮沉史、性格变迁史以及猿山在各个历史时期的社会变动搅起的大波微澜等等，实际上就是丁文广所亲历亲闻的一段人生。这个人物是开启全书艺术结构的一把钥匙。他的几次回乡所串起的一段段或倒叙或正叙的猿山人的生活故事，自然地形成了这部大书厚重而不板滞、伸展而能曲折的艺术结构。在这个宏伟、精巧的艺术结构的构架上，密密地布满了生活细节的宝石和文学语言的珍珠。正是这些宝石和珍珠雕塑出了《猿山》里所有鲜活而又隽永的人物的形和魂。如果细细寻绎，那真是美不胜收！

《猿山》在典型人物塑造方面的突出的创获，再一次验证了现实主义的创作方法在我国当代文学中一直葆有的深厚的根基。恩格斯指出的“现实主义的意思是，除细节的真实外，还要真实地再现典型环境中的典型人物”和“每个人都是典型，但同时又是一定的单个人，正如老黑格尔所说的，是一个‘这个’，而且应当如此”这两段话，现在很少被人提及了。但这两段话的确提摄了现实主义的精魂。《猿山》就是得此精魂，才能创作出赵天丰和环绕着他的诸多典型人物来的。这部作品的出现，对于改变我们很多当代小说中“只见人影幢幢，可就是看不到人的本身”（阿·托尔斯泰语）的状况，我看是有很大启示意义的。

2006 年 1 月 2 日

对人生与人心的初次叩问

——读王虹虹的幻想小说《娲娘与虹》

带着难免会有的几分好奇和些许疑问开始读少年作家王虹虹的第一部长篇幻想小说《娲娘与虹》。但是，当我读毕掩卷时，心里却不由自主地涌起了对作者早慧的文学才禀的欣喜，并久久地陷入了对小说借奇思幻想揭开的多面性人生、多夹层人心的探究和沉思。为了寻绎小说奇幻故事中蕴涵的精微奥妙，也为了梳理作者不羁的、越轨的文思，我不得不再次回到这融繁复于单纯、纳曲折于平淡的文本之中。

《娲娘与虹》描写了一个奇异的女孩的一段诡幻而浓缩的人生，描写了她探寻自己的本相和本性的一段心理历程。这个奇异的女孩其实是一个平常的十四岁的叫做虹的初中女生，她的诡幻之处在于她又是“东阳街的娲娘”，一个为人占卦、释疑、解惑的小女巫式的奇人。娲娘与虹，都是同一个女孩天性的不同侧面：冷漠与热情、老成与天真、幻设与真实、彻悟与疑惑……凭借异乎常人的幻想力（小说有时叫思力，有时叫念力，有时叫脑波，有时叫“思想的系统”），女孩自由地在娲娘的店堂和虹的课堂之间出入闪回，分别扮演着幻设的娲娘与真实的虹这两个不同的角色，把种种现实的人生相和幽伏的人心图逼现在我们面前。就小说展开的一个又一个人生故事的现实性和时代性而言，小说和我们看到过的许许多多少年人生小说一样，骨子里也是写人生、为人生的小说之一种；但是，就小说借以展开叙事的灵思幻想和小说情节的某些诡异的假定性而言，这小说又是十足的玄幻小说之一类。我们就姑且称之为人生幻想小说吧。人生是现实的，但人生又是发展、变幻的。有不满足的欲望，有不舒展的心灵，有不可解的疑惑，有不停顿的探索和追求，自然也就会有幻想，哪怕这幻想的羽翼是紧贴着现实的河流滑翔的，尤其是一个十四岁少女眼前展开的充满疑问和不安的人生，它的艺术的再现，就更耽于文学幻想的飞驰了。

小说的故事是由一组组人生的镜头顺序组成的。每一个来东阳街向娲娘求助的人，都有自己的精神的难题、疑问和疾患。这里有为死于车祸的亡妹超度以求心灵安宁的哥哥；有因未能满足婆婆（南方人对奶奶的俗称）抱重孙的愿望而在心理上产生让死去的婆婆纠缠不休的幻觉的谢阿姨；有儿子才五岁就逼他天天用功，急于预知儿子一生事业是否有成的贵妇人乔治妈；有反复出现、掌握着有关虹的身世的秘密和洞悉她的超常“思想系统”并不断启迪她探索自身本相的白婆婆（也即虹最好的男友哲凯的奶奶）；有为自己的女儿茜茜（她即是虹最好的女友）得了受迫害谵妄症、一度自闭而焦灼万分的茜茜妈；有因狭隘的占有性的“爱”而引发潜伏的精神病，导致杀害妻子的惨剧发生又极力加以掩盖的张文信；有一心要弄清丈夫前妻的死因、善待丈夫前妻留下的儿子的严诺小姐（她即是哲凯的继母）；最后，还有虹的画家爸爸何辉的学生和女友、中学美术老师钟晴。对这些先后来到娲娘女巫店的顾客，娲娘根据不同的情况，有的给予疗救心灵的灵药（其实是鸡汤）；有的施与祛除心灵阴影的妙方（其实不过是唤醒患者对逝者的慈爱的回忆）；有的则痛下针砭，救出被折磨得“好辛苦”的孩子；有的则安装能照出心灵异象的魔镜，让患者击碎之，驱除之。在写得最曲折、最完整的两个故事——张文信杀妻案的侦破与白依玲车祸案的模拟重现中，娲娘更表现出她不惮于直面最残酷最惨淡的人生真相的勇敢和正义感。正如那个偶然出现的胖警察所说的那样：“娲娘哪是外人，她和我们警察一样，都是斩妖除魔的，维护正义的勇士。”她和忠实守护着她，每当她遇到危险、感到需要帮助时就会出现在她身边的哲凯一样，都是负有使命的。哲凯以帮助她、护卫她为使命，她则以帮助求助的顾客为使命，以探寻人生真相、疗救人性疾患为使命。小说中，这种使命被说成似乎与人的主观伦理态度无关，不出于选择，只归于命定，甚至还被赋予了带某种戏谑性的商业契约的形式（请想一想娲娘招待每一个顾客时那有些稚气的"成交"声吧);但在娲娘与哲凯履行这种使命的实践中,却始终伴随着初涉人生的少年探索人生、改良人性的热情。在南方改革开放前沿复杂的社会背景、时代风气、生活矛盾的衬托下,显得分外单纯和强烈的是非观念、爱憎感情,对真、善、美的执著追求与对假、丑、恶的无情唾弃,仍然像不可阻遏的激流一样在小说中冲荡飞扬,获得了血肉鲜活、声态并茂的形象显现。

虹的"异常身"是娲娘,而娲娘的"寻常身"则是虹。娲娘与虹的浅层次的身份置换,似乎只要穿上或脱下黑裙子就可以实现。但两种身份的深层次的置换,在小说里却显现为一个曲折的怀疑和探索过程。娲娘的使命是为人生的,为他的,而虹的使命则是探寻"我究竟是谁",是求本我的,自为的。娲娘的为顾客服务的故事表现的是小说的显主题,而虹求本我的故事凝聚着的是小说的潜主题。在白婆婆这个虹"生命中的过路人"的启发推动下,虹不断地探索着关于自身的两大秘密:一是决定她生存与否的那场车祸的真相——原来她是一场突发的车祸的幸存者,哲凯一家则是损失最重的受害者,为躲避小女孩(四岁时的虹)而撞死了小男孩(童稚时的哲凯)的母亲白依玲的肇事司机丁忠也是间接的受害者。这个秘密的解开使虹看到了自己的生存和别人的悲悯与爱的纠结,白婆婆、哲凯与哲凯父亲的宽宏大度使虹受到了震撼。另一个秘密是关于虹自己的身世的真相。她终于弄清了自己是蓝翼河上漂流来的篮中孤婴,自己与离异的父母并没有血缘关系。在解开这个关于身世的秘密之后,虹的异常身娲娘,让她经历了一段阴郁、悲惨的假象中的生活:哲凯病死了,莫文茜和同学们因为娲娘的妖气躲得远远的,爸爸和钟晴决定结婚,而妈妈则孤独地病倒在医院里。娲娘感到人生的残酷、幸福感的失落,甚至闪动过把世界全毁掉的自私可怕的念头。但是,在白婆婆的帮助下,凭借苏醒的钥匙,虹逼退了自己怪异的影子娲娘,逼退了一切假象,又回到了正常的、幸福的、阳光灿烂的生活之中。"我就是我",平常身的虹,与没有血缘关系的父母的亲情更浓了,与哲凯的带点淡淡的初恋意味的友情更真了;爸爸和妈妈旧情未了,重新生活在一起了;钟晴老师也有了自己的男友;谢泞阿姨要结婚了;严诺小姐怀上了孩子……虹沉浸在圆满的大团圆中，她从外星宇宙的假象中回到了人类社会的真实的生存。这样的情节虽然有太多假定性的艺术因素，然而却也真实地反映出一个初次叩问人生和人心的少年的自我分裂与内心的冲突。阴郁与光明，平顺与坎坷，恨意与爱心，是这样真实地交绥着，共存着。一个早慧的十四岁少年作者眼里的多面的人生、多层的人性，以最大胆的幻想的形式，真实地展现在我们眼前。这种稍嫌凌乱却也有些单纯的真实人生与人心的试探与表现，虽然是初次的，但却触及了一些关于人生与人心的永恒的疑问，永远的课题。这种文学的敏悟力与表现力，我认为是值得我们作更长远的期待的。

2006 年 3 月 18 日

春秋史魂　楚王雄风

——读映泉的《楚王》系列长篇历史小说

映泉运思多年、精心结撰的历史系列小说《楚王》的头三部——《和氏璧》、《先王剑》、《鸟之声》，在当代历史小说创作领域里，刮起了一阵威猛、新异、宏放的楚王雄风，让我感到耳目一新，兴味无穷。

多年来，历史小说的取材过多地簇拥在中华民族几千年文明史的末梢，而对于这一文明史的肇始奠基阶段，则少有演绎生发。映泉的《楚王》系列小说，溯中华文明之长河而上，直取多民族统一的中央集权制的国家形成之前的先秦时期的春秋时代，把诞育繁衍于沮、漳之源，荆山峡谷，江汉之滨的荆楚蛮族的幢幢史影，聚为鸿篇。作家满怀对乡土久远悠长的历史之温情与敬意，又复投以犀利、冷峻之目光，才情翰藻多所挹注，写出了这三部看似平淡却奇崛，成如容易却艰辛的力作，为当代历史小说创作开了新生面。

楚是西周时形成于江汉流域的一个蛮族国家，活动在丹阳（今湖北秭归）一带。经熊绎、熊渠等先王筚路蓝缕，耕战并举，渐渐强大。到了熊通时代，聚车屯甲，凭武力第一个称王，是为楚武王。武王之子熊赀，则制定以严峻的军法为主体的楚法，以文稳定王位，故号为楚文王。文王之子熊恽少年即位，在诸大夫辅佐下，稳固了统治，成为楚史上第一个朝觐周天子并得到承认的楚王，是为楚成王。楚国虽接受周惠王“镇尔南方，无侵中国”的训示，但已是拓地千里、实力雄厚的南方大国。经楚穆王商臣之后，终于到了雄才大略的楚庄王熊侣的时代。熊侣善于用人用兵，整饬内政，士农工商，不败其业，国力大长。公元前606年，楚庄王率军至雒邑的郊外，周定王被迫派王孙满劳军安抚，庄王却故意“问鼎小大轻重”，表露其灭周的野心。经过击败晋军的邲之战和围宋之役，中原各国背晋附楚，楚庄王终于称霸中原，成为历史上的春秋五霸之一。楚庄王一度“并国二十六，开地三千里”，把楚国带上了强盛的顶峰。庄王死后，楚势渐弱。《楚王》系列小说截取漫长楚史中从楚武王熊通到楚庄王熊侣这一段上升时期的历史，而以武王熊通、文王熊赀、庄王熊侣这三位各具鲜明特点与业绩的楚王为主要人物，依次而成《和氏璧》、《先王剑》、《鸟之声》三书。三书顺序读之，俨然成一首尾完整、脉络清楚、气韵连贯、沉雄遒丽之楚兴史诗；三书亦可分开不循序而读，则分别宛然成为面目神情各异的各自独立的楚王文学传记。在统一的中华民族形成的漫长过程中，北方中原地区的华夏族裔与南方荆楚吴越地区的荆蛮族裔的融合、发展，是一个大关键。由此可以洞见把“楚史”文学化、史诗化所具有的重要意义与无穷的意味。它对于中华民族内在的血脉魂魄的征验，对于中华民族精神形成的诸多元素的检视，对于中华民族历史生活中可资文学创作之用的珍贵资源之开拓与利用，都有不可低估的独特作用。

取材的重要和独特只是成功的文学创作的第一步。作家对题材的开掘和发现的能力，也就是他的思想穿透力与艺术想象力在创作过程开始之后，就表现出更重要的作用了。对于《楚王》系列小说来说，作家所能凭依的，除了已有典籍中关于楚史的记载，还有近30年来新出土的足以征验、丰富楚史的文物和大量楚史研究的著作。作家几乎穷尽了有关楚史的材料与论著，下了极大的案头工夫，但即便如此，要把悠悠史影化为灼灼史象，作家还是需要依靠自己的艺术想象。只有让艺术想象在结构的生成、人物的塑造中充分发挥积极的和主导的作用，补充历史事实链条中不足的和还没有发现的环节，根据表达主题和完成人物性格的需要，对既有的历史细节、历史传说进行全新的阐释和革命性的演绎（比如对卞和献玉传说的新解），历史小说创作成功的一些要素——好的故事、活的人物、妙绝的细节、美畅的语言等，才能毕备于笔下。在这方面，《楚王》三书，各具异彩。

《和氏璧》把熊通运用韬晦之策以掩护自己的兴国开拓事业的机心与卞和三次献玉的悲剧性命运与忠诚，作为结构全书的两大支柱。环绕着熊通与卞和的人物如邓曼夫人、女荪、令尹子文、斗廉、观丁父等，虽都有鲜明的性格勾勒，但都不作更深透更精细的刻画。也许只有被委以兵权的都国降俘观丁父的形象被刻画得稍为细致一些，但那也是为了突显楚武王熊通之善于用人。熊通的谋略之深，制怒制欲之毅，为国家利益而不恤生命之忠勇，为政治大局而冤屈卞和时表现出的残忍，都写得惊心动魄，雄劲中透出冷飕飕的味道。而卞和为楚国崛起而献玉的初衷，一再忍受酷刑，愈挫愈奋的坚毅，以及他在渐渐获悉楚王熊通韬光养晦，不欲楚玉过早问世以避强敌的深谋远虑之后的理解和隐忍，也描写得十分深沉有力。卞和负屈含冤既久后一触即发的悲愤与渐明真相、明断大局的理智，构成他性格中相互矛盾的两个侧面，也搭出他与熊通之复杂关系的两条栈桥，把和氏璧故事中深沉丰富的历史内涵，从一个新的角度尽情释出，令人感叹唏嘘。

《先王剑》与《鸟之声》虽然各以一象征物为书名，但无论是先王剑还是“三年不鸣，一鸣惊人，三年不飞，飞将冲天”的凤鸟，在小说中，却仅仅是点缀在故事主线、艺术结构之外的象征物而已。先王剑非剑，而是楚国之法，剑之威实为法之威。凤之鸣的故事，出于两个臣子之口，虽然后来演变为楚文化中独有的各种凤鸟图像，但也只是一个精神外射物而已。凤之鸣实为人之奋。借着先王剑这一象征物的映照，楚文王熊赀由猥琐放佚而刚毅奋发的性格发展过程，他的善制法、善守法、善任群臣的特点，愈发彰显起来。环绕着他的人物，如深藏悲愤、忍辱负重却又有政治器识的息夫人（其命运与性格有点类似卞和），执法不避战败之王的鬻拳大夫，廉明生威的苋喜大夫，贪渎而有自知之明、自耻之念的申侯，申国降俘出身的将军彭仲爽，本属简淡低调而一遇大事却威重如山、措大局于指掌的斗谷虎，一个个都性格鲜明，顾盼神飞，令人难忘。同样，借着凤鸟发出的鸟之声的烘托，楚庄王熊侣先蛰伏后奋飞，先自馁后自信、自强的性格发展轨迹，他深鸷的驾驭群臣的谋略，他问鼎中原、经略四方的霸气，被刻画绘状得入木三分、淋漓尽致。闺中奇女樊姬，国之大贤孙叔敖这两个一内一外的辅佐人物也有非常出色的描写。

从上述简略的分析可以见出作家构思的多变，笔墨的多姿，才情的多面。而更重要的是，这各不相同的表现侧重点及手法，都是为着一个艺术目标服务的，那就是：写出荆楚蛮族内在的为其他族裔所无的某些气质和特点，写出它固有的尔后又融入中华民族精神的健旺的精神元素，洞见它的民族性的秘密也即艺术地掌握它理解事物的方式，探寻它的兴衰治乱之迹，生生不息的民族生力之源。而这一切，无不渗透着作家的当代社会生活体验和思考。骋思今古意，极目楚天舒。正是在古今契合、映照、通感这一点上，作家的楚史形象化工程获得了最有意味的可供拓展的广阔艺术空间。

2006 年 5 月 20 日

立于涛头　引领风骚

——读王建琳的长篇小说《风骚的唐白河》

王建琳的长篇小说《风骚的唐白河》是一部难得的贴近我国农村现实生活，正面描绘农村现实生活，正面描绘农村改革不断深化的伟大进程，敏锐地触及建设社会主义新农村的时代主题并给予生动、丰满的艺术表现的作品。在当前众多农村题材的作品争奇斗异、纷然杂陈的情况下，这部出自基层作者之手的力作，大气磅礴，异军突起，让人耳目一新，心灵受到强烈的涤荡。

中国农村改革的酝酿、蓄势阶段（1975—1979）和破冰开闸、春潮漫卷的第一个十年（1979—1989），已有不少人们耳熟能详的优秀作品从各个角度予以深刻的描写和反映，从而谱就了新时期文学的一个华茂丰实的篇章。但是，从上世纪 90 年代开始迄今的中国农村的社会变动，这一段更为生动、丰富、复杂的农村改革与发展的新的历史进程，却很少得到深刻有力的反映。人们期盼着那种能对农村改革持续深化的一个个新阶段、新局面作完整而不零碎的，飞动而不粘滞的，深具历史感与时代特征的艺术表现的长篇力作出现。《风骚的唐白河》在一定程度上应和了这种合理的文学期盼。

这部小说描绘了从 1990 年到 1997 年这一时间段中中国农村一角发生的社会大变动的整个过程，描绘了一段有头有尾的生活的长河。作者从自己的生活经验出发，选取了内地城市郊区的卫星城镇及其周边的广大农村这类改革的动感地带进行反映，并把描写的重心，放在处于农村改革的漩涡中心，经历着巨大的思想的、感情的、心理的震荡和蜕变过程的乡、镇、村、组干部的形象上。在这样一个鲜明清晰的、几乎具有编年史般的准确性的时代背景上，在颇具典型性的祁星镇和宋槐营村的社会生活环境里，产生了小说的两个主人公——镇党委书记丁一锋和村支书铁金凤的典型形象。随着这两个人物的生活、命运、性格的展开，一幅幅洪波涌起，飞漩卷浪，如绘如歌，扣人心弦的生活画面互相衔接、首尾呼应地逶迤出现。这是有力度的现实主义的人生画卷，也是有韵味的浪漫主义的心灵诗篇。虽然有些地方你会感觉到初次驾驭长篇巨船的舵手还不够沉稳，感觉到作者对她的主人公有点过于钟爱而稍欠抒写上的含蓄、节制，但总体上说，这是一部思想犀利、肝胆开张、笔势健举、墨意淋漓的作品，是能给生活的前进、思想的提升以助力的金钲铁鼓、黄钟大吕。

上世纪80年代的十年间，位于襄江市襄河县城门口的祁星镇，几乎成了襄河县改革开放的前沿阵地，而宋槐营则成了改革的风暴中心。1990年春，当丁一锋来到祁星镇任党委书记、镇长兼县委常委时，祁星镇已经经历了整个80年代的一波又一波大起大落的改革了。像飙风席卷而来的大包干取代了刚刚健全起来的联产计酬责任制；接着是鼓励少数人先富起来的推举万元户运动；在“无工不富”观念推动下打造八大金刚企业；最后是创办第三产业，打造商品经济高地，大种“大头菜”，创造“祁星镇的名牌”。连续几任“敢闯敢冒”、雷厉风行、说一不二、急出政绩的书记、镇长，虽然为农村改革充当了马前卒，轰响了开山炮，为冲破农村传统的凝固化的生产经营理念和生存方式，为拓展农村干部和农民群众的视野、增强他们的胆魄作出了一定贡献。但是，由于他们的武断决策、强制推行、漠视民意、不作疏导的工作作风，大呼隆一拥而上、一刀切不留余地的做法，使这一系列“忽闪改革”多多少少都留下了败笔和后遗症。同时，改革大潮所冲荡出来的沉渣，所产生的浮沫，污染着祁星镇的社会环境。市霸、村霸的滋生和恶行，也日趋猖獗。这一切，使得刚刚履新的丁一锋，不能不顺着当时全国进行的“整顿治理”的部署，先从全体动员卖“大头菜”以还资于民，一举敲掉犯罪团伙“响钟会”而除暴安民，攻破唐江娃、向以下海为名套取企业资金的海混子们讨回赃款，抓党委一班人的思想建设与作风建设以强根固本等举措入手，为前几任书记、镇长留下的“马蹄坑”做填补工作。丁一锋一边注视着农村改革的潮起潮落，一边注视着改革事业轰隆隆前行的背面那些积累起来的社会矛盾，那些在潮头冲荡下漂到岸边麇集起来的光怪陆离、蚀人灵魂的污物。他认定："手把红旗旗不湿的击水中流者，是弄潮真英雄。"他以一个人民之子的忠心和无私无畏的义勇，把那些所谓"官场上的潜规则"撕得粉碎，不论整条还是碎片。祁星镇的干部和群众很快就发现，这回来的丁书记，可不是政治上的"霹雳火"，而是坚毅正直、沉雄大气、谋深计远的改革家，是敢于对邪恶势力、庸俗风气动真格的色不入眼、财不上心的真男子。这样的人，在现实中是"稀有金属"。这个发现自然也是作者长期沉潜在农村的改革漩涡中心，长期扎根在大地深处而后收获的发现。

作者写丁一锋这样的改革者形象，是需要有一点真正的艺术家的勇气的，她需要冲破政治上和生活中顽强的偏见，也需要冲破文学上的俗见。而且，要真正从生活出发而不是从理念出发去描写这样的新人，把他写活，写得血肉丰满，鲜活可信，神完气足，在艺术上是尤为困难的。我感到，作者写丁一锋的形象，最具胆识也最见精彩之处，是她敢于把他放到农村基层政治的严酷的环境中，揭示他在改革洪流中的言动与时代思潮、与时代的理论思维的联系，揭示他对改革的深沉思考与农村大地潜藏着的蒸腾的热气、扑腾的劲气、发展的底气、人心思变的旺气之间的内在联系。他的一切推进改革、完善改革、为改革辩护的行动的动机，都是从历史潮流的深处汲取的。他用来说服对1992年新一轮改革浪潮持怀疑和抵触态度的党委委员、农村政治家们的，不是空头理论，不是抽象哲学，而是算祁星镇改革开放以来农民千家万户收入的细账，算国家为迅速增强国力、参与国际竞争而付出代价的大账。他的犀利的理论思辨力，来自他与现实生活的紧密联系，对农村、农业和农民的深刻了解，对有灵性、有生机和潜力的土地的呼吸的感应。他采撷了常青的生活之树上结出的鲜活的理论之果，用它们去打消头脑空洞却在真诚地忧国忧民的同事们的阴暗情绪，纠正他们的"左"倾幼稚病。理论只要彻底，就能说服人。祁星镇学习"南巡讲话"的那一次党委会，被描写得一波三折，奇峰迭起，柳暗花明，引人入胜。这真是当代农村生活版的"舌战群儒"，其艺术光彩是逼人的！

丁一锋在改革事业中表现出的实践行动力,足以和他的理论思辨力相埒。丁一锋在1992年春天面临的改革形势是非常严峻的。如果说,80年代农村大包干冲击着城市,但此时却是城市改革席卷着农村,冲垮了祁星镇原有的处于城乡接合部的优势。襄江市委作出的打造“神鸟”汽车基地,建设高新科技工业园,开辟旅游与房地产产业区等“三大开发区”和两桥一路的基础设施建设项目,要圈占祁星镇已多次遭到切割的地盘,牺牲十八个村千余户人的眼前利益、局部利益,要打破祁星镇多年来进行农田基本建设的成果,打破“五龙戏金盆”的农业多种经营格局。面对这一波改革的洪涛巨浪,丁一锋既喜又忧。他能望得见襄江市工业化、城市化跨越式发展将给祁星镇带来的光明灿烂的远景,有一种风高浪快,万里骑蟾背的感觉,同时也有对大开发将带来观念大冲突、利益大冲突的隐忧。他将面对失去家园和土地的三万多农民,承受为他们找到新的家园和转轨的市场的压力。怎样在城市化进程中打造新的农村发展模式,把农民组织成御风搏浪,有参与力、竞争力和制胜力的强劲新军,这是一个全新的课题、严峻的挑战。丁一锋毫不回避地迎了上去。他敏锐地发现宋槐营实行战略突转,平原突围,进军窝盆岗,全村大搬迁,重建新农庄的改革创新之路,给予铁金凤以有力的支持。桥头堡上疏导占桥请愿的群众,谈判桌上平衡、协调政府与失地农民之间的利益,龙王集村里勇斗村霸薛明大,市场洼地里与商界大腕薛鸿达的第一次接触……这一幕幕错综复杂的推进改革的画面上,都有丁一锋立于涛头,引领风骚的勇士兼智者的身姿。牵挂、维护农民切身利益和生存条件的情怀与盱衡全局,力挺改革的胸襟,对上级负责与对人民负责的统一与兼顾,使丁一锋身处改革的漩涡中心却能从容应对,沉着出招,显出一个务实的改革实践家的风范。他是林中的响箭,穿云的飞镝;又是暖人的春风,润物的夜雨。他有泰山崩于前而色不变、行不止的定力,也有百炼钢化为绕指柔,让改革大举措软着陆的施政艺术。

作者写丁一锋,不仅着眼于他有声有色的公生活,也透视了他有情有义、有歌有哭的私生活,展现了他深沉、丰富、细腻的感情世界。

改革开放的浪涛考验着他的共产党人的党性，而五光十色、乱花迷眼的生活则试炼着他的做人的良心和德性。他对爱情和婚姻的严肃的态度，也是现实生活中日渐稀少而弥足珍贵的。他与宋槐营村的村支书铁金凤的爱情，以那样克制甚至有些压抑的方式缓慢地发展，在表现形式上也许不够浪漫，而在骨子里却透着一种古典的浪漫热情，使人觉得温馨而感动。

与丁一锋的生活、命运、心理的发展轨迹时而交叉时而分途的，是农村知识妇女铁金凤苦难坎坷的人生、苦涩多磨的爱情、光彩夺目的事业所交织成的命运奏鸣曲的旋律。铁金凤苦涩的、有些神秘的过去，是与"文革"十年相联系的。她坚实的、开朗大气的现在，则是与改革十年相联系的。她本是聪颖美丽的农家女，是宋槐营村欲飞出去却折翅而返的金凤凰。滞留在农村大地上的现实命运，固然局限了她的艺术天分的发展，却增加了她与乡亲们的情感联系，锻炼了她的品质，增强了她的能力。她是农村并不多见的融乡土质朴气质与都市现代感于一身的农村女干部形象。作者以爱抚的笔意，充分的笔墨，细腻而又丰满地塑造了这个非常独特的女性形象。虽然她对农村改革浪潮的感应有时还有些落后，她始终予以更多关注的是本村本土的经营和利益，但可以看得出来，这是一个在改革的风浪中逐渐成熟起来、坚定起来的乡土改革家。还在华中经济管理学院学习的时候，她就为村里支招到镇上机场路边圈地，表现出她的决策远见。回宋槐营村后，她先是当农村经营管理站站长、村会计，后来被任命为村支书。"抢劫事件"中的大义灭亲之举，劝退桥头静坐示威队伍时的从容镇定，与严市长谈判时的机智灵活，作出举村迁往窝盆岗的战略决策时的过人胆识，抵制腐败镇长韩飞鹏时的严正清醒，这一切，绘状出了她作为农村改革带头人的英姿异彩。她与丁一锋的爱情，是与改革事业的命运紧紧相连的。他们同声相应，同气相求，在相知互赏中萌生爱情，终于收获了迟来的甜美的果实。铁金凤，也是站立于改革的涛头引领风骚的时代人物。

环绕着丁一锋与铁金凤的形象，《风骚的唐白河》展开了广阔的、多样的社会生活画面，塑造了一大批镇、村农村干部的各种各样的形象，为我国农村上世纪最后十年的改革进程和社会生活变迁留下了丰富多彩的画卷。这一雄浑而又工细的画卷，为我们提供的有关那个时期中国乡、镇、村、组的政治生态、经济组织、改革举措、发展模式乃至人们的生活方式、心理变迁等，包括人们经济生活的细枝末节在内的知识，是那样完整、丰赡、详细、准确、生动，超出了某些改革理论家、政治思想家、经济学家们的著作所能涵盖和提供的。这一点也是令人肃然起敬的。

2006 年 7 月 7 日

写于美国佛蒙特州明德学院

儿童玄幻小说的新花

——读王虹虹的长篇玄幻小说《湖娃》

少年作家王虹虹继《娲娘与虹》之后,今年夏天又出版了她的第二部长篇玄幻小说《湖娃》。我怀着浓厚的兴味读了《湖娃》,觉得作者灵颖超拔的想象力,纯洁透明的爱意与文心,控驭全局、弥缝照应的结构能力和简洁清畅的语言,都大大超出了我的预期和想望。《湖娃》堪称儿童文学的新声、玄幻小说的奇葩,值得向广大小读者们推荐。

《湖娃》描写了身患重病的女孩白诺在男孩阿五的帮助下离开人类世界,进入湖娃们生活的极乐世界后的一段奇诡的经历。她摆脱了人世间的疾患和烦恼,却又苦苦寻找着重返人类世界的通道。她渐渐融入湖娃们的生活之中,却又惊悚于这个极乐世界正在酝酿和接连触发的仇恨和争斗。在窥探到已经毁灭于仇杀的极悲世界的悲剧之后,她看到了拯救极乐世界、终止仇杀、消弭战争的切迫性和可能性,终于动员、组织起陷入狂热的战争的湖娃们的全部亲属和大众,用带着爱的微笑制止了一场即将毁灭极乐世界的战争。然后,白诺告别了湖国的极乐世界,又回到了有爱也有泪的人类世界之中——这时整整两年已经过去了。

如果说,《娲娘与虹》的主人公虽然常常变幻着"寻常身"和"异常身"出现,但她的那些诡异的经历,主要还是在人类社会中发生的,是充满人间烟火的故事;那么,《湖娃》中的主人公白诺的诡异故事,主要却是在幻设之境——湖国的极乐世界中发生的,是完全玄幻化了的故事。作者的艺术想象力有了质的飞跃,从紧贴着人世人生盘旋到昂首奋飞,直刺入远离人世人生的高远超绝的玄幻领域。小说的主题或旨趣,也由对人生与人心的叩问,发展为对整个人类、整个地球的状貌与命运的整体观照了。“遥望齐州九点烟,一泓海水杯中泻。”《湖娃》展开的玄幻世界(即书中描写的极乐世界与极悲世界)对人类世界的回视和远望,是有李贺诗的这种悠远的意境的。小作家的文心之大之广,是令人惊叹的。

“玄而又玄,众妙之门。”玄幻小说虽以悠远高妙、广大而化的文心为贵,但它作为小说,却又必须善于编织回旋起伏、兔起鹘落的故事情节,以打开小说艺术的“众妙之门”,吸引读者,获得青睐。《湖娃》在这方面的表现,是非常出色的。视人类的眼泪为奇珍的湖国众生,硕大而灵活的玉灵兔,取之不尽的“白米沙滩”的白米,地底城的矮娃,幽灵庄的仙娃,避难庄的难民,神偷王的城堡,极悲世界的乌婆,能窥破三界(人类世界、极乐世界、极悲世界)的“神奇镜”,可穿越“三界”的湖中湖,还有缔造“三界”的女暝、女娃和女娲……这一切缤纷、灵异、生动地展开在白诺的玄幻游历中,让人目不暇接,叹为观止。最妙的是对湖国十王子的描写:聪慧、正直、义勇和充满爱心的天才五王子,轻灵诡异的六王子,忠厚包容的大王子,天真烂漫的七王子、八王子,还有貌丑心善、从“永远的沉睡中”醒来的十王子和自私贪婪、耽于私斗最终尚能悔悟的二王子,这一个个王子形象,着墨或浓或淡,却都已稍具个性和眉目,或迥异或微殊,写得清清爽爽,有条不紊。湖国十王子和他们的母亲女娃以及女娃的湖中影变成的湖国管理者湖女,都被巧妙地织入了一层套一层的幻设悬疑的故事之中:五公子的冤案,带出了他和六王子的恩怨,从中又牵出了大王子看似险恶实属无奈的诡计,女娃基于宿命让十王子永远沉睡的安排……当真相大白之后,又突显出湖娃挑动二王子发动战争的阴谋和白诺挺身而出,用爱制止战争的义举。这一切玄幻情节,都能环环相扣,舒卷自如,显示出小作者玲珑剔透的巧思和妙意。

2006 年 12 月 21 日晨写毕

情动三生爱　魂牵无桅船

——读叶文玲的长篇小说《三生爱》

爱情和死亡是文学的永恒的主题。继《无梦谷》之后，沉潜酝酿多年，叶文玲以长篇小说《三生爱》，再次演绎了这一测试作家对生活和人性的认识深度和艺术表现力的主题，为读者贡献了一部凝聚中国三代女性的悲剧命运，燃烧着她们追求爱情、梦想幸福的生命之火的力作。

小说的主人公是一个叫茫茫的现代女青年。她的独特的生活经历和丰富的内心世界，在小说前后交错、舒卷自如的艺术结构中，得到了淋漓尽致、活力四射的艺术表现。茫茫短暂而奇崛的一生的故事，构成了小说主要的情节线和生活场。但实际上，小说反映生活的幅度，是更为开阔的。它把茫茫的外婆和母亲的命运和人生故事，也织到茫茫的人生求索过程中来了。外婆诺诺、母亲婧婧和孙女茫茫，这是血缘生命的畸形的延续，也是历史宿命扭绞成的一体。

诺诺、婧婧和茫茫，都是那种天性酷爱自由、感情强烈，有着执著的爱情追求和不息的生命之火的女性。这样的女性，敢于超越世俗，冲破藩篱，为追求爱情的幸福不惜作飞蛾扑火式的一搏，真可谓叛逆的、越轨的"情种"、"爱痴"。这种气质的女性，正如汤显祖笔下的杜丽娘，在她们的恋爱生活中，往往是"情不知所起，一往而深，生者可以死，死可以生"。她们往往认定："生而不可与死，死而不可复生者，皆非情之至也。"但是，在历史和时代的看不见的手的捏塑和拤弄下，这些浪漫的情痴、游走的野火，最终不能不走着或凄美或变形的人生之路，成为悲剧中毁灭给人看的角色。

诺诺是江南小镇勺港的平民之女。她美丽、多情、善良，与海盗"绿壳"在祠堂幽会被发现，遭到族长的私刑拷打仍不屈服，后来又被族长指派为裸体装扮的“鱼精”，在乞雨游行的队伍中供奉天神。面对封建宗法迷信势力的淫威，诺诺像一条鳞飞血溅、挣扎跳动的美人鱼，挣破束缚她的大网，和恋人于是宗私奔远逸，逃到日本，开了一间卖“梅之饼”的渔民小店，在东瀛生存下来。在战争爆发前夕，于是宗在一场为保住小店而进行的荒唐的打赌中，被日本军船撞死。成了寡妇的诺诺，像一支无桅船一样在海外漂流。为了摆脱众多男人的纠缠，也为了回中国，她和一个叫班的西洋人同居，改名班天奴，有了身孕。日本侵华战争爆发后，班从她的生活中消失，不知去向，诺诺被征召到“战地服务队”中，差点成了“慰安妇”。只是因为负责检查身体的医官井上诚一爱上了她，把她带回中国的青岛，才使她免于厄运。战争结束，井上诚一在归国途中死去，诺诺带着她生下的混血儿婧婧，活了下来。不过，一度为日本医官家属的经历，成了打在诺诺身上的烙印，使她在后来漫长的岁月里，过起了隐姓埋名、低眉顺眼的城市贫民生活。她的叛逆的刚烈的天性渐渐消磨殆尽，到她和小说中的作家相识时，已经成了青岛工人大院里蛰居避祸，有如惊弓之鸟一样的班大娘了。最后她在“文革”中悬梁自尽。

在诺诺辛苦抚养下长大的婧婧，秉承了母亲年轻时那种酷爱自由、敢爱敢恨的天性。她虽然不必像母亲一样，面对封建宗法迷信势力的迫害和侵略战争的播弄，但却摆脱不了20世纪五六十年代中国社会生活中那种极左势力的阴影和“文革”动乱的颠簸。她在追求爱情、追求幸福上大胆自决、洒脱自由，决不受流言和冷眼的左右，也不满母亲诺诺忍气吞声、小心翼翼的生活态度。“文革”一开始，这个青岛工人大院中脱略不羁的女青年，便成了以牙还牙、以眼还眼的造反复仇者。她不但带人报复了欺侮她的卖水果小贩，而且干脆加入造反派，成了敢冲敢闯的女头头。后来她和恋人卷入一场死了人的武斗，恋人死去，得势的一派把她定为“坏头头”，送到了内蒙古草原去劳改。因为她的美貌，农场的头头盯上了她。在一个暗夜里，她遭到了头头和一群男人的轮奸，被从浙江流放来的善良的廖若晨救出。后来，婧婧不堪那个强暴过她的头头的一再凌辱，愤而纵火，与仇人同归于尽，把因被强奸受孕生下来的女孩——也就是小说主人公茫茫托付给廖若晨抚养。婧婧的形象着墨不多，却写得鲜明、泼辣，生气灌注，呼之欲出。但这是一个被社会扭曲、被“文革”动乱时代毁灭的悲剧性的女性形象。

被廖若晨巧妙地保护下来并带回家乡抚养长大的茫茫，就是这样，承继着外婆和母亲予以她的惊人的美貌和奔流得特别疾速、有力的热血，以及酷爱自由、耽于情爱的天性，开始了她年轻而短暂的一生的求索和奔突。在她的面前，生活展开了空前广阔的天地和空前多样的机遇；但生活也向她提出了许多前所未有的挑战，把她投入了各种严峻的试炼。

茫茫求生存、求发展和梦想爱情、梦想财富的漫漫的求索之路，是从她以极其独特、极显“另类”的方式，考入了省电视台，成了主持《梦想之夜》的主持人开始的。主持人的身份，给了她接近名诗人 G 的机会，使她陷入了一次盲目的但却是纯真的、献身式的热恋中。也是主持人的身份，给了她认识政府官员汪鸣宇（即 W）的机缘，使她有了乘中日青年友谊船东渡扶桑，寻根觅祖的机会。这次在日本的寻访，虽然解开了她暗昧的身世的第一个疑团，弄清了外婆诺诺在日本的踪迹和遭遇，但也使茫茫付出了代价——因离开团队独自行动而被电视台除名。茫茫离开电视台，又考取了昆明旅游局的培训班，成了一名优秀的导游员。这一职业使她认识了美国历史学者梅妮并成为她的助手，随她出国，开始漫游、打工、创业的全新的人生奋斗历程。她随梅妮到了泰国，在帕蒂亚发现了被 W 骗去的外婆的遗物青铜剑，因受到同性恋者梅妮的纠缠而感到害怕和苦恼。后来又来到梅妮的家乡苏格兰的爱丁堡，在菲力普庄园一窥被战争毁了一生的菲力普叔叔一家奇特的结合内幕。茫茫震惊于菲力普叔叔固执的非分要求，终于挣脱“牢笼”，离开梅妮，开始了在法国、意大利、马耳他的自由的但也是窘迫的漂流。在这个漂流的过程中，茫茫几次遇到小偷，身陷绝境，又多次得到朋友、同胞的帮助，绝处逢生，终于从打工渐渐过渡到创业，开办了 WM 时装公司，取得了初步的成功。正当事业略有小成的时候，茫茫又遇到了命运中的克星汪鸣宇及其操控的公司暗中的中伤和毁谤，在不公平的竞争中败下阵来，又重新开始了漂流。在这个曲折的、漫长的漂流过程中，始终伴随着、交织着茫茫和青年画家周立之间的爱的呼唤和追寻，还有一次次有意无意的相互规避，相互错失。最后，当茫茫获悉周立是因为得尿毒症而故意躲着她时，她悲欣交集，到纽约去为周立筹备画展，决心以爱拯救爱人。正当她到世贸大厦里的港务局去办事，咨询托运画展展品事宜时，“9·11”事件发生了，茫茫成了无辜的牺牲品。一直到死，茫茫还是没有得到爱情，还是一只没有桅杆的自漂自流的船。但她是为爱而死的。情动三生爱，魂牵无桅船。叶文玲描写的这一爱情和人生悲剧，就这样惨烈地闭幕了。

茫茫是属于中国的改革开放的大时代的，是属于中国和世界所进入的一个空前交融、空前发展同时也空前动荡、空前危险的所谓全球化时代的。叶文玲敏锐而富有现代感地发现并写出了茫茫这个20世纪末的新女性，对她独特的生活道路和心灵历程作了丰赡的描绘和深入的逼视，这是令人耳目一新、荡气回肠的。这个年轻的，充满活力的，为追求爱情、追求财富而在海外漂流的现代中国女性，最终毁于美国的“9·11”事件的灾难中，这更是让人感到震撼的。茫茫之死，当然有极大的偶然性，但叶文玲写出了这种偶然性覆盖下的大量的时代的、社会的、人性发展的必然性，把这一浪漫的、美的性格的毁灭，置于现实的严酷的生活逻辑的制驭中。这显示了作家华采纷呈的兼有抒情诗和风情画特点的笔墨下那种透视人生、摄取世相、揭发伏藏的生活脉络的现实主义功力。

2006年12月15日夜

乡镇政治生态的艺术写照

——读陈良的长篇小说《中国乡官》

很久没有读《啄木鸟》上连载的小说了。这次拿到陈良的长篇小说《中国乡官》,我几乎是一口气读完的。作者是从事文学创作不久的基层作者,小说是他的长篇处女作。不能说这已经是很成熟、老练的作品。在题材的开掘上、艺术结构的营造上、文学语言的提炼上,小说无疑还带着明显的刚刚上路的作家正在尝试、求索的痕迹。但是,从现实生活的急湍涌动、潜流纠结的河流里刚刚拉出水面的这一张文学之网里跳动、冲撞着的,却是一网甩着生活的水花的生鲜泼辣的活鱼——真实的现实关系,切近的人生图景,扑面而来的生活气息,以及被它们所环绕、所推动、所催生、所雕塑的各种各样的人物形象——正是这种真的人生、活的人物所透出的逼人的真实的力量,使《中国乡官》脱颖而出,令人刮目相看。

《中国乡官》切入题材的角度相对比较单一,故事情节的主线却也因此比较集中。小说从大王乡代理党委书记董志康的视角切入生活,集中描写他代理书记一职之后二十多天时间里所发生的一个又一个突发事件。这些突发事件,不管是乡民王虎在乡政府前自焚,还是双岭峰农民阻拦施工、上访闹事,其实都是积累已久的社会矛盾的爆发和发展。故事情节的推进,正是在对这些突发事件追根溯源中,在以董志康为首的乡干部们处理和解决这些突发事件的迂曲过程中实现的。而大王乡现实的政治生态,乡党委、乡政府里的各具面目与神情,各有性格和心理的乡官群像,也就在对现实生活深层矛盾的揭示中逐步绘状和雕塑出来。在这个复杂的、节奏有点急迫仓促的矛盾发展过程中,董志康身不由己地被置于现实矛盾的漩涡中心,被推到了大王乡政治生态图中的焦点位置上。以他的视角为潜在视角来展开的大王乡年前年后发生的生活故事，便带上了这个虽不无弱点与错误却不失正直、良心和义勇的乡官对自己以及同侪们的思想、生活和工作进行观照、评判、内省、思考的清晰印记。作者对大王乡复杂而微妙的政治生态的艺术写照，也借着对董志康和他的同侪们性格的典型特性的或深或浅的刻画，带上了某种程度的社会普遍性，提升为对中国乡镇政治生态的概括和反映。

麻雀虽小，五脏俱全。大王乡作为中国县之下村之上的一级基层政权，有着由中国的政府组织体制所决定的独特的政治生态。所谓“一把手的安排，二把手的挑抬”，正好通俗而准确地显示了乡镇党委书记一职在乡镇政治生态中的核心的、决定性的作用。因此，当在大王乡经营多年的原乡党委书记刘实怀跃上县委副书记的高位，留下一堆矛盾、一堆烂账扬长而去之后，大王乡现任乡长王长生与乡人大主席、大王集团总裁李大奎的矛盾，便陡然紧张起来。王长生文化程度高，有能力，也有权谋，但却缺少为人民服务的精神，执政为民的理念非常淡薄。他从刘实怀那儿学到好些走上层路线的阴柔手段，不仅为政治利益而离婚、再婚，依托裙带关系乞求高官，而且在县委副书记、组织部长谢营身上长期下工夫，做足了献媚取悦表忠心的文章。当大王乡一把手的位置空缺出来时，他全神贯注往上层跑官，对大王乡发生的一件件火烧眉毛的事件不闻不问，能推就推，生怕沾包吃亏。而乡镇企业家李大奎，却不甘于民营企业经营者的平民地位，凭借财力，不仅挤进公务员队伍，当上乡人大主席，而且觊觎大王乡一把手的位置。本来，刘实怀所领导的原乡党委，已经为李大奎做了不少“违法服务”、损害群众利益的亏心事，支持并保护李大奎违规经营、横行乡里。但李大奎仍不满足，他长期向县委书记李爱国、副书记刘实怀行贿，三个人结成一个吃喝嫖赌的腐败团伙，是造成大王乡社会矛盾日益尖锐化的罪魁祸首。李大奎与王长生的明争暗斗乃至最后发展到连挂女人血裤的龌龊手段都施展出来的地步，反映了大王乡政治生态中两种病态的政治力量对党和政府工作的破坏性的、负面的影响。

从表面上看，王长生和李大奎以及他们各自背后的支持者，似乎很强大，很霸道，早已决定了大王乡这个徒有其表的“工业强乡”的前途和命运。但是，恰恰在决定谁出任大王乡党委书记这个组织问题上，两强相争，其势反弱。选拔干部的固有标准、原则和程序，制约着那些言动和心机都见不得人、拿不到台面上来的政治人物的活动，削弱着他们的能量。而县委里比较清廉公正的副书记兼县长张良明的意见和主张，反倒有了举足轻重的作用，这就造成了大王乡分管党的建设的副书记，从县委办公室下派的干部董志康在毫无思想准备的状态下被任命为大王乡代理党委书记的戏剧性效果，从而也为大王乡政治生态中正派的、健康的力量得以发挥建设性的、正面的作用提供了难得的契机。于是，以董志康为主角，以曾少雄、官为民、陈树才、罗琼等乡镇干部为辅佐的“一班人”，便当仁不让、义不容辞地负起了在处理突发事件中清除积弊，促进发展，维护稳定的重任。大王乡的政治生态出现了生机勃勃、正气压倒邪气的局面。董志康代理乡党委书记二十多天里惊涛骇浪接踵而至的既依法又唯实的施政故事，在小说中便扮演成了一出有声有色、有血有泪、有悬念有突转的政治悲喜剧。中国乡官们的代表性人物——董志康和与他一气的大王乡干部们，也在这一特殊的过渡阶段的政治生态中获得了展示自己的才干、魄力、胸襟和形象的活动平台。

《中国乡官》之所以成为中国乡镇政治生态的艺术的、有典型意味的写照，不仅因为它深刻而犀利地剥开了那些冠冕堂皇却鬼蜮其心的政治人物的外衣，加深了人们对现实政治体制中的弊病的认识，而且更因为它集中笔力成功地塑造了董志康这个虽有弱点但相当正派，勇于任事也善于处事，既盱衡大局又注重细节、处变不惊、临危不乱、刚毅果断、敏于权变的乡镇领导干部形象。这是大王乡政治生态园林中一株能独立支持的大树，是一块能够抗击恶风、凝聚正气的磐石，是一个向周围的政治生态投射思想的光辉、辐射人性的热力的亮点。正是由于董志康这个人物站了起来，活了起来，可敬可亲，真实可信，《中国乡官》才从那些为写腐败而写腐败、失之于溢恶和漫画化的所谓“官场小说”中跳脱出来，走上了一条朴素平实的现实主义的艺术康庄大道。

董志康这个乡官写得好，首先好就好在他是一个情系人民，心忧天下，在公生活中襟怀坦白、光明磊落，在私生活中朴实宽厚、情真意淳的好人。他的勇于任事，临危不退，是从党的原则、人民的利益出发的。处理王虎自焚、双岭峰事件，他明知这是替前任违法施政吞咽苦果，但他不忮不求，忍辱负重，怀着对人民的深厚感情埋头做下去，并不过多地考虑自己政治上的得失。他用自己创造性的工作，在复杂的情势中支撑住了稳定、发展的大局。他在面对王虎遗下的妻儿厮打时的忍耐，看到罗琼被抓破脸时的心疼和内疚，在王虎落葬时的流泪和辛酸，都是非常感人的细节，有力地丰富了这个人物的血肉。

董志康这个人物写得好，还好在写出了他是一个善于把原则性和灵活性，政策条文和实际生活结合起来的经验丰富的实际工作者，不是那种不知权变，唯上唯书不唯实的干部。他理而情，俨而温。试看他让官为民与曾少雄"收买"刁民廖天龙，对他"恩威并施，剿抚结合"的务实做法，不能不让人只好皱起眉来发出会心的微笑；再看他为摩托车配件厂搬迁解决厂房时的智慧和灵活性，看他明知李大奎心狠手辣、违法乱纪却也投鼠忌器、暂不深究的妥协做法，我们就知道他的政治智慧和施政经验了。这些方面也是写得栩栩如生、耐人寻味的。

董志康这个人物写得好，写得深，还在于作者并不忌讳他在世风俗态的影响下也有未能免俗的一面。小说较深地展开了他既硬气又脆弱的内心世界，把他浩茫心事中明与暗的交织，坚守与动摇的交绥，清醒与惶惑的迭代，和盘托出。作者写董志康终于借了两万元去送张良明县长，希望得到党委书记的职位的那一幕情景，那种决然行事又不敢去做的内心的挣扎，被拒之后的无地自容和自我解嘲，写得真是入木三分，让人心里一动，在悲悯董志康的愚蠢之举的同时，也深化了对世风日下、积弊弥深的忧愤。这样的描写应该说是很有分寸也很真实的。

给董志康以支持也给他以严肃的教育的新县委书记张良明，虽然着笔不多，也给人留下了较深的印象。他办公室挂着平民父亲遗下的条幅，写的是一段佛经语："父母与我生命，三宝与我慧命，众生与我知识学养，国土与我资生物具。一啄一饮，当思来处。”面对董志康斗胆的诘问，他所作的平实温和、坦然无忌的解释，反映了他立身处世的哲学、行事待人的心声。他的存在，也是我们国家现有政治体制、政治生态中的一种真实的存在，既昭示着生活的希望，也决定着董志康们的前途和命运。

此外，乡党委办公室主任曾少雄的精明干练，官为民在关键时刻的义勇薄天，罗琼的青春明丽和忠于职守，陈树才的细心严谨，都显示了不同的性格。可惜由于小说情节线的单一，这些乡干部群像的各自的性格，得不到比较充分的描写。这在一定程度上削弱了小说生活内容的丰赡性。

2007 年 1 月

现实主义小说艺术生命力探秘

——重读谭谈的长篇小说《风雨山中路》

在谭谈的小说创作中，以《山道弯弯》、《小路遥遥》、《山雾散去》等优秀作品为代表的中短篇小说是最为人瞩目的，曾为他带来广泛的文学声誉，奠定了他作为新时期出现的有影响的现实主义小说家的位置。但是，如果我们认真地阅读了他在20世纪80年代初到90年代初这十年间创作、发表的四部长篇小说《风雨山中路》、《山野情》、《美仙湾》和《桥》，那么，我们就会不无讶异地发现：这些在不断卷起的文学新潮中多少有点被忽略的长篇小说，至今仍以其纯洁、朴素的感情力量和刚健、清丽的艺术风格保持着它们的吸引力。实际上，真正显示出谭谈小说创作实绩的，是这些还没有得到充分研究的长篇小说。现在，我就以谭谈的第一部长篇小说《风雨山中路》为例，来探寻一下谭谈小说现实主义艺术生命力的底蕴。

动笔于1977年春、夏，定稿、出版于1982年的《风雨山中路》，是谭谈的第一部长篇小说，也是在新时期文学的第一个高潮中产生的优秀的长篇小说之一。小说甫一问世，我曾在一篇对谭谈小说的创作趋势作综合评论的文章中对它作了初步的分析和评价。时隔二十多年重读这部长篇，我感到了似与老朋友重逢的愉快。在这位老朋友的面目神情中，并没有多少沧桑岁月带来的疲态苍颜，反而葆有许多初识时没有注意到的英姿美质、精悍神气。小说的主人公岳峰，是煤炭战线上的老战士，金鹿峰矿党委书记。“文革”中，他被诬为“走资派”，被迫离开矿山，他所支持并倾注了大量心血的朱山新矿井，也被迫停建封闭，成了批判所谓“资产阶级反动路线”的“课堂”。1974年，在邓小平恢复工作，全国开展工业生产整顿的背景下，岳峰官复原职，着手恢复矿山生产秩序，解放并起用被打倒、被排斥的技术干部罗先敏、向群,依靠忠心耿耿、爱矿如家的老工人,重建朱山矿井。正当岳峰和他的战友们冲破重重阻力,攻克道道难关,使朱山井建成投产之际,"反击右倾翻案风"的喧嚣自上而下袭来,岳峰又一次被停职批判,朱山井的投产出煤也被冠以"反击右倾翻案风"的"胜利成果",为造反派路云、杜辛之流窃取。小说截取了岳峰在那个特定的时代背景下的这一段大起大落的人生历程,展开了他与金鹿峰煤矿各种各样的人物之间复杂的关联,多侧面地绘状出处于时代漩涡中心、承受着巨大的政治压力的岳峰坚毅深沉、忠诚博大的性格风貌,勾勒出他在家国巨变中激烈起伏、矛盾惶惑的内心曲线,真实而有力地塑造了这个承受着时代性的悲剧命运的老干部形象。

岳峰是一个有着利斧般的锐力和锋芒的时代英雄形象。他受命于神州板荡、矿山荒废的艰难时世,面对着积重难返、习非成是的世道人心,大呼猛进,主动进击,展开了一系列拨乱反正的整顿工作,组织力量,为重建朱山矿井而奋发攻关。环绕着他并突显出他的性格与心理特征的矛盾,既有他的公生活中纷至沓来的社会矛盾,也有他的私生活中尴尬难处的家庭矛盾。对于岳峰来说,瞀乱灭裂的"文革"动乱,不仅毁坏了矿山这个大的家园,而且毁坏了他自己的小家。他自己选拔并一度倚重的秘书路云,不但对他反戈一击,造反夺权,当了矿山革委会第一副主任,而且乘虚而入,利用他的妻子林茵的虚荣和私欲,鸠占鹊巢,搞得他妻离子散,无家可归。林茵不但与路云结婚生子,而且当了矿山党委办公室主任,成了岳峰复职后无可回避,必须面对面相处的同事。岳峰的这种特殊的人生遭遇,把环绕着他的社会矛盾与家庭矛盾复杂地纠结到一起了,由此衍生出环环相扣、层层推进、悬念迭出、悲欣交集的故事情节,使小说具有一种动作的紧张性与情感的冲击力,读起来颇为引人入胜。金圣叹曾说:"人亦有言:'不遇盘根错节,不足以见利器。'夫不遇难题,亦不足以见奇笔也。"岳峰的形象,正是在盘根错节的社会矛盾和取舍两难的家庭难题中得到既鲜明又深细的刻画的。小说艺术结构的奇崛隐秀,于此可见。

如果说,岳峰在矿山整顿、朱山井重建中的表现是大刀阔斧、义无反顾、刚强果决的,那么,他在面对残破的旧家与萌生的新爱时,在悔悟的林茵和善良的伍惠芬之间,却陷入了抉择为难的拘谨和犹豫之中了。应该说,在政治色彩非常强烈的岳峰身上,是并不缺乏对人的人性化的关怀和对美好事物追求的热忱的。他力促年轻有为的技术员向群与美丽深情的广播员钟放花的恋爱冲破阻力,争得幸福美满的结局。他对向群说:“我们革命,不是让美好的事物破裂,而是要让它们完好地终结!”在没有察觉到伍惠芬对自己的感情之前,他还关切着为伍惠芬张罗对象。但是,他对自己的感情生活,却多少有些疏略怠慢了。二十多年前初读《风雨山中路》时,我曾感觉岳峰的感情世界的窗口,似乎只开了一半。作者在强化这个人物的政治素质、高度责任感和一心为公扑在工作上的忘我精神方面,似乎有点过了,让人觉得他原则性有余,人情味不足,对待亲人的行事吐属,有点不近情理(比如说当他发现路云陪跳跳睡在自家床上时的反应,就有点麻木,让人觉得真是“君子可以欺以方”了)。这次重读,重新凝视这位颇有特点的“熟悉的陌生人”,我有了一些新的想法。我想,岳峰这个人物在公生活上的无私无畏、宏放洒脱也好,在私生活上的拘牵谨慎、行事犹豫也好,都是属于那个典型的时代环境的。岳峰生活在那个政治激情燃烧,集体高于个体、事业重于生活的时代,不能不受那个时代的种种事变的刺激,不能不为那个时代的生活状态所拘束,不能不被那个时代的社会风气、道德伦理和人生哲学所支配。从岳峰在公、私生活中表现出的性格反差,正可以看出驱使他行动的特定的时代环境。这个真实得略带拘谨、丰富得趋于单纯的人物,正是时代的范型铸成的。他的性格特征与时代环境,是若合符契的。他在感情生活上的拘谨和疏略,与其说是作者的文思笔意使然,不如说是生活的本真原色先天注定的结果。敧侧的时代精神造成了时代的肖子岳峰精神的敧侧。岳峰形象塑造上的某种缺点,在经过一段时间的沉淀之后,反而为我们提供了一种辨认远去的时代旧痕的契机,这也许是接受美学中的辩证法的微妙表现吧。

《风雨山中路》中,除主要人物岳峰之外的其他人物,也都有不同程度的成功的个性化表现。作者写人物,善于把人物共时性的行状言谈、情感反应与人物历时性的经历遭际、情感积淀结合起来写，予以深切而简洁的、来龙去脉清晰的描绘。沉闷寡言但感情淳朴真挚的老工人铁耿祥；泼辣爽利但也不乏细心柔情的燕燕；历尽沧桑、屡遭磨难但忠心耿耿的老知识分子罗先敏；勇于创新开拓，在探索新爆破法和追求美好爱情的路上愈挫愈奋，燃烧着青春的火焰的青年技术员向群；热情为矿工服务，心地善良，是非分明，怀着对爱情和幸福的隐秘的希冀的理发师伍惠芬；与老铁头一起，在朱山井被封闭的八年里自觉地默默巡视、维修矿井，在地下聚起一片灿烂的星光的钟志毅和李八级……这是一组和岳峰一气的矿山工人阶级的群像，他们顶着"文革"的风雨，走在矿山中曲曲弯弯的山路上。在风雨如晦、鸡鸣不已的氛围中，他们的脚步声，回荡着属于那个时代的转捩点特有的压抑而低昂的节奏。这是特定年代无可替代的文学特写，也是身处逆境、肩披风雨的一代人挥斥方遒的艺术记录。

在"文革"的狂风恶浪和变幻莫测的时局中，一些平时不易看清的人物在严峻的生活试炼下露出了令人讶异的本相：岳峰的前秘书路云，在对岳峰夺权夺妻的造反行动中暴露了他忘恩负义的奸佞小人的面目，尔后又在反整顿的"地下"活动中施展着巧伪人的两面派手法，坠入了更加阴暗淫恶的灵魂黑洞。路云的恶和伪连同他肤浅的漫画化的拙劣表演，也是属于那个沉渣泛起、万恶丛生的时代特有的社会现象之一，至今仍有一定的认识意义。追随路云的变色龙潘大礼和亡命徒杜辛，也是这一类漫画化的时代所催生出来的颇具讽刺意味的漫画人物。作者稍一点染，便使他们声态并作，情伪尽出，嘴脸毕露。在那个动乱的时代，社会的土壤、气温，正适合这一类跳蚤滋生、蹦跶。作者目击既夥，俯拾即是，所以勾描易工。

描写得更有深度的，是岳峰的前妻林茵和战友汪然。林茵和岳峰，曾经有过一段幸福而和谐的共同生活。由于岳峰不能满足林茵日渐滋长的妻随夫贵的私欲，对林茵感情生活的需要也有些忽略，这就种下了后来"文革"中林茵投入路云怀抱，与岳峰仳离的悲剧。林茵丢下三个儿女，与路云组成新家，同时也由护士一跃而升为党办主任，风光一时。但她也遭到亲生女儿燕燕的唾弃和峻拒。在岳峰回金鹿峰煤矿进行整顿，路云蓄意破坏的过程中，林茵由追随路云渐渐变为同情、支持岳峰，在疗救自己灵魂的疾病的同时，也悄悄开始了修补破裂的旧家的努力。她内心的惶惑与震荡，冲突与对决，被描写得一波三折，惊心夺魄。她的灵魂被撕裂的悲剧，以及由蜕化、迷乱到苏醒的心理过程，是有一定的人生认识意义的。而汪然，这个与岳峰有过共同浴血战场的战斗情谊的老干部，在“文革”的风浪中，在整顿与反整顿的严峻斗争中，却成了心怀杂念，希图幸进的动摇派。他几度见风使舵，投机自保，乃至最后出卖岳峰，对战友落井下石的卑劣行为，都是在精明的妻子胡波的柔情牵引下，在路云威胁利诱的推动下被动地甚至心有不甘地干出来的。但是，他灵魂深处对人生目的的思考，对理想与现实的反差的利己主义的总结，把权力视为可以牟利的最实在的无价之宝的“现实一点”的鄙俗念头，却是造成他堕落的内因。现在看来，汪然这个人物，是写得异常真实也异常深刻，至今仍有不可忽视的警示意义的。

林茵和汪然这两个人物的塑造，显示了作者直击灵魂、拷问人性的思想艺术功力。从这个角度来看，《风雨山中路》又是新时期文学发轫期奏响的一首直刺被锈蚀的灵魂的带有预警意味和沉思气质的人生奏鸣曲。

《风雨山中路》是那种近距离地反映社会现实、带有鲜明的时代印记的作品。小说结尾处，当“文革”后期这一场工业战线上整顿与反整顿的斗争风雨在金鹿峰矿区以一种特别的方式暂告落幕时，作家意味深长而又坚定清朗地宣布：“这是一个时代的尾声，也是一个时代的序幕。在轰轰嚷嚷的喊叫声里，正孕育着一个崭新的时代。”

现在，当我们在作家曾经预告过的“崭新的时代”里已经穿行了三十多年，又经历了几番风雨，目击了许多新的沧桑变化的时候，重温岳峰和他的战友们当年曾经经历过的这一段“风雨山中路”，不能不兴慨不已。在时代的推移中，小说所反映的那个时代，所表现的那种当时中国人的生活方式与斗争方式，当然是不可复现了；但是，小说所雕镂的那些人物的灵魂，所绘状的那种普遍的中国人的精神气质、心理样态，小说所蕴涵的时代认识价值和人生启示意义，小说所发射给读者的那种生命的热力和直抵心灵的穿透力，却是可以与世长存的。当然，在世易时移中，这些长存的东西也会移步换形，与时俱进；但我们溯洄旧踪，辨识前身，仍然会发现，小说的艺术形象背后，还是有一种精魂不变，还是有一种心志不磨，还是有一种人生法则守恒。这大概就是谭谈的小说之所以经得起重读的一个"秘密"吧。

2007 年 3 月中旬写毕

柔如涓流　纯似童稚

——读赖妙宽的传记长篇小说《天堂没有路标》

读了赖妙宽的《天堂没有路标》，我沉浸在一种温馨静默的爱的波流里。对“脆弱而有尊严的人的生命”的敬畏，对帮助了成千上万的孩子来到世间、毕生坚守在生命之门给母、婴以有力的呵护的林巧稚大夫的挚爱，盈满了我的内心。在赖妙宽的巧妙导引下，我得以涉入林巧稚柔如涓流的心河，看到她纯似童稚的本心。我觉得，赖妙宽的这本不同寻常、笔触精细入微的新书，为林巧稚竖起了一座我们从未经见的朴素匀净、玲珑剔透的精神丰碑，也为人物传记小说的创作开了新生面。

跟一般坊间常见的人物历史传记不同，《天堂没有路标》并不以尽陈传主那些标记其一生经历和业绩的外部纷纭事状为能事。作者在搜寻、采访、研读了大量林巧稚生平资料的基础上，展开其柔曼清顺的艺术想象力和时见电光石火的敏悟力，由外而内，按迹循踪，寻幽发秘，探索、绘状了林巧稚及其独特的个性与心灵历程。天堂没有路标，灵府却有秘钥。赖妙宽就是找到了开启林巧稚心扉的秘钥的高手。

林巧稚是出生在厦门鼓浪屿的一个海的女儿。她心灵手巧，夙有慧根，以独特的方式，考上美国人办的北京协和医学院，接受了美式的近乎严酷的现代医学教育，终于成了宅心仁厚、医术高超的妇产科大夫。她对病人，无论贫富贵贱，都平等相待，博爱为怀。过去她被称为“送子观音”、“上帝的助手”，后来又被称为“人民的好大夫”、“三八红旗手”，还获得了很高的政治地位。她毕生为妇婴医疗保健事业操劳，自己却终身未婚。她认真践履中国共产党全心全意为人民服务的最高宗旨，同时又是一个以上帝的声音为生活指南的虔诚的基督徒。她是那样面带微笑的朴素平凡的人，但也是内心澹定、自守廉锷、不随俗流的狷介者。人们敬她、爱她、追怀她，却又对她的一生有几分好奇，有些微惋惜。这样一个人，她的血肉之躯、灵魂之光、生命本真是怎样的一种状态？她的心路历程经历了怎样的曲折？赖妙宽的这部堪称林巧稚心灵传记的书，娓娓道来，细细说出，使人信服，让人感叹唏嘘。

林巧稚是协和医学院的优秀毕业生，是"文海奖学金"的唯一获得者。以她的学术造诣，她可以有许多别的选择，可她为什么选择终身做一个妇产科大夫？作者没有满足于一般地说"她有爱心"这样的回答，而是从幽僻处找到了她作出这一选择的隐秘的原因。母亲和嫂嫂因宫颈癌而死的隐痛，妮娜母亲因生育后血崩而死的可怕场面，童稚时听闻、接触到成人的性事时留下的负面的刺激，这一切都坦率地、历历如见地和盘托出。生育的神圣和欢欣，是和性联系在一起的，是和磨难、血污相伴的。这一切无须回避也不能回避。把这一最本质、最自然也最严酷、最难堪的一面拎出来，切下去，这才能得到促使林巧稚作出这种职业选择的最隐秘、最真实的心理原因。对于林巧稚来说，崇高的、最能为人类的福祉服务的终身职业选择，除了出于淑世救人的完美的道德追求，还出于某些纯粹属于个人生命记忆的震惊童心的印象。赖妙宽以坦然的态度、缜密的沉思，把读者引入这一条蔓草遮蔽的心理小径，收到的艺术效果是很好的。

对林巧稚终身未婚的理由，对人们因为敬重她、心疼她而不好意思直接触及的问题，赖妙宽更是采取了开放的、直面传主一生感情生活的真实的态度，予以了非常充分、非常合理、引人入胜的描绘。她不但描写了平淡得几乎无事的林巧稚与同学陈易修的微含情意的终身友谊，而且也把在林巧稚浑然不知的情况下单相思地苦恋着她的李宏业的几次大胆追求却阴差阳错、失之交臂的行动，廓大了织入小说的艺术结构之中。这既增加了小说情节的悬疑性和曲折性，也丰富了林巧稚的感情世界的线条和色彩。最令人赞叹的是，作者还以似乎要越轨却又敛抑的笔致，描写了林巧稚与她的学生黄丽莘的一段有微响而无动作又无结果的同性情愫。作者对这一段渗入师生情谊中的微妙情愫，写得那样真切、细腻，却又那样洁净、纤尘不染。这真是涉性涉俗却又写得脱俗的高妙之笔，殊为难得。

对林巧稚与政治、与新中国成立后的清明和混乱交替的社会状态的关系的描绘，也是准确、简洁、十分到位的。小说从一开始，就把林巧稚置于解放军围困北平的特殊环境中，把是走还是留的矛盾，突出地置于林巧稚和她的同仁们面前。林巧稚婉辞了傅作义夫人主动赠送、千金难求的那张机票，选择留下来，并不是因为她那时对共产党有什么认识，选择了共产党这一边。恰恰相反，让她作出留下来的决定的原因却是对自己看病救人的职业可以不受政治干扰的自信。讨厌政治的动机，却产生了留下来，靠近共产党的政治的结果，这是林巧稚自己也未曾料到的。从北平解围到开国大典；从抗美援朝到“三反五反”、知识分子思想改造运动，林巧稚都把自己关在协和的“窗户”之内，坚持对政治不闻不问，低调行事。她判断事物的是非、共产党的好坏，坚执地不随风向，只看客观现实。她的较真的脾气、耿直的言动，在当时的政治环境中，颇有特立独行之风。但这种较真的个性，一旦被事实说服，也就会特别较真地走近新社会，走近新政治。林巧稚在1952年就写文章发表在《人民日报》上，诚挚地讲述自己的思想认识变化的过程。从此她把追随共产党为人民服务与追随上帝之光走通往永生的“窄门”，视为同质异构的事体。她因此得到了很高的政治地位，也得到了在更广阔的范围内、在更深入的层次上施仁术，助母、婴，为人民服务的力量与可能性。对林巧稚与新中国成立后政治风云的关系的这一部分的描写，更完整地写出了林巧稚的全人和整魂。作者处理这一方面的内容，如治棼丝的能手，清畅明快，要言不烦，尽去粉饰，全无做作，也少曲解，洵为信笔。

2007年4月15日

写毕于长沙蓉园宾馆8201室

说不尽的长征故事

——读欧阳黔森、陶纯的长篇历史小说《雄关漫道》

欧阳黔森、陶纯合著的《雄关漫道》，是一部取材新颖、格调雄浑，具有鲜明独特的艺术个性的长征题材的历史小说。中国工农红军长征，是中国革命史上惊天动地的创举，是人类史上罕见的英雄史诗。从这一"史的诗"中提炼、创作出"诗的史"，一直是中国革命作家不懈追求的艺术的永恒的母题之一。《雄关漫道》是标志这种崇高的艺术追求的又一座碑碣。

中央红军即红一方面军的长征故事以及它与红四方面军艰难曲折的会师过程，已经得到较为充分的艺术表现，比较广为人知了。但贺龙、关向应、任弼时、萧克领导的红二方面军长征的故事，却还没有在文学上得到完整、深刻的表现。《雄关漫道》全景式地客观记叙了红二方面军长征的整个过程，有声有色、绘形绘影地讲述了这支红军独特的长征故事，以情节的生动性和丰富性朴素地演绎了伟大的长征精神，勾勒了众多长征指战员真实感人的艺术形象。

长征是第五次反"围剿"失败后被迫实行的战略转移。这种战略转移的实施，既是党内、军内正确的路线、方针克服、抵制"左"倾教条主义的结果，又表现为一系列红军指挥员审时度势、捕捉战机组织成功的战役和战斗。党内斗争与军事斗争的交织，是长征史的突出特点。红二方面军的长征也是这样，而且在斗争的残酷性和复杂性方面，更带有自己的许多特点。《雄关漫道》所讲述的红二方面军长征的故事，首先是许多鲜为人知或从未叙说过的红军领导人抵制错误路线，破解决策难题，扭转危局，打开新局面的故事。如小说开始时描写的1934年6月红三军贺龙、关向应抵制夏曦"肃反"扩大化的斗争；继后描写的红三军与红六军团胜利会师后任弼时、贺龙从实际情况出发，没有执行中革军委让两军团分兵的命令，两军同心协力夺取十万坪谷地围歼湘军三个旅的胜利；红二、六军团与红四方面军在甘孜会师后朱德、徐向前、任弼时、贺龙共同反对张国焘分裂主义的斗争；等等。对这些党内斗争的复原历史现场的真实绘状，不仅勾勒出红二方面军长征的整个战略转移态势，而且真实地描绘了包括关向应、任弼时在内的红军领导人怎样在战争实践中摆脱王明"左"倾路线的影响，逐渐走上正确的道路、作出正确的抉择的过程。小说尤其出色地描绘了贺龙这一红二方面军的杰出指挥员在复杂的党内斗争情势下，既尊重、服从党的领导和纪律，又在关键时刻挺身而出抵制毁灭红军的错误路线的高超的斗争艺术和逐渐成熟的政治素养。正是在党内斗争的洗礼中，贺龙忠于党的共产主义信仰的品格和他天才的军事指挥才能，才焕发出了夺目的光彩。在他的决策和指挥下，击败"湘西王"陈渠珍的十万坪大捷，击毙李延龄、大败陈耀汉的陈家河、桃子溪连胜，俘获悍将张振汉的忠堡伏击战，突破国军名将李觉的澧水、沅江防线的长途奔袭，击溃万耀煌部的章坝伏击战……都打得神出鬼没，势如破竹，威风八面，堪称红军长征战史上光辉的战例。小说对这些战役的描写，用笔极富变化。每一战役，从战机的出现，到敌我双方的态势与意图的对峙，再到战局的展开、突变与结局，都有绝不雷同的描绘。长征长征，就是长途跋涉与征战。对红二方面军长征中战役与战斗的精彩描绘，集中地显示了《雄关漫道》出色的叙事艺术。

红二方面军的长征故事，更是说不完、道不尽的红军英雄的故事。《雄关漫道》记叙、描写了众多的、各种各样的红军英雄的故事，塑造了一座威武雄壮、坚毅凝重的长征英雄群雕。这里有困牛山集体跳崖、宁死不降的三十几名红军战士，也有丁顺清、丁天娃、丁小婉、成龙英等先后参加红军的一家人；有罗扬、何梅这样知识分子出身的一对恋人，也有辛亥革命的元老、贵州名士周素园老人和被争取过来的原国军炮兵专家张振汉；有贺炳炎、余秋里这样一对独臂将军，也有钟子明、李正田这样犯了错误最终仍英勇献身的英雄……即使是在“肃反”中机械执行“左”倾路线，残酷地杀害了许多红三军指战员、大伤红军元气的夏曦，小说也描写了他渐渐认识自己的错误，怀着愧疚之心在征战中赎罪的表现，写了他主动求战、意外溺水身亡后红军战士对他的悼念之情。在这些红军英雄中，给人印象最深的是贺龙的爱将贺炳炎。贺炳炎是红七师十九团团长，在“肃反”中差点被处死，是贺龙亲自向夏曦求情，把他保了下来，使他成了红二方面军最能打仗的名将。在板栗园伏击战中，他违反党和红军的俘虏政策，鲁莽地杀了受重伤不愿被俘的敌师长谢彬，被关了禁闭，降职使用。后来在红军失利的瓦屋塘之战中，他右臂受伤，在没有麻药的情况下，勇敢刚毅地接受了断臂手术。他的英雄气概，足以与刮骨疗毒、脸不改色心不跳的关羽媲美。还有那个15岁就参加南昌起义的钟了明，屡犯错误，带有比较狭隘的小农意识。他先是因为在红二、六军团会合后发牢骚、说怪话，破坏两军团结而遭降职处分，后来又在红军与李觉的鏖战中失守鸡公垭，差点被贺龙处死。但他仍随军征战，最后为护卫女战士小婉而冻僵在雪山，成了红军英雄群雕中最消瘦、最沉默的一位。我们的长征英雄，并不是通体光明、毫无瑕疵的。就像长征时的党和红军一样，他们毕竟太年轻了。他们有这样那样的缺点，会犯这样那样的错误，这都是很自然的、可以想见的。但是，当他们在党的领导下，在共产主义信仰的凝聚力吸引下组成红军这个英雄的军事团体时，他们便获得了一种无坚不摧、宁死不屈的神力。蒋介石在红二方面军与红四方面军胜利会师后，曾愤怒地质问他手下的将领：“一年多前，我们动用了十几万中央军和几个省的力量，来防堵萧克与贺龙合股，没有防住；半年多以前，我们动用了更多的力量，来防止贺龙、萧克到四川与徐向前合股，还是没防住。眼下呢？他们合兵一处，又要到陕北去会合毛泽东，为什么几十万的国军，就制服不了区区几万人的他们？”对这个问题，国军名将、何键的爱婿李觉早有了清醒的回答。他在追赶红军的过程中，曾对部下胡旅长说：“……为什么总是不能一举消灭他们？这里除了国军各自为政，以图自保的原因，还有一个原因，就是共匪有极强的信仰！你还记得困牛山他们跳崖的情景吧？他们简直就不是人，是神！他们就像这满山遍野的野草，你割了一茬，又冒出一茬，是永远割不尽的！而我们呢？我们有信仰吗？”这位国军名将对红军的观感倒是比较接近真实的，比那些顽固地把红军视为乌合之众、流寇的人们，真是高明多了。《雄关漫道》通过对红军群体的描写，不仅写出了这支长征两万五千里的铁军的雄姿和业绩，而且画出了这支铁军的军魂。共产主义是不可抗御的——这才是红军不可战胜的最深最大的“秘密”。

2007 年 5 月 24 日下午写毕

别样悲欢逐逝波

——评何存中的长篇小说《沙街》

何存中的长篇小说《沙街》(刊于《芳草》2007 年第 1 期),写的虽然是 30 多年前农村生活的苦涩而沉重的往事,是一些在辽远的日子的长河里出没过、歌哭过的农村人物,但当我一次次亲炙这些陈年旧事和纸上的生灵的时候,却仍然有心灵被什么锐利的东西划破而刺痛的感觉。小说不但让我想起过去的日子里的悲剧,更深刻地思索起这悲剧发生的因由,而且让我浮想联翩,想到在现在的全新的日子里仍纠缠着我们的一些梦魇,想到我们这个民族的天性、魂魄和不可掩抑的生命的元气。我觉得,这部写着中国的过去的小说所蕴涵的深意和启示,是属于现在乃至未来的。

一

《沙街》所写的农村生活故事,对于亲历过“文革”动乱岁月,并因种种机缘去过农村,多少有些农村生活经历的人来说,应该是绝不陌生的。“文革”风暴刮起来,已有一些日子了。但位于巴河水边,湖泊环绕的垸子里的沙街,却有点按兵不动的样子。队长懒龙叔是土生土长的沙街人,他对批斗会、破四旧那一套不感兴趣,领着沙街人,仍然过着日出而作,日落而息,畈里力耕,湖里勤渔,兴来放歌,率真任性的生活。在外人看来,沙街是一个风吹不动浪摇不动的岛,是处于那一场政治台风的“台风眼”里的“世外桃源”。沙街人所世代沿袭、习见惯闻的日子是必须加以改变的旧日子。于是,上面派来了两个人的工作组,一个是农村干部出身的正组长熊得田,一个是北大历史系毕业的知识分子干部、副组长戴碧泉。这两个人,一个说着决心,一个说着理想,召集正在畈里除草的垸人开会,宣称“我们要把你们的日子全部变新”,就这样开始了一场改变沙街的日子、建设新农村的“路线教育运动”。

正如沙街做窑的陶叔即陶维民所预料的那样，这场以让沙街人过上全新的日子，创造红彤彤的新农村为目标的运动，在实践中却成了沙街的一劫，成了给沙街人带来痛苦和眼泪的灾祸。工作组先是想着从查成分账、阶级账入手抓阶级斗争，没想到沙街是由逃荒而来的外来户聚居而成的村子，没有地主也没有富农，这一招让懒龙叔的狡智给化解了，运动陷入一筹莫展的尴尬境地。有理想、善沉思的戴副组长从孤儿出身、娶不上婆娘、无家无业而又好吃懒做、有些流里流气的二货身上打开缺口，套出了流传在沙街的“五寸长”的荤故事和讲述者陶叔，由此揭开了批斗坏分子陶维民，肃清破坏沙街日子的封建主义毒素的斗争。陶叔是读过书的明理人，又是能唱歌、会编舞的民间乐和人。沙街人日子里有了痛处可以找他破。过年过节“玩”故事、找欢乐就会找他领头做。沙街人用着他烧制的黄泥巴碗，听着他练泥时赶着水牛唱的歌，疼爱着他那个腼腆且聪明的斯文的儿——陶女儿。在沙街陶叔就是理，他做的、说的都是理。沙街人活挤了，打破头，找他评理就会化干戈为玉帛。但就是这样一个凝集了民间智慧和才禀，既有威信又有亲和力的陶叔，成了沙街全新的日子立起来之前必须先“破”的对象。他不但被同为读书人的戴副组长在“论理”时驳倒了，而且被工作组选定的房东、任命的民兵队长“马柳生同志”（即二货）吊了起来，打得满头满脸的血。他的宝贝陶女儿也因惊吓发了疯。陶叔最先挨了斗，遭了灾。护着陶叔，在斗争会上磨蹭延宕的懒龙叔也挨了踢，撤了职。跟着来的是熊组长让沙街人分组开会、背靠背揭发的战术奏了效，沙街人被弄得人人心怀鬼胎，人疑人，人斗人，假笑代替了率真，揭发引来了唾沫，沙街的日子翻滚着惨雾愁云。这样斗过来斗过去，专门斗人的积极分子二货因所谓强奸翠霞的丑事，也成了捆绑斗争的对象。最后，从噩梦中渐渐醒来的戴副组长则因把政治夜校办成扫盲班，教沙街人唱通俗易懂的“识字歌”被就地免职、就地接受再教育，在郁郁中死去。疯了的陶女儿被陶叔亲自药死，陶叔也纵身跃入烧瓷窑的火中，他的一腔热血化成了烧出的雪白的瓷碗上窑变出来的血丝一样的纹。而那个靠在农村搞斗争、搞运动搞上来的熊组长，虽然心里明白自己搞的这一套根本改变不了沙街的日子，却依然躬行着能保全自己、能使自己升迁的这一套倒行逆施的极左的做法，最终落了个不光彩地溜走的结局。

与这一套挑动群众斗群众的斗争哲学同时实施的，当然还有一些那个年代常见的开创“全新的日子”的大破大立的举措：从强迫沙街人卖稻谷筹款上镇里买红布、红纸回来办大批判专栏、做红语录牌、装点出一个红彤彤的新沙街，到把沙街各家各户那些有上百年历史的雕龙画凤、上金上漆的古旧家具堆在巴河河滩上，烧出一把冲天的火焰；从到县样板团请来“柯湘”（戴副组长的妻子）教沙街人大跳“忠字舞”，到在彩绘一新的会龙山庙里举办政治夜校；从强迫沙街人按照统一的蓝图拆垸房盖新村，到不顾沙街人的反抗强行围湖造田，彻底毁掉了沙街四面环水、鱼跃稻香的“旧貌”……在来自上面、来自外面的罔顾民生民情的极左政策的袭扰下，沙街人非但没有过上所谓“全新的日子”，而且搞得民穷财尽，身心俱伤，日子残破，生趣荡然。这是沙街的悲剧，也是那个动乱的年代里中国农村大地上到处可见、大同小异地发生过的悲剧。它深深地沉积在何存中的童年记忆里，经过几十年的发酵，才写成了这部记录着日子的生机脉息、闪动着生活的水色波光、弥漫着生命的血的蒸气的小说。

二

中国农村在“文革”中所经历的劫难，中国农民在那些已经流逝的日子里所承受的匮乏、愚弄和恐惧，发生在农村一波又一波的“运动”中的那些鲁莽灭裂、匪夷所思的行为，在我们的当代文学中，已经不止一次地被描写过、表现过了。当我刚刚翻开《沙街》的时候，还多少有些担心：这样的老题材、老故事，作者能不能写出新的深度、新的意味、新的境界呢？会不会落入我们在许多作品中已经见过的那种仓促的、粗糙的、浮光掠影的俗套写法呢？但随着故事的展开、人物的浮现，我很快就被小说强烈地吸引住了，我的担心也变成了感动和激赏。就我有限的披览所及而言，《沙街》的确是把“文革”中的农村写得最真实、最生动、最有新鲜情味的一部。它是别有一种艺术个性和艺术魅力的。

这艺术个性是怎样形成的呢？这艺术魅力是怎样产生的呢？

《沙街》的故事，从小说情节线索的伸展和收拢来看，是有头有尾的，主要写的是“文革”中期“批林批孔”那一阶段一个只有两个人的工作组下乡搞“路线教育”的始末。但是，如果从小说精妙入微、气韵生动地描绘出的流贯古今的沙街日子的长河来看，《沙街》的故事却是浩无涯涘、深不可测、风情百种、气象万千的。《沙街》是写了一场把沙街的水搅浑了，把沙街的日子搞乱了，把沙街的人整惨了的“运动”。但是，由于作者生活底蕴的丰厚、现实主义创作态度的严谨和艺术表现力的强悍，透过这一场短暂的、即时性的“运动”，却开掘出了一条永久的、历时性的日子的深流。这条沙街人日子的深流，像巴河水一样，汩汩流淌，从接云的天际流来，流到接云的天底去。他裹挟着繁衍生聚、相濡相煦在这里的巴河儿女，凝集起经灾历劫、蓄久愈旺的酷爱自由、不畏强暴的民气，流荡着粗豪可爱、淳朴率真的民风，展示着恣肆泼辣、歌哭任意的民情，映照着长空中的雁踪云影，弥满了旷古的慷慨悲凉。在这条千古流淌的静水深流的映衬下，那些外面强加的“运动”，尽管一时间气势汹汹、张牙舞爪，尽管也能蒙蔽一些沙街人，但终究是无根的、短暂的。小说中的陶叔在悲壮地纵身跳入窑火中时唱的四句诗是：“世路干戈劫难央，牛车轧轧复阴阳，三千弟子成精卫，一箭苍茫矢未荒。”在这朴拙的绝命诗中，陶叔舍身蹈火的身影，诚然可喻为射入苍茫的一箭；但是穿越了劫难的沙街人的生存、发展的生命之流，负载着沙街儿女的精魂的日子的长河，奔突驰骤，不也可以理解为横贯古今、永不荒弛的一箭吗？我以为《沙街》的艺术魅力主要是从这里涵育出来的。作者的笔，没有浅尝辄止地停留在原本就粗鄙化、漫画化的“运动”的表象，而是深深地探入了人民生活之流的深处，带着深情，写出了即使是那个颠倒昏乱的年代也不能掩抑的人民天性中的力和美，把人民生活中的义理人情、活色真香笔饱墨酣地表现出来，由此产生了小说特有的生活的魅力、日子的魅力、人间的诗意，从而也更加有力地映衬出那种违拗事理人情的“运动”之虚妄、固陋与必然幻灭的命运。

《沙街》描绘出了一条水深浪阔、生气郁勃、风波浩荡的垸人日子的长河，而《沙街》里的人物，就在这河流里载浮载沉，呼吸吐纳，犹如拨剌作声的河鱼，时而击水扬波，时而深潜浅翔，呈现出各各不同的姿影、神情和生命的光彩。《沙街》所写的人物并不多，却个个鲜活有味，生趣盎然。这些水乡垸人的形象，就其人性内涵和性格风貌而言，并不是门户洞开、一览无余的平房矮舍，而是深扃密锁、幽深难测的重门复院；也不是浅短无波的小流，而是翻卷着混浊的波浪、迷蒙着混沌的水雾的长川。

先来看看生聚歌哭在沙街的垸人形象吧。沙街人敬重、喜爱和同情的窑场师傅、民间艺人陶叔，实际上是凝聚沙街的日子，给苦涩的人生注入欢乐的草根精神领袖。他那穿一袭长衫就显得修长挺拔了的身影，俗而雅、才而慧、理而情的言动风神，横逆临之而不屈的尊严感，负荷着失妻的凄苦、丧儿的巨痛的灵魂，饮药而使自己哑默、跳窑而迸出生命的绝唱的沉静勇决，是怎样牵拉、刺痛我们的心啊。沙街生产队长王懒龙，作为沙街的日子的忠诚而务实的护卫者，他那凶巴巴的狠话后头藏着的良善绵软的心，懒沓沓的应付谐谈中闪露出的农民的狡黠、草根的急智，还有他被撤职时的淡然处之和自求复职时的率真热切，在让我们发出会心的微笑时，不能不从心里油然生出爱和敬意。他那个美丽而泼辣，明理而察势，不吃眼前亏且又快人快语、纵意恣情的妻子——四婶的形象，也是让人过目难忘的。寥寥几笔，就能使这个人物活灵活现。作者笔墨的简妙，于此可见一端。写得最好、刻画最为深细的人物，当属沙街的浮浪农民、带着浓厚的流氓无产者习气却又为工作组看重并任命为民兵队长的二货，也即熊队长口中的“马柳生同志”。这样一个每个来沙街搞“运动”的工作组都要利用一下的人物，是很容易写得简单化、脸谱化的。但是，作者却把他写活了，写神了，写出了一个饱满的、独特的、内涵丰富的艺术生命，写成了一个颇具典型意义的人物。二货是沙街上最穷的垸人，父亲是给陶家挑窑泥的哑巴，生前又喝又赌，把土改时从陶家分得的两间青砖瓦屋糟蹋光了，使得二货只好住河边的破窑。二货好吃懒做，又曾跟瞎子六爹学了三个月的说书，虽不成正果，却也练出了好口才。沙街每回来了工作组，访贫问苦，总是要去“发动”他，让他出来当队长。但他的队长总当不长，沙街人说他当队长大儿细女要饿死一层，所以他总也娶不着婆娘。要是没有“运动”的平常日子，二货倒也有自知之明，他不会因自己穷、没瓦屋没婆娘就嫉恨别人，也不曾好勇斗狠。在沙街，小的们都不怕他，都敢在他面前唱童谣嘲笑他。他因为上了戴副组长的当，说出了陶叔讲的“五寸长”的故事，懒龙叔气得打了他一拳，他也没有还手，声称要带着血脸喊冤也没有喊，只是说了句威胁性的狠话，然后“发狠地锄地，锄得河畈颤”就算了。他的这种带阿Q气的孱弱，使得懒龙叔“望着太阳下那个孤影子，忍不住地心酸了”。这样一个惫赖而孱弱的二货，在熊组长的发动和怂恿下，在被任命为民兵队长、穿上一身新军装、手下带领着十几个沙街的二杆子后生之后，变成了一个上得了台、出得了手的“有狠”的角色了。他身上潜伏着的那种流氓无产者的破坏性被激发了出来，他成了熊组长任意打人、吊人，威慑垸人的打手。他在斗争会上吼叫着吊打陶叔，在破四旧时狞笑着封了懒龙叔的门，捆了懒龙叔的手。更恶劣的是，他在大年初一把寡妇翠霞拉到稻场上斗。他色厉内荏，梦见自己变成了一条疯狗，沙街人满畈地追打他。实际上，他也的确成了在“运动”中吠声吠影的疯狗。但是，作者在对这个人物投以憎嫌的眼光时，却能透过他近乎疯狂的表演，看到他躯壳里人性的挣扎，看到他内心煎熬的想要过人的生活而不得的怨愤和痛苦。当他因所谓“强蛮”了翠霞而被熊组长吊打逼供，被迫接受着别人施与他的以其人之道还治其人之身的惩罚后，他似乎从横蛮中蜕变而出，开始对自己有点清醒的认识了。他先是以硬抗硬、嬉笑谑浪地对待吊打逼供，继而以沉默、绝食抗议非人的折磨。善于说理的戴副组长说他“不合做人的规格”，他反驳说“做人的规矩不适合我”。戴副组长迂腐地给他念经典著作，他半谵妄半清醒地说“我是想共，它不要我共，总是共不了”，“我不是在反吗？你们又说反错了”。当熊组长讥讽他“是虱子托生的，不咬人不好过”，他马上反唇相讥：“你是什么托生？还不是那东西托生的。”他的反抗，他对翠霞的真情流露，垸人成全他和翠霞的婚事的顺天理、合人情的举措，终于使固执的熊组长、迂阔的戴副组长意识到自己陋于知人心的缺失，尴尬地表示了对这一对苦命人结合的祝贺。这样的祝贺，恰恰是对工作组改变沙街日子的业已破产了的种种倒行逆施的辛辣的讽刺。

总之，在二货这一形象的塑造上，作者从对生活深流的探寻入手，综合时代、环境对人颠簸挎弄的因素，并冷静地用古代哲人观察人，认识人要“爱而知其恶，憎而知其善”的观点去照彻它，从而成功地写出了这一复杂而生动、粗犷而宛曲的艺术生命。

三

当作者把这一有民族文化特色的“人论”注入现实主义的艺术法则里，运用到《沙街》几乎所有人物的塑造上时，他就像含了一口“仙气”，一一吹嘘到这些纸上的生灵身上，使他们一个个活脱脱地跃入人间，成了我们既熟悉而又陌生的人物。浸润在沙街日子里的垸人形象是这样，那两个扮演了沙街日子的闯入者、袭扰者的角色的人物——工作组正副组长的形象也是这样。《沙街》的基本故事情节，是围绕着熊得田与戴碧泉这两个人物来到沙街后的一系列活动而展开的。在一定的意义上，我们也可以把这两个人物视为小说的主要人物。在对这两个人物的塑造上，凝结了作者对生活、对历史的深沉反思和明睿的认识，反映了作者对题材开掘、提炼的深度和广度。

熊得田和戴碧泉是两个既关联又对立，相比较而区别，相斗争而发展，最后殊途而同归于失败的人物形象。他们像双峰并峙，两水分流，相映相激，意味无穷。熊得田是在农村搞了十几年搞上来的干部。他在沙街搞路线教育，下得硬手，出得狠招，搞得沙街血泪横飞、鸡犬不宁。他认为不这样搞镇不住农民。他对自己躬行的这一套斗争哲学、极左路线之无益于农村民生，之不能改变沙街的日子，其实是心知肚明的。在这一点上，他要比颇带书生气，充满理想和热情，事事较真、认死理的戴碧泉，要更洞明世事。他们在防空洞深处谈心的那一幕场景，生动地把这两个人的根本区别表现了出来。但熊得田的面目可憎也于此可见。他为了自己的保全和升迁，明知不可而强欲行之，而且还变本加厉地推行之。每做一步，就迫不及待要总结汇报，向上邀功。戴碧泉不愿违心相从，熊得田就放低身段，要求戴成全他。当专案组要下来整戴碧泉时，他不但不敢保护戴，反而要求戴不要连累他，为此甚至要向戴下跪。正如他从沙街悄然溜走后垸人对他的评价说的那样："那东西，算个什么明白角色？要是都像他那样明白，世上人毛都没有。"不过，熊得田作为巴河人也有一些让沙街人服气的硬处，如在犯了众怒、垸人喊打的时刻并不溜号，在与懒龙叔比赛割麦子时还占了上风等。他也有几处让人同情、慨叹的软肋。如他的艰窘拮据的经济状况，他的妻子的多病和他顾家的亲情流露等。他在戴碧泉病笃辞世时的哀痛，是含着愧疚的，也是自然、真实可信的。在那种"运动"不断、匮乏日甚的年代，有那样恣睢而器小的农村干部，有那样可鄙复可悯的生命状态，这是很自然的。

与农村干部熊得田的形象相比，戴碧泉这个知识分子下乡干部的形象，是塑造得更丰满细致、幽深曲折，也更动人心魄的。戴碧泉因导师被错划为右派，才离开北京名校，分配到巴河边的小县城博物馆当副馆长。学中国历史和文化出身的他有一腔热血和促进民族进步的思想和理论，他的研究生毕业论文是《中国传统社会结构思考及其改造》。为了实现他毕生的理想，他报名参加了路线教育工作组，写了入党申请书，组织上给他任命了个副组长。他是带着真的要改变沙街的日子的理想下乡来的。他也虔诚地服膺"不破不立"的理论，以此指导改变沙街日子的一系列行动。在从二货口中套出了沙街荤故事的始祖及讲述人后，他把攻下陶维民视为"破"的第一步。和熊得田动不动以捆、吊、打威胁垸人的激烈而残暴的"破"法不同，他不止一次挺身而出反对打人、捆人，主张用说理的方法来攻心。他信奉"细细碓儿舂好米，细细话儿说好理"的乡谚，对陶维民不打不骂，以礼相待，就事论理，逼得陶维民承认了他弃瓷就陶、甘溺流俗的事实，让陶承认输了理，服了罪。他以为这一来就可以实现他激进的改造社会和庸众的革命理想，革新沙街的日子，使沙街人文明起来。但他没有想到，一旦他搅乱了沙街人的思想，让他们将信将疑地认同了"沙街人如虫蚁般一代代糊里糊涂地活着，原来是这陶维民在作怪"的观点，就引发了二货对陶的毒打，引发了陶女儿的疯和死，引发了陶叔的引药自戕和最后的殉窑、殉瓷而死。总之，他驾船荡桨，熊组长四面撒网，捞起了魔瓶，放出了魔鬼，招来了沙街的一连串惨祸。在“运动”不以戴的主观意志为转移的恶性发展过程中，怀着纯洁的理想和热情，严守高尚的人格，维护自己的尊严的戴碧泉，其实是并不能辞其咎的。所以，当他目击了陶叔父子被迫害而家破人亡的惨剧，又经历了二货死而复生的悲喜剧之后，渐渐醒了过来，便有了向陶叔负荆请罪，为沙街人扫盲识字不惜获咎等惊人之举。他以巴河人特有的倔犟和执拗信奉理想，也以同样的秉性矫正自己的过失，最后甚至以死实现了对自己的救赎。而这一切，又都透着中国知识分子特有的清操自励、悲人悯人的情怀。

戴碧泉这个悲剧性格的深邃，还表现在作者的笔极其细致真切、宛曲有致地触及了人物的灵魂的每一条皱襞，展示了其内心逐步发展的矛盾。戴碧泉是一个对自己信奉的理想、人格、生活守则都十分较真的人。他说住破窑就住破窑，说不吃鸡就连汤也不沾，说不挂帐子就宁可喂蚊子也不挂，说不讲假话就处处实打实，半点也不通融涂饰，可谓正颜厉色，决不苟且，以至于懒龙叔都说他：“你这样革命起来，叫人怎样受得了？”四婶一看到他腊月二十八还没有回家，气得背过身骂他是“一条牛”，“这叫人怎么过？”（他过年留在沙街，沙街人仅有的那一点扮故事找乐的欢乐也没了）最有意思的，是对戴碧泉办大批判专栏的描写。戴碧泉不仅自己掏钱帮沙街买来红布红纸，而且极其认真、虔诚地亲手办大批判专栏。熊组长让他“抄几段报纸”，“看得过去就行了”。他却说“道理不说清楚不行”，熬夜熬得吐血，终于写出了《我们的日子为什么要改变?》的文章，阐述了“天误生仲尼万古长如夜”的道理，讲了中国积贫积弱、日子停滞不前的历史，还亲自宣讲，讲得咯出鲜血还不自知。小说里写他在沙街藏起众多菩萨的会龙山庙里办专栏，“心情格外地沉重”。但他手抚着红纸白纸，人就变得挺拔修长了，如一竿精黄的瘦竹，“整个的人就变得很神圣，耳边就响起了号角声，他的热血就沸腾了起来”，连渴困也都忘却了。在他的推动和默许下，沙街进行了有日子以来“最彻底的一次革命”，即在河滩上集中焚毁百年陈的旧家具。但是，当破四旧的烈火冲天而起时,他却和沙街人一样流泪了。他所策动的“革命”的需要和他固有的保护历史、文明、文化的常识发生了剧烈的冲突,他洒的泪不正是他心尖滴下来的血吗?“大破”的局面打开了,县里在沙街河畈雪地里开了个新日子现场会,于是出现了这样的局面:“沙街人人充满了创造欲,个个脸红红的,眼亮亮的,竞相出新招……”这使戴碧泉始料不及,“平时口若悬河的戴副组长在现场会上竟说不出个一、二、三、四、五,还是二货救了他的场”。他领着沙街人创立的新日子却引起了他的自我怀疑,加剧了他内心的矛盾。熊组长在防空洞里推心置腹说出的对所谓新日子压根就不相信的明白话,他的妻子来沙街教“忠字舞”后不欢而散触发的家庭危机,大年初一茕茕孑立吃不上饭的寂寞与悲哀,使这位批孔不遗余力的文化人在灵魂深处竟和“惶惶然若丧家之犬”的孔子产生了共鸣。戴碧泉内心矛盾发展的结果是,他悲哀地承认:“我没有找到道”,“我到沙街两年来,一直说梦话,现在我终于醒了”。面对自己的灵魂,面对沙街乡亲们的情,他颤抖了,他说出了真话,哭吐了真诚,也走到了自己生命的终点。尽管这一悲剧性的生命逝去已 30 多年,但当何存中把他从历史的积尘中发掘、抟炼出来时,我们仍然不能不感到揪心的刺痛和透入神经末梢的战栗。戴碧泉这样的悲剧性格,对于他所处的时代而言,是有较大的普遍性的;在今天,也还不失为灵魂的镜子,有着很深的认识意义。这样的人物,在我们当代文学的画廊里,似乎还从来没有出现过。应该说这是何存中特出的一个贡献。

四

最后我想简要谈一下《沙街》在艺术风格和叙事视角方面的独特性。《沙街》描写的是一段悲剧性的历史往事,充满了劫难、血泪、疯狂和死亡等悲剧因素,但小说一路读下来,并不让人觉得特别压抑,沙街也没有被写成苦难和罪恶的渊薮;沙街人,即使命运最为惨酷的陶维民和戴碧泉,也没有被写成活着的苦难丛集的箭垛式的人物,即没有陷入某种把苦难、丑恶模式化、脸谱化、恶俗化的泥淖(而这种有意为之的溢恶、溢苦的描写在我们当代小说中是很多的)。

作者善于在描写苦难的同时,写出苦难承受者对于苦难制造者在精神上、伦理上、力量上的优越,写出苦难制造者在生活的激流中内心的矛盾、分裂、蜕变,写出人民生活中固有的生机、欢乐和美。这种让喜剧性和悲剧性交替地出现,杂糅了悲和喜的写法,是更能反映历史、社会和人性的真实的,以之来描绘巴河边沙街的风情和垸人,无疑是很配称的。从叙事角度来看,作者写的是自己的童年记忆。他在小说中设置了一个“沙街那小子”(这个孩子显然就是作者童年的影子)的视角,用不少笔墨描写“那小子”和“他父亲”父子两人的生活,这实际上是用隐含第一人称视角的第三人称叙事,来对沙街这一段生活进行透视。这是透过童年目光的观照和叙事,或者说,这是一种更便于灵活移动的融入了第三人称叙事之长的第一人称叙事。以童心观照成人世界,更易于显示人世情伪,也更便于流注欢乐的童年游戏精神。在作者笔下,不仅“那小子”和“小的们”充满童年的纯真与欢乐,而且沙街男女也多少带着一些儿童的天真和情趣,他们也是一群努力保持童年的天真的成年人吧。这样的垸人遭遇那样一场严肃而刻板、暴戾而矫情的“运动”,便生发出种种喜剧性的波澜来,便不能不把这场一本正经的“路线教育”戏谑化了。在垸人的笑骂、调侃中,悲剧的压抑似乎也舒解了不少。如果我们同时也读一读作者同是描写童年记忆中的沙街往事的中篇小说《太阳发芽》、《太阳说话》,那么,对作者的这一善于调剂悲和喜的童心的视角、草野的视角,当会有更多的会心吧?当然,作者在发抒其童年的视角、幻觉、想象时,不免要借助某种浪漫主义甚至是魔幻的手法,而这种浪漫的、奇幻的元素,与小说中丰沛地漫溢着的现实的、日常的生活元素相比,不免显得有些生硬、单薄。在流转自然的沙街日子长河里,显得有些嵌入感,不那么熨帖。尤其在对陶女儿和仙女的描写中,这一点表现得更为明显。陶女儿悲剧的政治讽喻性和仙女悲剧的人性显喻性,写得太浓重了,这导致了某种程度的失真和夸诞。——当然,这对于全篇而言,只是大醇小疵而已。

2007年9月23日黄昏写毕,24日中秋前夕改定于

美国罗得岛州林肯小城寓所

时代的潮与灵魂的门

——读关仁山的长篇小说《白纸门》

翻开《白纸门》，扑入我们眼帘的，是渤海之滨的渔村雪莲湾村动荡幻变的大海景观，亦真亦幻、亦理亦情的民俗文化，烟火气浓浓的世俗生活。这里有老老少少的海碰子们雄豪酷烈的闯海生涯和突兀迷离的人生幻变；有美丽而多情的渔家女儿执著的理想追求和多歧的爱情心路；有大自然的神秘，乡村政治和商海的复杂、诡谲，家庭生活的温馨和苦涩……这一切，道是瑰奇却也平易。可它为什么能引发我们反复体会品咂的兴味、目注神驰的遐想、荡气回肠的情思？我以为，这是因为作家胸胆开张、笔势健举，在小渔村的人间图景和生活故事中，吸摄了、涵纳了我们这个改革开放的大时代的影像，包括它的主潮和涡旋、风云和尘埃、欢曲与悲歌、光明与阴暗。作家笔下的雪莲湾村，又是我们处于巨大的变动中的现在的活的中国的一个缩图。在这个缩图中，既浓缩着作家描绘渔村生活形态、人民心态风神的工细笔触，又铺展着作家感悟时代精神、窥测时潮走向的大写意笔墨，所以就透出了一种既雄深又阔大的气概，产生了手挥五弦、目送飞鸿的艺术效果。

从《白纸门》里走出来这么多既新鲜又富有意蕴的人物，他们是雪莲湾村本真本色的海之子，也是我们所处的这个发生着亘古未有之奇变的大时代的新、老儿女。请看——

疙瘩爷麦连生，这个抗日英烈七爷的儿子，白纸门麦氏家族的男子汉，大冰海上赫赫有名的滚冰王，曾经是一个爱海如命、疾恶如仇的海上英雄。不意当了村官之后，却渐渐变为一个陆上庸人，变为一个在层层关系中周旋，在利益交易中如鱼得水的“全新的疙瘩爷”。他虽然也在建设文明村、小康村，引进外资发展经济中作出了一些成绩,但却变得不择手段、心狠手辣,在经历了丧友、死妻、失位的悲剧后,沦落为海滨浴场上捞尸挣钱的尴尬人。

疙瘩爷的孙女麦兰子,曾经是一个富于人生理想和追求,既向往现代城市文明、渴望精神文化,又欣赏年轻的海碰子的粗豪勇烈、正义尊严的纯洁女子。她拒绝了干娘为她作的嫁给服装厂厂长张士臣的安排,最终选择了出生入死、勇救遇险师生的海碰子大雄,几经曲折终于结婚。但是,当她成为了文化人并进入乡政府后,就渐渐随波逐流,和光同尘,变成一个也会弄虚作假,也会跑官买官,灵魂积起污垢,行事昧了天良的女干部。这个女副乡长,居然逼着妹妹麦翎子,去当曾为她所不齿的张士臣的情色秘书;居然在丈夫和爷爷的安排下,用钱私了"高压线死人事件"以遮盖工作失误,而且接受受害者的"感恩"下跪!她的"幸福的堕落"过程,是多么触目惊心,又多么发人深省!

麦兰子的恋人、丈夫大雄,虽出身木匠之家,却是一个迷恋闯海的海碰子。他有驾驭大海的出色本领,曾在发生祭潮时看出旋流,力阻村人抢潮头鱼,避免了死伤而立功;他也有经营的眼光和处事的谋略,在进城经商开家具店之后,很快捕捉到新的商机,和村里联营办起拆船厂。在处理"玛丽娜号"沉船案以及善后事宜中显示了高远的胆识,广阔的襟怀,善体事理人情的能力。但是,这个在大海和商海中都立于涛头的时代弄潮儿,精神上也背负着陈旧的重负和新染上的社会病。他天生地与文化格格不入,因笃信"十三咳"的算命术当了可笑的"逃跑的新郎";一度当教员却又经不住诱惑,差点沦为疯狂的赌徒。最后,他为取悦海霸孟天仇的后代孟金元,和疙瘩爷联手欺骗了自己的父亲,以遂孟金元烧船祭祖的不合理要求,活活气死了父亲黄木匠,在自己心灵里留下了永难消弭的创伤。

麦兰子和大雄的同学大鱼,是一个更加复杂也更有社会蕴涵的形象。大鱼是一个随母亲改嫁来到雪莲湾村的海碰子,他和大雄一样有胆气,有膂力,有义勇,但却走着一条远为坎坷、充满挫折的人生道路。18 岁时他偷捡疙瘩爷丢失的海狗脐买了火枪打海狗,不幸误伤了疙瘩爷。后来他在后爹逼迫下以捞海藻谋生,因贩卖私盐下狱,出狱后为村干部所不容,只好给老包头当船工闯海蹈险。在一次风暴潮中,他出于天良救了落水的船主老包头,又在驾船填补拦水坝豁口时立了一功,成了抗灾英雄,并一度被任命为"犯人村"村长。可是,由于他和老包头的妻子珍子的私情,流言诬指他为得到珍子而把老包头推入水中。为了撇清自己,在上级的压力下,他当众怒骂已怀了他的孩子的珍子,残忍、自私地推开珍子,造成她发疯、病死,在良心上负了重债。后来他开书屋谋生,差点与贩黄书者为伍。他放火烧了储存黄书的麦氏祠堂,让一个外地民工顶了罪。最终,他沦落为捞尸挣钱的落魄的疙瘩爷的合伙人。这个年轻的海碰子的人生,充满了罪愆和失败,但也充满了自省和忏悔。大鱼是一个在精神上、文化上有追求的青年。他为自己受到歧视、挤兑而愤愤不平,但也为自己灵魂里有那么多肮脏的东西而悚然自审。在对麦翎子上大学的全力支持和无望的单恋中,他的灵魂在幽暗中透出了柔光。

仅仅从小说着力描写的四个主要人物的生活轨迹、性格迁变、灵魂冲突来看,我们就能感受到作家现实主义小说艺术的功力之深厚了。他用艺术的强光,照彻了这些人物在现时代的行踪和心路,毫不讳饰地显示了他们灵魂中的洁白和卑污。在无情地拷问其卑污的一面的同时,又开掘、逼现出被污染的灵魂自我洗涤的希望。作家善于从人物灵魂的深处的冲突中,深邃地折射出我们这个改革开放的时代向上的精神和沉沦的危险,为我们大家开出一条反省的、自新的走向精神和谐的路——而这也是小说中用魔幻的、浪漫的笔法反复叙写、反复演绎的关于"白纸门"的传说、图画、符咒等的意蕴所要揭示的主题:立于时代的巨潮之上,白纸门是高耸的灵魂之门。它既护卫着灵魂的正直、纯洁、光明,又洞开着洗涤灵魂的污垢的新路。看来有些陌生的浪漫主义的象征的艺术意象,就这样强化了、深化了、升华了我们熟稔的现实主义的生活画面和艺术形象。

2007 年 6 月 7 日

于美国罗得岛州林肯城

时代浮沤　民生映象

——读杨黎光的长篇小说《园青坊老宅》

读了杨黎光的长篇小说新作《园青坊老宅》，我觉得眼前一亮，为这位著名的报告文学作家在重新突进小说创作领域时所表现出的功力和才情兴奋不已。小说写的是发生在近20年前即改革开放之初中国内地老宅拆迁所引发的民生故事。在长江边的宜市园青坊大街85号这座老宅里，积淀着中国人传统的聚族而居的民居生活形态和独特的建筑文化，浓缩着四百多年来改朝换代、世事沧桑的历史，也搬演着当时挤挤挨挨生活在这里的十几户普通人家辛苦而辗转、穷愁而窘迫的人生戏剧。这座终将消失的老宅，既是刚刚涌起的改革开放的时代大潮卷起的一粒浮沤，也是映现当时处于社会底层的芸芸众生的生活方式、生存状态、心理样态的一轴画卷。作家在驾驭这一特殊题材时所具有的历史感与现代敏感，在透视笔下人物隐秘的生活欲求和行为时所表现出的穿透力，在长篇小说结构艺术的探索中突显的高强的组织力，以及他笔端常常含蓄地带出来的对古老乡土、对左邻右舍的父老、兄弟、姐妹的真挚淳朴的爱和同情，都给人留下了深刻的印象。

《园青坊老宅》的民生故事的活剧，是从老宅里剩下的唯一一户私房主，齐家后裔齐社鼎在听到老宅即将拆迁的消息后突然中风、瘫痪失语拉开帷幕的。处于小说叙事场域的前方的，是当时居住在老宅里的十几户平民百姓的即时性的生活场景。老宅拆迁所引起的对新生活的希冀和突然活跃起来的所谓“狐仙”，激动并扰乱了人们原本平静无波的生活。老宅居民与房地产开发商展开的缺乏经验的博弈也掺入其中。这一切，演绎出了祸事接踵而至，风波骤起，悬念猬集的现实民生的悲喜杂糅、爱恨交加的故事。但是，处于前台明亮处的这些人物的正在发生、推衍的故事，其实并不是小说的描写重点所在。小说更加着力开掘的，是这座老宅的旧主和当时杂居其中的十几户市井人家历时性的家族史、生活史。这里缠绞着许多发生在小说叙事场域的纵深处，罩在暗昧模糊的历史重帷后头的老中国儿女的故事。这样，小说就呈现出了一个现实的横断面跟历史的纵剖面交错并出的复杂的叙事格局，具有了较大的生活容量和较深的历史意蕴。

小说着力描写的老宅，是一座已有四百多年历史的徽派府邸大宅。它建在一处高坡上，“三进三堂”，一进比一进深，一堂比一堂高，寄寓着老宅第一代主人、明代户部尚书齐园青希望后代高于前辈，一代更比一代好的深意。齐府所特有的徽式建筑的朝笏状马头墙，层层叠叠，如奔马昂首扬鬣，更显出与一般民居不同的官府的气派与威严。被齐府的末代老爷齐衡君精心珍藏的始于明代先祖的那部齐氏家谱，是老宅的镇宅之宝，也是老宅精魂的象征。但是，肇始奠基者计深虑远，子孙后代却难符所期。“君子之泽，五世而斩。”封建宗法社会固已如此，何况处于近现代以来神州板荡、外患日深、风雨纵横的时代变局中呢？所以，四百多年来，历经改朝换代，战乱兵燹，时光磨损，到20世纪80年代中期，齐府早就形粗存而神已灭，变成了一座残破阴暗、潮湿霉气的平民大杂院了。它已不适于用作民居，却挤满了十几家平民百姓，作为一个发展迟滞的时代因层累积压而突显的民生问题的一个象征物，横亘在亟待发展的城市建设的路上。它是历史的孑遗，也是现实的发展大潮所要扬弃的浮沤。它作为民族的历史生活、宗族生活的物化型范的文物意义，在改革开放之初人们是无暇顾及的。所以，拆迁势在必行，住户跂企以待。就连对齐府的历史和建筑艺术作了研究的年轻记者、老宅住户之一的成虎，也不例外。也许，事过20多年后人们回眸追忆已经消失的齐府，会重新想起它固有的人类文化遗产的价值，闪过一丝惋惜的念头。但是，“此情可待成追忆，只是当时已惘然”，对老宅的怀旧之情也是这样的，它不能超越时代。在这一点上，我们的作家是很忠实于他在彼时彼地的具体感受的。

有意思的是，住在齐府的现代的中国人对即将拆除的老宅，虽然一致取了决绝离弃的态度，但是老宅的亡灵却注定还要像梦魇一样，以离奇怪异的方式纠缠他们。齐府末代老爷齐衡君和太太藏在高高的神龛后的那部齐氏家谱和那尊象牙观音像的出现，终于揭开了“狐仙”闹宅的真相。原来，闹了这么些日子，弄得大家人心惶惶的“狐仙”，不过是齐家后人中的两个女性——谢庆芳跟齐社娟为掩盖她们隐秘的寻宝觅财活动而有意制造出来的假象。她们穿的一袭白衣，加上一只因变异而毛色变白的大老鼠，便成了被人们说得活灵活现，并造成了一连串不幸的“狐仙”。齐社鼎的中风，曹老三的伤指，赵铁柱的摔伤，铁姑的噎死，张奶奶的突然逝世，四斤儿的额上重创……都或直接或间接地与所谓“狐仙”现形有关。老宅亡灵所留下的延续宗族、繁衍后代的精神象征物，在世俗生活的现实中竟变形为逗引后人对祖先留下的秘藏财富的渴望的梦魇。一切狐魅怪异的幻影，连同孙拽子夫妇脸颊上撞出的圆形印痕，甚至还有时隐时现的怪异的“狐臊”味，最后都在作家按迹循踪的写实求真的冷静笔触中真相大白。以搜奇述异、渲染妖氛的笔墨起始，却以平实淡味的凡俗生活的真实绘状告终，这也许会使某些耽于狐魅鬼趣的读者失望，但却透出了这位一向关注社会、关注民生的作家的底色和本相。

从高门巨族聚族而居的齐府，到普通民众拥挤地生活于其中的大杂院，这期间陵替演变的线索，或因湮没只能阙如，或因模糊只能略作寻绎。但当时挤住在那里的十几户人家的来历和家史，却是曾为老宅居民的作者可以细数详述的。借着小说中成虎这个身份特殊（在他身上有作者自己的影子）的人物的视角和心理活动，作者从容不迫、娓娓而谈地展开了一个个生动、丰富、曲折的家庭故事，汇集了大量现实生活的场景、细节，勾勒出了很多活生生的各具面目和神情的人物。这些细节、故事、人物，充实了由老宅漫长的历史演变撑开来的艺术结构，使点染勾连于其中的“狐仙”疑踪退去了神秘的、虚幻的色彩，也使小说有了血肉丰盈的艺术生命和亲切动人的生活情趣，具备了类似《清明上河图》那样的工笔画笔意。

在把十几户寻常人家涵纳进小说的艺术结构并展开正面的工笔

细描方面，作家显示了他严谨缜密的现实主义的创作态度。他决不闪烁其词，避重就轻，避难就易，而是精心布局，直入现场，正面铺叙，细细勾描，为我们画出了一幅囊括当代中国民众生活的众生相的风俗画、世态图。这里既有昔日的上层社会家庭家道衰微、分崩离析而散落的后代如齐社鼎、程基泰、月清，也有被卷入激烈的革命斗争、社会动乱中却失意而坎廪，带着淡淡的政治色彩的赵大队长、孙拽子，以及江堂发的遗孀何慧芳；既有古董商世家出身、刚刚一试身手就呛水的钱启富，也有袜厂女工、辞职后正在练摊的杜媛媛；既有工商所副所长张和顺、供销社股长吴富生这样小有地位、略可弄权但谨小慎微的基层小吏，也有像曹老三兄弟，四斤儿夫妇，邵家三胞胎同年、同月、同日，临时工唐秋雁等那样的普通劳动者，“引车卖浆者流”……总之，形形色色，林林总总，映现了中国人在改革开放之初的生存状态、民生景象，也揭示了生活开始变动、人心随之变迁的一股潜流、一股活力。正如那只在小说中不时地出现的百年老龟总是不紧不慢地朝着太阳爬去一样，深潜在老宅中、勃郁在新住户中的这股追求更高质量的生存和发展，追求更美好的生活的活力和潜流，也总是朝着历史规定的方向，向着太阳照耀的温暖的远方前行。告别了老宅的人们，已经走向了新的广阔辽远的天地。

2007 年 11 月 20 日

于美国罗得岛州林肯城寓所

几乎无事的悲喜剧

——南台的长篇小说《一朝权在手》短评

《一朝权在手》原书名为《一朝县令》。20多年前,我初读此书,就觉得是一种艺术享受。确实是一种艺术享受,是那种渐渐被浸润、被吸引的艺术享受。对生活本质的深透的揭示和对人生百态、社会万象的逼真的绘状,是高强的现实主义小说白描艺术的优长之处。我所感到的艺术享受就是从这儿来的。当然,就囊括、包举那个特定的时代和社会的全貌而言,小说让我感到背景不够广阔,总体气势有些不足,视野还比较狭小,布局有某种零碎感,这样一些缺点与它的生活内容上的汪洋恣肆,和它体现生活真实达到的那种撼人心魄的艺术的美,形成了很突出的矛盾。但读小说,毕竟是读人物,所以我读时被深深地吸引,越读越放不下。

这本书开局不是很好,一上来就开会,并不抓人,但往后,就充满了活生生的人物,充满了真实的生活内容,充满了又辛酸又幽默又动人的东西,读起来能让人联想到一些讽刺幽默大师的作品,如吴敬梓的《儒林外史》、果戈理的《死魂灵》、马克·吐温的一些小说等。中国当代文学中,长篇巨作,足称讽刺之书的,我觉得这是一部。它的独特的艺术价值在于它那种讽刺艺术的美,而这种美又是真实的美。读了它,我就更加体会到鲁迅说的讽刺艺术的生命在真实。一切艺术的生命都在真,为什么鲁迅特别强调讽刺艺术的生命在真?因为讽刺特别容易变形。讽刺需要有点变形和夸张,这种变形和夸张能引起读者更强烈的生活的真实感,但要适度。这里有一个艺术的节度感问题。鲁迅评《儒林外史》的几句话——"秉持公心,指摘时弊","戚而能谐,婉而多讽",此书庶几近之。

写有漫画、滑稽气质的人物,又不用漫画笔调,一切都用精确的现实主义的艺术手法,这是一个作家的功力。我认为南台的这本书在这方面显示了高超的功力。比如说曹兀龙,看起来像是个反面人物,但他不是很恶,造政绩的百井汇流也没有造成很大的危害,干一些坏事,整一些好人,也不是肆无忌惮的。作者没有把这个人物写得特别坏。他掌握了中国古典小说写人物"善而知其恶,恶而知其善"的手法,把握得比较好。总的来说这是个反面人物,但作者没有把他漫画化,也没有把他丑化得很厉害,可谓谑而不虐,讽而有致。

杨子厚最后揭发了自己的女儿,我看了很震动。

他写的是那个荒诞的时代,写的是一群有荒诞特征、有漫画特征、很可笑的人物,但用的是很精确的现实主义白描手法,没有把他们漫画化。小说从头到尾充盈着一种细节和人物的极度的真实感,读的时候使人沉浸在其中,不由人要想:亏他能写得出来!使人觉得这个作者厉害,居然能写到这种程度!我对作者非常佩服。

这部书有一种评论上的困难,值得说的人物有十多个,可以毫不夸张地说,每个人物都极有个性,真是美不胜收,哪个人都值得谈几句。这是我真实的感受。这个作者是很有才华的,不是那种很笨很老实的作者,是很有灵气的、非常内秀的细针密线地描绘的作者。

文戈这个人物,我觉得有作者自己的影子,他是那个特定时代的一个有悟性的"秀才",玲珑剔透,冷静地关注着生活,充满着青春激情。作者在展开那些青年男女的生活、爱情和友谊,他们的喜、怒、哀、乐时,特别能打动人,这些内容是这本书里超出讽刺格局之外的很有诗意的地方。这本书写的那种生活很沉闷,很压抑,但有诗意的美。这种诗意的美就在这些青年人身上。但作者对这个方面的描绘,在分量上、强度上显得比较单薄。如果作者对那个时代中潜伏的这种正义的力量,这种生活的诗意,对"地火"的运行,对人性中的光亮,表现得更强烈一些、浓重一些,那就更好了。

小说在艺术上的高强之处在于:正像鲁迅说的,他写的是一种几乎无事的悲剧,几乎无事的闹剧,几乎无事的基层政治,畸形的也是司空见惯、习非为是的那种政治。在艺术上此书与《废都》有共同之处。《废都》是一本有缺点的书,但艺术上行云流水,写日常生活毫无做作，过渡和衔接了无痕迹，像《红楼梦》的风格和手法。这些优点，这本书里也有。那些机关生活有什么好写的？无非是办公室的出出进进，但这本书写得让人非常爱读，这是了不起的，不容易。这个艺术功力是很深的。

以上谈的是这本书的艺术价值。

这本书的社会认识价值是，看了它以后，你会更加感觉到为什么改革开放的新局面会到来，邓小平同志为什么能够开创历史的新局面，为什么中国到了非改革非变化不可的时候了。它写的是改革前夜的一年，但他很深刻地写了历史的剧变，写了历史剧变的前奏，山雨欲来风满楼，在那么偏远的地方都已听到了中国政治变动的隐隐雷声。这部书可以同描写和反映同一时期中国社会生活的一些作品，如周克芹的《许茂和他的女儿们》、路遥的《平凡的世界》第一部之前半、谭谈的《风雨山中路》等并读，更可见出它的历史认识价值。

另外，它在艺术上也能启发我们。对过去的那些荒诞年代的再现、回顾也可以不作漫画化的处理。现在有的人一提"大跃进"、"文革"，往往作一种非常漫画化的回顾，觉得过去很荒唐，但有一条，人民的生活是不荒唐的，人民的生活形态是不荒唐的，有它的是和非、正和邪，有它的忧愁和美。这本书把那时人们怎么生活，怎么学习、工作、对话、交朋友，怎么思考、谈恋爱，都写出来了。它能使我们想到自己所经历过的生活，有的地方能使我们想到自己。

这本书的缺点是，笔力过于集中于县委班子的调配。它结构上是有呼应的，从曹、孙联盟始，到曹、孙大战止。这种结构就使它反映生活的视野受到了限制。和曹这些恶势力作斗争的，只是一些没有权力的青年，没有更广泛的社会力量参与。我指出过，这本书给人感觉格局比较小，缺乏对当时的时代和社会的观照，气势和总体的震撼力觉得还不够。南台在这次再版时都接受了，并且作了修改，说明这个作者是能够接受批评的。总的说来，《一朝权在手》能写到这种程度，是很让人佩服的。这本书现在在经过20多年后得以再版，也说明它的艺术生命力，说明它的价值。它是值得再评论、再研究的。

2009年9月20日修订

第三辑

20世纪中国散文的“脉”和“心”

——《20世纪中国散文大系》序言

张志欣、何香久是两位从事散文研究多年的学者，曾编选过多种散文选本。其中，给我印象最深的是何香久主编的《中国历代名家散文大系》，8卷6部500万字，选先秦至清末近500位作家的散文作品，由人民日报出版社出版。是编规模巨大，收纳赅博，断制严整，诠释详切，几千年中国散文的长河细流尽注其中，渊停谷储，钟灵毓秀，诚洋洋乎大观，郁郁乎文哉。兼之出版社精校精印，装帧有博雅之风，高文典册，裒为一帙，置之庋架，满室增辉，顿成选林之茂树，书城之精品，为世人所宝爱。

自1996年下半年起，张志欣、何香久开始编选一套《20世纪中国散文大系》，迄今已历6载，孜孜矻矻，穷搜博采，终于有望告竣。览其入选作者名录和篇目，读其编后记，我不禁为即将问世的这一选本的规模和气魄钦佩不已，也为他们所付出的劳动而感动。

两位编选者说：“这部书的读者定位，主要是从事散文研究与教学工作的专家以及对散文有浓厚兴趣的读者，是一个相对专业化的选本。换一个说法，我们的初衷，是想编选出一部能够成为20世纪中国散文史参照的有检阅、参考价值的多卷本选集。”这一初衷，现在已体现在他们的工作成果之中，我不能再赞一辞。我想说的是，这套《20世纪中国散文大系》竣事之后，如果与前述《中国历代名家散文大系》并列而置，首尾相衔，两书恰成一套囊括古今的中国散文史作品长编，这样的作品长编，也是书林所仅见、学界所翘首的吧？

对于研究20世纪散文史的人来说，据此作品长编，溯流而上，可以探寻中国现当代散文与古典散文传统的承传关系；对于研究中国古典散文的人来说，览此作品长编，顺流而下，可以一觇中国古典散文在现当代散文中的余绪和新变。这样一个通史的视角,可以使我们对中国散文的民族作风、民族气派,对中国散文与时俱进、代有更新的发展潜力,有一个更清晰更全面的了解。

由此可见,编选者无意或有意合成的这样一部贯穿古今的中华散文史作品长编,对于研究者来说,真是一个收罗完备而取用便捷的储宝库。览此作品长编之梗概,我不禁兴发了一些关于中华散文史和散文创作的文学思考,在这里略述一二,以就正于两位编选者和广大读者。

郁达夫在编选《中国新文学大系·散文卷》时,曾提出寻找"散文的心"的主张。他说:"我以为一篇散文的最重要的内容,第一要寻这'散文的心';照中国旧式的说法,就是一篇的作意,在外国修辞学里,或称作主题或叫它要旨的,大约就是这'散文的心'了。"就一篇散文而论,须寻其心而衡之,也就是寻求其思想价值予以适当的评价;就一个时期或一个时代的散文总体而论,也要寻其作者群体之大心,找出其总体的思想价值而考量之。对于空心无魂或病心有害的文章或文章流派,散文史家和选家批评之,弃置之,这也是很自然的。中国的传统是,读其文章,想见其为人,衡文与衡人是统一的。论文不论心,或论心存苟且,那难免像盲人骑瞎马,夜半临深池了。散文研究者及选家,能不惕然自警、临事而惧乎?

在大多数情况下,散文创作的取材,是具体而微的,但它的"心"即主题,却可以是深刻宏大的。记岳阳楼,可以拓展"先天下之忧而忧,后天下之乐而乐"的襟抱;记捕蛇者,可以激起"赋敛之毒,有甚是蛇者乎"的愤怒;述内蒙访古的见闻,可以见历史学家探究民族兴衰的深沉思考;忆"昨夜西风凋碧树"的个人遭厄的惨烈经历,可以见文学家坚韧著书、垂鉴后人的良苦用心。总之,散文之"心",乃关乎天下兴亡、人民祸福、世事递嬗、人生幾微。这就对作者的人品器识、思想道德修养,提出了很高的要求。在这方面,我觉得严肃的编选者,应该是高其标的、严其文则的。"取法乎上,仅得其中;取法乎中,仅得其下"。就上不就下,求高不趋低,才能保证选本的思想质量,使选本成为郁郁文数,大心宅焉的堂堂正正之选。

对散文的“心”也有一种看法，认为这主要是一种纯情或诗意，与理无涉。这种误解导致了滥用抒情或强索诗意的所谓美而飘的散文大量出现。对此，孙犁在谈中国古代散文的优长之处时，明确指出：“中国古代散文，其取胜之处，从不在诗，而在于理。它从具体事物写起，然后引申出一种见解，一种道理。这种见解和道理，因为是从实际出发的，就为人们所承认、信服，如此形成了这篇散文的生命。”这可谓对散文的知“心”之论，对于廓清俗见，一扫浮华，推动散文趋于正道，无疑具有重要意义。

散文的“心”，是深藏、包裹在散文的血肉里的。也就是说，主题是在散文的血肉饱满的内容里孕育生长、生发、表达出来的。一篇好的散文，其内容应该是切实的。所谓切实，就是言之有物，从具体事物的描摹、绘状入手，表现社会现实、人生实际。有所感发，也是笼万物于笔端，感从事出，缘物生情，完全建立在对具体事物的艺术的掌握上。孙犁曾经指出，中国散文写作的一个主要特点是避虚就实。他回答那种主张“空灵的散文”的人说：“所谓空灵，就像山石有窍，有窍才是好的山石，但窍是在石头上产生的，是有所依附的。如果没有石，窍就不存在了。”他用一个妙喻，把那种镂虚空的散文写作的幻术给捅破了。是的，石之不存，窍将焉附？从求切实入手，以主观反映客观，散文创作就会有源头活水，时代形象和时代感觉也会联翩而至；从求空灵人手，凌虚蹈空，谈玄说梦，置客观的大千世界于不顾，一味地主观膨胀，在“内视”、“内宇宙”上下工夫，散文创作就会走入苍白干枯、邪僻不祥之路。

散文的内容要切实，着重客观，但并不是说可以不要主观态度、主观情理的灌注。散文作者主观的真诚，也即存真求实的为文态度，对散文创作也是至关紧要的。一般地说，散文作者对自己所写的具体事物，都应该是亲历亲见，并有所感发的。散文多用第一人称，即使用别的人称叙写，也仿佛有一个“我”徘徊于字里行间。在散文中，“我”是不假服饰，衫履随意，以本色本相亲炙读者的。说散文最具自传色彩，说散文最见性情，说散文贵在有真我，这些都是深谙这一文体的独特风神之论。各种文体，无不以真实自然为贵。但散文的真，不是小说、戏剧的那种幻设之真，不是诗歌那种意境之真，也不完全是通讯、特写那种事实之真，它主要的是作者为文时流露出的那种属“我”的意态之真。当然，散文所记之人与事，也是不容捏造的，但它不求巨细无遗、原委曲包，只要做到存其大体、得其形神也就可以了。它有时不妨有所疏略，但却决不能编造。大的情节不能编造，小的细节也不能编造。一露编造之痕，就会产生幻灭感，危及散文的生命。

散文美的另外一个要素是含蓄。这是对散文的体式和语言的要求。散文的含蓄，见之于体式，就是要求清爽精练，简短隽永。林语堂所指出的中国“古典文学的传统倾向于文字的绝端简约”，“它专信仰简练专注的笔法”，的确道出了古典文言散文的一个重要的美学特点。这种“绝端简约”的追求，“简练专注”的笔法，历经文言白话之变，到了现代散文的领域里，自然会发生一些变化，会出现一些堂奥阔大、文气丰沛、宏于中而肆于外的长文（如入选的《内蒙访古》、《昨夜西风凋碧树》、《父亲祭》、《祖槐》和未入选的《哥德巴赫猜想》等）；但就散文这一体式的常态和定数而言，清爽精练，简短隽永，仍然是散文作者应加宝爱的。在素材的处理上，散文作者要下一番剪裁笔削的工夫。如果不慎加选择，巨细兼收，就会杂乱而不清爽，简短隽永也就谈不上了。在语言的提炼上，要以朴素自然为尚，讲究含蓄。行文径情直遂，表露无遗，节外生枝，累赘琐碎，是为大忌。要有曲折，有控制，有余想。要懂得“至乐不笑”、“长歌当哭”、“似谲而正”、“注彼写此”、“无声胜有声”、“咫尺论万里”等等语言上微妙的美学道理。朱自清曾说过，好的散文的语言风格是“朴素之风华，忠厚之幽默，平淡之腴丰，就是说含蓄的最好”。当然，散文的语言还要讲究自然，讲究声调，讲究色彩，但总以归于敛凝含蓄为要。

以上关于散文美学的一些思考，卑之无甚高论，无非祖述前贤而已。写在这里，一是与有志于散文美学研究的两位编选者切磋请益，二是与入选书中的美文华章相互发明印证。

对于中国，刚刚过去不久的 20 世纪，是一个发生了天翻地覆的变化的世纪。战争和动乱、革命和改革、破坏和建设，这一切汇成了在中国引起了持久而猛烈的社会震荡的历史风景。一个古老的、农业的、封闭的、停滞的中国，就在这历史风暴的洗礼中，逐步向一个年轻的、现代的、开放的、发展的中国变化。“文变染乎世情，兴衰系乎时序”。作为“一切作家的身份证”的散文，在这样一个大时代中，必然会与世同变，与时俱进，个性纷呈，气象万千。20世纪中国作家在散文创作上的努力，在文学史上是留下了独具的光彩的。

一般而论，20世纪中国文学史（其中自然也包括散文史）的行程，和中国现当代史的历史进程，在大的趋向和起落上，是一致的、平行的。但历史发展的轨迹和文学发展的轨迹的重合，从来也不是若合符契的，只能是大致同步——在历史细节上，两条史链交叉纠缠的不平衡状态始终是存在的。

从20世纪散文史的整体观之，几次大的“文变”与大的历史变动、历史事件的互动呼应关系，是非常之明显的。五四运动前后，文言一变而为白话，此散文语体旷古未有之巨变，影响之深巨，被覆整个20世纪。30年代以鲁迅为首的文化新军之崛起，左翼文艺运动之勃兴，此散文观念、散文思想之一划时代之丕变，其影响于散文的衡文标尺者极大。1942年延安文艺座谈会所引起的整个文学面貌的革新浪潮，自然也席卷散文以去。这一次文变开始时仅限于解放区，尔后声势渐大，至1949年后便有了全国性的规模了。中国当代文学史，中国当代散文史，就是以这次文变为序曲，拉开了自己的序幕。这一文变在解放后发展中，也有偏侧和弊端，但在五六十年代，从总体上看，成绩不能低估，经验应该重视。对这一段散文史和散文作品，近来有一种过于贬抑的倾向，我觉得是缺乏历史眼光的。“后之视今，犹今之视昔”，衡文鉴人，还是顾及整个社会状态，避免苛求前贤为好。至于“文革”之变，那是对一切优秀散文不论古今中外的“颠覆”，是对一切固有的散文美学观念的“扫荡”，是一次真正的文化史、散文史的“断裂”。它的坏的影响，也是很大很远的。“文革”结束，拨乱反正，解放思想，散文和整个文学一样，像浴火的凤凰重生了。新时期散文，在中国当代散文史上划出了一整个新时代。这时期散文的天地，最是海阔天空；散文的样式，最是浑涵万汇；散文的写法，最是灵捷多变；散文的个性，最是舒展自如。这个新时期，迄今已经又有20多年了。它本身又可依文变的缓急强弱，进势的顺逆动止，细分为若干不同的发展阶段。

上述所有史的演进、文的嬗变，都是散文史家已经或正在着手研究的学术课题，也都是本书系的编选者先存于胸次，后形诸简编的。细心的、有历史眼光和审美判断力的读者，会从入选作者的阵容、入选作品的篇目中，寻其端绪，察其规律，有所会心，有所评骘的。一切都会融入历史，接受历史大浪的淘洗，这部《20世纪中国散文大系》也不会例外。当这部卷帙浩繁的大书问世之时，让我们怀着对一项庄严的文事竣工的虔敬之心，屏息静气，以待来者吧。

2002年6月30日

写于美国佛蒙特州明德学院

关于散文创作的漫谈

——从姜国芝的散文集《遥远的敦煌》谈起

姜国芝的散文集《遥远的敦煌》我读了，书中收的是一篇一篇的小文章。我感到它还是能够吸引我读下去的，这对我来说是不太寻常的。曾有两位知名作家的散文集我也没这样耐心地从头到尾把它读完。我这样说，并不是说姜国芝的散文写得就很好了，我只是说她散文里有一种很质朴、很动人的能吸引我的东西。

我从书中看到她出生在农村，经历很艰苦，都坚强地挺过来了。她勤奋学习，勤奋写作，性格开朗，有点幽默感，像一个很可亲可敬的大姐。她在青藏高原工作多年，现在回东北做编辑工作，有个温暖的家。古人说"读其文想见其为人"，我看了她的文章后，这个人真的变得很亲近很熟悉了，有很深的印象。

我认为写文章就要让人家感到你与读者的心是相通的，没有一种被压迫的感觉。我读某些名气大的作家的文章就有一种被压迫、被俯视的感觉，就不爱读下去了。感到他是居高临下，讲很多大的哲理，讲很多大的人生道理，开始你还会感到很新鲜，听多了也就觉得还不如读这样一个基层作者写的这些人生小事能让我们感动。

毛主席讲写文章时特别爱讲到鲁迅，鲁迅的文章向来被认为是比较艰深的，但他的心跟读者是相通的。毛主席的文章也是这样。姜国芝的散文虽然比较清浅，但她的心和我们普通读者是相通的。

比如那篇《感谢父亲》写得就比较放松，比较好。你看到一个父亲过去生活很困难，经济上很紧，有点重男轻女，还有点个人小爱好，有余钱就找个地方花了，来点小享受，喝点酒，喜欢买点好的瓷器。但他很爱子女，心地非常好，是一个非常真实的父亲形象。她没有多少议论，但你能感受到这是千千万万人都能遇到的一位父亲。

她纪念毛主席诞辰一百周年的文章也写得很质朴，这种文章很容易写得假，写得做作。但她写得就很真实。比如写她小时“做毛主席的好孩子”这句话给她的影响。有一回她把哥哥烧的吃的给弄出来，都不敢在挂毛主席像的那个屋里吃，觉得像做了一件不好的事，这个细节写得太真切了。她那种感觉我小时候也有，就是你无论从哪个角度看毛主席像，他那种亲切的眼光都笼罩着你。

她写青藏高原部队生活，写一个笔会，也和别人不一样。一般作者容易用很多笔墨写文友之间的调侃，文人的奇闻逸事。我参加笔会是向来不写文章的，我看有人写这类文章总有点搔首弄姿互相吹捧，至少总有自我吹捧的味道。但她的文章里就写那个仓库里官兵们的生活状态，很生动感人。让人感到部队组织的笔会是很淳朴的，是真正与写作有关的笔会，不是神仙会、游览吃喝会。

这个作家虽然一直在基层生活，但视野却不狭小，她的比较开阔的思想视野，让我也学到了不少东西。她对很多事物、对文学事业善于思索，在把握题材方面结合自己的生活感受和人生阅历，结合国家和社会一些现象进行思考，有点忧国忧民的意识。她能不断地写出文章来，而且不是那种大而化之、大言欺世的河汉之言。这说明她是有思想的，她的思想是具体的、质朴的，与感性事物结合的。

我发现她经常参加各种征文和报刊约稿，人家要什么她似乎就能写出什么，但却不是主题先行。她能从生活积累中挑出平易近人的人物，有味道的情节，写得质朴生动。所以她的稿子投出去命中率比较高，老是能获奖，不是三等奖，就是二等奖，有时得个一等奖。这说明编辑觉得她的稿子言之有物，文中有情，这样的作品发出来有意义，事近人亲。这跟作者的生活积累比较厚、情感和情操比较健康、思维比较敏锐有关，这是她的一个长处。

她没有一般文学青年那种张狂，那种自以为是。搞文学的人很容易自满。姜国芝之所以能不断地在创作上取得成就，与她这种虚心学习的为人为文的态度也有很大关系。

我很有兴趣地看了她几篇文艺评论文章，感到挺亲切的，因为我是搞文艺评论的。她写的不像我们经常在文艺报刊上看到的某些文艺评论家或大学的博士、博导们写的文艺评论。现在有些文艺评论越写越没感情,越写越枯燥乏味,很深奥难懂。她的评论是用散文的笔调老老实实地写出她看完一部作品的艺术感觉,很有她的特色的。我看了她的评论后,都想找到她评的作品来看一看,让人产生这种愿望和冲动,这就起到评论的作用了。

总之,只要大家抱着一种与文友"奇文共欣赏,疑义相与析"的学习态度,去读姜国芝的作品,我想是会有所收获的。

这个作者在基层投稿能被采用、被发表,这本身就很不容易了。在篇幅上要受到严格的限制,不能信马由缰地写到哪算哪,那样稿子也根本发表不了。这种限制反而就逼着她在布局谋篇上动脑筋。所以她的文章都写得很精短,有很多细节与情节她用的是叙述的方法,没用写小说展开场面描写的方法。

描写跟叙述是不一样的。描写可以直接地表达人物的神态和对话,篇幅可以长一点。叙述就是把这件很生动的事,很有意思的话,用叙述的方式把它叙述过去了。因为投稿的方式让她文字上受到约束,让她把很多很好的题材零散地使用了,她为文很经济,却不够汪洋恣肆,不够奔放。

她应该在生活的库存中挑出一些印象最深的人和事,经过主观感情的浸润和思考后,好好写几篇比较集中,比较有匠心的,在艺术上比较能站得住的更带艺术性的散文。比如那篇《感谢父亲》,如果不受篇幅限制,用三四千字把有关父亲的很多生活细节和情节再展开一下,就可以写成一篇更好的作品。

有人说散文是"形散神不散",在形体上、谋篇布局上也可以写得很散。这是一种误解。"散"是就文气的洒脱、文章的风神而论。至于文章的内容、血肉、骨骼却不能一味地"散",还是要讲究结构,要有次序、有主次、有照应地布置一番。不能信马由缰,漫无边际。

我喜欢有结构的,在谋篇布局上比较严谨的,下了一番匠心去运作的那种散文。我直到现在都还很喜欢杨朔的散文。尽管有的文学史家、评论家说杨朔在中国经济困难的年代写的歌颂光明、歌颂人民的作品似乎有粉饰生活之嫌。我认为这种批评是离开历史条件的,任何时代的生活都有光明与阴暗两面，只要你真诚地写，写你看到的很美的人和事，就不能说是假的。

杨朔的文章你能感到是很真诚的，也很有诗意。他的古典诗词修养、文字修养到现在也没有哪个散文家能比得上。最近我看到季羡林先生在《十月》上的一篇文章，他特别讲到杨朔的散文在中国散文史上应有的地位。当然，季羡林散文写作的路数与杨朔比较相似，所以他引为同道，但他的这种评价还是比较客观的。

我认为散文要讲究创作的艺术。通过构思后写得集中，写得强烈，写得深，写得热，也要写得美。不能把写散文看得太容易了，有人说它是进入世界文学园林的门票，这是有道理的。散文是很不容易写的，通过散文能看出一个作家的气质、修养和文字水平……

我觉得姜国芝要再读一些古典和现代的经典作品，多读一点鲁迅、郁达夫，包括当代作家孙犁、杨朔、宗璞的作品，还有文字上比较严谨修整的叶圣陶等的作品，去认真研读学习，让用语习惯上再有个大的飞跃。

文学就是语言的艺术。鲁迅的文章你很难移动其中段落的顺序，改变其中的词语，就连他不准备发表的书信、一个字条读起来都感到有与众不同的风格。

中国文学中只有两本书是可以不用从头读，就能吸引住人的。一部是《红楼梦》，一部是《鲁迅全集》，你随便打开哪一页都能读出味道来，这就说它的语言已经达到非常纯熟的地步了，是真正大作家的不朽之作。

今天这里来了很多军内有志于文学创作的年轻人，我觉得从事文学创作有一条就是，自己衡量文章的标准要高，阅读趣味也要高一些。有好文章在前面，你创作时就不会太随便了，会把创作看成是需要兢兢业业勤奋努力去从事的事业。

很多人是因为爱好文学而选择了这个事业，一步一步地走过来了。我这些比较坦率的带点批评性的意见不仅是对姜国芝的，也为了与在座的各位文学爱好者共勉。

2003 年 3 月

小荷露角　雏鸟初鸣

——读王瑞琳的《心灵的眼睛》

《心灵的眼睛》收入了山西忻州一中女学生王瑞琳的 124 则日记，但它不是流水账式的生活流程的顺序记录，而是水银泻地、散珠落盘式的心灵结晶体的跳动迸射，是经过采撷、编排后的散文短章的集锦。在这些简洁隽永、活泼清新的散文中，的确如作者自己所说的，可以听到"生命成长时的拔节脆响"和"一个花季少女最真切的心音"。

透过作者敏感而多思的心灵对生活的感应，我们看到了这本薄薄的小书展开的丰富的生活内容和精神元素。这里有带着哲理性质的人生历程的描绘和对某些人生幾微的少年敏悟（《夜雨诗意》），有对自然天候的交替、童年往事的流逝的感触与怀想（《烂漫季节》与《花季风铃》），有对客观命运与主观抉择的微妙关系的最初的窥探（《命运的建筑师范》与《灿烂的金苹果》），有对少年之间纯真友谊和孩子与动物之间美好关系的简净素描（《一片枫叶》与《可爱的小兔子》），有对既缺少变化又充满变数的学习生活和既平常无奇又弥足珍贵的家庭亲情的生动描绘（《挂在墙上的周末》与《幸福的一天是如此平常》），也有对少年纷纭的心事与学生生活的片断的交替展示（《放在心里的秘密》与《飞翔的姿势》等），更有演绎古典的尝试（《大话仲永》）和出国修学的观察（《异域柔风》）……要之，作者的心灵的眼睛，虽然单纯，却清亮、真挚，它看到了一个大自然与人世间交织的精彩的世界之一角，映现了成长的烦恼与喜悦纷呈的人生初阶的一段，折射出了在我们所陌生的新的成长环境中仍然在好好学习、天天向上的一代中国少年的精神风貌。

少年文章最可宝贵的本色、本真的纯良质地，在王瑞琳的这些散文短章中是充分显现着的。尤其是那些日常生活场景、情景的片断的素描,总是能以有意味的生活细节的捕捉、带稚气的少年口语的采用让人感到兴味盎然。例如,《小小的贺卡》写的那张不经意中寄出却让父亲如此激动的贺卡,《飞翔的姿势·三》中写的那张“用有生以来最工整的字迹”认真写的入团申请书,《飞翔的姿势·五》中描写的贺劲达的那个让同学们海吃、猛吃、抢吃的生日聚会,《幸福的一天是如此平常》拉杂跳跃的记叙下的那个只是“看、吃、玩”,什么也没干却有幸福感的一天,都写得自然、有趣、生动,毫无装束却神情毕现。又比如“挂在墙上”当摆设,聊以慰藉的“周末”和“简直是远方的地平线”的“遥远的星期天”,把承受着巨大的、无休无止的学习压力的中学生的独特感受表达得多么巧妙;而捂着鼻子去迎抱从远方归来,身上带着汽油味、烟味的爸爸、妈妈的想法,以及吃涮串“一吃吃个没完,直到最后把手变成了舌头的奴隶——给它扇风去了”的吃法,则把还带着孩子气的中学生的率真举止描写得那么生动。拨一个已经远走他乡的好友的闲置的电话号码,借那单调而又孤傲的“嘟——嘟——”声赶走孤独;在愚人节模仿男生的笔迹给女友写痴情的爱恋诗句,然后再自行揭穿;舒舒服服、美美地睡了一觉醒来,意犹未尽“又毫不客气地睡了一觉”的那种理直气壮的放任口气;觉得自己的人生“成了一张英语格纸”,“所写的字母必须随着它而延续,虽然间隔宽窄可以改变,却永远也逃不出那似监狱的四道横格”的独特联想……也都是从作者的生活、心理、口语中信手拈来,妙趣天成的。倘若说作者的天分中真有些文学的因子,从这些细微处最可以看出。

当然,作者的文章除了天籁的成分之外,也还有刻意经营、力求流丽幽深的另一面——这原也是一切早熟而敏悟的文学少年、青年乃至所有想当作家的人们的文字中理所宜有的一面。只是这一面的营造,有自然与生硬、切实与玄虚、清新与藻饰等等文学“火候”的微妙差异罢了。我看到,作者比起一般中学生来,更善于沉思和想象,更有探索宇宙、人生、社会的求知欲,她的有些文章在流露这方面的优势时,常常显示出与年龄不相称的某种成熟。像《夜雨诗意·二》

中用山泉、小溪、小河、大江、大海比喻人生中婴孩、童年、青年、成年、老年等各个阶段,可谓巧于设譬,描绘生动而惬当;《玻璃碎片·二》中关于人面与纸制的面具的比较与感喟,也可说颇得世情人性的真面,坦然道破,发人深省;《命运的建筑·五》中引述一些礼仪的书中的"知识"又能指出其不太实用,"墨守成规,定要吃亏",又从而引申出对"细节"在人际关系和以人为本的关怀中的作用的领悟,显示出作者独立思考的锐气;等等。此外,也有些从对生活、自然现象的凝视沉思中升华出来的警句,如"太阳每天都是新的,因为它曾经无数次地老过","坚强是别人看见的,懦弱是自己知道的","错把春天当成收获的季节,你只能得到青涩的芒果","平平庸庸的人生是一块泡泡糖,越嚼越淡"等,也都把哲理寓于形象,很富于启示性。但古往今来,往哲先贤为我们留下的格言警句太多了。作者的所思所感,放在一时一处,或许是新鲜的;如果多历时日,阅世渐广,就会知道日月照临之下,世易时移之中,新鲜的事理实在是很有限的。当然,这样的话,说给年轻而充满信心和朝气的作者听,也许是太早了一点。

我曾为河南出版的《中学生阅读》初中版写过这样一段话:"初中是童年的余音与青春的初曲交织而成的迷人的乐段,它的重要、神秘和美妙就在于:它悄悄地决定了你拥有的整个人生乐章的品位和音调。"读完王瑞琳的这本小书,我忽然想到,可以把这段话抄赠作者,以表达我对这位也像我少年时那样热爱文学、勤于写作的中学生的勖勉和祝福。

2004年5月20日

写于北京西坝河北里

以诚意触摸书的灵魂

——李世琦书评集《倾听灵魂》序

李世琦是一位热爱书的出版人,也是近年来颇为活跃的书评家。他的第一本书评集《倾听灵魂》即将问世,我是感到很高兴的。我觉得我们有同好:都是酷爱读书,喜欢淘书、藏书,乐于写书评的读书人;读他的书评,常常有相通,有共鸣,既分享了他传播的书的消息,也得到了思想的启迪和感情的陶冶。

李世琦比较专心致志地写书评的时间并不长,但已引起了读书界的注意,得到了读者的好评。这次结集,使我有机会把他的书评集中起来畅读一番,得窥全豹,看到过去不曾经眼的许多文章,丰富和加深了我对这一位敏锐而勤奋的书评家的认识。我觉得,他的书评是有特点、有个性的,其能很快产生一定的影响,并不是偶然的。

首先,我觉得李世琦的书评,是一个思想渴求者的书评。他所评的书,以文、史、哲为主,兼及政、经、教。他所写的书人书事,涉及古今中外,各种类型。作为书评者,他的兴趣是广泛的,视野是开阔的,并不局限于一隅,专嗜一味。由于书海的浩瀚,潮汐的变迁,李世琦的书评所涉及的,也许仍然只能说是书海挹滴而已;但由于他的多方挹注,汇到这本书评集里的,却也可以说是一泓灵泉了。说是灵泉,是因为所评的书和所收的书评,都或多或少凝聚着、闪动着人类智慧的灵光。李世琦所推崇的书,是有严肃的博大的思想内容的书,大多蕴涵着有关人类、历史、社会、时代等重大关目的深沉的思索。而他的书评,也记录着他自己思想的不断充实与深化、不断探索与前进的痕迹。比如,他对瑞士籍德裔作家赫尔曼·黑塞其人其书的评价,从"超越民族和意识形态的文化眼光"、"作品充满智慧"、"生活态度超凡脱俗"三个方面,以丰富的材料,扼要地论述了黑塞这位"人类文化史上一位伟大的智者”的精神风貌，着重指出黑塞的作品“充分体现了德国人擅长理论思维的特点”，“吸引读者的首先是思想的深刻，深邃，是智慧的光华，思想的魅力”，并举他笔下的“荒原狼”的形象与鲁迅的阿Q作比较分析，给人留下深刻的印象。结尾，作者有感于我国了解、阅读黑塞的作品的读者之少，指出：“近年来，米兰·昆德拉、村上春树大行于世，这本来是好事，但我们不应该冷落黑塞，我们更需要黑塞！”他激切地呼吁：“为了捍卫文学的灵性和高尚，抵制文学的粗鄙化、世俗化，我们需要黑塞！”这种要思想、要智光的呼声，即使至今也仍是空谷足音，但它终究是不会被文学的粗鄙化的浊流淹没的。因为中国读书界的理性和良知，从长远看，是不可能被淹没的！同样，李世琦论及托马斯·曼、海泽、罗曼·罗兰等德、法作家，或着眼于其“作品与人格一样伟大”，或阐发其“文学应该表现重大的人类命运”的文学思想，或勾勒其“坚持独立思考的文化巨人”的形象，都含有痛感我国文学界、读书界思想贫弱、格调趋卑的殷忧，使我读了产生“于我心有戚戚焉”的共鸣。

李世琦并不着力于当代文学的评论，但这个集子中有几篇引起了我的兴味的作品评论，也和他的外国文学书评一样，显示了他对思想、对智光的一贯的、执著的严肃追求。比如他对被评论家称为杰作的名作家张炜的长篇小说《丑行或浪漫》，就指出其中主要人物的命运、性格的发展变化与时代脱节，让读者“感觉没有应有的深度”，只是“流浪复流浪，苦难复苦难，寓言的气氛很浓，时代的气氛很淡”。应该说，这是说到了张炜的创作徘徊不前的根本原因的。他不同意降低杰作的标高，力促作家的振作，语重心长，拳拳之心可鉴。同时，对名气不那么大的作家的显示了某种新的思想、艺术追求的作品，则热情地予以称许。如对阿宁的长篇小说《天平谣》，指出它是国内第一部以检察官为主人公的长篇小说，是“反腐勇士的正气歌”。对汪淏的长篇爱情题材小说《隔壁情人》在探索现代人情感世界方面富有新的思想元素的描写，对康志刚揭示现代人的精神隔膜的短篇小说《天文现象》，则指出它们在质朴的现实主义风格中蕴涵的人生智慧。也许因为置身文艺界的圈子之外，作者在践行“好处说好，坏处说坏”这一关乎文艺批评的生命的铁则方面，较少顾忌。所以他的富有思想的真知灼见的评论，就显得剀切而难能可贵。

其次，我认为李世琦的书评，也是注重写作艺术的分析的书评。他既善于从大处着眼，估量书的思想容量和质地；又善于从细处落笔，鉴赏写作艺术的精微奇妙。比如他评斯特林堡只有区区一千五百字的短篇小说《半张纸》，对作家“于方寸之地演示大千世界”的艺术概括力作了具体而微的令人信服的阐释。在评论《盖世英雄彭德怀》的书评里，不但指出了林杰、王乃英两位传记作者的文笔“深得我国史传文学之精髓”，而且具体地引用他们对《彭德怀自述》的高度艺术价值的评价（两位作者誉之为“兵家之绝唱，无韵之离骚，革命之春秋”，“其文可谓雄、奇、妙兼而有之……是一篇用生命写成的打不倒的血性文章，是一篇泣鬼神、惊天地的盖世雄文!”）。然后感慨地说：“作者不仅从思想内容上，而且从写作艺术上深入分析了它在文学史的地位，这是我们应该感谢作者的。那些学院派的专家学者只盯着作家的‘纯’文学作品，殊不知那些无病呻吟的作品一百篇也比不上彭德怀的一篇!”这些细微而开阔的对写作艺术的见解，我是深有同感的，它反映了一种健康的、正常的美感，反映了对有民族特色的刚健、质朴、清新、挺拔的文风的倡扬。这种美感和文风，多多少少也熔铸在李世琦的书评里。

最后，我觉得李世琦的书评，已开始形成自己的写作风格，那就是情理交融，文史气质，清畅简洁，短小有力，适合报章刊用，但又没有肤浅俗滥之弊。

情理交融，是指他写书评是带着热爱书、热爱真理、热爱美的事物的热情写的。他对所评的书，读得认真，读得投入，往往是情动于中而发于外，笔锋常带感情。例如他评《唐宋词与人生》，一开头就点出雨天读此书，印在封面上的蒋捷的《虞美人》“少年听雨歌楼上”，触发了作者的人生感慨：“哦，真是太好了！我不由自主地感叹。只用了几十个字就写出了一个人将近一生的悲欢离合，通过‘听雨’这个细节，写得诗中有画，诗中有声，引人思索，余味无穷……”这个散文体的开头一下就把读者吸引住，并引出下面对这部从研究唐宋时期人生体验入手研究唐宋词的专著的理性的评述，显得自然而又亲切。又如《与大师邂逅于冷摊》，是一篇评德国作家冯塔纳的两部长篇（《燕妮·特赖贝尔夫人》与《艾非·布里斯特》）的言简意赅、颇有见地的书评，也是一篇描写作者冷摊淘书"邂逅"大师的有趣经过的散文。文章充满纯真的淘书之乐。作者利用国庆长假上旧书摊淘书，意外地以一元钱买到冯塔纳的《燕妮·特赖贝尔夫人》，顿时有"天遂人愿之感，那时觉得阳光分外灿烂，身旁菊花的芳馨沁人心脾……"读到这里，被淘书者的快乐情绪感染，我不禁也发出会心的微笑……这部我尚未曾寓目的被作者称为"有《红楼梦》神韵"的冯塔纳小说，自然也列入了我淘书的目标之内了。

文史气质，是指作者在书评中常常油然而流露的一种"腹有诗书气自华"的气质。如评论《缪钺全集》的书评《卓然大家说缪钺》一文，评述的对象是文史双栖，古今贯通，在古典文学、古代文献、中国古代史、诗词创作等领域都有很大成就的诗人化的学者、学者化的诗人，评述起来难度较大。但作者先文后史，从诗词创作说到论著写作艺术，次第展开，文脉清晰。每一领域，都既有概观，又有个案，把面的照拂和点的深剖结合得很好（如指出缪钺《评郭沫若著〈屈原研究〉》一文中直言不讳的批评与虚怀由衷的称许兼有，以征验其实事求是、独立思考的批评精神）。作者特别佩服缪钺的论著写作艺术，引缪钺比较唐诗和宋诗的艺术精神的一段妙论，指出"他这寥寥一二百字，一字千金，胜过常人的千言万语，既表现了大学者高度抽象的概括能力，又显示了大诗人非凡的艺术表现能力"。书评最后说："继承缪先生的论著写作艺术，以医治论著写作的枯燥乏味、食洋不化、文字粗陋、晦涩难懂等病症，是尤为迫切的。"这篇书评，显然受到了缪钺论著写作艺术的浸润，写得文气丰盛，文辞修洁，颇有文雅之致。

"积学以储宝，酌理以富才。"正因为李世琦勤于读书，出文入史，所以他的书评于清通畅达之外，也常会有一些中国文章特色的妙笔。比如他评论亨利希·曼和托马斯·曼兄弟俩在德国文学史上的地位时，说："亨利希·曼也是一位重要的批判现实主义作家，不过他的成就逊色于乃弟，有点像我国的曹丕与曹植。”评论曼斯菲尔德的短篇小说艺术时，则说：“她除了继承契诃夫的简洁传神、以小见大、含蓄朴素之外，还具有她自己独具的浪漫气氛、盎然诗意和梦幻之感，一种她自己独有的女性的细腻和隽永，读她的作品让我想到我国宋代的李清照。”然后又进一步发挥说：“以笔者的管见，在世界短篇小说大家中，像我国的宋词一样，她和高尔基分别代表了婉约和豪放的两派，他们各自把短篇的艺术发挥到了极致。如果说高尔基是短篇的辛弃疾、苏轼，曼斯菲尔德则是当之无愧的李清照。”在评述德国作家海泽与他的文学朋友的关系时，李世琦是这样写的：“我国古人有‘欲观其人，必观其友’的说法，看看海泽的这些朋友，我们对海泽的成功的原因会有更深入的理解……以海泽为首的慕尼黑作家集团是一个文人相亲的团体，他们之间的交往是亲切的自然的，在德国和欧洲文学史上产生了良好的影响。时间虽然过去了近一个世纪，却仍让人望风怀想，让人想起中国文学史的三曹七子、竹林七贤、三苏与苏门四学士等作家群体，不免感叹中外的古人那时过着多么符合人性的生活呵！”也许上述的联想和比喻和所有的比喻一样，难免有蹩脚的成分，但有了这些带中国书卷气的联想和比喻，却使作者笔下的这些外国作家的特点更加鲜明难忘，也使这些外国作家的面目神情更加生动、更加亲切起来，对此我是比较欣赏的。

2006 年 4 月 26 日夜写毕

明秀盈实　清婉悠徐

——李爽散文集《一川烟草》序

我手头带着的一束李爽的文稿，一共只有七篇，其中六篇是散文，一篇是小说。不须用很多时间，我就愉快地读完了。我感到愉快，一是因为这些文章写得清切爽利，读来略无窒碍；二是觉得作者给我的这一束文稿，虽然又少又短，却给我文备多体、短而有味的感觉，有的文章还能吸引我回头又看它一遍；三是借这几篇文章，我看到了一个“70后”散文作者的生活、思想、情感、个性的片断——虽然是如风掀窗帷一角倏忽闪现的片断，却是清晰具象、明秀盈实的，有别于我比较熟稔的所谓“70后”青年小说家群的印象。

李爽的散文的体式是比较轻灵多样的。她能写一般写景状物、记事抒情的艺术散文，如写赏月情怀与逸兴的《明月逐人归》，写动物通人性的洋溢着生活气息的《大闺的眼泪》；也能写如今散文界颇流行的所谓文化散文，如从人的前生后世说的议论中透出对爱情的妙悟的《前世》，演绎“江湖”一词的种种涵义以寄托洒脱旷达之思的《江湖》；还能写生活速写和小品，如勾勒几个亲切而别致的路遇者形象，流露出作者对人、对生活的热爱的《每天都会遇到的人》，从一个有趣的人生励志故事中领悟出微妙的人生哲理的《胡萝卜、鸡蛋和咖啡》；等等。我想，在她的集子里，这一“文备多体”的特点，一定会表现得更为充分、丰赡。散文作为文体的特点，不仅在于一篇之内运笔如行云流水，形散而神不散，长短无拘，行止自然；而且也在于一篇有一篇的体式，范铸翻新，熔裁志异，量体裁衣，随机应变。正如一川烟雨，烟岚氤氲，雨意淋漓，草色深浅，川流曲折，极尽变幻，气象万千。

李爽的散文，于清婉悠徐的笔致中，也能不经意地从心灵的深处，让不轻易流露的生命之重突然闪出，在读者的心弦上重重一拨，留下沉痛而久久摇曳的悲音。在《明月逐人归》中，在《前世》中，我都曾被作者轻揉慢捻中闪现的这种重拨所打动。但我也欣喜于作者能在命运重击的铁锤下挺立起来，让生命重新放射出灵光——她的散文不正是由此而炼成、而吐出的一串灵光之珠吗？

在《胡萝卜、鸡蛋和咖啡》一文中，作者曾这样说过：“我最好是一杯咖啡，是星巴克里的摩卡，带着浓浓的奶香，啜一口，便余味无穷。我并不憎恨兜头的一瓢沸水，也不总是回头留恋从前做咖啡豆的生活，我可以顺从不可逆转的境遇而把自己修炼得更加隽永。在困境的磨折里，我改变着自己，却也影响了生命——我使我的生命有了颜色和滋味。尽管那颜色并不流光溢彩，尽管到最后藏在舌根下的会有一点点苦，但耐得住琢磨。一个耐得住琢磨的咖啡样有味道的女人，只怕也是造物主有意的恩典。”这是一个年轻但却遭灾历劫过的生命对人生的顿悟，是从酷烈的人生遭际向浓醇的人生况味的升华。其实，这不也是作者对自己的生活与写作的一种妙解吗？生活的灾厄改变了作者，也玉成了作者，使她现在能用自己闪耀着各种颜色、交融着各种滋味的文章反馈生活，改变生活，提升生活。明乎此，则李爽散文之迥异于那些“少年不识愁滋味，为赋新词强说愁”的轻飘飘、软绵绵或神叨叨、怪兮兮的文章之处，也就豁然洞见了。

现在，李爽的第一本散文集就要问世了。欣喜之余，我以我所读到的集子里的几篇文章后的这些感想，遥寄给尚未谋面的作者，作为序引，以勖文心，以助远道。

2005 年 9 月 4 日

为了将来　必须倾吐

——读丁宁长篇散文新作《忠诚与屈辱》

20世纪80年代，丁宁以一批旨正情真、意丰辞茂的怀人之作，感动了广大读者，被誉为新时期散文创作的一簇清新挺拔的奇葩。最近，丁宁经过长期的酝酿，一朝激发，写出长达五万多字的长篇散文《忠诚与屈辱》，倾吐了她对逝世已20年的伟大作家丁玲的追思与怀念。我一口气读完了这篇散文，难抑心中的激动。老作家的这篇细针密缕地追述丁玲冤案真相始末的散文，毫无暮年衰飒之态，辞直气盛，笔饱墨酣，让人不禁击节赞叹：这真是老而弥坚、老而更成的力作！

记得前些年，我读徐光耀的长篇散文《昨夜西风凋碧树》，也为作家的正直品格和过人的才情所激动，为他在"世人皆欲杀"的境况下勇敢地为丁玲辩诬，在身处逆境的漫长岁月里愤而著书，为中国当代文学宝库奉献出心血凝成的红宝石《小兵张嘎》而肃然起敬。文章弥满昂藏磊落之气，让人深感"昨夜碧树虽曾凋，今朝青枝更勃发"！但由于我对当时历史情况的暗昧，当我读到徐光耀在文章中全文录存的1956年11月30日中国作协党组发出的关于对丁玲、陈企霞反党集团的问题和事实进行调查对证的信和徐光耀实事求是的、充满着对丁玲的崇敬和同情的复信时，觉得非常新鲜和纳罕：原来当时就有过对此冤案进行甄别纠正的举措了。这一举措的由来是什么呢？为什么后来不但甄别未成，反而加罪定谳，铸成更大的冤案呢？这次细读丁宁的长文，我才豁然释惑，曲尽原委了。——这只是丁宁这篇长文在梳理清楚重要史实方面的突出一例。事信则言文。这是我们评价此类回忆性散文的价值时应持的唯一的准绳。关于"丁、陈反党小集团"冤案，我们已经有了徐光耀的文章，有了李之琏

《我参与“丁陈反党小集团”处理经过》,有了李向东、王增如脉络清晰、条分缕析、材料丰富的专著《丁陈反党集团冤案始末》及《丁玲年谱长编》,还有了黎辛的《写在〈丁玲冤案及其历史反思〉后边》等;但是,当丁宁从自己独特的角度和认识,从另一个侧面提供了显示事物内在逻辑的一整条新的事实的链条时,我们对1955年到1957年中国作协围绕着“丁、陈反党小集团”问题所形成的小气候的独特性及其与全国性的“反胡风”、“反右”大气候的微妙关联,对这一冤案几度反复的曲折过程,就有了更加具体而微的认识和了解了。在丁宁的这篇散文中,有很多亲历亲见的极其生动的事件和细节,使文章显得骨骼端翔,血肉丰盈。例如,丁宁曾到杭州去找一位延安来的女作家核实她批丁发言中揭发的“事实”。在散文中,丁宁几乎是逐日记下了女作家矛盾惶遽的心理发展过程,梦中的哭泣,月下游湖时突然迸发的心音,从推拒、沉默到良心发现,自我否定,写得丝丝入扣,意味深长。又如丁宁带着“丁、陈反党小集团”的复查材料到青岛去向邵荃麟汇报。她一住六天,记录了他经过深思熟虑、极其慎重的,具有敏锐的思辨力和严谨的逻辑性的讲话,形成一篇经邵荃麟审定的谈话录。但形势一变,这篇谈话录的基本结论也就立即被推翻,丁宁也因此受到“右倾”的指责。如果把这段翔实而简洁的记事和丁宁写邵荃麟的旧作《孺子牛》中有关此事的生动详尽的描绘放在一起读,当可相互映发,引人深思。再如,丁宁记下了1955年在批判“丁、陈反党小集团”会上忠厚正直的马烽“顶风而上”,为丁玲辩诬的言动,记下了在1957年“反右”高潮中批判丁玲的大会上莽撞唐突的徐光耀“一步向前,欲向他的老师表示久别后的亲热之情”的情景,赞美了他们正直而不欺心的高尚品格,同时也勾勒了与此相反的反复无常、唯势是附、随风偃仰者的表演……凡此种种,都使围绕着丁玲冤案的历史记叙平添了繁茂芜杂的生活的枝叶。

作为重大历史事件的追忆者,丁宁写作此文,固然有为历史研究者保存故实的心愿,但她更希望引起人们“对那段历史的误区,对人的品格、心灵的思考”。她对自己的记忆,采取非常慎重的不固不必的态度,承认“因当时主客观条件的局限”,许多往事“多已模糊”,

“在浅薄的记忆里，只留下一串串问号，碎片似的印象”。因此，在主要事实发生的时间、地点、参与者、人物言动等等史料要素的梳理、求证方面，她不但依靠自己残留的当年的记事本上的片楮零墨、原始记录，而且主要借助她当年的直接领导、作协秘书长郭小川已出版的详细日记。对别人的回忆中的谬误，她在纠正时，也尽力多方求证，做到言必有据。一切停留于传闻的东西，决不轻浮地引用发挥，以免贻误后人。这种历史唯物主义的严肃态度，使丁宁这篇散文有实事求是之意，无哗众取宠之心，朴素切实，迥异于游谈无根之论。

和丁宁过去那些脍炙人口的怀人之作一样，《忠诚与屈辱》也鲜明地、雄浑地体现着她善于从生活细节入手，在一个大起大落、富于剧变的时代背景上，在生动、丰富、复杂的历史变迁中写人，写人的品格，写人的命运，写人的精神境界的艺术特色。这篇散文几乎记叙了从作者初识丁玲，中经1955年批判“丁、陈反党小集团”始末、1957年文艺界“反右派”斗争始末，直到丁玲劫后归来，为彻底湔雪蒙在身上的沉冤而进行韧的战斗的全过程，涉及的面很广，人很多，事很杂。但作者紧紧围绕着丁玲的形象、命运和精神品格来组织材料，运用笔墨，笔端带着感情，文章担荷道义，收到了一气呵成、烙入人心的强烈效果。丁玲忠诚于文学事业、忠诚于党和人民、忠诚于真理的品格，她的生命所怒放出的绚丽夺目的文学才华的热情之花，在文章中始终被置于艺术的追光里，凸显在舞台的中心位置上。而她所蒙受的冤屈，她的坎坷、苦难的命运，则成了衬托她的品格、精神、智慧、才情的深沉的、苍茫的背景。真与伪的叠现，明与暗的交织，美与丑的对比，以历史情节和细节的丰富性和生动性，紧张而有层次地显现出来，在文章中积累起了强大的艺术张力。

我们先是看到了新中国成立初期的丁玲，给初到作协工作的刚刚进入而立之年的丁宁留下的强烈印象。作者并不谬托知己，而是坦然承认，她自和丁玲相识到丁玲被划为右派离京，从未与她单独谈过话，只是在一些会上，听过她发言。但她所记下的几个场面，一次发言，已足以表现出丁玲作为一个大作家的风采、气质和精神，表现出了丁玲那时所受到的普遍的拥戴和尊重。丁玲是因为她对中国文学事业的伟大贡献，是因为她那些闪射着天才的光芒的作品，是因为她投身革命的传奇般的经历，才受到人们这种真诚的欢迎和尊重的。那时，丁玲如日中天，满怀壮志，一腔热忱，人们对她有着多大的期盼！但是，“静静的水波，忽然掀起灭顶之灾的惊涛骇浪；晴空丽日，瞬间响起石破天惊的风暴雷鸣。丁玲，从被人仰视的‘莲花座’上，一下被推在黑暗恐怖的深渊，到底为什么？”这个历史的巨大问号的提出，把这篇长文的焦点凝聚起来了。

接着我们读到了对1955年批判“丁、陈反党小集团”的经过的浓墨重笔的记叙：这是一个其来有自，其发突兀，其收有因，其反复更是不可思议的突兀的复杂过程。作者于杂多中取单纯，于反复中看稳定，紧紧地抓住事件的核心、现象下的本质，一层层为所谓丁玲的“反党”问题辩诬。作为向丁玲发难的由头的“匿名信”事件，查了一年多，陈企霞终于承认是自己所为，真相大白，丁玲与这一“杰作”毫无关系。另一位曾与丁玲共事过的作家的内部“揭发信”，始终也没有亮出来，而“一本书主义”、“挂像片”问题、“排座次”问题、“把持文研所不要党的领导”问题，在复查中一一证实都是捕风捉影之辞，子虚乌有之罪。复查中调查了近百人，无一人明确坚持丁玲有“反党小集团”的论点。即使经过1957年“反右”大辩论，“丁玲到底是怎样的‘反党’，又怎样形成的‘反党集团’，都未找到新的答案。轰轰烈烈，最终落个‘竹篮打水一场空’”。所谓丁玲与胡风集团的联系，也是查不出半点影子。只剩下指责丁玲对斗争胡风消极观望一条，现在适足以证明她的清醒与远见。那么剩下的，就只有那个在1940年即已查清并作了结论的“历史问题”了。尽管这个问题直到1984年8月1日，也克服了种种阻拦得到彻底解决，丁玲几十年的沉冤终于得到昭雪，但是，关于丁玲晚年太“左”、太“僵化”的说法，却又一度喧腾于众口，至今还蒙蔽着一些人的视听。这真是：奇冤旷世，一女高丘，湘瑟凝尘，楚玉蕴愁！总之，丁宁的这篇长文，像色彩对比强烈、笔触饱满细腻的巨幅油画，画出了丁玲和她的悲剧性的时代。它紧紧扣住了丁玲忠而被冤、直而受枉这一中心，既有力地为丁玲辩诬，又深沉地展现了丁玲在冤屈中表现出的伟大的坚忍的精神风貌。作者最后写道:“一个伟大的人生,她的变化,她的魅力,就在于是由屈辱和伟大,黑暗与光明构成的。丁玲之所以重新获得光辉的生命,就是她敢于献出生命跨出黑暗的门槛,甩开了屈辱;屈辱已化为烟云,黑暗转为光明,那个伟大的生命,更显其伟大,她已寄存在千千万万人的记忆里而成为永恒。”这一总结,是作者对自己在散文长卷中所绘状出来的丁玲形象的诗的礼赞。风雷激荡、风雨纵横的时代背景上,从丁玲伟大的人生、不死的生命中开放出来的这一朵奇丽的文学之花、精神之花,是永不凋谢的。

秦兆阳在《记丁玲》里说:“想要抹掉,不能抹掉;为了结束,必须倾吐。不是为了过去,而是为了将来。”他又说:“但愿从今以后,应该清楚的清楚,应该宽宏的宽宏,应该结束的结束,应该开始的重新开始。代代相传的,应该是那些最宝贵的东西。”丁宁的这篇散文,正是这种为了结束的反顾,为了将来的倾吐;正是这种对应该代代相传的最宝贵的东西的深沉的浩荡的赞歌。

2006 年 6 月 19 日

于美国佛蒙特州明德学院

写给《大学山》

听到布朗大学的中国学生创办的校园刊物《大学山》即将问世的消息，我感到很高兴。据创办者说，这个刊物将发表海外学生的文学创作和思想文化随笔、杂记等，反映海外学生们的留学生活和思想探索的足迹，“营造自由和谐的中华海外文学空间”。我觉得，这个办刊的旨趣是平正而切实，纯洁而美雅的。

最近几年来，我有幸多次到布朗大学访学，对这所历史悠久的美国名校的学生，有了一些了解和接触。无论是在布朗大学的校园里、图书馆里，还是在穿越勾连布朗大学各个区域的街道和甬道上，我碰到的华人学生越来越多了。有时，望着他们年轻的面孔和匆匆来去的充满活力的身影，我会好奇地想：他们是怎样来到这里的？他们生活得怎样？学的是什么？他们的内心世界又是怎样的？在他们年轻的灵魂中，有些什么追求和困惑，激动和不安呢？这些勇敢地把自己的人生的帆船驶到太平洋彼岸来的年轻人，这些眼里闪射着青春的智光，血管里流动着旺盛的热血的少男少女们，他们将会有怎样的命运和前程呢？我很想接近他们，了解他们。但除了少数有缘结识的年轻朋友之外，对我来说，大部分仍是陌生的。现在，有了《大学山》这样一个刊物，这样一个精神的园地、灵魂的窗口，我们之间的相互沟通也许就会变得容易一些了。鲁迅说过，文学是人与人之间、民族与民族之间精神沟通与了解的最平正的渠道。我相信，《大学山》的编者、作者和读者，都会珍爱这个渠道，用年轻人的热情、智慧、灵感来开拓这个渠道，为它注水、清流、扬波，使它成为真正的“灵渠”。

布朗大学是一所以选课自由、思想自由，提倡独立探索、独立思考著称的大学。布朗大学学生的精神世界，是活跃而又和谐的，丰富多彩而又清新脱俗的。这所古典风味与现代敏感交相融会的大学，坐落在普罗维登斯城区的一座高岗上。如果登上科学图书馆的顶层,不仅可以鸟瞰全市,还可以远眺海湾,真可以说是一个登山临海的绝胜佳地。中国古代哲人孔子说:“智者乐水,仁者乐山。智者动,仁者静。智者乐,仁者寿。”孔子学说最权威的注家之一朱熹对此阐释说:“智者达于事理,而周流无滞,有似于水,故乐水。仁者安于义理,而厚重不迁,有似于山,故乐山。”布朗中国学生刊物名之曰“大学山”,或许也蕴涵这样一种乐山乐水的哲学兴味吧?智者也好,仁者也好,说到根儿,首先应该是一个学者。他们的涵育,都是在人类的求学、问学和授学活动中自然而然地完成的。如此想来,布朗大学真是一座令人高山仰止的“大学山”了。登山则情满于山,观海则情溢于海。富于文学热情和灵感,准备插上艺术想象的羽翼飞翔的年轻人,在这座“大学山”上,努力奋飞吧。

2006 年 11 月 30 日夜

丁宁散文创作漫评

20世纪80年代初，我从北京郊区一家工厂回到北大，重续被“文革”打断了的学业。那时候，在专业学习之余，我很留心当时正风起云涌的新时期文学中的新人新作。评介研究的心思，也被挑动激发起来。我主要看小说，每睹佳构，辄激动不已。涵泳沉思，或有会心，往往提笔伸纸，自发地为之作评。散文方面，则较少涉猎，但孙犁的《晚华集》，杨绛的《干校六记》，冯伊湄的《一幅未完成的画》等散文新书，也知赏爱。还有一本《冰花集》，作者丁宁，对于我是陌生的；但那里头收入的一批怀念已逝作家的文章，写得明畅而热情，在报刊上发表时就引起了我的注意，所以也收入庋藏，以备披览。我觉得作者以冰花名集，情深辞妙。那里收集的，的确是一束刚刚结束的中国文坛的“冰川期”的孑遗：冷洁晶莹的冰花，是被摧残禁锢于冰川中的文心诗魂。作者情难自抑地采撷下来，献祭于一个严峻而突变的时代面前；当明亮的阳光照临之际，这冰花将化为汩汩鸣溅的春水，滋润刚刚复苏的文苑。

是的，在《冰花集》的文脉里流动的，是任情泛滥的春水。我想，有这样热情而少羁勒的文笔的作者，也许是一个文学新人吧，从她的文思之畅，动笔之勤，还真有一股初闯文坛的新人的声势呢！

当然，这只是一个远在文坛之外的文艺学子的揣测。后来我就慢慢知道了，丁宁是一个资深的、熟悉文坛的老文艺作者了。早在40年代的胶东半岛战地，当她还是一个刚投身抗日战争洪流不久的少年时，就尝试着开始散文和报告文学创作了。50年代短期任《新观察》编辑、记者期间，也有现在看来数量虽少却相当精粹的作品。散文《初夏夜话》，曾收入《中国新文艺大系·散文集(1949—1966)》中。不过她长期从事的，是文艺创作的组织、行政工作。这种工作，虽不像编辑那样为人作嫁，苦磨刀尺剪裁功夫，却也不得不随着时潮的颠簸、“运动”的兴替而奔忙打杂，负荷繁剧，抛心费力，自己的创作是谈不上的。但值得为丁宁庆幸的是，在经历了“文革”动乱，干校、滨州乡居之后，她和众多文艺界人士一起，劫后余生，欣逢盛世，才得以用一种新的目光回视文坛，照射文友，获得了创作的灵感，使自己的文学生涯掀开了全新的篇章。

从新时期开始以来，历经90年代，进入21世纪迄今，这30年间，丁宁一直笔耕不辍，在文艺园地里莳花种草，不断有新的收获。她虽早蓄迟发，却表现出一种厚积薄发、触处生春的创作势头。她心无旁骛，专攻散文一体，努力开辟散文创作的题材，逐渐形成并保持着自己文旨英挺，笔姿飒爽，体物浏亮，寄情深婉，明丽朗畅的艺术风格。丁宁先后出版了《冰花集》、《银河集》、《丁宁散文集》、《晨曦集》，还有即将问世的这本新集子，篇什虽互有交叉，但就数量、实绩、影响而论，实在也蔚然可观了。她的散文创作，为我国新时期散文艺苑，增添了一道“冰花”莹洁，“银河”璀璨，“晨曦”丽天的独特的风景线。

让我们走近这条亮丽的、不断伸展着的风景线吧。

一

丁宁在新时期的散文创作，是从一批怀人之作开始的。其中，几篇怀念、记叙在“文革”中受迫害致死和新时期之初遽尔早逝的著名诗人、作家的散文，甫一问世，便在读者中广泛传诵，产生了很大的影响。当时，这些散文所写的对象——郭小川、杨朔、邵荃麟、赵树理、柳青、李季等，都是广大热爱文学的读者所特别关注、瞩目的。他们的诗文华章、小说巨著，深入人心，脍炙人口，史有定评；他们在“文革”中遭到迫害、抹黑的遭遇，是人所共知、天人共愤的；对于他们宝贵的生命的过早陨灭、骤失，琴断弦绝，长才未尽，人们不能不感到震惊、困惑，予以强烈的关注。在那个拨乱反正、冤案昭雪、已死与方生转换的历史转捩点上，这一类悼念逝者、追念生前、寄情托志的文章，自然易于吸引大家的目光；丁宁的这几篇散文的传诵，不能不说多少有些因依被悼念者的文名的成分。但是，这一类悼念文章，其实也是很难措笔，很考验作者的识见与功力的。这些怀人之作，当时能脱颖而出，而后能恒葆温热，30 年后的今天再读，仍觉有新意有余想，这是自有其文章本身内在的原因的。

写于 1978 年的《战士的性格》和《幽燕诗魂》，是丁宁这一批怀人之作的发轫，夸大一点说，也是丁宁的“成名”之作吧。这两篇散文，一篇写“诗人本色是战士”的郭小川，一篇写“战士本色是诗人”的杨朔，笔法不同，各臻其美。《战士的性格》一文，以工细而流动的笔触，在迅速变换的场面中，密集叙事，极微尽致地绘状出了郭小川永远和到处以一个战士的风貌出现的性格，像一幅线条繁富、描摹真切的白描速写长卷。而《幽燕诗魂》一文，则以抒情写意、显幽烛隐的纤细笔触，牢笼住北戴河海滨壮阔浩荡的场景，闪回穿插、若即若离地织入了杨朔充满传奇性和悲剧性的革命生涯和个人情感历程的断片，更像一幅意境幽远、色调苍茫、氛围浓郁的写意油画。前者所写的郭小川是共和国的一代诗豪，他的诗，境界深沉开阔，笔势雄浑健举，涌动吐纳着昂藏顿挫的战斗激情，浩浩荡荡，千姿百态，本色新鲜，情词壮丽，众口传诵。作者曾与他长期共事，对其诗其人，自然知之甚稔。但她下笔时，只取其诗作中吐露的战士心声与习性，披露其在繁杂的事务中冲撞，在嘈杂的人群中写诗的逸事。这种写法，观诗识人，从诗的聚焦点辐射开去，发散为实际人生的条条光带，片片光斑，烘托出在那样一个紧张、激荡的时代里负荷着繁剧工作的战士的侧影。而后者所写的杨朔，作者较少接触，了解不多。她的忆念，集中于幽燕海滨短暂相聚中的观察与感受，提摄杨朔在难得宽余的休假期间闪露的内心的起伏和超逸的风调，让我们一窥这位富有才华、文被当世的小说家、散文家深自内敛的诗魂。这种写法，披文入诗，论世知人，收集起海滨沙滩上的点点金屑，熔铸成有如杨朔珍藏过的战地之花金达莱那样明丽而纯洁的诗心。杨朔是我国当代文学史上卓然成宗、独创一格的散文大家。他继承中国古典诗词善营诗的意境的艺术手法，用在表现新的时代精神和生活内容的散文创作中。每有所作，总是精心构思，斟酌熔裁，调和文气，酿造新鲜的诗的意境。他那些骨气端翔，词采华茂，苦心孤诣而雕镂无痕，仍具自然飘逸的风致的优美散文，曾风靡一代，也必垂范后人。时移世易，今之论者，或贬之为“模式”，或倡言摒弃突破之；真知善鉴者则奉之为文则，在新的时代条件下，继续师法之，生发之。丁宁的《幽燕诗魂》，虽是触景生情、一气呵成之作，却也显见其潜师杨朔散文的笔致，精于布局，巧于调度，蕴藉含蓄，诗意浓郁，洵为其怀人之作中境界幽深、最有余想的佳品。

综合上述两文的优长之处，写得更为完整、盈实、生动、浑和的，是作于1979年的《孺子牛》。这是忆念文艺评论家、曾任作协的主要领导人的邵荃麟的文章。邵荃麟是“文革”前夕即因提倡“现实主义深化”论、“写中间人物”论而最早受到批判的所谓“文艺黑线”的代表人物，1971年即受“四人帮”迫害致死。作为一篇“哀死而述其行”的悼念文章，以寻常笔墨揆度，应当会有很多涉及邵荃麟文艺思想和当代文学思想史上与之有关的冤案详情的评述文字；但丁宁此作，却另辟蹊径，从邵荃麟在家庭生活中甘为孺子所驱遣的几幕小小的喜剧入手，闲闲道来，纯用生动传神的日常生活细节，一件件记述作者亲历、目击的邵荃麟的嗜好习惯、吐属志行、待人接物、工作作风等等的逸事，活泼泼地绘出了他为人民的文学事业的发展俯首甘为孺子牛的形象。从外表上看，邵荃麟是一个瘦得出奇，脸带病容，神情严肃，正襟危坐，手不释卷，少见笑影，工作起来不要命，似乎缺少生活情趣的人，没有特别的、外露的性格（如郭小川）或浓郁的、内敛的气质（如杨朔），似乎很难措笔；但丁宁紧紧围绕着表现邵荃麟热爱文学工作的赤子之心和勇于担荷之志来组织素材，文章从头到尾，没有一句关于邵荃麟思想性格的抽象的论断，甚至也没有一句关于邵荃麟在著名的“大连会议”上的讲话内容的引述和为之辩诬、伸张正义的话，却在亲切有味的娓娓而谈中，掏出了这位贤良方正，略感过于谨饬的理论家、领导者胸腔里跳动的赤诚的心。这是一颗像丹柯的心一样不息地燃烧的博爱的心。从他为扶植文学新人、繁荣文学创作所做的超出分内的热情灌注的工作来看，从他为引导文学创作从一度陷入的浮夸和轻佻中脱出、使之复归于真诚和切实而作的种种忧深虑远的思考来看，从他忧乐系于斯、安危非所计的毅然行进的神态辞色来看，他在“大连会议”上会说些什么，他说的话在文学史上该作何评价，已是不言自明的了。丁宁这样的叙事方法，不正是学习太史公司马迁“不待论断而于序事中即见其指”（顾炎武语）的纪传散文传统而来的吗？《孺子牛》之所以经受了30年流光的冲刷而未减色，至今读来仍觉本真自然，满纸生气，成为丁宁怀人散文诸作中尤有滋味者，其艺术上的原因即在于此。

与《战士的性格》同类型并堪称为其姐妹篇的，是写热情如火、诗心如月的诗人李季的《人有尽时曲未终》。长歌当哭，是在痛定思痛之后。而丁宁此作，写于李季突然英年早逝的当月。不幸骤临的震惊和怆痛，激荡起作者难以遏抑的感情，酿成这篇散文跌宕、迫促的文气，滔滔而下，回旋往复，似梦似真，忽今忽昔，把李季革命和吟唱生涯的一个个片断搅成一团，和盘托出。少年即投身革命斗争的如虹意气，开一代诗风的长诗《王贵与李香香》的创作和影响，从玉门到大庆留下的“石油诗人”的豪迈吟踪，十年“文革”动乱中经历的坎坷，幸遇重生迸发出的冲天烈火般的工作激情，等等，夹叙夹议、一览无余地展示了“思无邪”的诗人所处时代的起伏激荡的变化和他个人命运的浮沉，一颦一笑，一死一生，历历如见。文章中有些场景，如描写李季听到铁人王进喜的死讯和骤听到“四人帮”终于一举成擒的消息时那种异常的几乎昏厥过去的反应，极为生动传神地写出了诗人易动感情、歌哭率真的个性，给人强烈难忘的印象。但全文略感枝蔓，稍欠含蓄，可能是因为缺少沉淀、熔裁的时间吧。

回忆杰出的小说家、一代文学语言大师赵树理的文章《大树必将成林》，也是丁宁怀人之作中内容充实、文笔生动的力作之一，足以和《孺子牛》相映媲美。赵树理是在抗日战争的时代洪流中应运而生的禀赋卓异、独树一帜的作家，他以反映抗日根据地民主政治的实施，人民身心的解放，生活方式、社会风习的变迁为内容的一批刚健、质朴、清新、风趣的小说《小二黑结婚》、《李有才板话》、《李家庄的变迁》等，先是风靡了广大解放区的军民读者，继而吸引了新中国广大的读者群众，成了反映和表现新的世界、新的人物、新的人民文艺的最具代表性的、几乎是家喻户晓的作家。他的小说被公认为在中国新文学史上真正实现通俗传远的时代创新之作，是“走向民族形式的里程碑”（茅盾语）。这样一位人民喜爱的大作家，这样一株叶茂果丰、生机旺盛的艺术花树，在“文革”中竟遭“四人帮”煽起的血雨腥风残虐摧折，这是举世瞩目、远近同悲的大悲剧。斯人已逝，其魂何依？怀着对逝者深深的同情和敬爱，丁宁写出了这篇再现、复活了赵树理的音容和灵魂的重要作品。她因工作关系，曾和赵树理有过较多的接触，对他的作品，他的个性，他的才智，他的言动，都较熟稔；对有关“老赵”的种种传闻异辞，还曾亲自找他求证考订。因此落笔之时，鲜活的场景，生动的逸事，幽默的对话，智慧的自述，像是层叠而涌至的春水绿波，汩汩而出。大节借细节以现，记言与记行并重，绘形与传神交映，构成了一轴主题为“人民生活中的赵树理”的白描连环画卷。从珍藏已久、重新整理出来的分外厚实温馨的记忆的棉条中，作者纺出了一寸寸都是活的感性的纱线，精心织成了这幅画卷。这是复活了赵树理整个质朴、浑和的艺术生命的招魂辞，也可当成“赵树理别传”来读的活生生的、散发着人性的清光的当代文学史专章。

《当我想起柳青》把追忆的镜头锁定在1960年冬刘白羽、柯仲平、胡采等作家在陕西渭水之滨皇甫村柳青家里的一次欢畅的集会，写出了《创业史》的作者独特的乡居生活环境和以谱写追求社会主义理想的一代新农民的创业史诗为终生职志的作家的本色真淳的形象。《松花江之恋》则声情并茂、生动活泼地再现了1963年夏、秋之际作者一行与著名戏剧家孙维世在哈尔滨的一次短暂的相聚，活画出了这位在油田深入生活中已经变成了名副其实的大庆人的党的女儿的爽朗个性和奕奕神采。这两篇散文在选材取景和写法上，显然比较接近于《幽燕诗魂》。这一类型的怀人之作，不以材料的丰富、细节的密集取胜，而是着重于文旨的提炼，氛围的渲染，情境的营造，以及对人物形神近于大写意的勾勒。

二

上述逐篇评析的丁宁新时期最早的怀人之作，是在当时的时代大变动的激荡之下，表达了人们心中积郁已久的感情的天籁之音，一经问世，便收到"情往会悲，文来引泣"的强烈的艺术效果，发轫之作也即成为代表作。丁宁自己也认为，这批怀人之作，"是可以代表我那一时期的散文风格和创作思想的"。这是自评，也是符合实际的确论。那么，透过这批最早的怀人之作，我们所看到的丁宁散文的创作思想和艺术风格是怎样的呢？

这批怀人之作，记录了一批主要是在抗日战争中诞生，把自己的青春和才华奉献给新中国的建立和发展的革命作家的足迹和风采，为在毛泽东文艺思想影响下开创的整个崭新、绚丽的人民革命的文学时代作证。"四人帮"曾极力侮辱、抹黑、湮灭这一文学时代的实绩、光荣和理想，迫害、摧残这一时代的众多歌手，使其中的很多人，荣始哀终，赍志以殁。丁宁一生的生活和工作，是和这一文学时代紧密联系在一起的。她熟悉这一文学时代的许多人物，许多往事。她的人生信念，思想感情，生活积累，艺术追求，和她所写的作家、诗人，和她终生为之奋斗的人民文学事业，是完全融合的，没有任何疏离的。她对蒙难早逝的作家的同情和追怀，都出自美和善的愿望，出自对民族、对国家、对人民的命运的关切，出自对美好、光明的生活前景的祈望。"述往事，思来者"（司马迁语），很自然地成了贯通她的怀人之作的文旨。在这以后的漫长岁月里，丁宁仍继续写了大量的以文艺界人士为对象的怀人之作，选材更加广阔，形式更加多样，色彩更加沉着，笔力也更为遒劲，其中也有不少让人读后即留下深刻印象的佳品，如写于90年代的《老丹》（悼念艺术理论家、书法家朱丹），《沂蒙山的儿子》（悼念小说家刘知侠），《忆敬容》（悼念女诗人陈敬容）；写于2000年以后的《万千心事难寄》（悼念女散文家菡子），《磐磐大树挺然独立》（悼念诗人臧克家），《骆大叔》（悼念小说家骆宾基），《忠诚与屈辱》（悼念女作家丁玲），《普罗米修斯之火》（悼念翻译家、散文家曹靖华），《战士风骨，书卷气浓》（悼念小说家、散文家刘白羽),等等。随着时代的迁移和社会风尚的变化,这些作品在文坛内外的反应和影响,比起新时期发端时的那些怀人之作,自然是会有些程度上、范围上的差异的。这是不难理解的,作品和时代也有一个风云际会、适逢其时的问题。文运幾微,不是作家主观努力就能掌控把握的。虽然这样,丁宁这批继发的乃至晚近的怀人之作,仍然会在历史长河的波动和摇荡中显现它固有的价值,找到它应有的位置——即使它是属于一个渐行渐远的文学时代的,它那一以贯之、英挺高华的文旨,也不会完全失却昭示来者的作用。

散文中的怀人之作,既是文笔之一类,也是史笔之一支。它不是记述一个人整个一生的大事和功业的传记,只是一时一事或一特殊方面的片断回忆的集腋而已。信实,是对它的基本品质的要求。但这不等于说可以对它求全责备,也不是说作家在选材立意、写照传神方面就没有自由发挥的空间了。曾经有人质疑丁宁说:“你笔下的人,全都美好,难道没有缺点?”丁宁回答说:“人人都会有缺点,而美的灵魂,绝非人皆有之。我的使命,就是摄取最闪光的东西,当做一面镜子,自己照照,也让别人照照。”虽然丁宁笔下的作家、诗人,实际也并没有写成通体光明、毫无缺点、超凡入圣的形象,但她的确不着意于实写详记人物在复杂的社会历史条件下表现出的缺点、弱点和局限、过失,不苛求于逝者,而把充满同情温爱的笔墨,主要放在描写人物美的灵魂,摄取最闪光的东西上面。这是由作家的审美理想、艺术情趣决定的。中国古代史家写历史人物,素来有“不虚美,不隐善”,“取其大,略其细”,“善善从长,恶恶从短”的传统,对于前贤往哲,主张扬其美善,溯源追流,踵事增华,举类见义,以得其人格之正,着眼于教育后人,涵育巩固人类世代相传的道德观念。在这个基础上,才谈得上绘状人物形神性格的一些艺术辩证法的运用,如为存活泼泼的人性之真,下笔时不要过分钟爱自己的人物,不妨“爱而知其恶,憎而知其善”,画龙点睛,颊上添毫,等等。鲁迅曾经说过,“凡批评家的对于文人,或文人们的互相评论,各各‘指其所短,扬其所长’固可,即‘掩其所短,称其所长’,亦无不可。然而那一面一定得有‘所长’,这一面一定得有明确的是非,有热烈的好恶”。这里说的是文艺批评，但对于怀人之作的写作，也是切实精审之论。采取“指其所短，扬其所长”的写法，如孙犁在新时期之初写的一些怀念文艺伙伴的散文，就是适例；采取“掩其所短，称其所长”的写法，如丁宁的怀人之作，大率近之。这两种方法都可以避免神化人物，都可信实写真，其大要在于：被写的人物，确有“所长”可扬可称，而操觚的作者，出以公心，是长非短，有着“明确的是非”，“热烈的好恶”，所以临文之际，能以健全正确的理智和丰沛真挚的感情，施之于材料的拣选与事理的权衡，形象地彰显其“善善恶恶，贤贤贱不肖”（司马迁语）的文旨。

现代散文是熔叙事、描写、议论、抒情诸多因子于一炉的一种文体，它最易于流露作者的个性，最易于见出作者自己的艺术风格。丁宁新时期最早的一批怀人之作，虽说也可以算是那时的“新人新作”，但由于作者动笔时已具备作为一个作家所需的较高的素质，在思想、生活、艺术诸方面有较为充分的准备，早年和中年时也作过散文创作的尝试，有一定的写作实践经验，所以这些作品才能在当时脱颖而出，显现了作家相当鲜明和稳定的艺术风格。丁宁的怀人之作艺术上的特点是：为绘状出人物的风神，烛照出人物的灵魂，凝集笔力于叙事和描写，议论和抒情则尽可能寓于丰富生动的事件和细节的刻画之中。她的散文，体式上更邻近于短篇小说，以人物刻画为焦点，带有某种故事性，具备情节和细节的丰富性和生动性，只不过严史笔与文笔之分，绝不逞臆虚构而已。行文则具备散文洒脱自然的文调，感情、语言吸取了诗的意绪和韵味，饶有回甘和余想。

三

丁宁散文的生活内容是广阔、多面的，取材和表现手法也是多姿多彩的，绝不限于给她带来声誉的怀人之作。她有着强大的吸收、唤起、再现生活的感性印象的能力，又有勤奋笔耕的热情和坚毅。作为一个动笔较迟的散文家，她似乎怀着一种创作的紧迫感，以敏捷的文思，多产的作品，一下子打开了散文的新天地。1980 年前后的两三年间，是丁宁散文创作的滥觞期，也是盛果期。后来曾被各种散文选本选入，堪称丁宁散文各种类型的代表作的篇什，几乎都是在这次文思的“井喷”中产生的。我们不妨就此作一个简略的巡礼。

这里，有把记忆的车轮推向后转，让怀人之作的文思延伸到抗日战争年代，追忆和怀念作者青少年时期的战斗伙伴和亲友的一批力作：献给引领作家离家加入抗日斗争的行列，把青春、爱情与战火交织在一起，矢志追随革命，最后不幸牺牲在皑皑雪地上的表姐（即文中的娴姐）的《冰雪之歌》；雕镂出一个在15岁的年华即惨遭日寇活埋，充满着理想和激情，多才多艺，又勇敢又倔犟，还带着几分稚气的小战士（即文中的狗剩子）浮雕般的形象的《年华》；讲述自己在一次行军中落水生病，得到老区人民救助、保护的故事，在记忆中活画出一个不知名的小村落的雪晨和一对善良的母女的形象的《心中的画》；备述作者那位毕生都不失裁缝本色的大哥一生的“逸事状”，描写他从与抗日队伍保持距离的旁观者最终转变为坚定成熟的老战士的故事的《逝去的歌》。这也可以说是四篇怀人之作，或缠绵悠远，或峭拔凝重，或景真意远，或回旋往复，篇篇写得结实饱满，宛曲有致，精魂内含，神采外溢，下笔时想必在“规范本体”、“剪裁浮词”（刘勰语）的“熔裁”上用了心思，在艺术上更典型地显示出丁宁散文的独特风貌。

这里，也有从自己的生活经历中取材的，带有强烈的自述色彩的有关家人亲友的忆旧思亲之作。曾被散文家魏巍称许为几可与朱自清的《背影》媲美的《愧疚》，最初的作意似乎是想写一篇自己从事散文创作的缘起的创作谈，但在不经意中却写出了作者的爹——一个长年在高丽国当石匠的手艺人每次离家走过大桥时在女儿心中留下的背影，画出了没有受过教育却崇拜读书识字的母亲听女儿背书的农家秋夜课读图，让我们亲炙了散文融于人生，人生酿出散文的动人情景。曾被选入美国某高校高级汉语教材，受到许多师生喜爱的《柿红》，从城里深秋时节上市的绯红软甜的柿红，引出了作者对童年乡居生活的亲切而苦涩的回忆：一片瓜菜繁茂、杂花缤纷的后园；一棵挂满金果的柿树；一个分居前后院的家景衰落的乡土旧家；几个只勾描了寥寥几笔便形神如见、呼之欲出的人物（尤其是文中的奶奶、五婶);一些推移变化着的平淡而有韵味的日常生活场景;最后陡转直下,发展为让人惊心骇目、惨怛戚怆的悲剧一幕。这篇看似写花果植物的散文,一笔落纸,树与人并,果与事连,人物和生活,世情和心态,联翩浮现,浓淡天成地画成了乡土中国旧式家庭生活形态的显微图,逼现出人物关系的微妙复杂和女性惨苦命运的奥秘。这篇散文中描写的那个年轻守寡,在封建观念下被迫自杀,以特殊的方式显示她死也要复仇的意志的五婶,使我联想到《祝福》中的祥林嫂,也联想到作者1946年写的两篇采访记《小老师》和《好媳儿》中写到的小二媳妇的苦难遭遇和庆云奶奶主宰下的沉闷压抑的旧式农家生活,并由此想到中国革命所引起的乡土中国儿女们生活方式、道德观念、心理状态变迁的急剧和缓滞,前进和反复。在总体风格偏于热情豁朗、清扬明丽的丁宁散文中,《柿红》的浓淡匀和、深沉含蓄的风格和所写生活内容的某种惨烈的悲剧性给我特别深刻的印象。

《滨州书情》和《清清闽江水》展开了作者"文革"中离京迁住黄河口的滨州乡下整整六年乡居生活的两个侧面:前者以书为媒,描绘了作者一家和当地乡亲(主要是妇女和儿童)的亲密和谐的关系,借此一觇这一特殊岁月中人民精神生活、文化生活贫乏而沉闷的状况;后者以作者暂替亲人抚养的小男孩(即文中的"小鸭儿")为线,描绘了突然被置身于陌生的环境,口中不断喃喃地念着"清清的水"的幼儿惊惧而可怜可爱的神态,以及后来他在新家里逐渐适应、成长的种种逸事,流露了作者剧怜小儿女的母爱情怀,同时也闪露出那个骤然造成千万个家庭离散的动乱年代的一角。时隔十年之后,作者又以《栩儿》一文,写到这个男孩成长过程中,其酷爱球类运动的天性无意间受到作者过分关爱的抑压的故事。如果把两文互相映照地读,当能倍感其中浓郁的情味。《雀儿飞来》和《仙女花开》则是两篇立意深远、组织精密、情辞并茂的记事之作,叙说了作者"文革"前后的几个跌宕起伏、悲欣交集的生活片断。作者的取材,是一幅画的来复,一盆花的枯荣,看来只是简单的生活逸事,但她把它们放到激烈动荡的时代波涛中来写,事微景阔,写出了曲折动人的故事,写出了酷爱艺术、酷爱美,重于交友的道义,对生活的美好前景有坚定的信念，在背谬的时世中保持正常的美感的活的人物（或艺术家，或老工人），也写出了作者自己的情结和心曲，颇得“举类迩而见义远”的屈子遗韵。这两篇散文，一篇题旨幽深，笔具诗情，文备画意，叙事兔起鹘落，风格苍劲而优雅；一篇作意显豁，如说家常，亲切有味，叙事悠徐唱叹，风格醇厚而明丽。

这里，还出现了一些作者欣逢政治清明之世，迎受改革开放新风，取材于日新月异的现实，讴歌生气勃勃地投入新生活创造的时代英雄儿女的作品。如记录海南岛之行见闻的《太阳河》（记兴隆农场）、《天涯乡音》（记十月农场）、《湖光何灿烂》（记湖光农场）、《胶林叶香》（记割胶工叶娣和周香），或追摄一帧遗踪小景，或捕捉一串远方乡音，或报告农场胶事兴革历史，或速写割胶模范形神，都写得热情洋溢，生气盎然。又如描写在新疆采访所结识的战士、科研人员的一组作品：《战士的美》，写心灵手巧、口齿伶俐的长话连女兵的飒爽英姿和美的风采；《昆仑红雨》，记边防汽车某团模范驾驶员谭小明壮烈殉职，魂化红雨从天落的奇观；《八月天山雪》，写为开通天山公路而长眠雪峰的解放军勇士群体，为他们高洁如天山雪的英灵遥献心祭；特别值得一提的是《天山之子》，这是描写培育出著名的优良品种“军垦 A 型细毛羊”的高级畜牧师刘守仁的模范事迹和质朴形象的长篇报告文学。刘守仁是从江南水乡苏州来到高寒严酷的天山北麓的新中国 50 年代的大学生，他心如水晶，志如磐石，扎根紫泥泉绿洲，在漫漫科研路上探索前行，百折不回，终于实现了自己痴迷的理想，攀登上细毛羊新种培养的高峰。他从被认为不会长住的“知识客”变成了扎下根来受到各族牧工喜爱和支持的天山之子，从风华正茂的青年变成了苍老刚毅的畜牧专家。他是善于集中汉族和新疆少数民族的智慧，举民族团结之力建设新疆、发展新疆、为新疆的现代化而奋斗建功的知识分子先驱。丁宁在深入细致的采访的基础上，以坚实的材料，构筑了近乎小说的体式和骨架，缀以灵智和感性的花叶，运用诗的情绪和语言，散文的朗畅飞扬、纡曲自如的文调，写成了这篇至今读起来仍觉境界高迈、凛凛生风、令人神旺的报告文学力作。这篇作品，我觉得应该列入新时期报告文学紧继《哥德巴赫猜想》之后出现的最初的一批佳作之林。丁宁并不肆力于报告文学领域,但她少量的报告文学作品,早的如作于1958年的写中国第一台电视机诞生经过的《北京牌儿》,晚的如作于1996年的写广州白云山同和村村办企业“同和实业公司”之创业史和创业者形象的《白云无尽时》,都弥满着时代精神,抓住了地域和行业的特点,突现了人的主动创造历史的能动性。除文学价值外,有的还具备了一定的历史文献价值(如《北京牌儿》之于中国电视事业发展史)。

经过1980年前后这一次创作的“井喷期”之后,因为身体和环境等种种原因,丁宁散文创作的势头,有时停顿消歇,有时仍能复振。她在生活中观察、体验、思考,积累着素材,一旦酝酿成熟,便发而为文章。就这样,散文家丁宁自强不息地存在着,发展着,如不竭的流动的溪流,不时扬起亮丽的浪花,传出清脆的水声。它倒映出浩浩银河,穿越生活的田园和芳甸,不舍昼夜地奔向波翻浪涌、动荡不息的大海。在通读了丁宁的几本散文集,追踪了她的文学生涯之后,我不禁发出了临川望流的赞叹:有志为文者,亦当如斯夫!让我在这远离祖国的地方,遥祝这位笔耕不已的文学老人,身笔两健,继续让我们看到她不断新出的,各式各样、多多益善的散文华章。

2009年8月28日

写毕于美国罗得岛州林肯小城鸟鸣谷

史识与诗感的交融

——读诗集《毛泽东颂》

放在我面前的，是一部有着特殊意义的诗集——《毛泽东颂》（当代中国出版社出版）。编者从收集到的6000多首歌颂毛主席的诗篇中，选出270首，编成这部颇具创意的诗选，奉献给新时期的广大读者。我相信，这样一项工作，一定会受到读者的欢迎，历史的首肯；它不仅在现实中，也会在未来，得到一代代人的回响。

这几天，我怀着崇敬的心情，严肃的思索，把这本诗集读了一遍。其中有些我过去所未尝寓目的好诗，还让我吟诵了不止一遍。我觉得自己不是仅仅在读诗，而是在重温历史，再悟真理，汲取跟上时代步伐奋然前行的力量。每一个伟大的历史时代都会造就出伟大的历史人物。毛泽东就是20世纪中国的革命和变革所造就的世纪伟人。人民热爱他、歌颂他，诗人为他写出瑰丽、深刻、热情的诗篇，这是人心的自然流露，历史的必然选择。歌颂毛泽东，就是歌颂人民的革命和建设事业，歌颂新中国的历史性的诞生和成长，歌颂中华民族的伟大复兴，歌颂把马克思列宁主义和中国革命的具体实践结合起来并取得伟大胜利的中国共产党的思想和事业。这种歌颂，既是朴素而单纯的感情流露，也是历史性的理性思考的结晶。这两个方面，有时分别、有时统一地在这本诗选中的许多优秀诗篇中表现出来。

写于中国革命胜利之前的一些杰出诗人的对毛泽东形象的朴素的素描，似乎比解放后出现的大量用响亮而光辉的词句写出的颂歌，更有打动心灵、引发思索的艺术力量。如艾青的《毛泽东》、臧克家的《毛泽东，你是一颗大星》、萧三的《送毛主席飞重庆》、卞之琳的《〈论持久战〉的著者》、贺敬之的《七枝花》，都是有独特的思想发现和独到的艺术表现的诗作，洵为这本诗集中的艺术珍品。诗人们捕捉到毛主席脸上常常出现的略带忧郁的凝重表情，探索到他的内心，为我们画出了最真实也最富特征性的毛主席形象素描，不同的诗笔，几乎达到了异曲同工的奇妙境界："他的脸常覆盖着忧愁，/眼瞳里映着人民的苦难"（艾青）；"毛主席飞去了，/脸上含着几分忧色。/他一贯忧国忧民的心，今天更加显得深刻"（萧三）。诗人们勾勒出毛主席独特的智慧风貌，把他的大智大勇的战略战术和思想方法也诗化了，这方面也出现了许多异构同质的优秀诗篇和诗行："他不断地思索，不断地概括，/一手推开仇敌，一手包进更多的朋友；/'集中'是他的天才的战略——/把最大的力量压向最大的敌人。"（艾青）"三阶段：后退，相持，反攻——/你是顺从了，运用了辩证法。/……最难忘你那'打出去'的手势/常用以指挥感情的洪流/协入一种必然的大节奏。"（卞之琳）"道在不沾兼不脱，思能入旧又全新。万流争赴虚如海，一镜高悬净不尘。""践实体诚非别术，沉机观变竟通神。公余一卷适园静，又是梨花压葛巾。"（谢觉哉）诗人们也抒写了对毛主席的敬爱亲近的朴素淳厚的感情，不论是萧三诗中"敬爱的毛主席！/至亲的毛主席！"的恳挚的呼叫，还是臧克家诗中输心剖胆的告白："我们却认定你是一个/顶伟大的人，顶能战斗的人，/把生命、希望，全个儿交付给你，/我们可以毫不担心！"不论是贺敬之民歌风的亲切如口语的比兴："什么花开花穿在身？/什么人的话儿要记在心？/棉花儿开花穿在身，/毛主席话儿记在心。/毛主席，说什么？/'全心全意为人民'——/毛主席的话儿记在心"，还是续范亭用古典绝句的形式凝练地画出的毛主席形象："领袖群伦不自高，静如处子动英豪。先生品质难为喻，'万古云霄一羽毛'"，都是那样情真意切，诗味浓郁，让人过目不忘。

写于中华人民共和国成立之后的毛泽东的颂歌，数量更多，内容更多样，艺术风格也更多姿多彩。这一部分诗作占了这本诗集的大部分，其中艺术上的精品也是不少的。何其芳的《我们最伟大的节日》以一种宏伟的气势和深沉的历史感，把群众欢呼"毛主席万岁"的声浪和欢呼新中国诞生的历史性大场面融汇在一起，写出了一个大国的开国领袖和人民动人的关系。冯至的《国庆日游行》，则用简净的白描写出了游行者心里对毛主席的亲切感觉，在平静节制的诗句中浓缩着滚滚而来的不尽心潮。方纪的《在毛主席身边》对毛主席和人民的关系作了这样生动、准确而伸展的描绘："他总是说主要的——人民；/他说着这个字，就像/你不觉得，却是不停地呼吸，/你不注意，却双脚站在地上，人民/不是一个概念，是生活，是力量/是我们的出发点，/又是落脚的地方。"而田汉的《延安纪行漫录》则对枣园里毛主席和他的战友与人民的关系作了这样精练的概括："艰难创业几高邻，写到人民笔有神"，"主席高风天下法，田间争鸣带泥香"。郭沫若的短诗《题毛主席在飞机中工作的摄影》兼有油画的浑厚静穆和国画的虚实相映，把写实和想象浑然地融为一体；而郭小川的《天安门广场》则展开了如海潮排闼而来的奔放热情的诗行，在对毛主席的赞颂中抒写了亿万劳动者的革命豪情和建设热情。

诗集还在"悼念与缅怀"栏目里，收录了不少怀念毛主席，对毛主席的一生功过给予公正科学的评价的诗篇。这里有颜成刚的短诗《太阳》："人民把他比作太阳/他亮在人民心上/太阳也有黑斑/却无损他的形象/有时也为云雾遮盖/太阳毕竟还是太阳。"朴素、明白、准确、公允、形象地表达了普通人民心里的评价。而老诗人刘征的《参观中南海丰泽园毛泽东同志故居》："旧枕欹斜补绽重，起居随处绕书丛，九州破晓一灯红。自有公平良史笔，笑它轻薄落花风，昆仑千载莽横空。"则典雅而含蓄地写出了尘埃落定后历史的睿智结论。宋文杰的《毛泽东坐"的士"》把合情合理的想象和诗人的现实感受融汇在一起，写出了人民的思念中含有的忧思，对现实和未来，都有一定的启示意义。这些诗，或出于名家笔下，或出于吟咏者的偶然灵感，都是可圈可点、情理交融的好诗。

总之，《毛泽东颂》的确是一本独具史识和诗感的诗集。它像一座诗的园林，丰富多彩，枝叶葳蕤。你如果想追踪毛主席的步履，寻找毛主席的身影，探询毛主席的内心世界，研究毛主席与人民的血肉关系，认识毛主席的历史功勋与地位，那就到这座诗的园林里去徜徉一番吧，你会有所收获的。

2003 年 12 月

意高景深　雄浑超迈

——读刘忠华的长诗《甲申印度洋祭》

发生在2004年（甲申年）12月26日的印度洋大海啸的咆哮声已渐渐远去，海啸波及之处所造成的满目疮痍、遍地哀鸿的人间地狱景象也慢慢淡出，应对这自然的大灾变，人类社会所掀起的国际大救援的热潮也趋于平静了。就在这样的时候，刘忠华的抒情长诗《甲申印度洋祭》问世了。它像一袭神话中的魔毯，带人升腾直上云天，重新逼视这一场人与自然相依亿万斯年中并不鲜见的大灾异、大毁灭、大重生之悲剧，引发人们"究天人之际，穷古今之变"的幽思。它的取材是这样大胆、及时，规模是这样宏大、严整，笔力是这样恣肆纵横、雄浑超迈，遣词是这样瑰奇新颖、越轨超常，真可谓发唱惊挺、异军突起，让人不能不刮目相看。

《甲申印度洋祭》所处理的题材，是自然界的灾变及人类社会的反应。写非常之事变，应备非常之诗笔。作者虽然在灾难引发的"心底地震，文思海啸"的推动下，笔蘸血泪写哀章；但他并没有一味宣泄主观的悲愤、悲悯之情，而是寄情于物象，抽思于景观，有层次地展开了对海啸灾难的全程的带叙事性的描写：长诗用了整整七章，铺叙、绘状了海啸的可怕的毁灭力，海啸的猝不及防的突袭性，人类生命的脆弱性，人类命运的必然性与偶然性，包括中国在内的整个国际社会的大救援，痛定思痛后的人类行动与反思，等等。海啸袭来的一幕幕自然景观和人文景观，一个个广角镜头与特写镜头，一蓬蓬由外物激发的想象所牵引出来的联想、喻象、幻觉，把诗人主观情思的飘带粘系住了，固定住了，外化为一支可触可感的诗的意象的严整的队列。抒情性在意象群的支撑下，获得了着实的力和美，丰实的骨和肉。这是不避困难与繁剧，正面迎着大场面、大变局落笔的真见功力的写法，远非一味沉溺于内心、炫巧于空灵的写法可比。

诗人对他所面对的素材，是用了一番选炼、开掘的心思的。在自然与人事的关系上，他一改前人往往张扬人事、疏略自然，把人当成万物的灵主、自然的驭者的旧套路，在了解自然、敬畏自然的新观念引导下，把叙写、绘状、评述、吟咏的重心，放在大自然及其深藏不露、无法控驭的内力之上。全书七章中，篇幅最长、写得最酣畅淋漓的前四章极写自然力狰狞恐怖之面目，人类在自然力面前之脆弱与渺小；仅以两章写人类的救援与抗争行动；卒章从人对海啸的防范体系的构筑，升华到对人与自然关系的哲理思考。这种独特的轻重浓淡的处置，凸显出诗人思想的超迈性：突破了历来不断修固的“人定胜天”的藩篱，进入了更加客观和审慎的“究天人之际”的境界了。

长诗独特的艺术创造性，表现在诗人对意象群的抟炼、驱遣、布置上。在这方面，他做到了每一章都有一些新的变化，增加了各个意象群之间的参差性和流宕感。让我们来细细品味一下吧。第一章“大洋精神分裂”，用连类引喻、挹彼注此的手法，把大海啸释放出的超出人类经验、无可绘状的能量，用人类经验所能感知的事物，间接地表达出来，如“引爆三千枚原子弹”、“超越波音 747 速限”、“放出亿万匹烈马”等。这三个连类引喻而生的意象群，各个内部又生发、变化出同质异构的一个个小的意象群。如“超越波音 747 速限”一节，又展开为“海浪突然长脚”、“海浪突然长出双桨”、“海浪突然长出轮子”、“海浪突然长出翅膀”等四个小的诡异的、奔突的意象群，以表现“变态为杀手的海浪，以超音速度偷袭”，写得铺张扬厉、惊心骇目。第二章“死期蒙在鼓里”则采用反衬法，以三个“正常的大海”的意象群，即“吐纳健康音符”的大海、“满载奉献阳光”的大海、“平衡心灵生态”的大海，来反衬反常的大海、失态的大海的暴虐性，海啸灾异的隐蔽性。同样，每个大的意象群，各各又由更小的彼此相异又相属的意象群组成。如“吐纳健康音符的大海”一节，便展开为常态的“海风”、常态的“潮汐”乃至常态的“台风”三个意象小群，描写整饬中又有变化。第三章“生命如此脆弱”以三个大的特写镜头营构而成的意象群，表现海啸的狞恶与生命的薄脆：先是一个非常典型的海啸以远道奔袭而来的巨浪攫人的惨烈场面("来不及给死亡下定义"一节),接着是一个宁静岛群被夷平荡尽的可怕情景("美丽在一瞬间终结")和几类生气勃勃、颇有作为的人群被扼杀的悲哀命运("躯体脱轨灵魂以后"一节)。这三个大的带有某种故事性或带惊变意味的意象群,在展开其情节与细节时,又定格为许许多多更清晰、更具象、更诡异的小意象。第四章"难解幸存密码",极写人类生命的柔韧与顽强,灾变中生命幸存的偶然性与神秘性。这一章用九个幸存者的不可思议的故事,来串起七个具有完整的故事、情节、细节的意象链。其中,"失去记忆的美女"(写幸存的神秘文身的无名女子)、"八个月的小男孩"(写绑在床垫上获救的小斯瑞)、"和一棵棕榈树拥抱八小时"(写名模涅姆卓娃)、"在船底长眠九天九夜"(写24岁的渔夫索菲安)、"四十五昼夜后生还"(写老人卡迪尔)、"在惊涛骇浪中出世"(写孕妇丽达)等六节是一节写一人一事,而第六节"动物的救命之恩"则一节之中写三人三事(导游萨郎甘与大象、花季少女樱达与蟒蛇、男孩库玛与小狗),充满了戏剧性和神秘性,由此造成了这一章的意象群的瑰奇色彩和宿命意味。

第五章专写海啸大救援中的中国形象,从举国上下一致的关注目光(第一节"神州大地目光定向东南亚")到最早出现在第一现场的中国救援队与医疗队(第二节"五星红旗在难民营中升起"),再到全国性、群众性的赈灾捐款(第三节"长城内外慷慨解囊真情"),三组意象群共同构筑起中国作为最大的发展中国家的崭新形象,既有现实性又颇具历史纵深感。被选用来构造意象的素材,大多带着中国风味和日常生活的素朴性,既不夸饰,也不张扬,堂堂正正,实事求是。这一章和紧接着的第六、七两章"地球天平倾斜"、"亡人补海未晚",实际上是一个不可分割的整体,涵纳在一个全球性大救援的伟大框架之内。写"发达国家的倾斜"也好,"沿海国家的倾斜"也好,人类"亡人补海"的因应防范举措也好,都是为着表达一个对人类的生存和发展有着根本意义的共识与感悟:"人类彻悟:/地球真是个村落!/生命根须/链结在一起。/命运音符/交织在一起。/只有紧紧地抱成一团,/生命之火,/方能够远离休克;/命运之舟/才不会拥抱残骸。”国际社会赖以组成、黏合的人类共同的道义和良知，与人类对自身和自然关系的日渐成熟的思考和顿悟，在国际救援的集体大行动中，得到了彰显和践履。这几章所汇集的意象，因此便具有了人事活动的日常性、琐细性和人文思考所赋予的反思性、深邃性。

刘忠华用来营构、驱遣、调适、润色他笔下的诗的意象群的具体的材料和语言，往往兼具现代性与民族性，由此涵育出他的长诗的处处闪现的艺术特质与风味，这一点也是我们必须分外注意的。有时，诗人从现代科技的王国里觅取以往很少入诗的现代器物、词汇，用以营构全新的意象，如：“网络/属自由世界——/未设国家界碑，/没有民族堤坝。/疆域，摆脱地球窠臼。/内容，/尽收人间万象。/多少人/在这个世界/目跑四处，眼花缭乱。/心奔八方，神魂颠倒。/而此时/黑眼珠们，/不看蝴蝶的煽情，/不观苍蝇的裸体，/不窥棍棒的血腥……/始终/目跑一处，心奔一方……/把食指的情感，/捐献给点击印度洋的鼠标；/把身体的重心，/贡献给通往东南亚的键盘；/把灵魂的方位，/奉献给连接难民营的宽带。”有时，诗人却又从民族的典藏中借用晕染着浓郁书香的典故、辞藻，注入在观察现实、体验人生中孕育出来的意象，使之透出民族性的古雅，如：“有的岛像一部史书，/栽种着许多司马迁的竹简；/有的岛像一篇散文，/珍藏着唐宋八大家的砚台；/有的岛像一个词组，留下了许多甲骨文的刀痕……”更多的时候，诗人把现代世界、全球化时代的语汇和古代文库、中华民族独有的集体记忆的珍宝，杂糅地调剂使用，造成的诗的意象，也还是那样停匀浑融，如：“台风的脾气/是有限责任公司，/资产不过十二级台阶。/纵然能/复制苏轼脚印/卷起千堆大雪。/也不过/只打湿赤壁记忆，/卷不起唐宋风骨。/即或/惊涛拍岸，/也拍不出/蚁穴溃堤的价格，/共工触山的成本……/长堤：千里牛市。/生命：依旧涨盘。”当然，也有的时候，诗人的这种杂糅使用，也会出现硬语盘空、有失雅驯的情况，但总体而论，这种望今制词，参古定调，无间中外，陶冶一炉的写法，还是为诗人赢得了一种明显可称为风格的东西。

2005 年 6 月 7 日

于美国罗得岛州林肯小城

关于知青组歌《岁月甘泉》的通信

一、致苏炜、孟君

苏炜、孟君：

今天傍晚我们出去散步，转回到信箱时，收到了你们寄来的《岁月甘泉》CD。回到屋里，在渐渐浓重起来的暮色中，我们开始聆听这盘不寻常的中国知青组歌，边听边读着苏炜写的歌词。一口气听完了，才想起来该做晚饭了。这组歌曲是有感染力的，词、曲都雄浑而优美，回荡着深沉、激越的感情。其中"汽笛一声海天阔"的高亢、舒展、辽远，"半湾银月半湾湖"的轻快、清幽、谐趣，"山的壮想"的深沉、厚重、明哲，"我们回来了"的热切、明朗、饱满，都给我们留下了很深的印象。对了，还有"一封家书——夜校归来"的抒情风味和悠远的情致，也很难得。美青插队的地方，虽然没有渡海的轮船、胶林的月色、群体的人气，她那儿的知青只是分散地居住在一个穷僻的山村里，但她从这段艰难岁月里所获得的对生活和人生的认识和感悟，还有青春时代的热情和迷惘，却是和"组歌"中抒唱的情愫相通的，所以她听起来仍有认同的亲切感。这一层老曾的感受就比较隔膜了。不过，让老曾感到惊讶的是，这么多年过去了，发生、经历了那么多的世事，苏炜的诗仍然保持着那种激情燃烧、挥斥方遒的知青文学的特有风格，保持着那种面对生活、投入人生战场的赤子之心，这是很不容易的。也许是歌词这种艺术形式所要求的单纯、明快对作者感情起了某种过滤作用；但最主要的是，作者忠实于亲历亲为的生活的态度是起着更根本的作用的。从历史上看，也许知青的下乡是一次大的政治迷误中的一个负面意义多于正面作用的权宜之计，但从知青群体的命运而言，这却是一段实实在在的生活，一段千千万万年轻人付出了青春的热情和血汗，怀着梦想去投入的生活；是千千万万年轻人由此获得人生的经验、身心的磨炼并积累走向未来的力量的生活。这一段如混浊的大江般的生活，苦乐参半，美丑杂陈，但却并非虚掷的。凡是真正属于生活、属于生命的一切，都是值得敬畏、珍重的。正是这种对生活的热爱和尊重，决定了苏炜的歌词的生活实感和华丽修饰下的质朴内涵。这一点才是组歌能感人的主要原因。

拉杂地写了这点感受，供你参考吧。

镇南、美青

2008 年 10 月 26 日

二、致镇南、美青

美青、镇南兄嫂(嫂兄，哈)：

谢谢你们这么快就收到、听完并传来了对"拙歌"的指教！曾老哥毕竟是评论高手，感觉一流，你写的感受里既道出了我们知青这一代的真切情感，也深领歌词写作的"过滤"功能和心内的底蕴——确实，知道我经历的农友们不少人都诧异我何以依旧写得如此明快、"浪漫"，我虽然不是刻意为之(全部歌词几乎都是流出来的，写得虽然动感情，但并不费力)，但反映的真的就是我自己对知青生涯的真切感受——在一场历史苦难之中，身在其中的人，其实并不完全是以灰暗面对灰暗的，毋宁说，"浪漫"也好，"明快"也好，无论当时或现在，其实都是对于苦难的一种救赎。况且经历四十年后往回看，我们都变得心态更加平和、蕴藉，我和作曲家农友反复斟酌，我们其实是感念多于诅咒，所以最后是把主题落在"感念人生，感念土地"上来写这个"青春祭"的(仔细听，序曲和终曲都是"祭"，不是"颂")。没想到这些难言的创作底蕴，都被你老哥解读出来了，也可以想象美青的知青经历加深了你们的这种理解。作为为此忙乎了大半年的作者之一，真的很感激，也很感佩(从起念开始，忙乎此歌有一年多了，是作曲家亲自跑到耶鲁来找我"出山"，并于去年夏天结伴专程回了一趟下乡的海南)。我希望你们有空多听几遍(听熟了竟觉得颇耐听，我现在几乎天天听两遍)，我干脆跟美青相约：当我们有机会"会师"

明德时，我们再来段合作表演吧！这回不是“老两口学毛选”，是“半湾银月半湾潮”的对唱！怎么样？

祝你们过得安怡、快乐！祝美青早日康复！更预祝我们有再次的“成功合作”！

牵挂你们的苏炜、孟君，还有端端

2008 年 10 月 26 日

镇南、美青兄嫂，刚给你们发了信，突然想到，近期知青网上正在热议《岁月甘泉》，也许我可以把曾老哥的信贴到网上去，参与这场讨论？我觉得你老哥谈得确实很好，言简而深入，所以想征得你的同意。谢谢！祝一切好！

弟 苏炜

三、致苏炜

苏炜：

你的两个电子信先后收到。我很同意你把我们谈听《岁月甘泉》的信放到知青网上去参加讨论。只是那封信并不是正式的评论文章，以后多听多读几遍，也许会有系统、条理一些的评论。现在就权当友人读后表达共鸣和喜悦的一点感触，供网友参考吧。你的第一封电子信所谈到的创作过程和“感念人生，感念土地”的创作旨趣，对我很有启发。一切已逝岁月中的甘泉，正是大地深处的人民生活的恒定的潜流，它不会永远被岁月表面变幻不定的浮沫所遮蔽。这是人生之泉、生命之泉、心灵之泉。从这甘泉中所泛起的洁白的、清亮的浪花，不就是你们的组歌吗？生活之泉喷涌不息，生活之树常青，诗的花叶的美丽和鲜活就会永驻人间——即使是在这个似乎与诗歌敌对的现代工商业、现代高科技社会里也是如此。

你的回信和这封再回信，也一并贴上去参与讨论吧。

镇南

2008 年 10 月 27 日

四、致镇南、美青

镇南、美青兄嫂：

谢谢！我真的就把我们三封信都一起贴上去了。我相信对大家会有启发的。

各地知青网上围绕知青话题本来就有各种争得面红耳赤的不同意见，这样一个要试图调解各种口味的知青组歌引起热议，也正常（原来只是叫"粤海知青组歌"，出版方改成了"中国知青组歌"，因为认为是国内首创，但也就更众口难调了）。虽然大部分意见都很正面，反响还是很热烈的，但我其实也理解各种负面的批评（主要认为苦难没写足，问题就是你说的歌词的"过滤"作用，毕竟不是写散文纪实），只是大家的角度不一样就是了。匆匆，再祝美青康复进展顺利，多听多唱，精神焕发！

苏炜

2008 年 10 月 28 日

民族精神与历史深度

——电视连续剧《茶马古道》观后

电视连续剧《茶马古道》是一部以抗日战争为历史背景，以通过茶马古道运输抗战物资，击破日帝封锁的故事为引线，表现多民族人民在经济交流和文化交往中实现融合与团结，共同完成抗日救国的伟大历史使命的作品。

这部规模宏大、人物众多、色彩斑斓、音画优美的电视剧，描写了四个不同民族的家族的生活和命运，即拉萨藏族巨商尼玛次仁一家、云南中甸土司藏族马帮大头领格桑加措一家、纳西族“大锅头”木石罗一家、大理白族茶王杨金鹏一家。这些家族的生存和发展与茶马古道息息相关，但他们相互之间的关系却又深受历史恩怨、现实情仇的缠绕。日本特务、民族奸细的暗中挑拨、操控，更使得茶马古道上翻涌起民族冲突、家族矛盾的暗流；实现民族和解与团结，共同完成抗日救国神圣使命的斗争，也走着艰难而曲折的道路。

《茶马古道》在思想和艺术上取得的成就是多方面的。我这里仅就它在民族精神上所作的探索和在发掘民族生活的蕴涵上所达到的历史深度谈一点看法。

反映和描写我国各少数民族的生活、文化与历史命运的文艺作品怎样表现中华民族的民族精神，把握时代变迁的主脉，这是少数民族文艺创作一直在着力探索的重要课题。刚刚兴起的少数民族生活题材的电视连续剧，在解决这一重要课题上更是处于积累经验的阶段。《茶马古道》在这方面所取得的重要成就无疑是富有启示性的。它既放手描写多民族不同的生活和文化、不同的民族性格和历史命运，又集中、强烈、有力地凸显我们由多民族融合而成的整个中华民族的、统一的、伟大的民族精神。它采撷多民族生活中的原生的民族优良元素，对中华民族凝重而深沉的民族精神进行抟炼与熔铸。这一点是《茶马古道》在创作思想方面比同类题材的某些作品高出一筹之处。

《茶马古道》表现了民族精神严肃而博大的主题，四个不同民族的家族三代人在剧烈冲突中走向融合，是在组建抗日大马帮、完成运输抗日物资的历史斗争中完成的。处于剧情发展焦点的是藏族青年格桑加措与纳西族青年木石罗、白族姑娘杨花依之间的爱情纠葛，并由此牵动他们各自家族的其他不同人物之间的恩怨。这些冲突与和解、分裂与团结的故事演绎成一场场爱恨情仇的碰撞，使剧情充满了生动性和丰富性，使各个民族独特的生活与命运、文化与习俗、性格与灵魂，都得到了充分的体现。创作者们在表现各个民族的民族特点时，对各民族生活与文化内在的力与美的元素作了尽量的发掘，严谨的表现，使此剧在民族色彩的浓重与多样方面达到了一个新的审美境界。但这一切，又都是为了丰满而不是贫弱地、立体而不是平面地表现在抗日战争的历史熔炉中冶炼成钢的中华民族的民族精神，那就是酷爱自由，热爱祖国，为抗击外敌入侵不惜毁家纾难、舍生取义的精神。从尼玛次仁到贡布老爷，从木石罗到杨花依，他们的生活经历、人生命运不同，个人的性格、心理殊异，但灵魂中都贯穿着一条爱国主义、民族公义的红线，不愧为中华民族的优秀儿女和民族英雄。

《茶马古道》的创作经验表明，真正的民族性描写并不是仅仅表现为民族的习俗、服饰等表面的、易于捕捉的东西，而在于“用含有自己民族要素的眼睛来看它，用整个民族的眼睛来看它”（果戈理语）。越是卓越和伟大的作家，就越是能超越本民族的狭隘性而抓住整个中华民族精神的更多的方面、更恢弘的内涵。因为站在整个中华民族的民族精神的高度，也就更能照亮本民族的生活、文化特性中的那些优良的元素和瑰奇的色彩。和有些反映少数民族生活和文化特性的作品有意识淡化时代背景不同，《茶马古道》以意识到的历史深度，鲜明、准确地表现了抗日战争年代的时代精神，真实地描写了抗日民族统一战线在我国民族区域的伟大实践，饱满、浓郁地渲染了那个伟大的全民族抗战时代的时代氛围。这就使剧作具有了深远的现实意义。在茶马古道上，多民族英雄身上体现出来的“度尽劫波兄弟在，相逢一笑泯恩仇”的民族和解与团结的精神，“计利要计天下利，争权要争国家权”的爱国主义精神，民族公义为先的精神，在今天尤其有着强烈的现实意义。歌德在回答一个民族作家是在什么时候和什么地方成长和成熟起来的问题时说：“是在这样的情况下：他在他的民族历史中碰上了伟大事件及其后果的、幸运的、有意义的统一；他在他的同胞的思想中抓住了伟大处，在他们的情感中抓住了深刻处，在他们的行动中抓住了坚强和融贯一致处；他自己被民族精神完全渗透了。”《茶马古道》的编、导、演、音、美等全体创作者，正是抓住了抗日战争这一伟大历史事件及其在各民族兄弟的思想和情感中激起的深刻波澜，他们清醒地意识到自己处理的题材所具有的历史深度与时代内涵，有力地表现出由多民族组成的中华民族的民族性格的坚强和融贯一致。这是他们的艺术创作能扣人心弦、启人心智的奥秘所在。

2005年7月21日

第四辑

月是故乡明

——柯汉扬自传《海外四十年》跋

予生也晚，对于从故乡的土地上出去的前辈贤达俊彦，实在是无缘相识、知之甚少的。但对侨居在印尼的柯汉扬先生，却因为乡亲们的口碑而略有所闻。1990 年春节和 1991 年 3 月，我两次回漳浦探望母亲，都曾到母校漳浦一中的校园里去盘桓一番，看到了柯先生修建的春晖亭和柳园。虽然因为是假日，通往亭园的铁栅门锁着，我没能走到里头去细看，但隔着一池春水，看着亭影翼然，花木掩映，我的心情还是很激动的。就在春晖亭所在的池塘边，那几株我熟悉的凤凰树依然那样葳蕤多姿，我少年时不止一次骑坐在上面读书的杈桠也没改变形状，池塘边的春草也芊芊茸茸一如昨日。这对于从风雪严寒的北国归来的游子的心，是怎样的慰藉啊。我伫立凝思了片刻，对柯先生建亭修园的美意深情，忽然有所领悟了。

感谢吴金龙先生的信任，将柯汉扬先生所著的《海外四十年》一书的书稿寄给了我，使我得以先睹为快。厚厚的一叠书稿，我几乎是一口气读完的。披览之时，我常常产生一种“于我心有戚戚焉”的共鸣，而柯先生笔端流露的乡情乡音，更使我感到亲切。原来陌生的柯先生在我脑海里变得熟稔了。古人说“读其书想见其为人”，又说“论世知人”，“披文见情”。我读《海外四十年》，在了解柯先生一生的事业行状，分享他的海外见闻感触之余，不禁在想象中揣摩这位出色的前辈乡贤的立身为人、性格神采，窥探他历尽人间沧桑，寄身海外，眷念乡梓的内心感情，从中领略到一点人生三昧。不揣识浅，略陈于下：

读着《海外四十年》，我最经常想到的一个问题是：现在我们怎样做一个中国人？这个严肃的问题，柯先生在这本书里部分地作了回答。我从柯先生的自述中感到，他是一个堂堂正正、奋发有为的中国人，是一个真诚的、切实的爱国者。他对祖国的挚爱之情，不仅仅表现在他对家乡文教医疗事业的慷慨输将，襄赞扶持，更重要的是表现在贯串他一生的那种做一个中国人的自豪感，以及在这种自豪感策励下夙兴夜寐、不敢或懈的自立自强的精神。先生身逢世变，远涉南洋，白手起家，艰难备尝，除了求生存、求温饱、求发展之外，想的是"振兴实业，对食于斯的印尼国家作出贡献，显示一下华裔的本领"。他于规模擘划实业之初，就曾义务编撰《福建会馆史略》，祖述闽籍侨领们艰苦创业、爱国爱乡的感人事迹，从中获得巨大的精神力量。踵先辈自强自立之步武，承前修自律自省之余训，先生在他从事的纺织业中充分发挥了一个中国人的潜能，实践了"有志者事竟成"这样一个中国格言。先生积一生之夙愿，以一个爱国侨胞的身份，瞩望着祖国的统一，祖国的富强。他遍游西欧、日本、东南亚，履痕处处，总能触发他的爱国思乡之情。海外华人经营中国餐馆的成功，使他慨然兴叹："啊，伟大的华人，就依赖菜刀、勺子、煎匙走遍天下，传播中华食文化。"目睹新加坡整饬有序的施政，他赞美"中国人的聪明才干，中国人管理国家的政治艺术"。在日本游览，他被日本人的社会公德和好学精神所打动，看到"我们一群华人游客都七零八落，无精打采"，感觉很不是滋味，便猛站起来，指挥旅游团成员合唱岳飞《满江红》歌曲，表示我们也是有作为的中国人。"于细微处见精神"，这个细节，把柯先生作为一个中国人的那种尊严感淋漓尽致地表现出来了。先生晚年在书房中书"爱祖国，爱家乡，做善事，做实事"以自勖自策。他身沐欧风美雨，比较中西异同，最后的结论仍然是"月是故乡明"，"人是乡党亲"。这是何等感人的爱国精神，这是何等自尊的中国心！知乎此，则对于柯先生在家乡设立奖学金、修春晖亭、营造柳园等等举措，就有更深一层的理解和认识了。先生所捐献的资金是可以计数的，但先生爱国的热忱，兴我国族、育我后昆的用心，却是无法计量的。

读了柯先生自述，我还深深地感觉到：先生是一个富有开拓精神，富有想象力，善于扬长避短，善于把握机遇的人，他牢牢地驾驭着命运这匹桀骜不驯的烈马，跃过人生道路上的沟沟坎坎，终于得到了事业上的成功。从“身无分文过番来”开始，到放下“官员”、“秀才”架子当店员；从夫妇在家里车衣，到批发卖布，到办纺织厂，终于成为万隆举足轻重的企业家，这里的每一步，都需要过人的器识，开拓的气魄，决断的勇气。而且需要兢兢业业、谦虚谨慎的敬业精神，绝非器小见浅、徒托空言者所能济事。先生开辟事业的经过，在全书中所占篇幅虽不多，但却是很感人、很有启示的章节。先生所述之事，为经商，为办厂，但那种驾驭自己命运的勇毅，那种不守小成、不断开拓的精神，却是从事各行各业的人们所共同需要的。从先生的自述中，不仅经商设厂者可以取镜，就是从政为学者，也是可以得到启发的。

先生既是脚踏实地的实业家，又是充满热情的理想主义者。20世纪70年代初，先生参与创办三一学校。草创之初，困难重重。先生乃写《一个美梦》，描述梦中携女儿参加三一大学首届毕业生授予学位之庆典的种种生动有趣的情景，以此激励同人。如今，美梦即将成为现实，重读先生引录在书中的旧作，我们也替先生感到欢喜。在本书结尾，先生叙述了他在母校筹建柳园的始末之后，又表达了他的“一个理想”，即在自己的新厂也建一座“柳园”，让中国情调、风格的亭台园林在万隆一展秀姿，使职工工余也有一个散心遣怀之所。凡此种种，都说明柯先生年逾古稀，却葆有赤子之心，富于想象力和激情。这也是我感到钦佩的。

柯先生的这本自述，于不经意中，写下了他一生中看人看事、待亲交友、敦品力学的种种心得，从中可见他的处世为人。作为晚辈后学，我向他学到了于修身有益的东西。例如，先生在纺织业上取得了很大的成功，但他的自述，却绝无扬才露己的神气，对于同是过番的乡亲升降沉浮的不同命运，怀着一种深切的理解和同情。他指出：“家乡的人时常羡慕番客说‘无一千也有八百’。事实上番客弃乡离土，都是迫不得已才走这条路的，南洋挣钱也不容易。绝大多数的番客（包括知识分子）都是终生拼死拼活维持家庭而已。事业上有所成就或发迹成为巨富者毕竟少数。”这是洞明世事之论。又如，听到回乡探亲的友人叙述他“西街上，北街落”的见闻，先生一面感叹家乡面貌变化之慢，同时又能从阅读文史资料中补充知识，知道友人的观感也有局限，“大规模的水利建设、交通建设，以及教育事业等等方面，在短短几天忙碌的探亲会友中是难以了解到的”。这种公允之论，发自四十年侨居海外的柯先生笔下，令人感佩。他的虚心求知、多方体察的态度，使他对事物的真实面貌，能有一种较为全面的看法。用我们这边流行的话说，先生是很实事求是的。据实而书，据实而论，这是先生为人为文的基本态度。

再如柯先生交友的态度，也颇有古道可风之处。对于在他过番之初曾给予他雪中送炭的帮助的杨纯美先生及其他乡亲朋友，他用了很多文字记述他们的嘉言懿行，高风亮节。特别是对杨纯美先生，他除专辟一章，记述他所受到的恩惠，而且在晚年，为设立纯美奖学金、创办纯美纪念馆尽首倡之责，并亲撰《爱国侨领杨纯美传略》，对杨氏生平业绩、思想道德，记述备细，阐扬得体，拜读之下，令人低回不已。先生素重情义，知恩图报，称述先贤，褒美唯恐不尽，蹑踪唯恐不及，君子之交，当如是耶！先生这种交友之道，对于浇薄的人情、炎凉的世态，无疑是投一清辉，使读者眼前豁然一亮，看清了自己立身处世的归趋。

柯先生的书所含蕴的人生智慧，所揭示的人生境界，是丰富多彩的，善读书者触类旁通，举一反三，所得当比我更多。柯先生自谦，称此书之作“没有古人‘立言’垂之不朽的奢望，只是回答识与不识的关心我的亲友，四十年的路是这样走过来的”。诚然，此书并不刻意垂训后人，也没有高言谠论，但道德文章，本为一体。原原本本、切切实实地写出自己走过来的道路，毫不装扮地向读者袒露心胸，这样现身说法给予读者的教育，也并不逊于那些专为“立言”而作的空泛的大文。鲁迅就十分看重、推崇“直说自己所本有的内容的著作”。他指出：“文艺家至少是须有自抒己见的诚心与勇气的，倘不肯吐露本心，就更谈不到什么意识。”（《叶永蓁〈小小十年〉小引》）柯先生的书，正是这种以诚心和勇气直说自己所本有的内容的著作。

柯先生虽然不以文艺家自任，但以他的这本《海外四十年》来看，他是一个具有文艺家气质的人。他的真诚、激情、豪兴和想象力，他的古代诗文的根底，他自幼对写作的爱好以及中年后那一段卖文为生的经历，都是他写好这本书的有利条件。这本书叙事畅达而简练，宛曲而有致，在总体朴实、真切的风格中，也不时插入华彩纷呈的段落，或壮怀激烈，或忧思如捣，或诙谐幽默，或通达超脱，读起来还是很引人入胜的。

如果是闽南籍，特别是漳浦籍的读者读起来，那么这本书更是别有一种亲切的滋味。《啊，祖家》、《青少年时代的回忆》两章，我读了好几遍都不忍释卷。对于一个离乡几近三十年，已在北国定居的游子，柯先生所描述的那些地名，那些传说，那些风土人情，都是梦魂常系的，怎能不倍感亲切呢！尤其是柯先生大量使用家乡的民谚、俗语，使他的文章充满了乡音，这更使我读着有如饮醇酒的感觉。如“先生缘，主人福”、“少年不打拼，老了就无名声”、“前无路，后无步”、“生意做得心狂火热”、“头戴别人的天，脚踩别人的地”、“官有二口”、“七做八亏”等，都是我从小就听大人常说的，可为耳熟能详。久居京城，两耳灌满了京白，这些乡音也淡忘了。一经柯先生使用，使我有空谷足音之感。柯先生书中提到的一些人名，如名医叶士明，教师陈则蔡、郭祖柴等，也是我从小就在大人口中听熟了的。虽然我不很了解他们的情况，但他们出现在柯先生书中，却勾起了我不少对童年旧事的回忆。

吴金龙先生是柯汉扬先生的学友，又是协助柯先生整理编辑此书的热心人。他将书稿寄给我，命我为之作序。作为晚辈，此事实难拜领，更何况已有郭风先生的序言在前呢。郭风先生是我们闽省的文章首领，在全国也是素享盛誉的诗人、散文家，他的序，本身就是一篇亲切、朴实、隽永的散文。我于披览书稿之余，也有不能已于言的感兴。信笔写来，缀于书尾，权当一篇跋吧。

1991 年 11 月 30 日

心香一瓣

——林庆余先生纪念文集《傲雪集》序

不久前，我小学时的班主任丁碧月老师给我来信，说她在龙溪师范上学时的老师、漳浦教育界的前辈林庆余先生诞辰一百周年之际，门生故旧裒辑遗文，追述师德，编成《傲雪集》一书，以志纪念。她希望我看了这本书稿，能写一点什么。

丁碧月老师是我非常尊敬的小学开蒙老师，教了我六年语文。她执教严而细、肃而温，又能因材施教，启迪有方，在我们同学中，留下了深刻难忘的印象。她把自己的一生，完全献给了漳浦的小学教育事业。对这样一位晚年犹怀师恩的老师的吩咐，我是不敢怠忽的。所以，当林威廉先生把《傲雪集》从南国远寄到京华时，我便置之案头，陆陆续续看了起来。

读完书稿的那一天，正好北京下了一场大雪。纷纷扬扬的雪花，为大地万物披上素洁晶莹的银装，世界和我的心情也仿佛变得静谧、洁净、温馨了。记得我还在漳浦上学时，周围的人都没见过雪，以为下雪天一定冷得要死，颇有点“谈雪色变”的样子。其实，到了北京，生活多年之后，我才知道“下雪不冷化雪冷”，难得出现的下雪天，倒是给枯索板滞的北国冬日带来了骤然生动起来的变化。分外新鲜清冷的空气，雪地相互追逐的儿童，突然缓行慢走的车辆人群，酿出了雪天特有的温馨，而在雪天读罢《傲雪集》的我，感到的温馨就更浓郁了——雪的温馨和比雪还要洁白的人的温馨交融在一起，沁入了我的心田。儿时听过的乡土故事，少年时受教过的师长，也因为在这本书里得到印证而倍感亲切。

林庆余先生是我的老师的老师，我们年辈相差很远，对于他的才学器识、嘉言懿行、用行舍藏，收在书里的很多前辈的文章，已有生动传神的记叙，我并不能赞一辞。我在读了这些文章后感到，林庆余先生留给后人的最宝贵的精神，乃是那种超越流俗的、比雪还洁白的独立的人格。他曾经对陈则蔡先生叙述了他早年在燕京大学学成荣归、辞官从教的过程以及在这过程中感到的世态炎凉。亲友族人看到他只会教书，没有官做，不免闲言碎语满天飞。但林先生都一笑置之。他说："我要超越流俗，追求心灵的舒展，创造我所理想的新境界。……我这几根傲骨犹堪庸俗磨。"他正是本着这种精神，就心之所安，性之所适，力之所至，去选择自己认定的利国利民的人生道路，或从事教育，或搜集乡土掌故与传说，不辞细小，不求闻达，却为家乡的文化教育事业，作出了不可磨灭的贡献。钱钟书先生曾经说过，学问之事，是只有淡泊明志的素心人才能做得的。我觉得林庆余先生就是这样的"素心人"。从事教育和文化研究工作的人，最重要的，就是在世事的纷纭变化中，保持一颗不为利欲熏染，也不受名缰羁绊的"素心"。唯此素心，可傲白雪，可励后昆，鉴往察今。环顾周遭，我深深觉得，像林庆余先生这样能"独托幽岩展素心"（鲁迅诗）的耿介务实之人，是越来越少了。但为中国的前途计，这样的人是应该重新多起来的。我们纪念林庆余先生，就是要激浊扬清，把林先生的人格教泽播扬开去，以期日渐浇薄的世风民俗，能重归于淳厚。而这，大概也是《傲雪集》一书对于我们现实的意义吧。

林威廉先生在《先父庆余小传》中说："为穷教师立传，也可登大雅之堂。"诚哉斯言！记得新中国成立之初，毛泽东主席曾亲笔为他青年时的国文老师袁吉六先生题写墓碑，并多次对人称扬其师德，以"教天下"三字誉之。20世纪30年代，鲁迅先生曾为曹靖华先生的父亲曹植甫撰写《河南卢氏曹先生教泽碑文》。现代中国的两大伟人都为普通教员做过树碑立传之事，这是很发人深思的。《傲雪集》编纂出版之举，看来也含着有识之士踵前贤之步武的美意。看到尊师重道的民族传统在家乡得到光扬，我心里是很高兴的。

鲁迅为曹植甫先生写的教泽碑文中，有这样几句："卢氏曹植甫先生名培元，幼承义方，长怀大愿，秉性宽厚，立行贞明。躬居山曲，设校授徒，专心一志，启迪后进，或有未谛，循循诱之，历久不渝，惠流遐迩。又不泥古，为学日新，作时世之前驱，与童冠而俱迈。爰使旧乡丕变，日见昭明，君子自强，永无意必。而韬光里巷，处之怡然。此岂辁才小慧之徒之所能至哉！”又赞美道：“卓哉先生，遗荣崇实，开拓新流，恢弘文术，诲人不倦，惟精惟一。介立或有，恒久则难，敷教翊化，实邦之翰。”考林庆余先生一生行事，我觉得把鲁迅这些话移用来称誉他，实在是颇为相称的。这些已勒贞石的话，不也刻印在普天下受过师恩又能知感的一切人们心中吗？

1994 年 5 月

望今制奇　参古定法

——《漳浦中青年书法家作品选》序

时值暮春，京华虽非江南，却也在经过几番罕见的春雨滋润之后，处处呈现一派群芳竞放、百鸟试音的美景。几天来，晴窗之下，我展开从家乡远邮而至的《漳浦中青年书法家作品选》的有关资料细细研读、观赏，或熟稔或陌生的书家面目神情，宛如晤对于一室之内。我时而静思默想，时而低声吟诵，时而骋目云空，时而指划笺卷，真是友情、诗情、文情融汇交集，情思、哲思、艺思纷至沓来，有若激湍卷雪，曙光射云，更如春蚕吐丝，新棉纺线。在乡梓中青年书法家的作品的触发激荡之下，一向拙于书昧于书所以有些怯于观书但又不能自抑地乐于观书的我，几乎像受了一次集中的书艺的陶冶熏染而获得启蒙苏醒一样，感受到初识艺境的新鲜和兴奋，颇有些不能已于言了。

记得是在1986年春，我陪同诗人光未然到屯溪、景德镇、井冈山作一次漫游。每到一地，仰慕《黄河大合唱》词作者的诗名的人们，从省、市委书记，文艺界领导到宾馆的服务人员，都早备了纸笔向可敬可亲的“光年同志”（这是大家更熟知也更习惯的称呼）索书求字。而光年同志也总是略一沉思便欣然命笔，一幅幅潇洒俊逸的题诗或题词便在围观的人们的欣赏赞叹声中完成了。而我的任务，就只是在光年同志的署名处钤印。有一次，在参观江西人民出版社的图书展室时，光年同志题词之后，刚刚为我出版了《生活的痕迹》一书的出版社负责同志，出于客气，也请我“留下题词签名”，窘得我连连摆手直往后缩，直到确知我不会写毛笔字的光年同志替我解围，我才如逢大赦，松了一口大气。事后，光年同志和我闲谈，对我说：“写一笔好字，对于从事文字生涯的人来说，是很重要的。旧社会认为字是人的‘出面宝’，书法家则说书法是人的‘千里面目’，都说明写字对于人立身处世、事功学问的重要。人不一定都要做书法家，但却应该要求每个文化人都写好字。‘字无百日功’,你可以试着练练。当然,要把字写出艺术的品位和风致来,那是非多历年所临池不已不可的。”当光年同志得知我的籍贯是福建漳浦时,便略略提高了声音说:“你是黄道周黄漳浦的乡党呀,他可是明末睥睨一世的大书法家呀。明清以降,近代以来,闽人多善书者,可说是宗黄者众呀。”听着光年同志如数家珍、兴致勃勃的谈说,我既自豪又惭愧,只是嗫嚅着说:“我只知道黄道周是抗清义士,民族英雄,易学专家……”听到我说起我家住漳浦绥安镇东门兜一带,距黄道周讲学处的石斋村不远,小时候还钻到讲堂里去看黄道周的“天地盘”,光年同志兴味盎然,说:“以后如有机会入闽一游,你带我去看看吧。”可惜那次同游之后,我们再也没有机会践履前约了。而今,光年同志已仙逝经年了,每当我挂起他为我书写的条幅时,他的面容便在我面前浮现,南昌宾馆里那一席谈书法、说黄漳浦的闲谈好像还在耳边回响……

1999年春,我奉漳浦县领导之命,邀请诗人贺敬之、刘征参加漳浦剪纸艺术节。刘征同志偕夫人原来拟去一国内外知名的名胜游览、采风,听了我的陈情恳请,决定弃名胜而取漳浦。他说:“一是敬之同志欲我同行,既敬之,则从之;二是贵县是黄道周黄漳浦的家乡,此行可以寻先贤之踪迹,访书家之遗风。我仰慕黄漳浦久矣……”于是便偕同贺敬之同志,忻然命驾,既兴致十足地参加了漳浦剪纸艺术节的活动,又在县里同志陪同下,到东山访问了石斋故里,参观了黄道周纪念馆。刘征同志此行,得诗多首,特地书《访黄道周纪念馆》一首赠我。诗云:“动若雕骞静如山,书声剑气壮东南。吾民代有铮铮骨,撑起神州万里天。”在黄道周读书的石室和书刻的石匾“白云深处”之前,贺敬之、刘征驻足良久,连连说:“此地真是郁郁乎文哉,黄漳浦真是泽惠后人呀。”当我向他们介绍说“黄道周对漳浦的文化人的确有很大影响,我的友人中有不少踵前修之芳迹,播昔贤之遗馨,在诗文书法上长期笔耕,蔚然成风”时,他们表示赞许,并为行色匆匆,未能与漳浦诗、书界的朋友切磋交流而感到遗憾。

摭拾这些往事前尘,只是为了引出我对入选《漳浦中青年书法家作品选》的书法家朋友和作品的敬重共鸣之情。从我案前展开的一年一期的三期《漳浦书法》(这真是一份殊为难得的专刊性质的书法年报)中发表的文章、作品提供的信息来看,进入新世纪以来,漳浦的中青年书法家队伍有了可观的扩大,书法艺术的研摩切磋活动有了更深广的影响,中青年书法家的书艺有了很大的提高,在全国性的书法展览或评比中获奖的书法家和作品年有新增……这些自然是无待于我的重提和缕述,只需以“乡梓书风,一时俊选,才藻新奇,花烂映发”这几句话就可以提摄其风貌与精魂。这里,我想就我比较熟稔的,多年以来一直受其作品濡染熏提的几位书法家友人的书艺,谈一点学习观摩的心得,以稍减外行为行家之作写序的僭妄。

漳浦的中青年书法家中,予我印象最深,书艺戛戛乎独造一境,矫然不群,霍然出世,予群体影响最巨,称为领军人物无遑多让的,自然要数柯云瀚了。柯云瀚的书风,是莽荡排奡,阔大不羁,雄浑而又略带狂放。他精于行草,尤擅大幅加长的条幅制作,其落笔如冰雹骤下,跳跃侧宕,活力四射,其整幅章法布局、局部多样化的结体和运笔的气势,都呈现一种狂放中求精劲,急骤中见沉着,畅酣中有敛抑的风貌。有时,他给人的感觉是在古法与今意、羁勒与奔突、结体与解构、笔力与书气、静与动、慢与快等等既对立又统一、既碰撞又融合的艺术因素的平行四边形的合力的钢丝绳上作危状万端的跳舞。这是奇崛险巇的跳舞,你一看就惊讶得张大了嘴,叹赏之余,又不免有点担心他会出意外。书界内行的接受与品鉴自然不在话下(不然他的书法作品也不可能在全国性展出评奖中屡获佳评),但对于像我这样缺乏观赏行草、草书素养,每每以观书不识字为苦的一般欣赏者而言,有时就不免因难测其艰深、难辨其笔画而渐生审美倦意了(为此我吁请编辑书法集的编者,在每一幅书法作品之下附上印刷体原文以供一般群众对照、欣赏,希望能从本集开始)。

其实云瀚的书法艺术不是只有他自己认为最能倾注他内在激情、体现他的艺术个性,师心使气,得鱼忘筌的这一面的。“从来才大人,面貌不专一。”(龚自珍语)我藏有他应我之请而写的楷书横幅《陋室铭》,真是字字端凝清丽,点画峻洁有力,一丝不苟,遒媚精劲,每一观览,清气盈怀,成为我不时怀想的别一云瀚的“千里面目”。

他为王文径编著的《漳浦历代碑刻》所题的行草五字联“山高益豪气,石古藏灵根”,写得高迈简古,浑融条贯,而又遒劲多姿,极富变化,在行草中纳入隶意,通过运笔的轻重、设色的浓淡、结体的整饬与疏放等对立因素的映带生发,营造出诸多丰富、生动的艺术效果。这是云瀚既见个性又见功力的佳作。类似这样的佳作,在最近出版的《柯云瀚书法作品集》中,还有不少。这一作品集的行世,雄辩地证明云瀚在书艺上多方面的造诣与功力。云瀚八岁从其祖父学书,家学渊源,又辅以他过人的才气和勤奋,使他卓然成家,这是渠引水至,实至名归,我该向他致贺致敬的。

在漳浦中青年书法家中,我结识较早、私慕其书其画的还有林仲文。我所见到的仲文书法作品,大多是古意苍苍、萧森散淡、极为纯熟的行草。他对黄道周的书法艺术作过理论研究,写过评论文章,颇具识见。他的书风书艺,承继黄漳浦最多,学黄漳浦体最得其风神,最具其“遒媚”之姿,也是再自然不过的了。如果他能在参证古法的同时,注入大变动时代的新风,更加雄深也更加宏放一些,他的书艺当会更进新境,他的厚积的潜能也会更自由也更健旺地释放出来。

仅有一面之识的青年书法家蔡乙鹉,与柯云瀚、林仲文并列,在漳浦书坛上鼎足而三,也是精熟的行草行家。我最早见到他的书法作品,是在2002年冬参观盘陀茶叶博物馆时,看到他书写出版的陆羽的《茶经》。这确是一件功力、心力俱见,才情、意志媲美的完整的艺术品,令我想起黄道周先哲手抄《孝经》十几部以贻世人的书法功业。这样的功业不是游戏笔墨之间的名士派头的人所能完成的,而是有事业心、有恒心、有淑世意的人才勇于承担的。蔡乙鹉的书法,细赏其所书王维“空山新雨后”一诗的条幅,觉其飘逸秀媚,书卷气颇足,如风吹竹叶,掩映多姿,日影弄窗,倏忽多变。这是人们乐于张之素壁、悬于书室的素雅清丽之书。

更年轻一点的陈中华,是过去曾有缘结识,今年春节才更加熟悉起来的青年书法家。他的四字联“独持偏见,一意孤行”,字少联长,点画圆转而结体修长,间距留白颇有创意,总体上有一种兀然独立、不可摇撼的气势。他临池勤奋,又勇于任事,为漳浦书法家协会的工作、《漳浦书法》报的编辑出版，做了大量不为人知的工作。他的奉献精神说明他在漳浦书法队伍中是合群而非孤行的。希望他的艺术个性能进一步发展，文化修养进一步醇厚，前途自是未可限量。“淡泊明志，宁静致远”，这是他常书之座右的话，我愿与之共勉。

在漳浦中青年书法家队伍中，还有其他一些朋友，如远在西子湖畔深造，师法沈曾植而又善自变创的蔡建南；在漳浦文物考古工作中斐然有成，在全国考古界自成一家，善作大篆的王文径；在福州担任党政公职，颇有诗人气质，行草飘逸韶秀、宛曲流丽的徐杰；在双手握管齐书的长期实践中，逐步把这一奇技异能的表演因素消弭减杀渐显其书艺功力的吴协生；特重古法，篆书楹联古意盎然、高古独立的柯少岩；研磨章法，以三组三、四、三字组构成七绝条幅仍给人清逸修整印象的田汝章；结体修长，运笔有力，颇得遒媚之旨的女书法家杨小莲……在这篇序中一一评述，既不必要，也不是我这个远远一望的观书者所能胜任的。

黄道周论书警句云：“士患不学古，不学古则不得其高气；亦患不阅今，不阅今则不穷其精义。”这一遗教触及书法艺术乃至一般文学艺术的发展中普遍会遇到的创新与继承的关系问题。如果我们通体地考察一下漳浦中青年书法家们的书法创作中各各面临的问题，就会发现，这个“学古”与“阅今”的矛盾及其解决得如何的问题，犹如月光闪映在各个波浪水纹中一样，或明或暗，或峻急或平缓，或宽或窄，或清晰或模糊地都存在着，表现着，并催促着合乎艺术规律的处理和解决。中国古代最富创造性的大文评家刘勰在《文心雕龙·通变》中指出的“望今制奇，参古定法”，是艺术发展中通变应循的通则。记得对《文心雕龙》有湛深研究的张光年同志曾多次书写这八个大字以自勖勖人，给我留下难忘的印象。我不善书，只能从《文心雕龙》的浩瀚华章中将这八个字特意拈出，以与黄道周乡贤关于“学古”与“阅今”并重的艺术遗教相映发，供乡梓中青年书法家们取法化用。诸位书法家朋友里，或许有人愿意书此八字纲领，悬之于漳浦书协壁上，以照前路，以启来者。有此雅意会心者，盍兴乎来，挥毫一试？

2004年5月25日

漳浦出了个柯云瀚

——《柯云瀚书法作品集》序

一连几天,晴窗之下,我的书桌上摆满了柯云瀚的书法作品,我的神魂全让这些充满灵性才情、呈现奇姿美态的书法作品吸引住了。我感到惊喜,没想到他已经写了这么多,写得这么好;我也觉得自豪:"大书法家黄道周的家乡,如今出了个柯云瀚!"在柯云瀚准备结集出版的这些书法作品中流连沉浸、含英咀华了几天之后,我感到自己好像重新认识了柯云瀚一样。

我和柯云瀚都是漳浦县绥安镇人(我在镇之东,他在镇之南),又同是漳浦一中的学生,只是我比他大了12岁,自然没有同学之缘。后来我们终于认识了,而且成了朋友,那亲近起来的因缘,大抵也是因为文艺上的共同爱好吧。虽然我不懂书法,他也不搞文学创作,但我们彼此对对方所喜爱的东西,都持尊重而理解的态度,这使我们反而有了共同的语言和长久的友谊。我知道他是把书法艺术当做他生命的几乎唯一的存在方式的,但却没有多少机会可亲炙他的作品。对他在书艺上达到了什么样的境界,取得了怎样的成就,其实是不太了然的。只是远远地望过去,觉得他渐从漳州书法家群中走到前头来了;遥遥地听起来,知道了他的书艺名声越来越高——这是我心里暗暗为他感到高兴的。

去年,漳浦县书法家协会编印了一本《漳浦中青年书法家作品选》,请我写序。我这才有机会仔细欣赏了柯云瀚一部分书法作品,在序里对他的书法艺术作了一番颇为大胆的评论。——现在看来,这评论还是受限于我所知道、所看到的云瀚书法作品太少太少了,自然不免于偏颇和片面。不过,为了说清楚我对柯云瀚书法艺术的认识不断发展和深化的过程,我还是把去年的评论引述一下吧,平正者重申之,偏侧者纠正之。

去年的评论中,我曾说:“漳浦的中青年书法家中,予我印象最深,书艺戛戛乎独造一境,矫然不群,霍然出世,予群体影响最巨,称为领军人物无遑多让的,自然要数柯云瀚了。”如果就漳浦县的范围而言,这话是大致不差的;但如果就柯云瀚的书法艺术在我国书坛上的实际地位和影响而言,这话就显得有些局限了。更准确地说,柯云瀚不仅仅是属于漳浦,他更是属于漳州、属于闽南、属于福建、属于江南的一位有代表性的够分量的书法家,而且他已经走上了全国书坛。这是我看了他这次结集的更多更好的作品后心悦诚服地感到的,也是书法界的贤者、识者渐渐形成的共识。

去年的评论中,我根据自己当时所看到的一部分云瀚的书法作品,便对云瀚的书风作了这样的评述:“柯云瀚的书风,是莽荡排奡,阔大不羁,雄浑而又略带狂放。他精于行草,尤擅大幅加长的条幅制作,其落笔如冰雹骤下,跳跃侧宕,活力四射,其整幅章法布局、局部多样化的结体和运笔的气势,都呈现一种狂放中求精劲,急骤中见沉着,畅酣中有敛抑的风貌。有时,他给人的感觉是在古法与今意、羁勒与奔突、结体与解构、笔力与书气、静与动、慢与快等等既对立又统一、既碰撞又融合的艺术因素的平行四边形的合力的钢丝绳上作危状万端的跳舞。这是奇崛险巇的跳舞,你一看就惊讶得张大了嘴,叹赏之余,又不免有点担心他会出意外。书界内行的接受与品鉴自然不在话下(不然他的书法作品也不可能在全国性展出评奖中屡获佳评),但对于像我这样缺乏观赏行草、草书素养,每每以观书不识字为苦的一般欣赏者而言,有时就不免因难测其艰深、难辨其笔画而渐生审美倦意了。”

这里所论的云瀚书风,只论及其雄迈遒劲、倔强飞扬的一面,而对他大量行书作品中稳定地呈现的清发秀颖、流丽光昌的一面却完全缺少认识和评述,而这方面的佳作可引为适例的,几乎俯拾即是,不胜枚举。现在回想起来,我当时所论,只是云瀚学书练字长途中的一段,只是他追求多变的艺术样态过程中的一端,虽未流于凿空之谈,但以普通观赏者的身份所表示的隐忧,却是有点杞人的味道了。

也许当时我已经有点意识到自己的立论，是立在一个狭小的陡峭的岩坡上，很有跌下来的危险，所以我接着就试图凭有限的材料予以补救：

“其实云瀚的书法艺术不是只有他自己认为最能倾注他内在激情、体现他的艺术个性，师心使气，得鱼忘筌的这一面的。‘从来才大人，面貌不专一。’（龚自珍语）我藏有他应我之请而写的楷书横幅《陋室铭》，真是字字端凝清丽，点画峻洁有力，一丝不苟，遒媚精劲，每一观览，清气盈怀，成为我不时怀想的别一云瀚的‘千里面目’。他为王文径编著的《漳浦历代碑刻》所题的行草五字联‘山高益豪气，石古藏灵根’，写得高迈简古，浑融条贯，而又遒劲多姿，极富变化，在行草中纳入隶意，通过运笔的轻重、设色的浓淡、结体的整饬与疏放等对立因素的映带生发，营造出诸多丰富、生动的艺术效果。这是云瀚既见个性又见功力的佳作。”

你看，为了补救、弥合自己隐隐直觉的很可能偏侧的立论，我把自己求索到的小楷、随手翻书翻到的条幅都当例子引上了。要是那时我能看到现在摊满桌面的云瀚的这些才情纵逸、美不胜收的作品，那该多好啊！

认识一个书法家，正确估量他的成就和影响，最可靠的途径就是多多地欣赏、评析他的作品，多量地获得艺术鉴赏的最初的也是最直接的审美印象。这和认识一个作家只能通过多读他的作品，道理是一样的。现在，云瀚出版了新的作品集，又在中国美术馆这个国家级的艺术殿堂举办书法作品展，这就给首都和来自全国各地的人们一个集中地、大量地接触云瀚书法艺术的机会。同时，这对云瀚四十年的学书练字的历程也是一个总结，对他在书法艺术上取得的成就也是一个检阅。自然，这实际上也是一个试炼和考验。我相信，云瀚的书法作品，是经得起这样的试炼和考验的。谓予不信，那就请打开这本云瀚书法作品集，步入云瀚书法展的展厅，去随意浏览、观赏、品评吧。来，吾导夫先路！是以为序。

2005 年 5 月 30 夜 11 时

梁山鹿水展吟襟

——《梁鹿诗词(二)》序

在当代诗坛上,旧体诗词的创作,向来是一个自有奇观、自在独立的艺术天地。它有自己整齐坚实、不断壮大的诗人队伍,也有自己热情稳定、不易流失的读者群,更有自己独特的创作、交流、传播方式。近十几年来,还拥有了如雨后春笋一般出现的创作和研究组织、社团和一批渐有影响的刊物、报纸。这个艺术天地,一直存在着、伸展着、丰富着,日见其生机勃郁,色彩斑斓,与时时处于幻变、旋转、闪烁中的新诗世界相映比美,相形而各见短长,共同构成了我们时代诗坛缤纷美丽、动荡错综的洋洋大观。

近些年来,随着我国经济建设的发展,社会生活的进步,文学艺术的繁荣,民族文化传统的倡扬,旧体诗词的创作几乎漫卷了中土的每一片大地。在我的家乡,素有海滨邹鲁之称的漳浦县,在梁山鹿水之间,也有一个有名有实、十分活跃的诗词学会,团结、联系着一批旧体诗词的作者,创作了不少颇具特色的作品,互相传唱、互相切磋、互相激发,构成了漳浦文化生活、精神生活的一个特别的景观。这些作品,在数量和质量都积累到一定程度的时候,自然也要结集出版,以广流传。所以,继六七年前《梁鹿诗词(一)》出版之后,现在《梁鹿诗词(二)》又编次成书了。这是可喜可贺的。时代重人文,盛世兴艺事,人间要好诗。斯编之问世,可说是应天时,借地利,赖人和的。

我怀着浓郁的兴味,持着研探学习的态度,认真地看了《梁鹿诗词(二)》的书稿,颇有得获和感触。

漳浦地处一隅,梁鹿吟坛格局也不能说很大,然而这本诗词选所显示的诗人的襟抱、眼光,却很宏大。近十几年来的世界风云、家国大事、政治兴革、经济发展、文化昌盛,以及在时代长河中搏浪弄潮的英雄豪杰，在这里都有反映，有回响。充沛的时代精神，与时俱进的开拓者的步伐，漳浦社会风貌、人民生活、自然风光、人文环境发生的巨大变化，在诗人的吟唱中，都有强烈的表现，真可谓“海内音声乡梓事，随心裁取入诗囊”（何友麟：《贺郑汉琛先生诗词集出版》）。在这一点上，旧体诗词显示了它容纳新的时代精神、新的生活内容、新的思想感情的生命力，证明了这种民族传统诗体所具有的潜在的艺术张力与纳新的弹性。

翻开这本诗集，我好像回到了家乡的青山绿水、市井乡风之中，重新把晤了许多久违了的故人，重新认识了许多闻名而未谋面的乡梓俊彦、社会贤达，感到特别温暖、亲切。郑汉琛、郑汉明兄弟是我青年时代一度交往甚密的师友，曾给过我不少教益，看到他们清朗稳健、余热暖人的诗作，唤起了我久远的回忆和美好的情愫。“好客主人常邀约，倾心雅士屡嘤鸣”（郑汉琛句），这是癸未年天福兰亭诗会的即景，却也是我少年时与郑师往还的留痕。郑汉琛、郑汉明都是终生从教的老师，一个是“育李培桃几十秋，甘捐血汗润风流”（郑汉琛句），一个是“酿蜜吐丝皆历历，宜群敬业总恂恂”（郑汉明句），两个人共同的愿景则是“桑榆晚景彩霞艳，余烛还燃余愿酬”。像郑汉琛、郑汉明这样毕生从教而后写诗的作者，在漳浦诗词作者中，是有相当的代表性的。绛帐生涯，书生情怀，报国之志，赤子之心，发为吟咏，颇多可诵之作。

后井山庄庄主洪俊哲的《记天福茶会》、《登黄鹤楼》、《竹海观》等作，即景抒情，冲襟高步，乡居海隅，优游林泉，仍存劳人草草、孜孜不倦的济世之心。“万里一江长滚滚，重涛片羽自悠悠”，“吟莺梳柳真如梦，流水分茗苦复甘”，这些句子，景清心静，意态澹远，初看只是乐山乐水的清新之句而已。但是，笔锋一转，结穴处却是“移来竹榻红尘远，归去乾坤敢息肩?”诗旨陡升，诗境顿开，使人有眼前豁然一亮之感。

洪照宏的《谒黄道周纪念馆》、《参观石古军营感赋》、《筑路歌》等作品，或颂先贤烈士，或感今人功业，或典重昂藏，或质朴自然，都写得韵调谐和，情真句工。林森竹的《鹧鸪天·登凤凰山》、《木兰花慢·夜宿湄洲听潮声》、《念奴娇·赞谷文昌》等词作，写得气势雄浑，藻绘从容。写观潮则“披襟，推枕半床银，孤月耀天心。望巨浪滔滔，光摇滟滟，气接冥冥”，“一夜心如海水，浪涛万里狂喷”。写谷文昌治沙植树的功业，则是“弹指数载春秋，长堤挽绿袖，远烟碧野。雪浪林涛带笑看，远望海生明月”。写登山则“枝头喜沐丝丝雨，健步轻翻滑滑泥。登绝顶，揽灵奇，天光虹彩晃瑶池”。这些诗行充分发挥了长短句气势飞动，参差错落，跌宕有致，节奏感强的特点，颇可咏诵。同样擅长倚声的还有黄玉盘。他的《沁园春·陪伴台胞重游海月岩感怀》等长调，《鹧鸪天·述怀》等短制，写得意兴淋漓，思贯今古。音调铿锵，时有妙句。试读“云洞伽蓝，日月窥禅，似龙点睛。顾历朝名胜，骚人绝迹；千秋古刹，木铎消声。丹桂幽香，彩茶争艳，可惜经年谁与评!”曾亲身践履海月岩胜景者，当更能领略其中的妙处。与林森竹、黄玉盘一样，林进赐填词也颇有可观，但他更富于个性的作品是散曲，这在漳浦吟坛是较少人尝试的。他的散曲《漳江吟》写漳江两岸峥嵘的石塔，叠翠的西山，悠扬的棹歌，也写物阜民丰的人文景观，远景近景交替出现，时调土风错综杂陈。而《正宫·叨叨令·定货黄埔二首》则纯采口语，更具曲趣。此外，郑永安的《教师节述怀(一)》，陈天祥的《水龙吟·颂二中》，杨惠人的《满庭芳·兰亭诗会》，苏作星的《故园概览》等，也都是立意高远，格调清新，绘状精切，情真意挚之作。

时有赠书，却未谋面的漳浦老一辈文史工作者，如李林昌、林祥瑞、高聿占，也是漳浦诗词创作队伍中的重要作者。李林昌的《石头自述》借石述志，朴素深切，颇得风人之旨；林祥瑞的《宿前苑村》，即景写情，流转自然；高聿占的《重游清泉岩》三绝句，旧景新描，笔致活泼。这些诗作读起来，有情味，启哲思，让人感到兴致盎然。

漳浦籍的台胞老诗人卢涌泉，也以其饱经沧桑、老而更成的诗作加盟乡梓吟坛，这是特别令人感奋的。《古风·望月诉衷情》句句有月，字字有情，却毫无做作之痕、堆砌之感，真是情动于中，词表于外，如风行水上，自然成纹。四十年乡思，凝成诗句，其中是蕴涵着血泪的！绝句《茶叙》:“往日响杯客便临，品茗叙旧最称心。时空移转知音散，惆怅沏茶独自斟。”在一个喝功夫茶的生活小景中，凝聚了普遍的人生感慨，透露了隐伏的人世幾微，当能触发无数乡梓饮茶人的共鸣。老诗人等待四十年后一偿归家夙愿后所写的《漳浦访友》、《杜浔会亲》、《贺西湖公园落成》等诗，则一改旧作忧思郁结、独斟独吟的模样，显得雍容平静、亲切有味。诗人欣喜于“印石迎风亭尚在，鹿溪涉水渡犹存”，惊叹于新落成的西湖公园里“湖中明镜梁山影，岭上松涛印石风”，悠然地以云自况，把心期愿景化为动人的诗行：“霞晖晚照东西岸，一朵浮云两向伸。”老诗人曾与其他漳浦杜浔籍台胞共同捐款为漳浦四中建万卷楼以藏书，楼成诗至，引来不少诗友的吟咏，也可说是漳浦吟坛的一件雅事吧。

在漳浦诗词创作队伍中，何友麟的创作活动是特别引人注目的。他不但在组织诗词学会的工作中投入了大量的精力，而且在创作实践中也身体力行，长年坚持，取得了不俗的成绩。何友麟的诗词，也有感时应世、美刺兼施之作，但为数不多；最多的是他呼应、吟咏漳浦有地方特色的画苑盛举、茶博新景、剧坛佳作、民间艺事（如剪纸）等的作品。这些作品，有格律精严的近体诗，也有按谱倚声的词；有轻灵生动的小诗，也有稳健沉着、浑和连贯的长韵，都写得韵调和谐，词采飞扬，全篇匀称，时有妙句，易于传诵。如《剪纸行》，是作者在参与编写《福建漳浦剪纸集》之后的感吟，全诗有一种宏伟、开阔的历史视野，大处着眼，把一部漳浦剪纸发展史尽纳笔端，浑融出之。又能细处落笔，把漳浦剪纸的艺术特征，细致精微地移入诗行：“塞上大风入纸花，又复江南芭蕉雨。清新大气兼犷柔，代有传人赖花姆……更有绝技曰排剪，鸟羽花丝剪排排。仿佛赭纸惊风起，宛若幽香袭人来。”最后又展现了漳浦剪纸“新人如涛次第来”，“定见雏鹰排云起”的前景。这种古歌行体，因其中间可以换韵，于整饬中寓变化，可以容纳、表现更丰富的生活内容，故为不少已能娴熟驾驭诗律的作者所喜用，但并不容易掌握。《剪纸行》问世，恰值漳浦剪纸节开幕之时，曾产生很大影响。远道来浦参加剪纸节的诗人贺敬之读了此诗后称赞说，这样的诗，激情洋溢，充满具体深切的生活感受，不是轻易就能写出来的。他引用自己诗作中的两句“愧我新诗少，来学君文章”(贺敬之《访平武》),表达了自己欣喜的心情。后来作者又有《林桃百岁吟》这一长篇五古之作,为著名民间剪纸艺术家林桃立传。这首长诗写得更是浑融完整,气韵生动,感情质朴,绘状细腻。诗的前半,用类似《木兰辞》那样的白描手法,记叙了林桃的学艺过程和人生遭际。后半则用了四个以“林桃神剪开”起头的诗段,把林桃剪纸名作的种种画面移入诗中。把南剪、北剪的异同,林剪兼擅其长的创新之处,和盘托出。鲜活的剪纸,被灵妙、朴素的诗句再现出来,活灵活现。这首长诗,绝少虚词滥调,句句着实,笔笔用力。尤可注意的是,诗中还引入了不少漳浦的乡土语言,却毫无生硬之感。如:“可怜单手人,持家何由计?”“岁月平安顺,儿大亦成家。”“策杖前村路,串门小种茶。”……读来分外亲切有味。友麟的这一类诗,还有《“梁山鹿水展秀姿”百米长绢丹青引》、《浣溪沙·天福吟草》、《减字木兰花·芗剧〈保婴记〉人物谱(八首)》、《满庭芳·天福兰亭春禊抒怀》等,连接起来,几乎就是一部记叙漳浦地方艺事的小“诗史”了。

在这本《梁鹿诗词(二)》中,表现诗人个性,反映诗人人生忧乐的诗作似乎不是很多,所以偶有所见,就让我觉得心里一颤,不觉为之动情。如杨永寿《八声甘州·寄哀思》,写在台北的姐夫邀约作者访台,其约未践而其人已逝的人生小悲剧,“此愿平常事,谁料难酬”,背后的历史悲剧、现实课题,令人兴感不已。陈天祥的《仲秋登东坂中学教学楼》,写作者登楼远望时所见的景色,寄寓着深沉的人生感慨。苏作星的《卜算子·残花写意》,移情入于残花,隐括了别一种人生的遭际和“不为遭逢自怨嗟,依旧芳菲吐”的积极的人生态度,也是集中较为耐人寻味的好诗。他的绝句《水仙》等,也是外妍内秀、灵动活泼之作。洪懋杞的长篇七言歌行《闲室吟》,既承刘禹锡《陋室铭》的古调,又融入当代乡居读书人安贫乐道、蓄志待时的新意,虽写于二十年前,至今墨色犹鲜。他的《忆师院同学芗城聚会二首》,把怀旧之思和旷达之想,少年意气和中年感喟,重逢欢景和歌酒逸兴熔于一炉,写得语白如话,流转如珠。

更令人感到欣喜的是,《梁鹿诗词(二)》中,还收入一些青年的诗词作品，这反映了漳浦吟坛生机勃发、后继有人的兴旺景象。为了吸引更多的青年走上吟坛，漳浦诗词学会做了很多工作，付出了很大心血。每年春秋的天福兰亭诗会都会吸引青年参加进来，一些有才气的作者，一些有才情的好诗，就是在诗会中产生的。例如2003年（癸未年）春天的兰亭诗会，参加的陈建新、杨毅映、蔡建如，都奉献了他们清新灵巧的新作。陈建新的《天福杂咏》，用清词丽句概括地把千年茶史形象化了，同时也灵妙地留下了这次茶园诗会的即时之景。杨毅映的《西湖》，避开了熟景的罗列，繁缛的描写，以清简悠然的笔致，写出了人景交融、潭静水流、逝者如斯的意境："两杯西湖春，一潭寒烟翠。但坐莫复问，晚风轻轻吹。年华逝不回，悠悠如流水。"可谓深得以简驭繁、以少胜多之妙谛。蔡建如的《咏怀古意》则巧妙地剪取了想象中陆羽煎茶时一盹的情景，不但复活了茶圣的神态，也播扬了具有悠久历史的中华茶香，与绝句的规律若合符契。李旭红的《致友人》起于家常话，转入比喻语，终于梦中情，寥寥六句，写出了一种无须明言却余意悠悠的友情。她的《柳梢春·剪纸节抒怀》，上阕灵妙，下阕朴实，简洁清雅，自有新意。像"茉莉幽香，石榴红艳，巧手姣娘。一片云露，两条柳叶，点缀家乡"这样的诗句，称为"诗中剪纸"也不为过。至于许剑仕、陈玉珠的作品，虽稍显稚嫩，却也是有感而发，有叩而鸣，自抒性灵，不落窠臼的。他们的确是在"创作"，绝少因袭之痕。这是他们的特色，也是漳浦吟坛的希望所在。

披览完《梁鹿诗词（二）》的书稿，我觉得像是回乡神游了一番似的，心情非常愉快。请允许我引用集中两首绝句，来表达我的观感和心情：

六月山村涧树妍，金漳众苑独夸前。
俗淳物阜情怡好，一步归程一流连。

（林祥瑞《宿前苑村》）

数支乐曲顺风生，一路奔波倦意轻。
多少怀思今日了，乡音悦耳最怡情。

（林子里《乡音》）

这两首小诗轻灵曼妙，脱口吟出，深惬我心，把我读了《梁鹿诗词(二)》后所见之景、所兴之感，巧妙地说出来了。这样的诗语，这样的乡音，掩卷之后，还会在我心头久久回荡，摇曳不止。

2005年10月18日

写于"神六"飞船顺利返航之后

揽珍储秀耀乡梓　流泽播芳结墨缘

——沈耀明《收藏鉴赏文集》序

童年时随母亲从漳浦去澄海外公家做客，诏安是常常经过的地方，却从未停留。2006年秋，终于有机会到“书画之乡”诏安一游，造访了名闻遐迩的墨缘居，欣赏到居主沈耀明的许多书画藏品，由此结识了这位“草根”色彩浓厚的收藏家、鉴赏家，并留下了很深的印象。在他的热情导引下，我们参观了晚年回归乡梓的台湾十大画家之一、诏安画派晚近代表人物沈耀初艺术纪念馆，得见许多大师的真迹，徜徉涵泳，流连良久。在这短短的游程里，我也粗略地了解了这位话语不多、温文尔雅的书画收藏家的一些情况。他从时逢“文革”动乱的少年时代起就异时流而趋，越俗见而赴，开始自己奇特而感人的收藏之旅。揖别乱世，躬逢清明，他的收藏日见丰赡，斐然有成，逐渐显现了自己的特色，终于见知于世。他不视收藏为秘玩清供，而是以藏品用世，多次举办展览，助兴艺事，启沃民众，为书画之乡诏安艺坛添一缕滋兰树惠的清风。他又勤于自学，酷爱书画艺术，长期寝馈其中，渐渐形成了敏锐而精切的鉴赏力，发而为文，在书画评析和诏安画派的画史研究上，写出了许多引人注目的文章。

这最后一点尤其引起我的注意和兴味。收藏家中，精于鉴赏者不乏其人，善于操笔为文，以藏品为资作艺术研究者就比较少见了。作为文学评论工作者，我对于艺术评论，特别是书画评论，只能说略知一二，不敢妄谈。但我对于评论文章的写作，却是深知其中的甘苦的。要把艺术鉴赏中观摩体味到的灵动飘忽的美，捕捉到文字之中，写成精密条畅、意丰辞茂的文章，殊非易事。这里比创作更少依凭天赋，端赖力学苦修之功。沈耀明依靠自学达到通文、能文的程度，写出这么多受到读者关注、喜爱的文章，这是非常不容易的，实在令人感佩。

所以,当我陆续收到沈耀明寄来的准备收入《收藏鉴赏文集》的文稿后,便摒虑静心,作了集中而仔细的研读。我觉得这对于我来说,是一次很好的学习。这次学习,不但丰富了我对于中国书画的知识,领略了书画家的笔情墨趣,提高了艺术鉴赏力,而且在评论文章的写作之道上,也颇有得获。我愿以艺术同好者、文艺评论写作的同行的身份,写下我对于沈耀明艺术评论的一些观感,也算是作一次"评论之评论"吧。

沈耀明的艺术评论,是发端于他对于自己的书画藏品的欣赏研味的。他已发表的大部分书画鉴赏文章,都是以自己的书画藏品为资源、为基础的。这些文章,也就大体勾勒出了沈氏书画收藏的一个轮廓,体现了这位诏安收藏家的藏品的时代特点和地域特色,同时也透出了他的收藏风格。

沈耀明的书画收藏,虽说起步于"文革",但真正丰盛的收获期是在20世纪80年代初的头几年。那时改革开放刚刚开始,书画市场尚未形成,沈耀明以一个书画爱好者的热忱,近则造访,远则投书,以获赠的方式得到了不少当时尚健在的我国著名书画家的佳作。随着岁月的流逝,这些佳作成了为墨缘居书画藏品奠基的珍品。这些作品,虽不能说都是这些当代名家倾注全力的代表作,但却也是笔精墨妙、真气弥漫、活力四射的佳制,具有不可掩抑的独特的艺术神采。即以沈耀明为文评赏过的几幅作品而论,其中,有的是跟画家常见的代表性作品迥异其趣的作品,如"岭南画派"巨擘关山月那幅《墨梅图》,与他多次画过的红梅不同,虬干苍枝,灼灼白朵,如梢头著雪,凌寒怒放,生机勃勃,别有气韵。有的是画家拿出自己最擅长的题材,或旧作,或新写,都是妙于运思、精于布局、落笔着墨一丝不苟的创作,如岭南画派山水画家黎雄才的《风雨轻舟》,擅写雄鸡、曾得齐白石赞誉的金陵名画家陈大羽的《雄鸡图》,一生尤爱画瀑布的新金陵画派代表画家宋文治的《云壑飞流图》,当代著名人物画家刘文西的《陕北老汉》,对碑学书风有独特贡献、功力深厚的书坛大家沈延毅的碑体行书条幅《攻读夜囊萤》。有的则是画家凝思谛视,天机触发，以简笔轻墨而尽穷意态的清妙小品，如中国著名画家唐云聚写意与工笔之妙于一纸的《雏鸡啄花生》，“长安画派三杰”之一方济众那幅笔简墨淡、气韵生动的《河洲旁晚》。此外，沈耀明还以“画换画”的方式，收藏了早逝于1966年的福建名画家宋省予的《竹雀图》。

沈耀明对他这些得来不易的中国当代书画名家的佳制，真可称得上是能收之亦善藏之，能知之复乐赏之。他为这些藏品，逐篇写了鉴赏文章，每篇都记下收藏经过，描绘所画内容，指出笔墨特点，简介书画家生平。文章虽短，却笔致生动，翔实具象，以文字复按图画，往往收互为映照、相得益彰之效。有的藏画，如唐云的《雏鸡啄花生》图，宋省予的《竹雀图》，沈耀明还千方百计请著名书法家韩天衡、罗丹为之挥毫，配上诗塘。

沈耀明的这些当代书画藏品，当然只是中国当代书画浩瀚斑斓、气象万千的大江大湖不经意间逸出渗入民间的一缕纤流，我们无须夸大它们在书画史上的价值和意义。但是，它们是在一个历史的转折关头，在书画家们的笔墨刚刚从十年寒流造成的冻僵状况中复苏过来的时候，艺术家应当时还比较稀少的执著的追慕者之求挥毫而写的。这些被漠视、废弃已久的黄钟大吕，大叩则大鸣，小叩则小鸣，但所发皆为玉振金声，却是无疑的。这里有热情的挹注，灵感的闪光，笔墨的舒放，也有真诚的回应，含蓄的勖勉，“岂惜芳馨遗远者”（鲁迅诗）的美意。这些藏品上体现的时代性是非常鲜明的，因此也就别有一番耐人寻绎的意味。

沈耀明书画藏品中最大宗也最能体现它的收藏的地方特色的，是以诏安画派为中心的一批清中叶至民国的闽籍书画家的作品。沈耀明从鉴赏、研究自己的这些藏品入手，旁及地方上各方面的藏品和地方历史文献的著录材料，陆续写出了一些书画鉴赏文章和诏安画派研究论文，这些自成统系的文章和论文，构成了文集的最有代表性也最饶学术意味的骨干部分，同时也显露出他独钟诏安乡梓书画艺术传统，在考镜源流、继往开来中揽珍储秀、拾遗补阙的独特藏识。

沈耀明对诏安画派这一从清初绵亘至当代的地方性艺术流派各个发展时期的代表性画家的作品都有收藏。即以刊布于2007年6

月20日《丹诏乡讯》上的藏品而言，就包括了乾隆年间刘国玺的《清溪行舟》，嘉庆至道光年间沈锦洲的《莲花》，道光至咸丰年间沈瑶池的《钓蟾图》和谢颖苏的《墨竹图》，道光至光绪年间汪志周的《松鹤图》，光绪至民国初年马兆麟的《三雄图》等同属诏派但又画风各异的佳品。沈耀明除对诏安画派的分期断代、发展脉络、艺术风格、在闽与入台的影响等方面作综合的研究并写成学术论文之外，还对其中一些有代表性的画家的特别有个性的作品进行鉴赏评价。如他对自己所收藏的沈瑶池的指画《芦鸭图》的评析，就是一篇言短意丰、绘状入微、旨趣隽永的文章。指画在沈瑶池的画作中，只是偶见的殊制，但仍能见出其淡墨薄色、清新活泼的一贯画风；《芦鸭图》在指画中，更见殊中之殊：以指代笔画出了很难画出的近似兰蕙竹叶的芦苇，线条轻灵柔曼，叶片偃仰有致，可见画家知难而进、探索创新的精神。在嗣后回答读者质疑画中"芦鸭"应为"芦雁"的文章中，沈耀明不仅从师承渊源上指出沈瑶池此作，受闽籍大画家黄慎、华喦的影响，而且从"雅""俗"之辨的角度，指出《芦鸭图》以闽南常见的麻鸭、芦苇入画，恰足以见出这位俗轩居主人以俗为雅、俗到真淳反见大雅的乡土画风。这样的鉴赏，对于人们认识诏安画派的风貌而论，确有借一斑而窥全豹的作用。又如对作品存世较多的诏派丰盛期的代表性画家谢颖苏的画作，沈耀明则在介绍民国时期闽南著名收藏家吴名世的文章中，特别拈出最能昭示吴名世独具只眼的藏识的藏品水墨小品《秋菊八哥》予以推介。沈耀明引录吴名世友人黄慕周在此画上的题跋，自己虽不着一字，但已尽得此画的精蕴与风神。《秋菊八哥》虽为小品，却荟萃了谢管樵"画翎毛以鹳鸽（曾按：又作鸲鸰，俗称八哥）为宗妙，菊花则入选内府，竹石尤擅胜场"之"众妙"；而且它"以水墨写花卉，其韵趣生动，较之粉本板活悬绝"，从而验证了"名花品格风韵当于香色外求之"的画理。水墨精微，固无待于赋彩；画境乃意境，自非实境色相所可拘限。陈与义题梅诗说："意足不求颜色似，前身相马九方皋。"说的就是这个道理。黄慕周的跋语，不仅触及了文人赏鉴的会心处，而且借管樵笔意道出了中国文人水墨画创造"第二自然"的美学原理。如此言近旨深、烛幽显隐的题跋，无怪乎沈耀明全文征引，不再措辞了。在《"虚谷"之辨》一文中，沈耀明还介绍了藏友欧君所藏的谢颖苏《墨菊》扇面，让我们再一次领略了管樵以水墨写花卉，不待五彩而尽灵足神的妙笔。这篇文章的主旨是考证"虚谷"其人。经过长达十四年的追踪求索，沈耀明终于考证出受赠此扇面的虚谷，即写过《乙丑诏安城陷感事诗十首》、"以能诗闻"的诏安诗人沈实。从文中引述的沈实诵管樵姐谢芸史"积雪满山天欲晓，数声老鹤四无人"之句，竟"为之歔欷不置"的逸事来看，沈实是一位忧时感世，对当时"悲凉之雾，遍被华林"的衰世有着敏锐感觉的诗人。这就印证了管樵所画的稍显萎顿的菊枝和稍为折伏的残菊与"篱菊将残，秋容清淡，痛朝凉之感"的题句传递出的悲凉之感，是其来有自的。画师与诗人有着感同身受、声应气求的情感联系。这样，对"虚谷"的考证文字，便成了发明《墨菊》画意的点睛之笔了。

对于诏安画派晚近大师沈耀初，沈耀明曾写了论文《沈耀初是集诏安画派之大成者》予以评价。在《寥若晨星灿若霞》一文中，沈耀明在全面介绍沈耀初独树一帜的画风时，特别着重地鉴赏了他入选"百年中国画展"的名作《双鸡》图，以之作为沈氏大写意花鸟画的代表作。沈耀初在此图右上方题句："画鸡数十年，无一惬意者。此图草草而得。"可见大师对自己此作的爱重。沈耀明先是对一高一低，一张一敛，一伸颈回头反视、一缩颈低头觅粒的双鸡之夸张的形态和强化的神气作了准确的描绘，然后指出这种变形写神的大写意画法体现了画家在"似与不似"之间捕捉美的瞬间的审美追求。接着在为读者释疑的《为什么说〈双鸡〉是佳作》一文中，进一步从画家的笔墨个性、造型特点、以情造境三个方面，阐明了《双鸡》图的精妙之处。文中除了对画家画鸡时采用交错的短线与积墨点厾法堆积出浑厚的体积感的独特笔墨作了精到的分析，还对《双鸡》中的公鸡形体作了三段剖分的体贴疏解。这一段文字细入毫芒，惟妙惟肖，不是多次揣摩研究沈耀初《双鸡》原作及其他大量作品如沈耀明者，是很难写出来的。最后，在回答辩难者诘问的《困惑相与析》一文中，沈耀明指出沈耀初以篆籀笔意作画，乃是远承吴昌硕用篆籀之笔写花鸟,极古朴雄浑之致,得金石刚劲遒媚韵味的近代创新画法,并对“十分经意”的创作构思、运笔使墨与“逸笔草草”、形简神饶的画面效果作了统一的界说,引陈师曾论文人画不求形似而另有寄托的卓见以证之。陈师曾在论工笔与写意的关系时说:“人意之求工,亦自然之趋势。而求工之一转,则必有草草数笔而摄全神者。”沈耀初画鸡数十年,未尝不穷求其工,但仍感到“无一惬意者”;而《双鸡》图“草草而成”,却足以摄全神而成为画家的代表作,这正是“求工之一转”,超越无可回旋之实境转求于意境之经营的结果。从陈师曾的见地看来,沈耀明三评《双鸡》的短文,在对写意画的具象分析中,透出了一种艺术哲学的意味。

沈耀明对当代诏安书画家的作品,也有热情而湛深的评介。他对高继文的花鸟画的评论,既有综览多幅画作,概括其艺术个性的述评,也有记述其与老画家魏传义合画《松鹤图》的经过,深入赏析这幅难得的佳作,体味其独特的构图与气韵的个评。他对高龄的诏安指书家许崇五的指书条幅“苟利国家生死以,岂因祸福避趋之”,也有精到的评论。这说明他的收藏和赏鉴,有着较为广阔的视野,具有“不薄今人爱古人”的襟抱。

沈耀明对诏安画派之外的一般清代至民国时期的书画作品,多有收藏和鉴赏。他对徐悲鸿所藏黄道周山水画《疏林水屋》和东山县图书馆藏楷书本《榕颂》的鉴赏,既精析其书其画,又追慕其人其行,读了令人肃然起敬。他对几乎湮没无闻的清代福州画家李丹麟的《莲花博古图》的收藏与精鉴,充满了戏剧性和沧桑感,显示了独具只眼的识力。最使我感到兴味盎然的,是他对清末民初诏安收藏家沈瑞舟(字苞九)的几件书法藏品的鉴识。这里有清末江春霖楷书杜甫《后出塞》之一的“朝进东门营”一诗的长条幅;也有清末书家林祇曾集唐代诗人许瑶和窦冀所作《怀素上人草书歌》的诗句而成的七绝“志在新奇无定则”的草书诗轴;还有清代四进士蔡曾源、黄彦鸿、林乾、庄清吉为沈苞九所书的行书条幅,所书内容前三幅为有关画、诗、书的三则小品,后一幅为录王渔洋诗。沈耀明对这些书法作品的赏析,既能提摄全幅精魂,大处着眼,又能细赏一笔一画,微处探妙。论书文字，最易玄奥飘忽，浮而不切，但这几篇文字，却能写得剀切清新，头头是道，让人读后一豁眼眸。

沈耀明于收藏鉴赏书画之外，又旁及各种带有书法、绘画的文房用具，这也是他的书画收藏鉴赏的一个延伸吧。最有意思的是他对藏友所藏乾隆二年“颛庵”铜印上錾刻的四幅人物组画和印顶星月天空图的描绘，真是栩栩如生，让人不能不叹赏錾刻者着想的超拔、情趣的绝妙和鉴赏者观察的细密、表达的清畅。《秦丹送沈剑秋铜墨盒序文小考》、《姚华书法铜墨盒》和《吴天章“文字之祥”端砚赏析》、《别具一格的青石“心”砚》等文，所赏者或为墨盒，或为石砚，但作者的着眼点，仍在其书其文，以及其中透露出来的文化精蕴。

读完沈耀明这本《收藏鉴赏文集》，我像随着作者的文字导引，把墨缘居藏品以及沈耀明经眼并鉴赏的那些书画作品，又目击神游了一番，于是乎很有些感慨。沈耀明的收藏，并没有多少海内古今大家巨匠的名品；他的鉴赏文字，也并不是那么渊雅宏博、高妙入神。但它是那样坚实、恳切、具体，使我读后对书画艺术一途明白了不少。我国著名的画史画论研究者余绍宋曾指出：“昔人论画，每不屑作明显之语，最喜高谈神妙。不曰艺进于道，即曰妙入化机，甚且有涉于禅理及太极阴阳者，几使读者忘其为论画之书。非唯不适于实用，亦与画者萧散之旨有违。”“又多偏重文章，往往有极浅显之理，数语即可了澈者，因重词华，反成艰涩。”他所指出的这种论画很少平实讲解，因之亦少发明的情况，其实也是整个文艺评论界的积弊。记得过去读鲁迅《〈凯绥·珂勒惠支版画选集〉序目》，很为那些平实切要、具有鲜明的浮雕感的说画文字所吸引、所折服，私心以为这才是论画的正途、赏鉴的典范。沈耀明的书画赏鉴文字，当然不能和鲁迅的论画评画文章并论，但就平实、恳切这一点上，却可以说是与先贤相通的。正因为这样，我才乐于为之作此序引。也希望沈耀明在这条探求艺术真谛的道路上，切切实实地走下去；更大更多的创获，还在前头。

2008 年 1 月 14—22 日

写毕于美国罗得岛州林肯城寓所

春夜的遐思

居京 39 年,我还是第一次遇到这样冷清而紧张、漫长的春天。由于“非典”的肆虐,城市的心揪紧了,市民的神经绷紧了,路上人影稀疏了,喧闹的市声远遁了。北京,这座楼宇如森林,通衢如蛛网,灯火如星海,车流、人流昼夜不息的城市,怎么寂静成这般模样!

其实,岸柳还是径自款摆着碧绿而柔韧的枝条,迎春花、玉兰花、桃花、李花还是依着时序次第盛开,草坪还是渐渐回黄转绿,春水还是如期泛起清波,春天毕竟是春天。北京之春,一向因其稍纵即逝而倍增其魅力;即使是近些年来时或来袭的沙尘暴,也挡不住四面八方接踵而来争睹其芳容丽色的中外游客的脚步。

但如今,一个幽灵潜入了无边的春色,到处播撒着肃杀的秋气。在切迫可感、随时随地可能袭来的危险面前,北京市民凝聚起生命的全力,投注到抗击“非典”的搏战中去。站在第一线与“非典”作殊死战斗的白衣战士们发出了用生命践约的巨响,在看不见的风暴里锻铸着这座伟大的、古老而年轻的城市的尊严。被打了个措手不及的城市,在趔趄了几步之后终于又站稳了。它已经开始了伟大的反击。它在这个特别的春天里呈现的罕见的冷寂,是“吃一堑,长一智”所必需的群体的反思,是在绝大的危难底下亟思抖擞的悄悄的准备,是烤干泪水、穿透死亡的一道照射在天幕上的伟大而猛烈的寂光。

也因此,作为这个城市的一分子,每当春夜垂暮的时分,我总要独下高楼,走出社区,到马路上去漫游。我领略、体味着北京这个春天异乎寻常的冷寂,驱策着我的遐思行进。沿着西坝河河岸前行,迎面拂来的微风中既有花草树木的清香,也有说不清的一丝异味。走过村民和外地人群聚而居的村落,仍然看见了走出湫隘的小屋出来聊天、透气的三三两两的人:有的戴着口罩连说带比画,有的在马路边打羽毛球,有的扶着蹒跚学步的孩子……他们似乎比住在高楼里的老市民更有生命的健旺的元气,更坦然更平静地面对生活的变异。我继续前行,走向去年刚落成的太阳宫公园,这是一个以地球、宇宙、生命为主题的公园。透过铁栅栏,我看到那些演绎天体运行和生命进化轨迹的雕塑群凝定在淡淡的夜色里。

我继续漫游着。回来的路上,几乎不见了人迹。三环路上间或有车灯掠过,似乎是在无声滑行。没有了平时的拥挤和喧嚣,我突然感到了孤寂。孤寂使我感到不安,不安使我加快了步子。几乎像溃逃一样,我匆匆回到了家里。仿佛历险之后回到了安全地似的,我长长地舒了一口气。我终于看到了我的勇敢、镇定和洒脱的限度。

在灯光下,我苦笑着翻开了鲁迅的《秋夜纪游》,读着:“危险?危险令人紧张,紧张令人觉到自己生命的力。在危险中漫游,是很好的。”但我面前的危险和紧张,不是文章中所描绘的荒村野外,犬声如豹,一声狂嗥巨獒跃出引起的那种紧张和危险,而是尚有许多人类未知谜团的“非典”病毒的不声不响、无嗅无踪的传播与侵入。这是一阵夺命的毒雨,它突如其来,难测行止,谁也不知道它会不会洒在自己头上。“最悲苦的是死于慈母或爱人误进的毒药,战友乱发的流弹,病菌的并无恶意的侵入,不是我自己制定的死刑。”——这不也是鲁迅说的吗?谁愿意无端地尝味这最悲苦的厄运呢?我和我的千千万万同类面对“非典”病毒时本能地产生的恐惧,正是生命自卫自珍的一种心理反应。

我打开了电视。屏幕上正在重播王志采访钟南山院士的“面对面”节目。钟南山,这个像山岳一样坚定、博大的科学斗士,在这个后来命名为“非典”的不明原因的急性传染病刚刚露头的时候,率先站到了阻击它的最前线。他以自己对科学真理一贯的热衷,怀着追求自己从事的领域里的未知数的激情,率先对急重“非典”病人进行集中收治,积累起诊断、救治“非典”病人最初的宝贵经验。他最早意识到这场与传染病搏战的全人类性,提出与世界同行交流资讯与经验的主张,为此还承受了某种压力。他以自己高尚的医德,精湛的医术,卓特的胆识,实践了古希腊医圣希波克拉底的箴言:“机遇诚难得，试验有风险，决断更可贵。”在冷面主持人王志严峻的提问下，他的回答平静如水，澄明如镜，朴素而坦诚，毫无电视观众在别的场合见惯了的自矜和得意之色，每一句话都引起了我的震动和思索。

我忽然想起，在钟南山和他的战友们在全国最早打响与“非典”病魔的遭遇战的时候，我正在老家福建漳浦过春节，正为老百姓中流传的“广州发生了人瘟”的传言和随即出现的抢购白醋和板蓝根的风潮所惑。一向比较相信政府的我自然不为流言所动，在老家过完元宵节立即飞往广州近旁的佛山市高明区，参加长篇小说《大江沉重》的研讨会。会上，作家出版社的张懿翎为广州的作家朋友带来大批板蓝根冲剂的热情之举，成了大家善意调侃的一件趣事。大家轰轰烈烈地开了会，顺顺当当地绕道珠海、大亚湾转了一圈，平平安安地飞回北京，现在想起来，虽然谈不上后怕，但心里不禁有点嘀咕，真是“履险不知胆始大”呀，殊不知，我们和绝大多数广州人的平安，正是拜钟南山和他的战友们之所赐呀。溯洄思之，感激之情油然而生，景仰之心肃然而起。

回京以后，两会召开的盛况，伊拉克战争的惊雷，把人们对“非典”的仅有的一点淡淡的概念几乎挤到爪哇国里去了。虽然有友人在越洋电话里一再告诫我“你现在已经在“非典”疫区里了，千万别满不在乎了”，但我仍然相信自己在国内有限的见闻，认为那是春节后发生在广东的事，早就解决了。因此对友人的提醒，心里大不以为然。那时，对于“非典”，我和大多数人一样，不知其毒性之烈、为祸之大，不信其肆虐已甚，不觉其威胁临头，自然也不会有恐惧感。待到党中央采取果断的组织措施并对“非典”疫情进行公开的、及时的发布之后，我才如梦初醒。睁开眼睛看疫情的结果是，我和大多数善良的、见闻有限的人们一样，被震骇了。于是有了突然到来的静市，有了令人惊悚的这个春天的怪异感，也有了因生命的薄脆、疫情的蔓延而生的恐惧。当造物主的皮鞭抽打下来的时候，人们的恐惧和躲闪是人性最自然的表征之一。有了这恐惧，才有对大自然的敬畏。叫醒胜于沉睡，迟做胜于不做。每个人知道灾难的真相后感到的恐惧和后怕，汇聚成了一个民族的危机感和警觉心，促成了当前这一场战场实况完全透明和公开的全民族的抗击“非典”的伟大的战斗。“真的猛士,敢于直面惨淡的人生,敢于正视淋漓的鲜血。”(鲁迅语)多有这样的“真的猛士”的民族,是不会被从“世界人”中挤出的,更不会被“非典”这一类突发的灾难击垮。

我几乎天天继续着这春夜的漫游,也时时进行着关于这一次的灾厄的由来、发展、突转和前景的遐想。“人多是‘生命之川’之中的一滴,承着过去,向着未来,倘不是真的特出到异乎寻常的,便都不免并含着向前和反顾。”(鲁迅语)我当然只是“生命之川”中极其寻常的一滴。我在“非典”时期的遐思,自不免受一滴之所限,似乎有点耽于反顾,略输宏放。其实,白衣英雄们赴难的果决和沉勇,他们所付出的生命、泪水、汗水和辛劳,邓练贤、叶欣、梁世奎、李晓红等殉难者的义勇和悲壮,也时时撞击着我的心灵,牵引着我的泪潮。开诚布公、以民命为重、对人民对历史高度负责的领导人昼夜操劳、深入民众的言动行止,政府为抗击“非典”所做的非同寻常的努力和艰苦卓绝、浩繁沉重的动员、宣传、组织工作,都是每一个中国人看在眼里、记在心里的。恐惧正在转化为明白的科学理性,警觉中已注入了深沉的勇气,对眼前还在艰苦地进行着的抗击“非典”的大战斗的目击和思索,正在积淀成对中华民族精神发展史、中国社会发展史、社会主义政治文明发展史的重要一页的书写。这是意识到历史的深度并注入了时代的远见的庄严书写。

郁达夫曾说过:“要全面了解中国的民族精神,除了读《鲁迅全集》以外,别无捷径。”我的“非典”时期的遐思,如上所记,已经多次萦绕着鲁迅的声音行进了。那么,就让鲁迅的明哲的话,再出现一次,为我的漫游中的遐思作一个小结吧——

生命不怕死,在死的面前笑着跳着,跨过了未亡的人们向前进。

什么是路?就是从没路的地方践踏出来的,从只有荆棘的地方开辟出来的。

以前早有路了,以后也该永远有路。

谨以此献给投身于抗击“非典”的亲爱的同胞们。

2003年5月9日

魂系未名湖

好的大学的校园未必都会有一个美丽的湖；但是，如果有一个美丽的湖在名校的校园里，那么，不但校园将因她而生色提神，她也会因名校之名而驰名遐迩，成为映照名校校魂、校格的明亮无滓的眸子，为一代代学子孺慕、思念的情丝所牵系。我的母校北大的未名湖，就是这样一个美丽的湖吧。

我曾经站在中学母校的射圃潭边，憧憬着未名湖——那是在等待高考发榜的日子里。在校教导主任朱全春先生鼓励下，我不知深浅地在第一志愿栏里填了北大中文系，从此就开始了忐忑不安的等待。那时，我在北大招生简章上，就已看到了照片上未名湖的湖光塔影。“未名湖”，这名称无端地让我感到一种神秘和激动。当时正耽读鲁迅的书的我，不知为什么，会悬揣未名湖这个名称可能和鲁迅带着韦素园、李霁野等人创办的文学社团未名社有关——后来我才知道，这两者其实是毫不相干的。直到现在，我也不太清楚未名湖这朴素的、谦静的名字的由来；但那时，这名称给我一种新鲜的、辽远的感觉，牵引着我青春的憧憬。在我青年的梦想里，它预示着一个广大的、未知的世界，预约着一种与边远南方小县城的生活别样的美好的、开阔的生活。当我终于拿到北大的录取通知书，梦想成真，启程北上的时候，已经开始在脑幕上绘状起未名湖的面容了。

我的想象具体是怎样的，现在是一点也没有印象了。无非是比照中学母校射圃潭的样子猜测罢了。我记忆中的母校漳浦一中，是一个花草树木掩映的美丽的地方，空气中永远弥漫着湿润的泥土味和花香。校园中最宜于晨读的去处，是射圃潭边的凤凰树下。射圃潭在校园的东边，有前后两个绿潭——也就是四围有布满乔木花树的土坡环绕的水塘。塘水绿如油，总有半塘或一角浮萍绣在水面上。

塘水有进出口与东岸土坡外的大田沟渠相通,水是活泛流动的,无风的时候,也会有粼粼清波向东泛起细微的波痕。朱熹《观书有感》诗说:“半亩方塘一鉴开,天光云影共徘徊。问渠那得清如许?为有源头活水来。”常在潭边漫读行吟的我,觉得这首诗简直可以题为“观射圃潭有感”了。射圃这名称,大概是我们漳浦县前清时代教习骑射、观摩六艺的场所所遗下的,那是一片林木苍翠蓊郁、土坡起伏、潭水清幽的开阔地。漳浦一中的校园,只是射圃的一角,却把射圃南北两潭收纳其中了。我很喜欢母校有这么一个小而美丽的射圃潭。校不在大,有师则名;园不在深,有潭则灵。我们漳浦一中,那时也是名师济济,潭水盈盈,钟灵毓秀,培桃育李的一方弦歌之地,饮誉于梁山鹿水之间,与毗邻的黄道周讲经堂古今互映,为当地学子所仰慕。现在四十多年过去了,中学母校的校园旧貌,在记忆中几乎都模糊了。只有射圃潭的绿水和青萍,潭边我常常爬上去骑坐在树杈上静读的那棵翠叶层层如伞的凤凰树,还鲜明地留存在我脑子里;一如我后来一想起北大就马上会想起未名湖,想起自己在湖边的数不清的行踪和留痕一样。

我终于来到了未名湖畔,浸润在这灵秀美雅的湖光塔影里了。至今我还记得42年前第一次看到未名湖时那种惊入仙境的印象呢。我是从通往博雅塔那条路走近未名湖的。下了一个陡坡,右边是拔地擎天、重檐卷云的高塔,左前方豁然一亮,好大一片碧绿清亮的水面!未名湖,以她那参差杂出的湖石和蜿蜒回旋的草坡织成的曲岸,围拥着一泓水光潋滟、波细如绫的净水,颤动在我眼前。我站在湖的东南角岸边,听着轻柔的水声,眺望着对岸的楼阁、石舫、平林、高树,还有映衬这一片清景的淡蓝的苍穹。柔光洗眸,惠风涤身,旅尘尽洗,我感到神清气爽。坐了三四个日夜的慢车后看房子好像都在晃晃悠悠地移动的眩晕感消失了,远离故乡、亲人走向神秘、陌生、奇寒的北方的南方游子的慌怯也退去了。一种从美的圣殿、从智的灵泉传出的隐秘的、无声的清音,把战栗和欢欣从我心中唤起,漾向全身。我轻快地绕湖走了一圈,来不及细细指认和观赏沿湖的建筑和景致,只是让心像滑翔在水面的鸟儿一样,贪婪地、匆匆地把这片明瑟浑融的湖景掠了一遍，就匆匆离去了。我很踏实地感到自己已被未名湖接纳，和她连成一气了。以后的造访、勾留、耽赏，难道还会少吗？我会像流连在故乡母校射圃潭边一样，眷恋、依随着未名湖，开始美好的大学之旅，向着新的人生境界奋飞。

当然，这只是当时正做着诗人梦的青年学子诗意地栖居于天地间的一种美的幻觉，是直待意气拿云的青春憧憬的飞扬伸泻罢了。实际的情况是，即使身为北大学子了，在我们所遭逢的那个板荡多事的时代，未名湖的清莹秀澈、漱涤身心的灵胜，又岂是等闲即可朝夕领略的？且不说我们所居住的宿舍区、所活动的教学区与未名湖景区之间还有一段距离，更有一片林木郁然、环连起伏的冈峦区隔着，就说我们那时被时代的劲风吹荡着的心帆吧，早已在颠簸冲撞、载沉载浮中，把我们感应涵纳未名湖华严渊静之美的灵根慧性遮没了。现在回想起来，在我的被"文革"的泻地狂流冲击得昏乱灭裂、栖栖惶惶的整个大学生涯里，竟没有留下多少与未名湖的美相往还的美好回忆。其实，并没有什么人为的禁阻，也不至于有什么诋美为丑的幼稚乖戾的观念；人心随世局的迁化而移易，即使栖居在美境，也会"心远地自偏"的。而那时，未名湖及其周边的塔亭楼阁，绿茵碧树，虽然没有遭到人为的破坏，却也因缺少修葺增补，而显得有些破旧萧条，文消野滋了——未名湖作为人文气息浓郁的自然景观，作为一种人化的自然美，是需要有高雅的审美的心灵的照拂呵护的。而那个时期，未名湖是有些被怠慢、被疏忽甚至被遗忘了。当我在 1970 年春带着简单的行装和武斗期间散失殆尽剩下的几本残书凄怆地离开北大时，我和同学们谁也没有想到应该去和一度牵挽过我们的青春的梦的未名湖作最后的告别。未名湖，在我荒漠的心中，早已是渐行渐远的一抹水光和绿意而已。孙玉石先生有一篇文章记叙了五院门前那一片绿草地的变迁。他说："一所好的大学应该是人类的精神童年，它拥有一片永久的绿色空间。"对于北大，这永久的绿色的空间，当是包括那片绿草地在内的整个未名湖景区的翠草绿树、碧湖青天的景观。可是，在 70 年代的那会儿，我的精神童年似乎失去了，我的赤子之心也似乎老化了；涵濡我们爱美天性和纯真的心灵的未名湖，连同她的水色和绿意，也似乎从我精神的崖头跌落了。

一直到了我第二次回到北大继续做我的文学之梦的1978年，我才找回了迷失在心野里的未名湖。有一天绝早，我骑车骑了很远的路，从长辛店赶到俄文楼去上龚人放先生给我们上的俄文课。时候还早，我转过临湖轩旁那一大丛亭亭玉立的修竹，向那条环抱着一个小绿潭的微径走去，左边的崇阜石崖上茑萝翠蔓，蒙络摇缀；右边的潭沿，青树临深，参差披拂。曲径似隐似现，阴翳忽浓忽淡。十几步开外，未名湖的一湖白波，在晨光中闪烁明灭，似乎在轻合柔掌，向我这个已届中年的晨读者颔首致意。我快步走到湖边，深深地吸了几口温润的湖风，环视着晨雾氤氲的湖面，心里涌起了一阵感动。水何澹澹，塔何巍巍！未名湖，你的失学的孩子又回来了。

这一次重返未名湖，怀着对失而复得的珍品倍加爱惜的心理，我对未名湖更加依恋，对她的美也有了更深的领略、感悟和探究。我有点惭愧地发现，对于像我这样的"老北大"，似乎对未名湖的种种该是再熟稔不过了；但不然，我对未名湖始终留着些未知的或知焉不详的成分，也许可以说是七分熟三分生吧。就说湖的东南角那座耸然而特立，干日而戛云，远望秀雅翼然，靠近了才能感受到它伟岸沉雄、体大魄宏的气势的灰塔吧，有一段时间我一直以为它临湖取势，该也叫未名塔吧。后来才知道它叫博雅塔，取义博大典雅，与北大博大包容、古雅脱俗的校风相配称。听说它并不是粹然的景塔，而是融实用与美于一体的水塔，至今我也不知确否。再说未名湖的来历吧，我刚上北大那会儿只听说它的前身，是清朝的贵族园林，有一个大官逾制私修了湖中小岛东面那一座仿颐和园大石舫的石舫，被朝廷发现，人被罢官，园被查封。后来看了一点零碎的校园史料，才弄明白了北大现在的校园原是清代帝王的赐园，素有八大园之称，包括了明至清末的八大名园。未名湖西北一带，住过许多北大名师，我们耳熟却未能详之的朗润园、蔚秀园、镜春园、畅春园等大概都在其中，而最有名的，当属明代书画家米万钟的勺园和清乾隆赐给他的宠臣文华殿大学士、一等公和珅的淑春园。北大现在的校园即燕园的主体部分，就是两百多年前的和珅花园，未名湖西南方的勺园，也是校园的一部分。1952 年院系调整后，北大把并入的燕京大学的校址作为自己的新校址，从东城沙滩红楼搬了过来，从此，燕园就成了北大的别称。燕园并非八大园的旧称，而是燕京大学校园的缩略语，而燕京则是北京之旧称。燕园属于北大，燕园所环抱的未名湖，方始成为北大引以为自豪的一颗熠熠生辉的明珠。而住过更多名师的燕南园、燕东园、燕北园，都是因其在燕园里的地理方位而得名的——大概是规制燕京大学的校园时才有的吧。

在燕园所在的北京永定河古河道上，原来是一片河湖沟汊密布的水乡。清人诗云："丹陵沜边万泉出，贵家往往分清流。"沜，即"泮"的异体字。泮，即古代贵族进行射礼的地方，泮宫即是培养贵族子弟的学校。流经学宫之旁的万泉河，是灌注、潴积成未名湖和周遭许多小湖——如更北边的红湖和朗润园里季羡林先生种过荷花的荷塘、北大西门内的方塘等等——的活水源头。诗人王思任有一首描绘当时未名湖及诸小湖的景观的诗："才辞帝里入风烟，处处亭台镜里看。梦到江南深树底，吴儿歌板放秋船。"可以想见这一带湖泊波平如镜，船歌互答，亭台座座，深树笼烟的美景。看来，燕园故址之为学府宝地，其来有自；上庠佳气，涵煦年深。我们心中的未名湖，是不能离开远远近近掩映在草木塘池中的名师如云的诸园而存在的，也是不能离开西校门东进直达湖边的中西合璧，殿顶飞檐，丹拱碧瓦，典重遒丽的诸楼而存在的。从六院的深秀，南北阁的玲珑，钟亭的端凝，到湖北岸的"德、才、均、备、体、健、全"七斋的英挺；从圣殿般的办公楼前的移自圆明园遗址的汉白玉华表，阶前两座目光严峻、形态凶猛的狻猊，到未名湖湖中小岛上的书亭、石舫；还有簇拥着、荫护着、映带着、延展着这些建筑物的起伏的坡冈、葳蕤的草木、芊芊的草地……所有这一切，都属于未名湖，都是我们心中未名湖的名下应有之景。只有这样去综览概观，才能领悟未名湖真是郁郁乎文哉的大学之湖，是哺育了成千上万、代代争辉的英才俊彦的智慧灵泉。

1982 年，我结束了研究生的学业，又一次离开了北大，离开了未名湖。毕业前，我们几个同门学子——我、董学文、杨星映和前年已不幸逝世的郭建模，和导师吕德申先生一起去燕东园杨晦先生家里，和杨先生在屋前的藤萝架下合影,然后又到博雅塔下以未名湖及湖心岛、石舫为背景照相留影。时值金秋,湖树褪绿转黄,五彩斑斓。柳丝拂面撩发,好像未名湖伸出柔指爱抚、挽留我们。我们心里充满着对母校、对未名湖的眷恋之情,依依不舍地离湖出海,再度远翥高飞而去。

因为老北大在五四运动时的声望,有的学长认为,燕园和未名湖风光灵秀,确是北大的骄傲,但北大精神的标志不是燕园和未名湖,而是位于北京东城沙滩的红楼和当时的民主广场。这看法也可聊备一说吧。但是我相信,绝大多数校友,还是愿意把未名湖当做北大的灵魂之镜,当做北大精魂的象征,珍藏在自己的心中。记得冰心在回忆她在燕园当青年教师的生活的文章里,曾经写道,她那时住在未名湖北岸"德、才、均、备"斋的宿舍里,未名湖曾一度是流断水枯的一个废湖,一片可以步行穿越的低洼的湿地。后来经过一番疏浚,聚水成湖,砌石为岸,铺草植树,才渐成景观。试想,在那时黄埃漫天、风沙澒洞的北京西北郊,出现这么一个柔波明眸、花木翠绕、高塔雄峙的未名湖,那会在渴望着花、草、歌、笑的莘莘学子心中,引起怎样的欣悦和激动呢。智者乐水。水在不舍昼夜的流动中,"以出以入以就鲜絜,似善化"。中国古代哲人们在水这一自然物的流动活态中感悟到人类追求智慧,向往美善,激励自我,提升人内在的本质力量的同一种律动;这同一种律动作为动态的心理积淀,也传递到了现代人的心中。——也许,这就是牵引着北大学子们亲近未名湖,乐见未名湖,忆念未名湖的那种隐秘的吸摄力吧。

不久前,我偕一位女儿在威尔斯利女子学院就读的友人,去游赏了学院内的LakeWaban。83年前,在这儿留学的中国青年作家冰心,谐音会意,把她称为慰冰湖,以慰幽寂的乡思;同时又称她为"海的女儿",以寄托自己终生眷恋大海的情怀。打那以后,有机会访问她而又多少有些文学气质的中国人,都在心里唤她慰冰湖,对她陡增起亲切的情感。

那天下午,时当深秋季节,威尔斯利校园内的枫树次第红遍,绝艳骄人。我们一边欣赏着一树树披金染丹的"秋之骄子",一边踏着校园甬道上的满地秋叶，顺着缓缓下倾的草坡，向在午后的阳光中颤动着盈盈白波的慰冰湖走去。身后，一排高探楼头的枫树把它们积蓄了一夏天的热情，倾泻在纷披而下的丹红耀眼的枝叶中，像从高崖跌落的红瀑一样震慑心魂，引人回眸；前头，一泓远带岸渚的碧水守护着她四季如恒的静谧，像披着缀满银片的绿绸裙裳的少女枕岸小憩，略带沉思的意绪，不动声色地牵引着我们的步履。一阵清风拂林而至，揉碎了参差杂出的湖石近旁赤橙黄绿的树影，把“秋之骄子”的红枫林的如瀑热情，揉入“海的女儿”明丽的波心里。我们静静地痴立着，感受着大自然的美的交融，享受着这树彩与水光的盛宴，一时竟无可言语了。

良久，我们才沿着湖畔积叶和衰草铺成的松软的林间小道向前走去。听着湖波抚岸漱石的水声，望着对岸意大利花园里一两处探出树海的建筑的头角，掠了一眼静泊在湖边的几只蓝白相间的游艇，我们在心里暗暗规拟着这湖的形状和大小。友人有点感慨地说：“这慰冰湖，比咱们的未名湖，可大多了，也野多了。”是的，眼前的慰冰湖，与我们俩心中的未名湖，与我少年记忆中的故乡射圃潭，若论大小之比，也许就像大柚、青枣与绿豆吧。她们的美也是各不相同的。但是，对于我们这样只能偶尔来此作惊鸿一瞥的远客来说，慰冰湖虽有几分因冰心与她的文字缘而带来的亲切，但毕竟还是生分的。不要说环湖而游，尽览湖边的疏林密树、斜径浅滩了；也不要说涉湖而过，到对岸的层层松林里一探异国园林的究竟了；更不必说月夕花晨，泛舟湖心，领略那“舟轻如羽，水柔如不胜桨”的况味了……就是临湖小坐，像女诗人那样，以毡覆膝，执卷静读片刻的风致，都是难以践行的奢望。匆匆而来，急急离去，转瞬之间，我们就会汇入高速公路上黄、红对流的灯川里；秋林斑斓、秋水莹澈的慰冰湖，很快就将淡远得像天边的微云一样，在记忆里只留下轻细的一痕罢了。

可未名湖则不同了。对于在燕园里前后两次共上过十年学的我来说，她是我心中永远珍存的湖。我曾以青春的情怀亲炙未名湖，也曾以中年的哀乐感受未名湖。一提起她，我就会重新捞出似乎已沉没在忘川里的那一幕幕与未名湖的清景连缀在一起的往昔生活的断片;同时,与未名湖的湖波隐隐约约相通的心潭也就会泛起异样的波纹。未名湖对于我来说,是人生最可宝贵的一部分,是生命中最本真的一面的见证。她的每一寸柔波,每一棵岸树,每一块湖石,每一痕塔影,每一缕水光,每一绺柳丝,每一朵花瓣,都曾映入过我的心镜,为我温热的心泉所浸润。她的确是我魂牵梦绕的湖,是永远贮在我心之岩窍里的一泓闪着智光的灵泉和圣水。

啊,魂系未名湖!

2006 年 10 月 25 日夜

写毕于美国罗得岛州林肯城

初到北大中文系上学的日子

刚听到北大中文系要纪念建系一百周年的消息，我有点惊讶，也颇为感慨，第一个直觉的反应便是："想不到咱们中文系的历史，竟有这么悠久了。"这既是心里的自说自话，又像是和远远近近、暌违多年的师友晤对时的同声兴慨。说来惭愧，我虽然在青、壮年华曾两度忝列学籍，在北大中文系求学前后达九年之久，但离校多年，对她的记忆、了解和系念，毕竟是日渐疏淡了。尤其是对她令人景仰的百年历史的珍贵史藏，对她在研究、传承、流布祖国的语言、文学，教育培养一代代优秀学子方面取得的成就和光荣，我知道得太少了。当此为她的百年华诞祝嘏之际，我想我的感恩致敬之辞，怕不免流于肤廓迂远。不过，眼前这远隔重洋传过来的纪念文集《我们的学友》的亲切邀请，和我心里一触就油然而生的"咱们的中文系"的回应，汇成了一种自豪、亲切的感觉。这种自厝其中、无间于外的感觉，使我好像回到了四十多年前的情景。记忆的丝缕，便跟着这种美好的感觉，一寸寸鲜活地牵拉出来了。

我是 1964 年 8 月下旬的一天，从东海之滨的福建漳浦县，来到北大中文系上学的。进校以后，很快就找到了设在大饭厅北侧的中文系的迎新点。在那里，由接待的同学把来报到的新生接到学生宿舍去安顿下来。像我这样路远的新生，都是人先到，行李未到，所以都得由高年级同学把暑假回家尚未返校的同学的铺盖先借给我们使用。我记得接待我，帮我抱来铺盖的是一位精瘦而机灵的二年级的福建籍同学。他领我走到 32 斋前，说："咱们中文系就住在这儿！"他带我住进四层东头紧靠边的一个大屋子，里面已经住着好几位先我到达的新生了。大家一见面，互报姓名，有的南腔有的北调，有的矜持有的热情，不过交谈、相识之后，很快就成了融洽的室友了，离家不久初到陌生地方难免会有的孤清感顿时消融了不少。那一晚，不知是因为被坐了好几个日夜的火车晃悠累了，还是因为终于到达了目的地感到踏实了，我睡得特别香、特别沉。第二天醒来，浮上心头的是一种安妥感："我总算来到北大中文系了。"那时，32斋的二层以上，住的全是北大中文系的学生。我记忆里在北大中文系上学的最初的日子，首先就是在32斋生活的情景。

忘了是住下后的第二天还是第三天，我就见到了两位最早来看望我们的师长。一个是后来成了我们班的辅导员、至今还和我们班的同学保持着亦师亦友的密切关系的宋祥瑞老师。他那时毕业后刚留校，还很年轻。国字脸，淡阔眉，黑红脸膛，敦厚朴实，声音有些沙哑。他进门就介绍说："系党总支书记程贤策同志来看望大家了。"跟在他后面走过来和我们握手寒暄的，是一位高个子，青黄面皮，长发背梳，外衣披肩，一副阔大不羁、不修边幅模样的知识分子干部。他在我们床铺上坐下，向我们问长问短，从哪儿来的呀，生活习惯不习惯呀，等等。他说话有些大大咧咧的，不停地打着手势，口气却很亲切。他刚从农村参加完"四清"回来，似乎还带着一身风尘，脸露倦容，乍看有点儿睡眼惺忪的样子，目光有些飘忽，但落在我们身上时，却流注着温热。他说了许多话，我早都忘了，只有一句印象较深："考上咱们北大中文系，可是不容易哩。你们都是可造就之才呀。"年轻人喜欢听夸赞的话，他的这句话让我听了很是高兴，所以能牢记至今。

类似这样让年轻的北大中文系新生听了特别提气的话，后来在系里举行的迎新大会上，我又听到了。忘了是哪位老先生在即席发言时说的了："得天下英才而教之，不亦乐乎。"他讲到这句话时那种由衷的满意而兴奋的神情和稍微扬起的声音，强烈地感染了我们。在那一天会上，我们见到了许多孺慕已久的语言学、文学研究的名师——王力、游国恩、吴组缃、林庚、王瑶、周祖谟、朱德熙……当然，还有我们的系主任、文艺理论家、剧作家杨晦先生。不过他在会上却严肃地甚至有点严厉地给爱好文学创作的同学泼了一点凉水，说："如果你们抱着想当作家的理想来上中文系，那就错了。咱们北大中文系不是培养作家的，我们培养的，是语言学、文学研究和古籍整理方面的专门人才。”不过这话细想一下，也确有道理，作家大部分可不都是人间大学、社会大学培养出来的吗？因此大家听了，也没有太影响情绪。参加完迎新大会回来，我们同屋一位雅好古文又能写毛笔字的浙江籍同学，立即拟了一句跟“得天下英才而教之，不亦乐乎”凑成对子的话：“从燕园名家而师之，可谓幸矣”，抄在一起，贴出来让大家欣赏。他那笔锋劲健、潇洒飞动的书法，淋漓尽致地表达了我们那时意气风发、倾心向学的心情，现在似乎还历历在目。

那时候，虽然社会上渐渐临近的政治运动的风声、雨声已经隐隐传来，声声入耳，在我们年轻的心里激起了阵阵莫名的骚动，但北大校园里的学习风气还是很浓厚的。教室里教学秩序井然，师生弦歌不辍；图书馆特别是文史楼人满为患，稍一晚去就找不到自习的位子；清晨未名湖畔时高时低的读书声，朗朗可闻。我们的校长陆平同志提出的攀登科技文化高峰、建设世界一流大学的口号，和我们在那个时代自然而然地接受并形成的又红又专、德智体全面发展的自我要求，相互契合，很快就把我们纳入紧张、专注、密集、持续而有节奏的学习生活中。分到各个新生班的辅导员老师们的工作，虽然不像中学班主任那样事必躬亲、耳提面命，但也让我们能感觉到，他们的工作内容，似乎主要也是围绕着帮助同学们树立“学生以学为主”的观念、巩固专业思想、加强双基（基础知识、基本技能）训练、适应大学学习生活节奏、掌握大学各门课程的学习规律与方法等等来进行的。在分专业、分班之后，我们就开始了紧张、专注的学习生活。那时，我们的学习可以说是日无暇晷、心无旁骛，极其勤奋用功的。

我记得，当时我们上大学全部是免费的。除部分家庭收入较高的高干、高知子女和拿定息的资本家家庭出身的同学之外，几乎所有的同学甚至包括少数来自农村的地富成分家庭的同学，都还享有数额不等的人民助学金。我们都被告知，九十九个农民的劳动，才能供养一个在校的大学生。人民供养我们上大学，我们当然应当发奋攻读，学成后回报祖国和人民。这样一个朴素的观念的确激励、督促着我们，让我们不敢懈怠，以勤奋为荣、荒嬉为耻。

从清华大学还传来这样一个口号:“锻炼身体,增强体质,争取毕业后至少为党工作五十年。”这个口号对于不太重视体育锻炼、老夫子气比较重的北大中文系同学来说,不啻为强力的鞭策。大家锻炼身体、刻苦学习的劲头,为之一振。那时我们常常是一大早就摸着黑起床,集体跑步去五四运动场跑圈,晨练后再回来洗漱,然后开始一天的学习生活。那种生气勃勃的青春记忆,是永不退色,令人神旺的。

我们每天的学习生活,总是如我们自嘲地形容的那样,沿着所谓“三点一线”(宿舍——饭厅——文史楼或教室)既刻板又生动地往复循环着。现在回想起来,在从入学到“文革”爆发前近两年的时间里,除了有一个星期天宋祥瑞老师带我们全班同学去颐和园游览之外,我记不得还有过别的游览活动;除了参加国庆游行和一次迎接外宾活动(那一次,我们远远地、一掠而过地看到了和外宾一起站在敞篷车上的周总理)之外,我似乎就没有单独进过城;至于第一次和同学们一起到海淀大街下饭馆吃饭,那已经是“文革”中当逍遥派的时候了。我们上学时的专心致志,已经颇有点古人说的“足不出户,目不窥园”的味道了。

那时中文系为我们开的都是基础课:中国古代文学史、文学概论、古代汉语、写作、外语、中国通史、政治经济学。这些课每一门都包含广泛而丰富的内容,除教科书外,还需要看大量的参考资料,教师讲课的进度又很快,和中学时上的课迥异其趣。只有专心致志、挈起全副的精力,才能跟得上,学得好。我感觉当时大家有点像参加马拉松赛跑的运动员一样,经过出发后一阵争先恐后的杂沓凌乱之后,逐渐形成了参差中见整齐、流动中呈稳定的方阵,循着一定的节奏,持之以恒地向前跑去。任课的教师,有素负盛名的老先生,更多的是风华正茂、精力旺盛的中青年老师,大多学有所专,教学认真,要求严格。他们虽然不像中学老师那样和学生有密切的接触,可以随时请益,但于传道、授业之际,却更善于启发学生自学的门径,引发学生的兴趣和求知欲,很快就赢得了大家的信赖和爱戴,有了很好的口碑。

在1964年9月至1966年5月这不到两年的岁月里,我在北大中文系听了不少印象深刻、日有得获的课。中国古代文学史先后由游国恩、金申熊(开诚)、袁行霈、吴同宝(小如)诸先生任课。游国恩先生是著名的《楚辞》研究专家、我们所使用的教科书"蓝皮文学史"的第一主编。他那时已有六十多岁了,每次我们到一教去上他的课,都会早早地在教员预备室里看到他已凝神端坐在那里。铃声一响,他和协助他的金申熊老师就出现在讲台上了。他讲课没有任何闲谈和过渡,一翻开书就直奔正课,绝无枝杈。他给我们讲先秦散文、《诗经》、《楚辞》,主要是引读作品,边读边旁征博引,金老师在一旁把他提到的重要引文,用端秀飘逸的字体板书出来,让我们记录。记得有一次,他讲读《离骚》开头的四句:"帝高阳之苗裔兮,朕皇考曰伯庸。摄提贞于孟陬兮,惟庚寅吾以降(降,音读为洪)",反复吟诵,多方疏解,整整用了一堂课,但大家并不觉得烦琐,倒是在最准确的意义上领会到了什么叫含英咀华、一隅三反。游先生在讲课时对当时已受到某种质疑的《楚辞》的"女性中心说"作了更充分的发挥,他从《楚辞》中呈现的抒情主人公的特质,大量由香草、美人构成的诗的意象,楚文化中固有的女巫崇拜观念等方面入手,层层抽绎,申说再三,令人信服。游先生个子不高,肤色白皙,头已谢顶,读诗文读到沉酣忘怀时,便会看到他泛着白光的脑门上似乎沁出了细细的汗珠,脸上现出微醺时那种白里透红的酡颜,两只细小而清亮的眸子也放射出了炯光。他那音调不高但却抑扬顿挫的南方口音,现在回味起来,似乎还在耳边回绕。游先生的课,是我初上北大中文系时听到的唯一一门名教授亲授的基础课(那时王力、吴组缃、林庚等好多老先生也都亲自讲基础课,可惜我无缘受教)。当年他所讲的先秦文学的知识,我现在大多忘却了,不重新翻书就很难再想起来。但他那端庄严谨的教态,鉴赏吟诵的方法,全身心沉浸其中而后又能出乎其外的分析,无意中教会了我怎样接触、领略文学作品,怎样以欣赏为阶步入研究的堂奥,其影响于学子的,才是更深远广洽的。后来,1978年,当我因准备研究生考试终于把十几年前只学了一半便中辍的"蓝皮文学史"通览一过之后,才感慨良深地发现,这部文学史中由游先生执笔、润色的先秦文学部分，的确如当年同学们课下口碑相传的那样，是全书写得最为明晰、精练、优美的部分。这和我当年听游先生的课时留下的印象是可以叠合的。

继游国恩先生之后为我们讲隋唐文学的袁行霈先生、讲宋元文学（只讲了一小段就因“文革”骤起而中断了）的吴同宝先生，也都各有自己的治学和讲课风格，各具特识和才情，在注重艺术鉴赏、注重感性地发挥自己独特的审美经验并以此作为文学研究的基石这一点上，与游先生异曲同工。当年我听两位先生的课时所奋力速记下来的详细的笔记虽然没有保存下来，但翻读他们在新时期出版的《古典诗歌艺术欣赏》（袁著）、《古文精读举隅》（吴著）等书，却总有“似曾相识燕归来”的感觉，其中的许多胜义与华彩，好像早已熟稔，觉得特别亲切。这大概是因为当年我们在课堂上亲聆謦欬时领略过的珠玉灵光，经过多年积累、贮藏、结晶，后来就成了先生们所著书中的蕴珍储秀了。

我还记得，吴同宝先生给我们讲元曲的时候，有时也会插讲一些京剧方面的知识，甚至会即兴念、唱几句。他讲得兴味盎然，同学们听得津津有味。为了配合教学，系里还请来著名京剧演员袁世海，连讲带唱地为我们作了一次关于《红灯记》的讲演。系学生会则组织我们去五道口剧场看歌剧《茶花女》、现代戏《箭杆河边》。这些都是有声有色的课外活动，也是课堂教学的延伸，让我至今难忘。

古代汉语课也是我们普遍比较重视、投入的时间和精力较多的一门基础课。能考上北大中文系的同学，大多数读过不少古诗古文，文言文阅读能力较强。刚开始时，大家未免对学这门工具课的难度估计不足。待到翻开王力先生主编的四大厚册全部用繁体字排印的《古代汉语》教科书，领略到这部书广博渊深的内容、谨严独特的结构，并在老师的讲授指导下，逐单元对文选、常用词、古汉语通论进行“三合一”的攻读之后，我们才知道，阅读真正的古书的能力，和我们在高中时已具有的阅读带详尽注释的一般常见的古诗文选本的能力，并不完全是一回事，不经过长期的专业性很强的研习与训练，是不可能掌握这一中文系学生理应必具的基本技能的。几次作业和考试下来(记得有一次考试是对一页原版的《康熙字典》进行标点、注释),同学们便都对这门课敬畏有加、捧读唯谨了。一个学期学下来,大家便发现,凡是古代汉语课学得好的同学,别的专业课肯定也都学得不差,另一项中文系学生的基本技能——写作能力也自然会较强。记得有一位刚从外校转学到我们班上来的很会写文章的同学,就曾因为古代汉语课遇到困难,宋祥瑞老师特地安排学得好的同学对她进行专门辅导,才使她很快跟了上来。她在向团小组长汇报思想时还特地谈到她在这方面的心得体会呢。可见当时大家对这门课的重视。

给我们讲授古代汉语课的,先后有倪其心、陈绍鹏两位老师。倪其心老师因1957年的“错划”问题,听说“摘帽”后安排在中文系资料室潜心研读多年,长期寝馈于古籍之中,专业学问自然精深娴熟;陈绍鹏老师则是《古代汉语》教材最初的撰稿人之一,对这门课的独特编排、内在规律、教授要旨自然知之甚稔,多有会心。两位老师性格不同,教风各异。倪老师是轻言慢语,娓娓道来,细入毫芒,不时流露微讽的机锋;陈老师则是一口浓重的川音,气壮声宏,纵横辨析,鞭辟入里,挥洒自如,常常讲得额头上热气升腾,亮起细汗。两位老师逝世多年了,现在回忆起他们授课时的笑貌音容,还觉得栩栩如生,令人不胜感慨。

多年以后,我在美国访学时,在布朗大学、明德学院(米德尔伯雷学院)图书馆,看到几种上世纪六七十年代港台出版的没有署名、没有绪论与序例的《古代汉语》,皇皇四大册,正是我们曾用功研习过的课本。那个年代出现这种盗版书,可以理解,不过也由此可见这套教材的质量和影响力了。

还有一门基础课是文学概论。这门课大家在理性上也知道比较重要,但又都感觉比较枯燥。同学们套用当时流行甚广的歌德的名言说:“文学之树长青,而理论总是灰色的。”这门课当时并没有固定的教材,而是用发讲义的方式授课,记得先后为我们授课的老师有胡经之、刘烜、陆颖华三位。当时,我经常在文艺报刊上读到胡经之老师的文艺理论研究和文艺评论文章,很是佩服和向往,所以对这门课从一开始就产生了浓厚的兴趣。胡经之老师的讲课不能说很生动，但长于理论思维，富有逻辑说服力，在引述经典作家的论述之后，不时能提出自己的见解，有所发挥。当时文艺界已开始一系列文艺批判活动了，像对周谷城的“时代精神汇合论”，邵荃麟的“写中间人物论”、“现实主义深化论”的批判等，还有关于形象思维的讨论、灵感的讨论，同学们都比较有兴趣，希望老师在讲课时也有所触及。我当时是这门课的课代表，曾跟胡老师反映过这方面的要求。但胡老师说，正在进行和展开的文学争论，大家课外可以关注，但文学概论课是讲授基础理论和基础知识的课，主要是讲那些已经稳定下来的、最基本的东西。我感觉他非常谨慎小心，在课堂上很少涉及文艺批判话题。我只记得后来我们听过哲学系一位写过相关文章的老师平心静气、条分缕析地讲过“时代精神汇合论”问题，不过忘了是系里组织的还是这门课特地邀请来的了。胡老师当年讲课的内容和讲义早已忘却了，但有两个他常常挂在口头上的词语，至今仍留有印象。这两个词语，一个是“规律”，另一个是“美学”。他讲文学的本质规律，文学发展的规律，文学创作的规律，文学作品构成要素互动的规律，典型创造的规律，美的创造的规律，文艺鉴赏与批评的规律，还有规律的普遍性与特殊性、稳定性与变异性等。因为他老讲规律，就有同学在背后戏谑地说他“胡经之，字规律”，觉得他未免有点迂了。胡老师其实是有广泛的古今中外文学知识和丰富的艺术鉴赏经验的，这从他在讲述文学原理时的广征博引和充满感情的发挥可以见出。他讲文学，讲音乐，讲绘画，讲建筑，讲电影，讲戏曲，动不动就会说到“美学经验”、“美感”、“美学修养”、“美的享受”、“美学和文学”等等，听得“耳熟”了，我们对“美学”一词的涵义与运用之妙，也就渐渐“能详”了。后来，胡经之老师在新时期开始时，还曾在北大开过文艺美学课。有一次讲到他在夜半长江三峡的船上听到柴可夫斯基的《如歌的行板》、触动内心的审美感受时，不知为什么，他突然声音哽咽，眼含泪花，幽咽无语。讲理论课讲得如此动情，这不能不给我留下极为震撼的印象。后来读到他出版的《文艺美学》一书，想起三十多年前听他讲文学概论后记住的“规律”和“美学”这两个词语，不禁发出了会心的微笑。

继胡经之老师之后为我们讲文学概论课的刘烜老师、陆颖华老师，还有为我们讲写作课，给我们讲评大一作文的杨必胜老师，也都是那一时期给我留下美好而难忘印象的老师。刘烜老师讲课认真，对理论问题持论十分严肃慎重，常听到他说的词是“复杂”。问题“复杂”、背景“复杂”、影响“复杂”，他老是告诫我们遇到理论问题的争论不要率尔而对，率尔操觚，要退而三思而后发论。那时我觉得他未免过于谨小慎微。但经过四十多年风风雨雨、世事沧桑之后，我从自己的亲身经历和经验教训中，才懂得了他的教言之有益于身心，有裨于处世为文。陆颖华老师讲课亲切热情，总是很认真地了解同学们的学习情况和要求，有针对性地调整教学内容，采取灵活多样的教学方法，组织我们进行课堂讨论。杨必胜老师除讲课之外，平时沉默寡言，不苟言笑。但他批改、讲评作文十分认真，独具识力。记得第一次作文，他便发现了我们班郑君华同学的写作天赋，给他的作文评了最高分。后来郑君华师从中国社科院文学研究所的谭家健先生研究中国古代散文，还写了一部反映中国南方农村六十年变迁史的长篇小说《芙蓉风》，洋洋百余万言，果然成了我们那一届同学中既学有所专又真正“创”有所成的学者型著名作家。

我所忆及的这些教过我们基础课的老师，还有更多当时我未曾亲承教泽的老师，他们的音容笑貌，或熟悉或陌生，至今都宛在眼前。他们严谨而朴素的传道、授业，既教给我们扎扎实实的基础知识和基本技能，又教给了我们求知问学的门径和方法。而且，他们还以优良的品德和风范，在立身行事方面给我们以潜移默化的影响。他们使北大中文系在我的回忆中具象化了。在他们身上，既萦系着我初到北大中文系上学时的那些勤奋、美好的时光，又凝聚着北大中文系整体放射着感性的诗意光辉的高华美雅的形象。可惜，我们在北大中文系单纯而专注的学习生活为时太短了，“文革”的骤然爆发，打断了我们的学业。我们怀着浓郁的兴味所学的那些基础课，在我们记忆里，定格成了永远的“断尾巴蜻蜓”。后来，在“文革”中那些因动乱而停滞的日子里，为了不虚度光阴，我虽然也未曾停止过杂七杂八的读书自学；在“文革”后重拾荒疏的学业准备考试的时候，也曾紧张而匆促地把那些只学了一半的基础课“过”了一遍；但这种茫无头绪的自学和短促突击的应试补习，毕竟不能代替真正系统而完整的，有教师指导和督促的“科班”式学习。这是我在北大中文系上学的经历中留下的永远也无法补偿的遗憾。

“文革”结束后，1978 年初，我突然收到陆颖华老师的一封来信，告知我北大中文系将为“文革”前两届学生开设“回炉班”，以赓续因“文革”而中断了的学业，希望我报名参加，于是，我才有了另一段在北大中文系求学的机缘和生活——不过这是后话了。这篇回忆初到北大中文系上学的日子的文章，先就此打住吧。

2010 年 2 月 21 日下午

写毕于美国罗得岛州林肯城寓所

人生之路与批评生涯

对于为自己写一篇公开发表的传略这件事，我一直有些踌躇。写自传，实在是一件很难说的事。我一想到这自传是要给别人看的，就有些不自然起来。我知道我自己一定会藏起一些东西来，不可能全部老实招来。假如我有三头六臂或者有 x 个灵魂的话，写到自传里，能向公众露出半个脑袋一段胳膊就不错了，能让一个灵魂溜出来晃晃就不容易了。

但终于还是得写。据《作家》的主编王成刚说，读者读一个人的文章，读来读去，有时也会产生了解一下写这些文章的人的好奇心。王成刚是我在写作生涯中难得一遇的好编辑，他约起稿来，温和平静，似乎写不写都没关系，你想着就行。但时间长了，就感到他实在是不屈不挠的。他慢慢地让我自己感到：再延宕下去，未免就矫情了。你既然做了文人，便不免因文而和这个世界发生种种关系。借此卖弄自己，固然不智，过分躲闪，也有失坦直。这么一想，我就自己爽快地来写了——趁着这酷暑过去之后的微凉。

一

我出生于 1946 年阴历二月十六日。户口本上按家乡粗略换算的习惯，在阴历上加一个月，算是生于 1946 年 3 月 16 日。在所有的履历表上，我都图省事照户口本填了，至今没有去换算出一个自己的准确生日。每年到了 3 月 16 日，也会偶尔收到一两张想到我的友人寄来的生日卡，使自己无端地生出许多人生感慨来。

我的籍贯是福建省漳浦县，我在那个依山临海的地方生活了 18 年才离开。那个地方的泥土气息滋味大概已经永远地沉淀在我的骨血里了。闽南人的尚义和激烈、开朗和无羁的气质，我多少也分有了一点。当然,那种烟火气很重的乡风,对我也不能说没有濡染。我至今也不能使自己深味灵幻出世之境,灵魂也很难脱略形迹而超升,很可能与此有关。

我很小就感到人生的沉重。我的童年过得不快乐。我在一种受侮辱的恐惧和自卑感的抑压下长大。当然,这一切反而造成了我向命运挑战的心理。只有自强才能开辟我的生路,这一点我在上学后很快就明白了。我的成绩极好。我在内心很骄傲。我开始喜欢富有竞争性的学习生活。我过于好胜的性格弱点,也许正是对我儿时曾受到过的屈辱的一种补偿吧!在人生的所有阶段上,我都不缺少竞争意识。早在现在这个竞争得到认可的时代到来之前,我在内心就受到竞争意念的摆布了。当然,那时这种意念是自觉不自觉地受到修饰和压抑的。

我的父母都没有文化,没有上过学。但我母亲却是我的文学启蒙老师。她是广东省澄海县人。那个地方的妇女有唱"潮州歌册"的习惯。我母亲有一个很要好的女友,我叫她素莲姨。她有文化,有很多潮州歌册。我母亲常常向她借来唱。我小时候,常常在她读潮州歌册的朗诵声中入梦。薛仁贵和樊梨花之类,大约是我最早熟谙的艺术形象了。在我的童年印象里,我和母亲总是相依为命的。她是为我遮挡人生风雨的温暖的屏障。

小时候,我对父亲很陌生。父亲开着一个小小的杂货店,公私合营时盘点本钱,大约也就二百元的光景(当然那时的钱比现在大)。父亲是很能干的人,13 岁就开始养家糊口,做起小商贩。他经营过的事情很杂,失败过多次,但失败后总还能弄出点眉目来。他对他的事情有一种狂热。记得"文革"中,他负责城关公社农产品加工厂的业务。上级瘫痪了,武斗弄得人心惶惶。但他仍然从广东招聘来师傅,向农民收购绿豆,把粉丝生产搞得热火朝天。他的管理太严格,得罪了不少亲友,自然也得罪了领导。一直搞到人们在背后怨声载道为止。父亲这种狂热工作的气质,我想多少有些遗传给了我。

父亲在晚年,对我这个远方的游子非常慈爱。他把我上大学的事看得很重。他过分的克己奉公,表现得很有"觉悟",也有些为在外头的孩子挣面子的意思。在“文革”中,他没少为我担惊受怕。1976 年清明节“天安门事件”时,家乡谣传说天安门广场血流成河,凝固的血用铁锹铲,尸体用火车一车皮一车皮地拉出去,北大的学生死的可多了……把他吓得直流泪。待到我好端端回家出现在他面前时,他泣不成声说:“我以为再也不能见面了。”

家里的经济状况并不富裕,但对我的读书,是全力以赴供给的。我的家本来一本藏书也没有,但我从小学五年级起就开始自己买文学书了。钱当然是从父亲那儿要的。父亲自奉菲薄,家里日用也很节省,但只要我说要买书,他是很慷慨的。倒是母亲有时还唠叨几句“别乱买”之类的话。这样,到我离开家乡到北京上学时,我已经用零花钱,买了满满一书架的书了,俨然自己拥有了一个小图书馆——这是我的同学所没有的,也是我深深地引为自豪的。

二

1952 年,我六岁,开始上漳浦县逢元小学,后来改名为漳浦县实验小学。

在小学阶段,给予我最深的影响的是我的班主任丁碧月老师。她当了我们班六年班主任。她为人严肃,同学都很敬畏她。但她对学生很有吸引力。每次上课,她总是留下一些时间给我们讲故事,讲古丽雅的故事,马列耶夫在学校里的故事,卓娅和舒拉的故事。那时候到处是苏联的故事。她讲得很动感情,同学们都屏住气听,生怕漏掉一句。我非常喜欢上她的语文课。

丁老师使我第一次接触到文艺杂志。她把自己订的《少年文艺》每期都借我看。到中学后,我很快就养成翻阅文学期刊的习惯,经常待在图书馆的期刊室不走,一直到管理员扫地关门才恋恋不舍地离开。后来我之所以成为报刊作家,和这种爱翻期刊的习惯是不无关系的。

丁老师还鼓励我学习写作。记得小学五年级时,我写了一篇题为“幻想”的作文,被丁老师推荐到县文化馆的六一儿童节专栏壁报上去发表。这件小事使我很兴奋。它几乎决定了我一生的方向,使我选择了写作这个迷人的又折磨人的行当。

1957 年,我考入漳浦一中。入学的第一个印象是满墙都是大鸣大放的大字报,都是老师和高中的同学写的。我对大字报的内容不很了然。印象很深的是过了不久,校长就成了右派,下乡种田去了。这校长的小孩,是让我的五婶娘带的,所以,我们住的那条小巷的人都熟悉这校长。大人都叹息说:“呀,校长可是斯文人呀,可怜要去种田了。”而中学里,却正在猛烈地批判这校长。我由此隐隐感到人情与政治的距离。这种感觉,随着经历的运动越多,就越强烈。我的内心倾向于人情,而我在表面上却得附和政治以表示进步。

使我真正受到严峻的政治震撼的是发生在初三时的一件事:我的一个同样酷爱文学的挚友突然被勒令退学了。这个友人当时念高三,一向品学兼优,正准备参加高考。他的家乡在离县城十几里地的石榴坂镇,我常常在周末和他一起回家,一起在大自然里嬉戏,一起谈诗论文,友情是很深的。他的父母很和蔼,很喜欢我。没想到突然宣布他家是土改漏划地主,重新戴上地主帽子,孩子也不许上学了。这真是晴天一个霹雳,我简直被震懵了。

当时,我和他,还有另外一个酷爱文学的同学,模仿皇村中学时代的普希金,自己办了一个手抄文学杂志,起名叫“鸿鹄”,在上面发表自己幼稚的小说和诗歌。我的遭到不幸的朋友字写得极好,还会画几笔画,这份手抄杂志出了两期,每期出三本,全是他一笔一画地又抄又画弄出来的。这下子完了,“杂志社”当然只好散伙。我噙着泪送他回乡去当社员。我的最早的文学梦,就这样撞破在现实的险礁上了。

这位朋友含冤负屈下乡后,真是受尽了苦楚。我开始还给他往乡下寄文学书,还到他家去看望过几次。他们被从原先住的较好的楼屋中赶出来,挤在几间破败的柴房里,成了不可接触的“贱民”。我住在他家,感到心惊胆战。夜里看到我熟悉的阿伯(他的父亲)被押在汽灯下批判,我浑身都在颤抖。以后就再也不敢去了。

当然,我的生活道路,比起我的朋友,要幸运得多。我在漳浦一中修完了全部中学课程。我的文、史、地、数、理、化的成绩都很好,老师也很看重。我一帆风顺,不断“进步”。只是偶尔想起我的不幸的朋友的时候,心头就掠过一缕阴影。我由此感到命运的不可思议。命运并不是唯心的幻影,而是个体无法摆脱的、不能不面对的现实条件。在我的生活经历里,有很多才禀远远优秀于我的朋友,由于命运的捉弄,终于湮灭无闻。一想起这些,我就栗然自戒,不敢以所谓“社会精英”自命,同时对那种以担荷全人类痛苦的幻觉自虐的圣者的悲声,也有些怀疑起来。

在我的中学时代,对我热爱文学的倾向影响最大的老师有两位,一位叫汤明德,是我初一、初二时的班主任;另一位叫蔡国钦,是我高中时的语文教师。

汤明德是个很有活动能力的音乐教师,又是学校文娱活动的组织者。他为人傲慢,很不合群,但很看重有点才能的学生。他培养了不少舞蹈能手、小歌唱家。我念初二时,正是1958年全民大写民歌的时候。在炼“钢”的小高炉边,我们一边敲捣着木炭和矿石,一边放诗歌“卫星”,我也跟着很出了一点小风头。后来汤老师让我读“五四”以来的新诗,我一下子就被《女神》、《红烛》、《死水》弄得如醉如痴。查良铮译的普希金的抒情诗一集、二集和《欧根·奥涅金》、《波尔塔瓦》,更是把我从小高炉边引渡出来,使我深深地沉入了诗人梦中。我狂热地读诗、背诗、写诗。开始写短诗,越写“野心”越大,居然写出一首题为“故乡三部曲”的一千多行的长诗来,把故乡的神话传说、故乡的现实面貌、幻想中的故乡的未来都塞进诗里。这诗写完后,我惴惴不安地请汤老师看看,没想到大受赏识。在他的努力下,这诗居然油印出来,全校各班都分发一份,一时我的“诗名”大震。学校还为此发给我一张奖状。于是我的胃口更大了,开始写一部叫“森林六部曲”的更长的“巨著”,计划写上万行,内容是一支勘探队在森林中找到铁矿的事。大概写了一千多行,实在编不下去了,只好不了了之。

我同时写着两种诗:一种是可以投稿的,也发表过几首写光明、新生活的颂歌,当然是幼稚而空洞的。另一种是写在自己的诗册上的吟咏友谊和爱情的小诗,只供自我欣赏。我曾经抄出了整整一本,起个名字叫“足印”。后来上了大学，回家时翻出来一看，实在脸红，就全烧毁了。

这一阵对新诗的狂热，虽然只是一树“谎花”，没有结出真正的果实，然而对我的文学倾向，却有深远的影响。青少年时代的诗的情绪的燃烧，使我变得很敏感，情感世界也丰富了。在诗的感受和抒写方式的影响下，我更耽于倾听自己内心的涛声，而不太留心身外生活的汪洋大海；我敏于辨析自身情绪的变化，而疏于观察别人的性格心理、音容笑貌。这种诗的思维习惯，在激情消退、年齿渐长、阅历增多的条件下，就容易产生哲理辨析的爱好。因为两者都是外烁的，无论抒情还是辨理，都是内挹心泉而注于外，大体上（当然不是绝对）无待于对客观外物详尽精微的感性观照，走的是和善于叙事的小说家不同的思路（当然小说家也有主我、浪漫的一派，但即使这一派，也离不开叙事才能的支撑）。我虽然缺乏诗才，诗人的梦在“文革”中彻底破灭，但诗的情绪却积淀下来，在我的文艺评论中得到了某种补偿性的释放。

从我自己这点体验思索开去，我发现一个很有趣的现象：中外都有不少批评家同时又是诗人，或者年轻时写过诗，做过诗人的梦。外国的我所知不多，波特莱尔、普希金都是诗人、批评家一身二任，别林斯基年轻时写过失败的诗剧，马克思、恩格斯年轻时都迷恋过诗歌。中国的胡风、冯雪峰、何其芳、张光年、林庚，也都是诗人兼批评家。王蒙是主观型浪漫派的小说家，也是极有特色的诗人，他常常写出让我感到嫉妒的绝顶聪明的文艺评论（例如近作《读〈天堂里的对话〉》）。这些例子都很有意思，值得研究文艺心理学的人捉摸。当然，援引这些成功的诗人和成功的批评家的光彩夺目的例子，绝不是让我那失败的诗人梦得到安慰，也不是俨然以成功的批评家自况，这是要请读者幸勿误会的。我说这些，无非是想分析一下自己何以走上文艺批评之路的心理契机而已。现在文坛上自誉自吹的风气很盛，我虽浅薄，但还没有腆然附骥、昂然争锋的勇气——这和写作时默然自奋的正常的竞争意识是两回事。

在写诗这件事上给我以鼓励的汤明德老师，后来的结局却很悲惨。他“文革”中参与派性斗争，被对立面抓去办“学习班”时活活被打死了。我已经说过：中国当代社会生活毁坏掉的才俊之士实在太多了。

当然，我之所以养成对写理论批评文章的兴趣，也和另一个老师对我的论说体作文的鼓励有关。上高中时，我的语文老师蔡国钦经常让我们写议论文，他喜欢用潇洒的毛笔字在学生的作文本上纵笔批点。我的作文本上经常写着他的热情的鼓励之辞。他还让我读鲁迅的杂文。我一接触鲁迅的杂文就被迷住了。即使是在准备高考最紧张的时候，我也抱着鲁迅的杂文集子不放。这件事对我一生的影响太大了。我想我这一生，会永远处于鲁迅的影响之下。他的巨大的思想和语言的吸引力，使我像偶入太阳引力圈内的星际陨石一样，一下子就被吸附过去了。从我高三时开始读鲁迅杂文到现在，已经过去了 25 年，我们目击的中国社会生活和中国思想界、文艺界的变迁、风浪，也算不少了，但鲁迅的文章的光芒是稳定、持久的，岁月不但不磨损它，反而增加了它的光彩。我感到鲁迅的文章经常能给我以帮助和养育。鲁迅对于我，是非常亲切、诚挚、平等的思想巨人。他高出于中国思想文化界的任何人，但我读他的时候一点也无须仰视，可以和他在平等的交流中得到乐趣。他对读者的尊重，对复杂事物明澈的烛照，他的精悍独特的表达，都使我感佩、惊叹不已。

六年的中学生活，我过得很充实。1964 年的一个夏日，我正在漳浦一中操场上当临时工翻晒荔枝干（一天可得八毛钱），有人跑来告诉我：“邮差送信来了，快去教导处，你考上北大中文系了。”我一下子愣住了。我的生活的一次重大转折就这样发生了。

三

从 1964 年 8 月到 1970 年 3 月，我在北京大学中文系学习。将近六年的大学生活，有四年是在“文革”的动乱中度过的。所以严格地说，我不曾受过完备的大学教育。但是，北大毕竟是师资雄厚、校风谨严又时常处于时代思潮的前锋的著名学府，我的求学时代并没有在这里虚度。

头两年的大学生活虽然也酝酿着一些不祥的骚动，但总的来说还是在勤奋的学习中平静地度过的。就我个人所受到的文学熏陶来说，这个时期是中国古典文学对我的感情、气质、文字发生深刻影响的时期。在北大中文系那种浓厚凝重的古典文学的氛围中，我很快找到了自己心灵的寄托。我慢慢地疏远了那本供自己在意兴倏来时胡涂乱抹的诗册，心神渐渐被我们天才的古典作家们吸摄了。我很惊讶，在等级森严、规矩繁多的古代社会里，仍然有那样多的天才作家驰骋着他们自由而神秘的艺术想象力。古典文学向我展开了它新奇而美丽的一面，而它的令人感到乏味、沉闷的一面却离开我很远。谁认识古典文学不是从那些最杰出的作家的最杰出的作品开始的呢？古典文学殿堂里当然也有尘积网结的角落，但那是奔腾不息的文学长河岸边的冲积层，常常在当代人的文学生活中成为被审美遗忘的角落，只有耐心而严正的文学史家才会去翻动它们。所以，在我的记忆中，古典文学始终是新奇而美丽的。

如果不是发生了“文革”，也许我会选择研究古典文学作为我的工作。但是“文革”的狂野的风暴，撕碎了我的思古之幽情。滔滔者而天下皆是也，是在所谓“与旧世界决裂、与一切传统观念决裂”的口号下进行的“最最彻底的”大批判。这种大批判遗害深巨，至今仍然可以在某些“最先锋”的新论客的言动中，看到它各种变形的余波在摇曳。

一个人在青春时代深深为之感动过的事物，是不会在他的生命中轻易消失的。古典文学中那些最富有古代民主意识、最富有人性内容和美学内容的部分，已经成了我的灵魂的一部分。我无法理解那种动辄厚诬古人，连屈原、李白、曹雪芹都不在话下的所谓批判传统文化的爆破手。我们的国民性的确有不少病态的、丑陋的成分，古代文化中的落后的东西，对铸成这种成分，当然要负一定的罪责。但是，国民性表现为人们现实的行为，国民性的弱点，更多的是由人们现实中的利害关系、利益冲突所逼成的。一股脑到文化上去寻根，未必就能找到头绪，倒容易为人们现实的坏行为、坏心思找到存在的托词。那些恣睢弄权的人物，大抵是离古代文化（更不用说古典文学）

很辽远,而能够随时随地按自己的利益原则创造出他们的社会行为学的(当然从不印刷出来)。因此,一味在遥远的古人门前跳梁骂詈,对于更新国民性,发展民族新文化,未必有什么实效。

这样一点心得,在我是用“文革”中苦痛的经验换来的。我曾经很虔诚地信奉并躬行作为“文革”依据的那一切观念和准则。在这一场噩梦中,我醒得很晚。但蒙蔽越久,觉醒之后的反拨就越强烈和持久。痛感于文化和文学上的虚无灭裂的倾向对我的青春的毁坏,我已经不再可能在文化和文学问题上采取扫荡一切传统的态度。我现在的稳健和新旧兼容的文化和文学倾向,是对我青春时代的虚无主义狂热的一种自我疗救和惩罚。

“文革”的岁月之于我,有如放映得颠倒错乱的一段影片。我曾经消沉到极点,精神也到了崩溃的边缘。鲁迅的书和苦涩的恋爱,填补了我的精神生活,使我免于沉沦。

1970 年 3 月,我噙着泪离开了北大,到北京东南郊的一座有名的铁路工厂去,开始我走到社会上去的第一段生活。在那里我一住就是八年,头两年编在班组里当工人,后六年在工厂宣传部门工作。这一段生活现在回想起来是暗淡无光的,但它仍然是我生命的一个重要的阶段。有两件事对于我现在的人生态度和生活方式是有重大影响的。

第一,我身心投入地经验了一番社会底层的生活。我看到了生活的荒诞丑陋的一面,也遇到很多善良、正直、诚挚、负责的人。他们给了我可贵的、切实的帮助,使我在艰难窘迫中生活得容易一些,同时也影响了我的生活态度。我有如沾水小蜂,经历了一番拖曳于泥涂的生活之后,再也难以轻快地向超验冥想的世界飞翔。一想起中国,我就会想起这段岁月里认识的那些普通人,一种亲近感和踏实感就会在心里油然而生。京郊的这座为盛名所累的铁路工厂,的确是我人生中的另一所“大学”。我对中国社会生活和中国人的了解,很大一部分是在这里获得的。不过,这种在社会底层中的“求学”,是一个复杂而被动的、充满痛苦和迷误的过程。现在回忆起来,竟交织着厌烦和依恋、自忏和自慰、洞彻和迷惘。我想我今生是再也不会经历这样的“求学”了。

这是我生命中的一个封闭起来的生活仓库。我不曾像一个作家那样去开启它。但我知道,它在我的生命中存在着。我的理论文字深深地印着它的痕迹。细心的读者,会看出这一段生活对我的正面和负面的影响。

第二,我和书籍的关系,在那些没有书的文化荒年里悄悄地加深了。

我所在的工厂的前领导人中,有几位是很有些文化修养的。工厂领导机关中有一个藏书丰富的资料室,我曾一度兼任这个资料室的管理工作,这给了我自由选阅书籍的方便。在那些年里,我读了不少各种各样的书。我的心灵得到了秘密的养育。

我并没有预料到生活的变化还会为我提供新的选择的机遇,所以读书是兴之所至、漫无目的的。我读了大量的文学之外的书,从中获得了教益。

那时,一想起已经变得那么陌生了的文学,我的心会蓦然一紧地感到抽痛。与生俱来的爱好是那样难以割舍。人们常用“酷爱”来形容对文学的迷恋。在那些没有文学的日子里,我深深地体验到心灵中保存着对文学的爱真是一件很残酷的事情。所以我分外珍爱现在这个有了文学的局面。1976 年以后的中国文学给我带来的震动、喜悦和启示是难以用笔墨形容的。这大概是我的批评文字始终保持着热情的一个重要的原因吧。

鲁迅说过:“创作总根于爱。”与创作紧密相关的评论、编辑工作又何尝不是这样呢?对人生的爱,对民族、对人类、对异性的爱,对艺术的爱,推动人们在文学活动中投注入自己的心血。无论在批评生涯的哪个阶段上,我都睁开着灵魂的眼睛,寻找真正的文学才华和有生命、有异彩的作品。在混沌一片的文学新生林里,只要你用心寻找,嘉树奇花总是有的。你会一次又一次得到发现的喜悦。如果没有这种带着探险性的审美的惊奇感和喜悦感,一个批评家是不可能持续多年地工作下去的。

1976 年 10 月,“十年动乱”终于结束了。时代掀开了新的一页,我个人的生命史也进入了新的阶段。这一生活的巨变使我对于“命运”这个神秘的字眼有了一种彻悟。我意识到，命运并不是超验世界里不断发出威严的冥示并强制实施的神，而是现实世界里一切超出个人意愿和个人选择力而又决定你将怎样生存的客观因素——地理、文化环境，时代、精神气候，个人的偶然际遇遭逢等——的总和。具有了对命运的这种彻悟，我对于个体的潜能在多大程度上能得到发挥就能持一种宁静而现实的态度了。我不否认个人的努力、主体意识的高扬可以在某种程度上改变个人的命运，但也绝不高估这种可能性。一个人不能拔着自己的头发离开地球。个体总要受群体状况的制约，受时代的限制。既然“十年动乱”已经使不少人才、超天才露出了他们的真实面目，关于个人神力无边、智慧无涯的迷信已经破产，那么，在现在这样一个科学和民主重新抬头的时代，凭什么我们要对那些自诩一空依傍、超凡绝圣的新天才的思维能力顶礼膜拜呢？

1978 年，我同时报考中国社会科学院文学研究所现代文学专业研究生和北京大学中文系进修班（俗称“回炉班”）。前者由于受到意外的诬陷而未考取，于是我就回到北大当进修生了。当进修生的那一年内，是我一生中最发愤攻读的一年。困厄所逼出来的生命力的紧张，使我比较迅速地跨越了十年荒废所形成的知识的断裂带，思维力和写作力也得到了苏生。

1979 年，我第二次报考研究生。这次报考的是北大中文系文艺理论专业，导师是杨晦先生和吕德申先生。被录取后，我在北大又潜心攻读了三年。用力最勤的是西方古典美学与文艺理论、俄国 19 世纪民主主义者的美学与文艺理论、中国古典美学与文艺理论、马克思主义美学与文艺理论。对于 20 世纪西方的美学与文艺理论，则很少寓目。文学名著的研读情况也是这样。我曾有意识地补读了西方 18 世纪、19 世纪一些过去只闻书名而未尝亲读的文学名著，而对于 20 世纪西方的文学名著，则比较疏忽。这样一种阅读取向，对于我的文学观念、审美趣味、文字风格的影响很大。

我当然意识到自己的文学理论准备和文学修养所存在的欠缺。

当我开始批评生涯后,20 世纪的西方文学理论与文学作品对中国当代文学的巨大的冲击力,使我越发意识到这种欠缺对自己的局限。我曾经有过这样的念头:停笔两三年,集中地补一补 20 世纪西方文学方面的课,以改进我的文艺批评。但终于没有能这样做。我只能采取以写作为主、读书为副的方式,零星地补课。因为我感到自己一生在学校里过的时间太长了。人读书并不是为了使自己变成书橱。我既然开始写作,就只能倾现在我的所有,全力以赴投入创造。也许我的文学观念和审美口味有些偏旧吧,那就让我以这种现有的观念和口味所能感得的美,去熔铸我的批评文字吧。这也许反而能发挥我的批评个性。虚张声势地作急进状,于我的为人是不相宜的。大言欺世,瞒不了世人的眼睛。

当然,倘若生存一日,我总要学习一日。文学潮流的运行,浩浩荡荡,千回百曲,日新月异。为要跟踪这潮流,我决不拒绝学习一切新东西。但一要忖度自己的精力,二要凝视自己的心声,以可能和乐于接受为限。文学审美的天地辽阔得很。新旧的界限,甚难言矣。我将永远忠实于自己的艺术感受来写作。

前后一算,我在北大竟度过了十年的求学时光。对于北大,我怀有很深的感情。生而受教,是天赋人权之一。但机缘不同,并不是所有人都有同样受教的机会和条件的。有很多极有天赋的人,因失教而泯焉众生之中。每念及此,我不觉感慨万端,越发感到自己有时也不免于沾沾自喜之浅薄。对于曾经培育、帮助过我的前辈、师长们,对于从未谋面但用他们写的书使我获得教益的著作者们,我总是怀着深深的感激之情。我所能写出的一切,追溯源头,应该归功于他们。这并不是矫情的表白,而是中国知识分子的一种朴素的认识,一种为人的态度——就连这,也是前人和师长所影响于我的。

这篇迟迟未曾动手的自传,没想到一开笔竟写得这么长,而且还只写到我的求学生涯终止的时候。至于从我开始批评生涯到现在的情况,我在已经出版的五本评论集的《题记》与《后记》中都大致谈到了。不过,为了使这篇自传有头有尾,使想了解我的读者获得一个完整的梗概,我还是把 1980 年我发表第一篇文学评论之后的经历概述如下，算是这篇自传的一点余波吧——

1980 年，我开始写当代文学评论并向报刊投稿。开始总是退回来，后来就陆续刊登出来。当时比较多地刊登我的评论的是《光明日报》和《读书》杂志。

1982 年 7 月，我的研究生毕业论文《论真实或真实性》通过答辩，我获得文学硕士学位。毕业后我被分配在某中央机关一个文化研究单位工作（这个单位现已撤销）。我在那里工作了一年，就因觉得那里的氛围和自己的性格、气质不相宜而递交了请调报告。这一年我加入了中国作家协会。

1983 年，我在冯牧、唐达成、谢永旺等前辈评论家的帮助下，调入中国作协创作研究室工作。这一年我出版了第一本文学评论集《泥土与蒺藜》（百花文艺出版社出版）。王蒙热情地为这本习作写了序言《对当代新作的爱与知》。

在中国作协创作研究室，我工作了三年。我的评论写作一发而不可收。这里的氛围激发了我的灵感，我感到生活得很充实。在这里我接触到文艺界的很多前辈，其中给我印象最深的是诗人、文学评论家张光年。他耿直的性格、严谨的文风和温蔼的风度使我在有限的接触中获益匪浅。后来他以通信的形式为我的研究专著《王蒙论》写了一篇恳挚、深刻而且文采飞扬的序言。

1985 年，我的第二本文艺评论集《生活的痕迹》由江西人民出版社出版。

1986 年，我调入中国社会科学院文学研究所当代文学研究室从事专职的研究工作。我准备在这个岗位上长久地工作下去。这是我十分尊敬的前辈文艺批评家何其芳生前工作的地方。虽然我和他无缘相识，但他的艺术见解、文风和工作精神曾给予我有益的影响。“文革”结束后我报考研究生的第一次尝试考的就是这个研究机构。当时何其芳刚刚去世不久，我是怀着一种仰慕和追怀的心情作出这一选择的。没想到命运的安排使我绕了一个很大的圈子才实现了自己的夙愿。

1988 年，我的三本书——《王蒙论》（中国社会科学出版社出版)、《缤纷的文学世界》(中国文联出版公司出版)、《蝉蜕期中》(宁夏人民出版社出版)先后问世。另外有两本书——《当代作家论稿》(将由人民出版社出版)和《新潮漫卷之余》(将由漓江出版社出版)也已交稿。从 1980 年至今,我发表的文艺评论著作大约有 200 万字。由于工作调动频繁,我至今没有获得高级职称。

我就这样活着、写着……

未来会有什么变化呢?我自己也不很清楚。人生的路是走出来的,而不是预先设想出来的。我对自己说:往前走就是了。

1989 年 6 月

第五辑

世界文学格局中的中国文学之历史演进及现实归趋

——在中国文联“全球化背景下中国文学的发展问题”理论研讨会上的发言

一

1827 年,歌德在评论自己的剧作《托夸多·塔索》法文译本的文章中,第一次提出了“世界文学”的概念。他认为:“艺术和科学,跟一切伟大而美好的事物一样,都属于整个世界。”“民族文学在现代算不了很大的一回事,世界文学的时代已快来临了。”各民族文学的共同发展和交流,世界上同时代人自由地和全面地交流思想和文学成果,必将成为新的文学时代的重要标志。

1847 年,马克思、恩格斯在《共产党宣言》中提出了“世界的文学”已经形成的看法:“资产阶级,由于开拓了世界市场,使一切国家的生产和消费都成为世界性的了……过去那种地方的和民族的自给自足和闭关自守状态,被各民族的各方面的互相往来和各方面的互相依赖所代替了。物质的生产是如此,精神的生产也是如此。各民族的精神产品成了公共的财产。民族的片面性和局限性日益成为不可能,于是由许多种民族的和地方的文学形成了一种世界的文学。”这是运用新的历史观从世界历史的角度对人文科学领域出现的新的全球性共同发展趋势的第一次概括。这里的文学一词,在德语原文 Literatur 中,是指科学、艺术、哲学等方面的书面著作,并不是专指文学作品。但这个看法对于我们从世界文学史的角度来观察和研究文学现象,观察和研究近世中国文学的历史经验和发展方向,依然有着重大的指导意义,至今仍葆有着清新的理论魅力。所谓全球化背景下的中国文学的发展问题，实质上就是19世纪业已形成的“世界的文学”在近世的发展轨迹与中国文学的发展道路的交叉、重合、互动问题。这是老问题的新变化、新延续。

近世“世界的文学”大致的发展轨迹是：对于18世纪来说，主要的带全球性标志的文学是资产阶级启蒙主义文学；对于19世纪来说，主要的带全球性标志的文学是资产阶级批判现实主义文学；而对于20世纪来说，我认为，主要的带全球性标志的文学则是社会主义文学。如果把眼光局限在20世纪最后10年出现的社会主义的社会制度和思想体系经受巨大历史震荡后处于低迷状态带来的混乱和困难中，那么也许有人会认为这种看法是邈邈乎河汉之言。但我们观察作为一个整体的“世界的文学”，毕竟需要有一点广远的历史感。相对于18、19世纪“世界的文学”而言，20世纪“世界的文学”所能够提供的新的具有标志性也有广阔的发展前景的东西，不是社会主义文学这种新的文学类型又是什么呢？

18世纪，当以法国启蒙主义文学为前驱和主将的文学磅礴于欧洲，波及于世界，为资产阶级登上世界历史舞台提供了使其斗争热情“保持在伟大历史悲剧的高度上所必需的理想、艺术形式和幻想”（马克思语）时，中国文学对于这个刚刚肇始的“世界的文学”的进程的参与是无意识的。它提供了从业已发展到烂熟程度的中国民族文学和美学传统中升华出来的曹雪芹的长篇小说和龚自珍的诗文。这些艺术上闪射着宝石的辉彩的伟大作品，虽然带着令人吃惊和激动的启蒙主义的思想因素，显示着它与那个远在它视野之外的欧洲启蒙主义文学的神秘的、不可思议的某种呼应关系，但这毕竟只是一种过于含蓄的蕴涵和过于幽曲的微响罢了。说它还是一种处于自在状态下的自言自语也未尝不可。

19世纪，当开拓了世界市场的资产阶级“使一切国家的生产和消费都成为世界性的了……于是由许多种民族的和地方的文学形成了一种世界的文学”的时候，当兴起于西欧，烂熟于俄国，并由世纪性的伟大作家托尔斯泰的小说推向极致的批判现实主义成为世纪文学主潮的时候，中国文学对于这个形成规模的“世界的文学”的进程的参与却仍然是被动的、无力的。它为这个世纪提供的是伟大的现实主义讽刺作家吴敬梓的小说和杰出的启蒙主义作家黄遵宪的诗文。前者分有了批判现实主义的气质，艺术上堪称典范，但毕竟只是东方古国里的一曲独唱；后者担起了偿还历史欠账，在老大封建的中国进行思想启蒙的使命，并有社会文化学者严复、林纾、康有为、梁启超等前后相继的追随者，但文学毕竟只是他们的副业。在他们笔下，难见宏于中而肆于外的巨著。

20 世纪，情况就完全不同了。在开辟了世界历史的新纪元的俄国十月革命前后勃兴的俄苏社会主义文学，吸引了觉醒的中国文学关注和向往的目光。中国文学以空前的自觉和热忱参与了世界范围内社会主义文学的兴起和发展的进程。它为这个世纪提供的是以鲁迅为主将的一支特别有革命性和艺术创造性的浩大的文学新军。以苏联、中国文学为代表的 20 世纪社会主义文学的发展道路十分曲折，荆棘丛生，甚至有很多惨痛的教训。但就总体而言，这种以“社会主义思想和对劳动人民的同情”为内驱力，“为千千万万劳动人民，为这些国家的精华、国家的力量、国家的未来服务”的真正“自由的文学”（列宁语）所取得的历史性的伟大成就，是永远不会在人类历史上湮灭的。

对 20 世纪出现的社会主义文学这一世界性的文学现象的公正的、富有远见的评价，是 21 世纪世界文学史家的一个最富有挑战性也最具学术意义的课题。它在一般全球性的意义上是属于历史的，但在社会主义文学曾经勃兴或仍然存在的国度里，则毋宁说它更是现实的。这一课题的解决，也许会迁延、争论很长很长的时间，但它也必将成为影响整个 21 世纪世界文学面貌的因素之一。

二

毛主席在召集著名的延安文艺座谈会时，曾经发表过一个很有名的见解。他认为我们讨论文艺问题，不应该从书本的定义出发，而应该从当时中国所处的实际情势和延安文艺界的实际情况出发。我想，这个意见对于我们研究和展开论题，是特别富有启示性的。这是因为它提供了一个适合研究对象本性的真正聪明而切实的角度，使我们对中国文学与世界文学的发展面貌、轨迹的观察不失历史感和现实感。

文学作为一种社会现象，总是在一定的社会发展情势中生存、发展的。文学作为一种审美现象，作为一种特殊的人类精神创造力的表现，又总是在自己的领域里对历史有所承传、对现实有所吸纳的产物。只有从社会的实际情形和社会思潮、文学思潮面临的实际问题出发，文学发展的话题，才能获得汩汩不断的新鲜活泼的思想资料。马克思说过，每一种思想都有它产生的世纪。理论思维的发展固然离不开前人积累的思维成果，但它的最深和最后的源泉仍然是时代、社会和生活。

这里，首先需要对我国社会主义文学的历史由来、发生发展的情况作一个简要的回顾。

在我国，具有社会主义思想倾向和共产主义理想信念的文学的存在，已有十分久远的历史。从“五四”以来，接受社会主义思想影响、在社会主义理想鼓舞下从事文学创作和文学批评的作家和批评家，一直是进步的文学队伍中最活跃、最热忱、最具实力的前驱和中坚。在无产阶级领导的新民主主义革命时期，我国已经形成了一支坚强的无产阶级的文艺队伍，出现了像鲁迅、郭沫若、茅盾、丁玲、艾青、夏衍这样伟大和杰出的、享誉中外的无产阶级作家。在这支文艺新军周围，还团结着一大批爱国的、进步的、具有新民主主义倾向的杰出作家，如郁达夫、冰心、闻一多、巴金、老舍、曹禺等等。他们共同写下了中国新文学史的灿烂篇章，在 20 世纪“世界的文学”的巨画中，留下了自己的形影、色彩和声音，贡献了许多珍品。

在新民主主义革命的过程中，具有社会主义思想倾向和共产主义理想信念的文学，在中国共产党领导下，经由这些文学前辈的艰难缔造和辛勤培育，已经成为中国新文学发展的重要的因素，并且逐渐成了它的主导力量。这就为中华人民共和国成立后社会主义文学的形成、发展准备了历史前提。

但是，在我国，社会主义文学的存在、发展，社会主义文学的提法由理想变为现实，是从 1956 年我国社会主义制度建立后，才逐步实现的。社会主义文学以其实绩成为现实的研究、考察对象，也是在社会主义已经成为生活中最基本、最重要的现实之后，才逐渐兴起并流行的。

在社会主义文学的概念广泛运用于现实的运动的美学即文艺批评实践中之前，具有社会主义、共产主义思想并与中国人民反帝反封建的斗争紧密联系的进步文学，一般称为革命文学；20 世纪 30 年代称为左翼文学或无产阶级革命文学；抗战前夕，鲁迅提出过“民族革命战争的大众文学”；《在延安文艺座谈会上的讲话》发表后，为了突出革命文学反映新的群众的时代的历史特点，曾一度称为新的人民文艺，出版过一套产生了广泛影响的“人民文艺丛书”。总之，这个时期的革命文学，虽然也具有社会主义的思想倾向和内容因素，但因社会主义尚未由理想变为现实，社会主义的政治、经济、文化尚未作为现实的生活形态存在，因此，在观念形态上反映社会主义的政治和经济，在内容上反映社会主义的生活与人物，反映社会主义的历史实践活动的社会主义文学也就尚未以占主导地位的文学类型出现。

这种情况，和世界文学中的情况是大体一致的。在 20 世纪世界文学史中，特别是在 30 年代世界性的无产阶级革命浪潮中，不少没有建立社会主义制度的国家，也都出现了以共产主义为理想信念的文学，一般也都称为无产阶级革命文学，或有社会主义倾向的文学。例如，日本就产生过以小林多喜二为代表的无产阶级左翼文学。

在苏联提出社会主义现实主义理论之后，也有的文艺理论家用这个创作方法为尺度，去评价革命胜利前具有社会主义倾向的杰作，如称高尔基的《母亲》、茅盾的《子夜》为各自母国的社会主义现实主义奠基之作，那主要着眼于这些现实主义杰作中渗透着的无产阶级世界观和社会主义的理想信念，并非说那时就已出现完整形态的社会主义文学了。

可见，社会主义文学的概念和提法，无论在中国还是在世界上，都是在社会主义制度已经在现实生活中建立起来之后才逐渐使用起来的。这说明文学的性质取决于社会的性质。政治先行，文学后变，这是一个客观存在的规律。没有社会主义制度建立后形成的新的现实、新的人民生活形态,没有社会主义的政治、经济和文化,也就没有作为一种崭新的文学类型的社会主义文学。社会主义文学属于无产阶级革命文学的范畴,但它只有在社会主义制度建立后,社会主义的历史阶段开始后,才能获得整个社会文学主潮的地位,并作为文学史的一个崭新阶段开始其行程。

在我国,社会主义文学的历史,是伴随着社会主义制度以中国特有的方式顺利建立起来,在人民生活中间已经开始建立以社会主义原则为基础的新的相互关系,开始培养出新的社会主义的个性这样一些历史条件的出现而开始的。只有生活走向了社会主义,以反映生活、推动生活前进为天职的文学,才能确立其社会主义的性质,才能在创作上大量产生从思想倾向到生活内容都具有鲜明的社会主义特征的文学作品,这样的优秀作品也才能在文学的发展中起引领的、示范的作用。

我国年轻的社会主义文学的历史行程,记载着朝气蓬勃的开拓精神和丰硕坚实的创作实绩,也充满着探索的艰辛和曲折,甚至还有残酷的血的教训。历史的道路并不像东西长安街那样笔直平坦。我国的社会主义文学和社会主义事业一样,都走过了一条艰难备尝、艰辛卓绝的探索道路。

现阶段我国社会主义文学,作为我国社会主义文学发展史的一个新篇章,是和我们党开创的中国特色社会主义事业在中国大地上展开为活生生的生活现实并存的。如果说,中国特色社会主义是我们党带领中国人民在建设社会主义的曲折道路上不懈探索的成果,那么,现阶段的社会主义文学,也是我国社会主义文学在自己的发展道路上反复探索的产物。它存在着,发展着,与党的十一届三中全会以来改革开放的伟大生活进程同行伴生。这一伟大的生活进程已有23年的历史,在我国大地上写下了亘古未有的瑰奇雄伟、云蒸霞蔚的篇章。现阶段我国社会主义文学,已经和必将从中汲取新的诗情、新的画意,诞育新的幻想、新的形象,从而为21世纪"世界的文学"的发展,贡献出新的灿烂篇章。

三

社会主义文学的概念的内涵是什么？它的最主要的特征是什么呢？

社会主义文学区别于其他类型和形态的文学的一个根本的思想特征，就是它的提倡者和创作者信仰马克思主义的科学社会主义学说，公开申明为人类的共产主义理想而奋斗，并且把这一信仰作为自己创作中追求的审美理想的理论基础。

社会主义、共产主义的思想体系和历史上出现过的各种先进的、民主主义的、空想社会主义的学说有着根本的不同。它用马克思主义的宇宙观和社会革命论来观察国家命运和人类的前途，集中地代表先进社会生产力的发展要求，代表先进文化的前进方向，代表最广大人民的根本利益，深刻揭示了资本主义的制度必然被社会主义制度代替的历史发展规律，指出了实现这一历史任务的依靠力量只能是无产阶级和广大人民群众。马克思、恩格斯创立的科学社会主义和共产主义的思想体系，不仅从生产力和生产关系的历史性的矛盾统一过程中，从人类经济生活、物质生产的发展规律的揭示中，论证了社会主义、共产主义的社会制度必然实现的历史必然性，而且深刻地揭示了资本主义的私有制通过劳动的异化使人的本质异化，从而与人的本质相对立。而共产主义理想则要实现人类从必然王国向自由王国的飞跃，它使“人终于成为自己的社会结合的主人，从而也就成为自然界的主人，成为自身的主人——自由的人”（恩格斯语）。作为“人学”的文学，在人类走向共产主义的漫漫长途中，在人努力在社会关系方面把自己“从其余的动物中提升出来”（正像一般生产曾经在物种关系方面把人从其余动物中提升出来一样）的曲折进化过程中，无疑会发挥特别重大的精神作用。

我国的无产阶级革命文学和社会主义文学，一直是在社会主义、共产主义思想、理想鼓舞下前进、发展的。大家知道，代表中华民族新文化的方向的鲁迅，早年曾是激进的民主主义者，但他后来接受了马克思主义哲学这个“明快”的思想武器，克服了相信“进化论”的

"偏颇",确信"惟新兴的无产者才有将来",在反"文化围剿"的血战中,成了坚定的社会主义、共产主义的思想战士。从民主主义到共产主义,这样一条思想发展道路,是与鲁迅同时代的许多老一辈中国革命作家、中国革命文化工作者先后走过的。这是一条有很大普遍性的历史必由之路。

在现代文学史上,最伟大的三位作家鲁迅、郭沫若、茅盾都在自己的生活和创作实践中最终走向了社会主义,倾向无产阶级。这是一个发人深思的事实。现在我感到,承认这个事实并真正了解这个事实蕴涵着的意义的人,似乎越来越少了。有的是明知这个事实而有意怠慢它、淡化它、忘却它。有的是因为年轻缺乏历史知识而不知道这个事实,又因一个不那么好的文化思想环境的影响而失去了解这个事实的热情,甚至对它持轻浮的嘲笑态度。但事实终归是事实。真理并不会因一时少人问津便失去光辉。这个事实对于我们社会主义文学的意义,终究是会再次得到普遍的承认,并得到充分的估量。

在现在,坚持社会主义文学的信念,坚持社会主义、共产主义理想并在这一理想鼓舞下获得生活素材,产生创作激情,并不是那么容易做到的。由于以公有制为主体的多种经济成分的存在和发展,市场经济法则、价值规律从经济生活领域延伸并渗入人们的相互关系和思想道德领域;由于其他种种内外复杂因素的存在,社会主义、共产主义的思想和理想在我们的思想生活中,在文艺界,也遇到种种质疑、挑战。曾经一度出现过这样的意见,认为为了进一步解放思想,我们可以不必再提"社会主义文学"的口号。更多的是虽然不反对"社会主义文学"这个提法,但内心觉得那不过是一个应时唱唱的高调而已,并不准备在自己的创作实践和批评实践中认真对待它。在这样一种思想文化环境中,社会主义的理想和热情,就越发成为照亮创作思想领域和文艺批评领域的种种迷雾的阳光了。

当然,有了社会主义的理想和热情,还需要敏锐的生活洞察力,丰厚的生活库存,苦练而成的艺术表现功力,健康适宜的精神气候、创作和批评氛围等因素的配合,才能创作出文学的精品力作,为社会主义文学增添实绩。"因为我们需要的,不是作品后面添上去的口号和矫作的尾巴，而是那全部作品中的真实的生活，生龙活虎的战斗，跳动着的脉搏，思想和热情，等等。"（鲁迅语）——这也是自不待言的。

邓小平指出："我们多年奋斗就是为了共产主义，我们的信念理想就是要搞共产主义。在我们最困难的时期，共产主义的理想是我们的精神支柱，多少人牺牲就是为了实现这个理想。"现在，在中国，在全世界，为社会主义文学的存在和发展辩护，公开申明以社会主义、共产主义理想为自己的审美理想、创作思想的支柱，是要有一点知难而进的精神和真正的艺术家的勇气的。

江泽民指出："对马克思主义的信仰，永远是我们事业发展和文艺繁荣的精神动力。"中国的社会主义文学，如果想适应时代的要求，在新世纪获得一个长足的进步和发展，满足人民日益增长的健康向上的精神文化需要，给他们建设中国特色社会主义、推动历史前进的斗争以助力，就必须以马克思列宁主义、毛泽东思想、邓小平理论为指导思想。因为只有掌握了马克思列宁主义、毛泽东思想、邓小平理论，我们的作家在认识我国社会主义现代化建设的丰富、生动、复杂的现实生活方面，才能由精神上的茫然、被动状态转入明晰、主动，才能不囿于局部和片断，具有统观生活的全局和趋势并握取历史发展的链环之重要环节的能力，才能真正以艺术的方式去掌握现实，按照艺术的规律，实现对现实生活的高度的概括和深刻的反映。

四

社会主义文学的另一个根本的思想特征，就是它的人民属性：在内容上，以人民生活为创作的唯一源泉；在倾向上，以对人民的真挚的同情和热爱，保护人民的根本利益，帮助人民教育自己、提高自己，实现精神上的解放；在为谁服务这个根本问题上，坚持为人民服务的宗旨，以此为创作的神圣目标。

我们时代最鲜明的特点是改革开放。这是一个社会主义建设规模迅速扩大，经济体制和各方面体制经历着深刻变革的历史进程，也是一个人们的经济利益不断调整、经济地位变动相对剧烈，人们的思想面貌、价值观念不断受到各种冲击的复杂过程。中国人民在夺取改革开放的胜利，收获改革开放的硕果的同时，也经受着改革开放带来的阵阵冲击和特殊的考验。我们的社会主义文学，我们的文学队伍，也同样接受着严峻的考验，迎接着巨大的历史性的挑战。

在这样一种情况下，坚持社会主义文学的人民属性，就成为发展社会主义文学的题中应有之义，甚至是题中首要之义了。

我觉得，面对当前我们生活中的经济现实和思想现实，一切信仰社会主义、共产主义的革命作家，都来重温一下列宁关于社会主义文学的理想和属性的论述，是非常必要的——

“这将是自由的写作，因为把一批又一批新生力量吸引到写作队伍中来的，不是私利贪欲，也不是名誉地位，而是社会主义思想和对劳动人民的同情。这将是自由的写作，因为它不是为饱食终日的贵妇人服务，不是为百无聊赖、胖得发愁的‘一万个上层分子’服务，而是为千千万万劳动人民，为这些国家的精华、国家的力量、国家的未来服务。这将是自由的写作，它要用社会主义无产阶级的经验和生气勃勃的工作去丰富人类革命思想的最新成就，它要使过去的经验（从原始空想的社会主义发展而成的科学社会主义）和现在的经验（工人同志们当前的斗争）之间经常发生相互作用。”

这些带着无产阶级的崇高而纯净的诗情写下的理论语言，这篇怀着对劳动人民最深厚的挚爱之情和对剥削者的极大轻蔑写下的社会主义文学的宣言书，至今仍然像刚刚写出来似的那么新鲜和有力。我们“现在的经验”就是建设中国特色社会主义的理论和实践，这个理论和实践在广大人民群众的直接参与下，每天、每月、每年都有新鲜的内容和形式涌现出来；“过去的经验”也即人类为争取社会主义理想的实现而经历的历史奋斗所积累起来的革命思想、革命传统，特别是中国人民在中国共产党领导下所经历的这 80 年的先是为新民主主义，后是为社会主义的集体奋斗积累起来的思想财富。我们的社会主义文学要使这两者之间“经常发生相互作用”，那就必须坚持自己的社会主义属性和人民属性，在追踪现实生活迅猛前进的步伐，感受时代热气腾腾的声浪和斑斓缤纷的色彩的同时，也不时回过头去,在为什么人这个根本问题上驻足沉思一番。邓小平告诫我们:马、列、毛,老祖宗不能丢啊!在发展社会主义文学方面,在建设中国化的马克思主义文艺学、开展健康有力的文艺批评上,我们尤其要牢记这个告诫,经常回到马、列、毛的理论宝库中去寻宝探珠,那是常常会得到"温故而知新"、"一叩而解惑"的意外愉快的。

五

中国社会主义文学的生命力的最深的根源,在于中国人民为实现国家的现代化,为争取社会主义、共产主义的光明前景而持续进行的历史奋斗中。在人民创造历史的伟大实践中发展和繁荣社会主义文学,在这个基础上形成了中国社会主义文学的最大和最根本的特色,形成了它的世界性、独特的美和力量、纯洁的道德心和崇高的尊严感。

中国社会主义文学的发展与中国社会主义现实生活进程之间的契合,是中国特色社会主义文学的最引人注目的特征。对中国"五四"以来的现代文学有着湛深研究的日本马克思主义文学史家丸山昇先生曾指出:"与人生——社会紧邻这一性质赋予中国现代文学以最大的特色,即中国与中国的文学家所处的严酷环境,赋予了中国文学以这样的特色。我觉得,这一特色就是中国现代文学在世界文学中所表现出的独特之处,换言之,也可以说是中国文学的世界性。"(《关于中国现代文学研究的一己之见》,载《文学评论》1989 年第 3 期)这个东方的外国学者对中国现代文学的敏锐而深邃的观察,我认为也可以移用于观察中国当代社会主义文学。因为,中国社会主义文学是赓续着"五四"新文学的优良传统而发展来的。它的血脉灵魂,和鲁迅及其他文学先驱开创的中国现代文学是相通的。正是由于这一传统的影响和历史运动本身对作家的吸引力,中国社会主义文学最基本和最常见的题材和主题就不能不是紧密地追踪历史的轨迹,敏感地反映社会的变化,描写社会主义事业和生活的各个发展阶段里中国人民的生活方式、心理情绪、道德伦理观念、风俗习惯的变化,展现当代中国人在复杂的社会矛盾、激烈的社会动荡中的不同命运，揭示当代中国人面临的各种复杂的人生课题，描绘他们深邃地发展着的精神生活历程。一部中国当代社会主义文学史，就其总体来看，可以说是一面巨大的镜子，照出了当代中国的姿影；也可以说是一面精神的荧屏，错综地映现出当代中国人的心魂。与人生、与社会紧邻，从现实生活中产生又反转过来影响现实生活，这样一个最大的、最基本的特色使中国社会主义文学的文学史行程，与中国当代社会生活的进程，呈现了鲜明的契合。这种契合，这种紧邻密接，有人以为是文学隶属于政治的表现，是中国社会主义文学不能有独立的艺术生命，不能产生伟大作品，不能走向世界的原因；其实，这种契合，这种紧邻密接只不过是中国社会主义文学发展的实情，是人的主观意志所无法改变的事实。正如宗璞坦率地指出的“文艺是社会动向的晴雨表”，这其实是一句“实话”。至于与现代文学相比较，艺术价值的高下，也不能笼统扬彼抑此，重“现代”轻“当代”。要之，就伟大作家和杰出作家的绝对分量而言，就作品的质与量的平衡而言，也许是现代文学优于当代文学；但在反映生活的广度上，在触及重大题材，反映急风骤雨般的社会动荡和社会变革方面，在揭示生活矛盾的力度上，在作家队伍的广大、文学人才的涌流等方面，当代社会主义文学并不逊色于现代文学，甚至可以说早已有所超迈了。最重要的是，无论是“五四”以来的新文学，或是建国以来的社会主义文学，都因其在思想血缘上和马克思主义的先进理论相联系，在生活实践上和中国人民争取民族解放和社会主义的胜利的伟大斗争相联系，而赢得了世界性的声誉和意义，在世界文学之林中屹然自立，享有尊严，得到了世界读者的肯定。在过去的20世纪，中国文学在世界文学中的参与程度和占有的分量、地位，较之18、19世纪，是大大地加深、加重和提高了。

这是稍具历史眼光的观察者都不能不承认的事实。

六

中国的社会主义文学，必须以自己的民族形式，以独特的中国作风和中国气派，去参与“世界的文学”的形成，为21世纪世界文学的

巨画添上自己的形体、线条、色彩，打上中华民族的印记。

列宁说过："在人类从今天的帝国主义走向明天的社会主义革命的道路上，同样会表现出这种多样性。一切民族都将走向社会主义，这是不可避免的，但是一切民族的走法却不会完全一样。在民主的这种或那种形式上，在无产阶级专政的这种或那种形态上，在社会生活各方面的社会主义改造的速度上，每个民族都会有自己的特点。"

世界历史过程的统一性总是表现为各个国家、民族不同发展道路的多样化。"世界的文学"的统一的图谱总是由各个国家、民族不同构图、设色和韵味的分图构成的。

"社会主义的内容，民族的形式，在政治方面是如此，在艺术方面也是如此。"（毛泽东语）

毛主席还更细致地分析说："艺术离不了人民的习惯、感情以至语言，离不了民族的历史发展。艺术的民族保守性比较强一些，甚至可以保持几千年。"

列宁也充分估计到人类的精神生活的丰富性和变异性。他认为即使在国际资产阶级被推翻，"大大地加速一切民族壁垒的清除"的情况下，也不会"因此减少反而会百万倍地增加人类的'变异'，使人类的精神生活以及思想上的流派、倾向和差异更加丰富多彩。"

我们的社会主义文学，在面向"世界的文学"汲取"异域的营养"时，一定要保持自己的民族特色，发展自己独立的创造能力。这不仅关系到中国社会主义文学本身审美品格的保持，而且关系到社会主义文学在提高民族自尊心、自信心，抵制殖民文化卷土重来，保持国家思想文化独立，提升国家综合实力尤其是软实力方面的重要作用的发挥。

1934 年，鲁迅在给美术家的信中，一则说："我想，现在的世界，环境不同，艺术上也必须有地方色彩，庶不至于千篇一律。"二则说："现在的文学也一样，有地方色彩的，倒容易成为世界的，即为别国所注意。打出世界上去，即于中国之活动有利。"这里，对文学的世界性与地方性之关系，从人类对美的需求的共通性与多样性出发，作了富有辩证法的精辟说明。在我们考察中国社会主义文学与世界文学在21世纪的互动关系的时候，鲁迅这些针对美术而发其实对文学也完全适用的意见，尤其值得我们深思。鲁迅这两段话，常被推衍、简化成“越是民族的，就越能成为世界的”，成为流行甚广的一句名言，为中国文学的民族化，为文艺上民族作风、民族气派的坚持和创造，作了有力的支撑。其实这里也有不太准确的东西。鲁迅强调的是更具体、更多样的“地方色彩”，而不是笼统含混的“民族性”。我认为这是更加重了文学所自出的本土的意义，指出了文学之倚赖人民生活习俗、语言文化、自然风物者甚大甚多，在创作上的指导意义是更为具体切实的。

七

历史的经验值得注意。以上我较多地注目于20世纪中国社会主义文学已有的发展经验的分析，这是因为，我从周围的学术氛围中感到，这一方面的经验在当前确实受到了某种轻忽甚至嘲弄。但是，在研究中国当代文学与世界文学的交叉、重合、互动现象之时，我们也不能过分泥守于、偏执于过去的历史经验。特别是当问题更多地涉及创作方法、艺术技巧、语言选炼、艺术风格等等具体而微的艺术规律的时候，尤其当我们往前眺望新世纪的世界文学远景的时候，就更需要具有现代敏感和世界视野。从20世纪最后30年世界科技的那种近乎自由落体加速度的发展态势及其对世界面貌、人类思维、人类生活和交往方式产生的巨大革命性影响来看，21世纪世界和中国的发展和进步，将会有许多今天最有远见的通人也难以逆料的变化。新事物的出现是无穷的。中国处在发展中，中国的社会主义文学也处在发展中。当一种新事物、新现象被普遍接受时，又有更新的事物、更新的现象在前头。过去岁月积累的基本的、至今仍不失其价值的文学发展经验是不能轻易丢弃的；但是，我们的文学由于极左思想禁锢和扭曲所经历的曲折、所获得的教训也不能轻易忘却。这些负面的、僵化的东西也不会很快完全消失。因此，提倡一种“不固”、“不必”的乐于接受并容纳新事物、新思想的开阔的学术襟抱，大胆地探索社会主义文学发展中的新问题，就是非常必要的了。本文论及的是一些关于大局的宏观问题，所思者大，所论者广，难免会有粗疏之处。学术问题又是科学问题，而科学是老老实实的学问，不是放言空谈、凌虚蹈空所能济事的。如果说创作离不开素材，那么立论却是离不开论据。美文华章的命脉在于真实，卓见宏论的力量在于切实。希望我的空疏之论，能在今后具体的个案研究和综合研究中切实周延起来。

最后，我还想指出，我们社会里存在的文学现象，并不是社会主义文学这个概念所能涵盖的。我们社会的文学实际上是以社会主义文学为主体的多样性的文学创作的组合。在我国，一切文学创作，只要有利于发扬爱国主义、集体主义、社会主义的思想和精神，只要有利于改革开放和现代化建设的进行，只要有利于民族团结、社会进步、人民幸福，只要有利于提高人民的道德水平、丰富人民的感情生活、提高人民的综合素质，不管其指导创作的世界观是马克思主义的还是其他一般民主性、人民性的进步思想，或一般人文主义精神，都可以包容在社会主义文学的多样性组合的范畴之内。因为以马克思主义世界观为指导思想的社会主义性质的文学既然居于主体地位，那么一切进步、健康、有益的文学创作自然就都会受它影响，与它有着或近或远、或隐或显的不可分割的联系。

承认我们社会的文学不是单一形态的社会主义文学，而是以社会主义文学为主体的多样性的文学创作的组合，并不能取消中国社会主义文学这个概念的提法，取消对中国社会主义文学形态的研究。只有鲜明地确立中国社会主义文学在我国现实存在的文学格局中的中心的主导的地位，我们的文学才能有正确的前进方向和广阔的发展前景，才能肩负起时代赋予我们的使命。多样化的创作格局，也只有在社会主义文学主潮引领下，才能排除一切包含反民族、反科学、反大众和反社会主义的观点的文学创作的干扰，沿着有利于人民福祉、社会进步的方向持续发展。提出并强调社会主义文学的口号，是我们在文学领域里坚持“中国先进文化的前进方向”的最集中、最鲜明的表现。它的理论和实践意义，是非常重大的，不可低估的。

2001 年 3 月 6 日夜

一个发展、创新的文学理论历史演进过程的轨迹和神魂

——《走向新世纪的中国文学》编后杂记

在党的十六大召开前夕，中国作家协会理论批评委员会决定以最快的速度编一本自20世纪90年代以来的文学理论批评文选，反映在这一历史阶段里我国文学理论批评工作者所留下的足迹和声音，所取得的部分实绩，以便回顾既往，开辟未来，在十六大伟大纲领和精神指引下，开辟我国社会主义文学发展的新思路、新境界。

现在摆在大家面前的这本文选，就是按照上述要求编出来的。它的编选思路和各辑要旨简述如下：

从20世纪90年代以来，中国文联、中国作协分别于1996年、2001年召开了两次全国代表大会，江泽民同志在这两次大会上的两篇重要讲话，集中地表达、概括了我们党在这个历史阶段里根据文艺界的实际情况和新的变化所制订的发展社会主义文艺的新思路、新举措，成了我国社会主义文艺与时俱进，走向新世纪，开拓新局面的指南针。把这两篇重要讲话置于本书的卷首，既便于读者了解这一历史阶段我国文学理论批评发展的指导思想和前进方向，也有提示本书编选思路的作用。

第一辑所收入的文章，旨在反映文艺理论界对按照"三个代表"的要求发展社会主义文艺创作的思考。这些思考有侧重于理论阐发的，有侧重于历史探源的，有侧重于实践总结的，有侧重于未来展望的，要之，都把毛泽东文艺思想与邓小平理论，"三个代表"的重要思想中关于坚持先进文化的前进方向，发展和繁荣社会主义文艺的新思路、新提法、新举措结合起来进行研究、阐发，既注意到我们党的文艺思想、文艺路线一脉相承的历史继承性，更注意到这一文艺思想、

文艺路线与时俱进的现实感与时代精神。

第二辑收入的文章，旨在反映文艺理论界在这一历史阶段对攸关文艺理论自身发展和创新的重大问题的思考。这一思考有的展现为对某些理论问题的带哲理性的美学沉思，有的则触发于某些重大的文学论争乃至文化论争。文学理论的发展和建设，它的理论思维的发达和彻底，它的实践品格的鲜明和富有朝气，对于整个文学创作、文学批评的活跃和繁荣，都有着重要的意义。没有高度发达的、与时俱进的文学理论思维，没有结合着新的历史条件和时代要求的新的先进理论，就没有我国社会主义文学的新的发展，新的繁荣。恩格斯在谈到德国工人运动的优势时所强调的“理论修养”和“理论感”的重要意义，列宁所强调的“以先进理论为指南”对于在革命实践中“实现先进战士的作用”的重要性，这些人们熟知的原理在文学领域里，同样是适用的。本辑的分量在全书中占有较大的比重，正是基于这种对理论思维、理论感的重视。

第三辑收入的文章，都是对这一历史阶段出现的较为重要的或较有特色的作家作品的评论，其中尤其着重选入对这一历史阶段最突出的长篇小说的勃兴与繁茂的现象之研究与评论。本辑的文章，旨在提倡一下对具体的作家作品的评论与研究，给认真阅读、研究文学作品的文学评论家一点鼓励。我们常常强调对文学现状、文学现象的研究，而作家评论和作品评论，正是实践这一理论联系实际的要求的最切实的工作。但实际上，作家作品的评论，却最不见重于文林了。本书之所以不避“挂一漏万”、“以偏赅全”之讥而选入这么多作家作品评论，意在匡正这种不太正确的习见。别林斯基曾经指出，对一篇刚刚问世的新作的评论，是对批评家审美感觉和批评才能的试金石。一个有经验的、成熟的批评家，只有在大量阅读、品评文学新作的批评实践中才能成长起来。也只有在这种严肃而热情的追踪当代新作的工作中，才能保持并发展其作为一个批评家的理论生命和审美活力。

另一个方面，选入比较多的作家作品评论，也有为读者一窥本阶段文学创作的实绩、景观开设一个窗口的用意，增加本书记录本阶段文学行进姿影和足迹的历史资料性。

第四辑收入的文章，涵盖了比较广的文学领域，比较多的文学话题，意在反映这一历史阶段文艺批评的敏锐和活跃，反映严肃而健康的文艺批评在创作导向方面所发挥的影响，同时，也有意为文学思潮演进中溅起的一些浪花留一剪影。

本书所选的文学理论批评文章，时间跨度长达13年。这一时段所发表的文艺理论批评文章，数量之庞大是可以想见的。其中卓异之作，远不是本书的篇幅所能穷搜尽收的。简选之难，读者当能共鉴。我们在进行遴选时，遵循着这样几条便于操作的办法：

一、入选作者，一人只限于选一篇。

二、入选作者，大多数为文艺理论批评工作者，也有少数文学工作的领导者、作家。这两类作者的理论批评文章，其文思、文体各有特点，可以相互映照，相互发明。

三、入选文章，不拘长短。短而空泛不收，长而切实则不吝篇幅全录。一两万字的长论与一两千字的杂感都酌情选入，量身度体，以照拂文情、寻觅新意为指归。

四、凡已入选《中国文学理论批评文选（2001卷）》的文章，本选集不再重复收入。

按照这些办法，先由笔者从大量文艺理论报刊中选出300多篇文章（250余万字）作为初选篇目，最后在郑伯农、吴秉杰两同志通宵达旦的参与下，共同斟酌选定了现在这近百篇文章（约77万字）。由于受编选者视野和眼光的局限，这个选本虽然名系于文艺理论批评委员会之下，在选本形成的指导思想、编选原则和方法上得到有关领导的具体指导，但编选工作中的缺失，却是应该由具体任事者负责的。尽管我们临事而惧，兢兢业业，废寝忘食地工作，但仍不免有竣事后的遗憾和面对公众、公论时的惶恐。不过可以告白并差可自辩的是，本书只是坊间各种各样文论选本的又一种而已，它不是什么最佳文论选或经典文论选，甚至也不是一本纯理论的内容很高深玄妙的论文集，而是一本容纳了较多的声音、记录了较多的足印、涉及了较多的作家作品、反映了较多的文学现象的文艺理论批评文选罢了。

既重理论,又重实际,努力体现两者的结合与平衡,也许就是它与别的已经面世的文论选本的不同之处吧。它的阵容、面貌、神魂,我想因此反而会有些新鲜感吧。

应该申明的是,入选的文章,除少量是从作者自己提供的文章中遴选出来的之外,大部分事先来不及征求作者的意见。这是要请有关作者谅解的。

最后需要说明的是,本书的书名“走向新世纪的中国文学”,是王巨才同志最后推敲确定的,他直接领导本书的编选工作,并协调各方,帮助选定篇目,全力促成它的如期出版。金炳华同志、张炯同志则对本书编选的指导思想和各辑内容与主旨的明朗化给予了重要的指示。

2001 年 11 月 11 晨

于北京西坝河北里寓所

我们今天怎样看《讲话》

——在北京作协文艺理论研讨会上的发言

我选择这个题目，是配合本次研讨会“全球化背景下民族文化的继承与创新”的主题，谈我对毛泽东《在延安文艺座谈会上的讲话》（以下简称《讲话》）这篇文章的总的看法。在此基础上，回到具体的民族化问题，回答怎样运用《讲话》的基本思想，应对所谓经济、文化全球化的世界背景。

一、《讲话》是一个打着时代烙印的历史文献

我们现在对待《讲话》的态度，应该客观地承认一个事实，就是普遍地不太重视。包括一些文化部门的领导，对《讲话》都有点“敬而远之”的态度，觉得《讲话》当然很好，每到纪念《讲话》的时候，也会组织一些文艺演出、纪念会、座谈会；但实际上对于《讲话》的一些内在的基本思想，已经很少有人进行深入的学习和思索。在我们大学中文系的文艺理论教育中，尽管也要讲到《讲话》，但是，一个是我们教学方法可能存在问题，另一个可能是整个思想环境、精神气候的问题，学生对《讲话》的学习是很冷淡的，觉得比较枯燥、比较僵化，不得不学一点、背一点应付考试，很少有人把《讲话》的美学思想、文化观点运用到自己的论文写作、文艺学习中，很真诚、很热情地来学习、运用《讲话》。再加上我们有一些学者、专家对《讲话》发表了一些很苛刻的评论，也在青年中产生了影响。最普遍的一个说法是：由于《讲话》的出现，打断了中国新文学朝着思想启蒙的道路发展的历史进程，似乎《讲话》把中国文艺引向了一个很狭隘、很偏激的道路，这个偏激道路走到极端，就发展到“文革”，发展为“四人帮”的极左的文艺思想。这种说法本身，其实也是很偏激的。现在，我们应该从

根本上思索和总结历史的经验。“文革”结束后,在思索和纠正极左的文艺路线的过程当中,也曾出现过很多理论,比如文学的主体性理论、文学回到自身的理论等等。我觉得这些东西非常强有力地支配了新的一代人甚至几代人的文艺理论思维,似乎已经成为一种很强大、很普遍的文艺理论的基本观念,在很多人的心目中,几乎成了不用论证的真理了。这种情况下,我自己有时也感到很困惑。因为我们这代人的文艺思想是在中国现代革命文艺、社会主义文艺的影响下,接受、学习了《讲话》形成的,是属于毛泽东文艺思想影响下开创的新的文学时代的。我们接受的是从《讲话》往上推,上溯马、恩、列、斯到高尔基等人的文艺思想,再往上就是俄国别、车、杜,然后是欧洲文论史上从亚里士多德一直下来到泰纳、勃兰兑斯的这一套理论,所以对现在比较流行的20世纪文论这一大系统,是比较陌生的。我当然也想认真去学习,但是学习的过程中有时候很苦恼,不知道为什么读不下去,觉得好像没有我原来了解的这套理论语言、理论系统明快、锐利、有力。所以在文艺理论界不知不觉就被认为是一个守旧而且“守”得比较真诚的人。我觉得我原来固有的基本的文艺理论观念,应用来写作文艺评论、应用来观察分析当前的文学现象,用起来好像很得心应手;如果换一套理论语言,就觉得有点不合拍,有些隔膜。但是整个世界变化是很大的,不但经济建设的规模跟情况比过去复杂得多,就是文化建设的规模和情况,文学艺术创作的规模和情况也比过去复杂很多。在这种情况下看来,《讲话》的一些看法,有很多东西也确实离当代的情况较远。

那么我们现在应该怎样看《讲话》呢?我觉得是这样的,我们要认识《讲话》的价值,首先要把它当做一个打着时代烙印的历史文献来看。过去我们讲历史文献往往是一种赞美之辞,一说伟大的历史文献就是说它有伟大的历史意义,总是在这个意义上来使用“历史文献”这个概念。但是,我们今天说它是一个历史文献,是客观地把它看做是属于特定历史阶段的产物。因为马克思主义以及西方一些历史学派在分析问题时,都要求把问题放到一定的历史条件下,一定的历史范围内,我觉得这一点很重要。马克思不是说过吗?每种思想都有它出现的世纪。思想是根源于特定时代经济事实的深处的。评论一个理论的是非，它的价值的大小，评论一个历史人物贡献的大小，离开具体的历史条件根本就没办法评价。不把问题放在当时的历史环境里来考察，就没法得出正确的结论。对《讲话》的很多苛评，我个人认为大多是离开当时的历史环境、脱离历史实际的，或者建立在对历史进行主观主义的假设基础之上的。而研究历史不能用这种假设的办法。从现在流行的人文主义观念、和谐社会理念出发，我们回头看《讲话》，就会简单地认为，这不是一个阶级斗争的产物吗？这里边不是充满了阶级斗争的锋芒、充满了对知识分子的种种批评甚至责难的意见吗？要求知识分子改变思想、改造感情，这不是折磨知识分子吗？知识分子的主体性不是从这里开始失落了吗？得出这些结论似乎是很自然的。如果我们从现在的人文主义的观念出发来看待、来指责《讲话》，这是不公正的，不是历史主义的。我觉得《讲话》的历史文献性，是说它是属于当时历史的产物，在当时的情况下有它存在的合理性，而在今天，它的有些内容我们不见得需要再去强调了。我认为今天看《讲话》，它的意义主要表现在两个方面：

第一，《讲话》是中国现代文学在民族化道路上发展的一个路标。中国现代文学发展到《讲话》出现之前，经历了从“五四”时期为人生的启蒙文学到20世纪30年代为劳苦大众的左翼文学这样一个发展过程。在这一文学发展过程中，“五四”时期为人生的启蒙文学基本上是在知识分子的圈子里头。真正的劳苦大众能够读到的或者说能够参与进来的、作为文学接受对象来考虑的，从接受美学的观点来看，是很少的。发展到30年代左翼文学，实际上也是在知识分子的圈子里。所以当时很多人就意识到新文学的民族化、大众化是个很大的问题，在文艺理论领域里就不断地在讨论这些问题。就是新文学如何走出知识分子圈子，走出亭子间，跑到十字街头，跑到劳苦大众中去，真正实现通俗传远的目的。这成了新文学发展中需要解决的迫切问题。《讲话》正是在这个问题上，作出了自己的回答。实际上我认为它是现代文学在民族化道路上发展的一个路标。我们研究历史的时候，可以把它当做一个路标去研究，这是一种客观的、中性的立场,不是单纯赞美的那种。看它在这个问题上解决得怎么样,有的解决得不错,有的解决得也不是太好,可能有它的局限性。

第二,《讲话》的历史文献性表现为它是民族革命战争的大众文学的一个纲领。我这里有意借用了鲁迅的话,这是在两个口号论争当中,鲁迅主张中国进入抗日战争阶段的文学应该是民族革命战争的大众文学。我觉得鲁迅的这个口号、这个定义很好、很具体,民族革命战争指的就是争取民族独立的抗日战争,大众文学就是指这次战争跟过去中国进行过的所有反侵略战争不同,它要动员大众到战争当中来,是动员最广泛的人民战争。而且它带有无产阶级的性质,就是无产阶级领导的、人民大众的。把《讲话》作为民族革命战争大众文学的纲领来看,重读它即可发现:《讲话》不可避免地充满了论战的火焰、充满了批判的锋芒,那种论战的色彩,就像普列汉诺夫讲的马克思主义的美学文献充满了论战的热情和论战的火焰那样。应该说《讲话》是充满了这种战斗性、批判性的。这种批判性在"文革"中被不适当地、脱离历史地运用到当代文艺运动的实践当中,应该说是造成了灾难、造成了很多极左的东西,这是一个教训。但是如果我们把《讲话》放到当时历史环境下来看,它的很多主张,比如对作家、艺术家思想改造的要求,比如对文艺歌颂光明与暴露黑暗的关系的论述,比如对文艺队伍内部团结与统一战线问题的论述,有很多东西在今天看起来,都是不一定需要再强调的。再拿到今天来作指导思想,那就更不一定适当了。而在当时来说,我认为它是属于历史的,有它存在的合理性,不必因此就对《讲话》提出很苛刻的责难。我们应该充分估计到它的这种历史文献性,有些东西不见得今天需要强调它,但是它在当时历史条件下是很真实、很及时的,是适合当时人群之需要、适合当时延安文艺运动之需要提出来的。在当时,它也是马克思主义文艺理论发展到抗战阶段"与时俱进"的产物。

二、与时俱进,不离其宗

最近邓友梅同志发表在《小说选刊》上纪念《讲话》的一篇文章,题目即是"与时俱进,不离其宗",我觉得很好,就把这八个字借用过来。我们今天怎样看待《讲话》、怎样认识《讲话》,就是要“与时俱进”的同时还要“不离其宗”。“与时俱进”即以上所说的:属于历史文献性的内容、属于历史的把它还给历史,不要作过多的责难。有些东西也不要脱离当时的历史条件,拿到今天再作过多的、不适当的强调。同时还要看到当前我们国家发生的变化,我们的文化状况、文学创作状况所发生的变化,根据变化了的实际状况研究我们的文艺问题,这就是“与时俱进”。

“不离其宗”,需要作一点解释。我以为《讲话》当中不能离开的“宗”有两条:一个是我们的文学、文艺是为什么人的。我们文学的性质、文化的性质就是为人民的。我们讲要坚持“先进文化的前进方向”,什么是“先进文化”?我们文学要坚持一个什么方向?在这个问题上我们是不能离开《讲话》提出的根本原则的。有一个理论观点现在很少提到,我认为还是真理,就是列宁提出的“每一个民族内部都有两种文化”的理论。每个民族内部都有民主主义的和社会主义的文化倾向,以及封建主义的和资本主义的那种文化倾向。列宁的原话更复杂一点。从大的方面来说,从封建社会的文学史来看,确实就有封建主义的文学和民主主义的文学,或者起码带一些民主主义色彩、反映人民利益的文学。我们现在要坚持的“先进文化的前进方向”应该是民主主义的和社会主义的文化发展方向,也就是“为人民”的方向。我以为这个“宗”是不能离开的,因为文学作品的确像列宁所说的,有一个到底是为千千万万劳动人民服务,还是为那些胖得发愁的上层分子服务的问题。当然,现在这个说法也应该有些变化。对富人也要有分析,不能简单地用人的财产的多少来衡量人。有依仗特权,大搞腐败的富人,这是社会的蠹虫;也有依靠自己的能力、智慧,经由创建、经营、管理现代工商业、现代科技文化产业或其他合法途径而富起来的民营企业家等。后者也是有中国特色的社会主义的建设者,自然也是我们的文艺服务的最广大的人民群众的一部分。但即使考虑到这个时代变化,也不能动摇文艺接受美学中某些固有的规律。例如,在文艺史上正如普列汉诺夫经常引用的资产阶级美学史家索罗金的一句话:“少女可以为失去的爱情歌唱,而守财奴是不能为失去的钱财歌唱的。”守财奴怎么就不能为失去的钱财歌唱呢？他失去了钱财很难受，他也可以歌唱，也可以哭泣。但这种哭泣很难引人同情，没有美感。而失去了爱情的少女，她唱出来的歌可以打动很多人，有一种普遍性。艺术的美就在于它有典型性，有普遍性，能够打动很多人的心。无论哪个朝代，无论我们社会经济发展到哪种程度，很富有的人不可能占大多数，大多数的人都是处在过得下去，或者比较贫困，或者正在努力摆脱贫困的状态中，那么文学艺术还应该是为大多数的人服务的。我以为在这一条上，“不离其宗”这个“宗”是不能变的。

另外一个“宗”就是文学怎么“为”才能“为”得好。这就是要研究怎么才能按照艺术规律创造出好作品，而有了好作品才能为人民服务得好。人民需要的并不是艺术上的伪劣产品、艺术上的蹩脚货，而是艺术上的精品，所以怎么“为”的问题就是一个怎么按照文艺美学、按照文艺创作的规律来生产好作品的问题。这一点在《讲话》里有很多论述，在整个美学史上都是可以站得住、都是具有独特光彩的。特别是两个方面的内容，一个是关于生活是文学艺术的源泉问题，另一个就是关于典型化的论述。“文学来源于生活”不是毛主席的发明，毛泽东之前的很多文艺理论家都讲过，包括所有的真正的有观察力的文艺理论家都承认这一条，但是毛主席用唯物辩证法的思想把它提到一个很高的高度，他讲了这样一句话：“只能有这样一个源泉，除此之外不可能有任何别的源泉。”毛泽东的强调，“排除了所有的唯心主义的解说的可能性”（陈涌语）。我个人觉得这个道理就和几何公理一样，几乎是不需要论证的。谁要是想否定这样一个道理，想脱离生活，创作出来的肯定就是比较假的东西。当然我们应该对各种各样人的生活都要了解、都要学习，不要像过去只是很简单地只提到工农兵当中去，我们生活的天地是广阔的。另外一个思想即关于典型化的论述也很精彩，人们生活存在的自然形态是较为平淡、分散、枯燥的，但是也有很生动很有活力的美。我们文学艺术的美是根据这个美提高、提炼之后创作出来的，两者都是美，但属于不同层次。何其芳同志对于毛主席的这个思想，有一个非常好的发挥。他在文章里比较了自然美和艺术美,回答了两者谁高谁低的问题。何其芳认为毛主席的原意不是简单地讲艺术美就一定比自然美高,就美的广阔的范围来说、就美的供给的源泉的能力来说,自然美远远高于艺术美,任何艺术在生活之树面前都是苍白、逊色的。但是从具体的艺术作品、具体的生活素材与它的准确、优美、完整、浑和的艺术反映之关系的角度来说,艺术美永远高于生活美,因为它是经过艺术家主观劳动创作出来的"第二自然",集中了很多东西。我认为何其芳同志讲的比较符合毛主席的原意。承认生活美是第一性,又承认艺术美在艺术创作的品格上高于生活美,而且把典型的创造问题、典型人物的创造问题,作为创作好作品的一个中心问题来论述。毛主席讲应该根据生活创造出各种各样的人物来,来帮助群众推动历史的前进。毛主席从来没有说要创造出一个英雄人物或者正面人物来,从来就是说要创造出各种各样的人物来。毛主席曾经肯定法捷耶夫的《毁灭》影响了整个世界,《毁灭》的主人公是一个有着很多缺点甚至有点粗暴的正面人物,而且作品的主题是比较痛苦的,最后整支游击队都走向"毁灭"、走向失败,是个悲剧。不像后来我们写的很多作品都是非常光明、非常开朗的调子,它是非常阴郁的调子。这样一部现实主义的作品得到了鲁迅先生的青睐,鲁迅亲自翻译;也得到了毛泽东的高度评价,称赞它产生了世界影响。可见毛泽东的现实主义理论、毛泽东的关于典型化创造的思想,并不像有些人指责毛泽东的那样简单。现在有些人动不动就讲毛泽东典型化的理论已经过时了,谁要是再讲典型创造谁就很弱智。因为我是经常讲的,于是也受到了这种讥讽。典型化理论涉及美学创造的根本规律,所以我个人认为怎样"为"人民的根本问题,就是要根据美学创造的规律创造出真正的高艺术质量的作品,来"为"人民。其中最重要的两条:一是生活源泉问题,对生活美和艺术美的认识问题;另外一条是对典型化、对典型人物的创造,对现实主义理论所反映的艺术规律要有足够的认识。所谓"与时俱进,不离其宗"的"宗"就是这两条:一个是解决文化的性质、文化的方向、为人民的方向问题;一个是解决怎么"为"的问题。

三、六十年的实践与检验

我们评价《讲话》，不单是评价一篇文章、一个文献，而且是在评价到目前为止整整六十年的文艺运动的历史。经过六十年的实践与检验，它的精华与局限性，它的可能被利用去发展到很坏方面的那种危险性，它的到现在为止还很有光彩的那些主要的、基本的思想，都是并存的。经过六十年的实践与检验，一切都出来了。六十年分为四个阶段，一个阶段是20世纪40年代，这是初步的实践阶段。《讲话》在有限的范围里，特别是在解放区作了一个初步的实践，当时就出现了很多好作品，像《王贵与李香香》、赵树理的一些小说、孙犁的《荷花淀》等，成就是很高的。当时在国统区的郭沫若、茅盾也评价为“是中国几千年文化史上从未出现过的作品”。这在当时是很新的东西、很时髦的东西，是站在时代潮流前面的东西，这预示了一个新的文学时代的开端。第二阶段是20世纪五六十年代，这是一个扩大实践成果的阶段。我认为现在对于五六十年代的文学评价偏低，往往把这个时代看成是“左”的思想统治与发展的时代。实际上五六十年代一个主要的方面是，《讲话》的基本的美学思想能够在全国范围里，而且能够借助政权的主导力量（即鲁迅所说的“政治之力”）在全国范围里得到普及、深入人心，渗透到很多人的创作实践当中去，产生了很多好作品，造成了一个新的文学发展的时代，这个时代在认真地探索着走向成熟。这里我所指的五六十年代是在“文革”前，也即当代文学史上说的“前十七年”。这个探索应该说产生了很多积极的成果，我觉得大的方面应该这么看。当然我们不讳言，这个时期也有很多阴暗的东西甚至是残酷的、极左的东西，迫害了很多人。这些有的与文艺思想有关，有的与文艺思想无关，是属于政治运动。第三个阶段是“文革”，这是一个逆向的、后退的发展阶段。《讲话》中充满了论战性火焰的、批判的锋芒的那些本应该属于历史的思想，被不恰当地运用到一个新的历史环境里，而且加以扩大、加以极端化。我原来对于《讲话》这一方面的局限认识不够。《讲话》中有很多锋利的东西，批判性的观点，我们应该承认它本身之所以能够被“四人帮”利用,也是因为它有局限性。它的理论、它的每个思想都有它实践的时代背景,所以要好好研究《讲话》这方面内容的局限性。第四个阶段是新时期。在新时期《讲话》的一些基本思想,特别是以上所说的“不离其宗”的两点,一个是为人民,一个是美学创造的基本规律,始终在悄悄地释放着它的能量,指导着许多有出息的作家的创作。我们评出的比较好的、有分量的文学作品,大都离不开这两条,一个是有生活,有作家的真感情、真生活在里边,第二个就是比较符合艺术创造的规律,创造出比较典型的生活画面和典型的人物。比如写出《平凡的世界》的作家路遥,呕心沥血一直写到死,他在《创作谈》里就谈到《讲话》对他的影响。写出《法官妈妈》、《离开雷锋的日子》、《良心》等好剧本的编剧、北京作家王兴东,他写每一个剧本都要深入生活一两年甚至两三年。“茶人三部曲”的作者王旭烽谈到过,曾经在蔡仪的《文学概论》上学习的那些文艺理论,在她的创作过程中还是起到好的作用的。所以我认为《讲话》对中国新时期文学产生的作用是不可低估的。

四、在所谓“全球化”背景下对民族化问题的新考察

要了解毛泽东关于文艺民族化问题的思想,除了《讲话》之外,还应把另外两个文献考虑在内:一个是《新民主主义论》中关于新民主主义文化的论述,特别是关于“民族的科学的大众的文化”的论述;另一个是1956年《同音乐工作者的谈话》。综合这三个文献,毛泽东关于文艺民族化问题的主要思想是什么呢?

1. 民族化问题的提出是为了“中华民族的尊严和独立”,出于中国人民反抗帝国主义的文化压迫的历史要求。

毛主席指出:新民主主义文化“是我们这个民族的,带有我们民族的特性。同一切别的民族的社会主义文化和新民主主义文化相联系,建立互相吸收和互相发展的关系,共同形成世界的新文化;但是决不能和任何别的民族的帝国主义反动文化相联系,因为我们的文化是革命的民族文化”。这就是说,讲民族化问题不能离开文化的先进性,不能不考虑它的发展方向。面对全球化的文化浪潮,我们需

要分析，有鉴别，有取舍。“一切外来的东西，如同我们对于食物一样，必须经过自己的口腔咀嚼和胃肠运动，送进胃液、肠液，将其分解为精华和糟粕两部分，然后排泄其糟粕，吸收其精华，才能对我们的身体有益，决不能生吞活剥地、毫无批判地吸收。”这一原则在今天尤其要坚持。

2.“近代文化，外国比我们高，要承认这一点。”

坚持马克思主义文化思想的先进性，与承认西方近现代文化处于较高发展阶段并不矛盾，而是可以一致的。这一思想决定了在文化建设和发展问题上，我们也要实行开放的政策，大量地吸收外来的先进文化。

在驳斥白皮书中艾奇逊的“西方文明优势论”时，毛泽东在宣布艾奇逊唯心史观的破产的时候，曾自豪地指出：中国人在学得了马克思主义之后，在精神上已从被动转入主动，艾奇逊在文化思想上的水平，远在中国人民解放军一个普通战士之下。这句话留给我很深的印象，但这是就历史观而言的。就更广泛的文化而论，却不能把这个结论作简单的推衍。过去我们由于自以为拥有马克思主义的宇宙观便推衍出文化的盲目优势论，是有片面性的。

毛泽东认为：“中国应该大量吸收外国的进步文化，作为自己文化食粮的原料，这种工作过去还做得很不够。”为什么要大量吸收？就是因为外国的进步文化有比我们固有文化高的地方。1956 年，毛泽东在同音乐工作者谈话时说：“近代文化，外国比我们高，要承认这一点。艺术是不是这样呢？中国某一点上有独特之处，在另一点上外国比我们高明。小说，外国是后起之秀，我们落后了。”这是一个非常重要的思想，说明毛泽东非常有现实感。承认这一点，是在文化问题上采取开放态度的前提。

鲁迅是充分认识到世界近现代文化相对于中国固有文化的先进性的，他说：“世界的潮流早已六面袭来，而自己还拘禁在三千年的桎梏里。”他指出：“想在现今的世界上，协同生死，挣一地位，即须有相当进步的理论。”他主张，放开度量，大胆地、无畏地，将新文化尽量地吸收。“别求新声于异邦。”为了抵制封建主义文化的鬼魂，摆脱其纠缠,鲁迅有针对性地提出少读或不读中国书。他激愤地说:“中国书虽有劝人入世的话,也多是僵尸的乐观;外国书即使是颓唐和厌世的,但都是活人的颓唐和厌世。”“即使所崇拜的仍然是新偶像,也总比中国陈旧的好。与其崇拜孔丘、关羽,还不如崇拜达尔文、易卜生;与其牺牲于瘟将军五道神,还不如牺牲于拿破仑。”这些警策的文化主张,在今天我以为也不失其现实意义。这与毛泽东经过十几年的思考,终于提出外国近代文化比我们高明的论断,是可以相互发明的。

3.“艺术上‘全盘西化’被接受的可能性很少。”

毛主席既提出“近代文化,外国比我们高”的警策的论断,但他又充分注意到文化这个范畴所包括的文学艺术的各个门类的特殊性,不是简单地一概而论。比如,他在谈到文学中的小说和诗歌时,就是区别对待,有不同分析的。对小说,他直接承认“外国是后起之秀,我们落后了”。而对诗歌,他在肯定诗歌应以新诗为主的同时,则更多地谈到诗的民族形式、民族作风和气派等民族化的问题。又如,他对艺术中的音乐的特殊性,也予以更为充分的注意。对音乐的民族语言、表达方式、特殊风格、欣赏习惯,予以有力的强调。

毛泽东在同音乐工作者谈话中指出:“艺术上‘全盘西化’被接受的可能性很少,还是以中国艺术为基础,吸收一些外国的东西进行自己的创作为好。现在各种各样的东西都可以搞,听凭人选择。外国的许多东西都要去学,而且要学好,大家也可以见见世面。但是中国艺术中硬搬西洋的东西,中国人就不欢迎。”毛泽东还进一步分析了“全盘西化”行不通的原因——艺术自身发展规律、自身特性所决定了的原因。他说:“艺术的基本原理有其共同性,但表现形式要多样化,要有民族形式和民族风格。”“艺术有形式问题,有民族形式问题。艺术离不了人民的习惯、感情以至语言,离不了民族的历史发展。艺术的民族保守性比较强一些,甚至可以保持几千年。古代的艺术,后人还是喜欢它。”所以毛泽东认为,中国文学艺术,“应该越搞越中国化,而不是越搞越洋化”。

毛主席这里提出的“艺术的民族保守性比较强一些”的论点,应该引起我们更多的重视。正是在毛主席对音乐工作者谈话的影响下，1959年国庆十周年献礼音乐作品中，出现了后来成为世界名曲的小提琴协奏曲《梁祝》。这部交响音乐作品，吸收、采用了大量浙江越剧中的曲调与演奏方式，使小提琴、交响音乐这些外来的音乐形式，和中国民族化的、地方色彩浓郁的音乐元素结合起来，产生了《梁祝》这样一部具有中国民族特点的交响音乐作品，用中国人民的音乐语言，演绎了中国一个优美而悲怆的民间故事，使广大中国听众真正听懂了交响音乐，开创了中国音乐史上的新的篇章，以至这个音乐作品的主要创作者之一何占豪先生在回忆创作过程时激动地说，“这首曲子并非一个或几个作者写的，它是我们浙江农民原创的：因为里面很大部分运用了越剧的表演因素”，而越剧则是一大批来自农民的表演艺术家和琴师创造的。小提琴协奏曲《梁祝》的这个创作过程和创作经验，对于我们今天全球化背景下的文化、艺术创新问题，也是有意味深长的启示性的。

鲁迅对文艺的民族化问题有这样的概括：“……明哲之士，必洞达世界之大势，权衡较量，去其偏颇，得其神明，施之国中，翕合无间，外之既不后于世界之思潮，内之仍弗失固有之血脉，取今复古，别立新宗……”这是鲁迅早年提出的思想。到了晚年，鲁迅更进一步提出，正确处理文艺民族化与世界文化思潮之关系，是文艺创新（即“别立新宗”）的根本原则。他一则说：“现在的世界，环境不同，艺术上也必须有地方色彩，庶不至于千篇一律。”（1934年1月8日致何白涛信）二则说：“现在的文学也一样，有地方色彩的，倒容易成为世界的，即为别国所注意。打出世界上去，即于中国之活动有利。”（1934年4月19日致陈烟桥信）这也就是后来被推衍流传的“越是民族的，就越能成为世界的”这一“鲁迅民族化文艺思想”之所本。这一广泛流传的简化的说法，虽然表达不太准确，但基本思想是符合鲁迅本意的。可见，文艺的民族化与“跟世界文化接轨”的关系，从早年到晚年，一直是鲁迅思考、探索并有明确结论的重要问题，这一思想，一以贯之，无时或替。这一思想也可以说是毛泽东关于文艺民族化的思想的重要来源之一吧。

对文艺的民族化问题，唐弢先生作过很深入的探讨。他晚年有三篇论文，写得细致、灵动、扎实，值得推荐。这三篇论文是:《西方影响与民族风格》、《从取法外国作家到发扬民族特点》、《在民族化的道路上》(见《唐弢文集》)。

2002 年 5 月 12 日

2009 年 11 月 6 日改定

小康社会与艺术创造

在十六大召开的那个阳光灿烂的日子里，有一个古老而又新鲜的词语，像一束特别强烈的阳光，照射在中国人的心上，投射向辽阔的大地，雄峙的群山，奔腾的江河。

这个古老而又新鲜的词语，就是出现在江泽民同志报告标题上的两个字——“小康”。

“全面建设小康社会，开创中国特色社会主义事业新局面。”把全面建设小康社会作为党在新世纪新阶段具体切实的奋斗目标，写在十六大报告的标题上，这实在是令人耳目一新的一笔。它鲜明地昭示了党在新世纪新阶段的根本走向，把党的政治报告和中国人民所憧憬的幸福美好生活最密切地组合在一起，把中国共产党人政治智慧的光芒和活生生的、日新月异的人民物质生活透出的“带着诗意的感性光辉”（马克思语）融汇在一起，使大家知所奔赴，识所归趋。举国上下说小康，神州亿兆瞻福祉，成了学习十六大精神热潮中涌起的一簇最绚烂夺目的浪花。

一

小康的说法，既是中国古代产生的对一种特定政治社会形态的概括，也是对苍生百姓家庭财产、生计情况的一种描绘。

“小康”最早出现在《诗经》的《大雅·民劳》一诗里。第一章头两句为“民亦劳止，汔可小康”，诗中“亦”、“止”均为语助词，“汔”可释为“庶几、差不多”。这两句诗的意思是：“人民（因输赋税服徭役）已经很劳瘁了，差不多可以让他们休息一下了。”可见，“小康”的“康”，是指安乐、休息、安宁的意思。不劳民、不扰民，使民安乐休息，这就是《民劳》作者的一种希望。

小康的说法用于对一种社会状态的描述，成为社会学、文化学、政治学上的一个词语，则见之于《礼记·礼运》。它的篇首，便托名孔子，论述了“大同小康”之说，对后世产生了深远的影响。

对小康的论述，是在与大同的说法相对举中展开的：“今大道既隐，天下为家，各亲其亲，各子其子，货力为己；大人世及以为礼……礼义以为纪……是谓小康。”这也是古代儒家所现实地认同的一种比较好的社会形态。东汉郑玄对小康的注释是：“康，安也。大道之人以礼于忠信而薄言小安，失之则贼乱将作矣。”这种谨于礼、明于义的小康社会形态，在《礼记·礼运》中，特指禹、汤、文、武、周公、成王之治；而后两千多年的封建社会中，则是历代圣君贤相所躬行力践的一种比较理想的大致可称国泰民安的社会状态，是从封建社会的自我调节机制中产生出来的明君贤相治下的较为开明、富庶、繁荣、稳定的盛世。

因此，小康社会，就其社会学、文化学上用以描述一种较为富足稳定的社会状态的本义而言，是一个待建的、有很大发展余地的、伸缩性较大的说法，也是一个可建的、有很大现实可能性的、阶段性明晰的说法。它本身就包含着一个不断进化、不断完善的进程。

最早把小康的说法引入我国现代化建设的进程中来的是改革开放的总设计师邓小平。1979 年 12 月 6 日，邓小平在会见日本首相大平正芳时，明确提出：“中国本世纪的目标是实现小康。”

小康这个与中国普通人对生活的希望联系在一起的、反映中国人家庭生计状况的古老的说法，在这里注入了新鲜的、反映中国人民发展的理想的科学内容，扩大为对整个国家经济状况、生活水平的一种描绘。

到了党的十三大（1987 年 10 月），正式形成了我国现代化建设分“三步走”的战略部署，把总体上达到小康水平列为“三步走”战略的第二步。只有实现这一步，才能跨出第三步，即到 21 世纪中叶，人均国民生产总值达到中等发达国家水平，人民生活比较富裕，基本实现现代化。

1990 年 12 月，党的十三届七中全会审议通过的《关于制定国民经济和社会发展十年规划和“八五”计划的建议》,对小康作了更具体的描述:“所谓小康水平,是指在温饱的基础上,生活质量进一步提高,达到丰衣足食。”

小康作为高出于温饱的一个发展阶段和一种发展程度,在我国现代化建设分“三步走”的战略部署中,具有着承前启后的作用。从古词到今语,从感性描述到理性定量,从小家家计到国家国计,小康的说法,实现了语词内涵的质的发展和飞跃,深深地打上了改革开放的时代印记。

一切体现社会发展的必然性的思想、理念、目标,都必将在人民的实践中得到验证,在历史的天平上得到称量。小康的提法也是这样的。

最雄辩有力的论证是生活本身作出的。江泽民同志在党的十六大报告中总结了自1989年十三届四中全会以来十三年取得的重大的历史性成就,指出这是“人民生活总体上实现了由温饱到小康的历史性跨越”的十三年。“人们公认,这十三年是我国综合国力大幅度跃升、人民得到实惠最多的时期,是我国社会长期保持安定团结、政通人和的时期,是我国国际影响显著扩大、民族凝聚力极大增强的时期。”社会主义新中国终于能以“一个小康的国家”(邓小平语)的良好形象自立于世界民族之林,出现在国际社会上;正如十六大报告指出的:“这是社会主义制度的伟大胜利,是中华民族发展史上一个新的里程碑。”

从温饱到小康,这中华民族发展史上新的里程碑的高耸姿影,每一个侧面都可以在千千万万感受到“阳光心情”的中国人的心镜中得到映照。

江泽民同志在党的十六大报告中精练而又周延地论述了“全面建设小康社会的奋斗目标”。他指出:“综观全局,二十一世纪头二十年,对我国来说,是一个必须紧紧抓住并且可以大有作为的重要战略机遇期。根据十五大提出的到二〇一〇年、建党一百年和新中国成立一百年的发展目标,我们要在本世纪头二十年,集中力量,全面建设惠及十几亿人口的更高水平的小康社会,使经济更加发展、民主更加健全、科教更加进步、文化更加繁荣、社会更加和谐、人民生活更加殷实。这是实现现代化建设第三步战略目标必经的承上启下的发展阶段,也是完善社会主义市场经济体制和扩大对外开放的关键阶段。经过这个阶段的建设,再继续奋斗几十年,到本世纪中叶基本实现现代化,把我国建成富强民主文明的社会主义国家。”

我们党的十六大所提出的“全面建设小康社会”的伟大目标,引《礼记·礼运》描述的大同小康之说为今所用,真可谓化陈旧为新奇,变憧憬为科学,陈义高迈,论述周延,具有极大的感召力和亲和力,这是新世纪新阶段中华民族新发展的伟大开篇。

全面建设小康社会这个奋斗目标,和21世纪头二十年这个“重要的战略机遇期”的新提法结合在一起,划出了实现现代化建设第三步战略目标中的一个“必经的承上启下的发展阶段”。党在新世纪新阶段所要走的路,所要实现的目标,具体而清晰地展现出来了。

二

在对小康、小康社会等说法进行了一番学习、探究、梳理、领悟之后,我深深感到,这一切对于我们文艺工作者,真是太重要了。“政治先行,文艺后变”,这是鲁迅的一个重要思想。孙犁对此十分推重,他作了通俗的解说:“既然是政治,国家的大法和功令,它必然作用于人民的现实生活,非常广泛、深远。文艺不是要反映现实生活吗?自然也就要反映政治在现实生活里面的作用、所收到的效果。这样,文艺就反映了政治。政治已经在生活中起了作用,使生活发生了变化,你去反映现实生活,自然就反映出政治。政治已经到了生活里面去了,你才能有艺术的表现。不是说那个政治还在文件上,甚至还在会议上,你那里已经出来作品了,你已经反映政治了。”(《秀露集·文学与生活的路》)政治、生活、文艺的辩证关系,在这里阐发得多么清楚、周延啊。这对于我们思考“全面建设小康社会”目标的提出对我们的文艺将会产生的影响,是很有启发的。事实上,在过去的十几年里,“人民生活总体上实现了由温饱到小康的历史性跨越”。这一政治目标已经不仅仅是在文件上、会议上,而是渗入到人民的生活中去了。它已经非常广泛、深远地作用于人民的现实生活，甚至成了生活中最重要的社会现象，汇成最浩荡的生活河流。我们的很多优秀作品，不正是从这一生活的河流中汲取灵感、素材、主题、形象和语言的吗？展望今后的二十年，也即全面建设小康社会的“战略机遇期”，我们似乎能够看到由建设和发展激动着的生活河流更宽的拓展和更美的奇观了。而引领着这一生活的河流根本走向的，正是全面建设小康社会这一目标。我们从事创作也好，从事编辑、组织、出版也好，从事理论研究与文艺批评也好，都不能不把目光注视着这一目标，注视着生活的这一根本动向。

毫无疑问，我们的文学是题材非常广阔的文学，它广阔到包括描写中国现在各种各样的生活和变动、描写中国历史生活的一切方面的一切作品，它也容纳有各种各样审美理想、文化观念、艺术风格的作家，决不只局限于直接反映改革、发展、建小康、反腐败等作品。但无论写什么题材的作家，对生活的全局和根本动向有准确的把握，都是非常重要的。因为，只有胸怀全局，放眼前路，知道中国朝着什么目标走，才能“目送飞鸿、手挥五弦”，弹出意境高远、音声合时的妙曲。正如鲁迅所说的：“懂得这一点，则作家观察生活，处理材料，就如理丝有绪。”(《论现在我们的文学运动》)

对社会的实际、对生活的规律的熟稔和洞察，是我们的文学能够不断产生好作品的希望所在。学习社会，深入生活，是一切真正有出息的作家、艺术家进行创作的前提。鲁迅在谈到左翼革命文学的运命时曾说过：“要写文学作品也一样，不但应该知道革命的实际，也必须深知敌人的情形，现在的各方面的状况，再去断定革命的前途。惟有明白旧的，看到新的，了解过去，推断将来，我们的文学的发展才有希望。”(《上海文艺之一瞥》)在现在的中国，社会的变动是如此巨大、深刻，现代化建设的规模是如此浩大、复杂，社会思潮和人的观念的变迁是如此急剧、驳杂，鲁迅对作家提出的应该“明白旧的，看到新的，了解过去，推断将来”的要求是被时代千百倍地强调和扩大了。重新学习社会、重新了解生活，认真学习认识中国的命运和前途的思想武器——在当前就是着重学习十六大精神，学习“三个代表”

的重要思想和“全面建设小康社会”的现代化建设的战略部署——就显得特别重要了。

而在这一切方面的学习中，学习“全面建设小康社会”的发展目标，树立建设中国特色社会主义的共同理想，对于发展文艺创作，催生优秀作品，是尤需着重的一环。鲁迅在谈到作家进行创作的主观思想条件时，反复讲过作家必须有建设的理想。鲁迅在分析伴随着革命出现的“革命文学”为什么常会有似是而非的现象时指出，那是因为写这类“革命文学”的人，“或者憎恶旧社会，而只是憎恶，更没有对于将来的理想；或者也大呼改造社会，而问他要怎样的社会，却是不能实现的乌托邦”（《现今的新文学的概观》）。他深刻地指出：“新的建设的理想，是一切言动的南针，倘没有这而言破坏，便如未来派，不过是破坏的同路人，而言保存，则全然是旧社会的维持者。”（《〈浮士德与城〉后记》）现在，党的十六大提出的“全面建设小康社会”的目标，把“新的建设的理想”，展现在我们面前。这是“一切言动的南针”；它把“对于将来的理想”具体化了，把将来会建设出怎样的社会切实地描绘出来了，而且作了科学的论证。这是迥异于一切乌托邦而具备了一切现实可能性的建设蓝图。一切热爱祖国、向往美好生活的作家、艺术家，都会把为“全面建设小康社会”贡献才华视为莫大的光荣，投入到人民创造历史、进行现代化建设的洪流中去，投入到新世纪新阶段的新的群众生活中去，努力创作出无愧于历史和时代的作品。

“愿乞画家新意匠，只研朱墨作春山。”

自愿遵时代先驱者之命的鲁迅的热情的诗句鼓舞着我们，让我们奋然前行吧。

2002 年 12 月 13 日

关于民族精神、先进文化与文艺评论的创新的思考

深入学习、落实党的十六大精神，坚持用“三个代表”重要思想统领整个思想文化工作，这是以胡锦涛为总书记的党中央最近一再指示和强调的。作为一个文艺理论工作者，我想就自己工作的领域怎样与时俱进，创新发展，谈一点学习的体会，思考的得获，以理清思路，找到工作的着力点。这里想着重谈谈民族精神的弘扬与文艺评论的创新问题。

江泽民同志曾经指出：“文艺是民族精神的火炬，是人民奋进的号角。在培育和弘扬民族精神方面，文艺可以发挥独特的重要作用。”党的十六大报告更进一步强调：“面对世界范围各种思想文化的相互激荡，必须把弘扬和培育民族精神作为文化建设极为重要的任务，纳入国民教育全过程，纳入精神文明建设全过程，使全体人民始终保持昂扬向上的精神状态。”这些重要指示，极大地提升了文艺在中华民族的伟大复兴中，在中国人民的精神发展、精神生活中的地位、责任和使命，使我们受到极大的激励和鼓舞。文艺评论是一个专门的领域，它的发展和创新，有很多复杂的问题，需要作细化的、具体的研究和探索。但作为整个文艺工作的一个重要的分支，它又是具有广泛群众性的，渗透到人民的审美实践活动中去，直接影响着人民对文艺作品的接受，最终决定着民族精神宝库对文艺作品的接纳，负有提高民族的审美能力，弘扬和培育民族精神的崇高使命。文艺评论的创新，不能不首先从这个高度，从这个大局来予以思考。

中华民族是一个富于革命传统和优秀的历史遗产的民族。多民族构成的中华民族的民族精神，是各族人民在共同的生活和斗争中形成、发展、积淀起来的。民族的精神和性格，也是与时俱进、代有承

传和新变的。在不同的时代条件下研究、阐扬民族精神，可以强调其互有联系的不同的要素。例如，在抗日战争时期，毛泽东谈到民族精神，强调的是中华民族酷爱自由，不能忍受黑暗势力的统治，富于革命传统的一面，讲的是“我们中华民族有同自己的敌人血战到底的气概，有在自力更生的基础上光复旧物的决心，有自立于世界民族之林的能力”。这次，在中华民族的发展进入新世纪新阶段的时代条件下，在全面建设小康社会的宏伟目标具体地展现在民族视野之中的历史前提下，十六大报告对民族精神作了新的概括和阐发，指出：“在五千多年的发展中，中华民族形成了以爱国主义为核心的团结统一、爱好和平、勤劳勇敢、自强不息的伟大民族精神。我们党领导人民在长期实践中不断结合时代和社会的发展要求，丰富着这个民族精神。”这一新的概括和阐发，则强调了民族精神浑厚凝聚的诸因素，显示的是民族精神长期历史积累起来的内在定力和新的历史条件、历史机遇激活起来的最可宝贵的因子。对这个民族精神，我们不妨更具体地展开来加以认识。

“以爱国主义为核心”，这是民族精神赖以凝聚、赖以自树的最基本的要素。中华民族有五千多年的发展史，形成了分外坚固的国家观念和分外深挚的爱国主义感情。天下兴亡，匹夫有责的观念，深入人心，溶入每一个中国人的热血。关注国家命运，勇赴国家急难，珍视民族尊严，渴望民族振兴，是中国人精神世界中最丰厚、最普遍的潜质，一叩即鸣，一激即发，这是历史和现实反复证明了的。邓小平指出：“中国人民有自己的民族自尊心和自豪感，以热爱祖国、贡献全部力量建设社会主义祖国为最大光荣，以损害社会主义祖国利益、尊严和荣誉为最大耻辱。”这是足以代表民族心声的。

“团结统一”，指的是人民的团结，国家的统一，这是中华民族在与民族分裂势力的长期斗争中，在各民族共同生息发展的漫长历史过程中形成的共同信念和民族意志。“爱好和平”，指的是中华民族宏于中而肆于外的和合精神，是中华民族的天性和几千年来不绝如缕的“世界大同”的理想的升华，也是中国人民在对外交往的丰富实践中形成的理性选择。人类进入21世纪之后，和平与发展成为时代的主题、世界的潮流，但局部地区冲突和恐怖主义的威胁仍然存在，和平并不是可以坐享其成的，迅速而切实地增强国力，独立自主地展开外交工作，才能获得长久的和平发展的机遇。“勤劳勇敢”，指的是中国人民在求生存、要温饱、谋发展的艰苦卓绝的劳动和建设中养成的良好习惯和优秀品质。勤劳是富于创造性的，勇敢是有开拓精神和风险意识的。这反映了民族精神贯注在日常的劳动和生活中的那些韧长的部分。最后，“自强不息”，指的是从中国古代就产生的“天人合一”的宇宙观和朴素人文思想中孕育发展出来的人民的心理素质和精神状态。“天行健，君子以自强不息”。人类的发展，文明的前进，是永远不会终结的；人对自然、社会的发展和认识，和在此基础上形成的永无止息的向上努力、自爱自重自信自强的精神，便成了最适应现代社会发展需要的民族精神的突出表现了。中华民族的绵延、赓续和现代复兴，特别有赖于这种自强不息的昂扬向上的精神状态。另一方面，保持自强不息的精神，也有助于独立自主地选择民族自己的发展道路，自强才能自重、自主、自立。这一种坚定性和意志力，也是现时代对民族精神的新的要求。在经济全球化、政治多极化、文化多样化的发展趋势下，中国越是改革开放，越是深入地参与国际市场的竞争，参加综合国力的竞争，就越需要这种自强不息、独立自主的精神。

十六大报告指出：“民族精神是一个民族赖以生存和发展的精神支撑。一个民族，没有振奋的精神和高尚的品格，不可能自立于世界民族之林。”鲁迅早已指出：“唯有民魂是值得宝贵的，唯有它发扬起来，中国才有真进步。”民魂也好，民族精神也好，它们的弘扬与培育，关系民族生存与发展、进步与自立的大局。文艺是民族精神的火炬，民族精神又是文艺的精魂。文艺归根结底是与民族精神齐驱并进，相互养育的。优秀的文艺，最终总是要把自己深入民族生活所汲取、所提炼出来的升华物和珍贵品，汇入到民族精神的现代构建之中去的。而文艺评论的独特而重要的作用，正是要放在文艺与民族精神的弘扬和培育的关系中，才能看得较为清楚。它的开拓与创新，也只有在这种关系的考察中，才能找到着力点和生长点。

鲁迅有一句经常被人引用、人们耳熟能详的名言:"文艺是国民精神所发的火光,同时也是引导国民精神的前途的灯火",但紧接着这句名言之后,还有一个精妙的比喻,却常被人忽略:"这是互为因果的,正如麻油从芝麻榨出,但以浸芝麻,就使它更油。"这个妙喻是不能轻忽的。实际上,鲁迅的名言,重在揭示文艺与国民精神之间的辩证关系,而对这一辩证关系的深入思索,则使我想到了文艺评论在国民精神也即民族精神的弘扬和培育中所起的特殊的纽带作用。"文艺是国民精神所发的火光",讲的是文艺是一种源于社会生活的特殊的社会精神现象,是民族生活和情感、情绪的反映,而作为"国民精神所发的火光"的文艺,并不能自发地、径情直遂地成为"引导国民精神的前途的灯火",而是有赖于包括最广义的文艺评论(广大读者群、观众群的取舍选择)在内的专门的文艺评论的推介、衡鉴、阐扬的。正如出自芝麻的麻油可以使芝麻更油,但必须有人用它"以浸芝麻"一样。科学的文艺评论,做的是灌溉佳花、剪除恶草的工作,负有筛选文艺精品,阐扬佳品中的有意义、有价值的美质,提高民族大众的审美水准,守望民族文艺宝库并不断丰富其库藏的艺术使命。它在文艺和受众之间架起畅达的桥梁。它收集"火光",加以扇扬,使之成为引导前途的"灯火",其意义和作用,是远远超过于文艺的畛域之外的。

只有从这个根本点上来看待、观察文艺评论,才能深刻认识文艺评论作为一门科学的立门之基,才能窥见文艺评论作为参与建构、弘扬、培养民族精神的一项工作的工作门径。文艺评论学科最重要的基石,即文艺评论的思想艺术标准,文艺评论的精神尺度、美学尺度问题,也只有放到活泼泼的民族精神长河的运行、拓深中去研究,才能获得鲜活的时代内容和深厚的民族传统的支撑。这样,文艺评论的创新,也才会有一个坚实的理论立脚地和出发点。

党的十六大报告提出:"贯彻'三个代表'重要思想,必须使全党始终保持与时俱进的精神状态,不断开拓马克思主义理论发展的新境界。……与时俱进,就是党的全部理论和工作要体现时代性,把握规律性,富于创造性。"又说:"创新是一个民族进步的灵魂。"文艺评论也是理论工作的一个分支,它的创新开拓的思路,当然也要体现这一与时俱进的精神。

首先,文艺评论的创新,要体现时代性,牢牢把握先进文化的前进方向,为大力发展先进文化开路。十六大报告指出:“在当代中国,发展先进文化,就是发展面向现代化、面向世界、面向未来的,民族的科学的大众的社会主义文化,以不断丰富人们的精神世界,增强人们的精神力量。”科学的文艺评论的创新和发展,要以文化建设的这一总的主旨为指导。先进文化中的马克思主义的文化思想,也即历史唯物主义的指导地位必须坚持。因为这是分析文化、文艺现象最明快直捷的哲学,是坚实而有力的文艺评论的理论立脚地。鲁迅曾经指出,中国的文艺评论的水平的提高,依赖于文艺评论工作者对马克思主义的坚忍辛苦的学习。他指出:“要豁然贯通,是仍须致力于社会科学这大源泉的,因为千万言的论文,总不外乎深通学说,而且明白了全世界历来的艺术史之后,应环境之情势,回环曲折地演了出来的支流。”(引者按:这里所说的“社会科学”、“学说”,都是马克思主义的隐蔽的说法)这一老的忠告,我以为在今天更有着重要的新意。

在先进文化这一概念中,还蕴涵着“面向现代化、面向世界、面向未来的”一切先进的文化形态和文化理念,其中包括大量外来的现代人文思想的精华。在吸收外来先进的文化思想、人文理念方面,需要有更开阔的视野和胸襟。毛泽东曾指出:“近代文化,外国比我们高,要承认这一点。”邓小平也指出过:“我们已经承认自然科学比外国落后了,现在也应该承认社会科学的研究工作(就可比的方面说)比外国落后了。”他还说:“西方如今仍然有不少正直进步的学者、作家、艺术家在进行各种严肃的有价值的著作和创作,他们的作品我们当然要着重介绍。”在这方面,有一个文艺评论创新可以利用的巨大的思想资源库,我们应以更开放更自主独立的心态去打开它,汲取其中可资利用的精华,使我们的文艺有更新的面目神情,对民族精神的丰富和培育有更大的贡献。

其次,文艺评论的创新,要把握规律性,努力营造先进文化、优秀文艺的民族魂魄和民族特色。

我们所讲的先进文化的成分中，还有我们固有的文化血脉和独特的民族形式，这也是文艺评论的创新所不能轻忽的。民族优秀的传统文化、文艺中人民性、民主性的精华和我们党领导现代革命文化、文艺建设的过程中所形成的优良的思想传统和革命的、健旺的精神，是大力发展先进文化、繁荣优秀文艺所必须特别注重、依仗的。这里蕴涵着一个各族人民共同的理想信念，世界观、人生观、价值观问题，攸关文化建设、文艺发展的命脉、灵魂。而文化、文艺所特有的民族形式、民族风格问题，也是从这一固有的血脉中流衍派生出来的。毛泽东曾指出："艺术的基本原理有其共同性，但表现形式要多样化，要有民族形式和民族风格。""艺术离不了人民的习惯、感情以至语言，离不了民族的历史发展。"他充分注意到文艺发展、艺术创造的特殊的规律。从这个问题也就引申出文艺评论的艺术标准问题。这里有大量专门的复杂的问题需要研究，也是文艺评论的创新必须面对的。

最后，文艺评论的创新，要富于创造性，致力于增强先进文化、优秀文艺的吸引力和感召力，要大胆探索，勇于实践，为作家、艺术家的创作实践提供智力支持。

十六大报告指出："立足于改革开放和现代化建设的实践，着眼于世界文化发展的前沿，发扬民族文化的优秀传统，汲取世界各民族的长处，在内容和形式上积极创新，不断增强中国特色社会主义文化的吸引力和感召力。"这是对文化建设创新的一个总的要求，也为文艺评论创新指出了伸向新的实践，发挥创造性的广阔天地。文艺评论，作为文化观念、文学观念最敏感最自觉的表现形式，自然负有倡扬优美健康的文艺风气、阻遏病态浊丑的文艺颓风，标举佳作、斥逐劣品的社会职责和艺术使命。它的创新开拓，它的生动活泼的创造性，它作为"运动着的美学"的特有活力，是和文艺创作的实践，和广大群众对文艺作品的接受活动紧紧地联系在一起的。毛泽东曾经指出："表现形式应该有所不同，政治上如此，艺术上也如此。特别像中国这样大的国家，应该'标新立异'，但是，应该是为群众所欢迎的标新立异。为群众所欢迎的标新立异，越多越好，不要雷同。”他是把大胆创新和为群众所喜闻乐见联系在一起来论述的。事实上，正如民族精神是不断发展、丰富的一样，民族的审美风尚、艺术口味，人民对文艺喜闻乐见的具体要求也是不断变化、不断丰富的。文艺评论工作者只有在不断深入社会生活和群众审美活动的过程中，在深入创作实际，大量研究具体文艺作品的过程中，才能找到理论创新的活的资源和动力，卓有成效地为先进文化的前进方向开道，为优秀的、崭新的文艺催生和护航。

2003 年 1 月

到什么时候也需要读点名著

西方有一句谚语说:所谓名著,就是名声很大却最少被阅读的书。这句话的意思,如果是对轻佻的读书界的讽刺,那倒是促人反省的。倘若把它理解成是对名著被读者接受的实际状况的描述,那就大谬不然了。

实际上,所谓名著,就因为它在产生、流传过程中为大多数读者所公认为有价值、有深度、有魅力才被称为名著的。从某一时期的阅读风气来看,“读名著的人少了”的印象可能是有根据的。但从历史的角度,代代层累地估量起来,名著得到的读者,还是比平庸而畅销一时的作品要多得多。比如《红楼梦》和《阿Q正传》,如果用街头问询式的随机调查,也许真读过的人不会很多;但如果从历来的印数、借阅率和研究者之众多等情况综合地估量,真正读过这两部名著并从中获益的人,我想会是很多的。名著一般是常销书。出于炫耀或装点的动机购书的人可能也有吧,但相信大多数购书者还是为自己或亲人、朋友阅读之需才掏钱的。如果联想到我国一般人购书、藏书习惯之缺乏和购书支付能力之低,那么能常销的名著实在是很令人佩服的。

了解一个国家、一个民族、一个社会,当然也可以通过各种新闻传媒、畅销读物或亲自游历考察,从中得到一些大略的印象、初步的认识;但是,如果你想深入、完整、准确地认识一个国家的特性,一个民族的灵魂,一个社会运行的规律,那么,名著的阅读就是必不可少的。了解本国、本民族、自己所生活的社会是如此,了解外国、别的民族、别种形态的社会,也是如此。因此,本国的名著和外国的名著,都是那些想努力把自己引向历史、人生和自然的深处,获得较高的学识和较完备的修养的人所必需的。

甚至在印刷业还不太发达的古代,对图书已经有了汗牛充栋之叹了;在印刷业已高度发达的今天,图书之多,简直就如恒河沙数了。生也有涯,书海无际,人们只能有选择地阅读。名著成为首选,相信是人类集体理性有意识的决定。由于历史的发展与延伸,名著的数量,无论在哪个领域,也都灿若群星了。于是又有了对名著的选择。即使是号称学贯中西、博览群书的学者,对于名著,我相信他们在一生中,也只能选一小部分最能激发自己的阅读热情、对自己最有用的通读之,深思之,从中汲取精神营养。因此,对读书界、对广大读者,提倡多读名著是必要的,但要实事求是,不要悬得太高、陈义太深。还是吁请各位根据自己的情况和需要,选择几本先阅读起来。我认为,对大多数人来说,能读一点名著就很好。但这一点对于完成一个当代人的文化修养,却又是必不可少的。到什么时候也需要读点名著。

最后一点意见是,关于读书,关于名著,报刊上、会议里已经谈得太多。与其空谈读书,不如挤时间端坐下来开卷读将起来。开卷有益,尤其是这“卷”是名著的话,那就更有益了。

2003 年 4 月 4 日

与时俱进　深入生活

毛泽东同志的《在延安文艺座谈会上的讲话》(以下简称《讲话》),是我们党制定文艺方针政策的指导思想和理论依据,是一部对文艺工作者进行亲切教诲的关于文艺美学的教育的诗篇。每次重温《讲话》,联系社会生活发展、变动的实际和文艺工作的实际,我们都会得到新的启示和收获,在我们民族抗击突如其来的"非典"疫病的袭击,和衷共济、共渡难关的时刻,我们文艺工作者倍感自己使命的重大,工作的意义和感奋起来、行动起来的迫切。

毛泽东同志的《讲话》,是根据当时中国革命的实际和中国革命文艺工作的实际,提出来的完整的文艺思想体系。

《讲话》产生的历史前提是:"五四"以来的新文艺运动取得了具有重大历史意义的成绩,但文艺工作和人民革命的实际的配合,文艺工作者与人民的结合并没有得到很好的解决,随着党领导的抗日战争的展开,大批追求革命的文艺工作者来到了延安,于是,和新的群众的时代结合,就成了迫切而重要的实践课题。但是,在这个时代要求面前,文艺工作者中却还存在着"各种糊涂观念",主要存在有"唯心论、教条主义、空想、空谈、轻视实践、脱离群众等等的缺点"。《讲话》针对这种文艺界的思想实际,循循善诱、有的放矢、既严肃又温煦地对文艺工作者做了大量的启蒙、教育工作。当时聆听《讲话》的作家都有如坐春风的感觉。《讲话》传到国统区的进步作家中间,也使他们深为感奋,如茅盾所说,"如醍醐灌顶"。广大进步的文艺工作者,在《讲话》中领会到生活与文艺、群众与作家、实践与创作的正确关系,领会到世界观、生活实践和创作方法的有机联系,投入"到火热的斗争中去,到唯一的最广大最丰富的源泉中去",获得了创作的丰富充实的内容、新鲜有力的主题和来自人民中间的刚健清新的文艺养分与活泼有力的群众语言。《讲话》以后,在文学、音乐、美术、戏剧各方面,都出现了一大批新的人民文艺的成果。这是文艺与时俱进、勇于创新的一次伟大的实践。贯穿《讲话》的科学的实践论和它在革命文艺工作实践中获得伟大成功的历史经验,是中国化的马克思主义文艺理论宝库中的瑰宝,是我国革命文艺传统中的精华。它是会在我们的文艺工作中长久地起作用的。这种作用,在重大的历史转折关头(如1978年的党的十一届三中全会以后),往往会表现为具有理论自觉的新的与时俱进的现实主义文艺潮流出现;而在更多的时候,则渗入一切有出息的文艺工作者的生活实践和创作实践中,给予他们一种坚持贴近实际、贴近生活、贴近人民的创作自觉,成为不绝如缕、代有新篇的文学创作的实际的指归。一切的文艺实践的经验都证明着:

> 追随着时代,努力把自己推进到时代的前卫地位的人,才能有真正的热情,作家所必需的那种热情。
>
> 对于作家来说,最主要的,是不使生活中断,长期地深入到群众的生活和斗争里去,熟悉他们的语言,熟悉他们原始状态的文艺,创作的源泉,才能永远像长江大河一样。

这些话是著名作家孙犁说的。

你不觉得孙犁多年前写下的话,至今仍然是那样新鲜、明哲、有力,好像是刚刚写下的一样吗?

2003年5月30日

从对“红色经典”的认识和评价说起

毛主席的《在延安文艺座谈会上的讲话》(以下简称《讲话》)和毛泽东文艺思想,不仅仅是中国现当代文艺思想史上划时代的理论文献,而且是在中国现当代文学的实际发展上发挥了重要的指导作用,产生了深远的影响的实践纲领。它开辟了一个崭新的文学时代,培育出一支崭新的作家队伍,收获了一大批优秀的革命文艺作品。半个多世纪过去了,现在证明,这些被称作“红色经典”的优秀作品,以原有的姿容,以完整的队列,顺利地通过了漫长历史的严峻检阅,不仅在文学史上有着不可动摇的地位,而且在现实生活中也有着恒定的、细水长流的影响。

毛主席的《讲话》发表以后,中国现代文学史的历史行程,进入了一个表现新的人物、新的世界、新的群众的时代,也即崭新的人民文艺的时代。在《讲话》提出的文艺为工农兵服务,作家与新的群众的时代结合,文艺家要深入到工农兵火热的斗争生活中去的号召鼓舞下,大批有出息、有才华的作家、艺术家,投身到人民群众创造历史的伟大实践中,按照艺术规律进行创作,收获了最初的一批新的文艺成果。新中国成立以后,《讲话》所提出的文艺为工农兵服务、为广大人民群众服务的方向在全国范围内得到了贯彻和实现,作家和工农兵群众进一步结合,文学创作和劳动人民进一步结合,从而形成了文学史上最深刻的革命和创新,极大地扩大了文学的世界,促成了社会主义文学的蓬勃发展。从《讲话》发表后的抗日战争后期到新中国成立后的20世纪五六十年代,在文学创作的各个领域里,小说、诗歌、戏剧、散文、报告文学,都涌现了一大批深受广大群众喜爱和欢迎的作家和优秀作品。仅以小说为例:长篇小说出现了空前的繁荣,产生了像《太阳照在桑干河上》、《暴风骤雨》、《高干大》、《保卫延安》、

《风云初纪》、《平原烈火》、《腹地》、《李家庄的变迁》、《红旗谱》、《红日》、《红岩》、《林海雪原》、《三家巷》、《创业史》、《山乡巨变》、《三里湾》、《苦菜花》等闻名遐迩的作品。中短篇小说的创作,也收获了一批出色的作品,如《在和平的日子里》、《铁木前传》、《开不败的花朵》、《三千里江山》、《小兵张嘎》、《风雪之夜》、《黎明的河边》、《党费》、《百合花》、《李双双小传》、《我的第一个上级》等等,都是为广大读者所熟悉和赞许的。这些优秀作品,是一个伟大的革命时代的忠实记录,代表了革命文艺、社会主义文艺的实绩,是在毛泽东文艺思想的阳光雨露的化育滋润下收获的硕果。

这些优秀的革命文艺作品,是几千年来中国文学艺术历史上从来不曾有过的具有新的性质和新的特点的作品。

在这些现在被称为"红色经典"的作品中,劳动人民的形象已经成为主角,工农兵及其干部中的先进人物、英雄人物的典型性格的刻画,成为作家进行独立的艺术创造的重心,成为革命现实主义创作方法的中心课题。这些小说所创造的一大批富有民族特色的各种各样的典型人物形象,分别概括了中国民主革命时期和社会主义革命时期的极为深广丰富的社会生活内容,是对世界进步文学人物画廊的崭新的添加和贡献。

在这些"红色经典"中,代表先进文化前进方向的鲜明的思想倾向是作品的灵魂,而使这种革命的思想倾向自然而然地流露、显示出来的严谨的现实主义的艺术描写,情节的生动性、丰富性、原创性则构成了作品的血肉。作品主题所蕴涵的高度的思想性和作品高华的艺术特质所体现的真实性是和谐统一的。

在这些"红色经典"中,艺术表现形式也达到了不同程度的民族化和群众化,形成了人民群众所喜闻乐见的民族特色、民族风格和民族气派。中国民间文学和古典文学的营养,人民群众生动活泼的语言,纳入这些作品中,使这些作品形成了刚健、清新、质朴的艺术风貌,形成了流注在作品血脉中的民族气质与民族特点。

总之,思想与艺术的统一,正确的先进的思想倾向、丰富的新鲜的生活内容与体现民族特点的尽可能完美的艺术形式的统一,铸成了“红色经典”的特殊的美学风格。如果说，“红色”是指流贯在作品躯体、血脉中的革命精神、思想风貌的话，“经典”性则是那些形成作品持久的艺术魅力的艺术因素和那种使作品久历岁月磨洗仍不退色的投注在艺术创作中的艺术功力的结晶。“红色经典”已经成了我国革命文艺和社会主义文学中特有的美学形态和范式。

列宁曾经指出：“应该把美作为根据，把美作为构成社会主义社会中的艺术的标准。”他认为：“美的东西是必须保存的，要拿它作为范例，从它出发，即使它是‘旧的’也好。为什么只是因为它‘旧’，我们就要撇开真正美的东西，抛弃它，不把它当做进一步发展的出发点呢？”如果说，毛主席的《讲话》是我们常温常新的最基本的美学教科书的话，那么，作为《讲话》所阐述的文艺美学原理、文艺发展规律的历史验证和实践成果的“红色经典”，为什么不能成为社会主义文学进一步发展的出发点呢？我们无须说它是唯一的出发点，却可以说它是最可靠、最坚实的出发点之一。因为结晶在“红色经典”上的体现文艺创作特有规律和特点的艺术经验，是可以作为一种艺术的酵母或培养基的；无量数的真正的艺术创作的生长点，正丛集在这里。社会主义文学抽条的青枝和含苞的繁花，是会从这里怒射出来的。

2005 年 5 月 20 日

立人之大节　为文之根本

阳春三月,惠风和畅。胡锦涛同志关于社会主义荣辱观的重要讲话,像一阵荡胸涤尘、醒人心脾的清风,激起强烈的反响,引发了普遍的共鸣。作为一个文艺工作者,我在学习思考中,深感“八荣八耻”提法的极端重要性。这是立人之大节、化俗之关键。在一定意义上,也可以说是为文之根本、衡文之标尺。我们文艺工作者应该身体力行,把它的根本精神和切实要求,不折不扣地贯彻到我们修身立志、为人为文的实践中去。

荣辱观的树立,是立国也是立人的重大举措。“八荣八耻”指出了当今社会最需要倡导的八种“善”和“是”,也点出了对社会危害最大的八种“恶”和“非”。我觉得,最值得注意和深思的是,它按照中国传统道德规范和道德建设的内在规律,着重地、犀利地列出了危害祖国、背离人民、愚昧无知、好逸恶劳、损人利己、见利忘义、违法乱纪、骄奢淫逸等八种应当引以为耻的言行,具有振聋发聩、明正是非的力量。在我国伦理思想史上,知耻,或作“有耻”,历来被视为“立人之大节”,“治教之大端”,“行己有耻”,“有耻且格”,培养人的羞耻心、是非感,一向被视为人格养成的始基。“知耻近乎勇”,知荣辱,明是非,才能急公义,有坚持真理、维护正义的勇气。我们文艺工作者是从事精神生产的,是要影响人的灵魂的,负有改良社会、改善人性、将人提高的崇高使命。“有耻且格”的要求,对于我们文艺工作者素质的提高,对于我们文艺工作的健康内容和正确方向的确立,真是太重要了。

鲁迅说过:“文艺是国民精神所发的火光,同时也是引导国民精神的前途的灯火。”又说,文艺家“固然须有精熟的技工,但尤须有进步的思想与高尚的人格”。这些都是老话了。但现在重温,尤其觉得有新鲜的现实意义。文艺的状况，当然反映着整个社会的精神文明的状况，反映整个国民精神的状况，为一个时代的政治经济、法制文教、意识形态所制约。社会意识、精神风尚，对文学创作的影响，对文学事业的发展，有决定性的意义。因为社会文化、道德标准的高低，国民精神、民魂的状况，首先会影响到作家的思想、艺术素质，决定他们从事创作、投身文学事业的主观愿望。鲁迅说，唯有民魂是宝贵的，唯有它发扬起来，中国才有真进步，文艺也才有真的希望。正因为这样，中国有见识、有出息的，真正创造性的，渴望为人民、为社会创作出深入人心、长留历史的好作品的作家、艺术家，没有不瞩目于社会精神道德建设的改善、民族精神的昂扬、人的灵魂的净化和提升的。他们希望用自己的作品、自己的工作，给社会大众以有益的精神影响，淳化其风俗，改良其人性，高尚其品德，陶冶其心灵。

毋庸讳言，改革开放、市场经济对于我们的精神文明建设、和谐社会营构，对于我们文艺事业的健康发展，都有双重的影响。也就是说，既是机遇——历史性的大机遇，也是挑战——史无前例的严峻挑战。思想道德领域里出现了一些新的、科学的、人文的、民主的、现代的新气象、新元素，但也出现了许多触目惊心、愈演愈烈、每况愈下的消极现象、丑恶行为。无所敬畏、寡廉鲜耻的人与事触目可见，俯首可拾，自不待言。我们的文艺领域也存在着某种程度的价值失范、道德下滑、是非不分、美丑莫辨的情况。时代思潮模糊，创作思想混乱。评论标准失落，金钱对于某些文学出版部门的残酷的调控作用，很少受到社会的有力的调控，等等。在这种情况下，我觉得胡锦涛同志"八荣八耻"的提法一出来，像是在一缸浊水里投入一把明矾，在一团混沌中投一清光，起到了清心醒目的作用。它虽然不是具体针对文艺领域而发，但文艺界中人都分外强烈地感到"于我心有戚戚焉"，同声相应，同气相求，这决不是偶然的。有目共睹的积弊、问题蓄之既久，其发必速。我们一定要借这一阵惠畅而清冽的春风，振作起精神，奋励其动作，采取有力的措施，在文艺创作、文艺评论及一切文艺活动中贯彻落实社会主义荣辱观的要求，把它视为安身立命的宗旨，为人为文的圭臬，知人、论世、衡文的准绳。我们要正视现状，明耻知教，切实改良文艺风气，端正创作思想，重树文艺批评的标准，提高作家的人格与素质，培养文学新人。只有这样，我们的文艺事业才能有真正的发展、真正的希望。孙犁曾经语重心长地说过："文学应该是面对整个人生，对时代负责的。……还是让我们老老实实地，用一砖一石，共同铺一条通往人生意义的台阶，不要再挖掘使人沉沦的陷阱吧。"他说，广大的、有见识的读者，"他们的书架上，总是希望陈列着有人生价值，也有艺术价值的书籍。他们要读的，终归还是那些能带引他们进入文明和道德的精神境界的作品"。让我们以这位文学老人的话共勉吧。

2006 年 3 月 30 日

作为“人学”的文学的新内涵

以人为本，树立全面、协调、可持续的科学发展观，构建社会主义和谐社会，是以胡锦涛为总书记的党中央从新世纪新阶段我国发展全局和实际提出的重大战略思想，是有着丰富新鲜的时代内涵的理论创新的重大成果。这一科学发展观的广泛持久的实施，必将给我们的现实生活带来巨大而深刻的变化。作为文艺工作者，我对于这一关系到国家的命运、人民的福祉、民族的前途的创新理论，深觉应该认真学习，准确领会，湛深思考，用以观察生活，把握时代，改进我们的文学工作，使之和我国经济、社会发展的新形势、新步伐协调起来。

以人为本，是科学发展观的核心，也是这一发展观的出发点和最终归宿。以人为本，就是以人的发展统领经济、社会发展，使发展的目的和结果，都趋向于、实现于人的价值的提升，从而惠及全体人民。科学发展观所说的发展，绝不是那种见物不见人的片面的物质生产的发展，而是既见物又见人的和谐的社会的全面发展。历来被视为“人学”的文学，与“以人为本”的科学发展观，在观察社会发展，影响生活的进程方面的着重点和切入点，有天然的相同之处。作为“人学”的文学，因科学发展观的照耀和注入，便有了新的时代内涵和新的发展使命。

文学之所以是“人学”，是因为它总是以人和有关人的一切生活为反映和描写的对象和中心，以创造出饱含人的感情、思想、意态的典型形象（人物形象与物态意象）为课题，以改善人性、美化人生、促进人类福祉为指归。文学作为特殊的社会现象的这一特征，决定了它的根本属性之一即具有社会性。文学如果要保持作为“人学”的伟大品格，就必须关注社会变革，深入社会生活，永葆对社会、对生活的敏感。在现在的中国，作为“人学”的文学的第一个新的时代内涵,就是要对科学发展观的实施已经带来和将要带来的社会的变迁、生活的变动,保持高度的敏感和热情。文艺工作者,要作为社会新发展、新变化的参与者、亲历亲见者、鼓吹促进者,深深地投入到社会发展的洪流中,以反映、描写眼前伟大的社会变动为职志,像巴尔扎克所说的那样,做一个时代的社会书记官。

当然,在用科学的发展观指导自己观察社会、深入生活时,也必须注意到过去曾经有过的教训,避免紧跟政治、赶浪头的做法。鲁迅明确指出文艺反映与描写社会,就是反映与描写社会中已经出现的人和人的生活,看社会也就是看人。鲁迅的这种文学观,也是把观察人、描写人,作为文学创作的根本途径和课题来强调的,与高尔基关于文学是"人学"的说法异辞同旨,都是以人为本的人本思想在文学创作问题上的流露,与见物不见人的偏至的发展观、文艺观大异其趣。文艺创作要从生活出发,实际上就是要从人出发,以人为本,以人为归。坚守住这一点,就不会滑到抽象地充当时代精神的号筒的概念化、公式化的道路上去。

文学是"人学"的提法,其精义不仅在于指出了文学反映、描写社会的特殊途径是以人为对象,以人为中心,而且蕴涵着文学作用于人,将人提高的崇高使命。文学之所以是"人学",根本原因在于它是影响人心、塑造人格、改良人性的利器。真正优秀的文学作品,由于它的艺术魅力,能长久地吸引并感动人群,教育青年,产生一代又一代的影响,为社会所宝爱,被历史所吸纳,成为民族精神的珍品。这样的例子是不胜枚举的。在这一方面,文学作为"人学"之为用,可谓大矣。将人提高、改善人生,这种神圣的使命感,是文学这种特殊的社会现象产生、存在、发展的最本原的原动力,是人类良知良能的最优美的体现和升华。这种对文学的理解,这种对文学的信念,正是我们当前需要坚守、深思的。

在科学的发展观统驭下,观察、思考文学的发展问题,有许许多多的议题可以切入,许许多多的课题可以展开。但以上两端,却是这许多议题、课题中的大者、要者。

2006 年 5 月 26 日

文艺批评工作者能力的构成问题

——在浙江工商大学文艺理论知识建构学术讨论会上的发言

关于文艺批评，别林斯基有一个非常有名的定义，即“文艺批评是运动着的美学”。如果我们谈论的是与创作紧密联系、随着创作之后发生的、比较狭义的文艺批评，我认为这个定义是非常准确的，也是意蕴丰饶的。所谓运动着的美学，就是具有实践品格的美学——在对层出不穷的文学现象的跟踪评论中，在对作家、作品的跟踪评论中存在着、发展着、丰富着的美学。

把这种跟随文学创作的发展而发展的文艺批评实践提升到美学的高度，使之成为以文学艺术为对象的高级的审美活动，这是有出息的创新型的文艺批评工作者的使命。要真正肩负起这样的使命，文艺批评工作者能力的培养问题，就提到我们思考的日程上了。

我认为，构成文艺批评工作者能力的要素，共有四个：一、文艺理论的知识；二、文学史的经验；三、美感与艺术感觉；四、理论语言的功力。下面我着重就第一个问题即文艺理论知识的积累与更新谈谈自己的看法。

从20世纪80年代中期以来，文艺理论知识的更新浪潮，持续有年，已经形成了一种占支配地位的主要倾向。20世纪的各种异于传统文艺理论知识的新潮文论、现代派文论及其种种最新的变异形态，在我国文论界轮番引进，极一时之盛，这当然是文艺批评发展中的一个丰富和进步。但与此同时，传统的文艺理论知识谱系，在某种程度上则似乎受到冷遇、怠慢或封闭阻隔。知识的习得与积累，是一个温故而知新的过程。怎样在知新和温故之间，在传统与新潮之间找到一个恰当的平衡点，已经成了我们文艺理论知识建构中不能不予以重视的问题了。我觉得，现在是时候了，到了对文艺理论知识的更新持一种比较冷静和克制，保持警惕和存疑的态度的时候了。

传统的，或被认为已经陈旧过时的文艺理论知识，都有哪些东西呢？根据我们这一代人过去学习留下的印象和记忆，我认为主要有三大文艺理论知识谱系：

第一是欧洲古典文论知识谱系。从亚里士多德、柏拉图、贺拉斯到康德、黑格尔、泰纳、勃兰兑斯，再到俄国民主主义批评家别林斯基、车尔尼雪夫斯基、赫尔岑、杜勃罗留波夫。

第二是马克思主义文论知识谱系。从马克思、恩格斯、列宁、斯大林到拉法格、梅林、卡尔·李卜克内西、罗莎·卢森堡、蔡特金；从布哈林、普列汉诺夫到卢那察尔斯基、卢卡契；还有俄国和中国近现代产生的一大批马克思主义批评家的著作，如苏联的加里宁、沃洛夫斯基、季莫菲耶夫、赫拉普钦科、叶尔米诺夫，中国的毛泽东、瞿秋白、冯雪峰、胡风、何其芳、周扬、蔡仪、以群、陈涌，还有作家中有深厚理论修养和杰出批评才能的人物，如高尔基、法捷耶夫、阿·托尔斯泰、鲁迅、茅盾、唐弢、孙犁、冯至等。

第三是中国古代文论知识谱系。从孔子、曹丕、陆机、刘勰、钟嵘到王国维等。

这三大文艺理论知识谱系中，最主要的是作为一种艺术哲学的马克思主义文艺理论知识谱系。欧洲古典文论知识谱系和中国古典文论知识谱系，在某种意义上说，是中国化的马克思主义文艺理论知识谱系的两个重要的理论来源。前者是可以被后者吸收、涵纳的。重温并继承马克思主义的文艺理论知识，对于文艺批评工作者获得一种明快有力的批评哲学，形成高强而湛深的批评能力，在当前是至关紧要的。

由于社会的变化，社会思潮的回旋起伏，造成了对于我们来说颇为尴尬的局面：在 20 世纪 30 年代，马克思主义文艺理论知识在社会上处于被禁止、被封锁、被压制的处境，但它一经传入中国，却在文艺界所向披靡，威风八面，应者云集；而在当今马克思主义号称为我们指导思想的理论基础之时，马克思主义文艺理论及其基本原理，却不时地受到冷落、怠慢、轻忽，乃至被搁置起来。年青一代有志于文艺理论研究和批评的学人中，对马克思主义文艺理论这一明快有力的批评哲学的真实面貌和丰富内容有基本了解的人好像不太多了，信服它并能娴熟地应用它的人就更少了。

在20世纪30年代，面对思想文化领域，特别是文学领域里层出不穷的夹缠不清的问题，瞿秋白、鲁迅和他们的许多战友、学生像普罗米修斯盗窃“天火”到人间一样，经由当时的苏联和日本文化艺术界这两个中转站，向当时中国的史学界、文艺界乃至整个思想文化领域，输入了马克思主义哲学，特别是输入了运用唯物史观观察并研究文艺问题的最早的一批经典性的理论成果，滋养了中国马克思文艺理论的前驱们，使得运用唯物史观观察分析社会、文化及文学艺术，蔚然成风。而鲁迅，则是在这种时代思潮推动下，也选择了马克思主义文艺理论这一新知识。早期信奉摩罗诗力说和苦闷的象征说，信奉进化论的鲁迅，在接触到马克思主义文艺理论文献后，通过苦读乃至自己“硬译”这些基本的书，很快感受到了这种便于抓住事物根本的彻底的、严整的理论的巨大说服力，心悦诚服地接受了这一被他称为“最直捷明快、最有力”的批评哲学，把自己已有的多年来思考、探索中国社会、文化、文艺问题所得的思想成果，连同取自域外的摩罗诗力说、进化论、苦闷的象征说等文艺学说中的积极、有力的因素，全部综合到他新获得的这一明快有力的批评哲学中去了。他多次自信而又谦和地说，自己是站在史的唯物论的立脚地上，学习操起马克思主义的批评枪法来了。中国马克思主义文艺理论传播接受史这一页，本来是清楚明白的，现在弄得又好像不太确定，有点模糊了。

我觉得，在史学、文学、哲学、伦理学等文化思想领域里，学术的发展，并不总是表现为“突破”，有时也表现为“守恒”；知识的积累，并不总是表现为“趋新”，有时也表现为“温故”。这些年来，在文艺学、现当代文学史研究跟当前文艺批评实践中，一种基于对历史失去记忆的一味“突破”和“趋新”，已经形成时尚；而原有几代人共同努力形成的学术积累、学术成果、知识库存被随意丢弃、颠覆，造成了很大的迷思和困惑。在吸取那么多文艺理论新知的同时，为什么不能为固有的文艺理论知识保留一席之地呢？在多元化的文艺理论知识谱系中，马克思主义文艺理论，作为一种学术思想，一种艺术哲学，能不能也成为其中的一元呢？我认为，在推进文艺理论的学科建设，促进文艺批评的发展时，不妨重温一下刘勰在《文心雕龙·序志》篇里说的这样几句话："及其品列成文，有同乎旧谈者，非雷同也，势自不可异也；有异乎前论者，非苟异也，理自不可同也。同之与异，不屑古今，擘肌分理，唯务折衷……"哲学社会科学的发展史，并不像自然科学、工程技术的发展史一样，呈现不断上升的、弃旧就新的趋势，而是像横向的曲线波动一样，每个时代、每个时期，都有扬起的波峰，也有低落的波谷。取新可以容旧，突破中也有持恒。学术的每一个新的发展，总是在前人已有的成果基础上，依"势"顺"理"，进行损益弥纶、沿革生发的结果。轻侮前人，逞臆而谈，快意一时，以为这就是"突破"、"创新"，其实只能惊听回视、喧哗一时，绝留不下真正的学术成果，对于文艺批评工作者来说，也绝无益于增强自己的批评的实力。

当然，主张稍稍重新重视一下对马克思主义文艺理论知识的重温，主张重新试用一下马克思主义批评哲学的枪法，并不能停留在对马克思主义经典作家跟鲁迅的词句的复述上，而是要联系文艺批评这一"运动着的美学"发展的实际，提出并解决新的问题，形成新的理论语言，作出新的理论概括。但是，对表述马克思文艺理论的基本知识系统、基本原理框架的那些原著的语言，也是不能轻易放弃、变易、改写的。比如，关于社会存在决定社会意识的原理；关于一般文化史从属于物质生产的发展史的原理；关于一定社会发展阶段上政治、经济、文化之间的辩证关系的确定；关于文艺是一种形象地反映生活的特殊的观念形态的认识；关于艺术的起源的普列汉诺夫理论；关于文艺的源泉只能是人类的社会生活而不能有别的来源的论断；关于马克思主义哲学只能包括文学问题而不能代替具体的文艺规律的研究的论述；关于现实主义的创作方法和典型问题的理论；关于自然形态的美跟艺术形态的美在不同范围内和不同层次上的高低比较问题；关于艺术观和创作方法的复杂联系以及创作方法的某种独立性、能动性问题；关于把一个作家自认为提供的东西与他实际提供的东西区别而来的辩证方法；关于形象大于思想，观念的更新、信息的收集不等于创作或学术研究的实际创获的看法；关于历史的和美学的批评方法的阐述；关于文学遗产的继承问题；关于以人为本的观念与文艺的审美理想的关系以及文学是人学的观点；关于保持文艺批评工作者的正常美感，养成敏锐的艺术感觉对批评工作的重要性的论述；关于语言学和文学语言问题的论述；关于民族作风和民族气派、文风和艺术风格的论述；关于作家的素质，作家的情感、情结、心理与创作的关系；等等。在这些基本问题上，马克思文艺理论的经典作家和优秀学者们，都已有大量精湛的才华横溢、令人信服的论述。这些最基本的原理及表述它们的理论语言，应该成为我们文艺批评知识建构中有用的栋梁和材料。把它们弃之不用，不教不传，我以为是很可惜的。

2007 年 4 月 27 日晨草

《马克思主义文艺理论发展史》读后

在吕德申先生研究马克思主义文艺理论的工作中，主编并参加执笔撰写《马克思主义文艺理论发展史》，是一个重要方面。这项工作是对马克思主义文艺理论宝库丰富庋藏的集中检视，也是对马克思主义文艺理论发展史的认真梳理。吕先生逝世后，我重新翻出这本出版于1990年10月的有吕先生题签的赠书。说起来惭愧，自从研究生毕业以后，我主要从事当代文学评论工作，就很少再像当学生时那样专注地读文艺理论方面的书了。这本书还是在20世纪90年代中期，有一次我和张炯同志一起去探望病中的吕先生，他拿出来送我的，但我却一直没有好好看过。这次收到远从北京寄来的这本藏书，愈发感到在异国他乡得览这一类书的不易，倒是从头到尾地把它实实在在地读了一遍。真是不虚此读，得获良多，唤起了我沉睡已久的理论兴趣。

这本书由吕德申先生主编，参加编写的还有闵开德、李光中、李思孝、黄书雄、董学文，都是北大中文系文艺理论教研室的老师。各章执笔者分别署名标出，以示负责，也便于读者了解各个执笔者的学术专长和文字风貌。“编写说明”指出，本书是题为“马克思主义文艺思想的历史发展及其在中国的传播”的重点科研项目的成果之一，“马克思主义文艺理论发展史的研究工作，在我国当前尚处于草创阶段。在本书编写过程中，曾参考了有关的研究成果”。由于书里没有附录参考书目，受我的孤陋寡闻所囿，我不知道在此书问世之前，是否有先于它的同类著作出现。对于我来说，这是所读到的第一本马克思主义文艺理论发展史。由于我对这门学问久未深涉，所知有限，没有能力在广泛的比较中鉴别、衡量其独特的学术价值，只能谈几点在这次研习中得到的大体印象。

第一,这是一部内容充实、经纬分明、自备系统、通畅条贯的文艺理论专史。这本书虽然成于众手,却能归于一体。它不是拼凑之作,而是有灵魂,成体例,能鉴裁,通博翔实的史学著作。它记叙了从19世纪40年代起到20世纪80年代止马克思主义文艺理论产生和发展的历史;以时代的发展为经,以马克思主义经典作家和重要的、有影响的思想家的文艺理论著述和文艺思想为纬,在从欧洲到苏俄再到中国的广阔的世界背景上,编织成一幅详而有体、赡而有序的历史图卷。中国有"六经皆史"的说法,马克思主义文艺理论之经(或曰"体系"),其实就显现在马克思主义的经典作家和诸多重要的思想家、理论家阐发唯物史观和辩证法,评论同时代的作家和作品,评论他们面对的社会文化思潮、文艺思潮的一件件史事之中。所谓"载之空言,不如见诸行事之深切著明也"(孔子语),说的就是史实载道,经存于史,论从史出的道理。《马克思主义文艺理论发展史》一书,几乎是无所孑遗地钩索出与这一科学的艺术论的产生与发展,传播与接受,实践与贯彻有关的史事,以及入史的诸家在不同历史时期各种场合针对不同对象、不同问题表达的有关艺术见解;在历史长河的激荡中,记录其不同的音响与节拍,既发现其一以贯之的共同的东西,也注意到时代条件的变化,理论家气质、个性的差异所带来的新的特色、新的意涵,然后归纳为理论,总结为规律。全书把入编的丰富的历史内容,归类系统,纳入四编二十二章之中,次序井然,眉目清晰,采缀综叙,明畅不繁。古人说:"举网提纲,振裘持领。纲领既理,毛目自张。"编书者循此操笔,自然理丝有绪,疏泉得脉;观书者循此修习,自然得其体要,循序渐进。我这一次通览全书,就深感这种开卷易了、目快神清的阅读愉快。

第二,这本书既名为"马克思主义文艺理论发展史",阐述经典、祖述前贤、存其故实、记其隽语,便是它题中应有之义。但它却不是那种止于引经据典,寻章摘句,无所发现和发明的肤泛之作,而是各个执笔者广读覃思,独具识见的结晶。不少章节,阐幽发微,写得很有新意和深度。例如第三章"马克思恩格斯论艺术是掌握世界的审美形式"所涉及的论题,是一个人们耳熟能详但又难以索解的文艺理论命题。我原来对这一命题的理解，只止于认识到这是一个涉及艺术创造的形象特征和艺术思维的特点的论断。这样的理解，当然也可以说大体不错。但本章对此的论述，却把它放在马克思恩格斯从世界观、历史观上总揽问题，为解释艺术的本质，认识审美这一艺术的根本特征而开辟的广阔的新思路中，不但视野拓展了，而且使命题本身蕴涵的理论难点得到了显豁有力、清楚明确的解决。其中，关于"把艺术看做是掌握世界的一种方式，是《1844 年经济学哲学手稿》中关于艺术是人的本质力量对象化表现这一思想的进一步发展"的论断，关于"用艺术方式去掌握世界"的命题包含的思想内涵的论述，关于在跟"科学的抽象、宗教的幻象、实践——精神的意象"并列对比中抉发"艺术的形象"之内涵与特征的阐述，都是胜义纷呈，具有解惑明道的启示作用的。第四章"马克思恩格斯论艺术产生和发展的辩证法"，也是写得颇有新意和深度的部分。本章论及的三个问题——艺术的起源、艺术的发展、物质生产的发展同艺术生产的不平衡关系，都是马克思主义文艺理论中涉及基本原理的重大论题，可以从许多不同的角度进行阐发（例如从唯物论的反映论，从艺术与生活的关系，从唯物论的观念形态论等角度），但本章却承接前一章最后一节关于艺术思维的辩证法的论述，集中地从辩证法的角度来认识和阐发这三个艺术理论命题，从而生发出许多新鲜活泼的理论见解，显得思路纵逸自如，而且富有历史感和前瞻性。读了这一章，使我认识到，唯物史观在艺术问题上的特别应用，只有借助于辩证法才有可能。"辩证法包括历史性"（列宁语）。熟谙历史的辩证法，对于在艺术问题上破粘滞、破僵化、突破形而上学的束缚，真是太重要了。

第三，马克思主义文艺理论发展史是观念形态史的一种，它的记叙，不能不着力于显现这一观念形态背后前后相继的历史运动的相互关系，显现这一观念形态内部历史地层累起来的思想资料的相互联系。这本书在揭示这种历史联系，理出历史发展的线索方面，做出了很大的努力，表现出科学的、谨严的史家风范。

首先，这本书在它的记叙所确定的历史时空界限内，努力寻找出马克思主义文艺理论发展的历史线索,确定它的产生、发展所经过的几个主要阶段,排比史实,胪列名家,综核其文艺实践活动、著述与论说,从而勾勒出宏大而充实的发展轮廓。除马、恩、列、斯等人们熟知的经典作家所代表的历史发展阶段和文艺理论发展形态的记叙之外,编写者还着重补上了过去较少得到研究和介绍的几个历史重要环节。其中,记叙“十九世纪末二十世纪初马克思主义文艺理论的发展”的第二编第七至十章,第三编第十六至十七章,以专章的较大篇幅,分别记叙了拉法格,梅林,普列汉诺夫,蔡特金、卢森堡、李卜克内西(此三人合为一章),卢那察尔斯基,高尔基的文艺思想,论述他们对马克思主义文艺理论宝库的各自独特的贡献。这些章节的内容,就使其前后有序、侧重有别地纳入马克思主义文艺理论发展史的范畴,予以恰当的评述而论,几乎可以说是带有草创性的。记叙马克思主义文艺理论传入中国以后的发展形态的第四编第十八至二十二章所含内容,虽然更为我们熟稔,但在浩繁的研究成果,纷纭的论说之中,取精用宏,举要摄神,做到清畅不紊,简要不陋,而且时出新意,这就很不容易了。编写者在这一点上,是显示了他们鉴裁的眼光和表达的功力的。

其次,这本书论及的经典作家和诸名家每一个人自身的文艺思想,也有一条发展的引线可循。在显示这种更具理论个性的发展线索方面,编写者也下了很大的工夫。第二章以专章的篇幅,为马克思恩格斯文艺思想的发展,画出了清楚的轨迹。第三编记述和评述列宁文艺思想的第十一至十四章,更是从头到尾,贯穿着发展的观念。这部分所发掘、裒集的新的史料之丰富,从中引出的一些论点之透辟,是很引人注目的,可谓言必有据,发论惊挺。第十五章论“斯大林对马克思主义文艺理论的捍卫和发展”,则显示了编写者不为世风时俗所移,尊重历史,平意求真的科学精神。

最后一点是尤为难能可贵的。马克思主义文艺理论和马克思主义整个思想体系一样,吸收和改造了两千多年来人类思想和文化发展中一切有价值的东西,是人类所创造出来的全部知识合乎规律的发展。而且,作为社会科学的一个分支,在它随着马克思主义的创立而创立前，人类文艺理论宝库中已经积累了丰富的思想资料。“这些材料是从以前的各代人的思维中独立形成的，并且在这些世代相继的人们的头脑中经过了自己的独立的发展道路。”（恩格斯语）马克思主义文艺理论作为特定时代的产物和观念形态的一个特定的领域，同样“具有由它的先驱者传给它而它便由以出发的特定的思想资料作为前提”（恩格斯语）。因此，在马克思主义文艺理论创始人跟出现在他们之前的思想先驱之间，在几代马克思主义文艺理论的继承者、阐发者和发展者、创造者跟马克思主义文艺理论创始人之间，以及他们相互之间，都存着一种文艺思想发展的线索。这本书的编写者，显然注意到并努力于指出这种发展的线索。他们在着重阐明马克思主义文艺理论何以是科学的艺术论的同时，并没有把它当做一种封闭的文艺思想体系，而是引用尽可能确凿的思想材料，指出它的开放性和包容性。例如，第一章的第二节“马克思主义文艺理论产生的文化理论前提”中，以丰富的思想资料，显示马克思恩格斯一系列重要的文艺思想与他们的思想前驱——法国、英国的空想社会主义者，英国古典政治经济学家，德国古典哲学家的相关思想的承继关系。这里所指出的空想社会主义者在设计未来人类理想社会时对文艺的社会作用、审美作用的理想和憧憬与马克思恩格斯论艺术是掌握世界的审美形式的思想的联系；亚当·斯密关于资本主义生产方式对物质生产有利、对精神生产不利的看法对马克思“艺术生产”概念的形成，资本主义生产“同某些精神生产部门如艺术和诗歌相敌对”思想的提出的影响；黑格尔、费尔巴哈的哲学思想，席勒的美学思想对马克思《1844 年经济学哲学手稿》中提出的美学思想的直接影响，等等，都是富有启示的。又如，第二十章在记叙作为“毛泽东文艺思想的来源之一”的“鲁迅的马克思主义文艺思想”时，编写者对鲁迅的马克思主义文艺思想四个方面，都揭示了其形成和发展的过程，其中有许多新的材料和新的见解。如指出托洛茨基的《文学与革命》一书对鲁迅的影响以及鲁迅克服这种影响的经过；指出普列汉诺夫关于艺术起源的研究和结论对鲁迅的启发；指出列宁关于民族文化中存在“两种文化”的理论、关于马克思主义要继承人类全部宝贵的文化财富的观点怎样影响了鲁迅，几乎不着痕迹地化入了他关于继承文化、文学遗产的一系列完全中国化的、鲁迅化的精彩表述之中；等等。以这种尊重历史的发展的眼光看鲁迅，使很容易写成老生常谈的这一章焕发出了新颖的思想光彩。

对吕德申先生主编《马克思主义文艺理论发展史》的这次迟来的研习，对我来说，不啻为一次新的发现。这本书和北大中文系文艺理论教研室编注的《马克思恩格斯列宁斯大林论文艺》——一个学术性的马克思主义文艺理论经典文献的选注本并列，堪称马克思主义文艺理论这门学科的两块础石，它们共同撑起了通往马克思主义文艺理论体系堂奥的宏伟拱门。当然，它们都是北大中文系文艺理论教研室的集体科研成果，不必也不能过多地归劳于吕先生。但是，我还是想指出，和我们不时会看到的那种几乎是“不着一字，尽得风流”的主编不同，吕先生作为《马克思主义文艺理论发展史》的主编，除了确立并统一全书学术规范、结构框架、编写体例，以及进行具体的组织协调等等可以想见的工作之外，他总是带头扶犁执耜，播种耕耘的。他执笔的部分，计有第二编的第七至十章共四章，第三编的第十六、十七章，文字占全书的三分之一。像这样的主编，才真称得上是名副其实、不僭不忝的主编呢！

2009 年 4 月 30 日

胸中海岳梦中飞

——忆吕德申师兼记他研究马克思主义文艺理论的工作

去年年底，在美国新英格兰地区连续的茫茫大雪中，我获知吕德申先生逝世，心里很是不舍和难过。从那时起到现在，已是树绿草青、禽鸟嘤鸣的4月底了，我一直在想着要为吕德申师写一点回忆和纪念的文字，但踌躇、迁延至今，却还没有成文。对于我的这位研究生时的导师，我觉得自己是应该也能够写出一篇充实而不空泛的怀念文章的；但真正把笔临纸的时候，我却感到空虚，甚至有点怯惧了。这时我才痛切地感到，回忆是多么靠不住的东西。而我，对先生的志行吐属、遗编遗文，也确实疏远得太久了。

怀着这种不安和愧怍的心情，我开始重温吕先生的著述，同时摭拾三十年漫长岁月中早已风流云散的一些关于吕先生的回忆断片。我想，读其书，诵其文，想见其为人，也许才是我重新和吕先生熟稔起来，重新认识吕先生的最好的途径，也是我对他最好的纪念吧。

一

还是在北大当本科生时的20世纪60年代中期，我就从当时的文艺报刊上，读到过吕德申先生的文章，对他的名字留有印象；但真正和他相识并慢慢熟了起来，那还是在1979年秋天以后。那一年，我，还有郭建模、杨星映、董学文，考取了北大中文系文艺理论专业的研究生，吕先生和杨晦先生共同作为我们的导师，指导我们学习、研究。由于杨晦先生年事已高，体弱多病，在我们到燕南园杨晦先生府上去聆教请益过几次之后，实际上我们三年的学习过程中，具体指导我们的大部分工作都是吕德申先生承担的。从一开始的指定必读书目，安排必修课程，为我们组织校外文艺理论家的专题学术讲座，到批阅我们的冗长的读书札记，因材施教地帮我们分别确定研究方向，乃至后来的毕业论文的选题、写作指导、组织并主持答辩等，都是在吕先生过细的指导下进行的。

这样回想起来，我们和吕先生相处的时间，接触的机会，应该是很多的。为了写这篇回忆文章，我曾竭力地从记忆的深井中搜索，想唤起一点对先生日常言动的具体追忆，但我终于对自己失望且茫然了——我不知道我的别的学友们是否也是这样——我竟然回忆不起吕先生对我们说过的较为完整、较为隽永的教言来，也不记得他和我们闲谈过自己的经历和生活。我所记得的，只是他永远温文尔雅、平和澹定的样子，只是他在倾听我们长谈自己的学习心得和研究计划时专注地看着你的那一双清亮的眼睛，只是他 1980 年在胡同里为躲避一辆莽撞的小轿车摔伤股骨后在路上拖着伤腿仍毅然踽踽前行的身影……吕先生实际上是在艰难反复的疗伤过程中，带着伤痛指导完我们的学业的，这一点使我现在回想起来还觉得特别难过。吕先生为我们做的施教的事，一件件历历可数，但他都说过些什么，怎么说的，我却难以从忘川中重汲、再现了。不仅如此，这次我收到的吕先生生平介绍中所列举的他的许多经历，如 20 世纪 40 年代前期在西南联大中文系学习并参加爱国民主运动；40 年代后期在北大中文系任教并兼读研究生，师从著名现代作家杨振声教授并从事小说、散文创作；50 年代初期协助我国最早的马克思主义文艺理论家之一的杨晦先生筹建文艺理论教研室，举办由苏联专家毕达可夫主讲的、全国各高校选派教员参加的文艺理论进修班，并率先开设《文艺学引论》课程，为建设中国现代文艺理论的体系和构建大学文艺学基础课的框架做了大量筚路蓝缕、草创奠基的工作……这些都是我这次才得知其详的。更让我感到惊喜的是，现代文学研究专家孙玉石先生和他的学生从 40 年代的报刊中找出了吕先生青年时代的三篇小说创作，让我领略到这位当年被誉为"崭露头角的新进的青年作家"的很少为人所知的才情和风采。略溯吕先生一生的行踪，得览这些显示了吕先生早年为人生的现实主义文学倾向和小说家的艺术潜质的作品，我非常感慨：我对于吕先生，所知真是太少太少了。为什么会这样呢？我想这是和吕先生为人谦和自抑、惇厚淡泊，不惯长谈漫论，不欲扬才露已有关的。吕先生给我留下的印象，真是"恂恂如也，似不能言者"。这是《论语》中对孔子在乡党中间总是恭顺谨言的样子的形容。其实，在自己的门弟子中间，孔子倒是循循善诱，颇能娓娓而谈的。而吕先生却是在所有的场合，都是这样寡言少语的。但是，就是这样一位"恂恂如也，似不能言者"的吕先生，却是长于理论思维，论说从容，义理明晰的文艺理论家。我们师从他、了解他，主要不是通过亲聆謦欬，如坐春风，而是要靠研读遗篇，若拥海岳了。而越海登山，则是需要花点气力的。

二

1979 年，当我开始文艺理论专业的研究生学业的时候，说实在的，很多课程对于我来说，还远远谈不上深造，当务之急首先是补课。那是我们这一代为十年"文革"动乱所荒废了的已入中年的"老"学生重修学业时面对的实况。即以文学概论这门课来说，"文革"前，我只听过一个学期（胡经之先生讲授）就中断了，胡先生所发的讲义早已不知去向。在准备研究生入学考试的时候，我只找到了以群主编的《文学的基本原理》上册（上海文艺出版社 1963 年出版），苏联学者季莫菲也夫编著的《文学原理》第二、三册和季氏的学生毕达可夫在北大中文系作讲座时的讲稿整理而成的《文艺学引论》。这些书为我提供了文艺学的一些最基础的知识，使我略窥这门学科的大致门径。但因为我报考的是北大中文系的文艺理论专业，对导师的著述和学术径路、研究侧重自然要特别留意。其时我正在北大中文系进修班（俗谓"回炉班"，以未成之器的回炉再造喻之，倒是很妥帖生动的）学习，有近水楼台之便，不知从哪里又找到一本蔡仪先生主编，吕德申先生自始至终参与著述，倾注了大量心血的尚未出版的《文学概论》稿本（后来此书在 1979 年 6 月由人民文学出版社出版了）。对正在紧张备考的我而言，借到这本书，真有如获至宝的兴奋感。记得我当时几乎把这本书的主要内容，循题分类地摘录了一遍。

这对于我的考试,当然有很大的帮助。在为强化记忆而作的细读和摘抄的过程中,我很快发现了这本《文学概论》的优点:对文艺学的基本原理的论述,以马克思主义哲学为基础,展开了一个严整而显豁的理论系统,堂室层置,廊庑环绕,户牖贯通,秩序井然。对每一论题论述的展开,条分缕析,层层深入,学理洞达,引证精当,颇见理论深度。全书使用的文学史材料,引述的作家作品,综括古今中外,而以中国文学为主,具有鲜明的民族特点和风格。全书的理论语言,准确、精练、明快,约而丰,曲而达,无夹缠不清、含混朦胧之病,特别便于记习掌握。当然,这本成书于60年代的文艺学教科书,反映了那个时代中国现代文艺学发展、建设达到的学术水平,也不可避免地打着那个时代政治、哲学、社会文化思潮的印记。它的不少章节,采取了当时流行的有立有破的写法。立的部分是主体,能深入地触及美学、文艺学的学理,阐发艺术的规律,比较有学术内容,说理也透彻有力,行文则委婉平和;但破的部分,则难免有些牵强武断和简单化了,不但经不起推敲穷究,语言也有些沾染上流行的烟硝火气了。这部分虽然只是主干上旁斜横出的枝叶,但也很触目。

最近,我把这本《文学概论》找出来重新翻读了一遍,所得的印象,和三十年前初读它时的感觉大体不差。对这本年轻时研习过的教科书,我是有感情的。虽然岁月的流逝,社会的变迁,使我对它的缺点或者说局限性看得更清楚,与它拉开了一些距离,但对它的基本的理论内容,我仍然还是认同的。它对我的影响,在我尔后的文学批评生涯中,如波映月色,虽闪烁明灭,但仍然是可以寻踪的。至于它的历史局限性,那是应该从当时的历史条件,予以恰当的说明,而不必予以过多的苛责的。这本书,在文学创作界,至今也还有一定的影响。我就曾在一个创作座谈会上,听获得茅盾文学奖的“茶人三部曲”的作者王旭烽发言时谈到,大学时曾经在蔡仪主编的《文学概论》上学过的那些理论,对她的创作还是起到好的作用的。记得她的话让在座的人感到有点意外,其实我倒是觉得她说得很朴素也很诚实。

为什么我对蔡仪先生主编的这本《文学概论》要多费如许的笔

墨呢？一是因为参与此书的编写，是吕先生一生所从事的具有重要意义的学术工作。吕先生从此书的滥觞始，到它的修订出版，历时18年，始终怀铅提椠，亲任其劳，是编著此书的重要骨干之一。在某种意义上，也可以说这本书是吕先生在大半生中追随蔡仪先生的美学、文学思想，为建构中国化的马克思主义文艺理论体系进行不懈努力的一个记录。二是因为吕先生跟蔡仪先生在学术研究中的推诚合作和湛深的交谊很值得我们学习和追怀。这次读到吕先生早年的几篇小说，马上使我想起了蔡仪先生早年也是写过小说而颇受好评的。他们都不是文艺界至今也还存在的那种轻视理论家的偏见所认为的因为没有艺术才能当不了作家才搞理论的平庸之辈，而是早早就显露了艺术的气质，尝过创作的甘苦，后来适应社会的需要才自觉自愿地走上理论探索之路的才俊之士。作为在中国建设马克思主义文艺理论体系的先驱者的蔡仪先生，自谓“马列钻研尽此生”，毕生都在为把马克思主义哲学和艺术论与中国革命文艺运动的实践结合起来，创立有中国特色的新美学和新艺术论而孜孜矻矻地努力。吕德申先生一生所选择、所坚持、所践履的，也是这样一个学术径路和方向。他对蔡仪先生的马克思主义的学术风范，是非常崇尚的。记得在吕先生为我们开的文艺理论必读书目中，就有多部蔡仪先生的美学、文艺学论著。在《蔡仪文集》出版之际，吕先生还亲自撰文向学术界推荐。他们因编写《文学概论》而结下的学术交谊，是很感人的。这次吕先生逝世，我才从师母李一华先生处听到一件吕、蔡交往的逸事。在吕先生治疗腿伤时，有一次蔡仪先生突然来到吕先生家里探望，恰逢吕先生外出就医，蔡先生造访不遇，留下一首赠诗就走了。吕先生回家后看到赠诗，什么也没说就把这首诗收起来了。现在想找这首诗，已经不知被吕先生塞到什么地方去了。我听了此事后觉得十分可惜。我猜蔡仪先生的诗中可能写了一些称誉吕先生的话，以吕先生谦抑的个性和低调的作风，觉得不便示人，便随手收起来了。我真希望以后这首诗还能找出来，使两位志同道合的文艺理论家的交谊佳话流传下来。

现在回到我当研究生时在吕先生指导下重新学习文学概论这门

课的情况。我们入学不久，蔡仪主编的《文学概论》正式出版，被包括北大中文系在内的许多高校中文系选为教材，为当时刚刚重开不久的文艺学课程提供了有力的学术支持。考虑到我们毕业后很可能也会担任这门课的教学任务，吕先生安排我们继续跟班听课，后来还安排我们各选了一个专题写作讲稿，进行教学实习。同时，为了深化我们的学习，使我们了解当时为马克思主义文艺理论的中国化，为建构以马克思主义哲学、美学为基础的中国现代文艺理论体系而进行的学术研究的状态和动态，吕先生特地为我们请了一批校外知名的文艺理论家，就他们熟知、擅长的研究领域选择论题作学术讲座。记得当时应邀来讲学的专家、学者有陈涌、王燎荧、陆梅林、杨柄、王善忠、吴元迈、张捷、张国民等。这些学术讲座开拓了我们的视野，深化了我们的思考，也使我们的学习生动、活泼起来，收到了很好的效果。

三

在我的印象里，20 世纪 80 年代高校文艺理论专业研究生在选择深造方向时，约定俗成地大致分为这样几个方向：马列文论、中国古典文论、西方文论（马列文论产生以前的，主要是欧、美、俄的文论）和一般文艺学原理（即文学概论、文艺美学等）。杨晦、吕德申先生在指导我们学习和研究、帮助我们选定毕业论文题目的过程中，都特别强调马列文论的钻研和学习。当时，文艺理论界有一种意见认为，马克思、恩格斯、列宁的文艺思想还来不及形成一个完整而系统的理论体系，它们只是为后人留下了一些“断简残篇”。吕先生对我们明确表示，不敢苟同这种轻率的看法。虽然我们在“回炉班”学习的一年中，已经听过一些马列文论课；但吕先生在我们开始研究生学习课程后，还是安排我们全部跟班去听李思孝先生主讲的马列文论选读课，还为我们开列了作更深入的研究必读的参考书目。例如，为了使我们对马克思主义文艺学的哲学基础——唯物史观有更深的认识和掌握，在我们学习马克思的《政治经济学批判》“导言”和“序言”（这两篇著作中有马克思对自己发现唯物史观的哲学思路和关于唯物史观原理的经典的说明和论述）时，他要求我们重新学习恩格斯的《路德维希·费尔巴哈和德国古典哲学的终结》和《社会主义从空想到科学的发展》，列宁的《什么是"人民之友"以及他们如何攻击社会民主主义者?》，普列汉诺夫的《论一元论历史观之发展》和《论个人在历史上的作用》。这些书目从表面上看，似乎和文艺学并没有直接的关系，阅读量也大了些；但在我循序一一研读之后，我才领悟了吕先生缜密的用心。这些阐发马克思唯物史观的经典文献，不仅更显豁、更明快地阐发了唯物史观的基本原理，而且从哲学史的逻辑发展行程上揭示了唯物史观的由来及发展；在对源远流长的唯心史观的梳理和批判中，对唯物史观作了缜密的、无可辩驳的论证；从而为我们回答了为什么说唯物史观"始终是社会科学的别名"，而且是"唯一的科学的历史观"(列宁语)的问题。面对文学艺术这样一种特殊的社会现象的科学的考察，或者说，文艺学的科学的理论体系之建构，只有在唯物史观的基础上才有可能。科学的艺术观，作为科学的历史观的一个支脉，只有在我们善于循脉溯宗并提纲挈领的情况下，才会为我们打开它的门户，显示直达堂奥的可靠径路。恩格斯、列宁、普列汉诺夫这些阐发唯物史观的作品，是人类的哲学智慧、理论思维的最优秀的结晶，他们彻底的丝丝入扣的理论说服力和气盛言宜的文章感染力，使我耽读不释，感觉到思想上极大的兴奋和愉快。这样的阅读，对于一个刚从知识荒疏的岁月中走出来的马克思主义文艺理论的学徒来说，是多么重要而迫切的补课！现在回想起当年计日程功、不舍昼夜攻读的情景，回忆吕先生检查我们的读书笔记，跟我们一起交谈、切磋的往事，还是让人感奋不已。对于我来说，那真是一生中最明显地感觉到自己在思想上、知识上拔节成长的时期，是记忆中最有滋味、最值得重温的一些日子。

1980 年，主要由吕德申、张少康两先生编著的《马克思恩格斯列宁斯大林论文艺》一书，由人民文学出版社出版。我们选修的马列文论课，有了一本基本完备而典要、便于入门也利于深造的马列文论原著选本。我记得，在这个选本问世之前，人民文学出版社出版过四卷一套的《马克思恩格斯论艺术》，两卷一套的《列宁论文学与艺术》，还有一本《斯大林论文艺》。把马、恩、列、斯论文艺的文章编成一本的书,1959 年也出过。这些书各有优长,在不同的历史时期都有过相当广泛的影响。但它们都有一个共同的弱点,就是选文或失之过繁,或失之过简,注释则过于疏略,阙疑不论的地方较多。——这也许是出于为经典著作加注的审慎态度吧。记得当我拿到这个新的选注本时,开始还不太在意,觉得里头的文章,大部分似乎都已耳熟能详了。但后来,在研究马克思、恩格斯的悲剧理论,研究列宁论托尔斯泰的一组著名论文时,我使用了这个选注本,才发现这些文章所附的注释,涉及世界历史、西方哲学史、文化史、文学史、社会主义运动史的大量历史知识,既准确,又详明,对深入理解原著的含义,对解释马列文论中的一些理论难题,真是太有用了。这个发现促使我把这个选注本从头到尾又精读了一遍,弄明白了许多先前在脑子里一直有些含糊或朦胧的问题。不少自以为已经很熟的文章,这次连同注释重读之后,又有一种解惑释疑,如读新篇的感觉。这是一个颇具学术价值和学术深度的马列文论选注本,难怪甫一问世就受到文论界、读书界的欢迎和肯定,得到广泛、持久的流传。

为了确证自己当年对这个新的马、恩、列、斯论文艺的选注本的印象信实不诬,我特地让家人把吕先生送我的这本书的 1999 年 5 月第 3 版,连同吕先生主编的《马克思主义文艺理论发展史》、《马克思主义文论选》(上、下册)等书用快邮从国内寄来。这使我有了在海外静下心来重温这些书的机会。

《马克思恩格斯列宁斯大林论文艺》1999 年出版第 3 版时,累计印数已达 29 万余册。我把这个新的修订本重新翻阅了一遍,感觉它和我心目中曾经熟读过的 1980 年初版本留下的印象大体不差,只不过换用了不少新译文,而注释则更加完备详尽,文字似乎比初版增加了很多。“出版说明”中说:“本书的注释参用有关《全集》、《选集》原有注释,部分为编者所试加,此次修订也作了一些订正和修改,供读者参考。”由于书里没有把参用的有关的《全集》、《选集》的原注和编者所试加的注释分别标明,所以我无法准确计算出编者试加的注释部分的数量。不过,据我估量,这部分的文字数量应该是相当大的,足见编注者用力之勤。而且,这也是最能体现这个选注本学术视野和学术价值的部分，形成了它最显著的特色。根据我在学习和使用这个选注本中的心得和领会，我想举例谈谈此书注释中最有学术启示的几个方面。

第一，对原著中一些理解上历来有歧异和困难的重要观点和关键词语的学术性的疏解。例如，对恩格斯《致康·施米特》书信中关于"经济上落后的国家在哲学上仍然能够演奏第一小提琴"的观点的阐释。恩格斯举例说："18 世纪的法国对英国来说是如此（法国人是以英国哲学为依据的），后来的德国对英法两国来说也是如此。"对此，本文的注 10 引用从 17 世纪到 18 世纪英、法、德三国资产阶级革命发展的不同情况和特点，三个国家哲学发展与经济、政治发展的不平衡关系等材料，不仅有助于对原文语焉不详处的理解，而且扣紧了恩格斯此信补充说明历史唯物主义原理的主旨，揭示了历史发展中经济因素与上层建筑中政治、法律、道德和哲学诸因素之间复杂的相互作用中的辩证法，颇具理论深度。又如，马克思《〈政治经济学批判〉序言》一文的注 3 对"人类社会的史前时期"一语在这里的特殊含义的解释，引恩格斯在《反杜林论》中的一段话来相互发明。一语解惑，堪称允当。

第二，对原著中论及的大量作家作品、文学史现象，作了极为详尽的引证、介绍和解释。马列文艺论著论及的作家作品，除了一部分是欧洲文学史、苏俄文学史上众所周知的名家名作外，还有很多是比较生僻，或不曾有过中译本的。对这部分作家作品，篇幅短的，有的就直接在注释中全文译引，如马克思所论及的德国西里西亚织工起义中流行的一支歌《血腥的屠杀》的歌词；篇幅长的，如马克思、恩格斯在《神圣家族》中论及的欧仁·苏的长篇小说《巴黎的秘密》，他们在通信中论及的拉萨尔的剧本《弗兰茨·冯·济金根》，恩格斯评论的玛·哈克奈斯的中篇小说《城市姑娘》等，则在注释中提供详细的故事梗概。这些注释对帮助读者了解马、恩、列、斯在进行文艺评论时是怎样做到有的放矢的，起了很好的作用。

第三，对原著中论及的大量文学流派、文艺社团以及批评意见所针对的一些文学、哲学观点，作了针对性很强的注释。这些注释，对于我们了解原著持论的依据，论旨的内涵，都是不可或缺的。如恩格斯《致保·恩斯特》信中注1、注2对保·恩斯特和海·巴尔这两位政论家、作家的有关论著和观点的评介；列宁《致阿·马·高尔基》(1913年11月13日或14日)注1至注7对高尔基含有错误观点和倾向的文章《再论"卡拉玛卓夫气质"》、作品《忏悔》的介绍，对"寻神说"、"造神说"的观点和代表人物的介绍；列宁《关于无产阶级文化》一文注2、注3关于无产阶级文化协会与卢那察尔斯基参加的那次代表大会的情况介绍；等等。

上述三个方面的特色及浏览所及随手抄录下来的注例，已足以窥见这个选注本繁富而透彻的注释所蕴涵的丰厚的学术内容和独特的风貌了。学术的大厦固然需要高梁巨栋，也不能缺少一石一木、块砖片瓦。这个凝结着编注者们专注而琐碎的劳动的选注本，不仅是营构学科、嘉惠后学的学术成果，也昭示着一种值得我们取法的严谨细致、罗掘尽至的学术风范。

四

作为我国著名的马克思主义文艺理论家之一的吕德申先生，他毕生从事的研究马克思主义文艺理论的工作的另一个重要方面，是他自20世纪80年代以来发表的一系列阐述、坚持、发挥马克思主义文艺理论基本原理、基本原则的学术论文。吕先生不是那种河汉其言、滔滔不已的论者，他在著述方面一向以严谨慎重著称。他的这些论文，数量不多，散见各处，未见结集出版。我只能根据它们在刊物上发表时初读的印象和这一次在网上找到的部分文章的重读心得，略加介绍。

吕德申先生发表的有关马克思主义文艺理论的文章，大致可分为两类：一类是他在新的历史条件下，重新学习马克思主义的理论遗产，有现实针对性地阐述马克思主义文艺理论的基本原则和基本原理，自觉地维护马克思主义及其文艺理论的严肃性、完整性的一系列文章，计有：《重新学习马克思主义的理论遗产》、《有关历史唯物主义的一点理解》、《马克思主义与文学观念》、《马克思恩格斯的现实主义理论》、《马克思恩格斯的典型论》、《重温列宁的文学党性原则》、《学习、宣传列宁的文艺思想》、《马克思主义的学术风范》等。另一类是《马克思主义文艺理论发展史》一书中他执笔的部分章节的选粹，计有：《普列汉诺夫文艺思想的几个方面》、《卢那察尔斯基——列宁文艺思想的阐述者和捍卫者》、《高尔基的社会主义文学理论》等（我所见到的可能不全）。所有这些文章相对集中地揭载于《文艺理论与批评》、《北京大学学报（社会科学版）》等学术刊物上，在文艺理论界和读者中产生过不同程度的影响。

先来谈第一类文章。我国进入改革开放的新时期以后，随着经济生活发生的变更，人们的社会生活、政治生活和精神生活也发生了或慢或快、或大或小的因革变化。时代风气、社会思潮的变化和激荡，不能不影响到社会科学各学科的学术思想的发展和变迁。在马克思主义文艺理论的学术传统的继承和发扬，马克思主义文艺理论基本原理的坚持和发展方面，都提出了许多新的课题，出现了许多新的争议。这个时期，有些影响遍及整个文艺界、学术界的学术论争（如关于文学的主体性问题的论争），也往往涉及对马克思主义及其文艺理论的基本原理的理解、认识问题。在这种新的历史条件下，吕先生提出了重新学习马克思主义的理论遗产的学术主张，而且身体力行，写了一系列切实、明确的学术争鸣文章。这些文章，按照马克思主义及其文艺理论的本来面貌去了解它、研究它、阐述它。于其渊旨，多所发明；凡有遮蔽，则予除去。它们显示了吕先生深厚的理论修养，具有很强的理论说服力。写于新时期发端之初的《有关历史唯物主义的一点理解》，是一篇曾给我留下深刻印象的学术争鸣文章。文章的主旨是对"意识形态不属于上层建筑"说的质疑和辨析。作为学术界在学习、理解马克思主义的社会形态学说和意识形态学说过程中出现的一种学术观点，"意识形态不属于上层建筑"说在20世纪50年代由学习斯大林的《马克思主义和语言学问题》而引发的关于上层建筑与经济基础的大讨论中就出现过了，70年代末它又被重新提出，显然这是长期困惑着人们的学习马克思主义理论中的一个难点。困难也许并不在于引经据典证明意识形态从来就归属于上层建筑范畴，而在于指出人们易于对意识形态另眼相看的认识根源。症结在于怎样认识掩盖着人们经济生活的简单事实的“繁茂芜杂的意识形态”所具有“独立历史的外表”（恩格斯语）的蒙蔽作用，怎样了解和分析它在历史运动中实际具有的相对的独立性。正因为充分考虑到问题的复杂性，吕先生在匡正“意识形态不属于上层建筑”说的失误时，也指出了这种学术观点的提出“含有合理的因素”，即它意在“强调社会意识形态的特点，强调要看到上层建筑中的国家，法律部分和社会意识形态部分之间的区别”，提醒人们注意美学史（思想史）研究中的“思想线索”问题也即社会意识形态发展中的历史继承关系问题。但是，这一切并不能使吕先生对在“涉及对历史唯物主义的一些基本原则的理解问题”方面的失误保持沉默。吕先生明确指出，认为“意识形态既有专名”，就不必“借用上层建筑这个公名”，这样才不会“发生思想混乱”的说法，其中所含的“更为重要的内容”，“实际上也就是主张把社会意识形态排除出上层建筑之外，这却是显然不妥的”。吕先生就此展开了他周详、明白、清楚的论述。他先从马克思主义经典作家论述历史唯物主义的基本著作中一一引述有关“法律的和政治的上层建筑”与“意识形态的上层建筑”、“观念的上层建筑”等大量的、常见的用法，有力地证明了说马、恩只是“在较早的著作里也偶尔让上层建筑包括意识形态在内”的说法并不符合马、恩原著实际显示的情况。接着，吕先生根据所征引的材料，指出：马克思主义“在讨论和研究经济基础和上层建筑问题时，把社会意识形态归入上层建筑显然是个大前提，它首先明确了社会意识形态的根本性质”，“只有肯定了社会意识形态的上层建筑性质，才能进而讨论它的特殊性”。最后，吕先生从这一似乎是纯学理的对历史唯物主义理解的分歧，引到思想史（包括美学史、文艺理论史等）研究实践中的现实问题，即怎样看待思想史中世代相承而又代有新变的“思想线索”问题。他认为，对这个问题，只能从意识形态的特殊性、相对独立性方面去认识，而不能从试图消解意识形态的上层建筑属性去着眼，否则就会重复历史唯心主义被“思想观念的独立历史的这种外表”所“蒙蔽”的错误。吕先生带总结性地指出：

历史唯物主义和历史唯心主义的区别，“不在于看到不看到，或承认不承认这个‘思想线索’，而在于是否恰当地估计了它的意义”。也就是说，马克思主义既要看到意识形态的特殊性，承认社会意识形态领域里存在着思想发展的线索，但“最终还要说明思想的发展‘归根到底’是‘改变了的经济事实在思想领域中的反映’”，这才算触及了“思想线索”发展变化的终极的原因。而这，也是坚持意识形态的上层建筑性质必然引出的逻辑的结论。

吕德申先生这篇文章写于三十多年前，现在重读，仍然让我感它平意求真，翔实透彻，无懈可击，含有丰富的学术内容，展示了严密的论述逻辑，很值得我们学习。鲁迅在20世纪30年代曾慨叹说：“大概以弄文学而又讲唯物史观的人，能从基本的书籍上一一钩剔出来的，恐怕不很多，常常是看几本别人的提要就算。”到了80年代，由于“基本的书籍”翻译既备，并不难得，也许有这样能力的人多起来了，但或因信念迁移而不愿，或被私见遮蔽而闪避，或为钩剔烦难而不为，在有关马克思主义文艺理论的学术争鸣中，那种“喧议竞起，准的无依”（钟嵘语）的现象，仍然是很普遍的。在这种情况下，再看看吕先生的有关学术争鸣文章，不能不使人倍兴感慨了。

发表于1987年6月的《马克思主义与文学观念》，是吕德申先生与“文学的主体论”进行学术商榷的一篇重要文章。“文学的主体论”是80年代中、后期曾风靡一时的关于文学的根本观念的一种新说，创说者认为：“文学的主体性问题……可以展示得极其丰富，这种展示可能会使我国的现代文学理论结构发生较大的变动”，足见这一论说涉及的不是文学理论的一枝一节的问题，而是涉及由诸多文学理论的基本原理构成的整个现代文学理论的体系、结构的全局性的重大问题。吕德申先生遵照学术论争的规则，按照“文学的主体论”立说者论著的原貌，完整地征引其展示的论点，就“关于要求文学‘回复到自身’”，“主体论还是反映论”，“反对把阶级分析简单化，但不能超越‘阶级论’”等三个大问题，对应地展开了自己的商榷意见。这三个问题，一个涉及文学发展的规律问题，一个涉及文学理论的认识论哲学基础，一个涉及文学的阶级性问题，都关系到马克思主义的基本原理及其所决定的文学的根本观念。吕先生把“文学的主体论”展示的种种文学规律、文学观念问题，放到马克思主义的历史唯物主义基本原理的各个范畴里去考察，即放在马克思主义的社会形态论（上层建筑与经济基础）、意识形态论（社会存在与人们的意识）中去分析，并进而深入到这两者的认识论哲学基础，即唯物论的反映论中去。这样，吕先生就指出了，要求文学“回复到自身”并与此俱来的硬把文学规律分为“内部规律”和“外部规律”的观点，其实是有意回避、抹杀文学作为一种特殊的意识形态也仍然属于上层建筑，仍然依存于社会存在，不可能自成一个与社会无关的封闭的独立的系统。注重研究文学的特殊规律、特殊本质（文学主体论者不恰当地说成文学自身的“内部规律”），并不能离开文学与意识形态各个部门共同的普遍规律、离开文学作为意识形态的本质（文学主体论者不恰当地说成文学的“外部规律”）这个大前提。吕先生说：“规律即本质，是两个同等程度的概念。规律就是内部的，根本不存在‘外部’的规律。”要求文学“回复到自身”，就是要求把文学拖离社会意识形态的范畴，模糊人们对文学的本质的认识，使文学回到唯物史观产生之前无规律可寻、无基础可依，只能从自身去理解、说明自身的历史唯心主义的故道。吕先生还进一步在阐述能动的、革命的反映论的基本原理的基础上，指出“文学的主体论”把反映论都看成直观的、机械的所谓“线性思维定式”，以文学思维的特殊性为借口，认为用“感应”来代替它更好，要用主体论来“超越和补充”反映论，这也是不能成立的。吕先生严肃地指出：“反映论不能包括全部文学问题，但它是建立科学的文艺理论的理论基础和起点，离开了这个理论基础和起点是不可能有科学的文艺理论的。马克思主义的文艺科学只能建立在辩证唯物主义的反映论和历史唯物主义的意识形态论的理论基础上。”

从上面列举的这两篇学术争鸣文章，我们可以略窥吕德申先生在研究马克思主义文艺理论中表现出的学术风范，其要点是：一、事关马克思主义文艺理论的基本原理的维护与阐扬，事关带原则性的问题上的是非，吕先生总是不回避、不缺席的，他不惮于正面迎上，据理力争。是其所是,非其所非,绝不含糊其辞。在他冲淡平和的为人为文的体貌文气中,自有风力,不乏廉锷。他的见解的明确与稳定,在他的遗文中,随处可见。他所参与的一些学术论争,在当时似乎纷纭难解,淆乱莫理,但尘埃落定之后,是非曲直,昭然具在。先生的遗文,是经得起复按,经得起公心的审视的。二、在学术论争中,吕先生秉持坦率、真诚的探求真理、实事求是的科学精神,精审地组织材料,立论明确,说理从容,绝不虚张声势,力涤硝烟火气,行文中透出澄明绵远的理论说服力。凡所驳议,必准确地、依照原貌地征引其论点;凡所引证,必完整地、按照经典作家原著的本来文字,一一钩索;凡所论列,都尽可能搜集充足论据,努力做到论必己出,言必有据。三、吕先生的理论语言,并不以华赡宏放见长,而是那种以能够准确表达事理为目的的朴素有力、清楚明确的语言,绝不含混,体现为"平理若衡,照辞如镜"的清晰明达的文风。以上三点,我以为是最可称道,最足以垂范后学的。

五

吕德申先生对马克思主义文艺理论发展史上除经典作家之外的一些著名理论家文艺思想的研究,是他研究马克思主义文艺理论的整个工作中重要的组成部分。在这一类文章中,以对普列汉诺夫、卢那察尔斯基、高尔基的文艺思想的研究最有代表性,也最具有现实意义。

19 世纪末、20 世纪初马克思主义文艺理论的发展自成一个相对独立的重要阶段,即恩格斯逝世后、列宁文艺思想诞生前的一个阶段。这一阶段的主要代表人物就是普列汉诺夫。在学习、接受马克思主义的过程中受到过普列汉诺夫深刻影响的鲁迅曾强调指出:"在治文艺的人尤当注意的,是他又是用马克思主义的锄锹,掘通了文艺领域的第一个。"吕德申先生所写的《普列汉诺夫文艺思想的几个方面》,即是一篇比较全面、深刻、公允地评述其文艺思想的文章。文章从"艺术与现实"、"艺术发展的规律"、"艺术的社会功能"三个方面,揭示了普列汉诺夫对发展马克思主义文艺理论基本原理的创造性贡献。

这一阶段马克思主义文艺理论发展的一个重要的特征是：把马克思主义运用到文艺领域去的工作，与进一步论证、阐发马克思创立的唯物史观的理论工作几乎是同步进行的，两者几乎就是同一件事情。拉法格提出：文学批评应该成为"关于历史唯物主义批评的一种研究"。恩格斯盛赞梅林的文学评论著作《莱辛传奇》说：二十年来在年轻党员的著作中通常只不过是响亮的辞藻的唯物史观，现在终于开始得到恰当的应用——作为研究历史的"引线"来应用了。普列汉诺夫则在著名的《没有地址的信》一书的开头就声明："在这里我毫不含糊地说，我对于艺术，就像对于一切社会现象一样，是从唯物史观的观点来观察的。""我深深地确信，从今以后，批评（更确切些说，美学的科学理论）只有依据唯物史观，才能够向前迈进。"吕德申先生一一钩剔出的这些理论告白，有力地说明，普列汉诺夫和拉法格、梅林一样，都是把唯物史观运用到文艺领域里去的先驱者、探索者。他在开拓马克思主义文艺学的疆域方面所有的卓越建树，不仅具有艺术科学的意义，而且是对唯物史观的"辉煌的证实"（普列汉诺夫语），具有世界观、宇宙观和科学方法论的意义。吕先生指出："一元论历史观（按：即普列汉诺夫对唯物史观的特定的别称）贯穿了他全部的关于意识形态的研究。""正是在这个'严整而彻底'的科学理论指导下，他在揭示文艺发展规律方面作出了重要的贡献，对一些过去人们没有能很好说明的文艺现象，他也能作出令人信服的说明。"正是从唯物史观在探讨马克思主义文艺学基本原理方面的指导作用、"引线"作用着眼，吕先生对普列汉诺夫在现实主义问题、艺术的起源和发展问题、艺术的社会本质和社会意义问题上所做的"掘通"和排难解纷的创造性的理论工作进行了切实扼要的评述，对其理论意义和方法论上的启示作了画龙点睛的说明。在吕先生所着重介绍的普列汉诺夫所解决的文艺理论难点中，关于俄国现实主义小说的巨大的历史认识价值、俄国现实主义小说与法国自然主义小说的分野、新兴阶级的艺术往往是"现实主义与理想主义的独特的混合物"的前瞻性判断等问题的提出和解决；关于艺术起源于劳动的学识丰富而又逻辑严明的出色论证和考察艺术同经济基础的联系必须考虑到中间环节，尤须注意“社会心理”的提示性论说；关于功利主义的艺术观和为艺术而艺术的艺术观在不同的社会历史条件下出现所起的历史作用各不相同的分析和揭示……都给我留下了鲜明而深刻的印象。记得我当研究生的时候，吕先生就很推重普列汉诺夫的文艺论著，认为像《没有地址的信》、《艺术与社会生活》这样的文艺论著，应该多读几遍，不但掌握其提出的论点，而且要学习他论证的思路、方法。有一次交读书笔记的时候，我对吕先生说起：读普列汉诺夫的文艺论著，常常会有意想不到的突然就豁然贯通的愉快。鲁迅所说的以唯物史观批评文艺，“那是极直捷爽快的，有许多昧暧难解的问题，都可说明”，也许说的就是读普列汉诺夫的书时的感受吧？记得吕先生微笑着回答说：“那倒不一定要这么坐实，不过，起码也包括他的书在内吧。”现在读吕先生评述普列汉诺夫文艺思想的文章，不知为什么，这个早已淡忘了的当年师生对谈的回忆片断，居然从一片混沌的忘川中鲜明地浮现出来了。

在吕德申先生研究马克思主义文艺理论发展史的系列文章中，《卢那察尔斯基——列宁文艺思想的阐述者和捍卫者》、《高尔基的社会主义文学理论》、《重温列宁的文学党性原则》等论文，在对历史文献抉幽阐微、分析综核的整理中，更集中地显示了论者文艺思想的原则性与严肃性，显示了他对现时代文艺实践和文艺思潮的认真的思考。这些回溯历史的文章处处透射出它富于现实启示的光芒。列宁的文学党性原则，马克思主义的能动的革命的反映论，社会主义现实主义的文学主张，这三个问题，在吕先生的文章里，被阐述得尤为饱满扎实，显豁有力。

吕先生指出：卢那察尔斯基是“同时代人中第一个认识到列宁文艺思想的重大意义的”，“作为列宁文艺思想最早的阐述者和宣传者，卢那察尔斯基的有关论述，为列宁文艺思想的研究奠定了基础”。和拉法格、梅林、普列汉诺夫等理论先驱一样，卢那察尔斯基也是把马克思主义在文艺领域的探索，视为进一步阐发、证明唯物史观的无产阶级理论工作的一部分，不过他更具有鲜明的建立马克思主义文艺学的自觉意识。卢那察尔斯基说马克思列宁主义是“唯一完整的观点体系,是无产阶级的世界观和宇宙观”,马克思主义文艺学则是它的一个“支脉”。他明确肯定马克思全部艺术见解的“巨大价值”,认为它们与恩格斯、列宁的有关论述一起,已足够可以建立起一个“马克思列宁主义的艺术学大厦”。吕先生正是从这样的着眼点入手,才能高屋建瓴,在卢那察尔斯基对列宁文艺思想的浩瀚的、如涌泉般触处即发的评论和发挥中,抓住最主要的东西。例如,在介绍卢那察尔斯基对列宁评论托尔斯泰的一组文章的评论时,吕先生注意到,卢那察尔斯基的解说和抉发,像聚光镜聚焦一样,把列宁唯物论的反映论的严整而丰富的内容,连同它折射到复杂的文学现象中去所衍生出来的清晰的层次和独特的亮点全部凸现出来,集中起来。反映的主体的特殊性,被反映的客体的复杂性,反映主体与被反映客体之间的辩证法的互联与互动,这一切都蕴涵在列宁对托尔斯泰这个伟大作家的作品和思想的评论中。卢那察尔斯基对列宁的评论之评论,正是深入到哲学基础、世界观和方法论的层次,才令人信服地得出科学的结论,即列宁论托尔斯泰的文章,不仅是全部托尔斯泰研究的“标明方向的强有力的指南针”,而且也是建立真正的马克思主义文艺学的基础。

吕德申先生的卢那察尔斯基研究,特别看重他对运用在文艺领域中的列宁的反映论哲学思想的阐发,这种见地不仅具备史识,而且有现实感。吕先生认为:“反映论是列宁的文艺学的理论基础,是他考察和研究文艺现象的基本出发点。”而这个问题,也是现实中屡屡出现的试图动摇列宁文艺思想的种种论说所纠缠不休的焦点。把列宁文艺思想诞生之初就出现的卢那察尔斯基在这个问题上精辟的、创造性的阐发连同他所经历的论辩向现在的读者和盘托出,以真知比对伪说,那真是可以省说许多话的。正如鲁迅所说:“这种历史的提示,胜过许多空理论。”

同样,对文学的党性原则这个列宁文艺思想的核心,对在苏联社会主义文学实践中产生的社会主义现实主义文学理论,吕德申先生也在他研究卢那察尔斯基、高尔基的文章中为现在的读者提供了许多宝贵的历史提示。在经历了巨大的历史沧桑之后,这些当年刚刚产生时就被反对者视为“格格不入的和奇怪的原理”(列宁语)现在更是很轻易地就被视为不合适宜、早该告别的“思维定式”和“工具论”了。针对这种现实中以“反思历史”的面貌出现的文学思潮,吕先生指出,文学发展的历史表明,文学的党性原则“是无产阶级革命文学的指导思想和灵魂”。而“社会主义现实主义这个崭新的无产阶级艺术创作原则,体现的是新的历史时代对文学艺术的要求”。它是列宁的党的文学原则在苏联社会主义现实条件下的运用和发展。而这两者的共同基础,则是马克思列宁主义关于艺术的社会本质和社会意义的学说,是关于文艺属于意识形态的上层建筑的根本观念。从这一根本认识出发,吕先生高度评价卢那察尔斯基关于社会主义现实主义并不只是风格或手法的定义,而是“一个广泛的纲领”,是“真正人类艺术的最完全最崇高的形式”和“流派”的论断;高度评价高尔基关于社会主义现实主义是“苏联艺术的美学和伦理学”的论断,对包含在这些论断中的丰富的社会主义文学思想、文学原理予以充分的阐述和发挥。从卢那察尔斯基提出的“我们的艺术,只能是一支可以对斗争和建设的总进程起重大影响的力量”到高尔基的庄严宣告:文学从来不是司汤达或列夫·托尔斯泰个人的事业,它永远是“时代、国家、阶级的事业”;从普列汉诺夫关于“一切积极的阶级都是现实主义的”论点,到卢那察尔斯基所说的“无产阶级以及同它联盟的各个集团的艺术,基本上不能不是现实主义的艺术”,再到高尔基讲的社会主义现实主义“是那些改变和改造世界的人的现实主义”;从卢那察尔斯基指出的社会主义现实主义是一种“特别富于动能”的现实主义,“把现实理解为一种发展,一种在对立物的不断斗争中进行的运动”,到高尔基的说明“社会主义现实主义认定存在是行动,是创造”以及他提出的“两种现实”乃至“三种现实”的观点;从普列汉诺夫强调“俄罗斯现实主义”是“充满着感情,浸透着思想”的现实主义,提出“新的、上升的”阶级的艺术往往是“现实主义与理想主义的独特的混合物”,到卢那察尔斯基关于社会主义现实主义并不否定浪漫主义或浪漫精神,社会主义浪漫主义在形式上超出了现实主义的范围,实际上与现实主义是不抵触的论点,再到高尔基一再申论的社会主义现实主义将是现实主义和浪漫主义"结合"或"综合"的基本表述;等等——这些为吕先生钩索出来的关于社会主义现实主义的丰富内涵和基本特征的论述,每一条至今对我们社会主义文学的创作和实践都还保留着新鲜的启示意义。

吕德申先生研究马克思主义文艺理论的工作,历时既久,涉及面广,多有创获,很难一一尽述。1990 年 10 月,由他主编并参与执笔的《马克思主义文艺理论发展史》出版;1994 年,由陆梅林先生和吕先生共同主编的《马克思主义文艺学大辞典》出版;2006 年,吕德申先生荣获全国马列主义文论研究会颁发的"马克思主义文艺理论研究终身成就奖"。吕先生获奖时,我不在国内,这消息不曾与闻,还是这次看吕先生生平介绍材料才得知的。我感到,这个奖对于吕先生来说,真是实至名归,当之无愧的。对马克思主义及其文艺理论的学习、阐述、运用,像一条红线,贯穿在吕德申先生的全部学术研究工作中,也贯穿在他"传道、授业、解惑"的教学工作中。吕先生终其一生,在自己的学术研究和教学工作中,一贯地、自觉地坚持马克思主义的指导。他在文章中不止一次地指正:"马克思主义的基本原理是不能违背的。我们的文艺理论需要在实践中不断发展。但马克思主义永远是我们科学的文艺理论的理论基础。"因此他不断地强调"重新学习马克思主义的理论遗产"的重要性。他是这样说的,也是这样做的。即以他那本在我国古典文论界得到广泛称誉的《钟嵘诗品校释》的写作而言,也可以视为"在一个单独的历史实例上发展唯物主义的观点"(恩格斯语)的范例。吕先生为这项研究做了多年冷静钻研的科学工作。在这本书的"序"、"校记"、"注释"中,我们看不到半点关于运用马克思主义的告白或宣示,但处处都可以看到研究者占有的大量的、批判地审查过的、充分地掌握了的历史材料,看到研究者对这些材料的各种发展和表现形态及其内部联系的精审的分析,以及从中引出的符合历史实际的科学的结论。这本书也因此超出了古籍整理的范畴,而成为一部有独特学术价值的新时期钟嵘

《诗品》研究的代表作。如果细心考索，是不难看到凝结在这本书里的历史唯物主义的研究方法的“内功”的。

这篇回忆吕德申师兼记他研究马克思主义文艺理论的工作的文章，时作时辍，竟迁延了两个多月才写完。这对于我来说，与其说是一个写作的过程，毋宁说是一个迟到的集中研习吕先生著述的机会。因为花在读书上的时间，远比执笔为文要多得多。这样认真、集中地读理论书的经历，在我离开母校以后，已经很久不曾有过了。这使我感到好像又回到了三十年前师从吕先生攻读的日子。在这样的读书过程中，我对吕先生的悼念和缅怀之情，也得到了释放。

临末，我想起了在美国韦尔斯利女子学院留学时的冰心集龚定庵诗句的联语：“世事沧桑心事定，胸中海岳梦中飞”，觉得这副联语，既适合我追述吕先生毕生学术工作时的心境，似乎也道出了吕先生身当风云变幻、世事沧桑之际仍然稳定地保持马克思主义的学术风范，为马克思主义文艺理论的建设、发展而孜孜不倦，辛勤耕耘的毕生“心事”和“海岳”胸怀。在吕先生平和恬淡的体貌之内，的确恒定着越海攀岳的素志。他的梦想，他的追求，他的定力，他的学术，征其书而可证，历岁月而不磨。仅以此散漫长文，遥祭吕先生的魂灵于海天之上。

2009 年 4 月底—6 月初
写于美国罗得岛州林肯小城鸟鸣谷